KB163512

레 망다랭 2

Les Mandarins

by Simone de Beauvoir

시몬 드 보부아르

레 망다랭 2
LES MANDARINS

이송이 옮김

현암사

제6장

라과디아 공항에 도착한 첫날 저녁 나는 기쁨과 호기심으로 어쩔 줄을 몰랐고, 그 후 일주일 동안은 불만을 참으며 겨우겨우 보냈다. 물론 미국 정신분석학계에 있었던 최근의 진보에 대해 모두 배웠고, 학회의 분과 발표들은 동료 학자들과의 대화만큼이나 학문적으로 도움이 되었다. 그러나 나는 뉴욕을 보고 싶었다. 동료 학자들의 유감스러운 배려 때문에 그러기가 쉽지 않았지만. 그들은 지나치게 더운 호텔과 쾌적한 온도를 유지하는 식당에, 장엄한 회의실에, 호화로운 아파트에 나를 가둬두었다. 몰래 빠져나가기가 녹록지 않았다. 저녁을 먹은 뒤 그들이 호텔로 바래다주면, 나는 재빨리 로비를 가로질러 다른 출입구를 통해서 밖으로 나가곤 했다. 그리고 새벽이면 일찍 일어나 오전 발표가 시작되기 전에 산책을 했다. 하지만 이렇게 남몰래 갖는 자유로운 순간으로는 이렇다 할 만한 기쁨을 얻을 수 없었고, 난 미국에서의 고독한 생활에 딱히 대단한 것이 없음을 깨닫게 되었다. 그랬기에 뉴욕을 떠날 땐 마음이 불편했다. 시카고, 세인

트루이스, 뉴올리언스, 필라델피아를 거친 뒤 다시 뉴욕으로 와서, 보스턴과 몬트리올로 가기로 되어 있던 터였다. 멋진 여정이었지만, 그런 만큼 이 여행을 제대로 이용할 수 있는 방법을 찾아야만 했다. 동료 학자들은 기꺼이 고향을 안내해줄 동향 사람들의 주소를 알려주었다. 그러나 다들 의사나 교수, 아니면 작가들뿐이라 경계심이 들었다.

어쨌든 시카고에 도착하자마자 나는 체류 기간의 일부분을 날려버렸다. 거기서는 이틀만 머물 예정이었는데, 그나마도 공항으로 마중 나온 두 노부인이 다른 노부인들과 함께하는 점심 식사에 나를 초대하더니 온종일 놓아주지 않았다. 강연이 끝난 다음에는 풀을 먹인 양 뻣뻣한 두 신사 틈에 끼어 가재 요리를 먹었다. 어찌나 지루하고 피곤한 자리였는지, 호텔로 돌아와서는 곧장 방으로 올라가 자버렸다.

다음 날 아침에 일어나자 화가 치밀었다. '이런 식으로 계속 보낼 수는 없어.' 나는 마음을 먹고 수화기를 들어 전화를 걸었다. "죄송하지만, 감기에 걸려서 누워 쉬어야 할 것 같아요." 그런 다음 침대에서 경쾌하게 뛰어내렸다. 하지만 거리에 나가자마자 기대를 접을 수밖에 없었다. 날씨가 너무 추운 데다, 나는 전차와 지하철 고가선의 선로 사이에서 완전히 길을 잃고 말았다. 몇 시간을 걸어도 소용이 없었고, 어디에도 갈 수 없을 것 같았다. 수첩을 펼쳤다. 루이스 브로건, 작가. 이러고 있느니 연락을 해보는 편이 나을지 몰랐다. 그래서 다시 전화기를 들고 이 브로건이라는 남자에게 연락해 벤슨 부부의 친구라고 나를 소개했다. 벤슨 부부가 편지로 미리 나에 대해 알려줬을 터였다. 브로건은 알겠다면서,

오후 2시에 내가 묵고 있는 호텔 로비로 오겠다고 했다. "제가 선생님 계신 곳으로 갈게요." 나는 그렇게 말한 뒤 전화를 끊었다. 내가 묵는 호텔이, 그리고 호텔에서 나는 소독제 냄새와 달리 냄새가 너무 싫었기 때문이다. 게다가 누굴 만나기 위해서 정해진 장소로 택시를 타고 가는 것이 재미있을 것 같기도 했다.

택시는 다리와 선로와 창고들을 가로질러 이탈리아 이민자들의 가게가 즐비한 거리를 지나갔다. 이윽고 불탄 종이와 물기 어린 흙, 가난의 냄새가 나는 골목길 모퉁이에서 차가 멈추었다. 운전사는 목조 발코니가 붙은 벽돌집의 벽을 가리켰다. "여깁니다." 나는 울타리를 따라갔다. 왼쪽에는 불 꺼진 빨간 간판을 건 '실츠'라는 작은 레스토랑이 보였고, 오른쪽의 커다란 광고판에서는 이상적인 모습의 미국 가족이 오트밀 접시에서 풍기는 냄새를 맡으며 웃고 있었다. 목조 계단 밑에 놓여 있는 쓰레기통에서 김이 나고 있었다. 그 계단을 오르자 발코니 위에 노란 블라인드로 가려진 유리문이 보였다. 이곳이 틀림없었다. 문득 나는 위축되는 기분이었다. 부유함에는 언제나 공적인 면이 있는 반면, 가난은 은밀하다. 그래서인지 그 유리문을 두드리는 행동이 무례하게 느껴졌다. 나는 주저하며, 회색의 발코니와 계단이 단조롭게 붙어 있는 또 다른 벽돌집들을 바라보았다. 그 집들의 지붕 위에는 붉고 흰 거대한 원통이 있었다. 가스탱크였다. 발밑으로는 사각형으로 된 맨땅 한가운데 거무스름한 나무와 파란 날개가 달린 자그마한 풍차가 보였다. 멀리서 기차가 지나가자 발코니가 흔들렸다. 나는 문을 두드렸다. 키가 꽤 크고 가죽점퍼를 입어 상체가 단단해 보이는 젊은 남자가 나타났다. 그는 놀란 듯이 나를 살펴보았다.

"집을 잘 찾으셨네요?"

"그런 것 같네요."

노란 부엌 한가운데서 검은 난로가 으르렁대고, 리놀륨 마루 위에는 오래된 신문이 흩어져 있었다. 나는 냉장고가 없다는 것을 알아차렸다. 브로건이 애매한 동작으로 신문지를 가리켰다. "정리를 좀 하던 중이었습니다."

"제가 방해한 게 아니면 좋겠네요."

"절대 아니에요." 브로건은 당황한 태도로 내 앞에 우뚝 서 있었다. "왜 호텔로 오지 말라고 하셨죠?"

"끔찍한 곳이라서요."

브로건의 입술이 마침내 어렴풋한 미소를 드러냈다. "하지만 지금 묵고 계신 곳은 시카고에서 제일 아름다운 호텔인데요."

"그러니까 말이에요. 양탄자가 너무 많고, 꽃이 너무 많고, 사람이 너무 많고, 음악이 너무 많더라고요. 모든 게 너무 많아요."

브로건의 미소가 이제 눈까지 올라왔다.

"이리로 들어오세요."

처음에는 멕시코산 담요와 반 고흐의 노란 의자 그림이 보였다. 이어 많은 책과 전축, 타자기가 눈에 들어왔다. 심미가 취향의 서재도 아니고, 이상적인 미국 가정의 표본도 아닌 이런 방에서 그는 분명히 즐겁게 살고 있겠지. 나는 감탄하며 말했다. "선생님 댁은 쾌적하군요."

"그렇게 생각하세요?" 브로건의 시선이 벽으로 향했다. "넓지는 않습니다." 다시 침묵이 흐르자 그가 조급하게 말했다. "외투 벗으시겠어요? 커피 한잔 하시겠습니까? 프랑스 음반도 있어요. 샤를 트레네*의 음반을 틀까요?"

'저 멕시코산 담요 위에 앉아 하루를 보내면 좋을 텐데.' 이런 생각을 한 건 아마 큰 소리를 내고 있는 난로 때문일 터였다. 아니면 2월의 차가운 태양에 금빛으로 물든 블라인드 위에서 거무스름한 나무 그림자가 떨고 있었기 때문인지도. 그러나 브로건에게 전화를 건 것은 시카고를 구경하기 위해서였다. 나는 단호하게 말했다.

"시카고를 구경하고 싶어요. 내일 아침에 떠나거든요."

"시카고는 넓습니다."

"작은 부분이라도 보여주세요."

그는 가죽점퍼에 손을 대고 불안한 표정으로 물었다. "옷을 갈아입어야 할까요?"

"무슨 말씀이세요! 빳빳한 깃이 달린 옷을 제가 얼마나 싫어하는데요."

그러자 그가 열의를 보이며 대꾸했다.

"전 여태 빳빳한 깃 달린 옷이라곤 한 번도 입어본 적이 없죠……."

처음으로 우리는 동시에 미소를 지었다. 그러나 브로건은 아직 완전히 긴장을 푼 것 같지 않았다.

---

* 샤를 트레네Charles Trenet. 시적인 감성이 담긴 노래를 불러 1970년대 말까지 큰 인기를 누린 프랑스의 가수.

"도살장을 보고 싶지는 않죠?"

"전혀요. 거리 산책이나 해요."

거리는 많았고 모두 비슷비슷했다. 양쪽에 낡은 오두막들이며 교외의 작은 정원 비슷한 공터가 있었다. 우리는 곧고 적막한 대로를 돌아다녔다. 어디나 춥기만 했다. 브로건은 불안스럽게 귀에 손을 붙이고 있었다. "벌써 귀가 완전히 얼어붙었어요. 곧 두 조각이 나겠군요."

그런 모습이 안쓰러웠다. "아무 술집에나 들어가서 몸을 녹이죠."

우리는 한 술집에 들어갔다. 브로건은 진저에일을, 나는 버번위스키를 주문했다. 거기서 나왔을 때도 여전히 추웠다. 우리는 다른 술집으로 들어가 얘기를 시작했다. 그는 노르망디 상륙 후 아르덴* 지방의 기지에서 몇 달을 보냈다고 했다. 이어 그가 프랑스와 이번 전쟁, 독일의 점령, 파리에 대해 많은 질문을 했고, 나도 이런저런 질문을 했다. 그는 누군가가 얘기를 들어주는 것을 아주 좋아하는 것 같았으나, 자기 자신에 대해 말할 땐 당황하는 눈치였다. 망설이며 끝어낸 자신의 문장들을 너무나 열정적으로 던져주는 바람에, 그때마다 나는 선물을 받는 기분이었다. 그는 시카고 남부에서, 핀란드계의 가난한 식료품 장수와 헝가리계의 유대인 여자의 아들로 태어났다고 했다. 미국의 대공황 때 스무 살이었고, 화물열차에 몸을 숨겨가며 미국 전역을 떠돌아다녔다고 했다. 행상을 하기도 하고, 잠수부, 웨이터, 마사지사,

---

* 파리의 동쪽, 벨기에와 국경을 면한 지역.

토목공, 석공, 점원 일도 했으며, 필요한 경우에는 강도짓도 했다. 애리조나의 어느 외딴 여관에서 유리잔 씻는 일을 하며 단편소설을 하나 썼는데 한 좌파 잡지사가 이 소설을 출판해주었다. 그래서 그는 몇 편의 단편소설을 또 썼다. 첫 번째 장편소설이 성공하고부터는 어느 출판사가 연금을 지급해주고 있었다.

"그 소설을 정말 읽어보고 싶네요." 나는 말했다.

"그다음 소설이 더 나을 겁니다."

"그렇지만 다 쓰신 소설은 그거잖아요."

브로건은 난처한 표정으로 나를 살펴보았다. "정말 읽고 싶으세요?"

"네, 정말요."

그는 일어서서 홀 구석의 전화기로 걸어가더니 3분 후에 돌아왔다. "소설은 저녁 시간 전에 호텔로 배달될 거예요."

"오! 고마워요." 나는 열렬한 태도로 감사를 전했다.

브로건의 활기 있는 모습이 나를 감동시켰고, 그래서 난 곧바로 호의를 갖게 되었다. 그의 자연스러움 때문에. 그는 판에 박힌 말과 예절을 무시했다. 그의 친절함은 즉석에서 꾸며낸 것이 아니라 애정에서 나온 것 같았다. 처음에 난 자수성가한 좌파 작가라는 미국식 산물의 전형적인 표본을 만난다는 사실에 흥미를 느꼈지만, 이제는 브로건이라는 사람에 대해 관심이 생긴 것이다. 삶에 대해 아무런 권리도 없다고 그는 말했지만, 늘 열정적으로 살아가려는 욕구를 가진 사람이라는 것을 대화를 통해 느낄 수 있었다. 겸손함과 탐욕이 섞여 있다는 점이 맘에 들었다.

"어쩌다 글을 쓰겠다는 생각을 하셨어요?" 나는 물었다.

"늘 인쇄된 종이를 좋아했습니다. 어렸을 땐 신문 조각을 공책에 오려 붙여 나만의 신문을 만들곤 했죠."

"다른 이유도 분명히 있었을 텐데요."

브로건은 깊이 생각했다. "여러 사람들을 많이 알고 지냈어요. 그 한 사람 한 사람에게 다른 사람들의 참다운 모습을 보여주고 싶었죠. 세상 사람들은 너무 많은 거짓말을 하고 있으니까요." 그는 잠시 침묵을 지켰다. "스무 살 때, 모두 저에게 거짓말을 하고 있다는 걸 깨달았습니다. 정말 화가 났죠. 그 때문에 글을 쓰기 시작했고, 지금도 쓰고 있는 것 같아요⋯⋯."

"지금도 계속 화가 나 있는 건가요?"

"네, 조금은요." 그는 의미심장하게 살짝 미소를 지으며 대답했다.

"정치 활동은 안 하세요?"

"작은 활동들은 하고 있죠."

결국 브로건은 로베르나 앙리와 거의 비슷한 상황이었다. 그러나 매우 이국적인 침착함으로 그 상황을 받아들이고 있었다. 글을 쓰고, 라디오를 통해 이야기하고, 때때로 부정을 고발하기 위해서 정치적 모임에 나가 연설하는 식으로. 그것으로 그는 썩 만족하고 있었다. 나는 이미 들은 바가 있었다. 이 나라에서 지식인은 완전히 무력하고, 따라서 안심하고 생활할 수 있다고 했다.

"작가 친구들이 있나요?"

"오! 없습니다." 브로건은 펄쩍 뛰듯 대답하더니 미소를 지었다. "제가 타자기 앞에 앉아 있기만 해도 돈을 번다고 생각하던 친구들이 글을 쓰기 시작하긴 했죠. 하지만 작가는 되지 못했어요."

"그 친구들은 돈을 벌었나요?"

그는 솔직하게 웃기 시작했다. "한 달 동안 500페이지나 타자를 친 친구가 있어요. 그걸 인쇄하느라 돈을 상당히 썼을 겁니다. 그러자 아내가 다시는 그런 짓을 못 하게 했죠. 그래서 소매치기라는 원래 일로 돌아갔어요."

"그건 좋은 직업인가요?"

"상황에 따라 다르죠. 시카고에서는 그것도 경쟁이 심합니다."

"소매치기를 많이 알고 계시나 봐요?"

그는 약간 조롱의 표정을 띠고 나를 바라보았다. "여섯 명쯤요."

"그럼 깡패들은요?"

브로건의 얼굴이 진지하게 변했다. "깡패들이란 모두 개자식들이에요."

그는 지난 수년간 깡패들이 파업을 방해해왔다며 장황한 설명을 시작하더니 깡패들과 경찰, 정치계와 실업계의 관계에 대해 많은 얘기를 들려주었다. 속도가 워낙 빨라 내용을 따라가기가 좀 힘겨웠지만, 그의 얘기는 에드워드 로빈슨*의 영화만큼이나 재미있었다. 그러다 문득 그가 이야기를

---

* 에드워드 로빈슨Edward Robinson. 미국의 영화배우. 루마니아 출신으로 미국의 갱스터 영화에 자주 출연해 작은 체구와 빠른 말투로 인기를 누렸다.

멈추었다.

"배는 안 고프세요?"

"아, 그렇게 말씀하시니 배고프다는 생각이 드네요. 아주 많이 고파요." 그러고서 나는 유쾌하게 덧붙였다. "많은 얘기들을 알고 계시네요."

"오! 잘 모르는 게 나오면 지어내기도 합니다." 그가 대답했다. "듣고 계시는 모습을 보는 게 좋아서요."

벌써 8시가 지났다. 시간이 빠르게 흐르고 있었다. 브로건은 나를 이탈리아 식당으로 데리고 갔다. 나는 피자를 먹으면서, 왜 그의 곁에서 이렇게 편안할까 생각했다. 그에 대해서 거의 아무것도 모르고 있지만 전혀 낯선 사람 같지가 않았다. 어쩌면 가난을 걱정하지 않는 그의 태도 때문인지도 모른다. 풀 먹인 옷, 우아함, 좋은 예절, 이런 것들이 사람 간의 거리를 만들어내니까. 브로건이 유행에 뒤떨어진 스웨터가 드러나도록 점퍼 앞섶을 열고 닫을 때, 난 덥거나 추워하는 육체, 살아 있는 육체의 분명한 존재를 내 곁에서 느낄 수 있었다. 그는 몸소 구두를 닦았다. 그 구두를 바라보는 것만으로도 그와 충분히 친밀해질 수 있었다. 피자 집에서 나왔을 때, 얼어붙은 땅을 걷는 나를 돕느라 그가 팔을 잡아주었다. 그의 체온도 내겐 곧 친근하게 느껴졌다.

"자! 어쨌든 시카고의 작은 부분이라도 보여드리죠." 브로건이 말했다.

우리는 스트립쇼 극장에 앉아 여자들이 음악에 맞추어 옷을 벗는 것을 구경했다. 이어 작은 흑인 댄스홀에서 재즈를 들었다. 그다음에는 노숙인을 위한 무료 숙박소 같은 술집에서 술을 마셨다. 브로건은 어디에나 아는 사람이 많았다. 그는 스트립쇼 극장에서는 팔목에 문신을 한 피아니스트를, 댄스홀에서는 흑인 트럼펫 주자를, 또 노숙인들과 흑인들, 술집의 늙은 매춘부들을 우리 테이블로 초대해 얘기를 걸었다. 내가 재미있어하자 그는 기쁜 표정으로 나를 바라보았다. 거리로 나왔을 때, 나는 흥분해서 말했다. "덕분에 미국에 와서 최고의 저녁을 보냈어요."

"다른 것도 많이 보여드리고 싶어요!" 브로건이 말했다.

밤이 지나고 새벽이 되려는 참이었다. 그리고 내게 시카고는 영원히 사라질 터였다. 하늘을 좀먹기 시작하는 듯한 드높은 건물의 곰팡이 핀 그림자는 지하철 고가선의 철제 구조물에 가려 보이지 않았다. 브로건이 나의 팔을 잡고 있었다. 우리의 앞에도 뒤에도, 고가 선로의 검은 아치가 한없이 이어졌다. 마치 그 아치들이 지구를 둘러싸고 있어서 영원히 이렇게 걸어가야 할 것만 같았다. 나는 말했다.

"하루가 너무 짧네요. 또 와야겠어요."

"또 오세요." 브로건은 이어 빠른 목소리로 덧붙였다. "다시 못 만난다고 생각하기는 싫군요."

우리는 아무 말 없이 택시 승강장까지 걸었다. 그의 얼굴이 가까이 다가왔을 때 난 얼굴을 돌려버릴 수밖에 없었지만, 곧 그의 숨결이 내 입술에서 느껴졌다.

몇 시간 뒤 나는 기차에서 브로건의 소설을 펼치며 스스로를 질책했다. '내 나이에, 우스꽝스러운 일이야!' 하지만 내 입술은 젊은 여인의 그것처럼 아직 흥분해 있었다. 여태까지 같이 잔 남자들 말고는 키스를 해본 적이 없었다. 그가 키스하려 했던 그 어렴풋한 순간을 떠올리자, 타오르는 듯한 사랑의 추억이 기억 깊은 곳에서 다시 떠오르는 것만 같았다. '다시 돌아올 거야.' 나는 단호하게 마음먹었다. '그런데, 그래봐야 무슨 소용이지? 어차피 우리는 다시 헤어져야 하고, 그때는 다시 돌아올 거라고 생각할 수도 없을 텐데. 그래, 감정 낭비는 당장 그만두는 게 나아.'

나는 시카고에 미련을 두지 않았다. 내일의 기약이 없는 우정, 출발 직전의 사소한 괴로움도 여행이 주는 즐거움의 일부가 될 터였다. 나는 지겨운 사람들과 함께 있는 것을 단호하게 거절했고, 재미있는 사람들하고만 어울렸다. 그들과 산책을 하면서 오후를 보내거나, 밤에 술을 마시거나, 토론을 벌였다. 헤어지면 다시는 만나지 못하겠지만, 누구도 아쉬워하지 않았다. 얼마나 쉬운 인생인가! 미련도 없고 의무도 없으며, 내 어떤 행동도 중요하지 않았다. 남에게 충고할 필요도 없고, 어떤 규칙도 없이 기분에 따라서 움직이면 되었다. 뉴올리언스에서 다이키리*를 마시고 취해 식당 뜰을 나오자마자, 나는 충동적으로 플로리다행 비행기에 올랐다. 린치버그**에서는 자동차를 빌려 일주일간 버지니아의 붉은 대지를 두루 돌아다녔다. 두 번째로 뉴욕에 머물 때는 거의 잠을 이루지 못했다. 나는 정신없이 수많은 사람들을 만나고, 여러 곳을 배회했다. 데이비스 부부가 하트퍼드***의 별장에 같이 가자고 권했고, 두 시간 뒤 나는 그들과 함께 자

* 럼과 과일 주스 등을 섞어 만든 칵테일.
** 버지니아주 중부에 위치한 도시.
*** 코네티컷주의 주도.

동차에 올라 있었다. 미국 시골집에서 며칠을 지낼 수 있다니 정말 행운이야! 그 집은 아주 아름다운 목조건물이었다. 아주 하얀 외관에 니스 칠이 되어 있고, 사방에 작은 창문이 달린 집이었다. 미리엄은 조각을 하고, 딸은 무용 수업을 듣고, 아들은 난해한 시를 썼다. 서른 살인 아들은 어린애 같은 피부와 크고 비극적인 눈, 매력적인 코를 갖고 있었다. 첫날 저녁, 딸인 낸시가 실패한 연애 이야기를 하면서 나에게 멕시코 드레스를 입히고 즐거워했다. 그녀는 내 머리를 풀어 어깨까지 늘어뜨렸다. "왜 늘 이런 스타일을 하지 않으세요?" 아들인 필립이 나에게 물었다. "일부러 늙어 보이려고 하시는 것 같아요." 그는 그날 늦게까지 나와 춤을 추었다. 나는 그를 기쁘게 하기 위해 다음 날부터 젊은 여인의 모습으로 꾸몄다. 왜 그가 나의 환심을 사려고 하는지는 잘 알고 있었다. 내가 파리에서 온 여자고, 내 나이가 필립이 사춘기였을 때 어머니 미리엄의 나이와 같기 때문이었다. 그래도 나는 마음이 움직였다. 그는 나를 위해 모임을 주선하고, 칵테일파티에 나를 초대했으며, 기타로 아주 아름다운 카우보이의 노래를 연주해주는가 하면, 옛 청교도의 마을에도 데려가주었다. 떠나기 전날 밤, 필립은 다른 사람들이 모두 자러 간 뒤에도 나와 함께 거실에 남아 있었다. 우리는 위스키를 마시면서 음반을 들었다. 그가 아쉬움 가득한 어조로 말했다.

"뉴욕에서 더 가깝게 지낼 수 없었던 게 정말 유감이에요. 같이 구경 다녔다면 정말 좋았을 텐데요."

"다시 만날 수 있어요." 나는 말했다. "이틀 뒤에 다시 뉴욕으로 돌아올 거거든요. 그때 뉴욕에 있을 거죠?"

"없더라도 어쨌든 전 갈 수 있어요. 전화 주세요." 그는 진지하게 나를 바라보며 말했다.

우리는 다시 몇 장의 음반을 들었다. 이어 그는 홀을 지나 방문까지 나를 바래다주었다. 내가 그에게 손을 내밀자 그는 낮은 소리로 물었다. "키스하고 싶지 않으세요?"

필립은 두 팔로 나를 안았다. 잠깐 동안 우리는 볼과 볼을 포개고 욕망으로 온몸이 마비된 채 꼼짝 않고 서 있었다. 그때 가벼운 발소리가 들려와 우리는 황급히 몸을 떼었다. 미리엄이 어색한 미소를 지으며 우리를 바라보고 있었다.

"안은 내일 아침 일찍 떠날 거야. 늦게까지 못 주무시게 하면 안 되지." 그녀가 미묘한 어조로 말했다.

"지금 자려고요." 나는 말했다.

나는 잠을 자지 않았다. 열린 창문 앞에 선 채 아무 냄새도 나지 않는 밤공기를 들이마셨다. 마치 꽃들의 향기가 달빛에 얼어붙은 것 같았다. 미리엄은 옆방에서 잠을 자거나 깨어 있을 터였다. 그리고 나는 필립이 오지 않으리라는 것을 알고 있었다. 이따금 발소리가 들린 것 같다고 생각했지만, 그저 나무 사이를 지나가는 바람 소리일 뿐이었다.

캐나다는 별로 재미가 없었다. 그래서 뉴욕으로 다시 돌아왔을 때 나는 정말 기뻤고, 곧 생각했다. '필립에게 전화를 걸어야지.' 그날은 어느 칵테일파티에 초대받았는데, 거기서 분명 친구들 대부분을 다시 만나게 될 터였다. 호텔 방 창문 너머 마천루의 방대한 경관이 언뜻 보였지만 그것으로는 그리 만족스럽지가 않았다. 나는 호텔 바로 내려갔다. 검푸른 등불 밑에서 한 피아니스트가 감미로운 곡을 조용히 연주하고 있었다. 몇 쌍의 남녀들이 서로 속삭이고, 웨이터들은 발끝으로 조용히 걸어 다녔다. 나는 마티니를 주문한 뒤 담배에 불을 붙였다. 심장이 미약하게 두근거렸다. 내가 하려는 짓은 그리 현명한 일이 못 돼. 필립과 함께 일주일을 보낸다면, 틀림없이 마음에 심각한 동요를 느끼지 않고는 그와 헤어질 수 없겠지. 하지만 어쩔 수 없어. 무엇보다 그를 원하고 있으니까. 어떻게 하든 마음의 동요는 느끼게 될 터였고, 이미 느끼고 있었다. 퀸스 브리지, 센트럴파크, 워싱턴 스퀘어, 이스트강. 일주일 뒤에는 전부 다시 못 보게 되겠지. 결국은 이런 돌덩어리보다는 한 사람을 아쉬워하는 편이 더 나을 거야. 내게는 그게 덜 고통스러울 것 같아. 나는 마티니를 한 모금 들이켰다. 새로운 무언가를 발견하기에 일주일은 너무 짧아. 내일의 기약이 없는 쾌락을 위해서도 너무 짧지. 나는 더 이상 관광객으로 뉴욕을 배회하고 싶지 않았다. 이 도시에서 본격적으로 살아봐야만 했다. 그러면 뉴욕은 다소 내 것이 될 것이며, 나도 뉴욕에 내 무언가를 남길 수 있을 것이다. 잠시나마 내 것이 될 한 남자의 팔을 잡고 이 도시의 거리를 걸어봐야 해. 나는 잔을 비웠다. 이번 여행 중에 딱 한 번, 한 남자가 내 팔을 잡은 일이 있었지. 한겨울에 나는 빙판 위에서 비틀거렸지만 그의 곁에서 따뜻했지. 그는 말했었지. "또 오세요. 다시 못 만난다고 생각하기는 싫군요." 그러나 거기로 돌아가지는 않을 거야. 내 팔로 다른 팔을 꽉 안을 거야. 잠시간 나는 스스로의 배신에 죄책감을 느꼈다. 하지만 의문의 여지가 없었다. 밤새도록 내가 원했던 사람은 바로 필립이었다. 나는 여전히 그를 원했고, 그는 내 전화를 기다리고 있었다. 나는 일어나 전화박스로 들어갔다. 그러고는 하트퍼드로 연결해달라고 요청했다.

"필립 데이비스 씨 부탁합니다."

"불러드릴게요."

갑자기 심장이 크게 뛰기 시작했다. 조금 전까지만 해도 나는 필립을 맘대로 다루고 있었다. 그를 뉴욕으로 불러, 내 침대 안에서 재우고 있었던 것이다. 그러나 필립은 그 자신을 위해 존재했고, 이제는 내가 그에게 종속되어 있었다. 이 좁은 독방에서 나는 무방비 상태로 홀로 있었다.

"여보세요?"

"필립? 나 안이에요."

"안! 목소리 들으니 너무 반갑네요!"

그는 천천히, 정확한 프랑스어로 말했다. 그것이 내게는 갑자기 냉정하게 느껴졌다.

"뉴욕에서 전화 걸고 있어요."

"알아요. 소중한 안, 당신이 떠나고부터 하트퍼드가 얼마나 지긋지긋한지 몰라요. 멋진 여행 하셨어요?"

그의 목소리는 정말 가깝구나! 목소리가 내 얼굴을 스치는 것 같아. 그러나 정작 목소리의 주인인 필립은 문득 아주 멀리 있는 듯 느껴졌다. 검은 에보나이트로 된 수화기를 쥔 나의 손은 축축하게 젖어 있었다. 나는 아무렇게나 말을 던졌다. "여행에 대해 얘기하고 싶어서요. 돌아오면 알려달라고 했죠? 내가 떠나기 전에 뉴욕으로 올 수 있어요?"

"언제 떠나세요?"

"토요일요."

"아!" 그가 말했다. "저런! 그렇게나 금세!" 잠깐 침묵이 흘렀다. "이번 주에 케이프 코드의 친구 집에 가기로 약속을 해놔서요."

"정말 아쉽네요!"

"네, 정말 아쉬워요. 출발을 미루실 수는 없으세요?"

"안 돼요. 친구와의 약속을 미룰 수는 없어요?"

"아뇨, 그건 불가능해요!" 아연실색한 목소리였다.

"그러면, 이번 여름에 파리에서 만나기로 하죠." 나는 예의를 갖춰 쾌활하게 말했다. "여름도 아주 멀지는 않았으니까요."

"정말 안타깝네요."

"나도 그래요. 안녕, 필립. 올여름에 만나요."

"안녕, 소중한 안. 절 잊지 마세요."

나는 땀으로 젖은 수화기를 제자리에 놓았다. 심장이 편안해지고, 옆구리 아래에 공허한 느낌만 남아 있었다. 윌슨 부부네 집으로 가보니 많은 사람들이 와 있었다. 그들은 내게 잔을 내밀거나, 나에게 미소를 짓거나, 내 이름을 부르거나, 내 팔과 손을 잡아 여기저기 끌고 다녔다. 그들과의 약속을 수첩에 적으면서도 가슴속이 내내 공허했다. 육체의 실망, 그건 이미 각오한 바였지만 공허함은 견디기 힘들었다. 사람들은 내게 미소를 지으며 얘기를 건넸고, 나 또한 얘기하며 미소를 지었다. 일주일 내내 우리는 이야기를 나누거나 미소를 짓겠지. 그런 다음에는 그들 중 누구도 나를 생각하지 않을 것이고, 나 또한 그들을 생각하지 않을 것이다.

이 미국이란 나라는 분명히 실재하며 나도 분명 살아 있었다. 하지만 나는 무엇도 남기지 않은 채, 아무것도 없이 떠날 터였다. 미소를 지으며 나는 생각했다. '시카고에 가면 어떨까?' 오늘 밤이라도 브로건에게 전화를 걸어 지금 갈게요, 할 수 있어. 그가 나를 만나고 싶지 않다면 싫다고 대답하겠지. 그게 뭐가 중요해? 두 번의 거절이 한 번의 거절보다 더 나쁘지는 않잖아. 또다시 미소를 지으며 나는 치욕스러운 마음으로 나 자신을 바라보았다. 필립을 가질 수 없어서 브로건에게 몸을 던지려는 걸까? 이게 발정난 암컷의 행동이 아니면 뭐지? 사실 브로건과 함께 잔다는 것에 큰 의미를 두는 것은 아니었다. 오히려 그가 침대에서 서투르지 않을까 싶은 생각이었다. 게다가 그와 다시 만나면 기쁠지조차 확신할 수 없었다. 그저 오후 한나절을 함께 보낸 사이잖아. 최악의 실망을 경험할지 몰라. 볼 것도 없이 바보 같은 계획이야. 그저 스스로의 실망감을 감추기 위해 몸을 움직이고 분주히 돌아다니고 싶은 거야. 이런 식으로 사람은 진정한 실수를 저지르게 되는 모양이군. 나는 뉴욕에 머무르기로 마음먹고 사람들과의 약속을 수첩에 계속 적어나갔다. 전시회, 음악회, 만찬, 파티. 일주일은 금세 지나가버릴 것이다. 거리로 다시 나왔을 때 그래머시 스퀘어의 큰 시계는 자정을 가리키고 있었다. 어쨌든 브로건에게 전화를 걸기에는 시간이 너무 늦었어. 아니, 늦지 않았구나. 시카고는 지금 9시밖에 안 됐을 테니까. 브로건은 자기 방에서 책을 읽든가 글을 쓰고 있겠지. 잡화상을 겸한 약국의 알록달록한 진열창 앞에서 발길이 멈추었다. "다시 못 만난다고 생각하기는 싫군요." 나는 약국으로 들어갔다. 카운터에서 잔돈을 바꾸고 수화기를 들어 시카고 통화를 요청했다.

"루이스 브로건? 안 뒤브뢰유예요."

아무 대답도 없었다. "안 뒤브뢰유예요. 들리세요?"

"아주 잘 들립니다." 그는 서투른 프랑스어로, 한 음절씩 쾌활하게 덧붙였다. "안녕하세요, 안? 어떻게 지내요?"

그의 소리는 필립의 소리보다 덜 생생했지만, 더 가깝게 느껴졌다.

"이번 주에 사나흘쯤 시카고에 들를 수 있는데," 나는 말했다. "어떻게 생각하세요?"

"요즘 시카고는 날씨가 정말 좋답니다."

"그렇지만 전 선생님을 만나러 가는 건데요. 시간 있으세요?"

"시간이야 얼마든지 있죠." 그가 웃음 섞인 어조로 말했다. "제 시간은 제 것이니까요."

나는 잠깐 망설였다. 너무 간단하군. 둘 다 똑같이 무심하게, 한 사람은 안 된다고 하고, 한 사람은 좋다고 하고 있잖아. 어쨌든 물러서기엔 너무 늦었어. 나는 말했다. "그럼 내일 아침 첫 비행기로 갈게요. 호텔 방 하나 예약해주세요. 시카고에서 제일 좋은 호텔 말고요. 어디서 만날까요?"

"공항으로 마중 나갈게요."

"좋아요, 그럼 내일 만나요."

침묵이 흘렀다. 문득 두 달 전 "또 와주세요"라고 말하던 목소리가 떠올랐다. 그 목소리가 말하고 있었다.

"안! 다시 만나게 된다니 정말 기쁘네요!"

"저도 기뻐요. 내일 봐요."

"내일 봐요."

그의 목소리였고, 내가 기억하던 그대로의 그였다. 그리고 그는 나를 잊지 않았다. 그의 곁에 가면 지난겨울처럼 따뜻함을 느낄 수 있겠지. 갑자기 필립이 안 된다고 대답한 것이 다행이라는 생각이 들었다. 모든 게 간단할 거야. 잠시 부드럽게 빛이 새어 드는 술집에서 얘기를 나누겠지. 이어 그가 말하는 거야. "우리 집에서 좀 쉬어요." 우리는 그 멕시코산 담요 위에 나란히 앉겠지. 나는 얌전하게 샤를 트레네를 듣고, 브로건은 나를 껴안고. 뭐 아주 대단한 밤이 되지는 않겠지만, 그래도 그는 행복할 거야. 나는 그렇게 되리라 확신했고, 내가 행복하기 위해서는 그것으로 족했다. 나는 잠자리에 누웠다. 나를 안아주기 위해 한 남자가 기다리고 있다는 생각에 매우 감동한 채.

그는 나를 기다리고 있지 않았다. 공항 대합실에는 아무도 없었다. '시작이 좋지 않군.' 팔걸이의자에 앉으며 나는 생각했다. 무척 당황스러웠고, 경솔한 짓이었다는 생각과 함께 불안이 밀려왔다. '브로건을 부를까, 말까?' 난 혼자서 이 연극을 하고 있다가 이제 무모한 모험 속에 던져진 자신을 발견한 터였다. 그리고 이 모험의 성공은 더 이상 내게 달려 있지 않았다. 내가 할 수 있는 일이라곤 그저 시계판 위에서 꼼짝도 않는 듯 보이는 시곗바늘의 움직임을 눈으로 좇는 것뿐이었다. 이 수동적인 상태가 두려워 마음을 가라앉히려 애썼다. 결국 이 일이 제대로 되지 않으면, 내일 곧장 뉴욕으로 돌아갈 구실을 찾는 셈이지. 어쨌든 일주일이면 이 여행도 끝나니까. 내 삶을 살며, 안전한 상태로, 감동적인 것이건 우스꽝스러운 것이건 이번 여행의 모든 추억을 향해 관대하게 미소를 짓고 있을 거야. 그러자 불안이 진정되었다. 수첩에 적어둔 브로건의 전화번호를 찾으려고 핸드백을 열었을 땐 이미 모든 비상구를 확인하고 일어날 수 있는 모든 사고에 대해 만반의 태세를 갖춘 상태였다. 그런데 문득 고개를 들자 브로건이 앞에 서 있었다. 그는 주저하는 듯한 어렴풋한 미소로 나를 온통 감싸고 있었다. 나는 마치 세상의 반대쪽 끝에서 그의 유령을 만나기라도 한 양 놀랐다. "그래, 잘 지냈어요?" 브로건이 형편없는 프랑스어로 물었다. 나는 일어섰다. 그는 기억하고 있던 것보다 더 말랐고, 더 생기 있는 눈을 하고 있었다. "잘 지냈어요."

그가 미소 띤 입술을 내 입술로 가져왔다. 이 공식적인 키스에 나는 당황했고, 브로건의 턱에는 빨간 흔적이 남겨졌다. "얼굴이 더러워졌어요." 나는 손수건으로 립스틱 자국을 닦아내며 이렇게 덧붙였다. "전 9시에 도착했어요."

"이런!" 그는 나를 향한 것 같은 비난의 어조로 말했다. "전화로 물어보니 첫 비행기가 10시에 도착한다던데요."

"항공사에서 실수했나 봐요."

"그럴 리가요."

"어쨌든 전 벌써 여기 와 있는걸요."

"그렇군요." 브로건은 인정했다. 그가 앉아서 나도 앉았다. 9시 20분이었다. 20분 늦게 왔거나, 아니면 40분 일찍 온 것이다. 그는 플란넬로 된 좋은 양복 안에 새하얀 셔츠를 입고 있었다. 나는 거울 앞에 우뚝 서 있는 브로건을 상상해보았다. 내게 예의를 갖추느라 고민을 하고, 익숙지 않은 거울 속 자신의 모습을 만족스럽게, 혹은 당황한 채 한쪽 눈으로만 살펴보았으리라. 그러고는 초조하게 시계를 바라보고, 그동안 나는 음흉하게도 미리 와서 그를 기다렸던 거지! 나는 브로건에게 미소를 지어 보였다.

"오전 내내 여기 있을 건 아니죠?"

"그럴 리가요." 그는 이윽고 깊이 생각해보는 것 같았다. "동물원에 가볼까요?"

"동물원요?"

"바로 이 근처입니다."

"거기서 뭘 하죠?"

"우리는 동물을 바라보고, 동물은 우리를 바라보겠죠."

"전 동물의 구경거리가 되려고 온 게 아닌데요." 나는 일어섰다. "그보다는 커피나 샌드위치를 먹을 수 있는 어디 조용한 곳으로 가요. 그리고 우리 서로를 바라보도록 하죠."

그도 일어섰다. "좋은 생각이군요."

시내로 가는 리무진 버스에는 우리 둘뿐이었다. 브로건은 내 여행 가방을 무릎 위에 올려둔 채 줄곧 입을 다물고 있었다. 그래서 나는 다시 불안을 느꼈다. '이 모르는 남자와 보내는 나흘은 무척 길겠지. 그리고 서로 알아가기에 나흘은 너무 짧을 거야.' 나는 말했다. "우선 호텔에 들러서 가방을 내려야겠어요."

브로건은 난처한 표정으로 미소를 지었다.

"방 예약해두셨죠?"

그는 여전히 죄지은 듯한 미소를 머금고 있었다. 하지만 그의 어조에는 어딘가 도전적인 구석이 느껴졌다. "아뇨."

"뭐라고요! 전화로 부탁드렸잖아요!"

"실은 당신 얘기를 절반도 알아들을 수가 없었어요." 브로건이 빠르게 말했다. "영어가 겨울에 만났을 때보다 더 서툴러졌더라고요. 게다가 기관총처럼 말을 하니까요. 하지만 큰일은 아녜요. 이 가방은 우선 보관소에 맡기도록 하죠. 여기서 기다려줘요." 항공사 사무실 앞에서 내리며 그는 이렇게 덧붙이더니 회전문을 열고 안으로 들어갔다. 나는 의심스러운 눈으로 그를 바라보았다. 그저 부주의해서 예약을 잊은 것일까, 아니면 무슨 계략이라도 꾸미는 걸까? 어쩌면 내가 그랬듯이 브로건도 내가 오늘 밤을 자기 침대에서 보내게 되리라 생각한 건지 몰라. 그러면서도 나는 오늘 밤 우리가 서로를 원하지 않을 수도 있다고 생각하며 두려움에 사로잡혔다. 원하지 않으면서 남자 침대로 들어가는 실수를 다시는 저지르지 않으리라 스스로 맹세하지 않았던가. 브로건이 돌아오자마자 나는 신경질적으로 말했다.

"호텔에 전화를 해봐야겠어요. 어젯밤 잠을 못 자서요. 낮잠도 자고 싶고, 목욕도 하고 싶어요."

"시카고에서 호텔 방 찾기가 쉬운 일이 아니에요." 그는 말했다.

"그러니까 당장 찾아봐야 하지 않을까요?"

그때 그가 "저희 집에 와서 쉬세요"라고 말해야 했을 텐데. 하지만 그는 아무 말도 하지 않았다. 게다가 그가 데리고 간 카페테리아는 내 상상 속의 은밀하고 따뜻한 술집이 아니었다. 마치 역전의 뷔페 같은 곳이었고, 그다음에 들어간 술집 역시 대합실 같은 곳이었다. 우리는 온종일 기다리면서 시간을 보내는 건가? 그런데 무엇을 기다리는 거지?

"위스키 드실래요?"

"좋아요."

"담배는요?"

"네, 고마워요."

"음반을 틀게요."

적어도 전처럼 조용히 이야기를 나눌 수 있으면 얼마나 좋을까! 그러나 브로건은 잠시도 가만히 있질 않았다. 그는 카운터로 코카콜라 병을 가지러 가고, 주크박스에 동전을 넣으러 가고, 다시 일어나 출입구로 가고, 담배를 싸게 사느라 흥정을 했다. 정말이지 끊임없이 움직였다. 내 요구에 마침내 호텔에 전화를 걸어 방을 알아보기로 그가 결심했을 때였다. 자리를 비운 상태로 너무나 오랫동안 돌아오지 않아서, 나는 영원히 그가 사라졌나 보다 생각할 정도였다. 정말이지 내 기대가 잘못되었던 것이 틀림없었다. 그는 일부러 내 예측에서 벗어나며 즐거워하고 있는 것 같았다. 내 기억 속에 간직된 남자와는 거의 닮지도 않았다. 겨울이 그를 그 안에 넣고 얼려두었던 완고한 얼음덩어리가 봄이 되자 녹아버린 것이다. 그렇다고 상냥하거나 부드럽게 변한 것도 아니었다. 하지만 그의 몸은 거의 우아할 정도였고, 머리는 틀림없는 금발에, 눈은 여지없는 회녹색이었다. 전에는 무표정하게만 보였던 얼굴 속에서 나는 민감한 입술과 다소 야성적인 콧구멍, 사람을 당황시키는 예민함을 발견했다.

28

"어디에도 없네요." 그가 내 곁으로 돌아와 앉으면서 말했다. "결국 호텔 조합에 부탁해뒀어요. 잠시 후에 다시 전화를 걸기로 했죠."

"고마워요."

"이젠 뭘 하고 싶어요?"

"여기서 조용히 있는 건 어때요?"

"그럼, 위스키 한 잔 더?"

"좋아요."

"담배는?"

"네, 고마워요."

"음반을 틀까요?"

"제발, 그건 싫어요."

침묵이 흘렀다. 그래서 나는 얘기를 시작했다. "뉴욕에서 선생님 친구들을 만났어요."

"뉴욕에는 친구가 없는데."

"있고말고요. 우리를 소개한 벤슨 부부 말이에요."

"오! 그 사람들이랑 친하지도 않은걸요."

"그럼 두 달 전에 왜 날 만난 거예요?"

"그건 선생님이 프랑스 여성이고, 제가 좋아하는 '안'이라는 이름을 가지고 있어서였죠." 잠시 그가 내게 미소를 던졌다. 그러나 미소는 곧 사라졌다. 나는 다시 노력해보았다.

"그동안 어떻게 지냈어요?"

"매일 조금씩 늙어갑니다."

"제가 보기에는 오히려 더 젊어졌는데요."

"여름 양복을 입었으니까요."

다시 침묵이 흘렀다. 이번에는 나도 단념해버렸다.

"좋아요, 어디라도 가보죠. 어딜 갈까요?"

"지난겨울에 야구 시합 보고 싶다고 했죠?" 그가 반가운 듯 말했다. "오늘 시합이 하나 있어요."

"그럼 거기 가봐요."

예전에 바랐던 일을 기억해준 것은 고마웠다. 하지만 지금쯤이면 내가 야구에 전혀 흥미가 없다는 걸 짐작할 수 있을 텐데. 상관없어. 우리가 할 수 있는 최선책은 기다리면서 시간을 보내는 것이니까……. 그런데 무엇을 기다리는 거지? 헬멧을 쓴 남자들이 눈부신 푸른 잔디 위를 뛰어다니는 모습을 얼빠진 시선으로 바라보며, 나는 불안스럽게 생각을 거듭했다. 시간을 이렇게 흘려보내다니! 우리는 한 시간도 허비할 수 없는데 말이야. 나흘은 너무 짧아. 서둘러야 해. 결국 우리는 언제 다시 만나게 될까?

"지루해요?" 루이스가 물었다.

"좀 춥네요."

"그럼 다른 곳으로 가죠."

그는 나를 볼링장으로 데리고 갔다. 거기서 우리는 핀이 쓰러지는 것을 구경하면서 맥주를 마셨다. 그다음엔 다섯 대의 자동피아노가 번갈아 구닥다리 음악을 연주하는 조그만 카페로 갔고, 물고기들이 심술궂게 얼굴을 찡그리고 있는 수족관에도 갔다. 우리는 전차를 탔고, 지하철을 탔고, 또다른 전차와 지하철을 탔다. 나는 지하철 안이 좋았다. 제일앞 차량 유리창에 이마를 댄 채, 우리는 희미하고 푸른 전구들이 꽃처럼 피어 있는 매혹적인 터널 속으로 휩쓸려 들어갔다. 브로건의 팔이 내 허리를 잡고 있었다. 그때 우리의 침묵은 서로를 신뢰하는 연인들을 이어주는 그것과 비슷했다. 그러나 거리로 나와서는 약간 거리를 둔 채 떨어져서 걸었다. 그리고 나는 우리가 서로 할 말이 없어 입을 다물고 있는 것이 안타까웠다. 오후가 중반쯤 지날 무렵에는 내 계산에 착오가 있었다는 사실을 인정하지 않을 수 없었다. 일주일 뒤, 아니 내일이면 오늘이라는 날은 과거가 되어버릴 것이고, 그때 나는 이 실수를 만회하기에 보다 나은 입장이 되어 있을지도 몰랐다. 그러나 우선은 이 하루를 한 시간 한 시간씩 살아나가지 않으면 안 되며, 그 시간 속에서 한 낯선 남자가 자기 맘대로 내 운명을 좌우하고 있는 것이었다. 나는 너무나 피곤하고 실망스러운 나머지 다시 혼자가 되고 싶었다.

"부탁인데요," 내가 그에게 요구했다. "전화 한 번만 더 걸어주실래요? 잠을 좀 자고 싶어서요."

"호텔 조합에 물어보죠." 브로건이 약국의 문을 밀었다. 나는 매끄러운 표지의 책들을 멍하니 바라보며 서 있었다. 거의 곧바로, 그가 만족스러운 미소를 띤 채 전화박스에서 나왔다. "여기서 두 블록 떨어진 곳에 방이 하나 있답니다."

"아! 고마워요."

우리는 아무 말 없이 호텔까지 걸어갔다. 왜 그는 거짓말을 하지 않았을까? 지금이 바로 "저희 집에 가서 쉬시죠"라고 말해야 할 순간 아닌가? 그 역시 자기 욕망에 자신이 없는 걸까? 나는 내 육체의 고독을 없애고자 그의 열정과 대담함을 기대하고 있었지만 그는 나를 갇힌 상태로 내버려두었고, 나 역시 우리를 위해 아무것도 할 수 없었다. 루이스가 호텔 접수대로 다가갔다.

"방금 전화로 방을 예약했는데요."

사무원은 숙박부를 흘낏 보았다.

"두 분이십니까?"

"한 사람이에요." 나는 그렇게 말하고 카드에 이름을 썼다. "가방은 보관소에 맡겨두었어요."

"제가 찾아다 놓을게요." 루이스가 말했다. "언제쯤 필요해요?"

"두 시간 뒤에 불러주세요."

나의 망상이었을까? 아니면 그가 정말 사무원과 이상한 시선을 주고받은 걸까? 혹시 두 사람의 방을 예약했던 건가? 그렇다면 나와 함께 방으로 올라갈 구실을 찾을 수 있었을 텐데. 나도 그에게 얼마든지 그렇게 하자고 속삭일 수 있었을 텐데. 그의 계략이 너무도 형편없어서, 나는 그 계략에 넘어가고 싶은 만큼이나 신경질이 났다. 욕조에 물을 채운 뒤 거기 몸을 담그면서 생각했다. 우리는 출발부터 좋지 않았어. 내 잘못이었을까? 물론 만나자마자 "당신 집으로 가요"라고 말할 수 있는 여자도 있겠지. 나딘이라면 그렇게 했을지도 몰라. 나는 반들반들한 침대보 위에 드러누워 눈을 감았다. 칫솔 하나까지도 나를 환영하지 않는 듯한 이 방 한가운데 다시 일어나 설 순간이 벌써 두려워졌다. 서로 다르지만 분간할 수 없는 많은 방들이 있었고, 여행 가방은 수없이 열고 닫혔고, 수없이 출발했다가 또 도착했고, 수없이 잠을 깨고, 누군가를 기다리고, 달리고, 도망을 쳤다. 석 달 내내 내일 없는 나날을 보내느라 나는 지쳐 있었다. 아침마다,

32

저녁마다, 아니 매시간 내 생활을 새롭게 만들어내는 데 지친 것이다. 어떤 낯선 힘이 나를 영원히 이 침대 위에 넘어뜨려줬으면 싶었다. 그가 올라와 내 방문을 두드리고 방으로 들어왔으면 싶었다. 나는 욕망과 비슷할 정도로 열정적인 초조함 속에서, 혹시 복도에 그의 발소리가 울리지는 않는지 귀를 기울였다. 그러나 아무 소리도 없었다. 나는 깊은 잠에 빠졌다.

아래층 로비에서 브로건을 다시 만날 때쯤엔 조금 진정되어 있었다. 곧 이 연애 사건의 운명은 결정될 거야. 어쨌든 몇 시간 후면 잠을 자겠지. 낡았지만 쾌적한 독일 식당에서 우리는 저녁을 먹었다. 나는 태평하게 잡담을 늘어놓았다. 그 다음에 우리가 간 술집은 마치 보라색 안개에 잠겨 있는 것 같았다. 거기서 나는 기분이 좋아졌다. 그리고 브로건은 지난겨울과 같은 어조로 이야기를 했다.

"택시가 당신을 데려가버렸죠." 그는 말했다. "난 당신에 대해서 아무것도 몰랐고요. 집에 돌아오니,《뉴요커》가 문 아래 있더라고요. 정신분석학회의 기사를 읽다가 당신 이름을 우연히 발견했어요. 마치 당신이 직접 자기가 누구인지 말해주기 위해 밤중에 돌아온 것 같은 기분이었죠."

"벤슨 부부가 미리 얘기해주지 않았나요?"

"아! 그 편지를 하나도 안 읽었거든요." 브로건은 재미있다는 투로 덧붙였다. "기사에서는 당신이 뛰어난 의사라고 하던데요."

"그래서 놀랐어요?"

그는 대답 없이 미소를 띤 채 나를 바라보았다. 그가 그렇게 미소 짓고 있을 때면, 나는 그 숨결을 입술에 느끼는 기분이었다.

"프랑스엔 참 이상한 의사도 다 있구나 생각했죠."

"호텔로 돌아와서 당신 작품을 받았어요. 읽으려고 애써 봤는데 너무 졸리더라고요. 그래서 다음 날 기차에서 읽었죠." 나는 루이스의 얼굴을 바라보았다. "그 소설에 나오는 버티라는 인물은 많은 부분이 당신 자신의 모습이죠?"

"오! 나라면 농가에 불을 내는 짓은 절대 안 했을걸요." 브로건이 비꼬는 투로 대꾸했다. "불과 경찰을 너무나 무서워하니까요." 그러더니 그는 갑자기 일어섰다. "26 게임을 해 볼까요?"

게임 테이블 뒤에 앉아 있던 침울한 금발의 여자가 주사위 통을 내밀었다. 브로건은 '6'을 골라 50센트를 걸었다. 나는 녹색 테이블보 위를 구르는 자그마한 골패를 바라보며 낙담에 빠져 있었다. 우리가 전처럼 서로 잘 어울리기 시작하려는 참에 왜 그는 자리를 피해버린 걸까? 나 역시 그를 두렵게 만들고 있나? 그의 얼굴은 강인하면서도 상처 받기 쉬워 보였고, 그래서 무슨 생각을 하는지 도무지 읽을 수가 없었다. "땄어!" 브로건이 즐거운 어조로 외치고는 내게 주사위 통을 내밀었다. 나는 통을 거칠게 흔들었다. '우리의 밤을 걸자.' 나는 불현듯 결심하고 '5'를 골랐다. 내 입술은 양피지로 안을 댄 양 말라붙었고, 손바닥은 축축해졌다. 처음 열세 번을 던졌을 때는 '5'가 일곱 번 나왔다. 이어 다시 세 번 나왔다. 졌어!

"바보 같은 게임이군요." 나는 자리에 앉으며 말했다.

"게임 좋아하세요?"

"지는 건 싫어해요."

"난 포커를 아주 좋아합니다만, 늘 지기만 하죠." 브로건이 우울하게 말했다. "얼굴에 너무 쉽게 속이 드러나는 것 같아요."

"그런 것 같지 않은데요." 나는 도전적으로 그를 응시하며 대꾸했다. 브로건은 당황한 표정이었지만, 그래도 나는 시선을 돌리지 않았다. 나는 우리의 밤을 내기에 걸었고, 그것을 잃었다. 브로건은 나를 도울 생각이 없었다. 주사위들이 결국 판결을 내린 것이다. 이 패배에 나는 거칠게 반발했다. 그리고 그 반발이 갑자기 용기로 변했다.

"내가 온 게 당신한테 기쁜 일인건지, 오늘 아침부터 궁금해하는 중이에요. 그런데 아직도 모르겠네요."

"물론 기쁜 일이죠." 그가 지나치게 진지한 어조로 대답하는 바람에 내 공격적인 말투가 부끄러워졌다.

"그랬으면 했어요." 나는 말했다. "당신의 예전 모습을 다시 보니 기분이 좋네요. 오늘 아침에는 제가 기억을 제대로 못 하고 있었던 건가 두렵더라고요. 그렇지만 아니었어요. 제가 기억하고 있던 그대로의 당신이군요."

"전 제 기억을 확실히 믿었는데요." 브로건의 목소리는 다시 숨결처럼 따뜻했다. 나는 그의 손을 잡고서 모든 여성들이 애정을 표현할 때 쓰는 말을 입 밖에 내어 말했다.

"당신 손이 아주 좋아요."

"저도 당신 손을 아주 좋아해요. 바로 이 손으로 저항할 수 없는 불쌍한 환자들의 뇌를 괴롭힌 건가요?"

"당신 뇌도 맡겨봐요. 그럴 필요가 있는 것 같은데……."

"오! 제 뇌가 한쪽만 돌아가고 있긴 하죠."

우리의 손은 하나가 되어 있었다. 두 사람의 인생 사이에 놓인 이 부서지기 쉬운 다리를 감동에 겨워 바라보던 나는 바싹 마른 입속으로 자문해보았다. '이 손을 더 알아가게 될까? 알지 못하게 될까?' 침묵이 오랫동안 이어졌다. 곧 브로건이 입을 열었다.

"빅 빌리의 노래를 들으러 갈까요?"

"좋아요."

거리에서 그는 내 팔을 잡았다. 나는 곧 그가 나를 끌어안으리라 생각했다. 무거웠던 하루의 무게가 어깨에서 미끄러져 내려갔고, 나는 드디어 평온함과 기쁨을 향해 달려가고 있었다. 그런데 돌연 그가 팔을 놓았다. 그의 얼굴은 낯선 미소로 환하게 빛나고 있었다. "테디!"

한 남자와 두 여자가 발길을 멈추더니 역시 생기 넘치는 미소를 지었다. 잠시 후 우리는 음산한 카페테리아의 테이블에 앉아 있었다. 다들 말이 너무 빨라서 나는 그들이 무슨 얘기를 하는 건지 조금도 이해할 수 없었다. 브로건은 많이 웃었고, 눈도 생기를 띠었다. 나와 오랫동안 단둘이 있는 상황에서 벗어나 안도한 표정이었다. 당연한 일이다. 이 사람들은 그의 친구들이고, 서로 나눌 얘기가 많으니까. 나와 브로건 사이에는 대체 어떤 공통점이 있단 말인가? 그의 곁에 앉아 있는 여자들은 젊고 아름다웠다. 그는 이 여자들을 마음에 들어하는 걸까? 문득, 그의 삶에 틀림없이 젊고 아름다운 여자들이 존재하고 있으리라는 사실을 나는 깨달았다.

아직 단 한 번 진정한 키스조차 나누지 않았는데 어떻게 이만큼이나 고통을 느낄 수 있을까? 나는 괴로웠다. 멀리, 아주 멀리, 터널의 깊은 곳에, 오늘 아침에 그토록 확실하게 여겨졌던 비상구 하나가 보였다. 그러나, 비록 기어간다 하더라도, 거기까지 가기에는 내가 너무 지쳐 있었다. 나는 불평을 해보려 애썼다. '키스도 못 할 바에야 이게 다 무슨 난리!' 그러나 이러한 냉소적인 태도도 도움이 되지 않았다. 다소 우스꽝스럽든 아니든, 나의 칭찬이나 비난을 받을 자격이 있든 말든, 그런 것은 하나도 중요하지 않았다. 이 일을 주도하는 사람은 내가 아니었으니까. 나는 타인의 마음에 속수무책으로 맡겨져 있었다. 이 얼마나 미친 짓인가! 이제는 내가 왜 이곳에 왔는지조차 잊고 말았다. 내게 아무것도 아닌 한 남자가 날 위해 뭔가 해줄 수 있다고 생각했다니, 분명히 이성을 잃은 거야. '얼른 가서 자야겠어.' 브로건이 내 팔을 잡고 거리로 나왔을 때 나는 결심했다.

"테디를 소개하게 되어서 기뻐요." 그가 말했다. "전에 말씀드렸던 소매치기 작가예요. 기억하세요?"

"기억하고말고요. 그런데 그 여자들은 누구예요?"

"전 모르는 여자들입니다." 브로건은 길모퉁이에서 발을 멈췄다. "전차가 안 오면 택시를 타죠."

'택시.' 나는 생각하였다. '이게 우리의 마지막 기회야. 전차가 오면 포기하고 호텔로 돌아가자.' 무한하게 느껴지는 한순간, 나는 위협적인 빛을 내고 있는 선로를 엿보았다. 브로건이 택시를 잡았다. "타세요."

'이게 마지막 기회야' 하는 생각 같은 건 할 겨를도 없었다. 이미 그는 나를 힘껏 껴안고 있었다. 육체라는 굴레가 내 입술을 꽉 조여 왔다. 혀 하나가 입속을 뒤지자 내 육체는 죽은 사람들 사이에서 몸을 일으키기 시작했다. 나는 소생했을 때의 나사로처럼 비틀거리며 바로 들어갔다. 연주자들은 쉬고 있었다. 곧 빅 빌리가 우리 곁에 와서 앉았다. 빅 빌리와 농담을 나누는 브로건의 눈은 빛나고 있었다. 나는 그의 유쾌함을 함께 나누려 했지만, 완전히 새로워진 육체가 훼방을 놓았다. 내 육체는 너무도 부풀어 올랐고, 너무도 뜨거웠다. 오케스트라가 다시 연주를 시작했다. 곱슬머리를 한 외다리 남자가 탭댄스를 추는 모습을 나는 멍한 눈으로 바라보았다. 이어 위스키 잔을 입으로 가져가며 손을 떨었다. 브로건은 어떻게 할까? 뭐라고 말할까? 나는 한 번의 몸짓이나 말 한마디도 할 수 없을 것 같은데. 나에게는 너무나 길게 느껴지는 잠깐의 침묵 후에, 그가 활기 있는 목소리로 물었다. "나갈까요?"

"네."

"돌아가실 건가요?"

나는 목멘 소리로, 더듬더듬 간신히 속삭였다. "헤어지고 싶지 않아요."

"저도 그래요." 그가 미소를 지었다.

택시에서 그는 다시 키스를 하고서 물었다.

"우리 집에 가서 자겠어요?"

"물론이죠."

자기가 방금 주었던 그 육체를 내가 쓰레기통에 던져버릴 수 있다고 생각하는 걸까? 나는 그의 어깨에 머리를 기댔다.

그가 한쪽 팔로 나를 안았다.

더 이상 난로 소리가 들리지 않는 노란 부엌에서 그는 난폭하게 나를 끌어안았다. "안! 안! 꿈만 같아요! 하루 종일 얼마나 불행했는지!"

"불행했다고요? 날 너무나 괴롭혔던 건 바로 당신이잖아요. 내게 한 번도 키스하려 하지 않았으면서."

"당신에게 키스했어요. 하지만 당신은 손수건으로 내 턱을 닦았죠. 그래서 내가 실수했나 보다 생각했어요."

"공항 로비에서 키스하는 게 어딨어요! 여기로 데려왔어야지."

"하지만 호텔 방을 부탁했잖아요! 난 모든 걸 다 준비해두었는데. 저녁에 먹으려고 큰 비프스테이크도 샀죠. 그런 다음 밤 10시쯤 말할 생각이었어요. 이젠 늦어서 호텔 방을 찾을 수가 없다고."

"그건 눈치챘죠. 하지만 난 좀 조심스러워요. 만약 우리가 전과 같은 감정을 느끼지 못하게 되어버린 거라면 어쩌죠?"

"왜 우리가 전 같지 않겠어요? 난 절대 당신을 잊은 적이 없는데."

우리는 입과 입을 맞댄 채 이야기를 나누고 있었다. 그의 숨결이 입술 위에 느껴졌다. 나는 속삭였다. "아깐 전차가 올까 봐 너무 겁이 났어요."

그는 자신 있게 웃었다. "그래서 난 얼른 택시를 잡아야겠다 마음먹었죠." 그가 내 이마와 눈꺼풀과 뺨에 키스를 했다. 바닥이 빙글빙글 도는 것만 같았다. "정말 피곤해 보이는군요. 잠을 자야 해요." 그러더니 그가 당황한 표정으로 덧붙였다. "참, 당신 여행 가방!"

"필요 없어요."

내가 옷을 벗는 동안 그는 부엌에서 기다렸다. 나는 멕시코산 담요 밑 시트 속으로 들어갔다. 그러고는 이미 오랫동안 같이 살아온 부부처럼, 그가 걸어 다니고 물건을 정리하고 벽장을 여닫는 소리에 귀를 기울였다. 호텔 방과 친구 집에서 수많은 밤을 지낸 끝에 이 낯선 침대 속에서, 나는 꼭 집에 있는 양 위안을 느꼈다. 내가 선택했고, 나를 선택한 남자가 내 곁에서 자려는 참이었다.

"아! 벌써 자리에 들었군요!" 브로건이 말했다. 그는 얼룩 하나 없는 시트를 안고 당황해서 나를 바라보았다. "시트를 바꾸려고 했는데요."

"그럴 필요 없어요." 거창한 짐을 든 채 그는 매우 난처해하며 문 앞에 계속 서 있었다. "지금 아주 좋으니까요." 나는 어젯밤 그가 덮고 잠을 청했을 포근한 시트를 턱까지 당기면서 말했다.

"안!"

그가 내 위로 쓰러졌다. 그의 억양이 나를 감동시켰다. 나는 처음으로 그의 이름을 불렀다. "루이스!"

"안! 너무 행복해요!"

그는 발가벗고 있었고, 나 또한 마찬가지였다. 그러나 조금도 어색하지 않았다. 그의 시선은 나를 상처 입힐 수 없었다. 그는 나를 평가하지 않았다. 그는 나를 선택했다. 머리끝에서 발끝까지, 그의 손은 나를 외우고자 했다. 나는 다시 말했다.

"당신 손이 좋아요."

"내 손을 좋아한다고요?"

"저녁 내내, 당신 손을 내 몸에 느낄 수 있을까 궁금했죠."

"밤새도록 느끼게 해줄게요."

갑자기 그는 더 이상 어색하지도 점잖지도 않은 모습이 되어 있었다. 그의 욕망에 나 역시 변했다. 그토록 오랫동안 이미 특별한 욕구도 형태도 없던 내가, 다시 가슴과 배와 성기와 살을 소유하게 되었다. 나는 빵처럼 영양가 있는 무언가, 대지처럼 향기로운 무언가가 되어 있었다. 너무나 기적적인 일이라 내 육체의 반응과 쾌락을 헤아려볼 생각조차 할 수 없었다. 그저 잠들기 시작했을 때 새벽을 깨우는 새들의 어렴풋한 지저귐을 들었던 것만 기억할 뿐이었다.

커피 냄새에 나는 잠에서 깼다. 눈을 뜨자 옆에 놓인 의자 위에 내 파란색 모직 드레스가 그의 회색 양복 팔에 안겨 있는 모습이 보여 미소가 지어졌다. 검은 나무의 그림자에는 이미 새순이 돋아나고, 번쩍거리는 노란 블라인드 위에서 나뭇잎이 아른거렸다. 루이스가 나에게 잔을 내밀었다. 나는 단숨에 오렌지 주스를 마셨다. 오늘 아침, 그것에서는 회복기와 같은 맛이 났다. 마치 관능적인 쾌락이 하나의 병이었던 것처럼, 혹은 내 인생이 긴 병이었고 이제 회복하고 있는 것처럼.

일요일이었다. 그리고 그해 처음으로 태양이 시카고에 빛나고 있었다. 우리는 호숫가의 잔디밭에 가서 앉았다. 덤불 속에서는 아이들이 인디언 놀이를 하고, 많은 연인들이 서로 손을 잡고 있었다. 요트들이 호화로운 물 위를 미끄러져

가는가 하면 장난감처럼 매끄러운 붉은색과 노란색의 소형 비행기들이 우리 머리 위를 맴돌았다. 루이스가 호주머니에서 종잇조각을 하나 꺼냈다. "두 달 전에 당신에 대한 시를 썼어요."

"보여주세요."

나는 가슴에 따끔한 아픔을 느꼈다. 창가의 가짜 고흐 그림 아래 앉아서, 그는 자신의 입술을 거절한, 잘 알지 못하는 어느 정숙한 여성을 위해 그 시를 썼고 두 달 동안 다정하게 그녀를 떠올렸지만, 나는 이미 그 여자가 아니었던 것이다. 내 얼굴에서 어떤 그늘을 언뜻 보았던 걸까, 그가 근심스러운 듯 말했다. "보여주지 말아야 했나 봐요."

"절대 아니에요. 이 시가 너무 좋아요." 나는 애써 미소 지었다. "그리고 이제 그 입술은 당신 것이죠."

"마침내 이제는요." 그는 말했다.

브로건의 열정적인 어조가 나를 안심시켰다. 지난겨울의 그는 나의 신중함에 감동했지만, 지금의 그는 훨씬 더 기뻐하고 있었다. 괴로워할 필요는 없어. 그는 내 머리칼을 쓰다듬으며 단순하고 달콤한 말을 건넸다. 그러고는 오래된 구리 반지를 내 손가락에 끼워주었다. 나는 그 반지를 바라보며 그 낯선 이야기를 듣고 있었다. 그리고 뺨 아래, 다정한 고동 소리를 내는 미지의 심장에 귀를 기울였다. 내게 요구되는 것은 아무것도 없었다. 그저 있는 그대로의 나이기만 하면 한 남성의 욕망이 나를 하나의 완벽하고 경탄할 만한 여성으로 바꿔놓는 것이었다. 그게 너무나 편안해서, 만약 태양이 하늘 한복판에 멈추었다 하더라도 나는 알아차리지 못한 채 영원의 흐름 속에 몸을 맡겼을 것이다.

그러나 태양은 지평선으로 기울고 있었다. 풀이 차가워지고, 덤불은 조용해지고, 요트들은 잠든 듯 고요해졌다. "감기 걸리겠어요." 루이스가 말했다. "좀 걸을까요?"

오로지 내 체온에 의해 몸을 덥히고 다시 두 발로 설 수 있다는 것이, 내 몸이 움직일 수 있고 고유의 자리를 차지할 수 있다는 것이 낯설게만 느껴졌다. 내 육체가 온종일 존재하지도, 의미를 지니지도 않았던 탓이었다. 그저 밤을, 그리고 루이스의 애무를 기다릴 뿐이었다.

"저녁은 어디서 먹고 싶어요?" 그가 물었다. "집으로 돌아갈 수도 있고, 다른 곳으로 갈 수도 있어요."

"어디 다른 데로 가봐요."

오늘 하루가 너무 맑고 온화했기에 그 이상의 감미로움은 견딜 수 없을 것 같았다. 우리의 과거는 서른여섯 시간밖에 되지 않았고, 우리의 시야는 그저 한 얼굴을 벗어나지 못했으며, 우리의 미래는 결국 침대로 귀결되는 것이었다. 이 폐쇄적인 분위기에 약간 숨이 막혔다.

"어제 빅 빌리가 얘기한 흑인 클럽에 가볼까요?"

"거긴 먼데요." 루이스가 말했다.

"그러니 약간 산책을 할 수 있겠어요."

나는 기분 전환을 하고 싶었다. 너무 강렬했던 몇 시간으로 인해 피곤했다. 전차에서 나는 루이스 어깨에 기대어 조금 졸았다. 내가 어디 있는지 알려고 애쓰지 않았고, 다른 도시들과 마찬가지로 이 도시에도 일정한 도로들과 체계적인 교통수단들이 존재한다는 생각도 하지 않았다. 루이스가 잘 알고 있는 관습을 따르기만 하면 아무것도 없던 곳에서 여러 장소들이 갑자기 튀어나오곤 했으니까. 델리자 클럽도 아무것도 없는 곳에서 연보라색 후광에 둘러싸인 채 갑자기 나타났다. 입구 옆에 있는 커다란 거울에 비친 모습을 보며 우리는 함께 웃었다. 내 머리는 그의 어깨까지밖에 미치지 못했고, 우리는 젊고 행복해 보였다. 나는 유쾌하게 말했다. "정말 멋진 부부네요!" 그러자 가슴이 아팠다. 아니다, 우리는 부부가 아니야. 절대 그렇게 되지는 않겠지. 우리가 서로 사랑할 수는 있을지 몰라. 그건 분명하다. 그러나 이 세상 어디서, 언제 부부가 될 수 있을까? 세상 어디에서도, 미래의 어느 순간에도 그건 불가능한 일일 거야.

"저녁을 먹죠." 루이스가 말했다.

매우 검은 피부에 프로레슬링 선수처럼 생긴 매니저가 무대와 가까운 칸막이 좌석으로 우리를 안내하고는 튀긴 닭이 가득 담긴 바구니를 가져다주었다. 연주자들은 아직 오지 않았으나 홀은 꽉 차 있었다. 백인도 몇 사람 있기는 했지만 흑인들이 많았고, 그중 몇몇 사람들은 터키모자를 쓰고 있었다.

"저 붉은 술이 달린 챙 없는 모자는 뭔가요?"

"미국에 있는 수많은 연맹 중 하나죠." 루이스가 말했다. "마침 그들의 모임이 있는 날 오게 되었네요."

"꽤 지루해지겠는데요."

"나도 걱정이 되는군요."

침울한 목소리였다. 아마 그도 우리의 길고 방탕한 행복으로 인해 피로했는지 모른다. 어제부터 서로를 찾고, 손을 잡고, 껴안느라 우리는 지쳐 있었다. 잠을 거의 자지 못했고, 열정은 지나쳤고, 고민도 지나치게 많았다. 우리가 말없이 먹는 사이, 키 큰 흑인이 터키모자를 쓰고 무대에 올라가 과장스러운 태도로 이야기를 시작했다.

"무슨 얘기를 하는 거예요?"

"연맹에 관한 얘기예요."

"어쨌든 쇼를 하겠지요?"

"네."

"언제요?"

"나도 모르겠네요."

그는 마지못해 대답하고 있었다. 함께 느끼는 피로함은 우리를 가깝게 만들어주지 못했다. 문득 내 혈관에서 이미 회색의 액체밖에 흐르지 않는다는 느낌이 들었다. 우리의 좁은 독방에서 벗어나려고 한 것이 실수였는지 모른다. 사실 그곳의 공기는 너무도 무겁고 강렬했던 것이다. 하지만 바깥은 황량하고 추웠다. 연사가 쾌활한 소리로 한 사람의 이름을 크게 불렀다. 그러자 빨간 모자를 쓴 여자 하나가 일어서고 모두가 박수를 쳤다. 이어 다른 얼굴이, 또 다른 얼굴이 군중 속에서 일어섰다. 연맹의 회원을 한 명씩 전부 소개하려는 것일까? 나는 루이스 쪽으로 몸을 돌렸다. 그는 흐리멍덩한 시선을 허공에 던지고 있었다. 아래턱이 열려 있어서 마치 수족관의 심술궂은 고기 떼와 비슷한 모습이었다.

"이렇게 시간이 오래 걸리면, 나가는 게 낫겠어요." 내가 말했다.

"이렇게 빨리 나가려고 그 먼 데서 온 건 아니잖아요."

그의 어조는 냉담했다. 거기에는 피로만으로는 설명할 수 없는, 적의라 할 만한 감정도 숨어 있는 것 같았다. 호숫가를 떠날 때 집으로 돌아가고 싶었던 건지도 몰라. 내가 바로 침대로 들어가려고 하지 않아 마음이 상했는지도 몰라. 이런 생각에 나는 당황했다. 말을 붙여 그와 다시 가까워지려고 해보았다.

"피곤해요?"

"아뇨."

"지루해요?"

"그냥 기다리는 거예요."

"두 시간이나 이렇게 기다릴 순 없잖아요?"

"왜 안 돼요?"

그는 머리를 나무 칸막이에 기대고 있었다. 얼굴이 달의 표면처럼 어둡고 멀게만 느껴졌다. 앞으로 두 시간 동안 말 한마디 하지 않은 채 졸고 있을 것 같은 모습이었다. 나는 위스키 더블을 주문했지만 술도 내 활기를 되살리지 못했다. 무대 위에서는 빨간 터키모자를 쓴 늙은 흑인 부인들이 박수갈채 속에서 서로 인사를 나누거나 대중에게 인사를 하고 있었다.

"루이스! 돌아가요."

"안 돼요, 그건 말도 안 돼요."

"그러면 얘기를 해요."

"할 말이 없어요."

"여기 계속 있는 걸 견딜 수 없어요."

"당신이 오고 싶어 했잖아요."

"그건 이유가 안 돼요."

그는 이미 무기력한 상태로 돌아가 있었다. 나는 애써 생각했다. '나는 잠들어 있는 거야. 이건 악몽이야. 어서 깨어나야지.' 그래, 너무도 푸르렀던 오늘 오후는 꿈이었어. 지금 우리는 깨어나고 있는 거야. 호숫가에서 루이스는 내가 절대 떠나서는 안 된다는 듯 말하며 반지를 끼워주었지. 그리고 사흘 후에 나는 영원히 떠날 거야. 그도 그걸 알고 있을 거고. '날 원망하는 거야. 그건 당연해.' 나는 생각했다. '여기 쭉 머물 수도 없으면서 왜 온 거지? 루이스는 나를 원망하고 있어. 그리고 그의 원망이 우리를 영원히 갈라놓을 뻔한 거야.' 그 짧은 동안 우리는 하마터면 영원히 헤어질 뻔했던 것이다. 눈에 눈물이 차올랐다.

"화났어요?"

"아뇨."

"그럼 무슨 일이에요?"

"아무것도 아니에요."

나는 헛되이 그와 눈을 맞추려 해보았다. 이 막힌 벽에 대고 손가락뼈를 부수어도, 두개골을 깨버려도 그의 마음을 움직일 수는 없으리라. 학교 시상식 날처럼 드레스를 입은 소녀들이 무대 위에 나란히 서 있었다. 갈색 피부의 키가 작고 지나치게 야윈 소녀가 마이크 가까이 다가서서 애교 있게 노래하기 시작했다. 나는 절망적으로 중얼거렸다.

"돌아갈래요!"

루이스는 미동도 않았다. 믿을 수가 없었다. 나는 자문해보았다. '모든 것이 벌써 끝날 수 있을까? 이렇게 빨리 그를 잃게 된 거야?' 나는 이성을 찾으려 애썼다. 그를 잃은 게 아니야. 결코 그를 가진 적이 없으니까. 그리고 내겐 불평할 권리가 없어. 그저 나 자신을 그에게 빌려주었을 뿐이잖아. 그래, 그러니까 불평하지 말자. 그러나 고통스러웠다. 나는 구리 반지를 만졌다. 고통을 멈추는 방법은 하나뿐이야. 모두 부정하는 거지. 그에게 반지를 돌려주고, 내일 아침 뉴욕행 비행기를 타자. 그러면 오늘 하루는 시간이 지워줄 하나의 추억에 지나지 않게 되겠지. 반지가 내 손가락에서 미끄러져 나오려 할 때, 푸른 하늘과 루이스의 미소가 떠올랐다. 그가 내 머리를 매만지고 있었다. 그는 내 이름을 불렀다. "안!" 나는 그의 어깨로 쓰러졌다. "루이스!"

그가 한 팔로 나를 안자 내 눈에서 눈물이 흘러내렸다.

"내가 그렇게 심술궂게 굴었어요?"

"당신 때문에 겁이 났어요." 나는 말했다. "정말 두려웠다고요!"

"두려웠다고요? 파리에서 독일 사람들이 두려웠나요?"

"아뇨."

"그런데 내가 당신을 겁나게 했다고요? 이거 정말 자랑스러운데요……."

"부끄럽게 생각해야 해요." 그는 내 머리카락에 가볍게 키스를 했다. 그의 손은 내 팔을 애무하고 있었다. 나는 중얼거렸다. "당신에게 받은 반지를 돌려주려고 했어요."

"나도 봤어요." 그는 진지한 어조로 말했다. "그래서 생각했죠. 내가 모든 걸 망쳐버렸구나. 하지만 말 한마디 할 수가 없었어요."

"왜요? 무엇 때문에요?"

"전혀, 아무것도 아니에요."

나는 더 이상 캐묻지 않았다. 대신 이렇게 물었다. "그럼 이젠 돌아갈까요?"

"물론요."

택시에서 느닷없이 그는 말했다.

"모두 죽여버리고 싶은 적이 있나요? 당신 자신도 함께 말이에요."

"아뇨, 특히 당신과 같이 있을 때는 아니에요."

그는 미소를 지으며 내게 어깨를 내주었다. 나는 그의 체온과 숨결을 다시 느꼈다. 그러나 그는 다시 입을 다물었고, 나는 생각했다. '내가 오해했던 게 아니야. 이유 없이 일어난 위기가 아니었어. 그는 우리의 일이 터무니없다고 생각했던 거야. 아직도 그렇게 생각하고 있고!' 잠자리에 들었을 때, 그는 곧바로 불을 껐다. 그러고는 말없이, 내 이름도 부르지 않고, 나에게 미소도 짓지 않고, 어둠 속에서 나를 껴안았다. 이어 한마디 말도 없이 나에게서 떨어졌다. '그래.' 나는 공포에 사로잡혀 생각했다. '그는 나를 원망하고 있어. 그를 잃게 될 거야.' 나는 애원했다.

"루이스! 내게 적어도 우정만이라도 느끼고 있다고 말해 줘요."

"우정이라고요? 난 당신을 사랑하고 있어요." 루이스는 난폭하게 말했다. 그런 뒤 벽을 향해 몸을 돌려버렸고, 나는 오랫동안 조용히 울었다. 그가 나를 사랑해서인지, 내가 그를 사랑할 수 없어서인지, 아니면 그가 언젠가는 나를 사랑하지 않을 것이기 때문인지, 그 이유도 모른 채.

　다음 날 아침 눈을 떴을 때 나는 결심했다. '꼭 얘기를 해야겠어.' 사랑이란 말이 나왔으니, 내가 루이스에게 왜 사랑이란 말을 하지 않으려는지를 설명해야만 해. 그러나 그가 갑자기 나를 껴안았다. "얼굴이 분홍빛이네요! 흥분한 사람처럼!" 그러자 도무지 설명할 용기가 나지 않았다. 상기되고 흥분한 상태로 그의 팔에 안겨 있는 행복 말고는 더 이상 무엇도 중요하지 않았다. 우리는 시카고의 거리를 돌아다녔다. 서로 끌어안은 채, 다 쓰러져가는 오두막집들이 나란히 늘어선 거리를 걸었다. 그런 집들 앞에도 호화로운 자동차가 세워져 있었다. 군데군데 거리보다 낮은 지대에 집들이 보였다. 그런 집들과 차도는 도랑으로 경계가 나뉘었고, 도랑 위에는 계단이 걸쳐져 있어서 우리는 마치 둑 위를 걷는 것 같았다. 미시간가街의 인도 아래서, 나는 온종일 네온사인 간판이 번쩍이는 태양 없는 도시를 발견했다. 우리는 강에서 보트를 타고 돌아다녔다. 또 한없이 계속되는 호수와 그 호수처럼 방대한 교외 지역을 바라볼 수 있는 탑 꼭대기에서 마티니도 마셨다. 루이스는 자기가 태어난 그 도시를 사랑하고 있었다. 그가 그곳에 대해 들려주었다. 초원, 인디언들, 처음으로 백인들이 세운 집들, 돼지들이 꿀꿀거리던 좁은 골목, 대화재, 최초의 마천루. 마치 그가 이 모든 것을 직접 목격한 것만 같았다.

　"저녁은 어디서 먹고 싶어요?" 그가 물었다.

　"당신이 원하는 곳이면 어디든지요."

　"집에서 먹어도 좋겠다고 생각했는데요."

"네, 집에서 먹어요." 나는 말했다.

나는 가슴이 아팠다. 그는 마치 우리가 부부라도 되는 듯 "집에서"라고 말했던 것이다. 하지만 우리가 같이 지낼 날은 이틀밖에 남지 않았다. 나는 반복해서 생각하고 있었다. '얘기해야만 해.' 그에게 얘기해야만 하는 것, 그건 그를 사랑할 수 있을지도 모르지만 지금은 그럴 수 없다는 말이었다. 그는 나를 이해해줄까? 아니면 나를 미워할까?

우리는 햄과 살라미, 키안티 한 병, 그리고 럼주를 넣은 비스킷을 샀다. 그런 다음 실츠 레스토랑의 네온사인이 불그스름하게 빛나는 길모퉁이를 돌았다. 층계 아래 널린 쓰레기통들 한가운데서 그가 나를 세게 껴안았다. "안! 내가 왜 이렇게 당신을 사랑하는지 알아요? 그건 내가 당신을 행복하게 하기 때문이에요." 내가 그의 숨결을 더 가까이에서 들이마시려고 입술을 갖다 대는 순간, 그는 몸을 뗐다. "누가 발코니 위에 있군요."

루이스는 내 앞에서 빠른 걸음으로 계단을 올라갔다. 곧 그의 유쾌한 목소리가 들려왔다.

"마리아! 웬일이야! 들어와."

그는 나에게 미소를 지으며 말했다. "안, 옛 친구 마리아예요."

"방해하고 싶진 않아." 마리아가 말했다.

"방해될 것 없어."

마리아가 방으로 들어왔다. 마리아는 젊었으나 꽤 뚱뚱했다. 만약 화장을 좀 하고 머리를 더 손질했으면 아름다웠을 텐데. 마리아는 푸른 작업복 차림에 흰 두 팔을 드러낸 채였는데, 한쪽 팔에 커다란 멍이 여러 군데 들어 있었다. 이웃집에 들를 때처럼 옷차림에는 전혀 신경도 안 쓴 모습이었다. '옛 친구'란 정확히 무슨 뜻일까? 마리아는 앉아서 약간 목쉰 소리로 말했다.

"루이스, 잠깐 얘기 좀 했으면 해."

짜디짠 물결이 목까지 치밀어 올라오는 것 같았다. 마리아는 아주 친한 사람을 부르듯이 루이스의 이름을 불렀다. 게다가 그녀는 키안티 병을 따고 있는 루이스를 다정하게 바라보고 있었다.

"오래 기다렸어?" 그가 물었다.

"두세 시간." 마리아가 가볍게 말했다. "아래층 사람들이 친절했어. 커피도 대접해주더라고. 그분들이 널 정말 좋게 생각하던데." 마리아는 키안티를 한 번에 들이켰다. "아주 중요한 얘기가 있어." 그러곤 나를 경멸하듯이 아래위로 훑어보았다. "사적인 일이라서요."

"안 앞에서 얘기해도 괜찮아." 루이스가 말하고는 덧붙였다. "안은 프랑스 사람이야. 파리에서 왔지."

"파리!" 마리아는 어깨를 으쓱였다. "포도주 좀 더 줘." 루이스가 잔을 채우자마자 그녀는 황급히 잔을 비웠다. "꼭 도와줘야 해." 마리아가 말했다. "도울 사람이 너밖에 없거든……."

"노력해볼게."

그녀는 머뭇거리다가 마침내 결심한 것 같았다.

"좋아, 다 말할게."

이번에는 내가 포도주를 내 잔에 약간 따랐다. 그러고는 불안스럽게 생각했다. '저 여자는 밤새 여기 있을 작정일까?' 마리아는 일어서서 난로에 등을 기댄 채 결혼이라든가, 이혼이라든가, 자기의 앞날을 모두가 반대한다든가 하는 얘기를 과장해서 늘어놓았다. "넌 성공했잖아." 마리아가 무언가를 요구하는 듯한 목소리로 말했다. "여자에겐 어려운 일이지. 난 이 책을 꼭 끝내야 해. 그런데 내가 있는 곳에서는 글을 쓸 수가 없어." 나는 마리아의 얘기를 거의 듣고 있지 않았다. 그저 화가 난 채 루이스가 마리아를 내쫓을 구실을 찾아야 한다고 생각하고 있었다. 그는 나를 사랑한다고 했고, 우리가 시간을 아껴야 한다는 것도 잘 알았다. 그렇다면 어떻게 해야 하겠는가? 하지만 그는 친절한 어조로 이렇게 물을 뿐이었다.

"가족들은 어때?"

"왜 그런 걸 물어? 가족들이라니!" 마리아는 신경질적인 동작으로 탁자 위에 늘어놓은 종이들을 그러모아 둘둘 말더니 휴지통을 향해 난폭하게 던져버렸다. "이렇게 늘어놓는 거 정말 싫어." 마리아가 루이스를 뚫어지게 쳐다보며 말했다. "나한테 의지할 사람이라곤 너밖에 없어."

루이스는 난처한 표정으로 일어섰다. "배고프지 않아? 우리는 저녁 먹을 건데."

"고마워." 마리아가 말했다. "치즈 샌드위치를 먹었어. 미국산 치즈였지." 어딘가 도전적인 어조였다.

"그러면 오늘 밤엔 어디서 자려고?" 그가 물었다.

마리아는 웃음을 터뜨렸다. "안 잘 거야. 커피를 열 잔이나 먹었으니까."

"하지만 어디에선가는 밤을 지내야 하잖아."

"네가 언제든 오라고 하지 않았어?" 마리아는 내 얼굴을 빤히 쳐다보았다. "물론 내가 여기에 있으려면 다른 여자들이 집에 죽치고 있지 않아야겠지만."

"곤란해. 손님이 있잖아." 루이스가 말했다.

"내쫓아버려." 마리아가 말했다.

"그건 안 돼." 루이스가 유쾌하게 말했다.

나는 소리를 내 웃고 싶었다. 마리아는 정신병원에서 도망쳐 나온 여자였다. 처음 그녀가 입을 열었을 때 알아차려야 했는데. 그러다가 문득 내 맹목적인 태도가 두려워졌다. 이 과대망상증 환자를 경쟁자로 생각했다니, 나는 얼마나 유약한 상태인가! 게다가 이틀 후에 나는 떠난다. 루이스를 마음대로 사랑할 수 있는 여자들의 무리에 그를 버리고 가게 될 것이다. 이런 생각에 도무지 견딜 수가 없었다.

"이 사람 못 본 지 10년이나 됐어요." 마리아가 나에게 강압적인 목소리로 말했다. "오늘 밤만 내게 맡겨줘요. 그런 다음 당신이 평생 그를 갖는 거죠. 공평하지 않아요?"

내가 대답을 않자 마리아는 루이스에게로 몸을 돌렸다.

"여기서 나가면 다시는 안 올 거야. 내일 나가서 다른 남자와 결혼할 거야."

"하지만 여기는 안의 집이기도 해." 루이스가 말했다. "우리는 결혼했거든."

"아!" 마리아의 얼굴이 굳어졌다. "미안해요. 전 몰랐어요." 마리아는 키안티 병을 잡더니 병째로 게걸스레 마셨다. "면도칼 좀 빌려줘."

우리는 불안하게 서로를 바라보았다. 곧 루이스가 입을 열었다.

"면도칼은 없어."

"설마, 그럴 리가." 마리아는 일어나서 개수대로 다가갔다. "이 칼로도 문제없어. 양해해주겠지?" 마리아가 넓적다리를 크게 벌리고 앉으면서 비꼬는 태도로 말하고는 열심히 다리털을 깎기 시작했다. "이러면 더 낫지. 훨씬 낫고말고." 그녀는 다시 일어나 거울 앞에 서서는 이번엔 겨드랑이 털을 차례로 면도했다. "이걸로 세상 사람들이 완전히 달라졌거든." 마리아가 거울 앞에서 음탕한 미소를 지으며 기지개를 켰다. "자, 다 됐다! 내일 그 박사와 결혼하겠어. 어차피 흑인처럼 일을 하고 있는데, 흑인과 결혼 못 할 이유가 뭐람?"

"마리아, 늦었어." 루이스가 말했다. "호텔로 데려다줄게. 거기서 조용히 쉴 수 있을 거야."

"쉬고 싶지 않아." 마리아는 화를 내며 그를 바라보았다. "왜 억지로 들어오게 했어? 비웃음 당하는 꼴은 싫단 말이야." 마리아는 주먹을 들었다가 루이스의 얼굴 바로 앞에서 멈추었다. "어쨌든 내 인생에서 가장 더럽게 골탕을 먹었군. 너 때문에 내가 얼마나 참았는지 전부 생각해보면……" 그러면서 마리아는 자신의 멍을 가리켰다.

"자, 늦었어." 루이스가 조용히 말했다.

마리아의 시선이 개수대 위에서 멈추었다. "좋아, 갈게. 그렇지만 우선 물 좀 데워줘. 이 그릇을 씻을 테니까. 더러운 건 참을 수가 없어서."

"더운물이 있어." 루이스가 체념한 어조로 말했다.

마리아는 주전자를 쥐고 말없이 서둘러 그릇을 씻기 시작했다. 다 끝나자 그녀는 손을 작업복에 닦았다.

"됐어. 갈게. 부인이랑 잘 지내."

"바래다줄게." 루이스가 말했다. 그가 나에게 눈짓을 건네는 동안 마리아는 나를 쳐다보지도 않고 문 쪽으로 걸어갔다. 나는 식탁을 차리고 담배에 불을 붙였다. 이제 더는 미룰 수 없었다. 루이스는 곧 돌아올 것이다. 나는 얘기할 것이다. 하지만 아침부터 몇 번이나 되새겼던 말이 이제는 아무런 의미도 없는 것 같았다. 그러나 로베르와 나딘, 나의 일, 파리, 그러한 것들은 전부 진실 아닌가. 그게 모두 거짓이 되려면 한나절로는 충분하지 않았다.

루이스가 부엌으로 되돌아와 철저히 문을 잠갔다. "마리아를 택시에 태웠어요." 그가 말했다. "마리아가 이러더군요. '결국 난 미친 사람들이 사는 곳으로 되돌아가서 자는 게 제일 낫겠어.' 오늘 늦은 오후에 병원에서 도망쳐 바로 이리로 온 것 같아요."

"처음에는 그런 줄 몰랐어요."

"그래 보이더라고요. 마리아는 4년 전에 정신병원에 갇혔어요. 작년에 내 책을 요구하는 편지를 보내 왔길래 몇 마디 적어 책을 보냈죠. 거의 알지도 못하는 사이인데 말이에요." 그는 미소를 지으며 주위를 둘러보았다. "여기서 살고부터 이상한 일들이 일어났어요. 그건 이 장소 때문이에요. 이곳은 고양이들, 미치광이들, 마약중독자들을 끌어들여요." 그는 나를 껴안았다. "그리고 얼간이들도."

그는 전축에 음반을 올려놓고는 다시 와서 식탁에 앉았

다. 키안티가 약간 남아 있길래 나는 우리 둘의 잔에 따랐다. 전축에서 아일랜드 민요가 흘러나오는 동안 우리는 나란히 앉아 말없이 먹기 시작했다. 멕시코산 담요 밑에서 침대가 우리를 기다리고 있었다. 오늘 밤과 비슷한 수많은 밤들이 계속될 것 같았다. 루이스는 내 생각을 큰 소리로 입 밖에 내었다. "마리아에게 결혼했다고 말한 게 꼭 거짓말은 아닌 것 같네요." 갑자기 그는 나에게 뭔가 묻는 듯한 시선을 던졌다. '그게 불가능한 얘기인지 누가 알겠어요?' 그러나 나는 알고 있었다. 서둘러 외면했지만 더는 물러설 수 없었다. 나는 속삭였다.

"루이스, 나에 대해서 충분한 얘기를 못 했어요. 당신에게 설명을 해야겠는데……."

"그래요?" 그의 눈에 두려움이 담겨 있었다. 나는 생각했다. '이제 다 끝났어!' 마지막으로 난로와 벽과 창문을, 곧 내가 침입자에 지나지 않게 될 이 무대의 배경을 바라보았다. 나는 생각나는 대로 아무렇게나 말을 하기 시작했다. 언젠가 산속에서, 무너져 쌓인 흙더미를 따라 굴러떨어진 적이 있었다. 곧 죽겠구나 생각했지만, 마음속에는 무관심만 남아 있을 뿐이었다. 나는 그런 체념을 알고 있었다. 어쩌면 그저 눈을 감을 수 있기만을 원했던 것 아닐까.

"결혼 생활이 당신에게 그렇게 중요하다고는 생각하지 못했어요." 루이스가 말했다.

"중요해요."

그는 오랫동안 입을 다물고 있었다. 내가 속삭였다.

"이해해주겠어요?"

그가 내 어깨를 팔로 감쌌다. "당신 얘기를 듣기 전보다 지금 더욱 당신이 소중해요. 당신은 매일 나에게 더 소중해져요." 나는 볼을 그의 볼에 갖다 대었다. 차마 그에게 말하지 못한 모든 말들로 내 가슴은 부풀어 올랐다.

"자러 가요." 마침내 그가 말했다. "여길 좀 정리하고 갈게요."

오랫동안 접시의 달그락거리는 소리가 들리다가, 이윽고 더 이상 아무 소리도 들리지 않았다. 나는 잠들었다. 눈을 떴을 때, 그는 내 곁에서 자고 있었다. 왜 나를 깨우지 않았을까? 무슨 생각을 했을까? 내일이면 무슨 생각을 할까? 내가 떠나면 무슨 생각을 할까? 나는 조용히 침대에서 나와 부엌 문을 열고 발코니의 난간에 팔꿈치를 괴었다. 나무가 내 밑에서 떨고 있었다. 하늘과 땅 사이에는 크고 빨간 수많은 전구로 이루어진 큰 왕관이 번쩍거렸다. 가스탱크였다. 날씨가 추워 나는 몸을 떨었다.

아냐, 떠나고 싶지 않아. 모레는 싫어. 그렇게 금방은 싫어. 파리에 전보를 치자. 그러면 열흘 더, 2주일 더 머물 수 있어……. 머물 수는 있다. 하지만 그다음에는? 결국 떠나야만 할 거야. 즉시 떠나야만 한다. 떠나야 한다는 생각이 벌써 너무 괴롭다는 게 한시라도 빨리 떠나야 한다는 증거야. 아직은 그저 여행 중의 연애 사건에 불과할 수도 있잖아. 남아 있으면 진정한 사랑, 이루어질 수 없는 사랑으로 변하겠지. 그러면 고통을 받을 거야. 고통을 받기는 싫었다. 폴이 고통 받는 것을 너무 가까이에서 보았고, 고통 받았기 때문에 고칠 수 없게 된 환자들을 너무나 많이 만났다. '금방 떠나면 결국 잊을 수 있을 거야.' 나는 생각했다. '어쩔 수 없이 잊어버리겠지. 우리는 잊기 마련이니까. 그건 확실해. 사람은 모든 걸 잊어. 곧 잊게 되지. 나흘이면 쉽게 잊어버릴 거야.' 나는 루이스를 잊어야 할 사람으로 생각하려 했다. 그는 이 집 안을 이리저리 거닐겠지. 나를 벌써 잊어버린 채. 그래, 그도 잊어버릴 것이다. 오늘 이 방은 내 방, 내 발코니, 내 침대, 나로 가득 찬 방이야. 그리고 나는 결코 존재하지 않았던 것처럼 되는 것이다. 나는 열심히 생각을 이어가며 문을 다시 닫았다. '내가 잘못해서가 아니야. 내 잘못으로 그를 잃게 되는 게 아니야.'

"안 자요?" 루이스가 물었다.

"네." 나는 그의 체온을 아주 가까이 느끼면서 침대 끝에 걸터앉았다. "루이스, 한두 주 여기 더 있고 싶은데, 괜찮을까요?"

"파리에서 다들 당신을 기다리고 있는 줄 알았는데요." 그가 말했다.

"파리에는 전보를 치면 돼요. 나를 조금만 더 머물게 해줄래요?"

"당신을 머물게 해달라고요? 난 평생 당신을 곁에 두고 싶은데!" 그가 말했다. 너무나 격렬한 그 말에 나는 그의 품으로 쓰러졌다. 그의 눈에, 그리고 입술에 키스를 했다. 내 입이 그의 가슴을 따라 내려갔다. 그의 어린애 같은 배꼽을, 야성적인 체모를, 그리고 하나의 심장이 얕게 뛰고 있는 성기를 스쳐 갔다. 그의 냄새와 열기가 나를 취하게 했고, 나는 내 인생이, 그때까지의 낡은 인생이, 수많은 근심과 피로와 오

59

랜 추억과 함께 나에게서 떠나가는 것을 느꼈다. 그러니까 루이스가 힘껏 껴안은 사람은 완전히 새로운 여자였다. 나는 신음 소리를 냈다. 쾌락만이 아니라 행복으로. 한때는 나도 쾌락의 가치를 인정하고 살았다. 그러나 사랑을 나누는 것이 이토록 엄청난 일일 수 있다는 건 몰랐다. 과거도 미래도, 그리고 우리를 갈라놓는 모든 것이 침대 아래서 사라져갔다. 어떤 것도 더는 우리를 갈라놓을 수 없었다. 얼마나 당당한 승리인가! 루이스는 완전히 내 품 안에 있었다. 나는 그의 품 안에 있었다. 우리는 다른 무엇도 바라지 않았다. 영원히, 모든 것을 소유하고 있었으니까. 우리는 함께 말하고 있었다. "정말 행복해!" 그리고 루이스가 "당신을 사랑해요"라고 했을 때, 나도 그와 같이 말했다. "당신을 사랑해요."

결국 나는 2주일간 시카고에 머물렀다. 그 2주 동안 우리는 미래 없이, 서로 질문도 없이 지냈다. 우리의 과거를 재료로 이야기를 만들어내고, 그 이야기를 주고받았다. 루이스가 주로 얘기했다. 그는 매우 빠르게, 약간 열에 들뜬 듯이 말을 잇곤 했다. 마치 그때까지 침묵을 지키던 인생 전부를 되찾으려는 것처럼. 나는 단어들이 그의 입에서 서로 부딪치는 방식이 좋았다. 그가 이야기하는 내용과 이야기하는 방식이 좋았다. 나는 언제나 그를 사랑할 새로운 이유를 발견했다. 어쩌면 그에게서 발견하는 모든 것이 그를 사랑할 새로운 구실이 되었던 건지도 모른다. 날씨가 좋아서 우리는 자주 산책하러 나갔고, 그러다가 지치면 방으로 돌아왔다. 보통은 노란 블라인드 위의 나무 그림자가 사라질 즈음이었다. 루이스는 전축 위에 음반을 쌓아 올렸다. 그는 흰 실내복을 걸치고, 나는 잠옷 차림으로 그의 무릎에 머리를 기대고 드러누웠다. 그러고서 우리는 욕망이 일어나기를 기다렸다. 나 자신이 남에게 어떤 감정을 불러일으키는가를 늘 의심하고 자문해온 나였건만, 루이스가 내 안의 누구를 사랑하고 있는가에 대해서는 단 한 번도 자문해보지 않았다. 그것이 나라는 확신이 있었다. 그는 내 나라도, 내가 쓰는 말도, 내 친구들도, 내 걱정도 몰랐다. 그가 아는 것이라곤 다만 내 목소리, 내 눈, 내 피부뿐이었다. 그리고 나는 그 피부, 그 목소리, 그 눈이 아닌 다른 진실을 갖고 있지 않았다.

떠나기 이틀 전, 우리는 오래된 독일 레스토랑에서 저녁을 먹고 호숫가로 내려갔다. 우윳빛을 띤 회색의 하늘 아래 수면은 어두웠다. 더운 밤이었다. 온통 물에 젖은 젊은 남녀들이 반나체로 모닥불 주위에서 젖은 몸을 말리고 있었다. 조금 떨어진 곳에서는 낚시꾼들이 포석으로 된 둑 위에 침낭과 보온병을 올려둔 채 낚싯대를 드리우고 있었다. 사람들이 하나둘 호숫가를 떠났다. 우리는 말이 없었다. 우리 발밑에서 호수가 조용히 헐떡이고 있었다. 호수는 인디언들이 연안의 늪지에서 천막을 치고 살던 시대만큼이나 황량했다. 아니, 인디언도 아직 살지 않던 시대만큼이나. 우리의 왼편위에서는 대도시의 소음이 들려왔고, 자동차의 헤드라이트가 높다란 빌딩이 번쩍이는 거리를 쏠면서 지나다녔다. 대지는 한없이 늙었으며, 완전히 젊은 모습이었다.

"정말 아름다운 밤이네요" 나는 말했다.

"그래요. 아름다운 밤이에요." 루이스가 말하고는 벤치를 가리켰다. "저기 앉을까요?"

"네, 당신이 괜찮으면요."

"언제나 '네, 당신이 괜찮으면요'라고 대답해주는 여자라니, 정말 좋네요." 루이스가 유쾌한 목소리로 말했다. 그는 내 곁에 앉아 한쪽 팔로 나를 감쌌다.

"우리가 이처럼 잘 지내는 것이 신기해요." 그가 정답게 말했다. "지금까지 난 누구와도 잘 지낼 수 없었거든요."

"분명 다른 사람들 잘못일 거예요." 내가 말했다.

"아녜요, 내 잘못이에요. 난 함께 지내기가 쉽지 않은 사람이에요."

"난 그렇게 생각하지 않아요."

"가엾은 프랑스 아가씨! 정말 요구하는 게 없군요!"

나는 머리를 루이스의 가슴에 기대어 심장의 고동에 귀를 기울였다. 내가 이 이상 뭘 더 요구할 수 있을까! 내 볼 밑에서는 강건하고 끈기 있는 심장이 뛰고, 내 주위에는 회색의 밤이, 특히 나를 위해서 만들어진 밤이 흐르고 있는데. 이런 밤을 맞이할 수 없었을지도 모른다니, 정말이지 상상도 되지 않았다. '하지만 만약 그때 필립이 뉴욕으로 왔다면 난 여기에 오지 않았겠지.' 나는 생각했다. 그래도 필립을 사랑하게 되지는 않았을 거야. 그건 확실해. 하지만 그렇다면 루이스를 다시 만나지 못했겠지. 우리의 사랑도 존재하지 않았을 거고. '태어나지 않았다면' 혹은 '다른 사람이었다면' 하는 가정이 늘 그렇듯이, 떠올리는 것만으로도 난처한 상상이었다. 나는 속삭였다.

"내가 당신에게 전화를 걸지 않았을는지도 모른다거나, 당신이 전화를 받지 않았을지도 모른다거나 하는 생각을 하면……."

"그럴 리가!" 루이스가 말했다. "우린 다시 만날 수밖에 없었어요!"

너무나 확신에 찬 그 어조에 숨이 막힐 듯했다. 그의 심장이 뛰고 있는 곳에 입술을 댄 채 나는 결심했다. '루이스가 이 만남을 절대 후회하지 않게 할 거야!' 이틀 뒤면 난 떠난다. 미래가 다시 존재하기 시작했다. 그러나 우리는 이 미래를 행복하게 만들 것이다. 나는 다시 고개를 들었다.

"루이스, 당신만 괜찮다면 내년 봄에 다시 와서 두세 달 있고 싶어요."

"당신이 돌아오는 때는 언제나 봄이겠군요." 루이스가 말했다.

오랫동안 우리는 서로를 끌어안은 채 별을 바라보았다. 유성 하나가 하늘을 가로질러 흘러갔다. 나는 말했다.

"소원을 빌어요."

루이스가 미소를 지었다. "벌써 빌었어요."

나는 목이 막혔다. 그가 무슨 소원을 빌었는지 알고 있었다. 그리고 그 소원이 결코 이루어지지 않으리라는 것도. 저기, 파리에서는 내 생활이 나를 기다리고 있었다. 내가 20년간 쌓아 올린 생활, 의문의 여지가 없는 생활이. 내년 봄에 다시 돌아올 거야. 그러나 또다시 떠나기 위해서겠지.

다음 날은 쇼핑을 하며 하루를 보냈다. 나는 파리를, 그 우울한 상점의 진열창들을, 남루한 모습의 여자들을 떠올렸다. 모두를 위해 온갖 물건을 한 아름 샀다. 우리는 밖에서 저녁을 먹었다. 그런 뒤 루이스의 팔에 기대어 목조 계단을 오르며, 나는 생각했다. '이게 마지막이구나!' 가스탱크의 빨간 등불이 하늘과 땅 사이에서 마지막으로 빛을 발하고 있었다. 나는 방으로 들어갔다. 마치 살인마가 한 여자의 배를 갈라 죽이고 옷장을 뒤죽박죽으로 만들어놓은 것만 같았다. 두 개의 여행 가방은 열려 있었고, 침대와 마룻바닥에는 나일론 속옷과 스타킹, 화장품, 옷감, 구두, 스카프 따위가 흩어져 있었다. 거기에서는 사랑의, 죽음의, 그리고 천재지변의 냄새가 났다. 기실 그것은 장례식이었다. 이 물건들은 모두 한 죽은 여자의 유품이었다. 그 여자가 저세상으로 가져가려는 행장이었다. 나는 그 자리에 못 박힌 듯 서 있었다. 루이스가 서랍장으로 다가가 서랍을 열더니, 그 안에서 연보라색 마분지 상자를 꺼내어 약간 부끄러워하는 표정으로 내밀었다.

"당신 주려고 샀어요."

강렬한 향기를 풍기는 커다란 흰 꽃 한 송이가 비단 같은 종이에 싸여 있었다. 나는 그것을 들고 꽃이 으스러질 정도로 입을 맞추었다. 그러고는 흐느껴 울며 침대에 쓰러지고 말았다.

"먹으면 안 돼요." 루이스가 말했다. "프랑스에서는 꽃을 먹나요?"

그래, 누군가가 죽었어. 매일 아침 완전히 상기되고 흥분한 채 웃으면서 잠을 깨던, 기쁨에 찬 여자가 말이야. 나는 그 꽃을 물어뜯고, 그 향기 속에 기절하고, 정말이지 죽고 싶었다. 그러나 산 채로 잠이 들었다. 그리고 아침 일찍 루이스가 큰 거리의 모퉁이까지 나를 바래다주었다. 거기서 헤어지기로 한 터였다. 그가 택시를 잡았고, 나는 차에 올랐다. 차 문이 쾅 닫히고 곧 택시는 모퉁이를 돌았다. 루이스는 사라졌다.

"남편인가요?" 운전사가 물었다.

"아니에요." 나는 말했다.

"아주 슬픈 표정이던데요!"

"제 남편이 아녜요."

그는 슬픈 표정이었다고 한다. 그러면 나는 어땠을까! 하지만 이미 그것은 똑같은 슬픔이 아니었다. 둘은 각자 혼자가 되었다. 루이스는 혼자 텅 빈 방으로 돌아갔을 것이다. 나는 혼자 비행기에 올랐다.

열여덟 시간, 하나의 세계에서 다른 세계로 뛰어넘기에는 너무 짧은 시간이었다. 그리고 하나의 육체에서 다른 육체로 옮겨 가기에도. 불처럼 타오르는 얼굴을 꽃에 대고 누르는 나는 아직 시카고에 있었다. 그때 로베르가 갑자기 나에게 미소를 지었다. 나도 미소를 지으며 그의 팔을 잡았다. 그러고는 말을 하기 시작했다. 편지에 적어 보내지 않은 일들에 대해서 이야기했다. 입을 열자마자 끔찍한 천재지변에서 벗어난 기분이 들었다. 내가 어제까지 살던 저 생생한 날들이 모두 돌연 화석이 되어버렸다. 벌써 내 뒤에는 굳어버린 한 덩어리의 과거밖에 없었다. 루이스의 미소는 동상의 찡그린 얼굴처럼 굳어지고 있었다. 나는 여기에 있었다. 한 번도 떠나지 않았던 파리의 거리를, 한 번도 헤어지지 않았던 로베르를 꼭 잡은 채 걷고 있었다. 그리고 누구도 경험해본 일이 없는 얘기를 장황하게 늘어놓고 있었다. 5월 말의 하늘은 매우 푸르렀다. 교차로마다 꽃장수가 은방울꽃을 팔고 있었다. 꽃장수의 수레를 덮은 녹색 덮개 위에는 뿌리 중간까지 빨간 종이로 싸놓은 아스파라거스 다발이 놓여 있었다. 은방울꽃과 아스파라거스는 이쪽 대륙에서 아주 귀한 것들이었다. 여자들은 호화로운 빛깔의 무명 치마를 입고 있었으나, 내게는 그들의 피부와 머리가 정말 우울해 보였다. 드문드문 좁은 차도를 달리는 자동차는 모두 낡고 작고 망가져 있었다. 그리고 진열창의 퇴색한 벨벳 위에 놓인 물품은 얼마나 초라한지! 내 생각이 잘못된 건 아니었다. 이 간소함이야말로 내가 현실에 다시 발을 디디게 되었음을 알려주고 있었으니까. 그리고 더욱더 부인할 수 없는 것, 내 입속에 맴도는 맛, 걱정이 주는 맛을 나는 금세 기억해냈다. 로베르는 나에 관해서만 이야기하며 내 질문을 피했다. 분명 모든 일이 그의 뜻대로 진행되지 않는 것이다. 빈곤과 불안. 틀림없이 나는 집으로 되돌아와 있었다.

다음 날, 나는 생마르탱으로 갔다. 날씨가 좋아서 우리는 정원에 앉았다. 로베르가 얘기를 시작하자마자 내 예감이 틀리지 않았음을 깨닫게 되었다. 그는 마음이 무거운 것 같았다. 공산주의자들이 로베르가 1년 전부터 걱정하고 있던 공격을 시작한 터였다. 특히《랑클륍》에 실린 기사가 그의 아픈 곳을 건드렸다. 기사를 읽고 나도 상처를 입었다. 그 기사에서 로베르는 오늘날의 가혹한 현실에 적응할 수 없는 늙은 이상주의자로 묘사되었다. 나는 오히려 로베르가 공산주의자들에게 너무 많은 양보를 했고, 많은 경력을 포기했다고 생각했는데.

"이건 순전한 기만이에요." 나는 말했다. "누구도 당신이 이렇다고 믿지 않을 거에요. 심지어 이 기사를 쓴 인간도 안 믿을걸요."

"아! 난 모르겠어." 로베르는 어깨를 으쓱였다. "사실 가끔은 나도 내가 너무 늙었다는 생각이 드니까."

"당신은 늙지 않았어요." 나는 말했다. "내가 미국으로 떠날 때, 당신은 늙지 않았죠. 그리고 절대 변하지 않겠다고 약속했잖아요?"

그는 미소를 지었다. "구시대의 젊음을 갖고 있다고는 할 수 있겠지."

"아무런 반박도 하지 않은 거예요?"

"응, 반박할 게 너무 많아서. 게다가 지금은 그럴 때도 아니고."

5월 5일 선거 직후, 자칭 지지자라는 많은 사람들이 공산주의자들의 실패를 핑계 삼아 그들에게 등을 돌렸다. M.R.P.가 승리를 거두고, 드골파가 활동을 개시하고, 친미파는 동정을 살피고 있었다. 어느 때보다도 좌파가 단결하지 않으면 안 되는 시기였다. 10월의 국민투표와 이어질 총선을 기다리며 S.R.L.이 할 수 있는 최선의 대책은 동면에 들어가는 것이었다. 로베르는 그렇게 결심했지만, 기꺼운 마음은 아니었다. 공산주의자들에게 피해를 끼치는 일 없이 좌익 세력의 재결집을 추진하지 못한다면, 그건 공산주의자들 자신의 책임일 것이다. 그는 공산주의자들의 당파성을 원망하고 있었다. 그들에 대한 공식적인 비난은 삼갔으나 사적인 자리에서는 거침이 없었다. 최근 이틀 사이, 로베르는 공산주의자들에 대해 몇 번이나 맹렬히 화를 냈다. 틀림없이 나와 대화를 나눌 수 있게 되어 마음이 가벼워진 것이리라. 그가 나만을 필요로 하는 건 아닐지 몰라도, 어쨌든 아내로서 난 그에게 반드시 필요한 존재였다. 그의 아내라는 자리는 의심의 여지 없는 내 자리, 지상에서 진정한 내 자리인 것이다.

하지만 그렇다면 왜 그 자리에 편안히 있지 못하는 걸까? 눈물은 왜 흐르는 걸까? 나는 숲속을 걸었다. 이제 완연한 봄이었다. 나는 건강했고, 어디에도 구속받지 않았다. 그런데도 이따금씩 발을 멈추고 모든 것을 잃은 사람처럼 신음하고 싶었다. 나는 조용히 "루이스" 하고 불렀다. 그 정적이라니! 황혼에서부터 새벽까지, 새벽에서 밤까지, 그의 숨결을, 목소리를, 미소를 나는 가졌지. 하지만 이제는 아무 기척도 없어. 그는 아직 살아 있을까? 나는 귀를 기울였다. 어떤 속삭임도 없었다. 주위를 돌아보아도 아무런 흔적이 없었다. 나 자신을 이해할 수가 없었다. '난 울고 있어.' 나는 생각했다. '그렇지만 여기에 있지. 루이스를 충분히 사랑하지 않았던 걸까? 난 여기에 있어. 이제 울고 있고. 로베르를 충분히 사랑하지 않는 걸까?' 나는 몇 가지 단정적인 방식으로 인생을 규정하는 사람들이 부러웠다. 그들은 '육체적인 사랑은 가치가 없다'고, 혹은 '육체적인 것이 아닌 사랑은 가치가 없다'고 말하지. 그러나 나의 경우, 루이스를 만났다고 해서 로베르에게 쏟는 마음이 줄어드는 것이 아니었다. 또한 로베르라는 존재가 아무리 거대하다 해도 루이스의 부재를 메울 수는 없었다.

토요일 오후, 나딘이 랑베르와 함께 왔다. 그 애는 곧 의심스럽다는 표정으로 나에게 질문을 퍼부었다. "엄마는 정말 즐거웠나 봐요. 그렇게 미국에서 더 있을 정도로 말이에요. 계획을 결코 바꾸지 않는 엄마가 말이죠."

"경우에 따라 엄마도 계획을 바꾼다는 걸 이제 알겠지?"

"시카고에만 그렇게 오래 있었다는 게 이상해요. 끔찍한 도시라고들 하던데."

"틀린 말이야."

나딘은 석 달 일정으로 랑베르와 함께 현지 보도 기사를 몇 개 쓰고 있었다. 그리고 랑베르의 아파트에서 함께 지냈다. 그 애는 비꼬는 듯하면서도 아주 다정하게 그와 이야기를 나누었다. 자신의 생활에 만족을 느끼게 된 나딘은 미묘한 악의를 품고 내 생활을 유심히 살폈다. 나는 여행에 대해 이야기하며 최대한 그 애를 진정시키려고 애썼다. 랑베르는 내가 떠나기 전보다 더 여유가 생기고 쾌활해진 것 같았다. 그들은 별채에서 주말을 보냈다. 나는 별채에 부엌을 마련해주고 전화도 달아주었다. 나딘이 집에서 완전히 떨어져 있다고 느끼지 않되 독립적으로 지낼 수 있게 해주고 싶었다. 그 애는 그곳 생활에 너무나 만족한 나머지, 일요일 저녁에는 여름휴가를 생마르탱에서 보내겠다고 이야기했다.

"랑베르가 좋아하는 게 확실하니? 이렇게 우리와 같이 있는 거 말야." 나는 물었다. "랑베르는 아빠랑 나를 별로 달가워하지 않잖아."

"무엇보다, 랑베르는 두 분을 꽤 좋아해요." 나딘이 단호한 어조로 말했다. "우리가 귀찮게 할까 봐 걱정이 되셔서 그러시는 거라면, 안심하세요. 우린 집에만 있을 거니까요."

"너도 알잖니. 네가 여기 있어서 나는 좋아. 그저 너희 사생활이 없어질까 봐 걱정하는 거지. 특히 미리 말해둬야 할 것 같은데, 뜰에서 얘기하는 소리가 엄마 방에까지 다 들리더라."

"뭐 어때요? 제가 그깟 일에 상관이나 할까 봐요? 남의 눈 피해서 소곤거리기 싫어요. 내가 비밀에 싸여 사는 사람도 아니고."

사실 나딘은 독립했다는 사실을 늘 염두에 두고 모든 비판과 충고에 반박하면서도 정작 사생활을 만천하에 기꺼이 드러내고 있었다. 그렇게 함으로써 자신의 우월성을 과시하고 싶었던 건지도 모른다.

"엄마가 그러는데, 여름휴가를 여기서 보내면 네가 지겨워할 거래. 그럴 것 같아?" 그 애가 오토바이의 안장에 올라타면서 랑베르에게 물었다.

"천만에, 절대 아니야." 랑베르가 대답했다.

"보셨죠?" 나딘이 의기양양하게 말했다. "엄마는 항상 모든 문제를 복잡하게 만들어요. 무엇보다 랑베르는 늘 내가 시키는 대로 고분고분 따르는 걸 기쁘게 생각하는걸요. 착한 애죠." 그 애는 랑베르의 머리카락을 헝클어뜨리며 말하더니, 랑베르의 허리에 팔을 감고 애교 있게 그의 어깨에 턱을 얹었다. 그사이 오토바이는 출발했다.

나흘 뒤, 우리는 《레스푸아》의 사회면을 통해 랑베르의 아버지가 기차 문에서 떨어져 죽었다는 소식을 알게 되었다. 나딘은 랑베르가 릴로 갔고 자신은 주말에 올 수 없다고 전화로 알렸다. 우울한 목소리였다. 그 애에겐 아무것도 묻지 않았지만 우리는 무척 당황했다. 랑베르의 아버지는 자살한 걸까? 판결로 미쳐버렸나? 아니면 누군가가 앙갚음을 했나? 며칠간 우리는 여러 가지로 추측을 해보았다. 게다가 그것 말고도 중요한 일들이 있었다. 스크리아신이 스탈린의 악행을 유럽에 고발할 목적으로 철의 장막을 막 넘어온 한 소련 관리를 로베르와 만나도록 주선했던 것이다. 만나기 전날, 스크리아신은 다음 날까지 로베르가 알아두었으면 하는 자료를 꼭 직접 전해야겠다며 우리 집으로 왔다. 만날 때마다 싸웠기 때문에 더 이상은 그를 거의 만나지 않던 터였다. 그러나 그날 아침 그는 미묘한 화제를 조심조심 피하면서 얘기를 마친 뒤 곧장 돌아가버렸다. 좋은 분위기에서 헤어진 셈이다. 곧 로베르는 두꺼운 서류를 훑어보기 시작했다. 일부는 프랑스어로 적혀 있었으나, 많은 부분이 영어로, 약간은 독일어로 적혀 있었다.

"당신도 함께 봐줘." 그가 말했다. 나는 보리수나무 아래 자리한 그의 곁에 앉았다. 그러고서 우리는 말없이 읽었다. 온갖 종류가 다 있었다. 보고서, 경험담, 통계, 소련 법규의 발췌문이나 주석 등등. 나로서는 좀처럼 이 잡동사니를 해독할 수 없었다. 그러나 개중에는 그 뜻이 더할 나위 없이 명확한 내용도 있었다. 나치의 수용소와 비극적으로 닮은 소련의 강제수용소에 들어갔던 남녀의 증언, 연합군으로 드넓은 소련 지역을 돌아다녔던 미국인들이 수용소에 대해 묘사한 글이 그랬다. 스크리아신이 요약해서 정리한 결론에 의하면, 그 수용소에서는 1500만에서 2000만 명의 사람들이 가혹한 조건 아래 죽어가고 있었다. 그런 수용소야말로 '러시아식 사회주의'라 불리는 체제를 이루는 본질적인 기반 중 하나라는 것이었다. 나는 로베르를 바라보았다.

"이 중에서 어떤 게 진실일까요?"

"분명히 많은 내용이 진실이겠지." 그가 무뚝뚝한 목소리로 대꾸했다.

그때까지 로베르는 다음 날의 모임을 그리 중요하게 생각하지 않고 있었다. 그저 회피한다는 비난을 받기 싫어서 참가하려던 터였다. 그는 자신이 소련에 환상을 갖지 않는다고 생각했기에 러시아의 현실을 폭로하는 자료를 봐도 무덤덤할 것이라 믿었다. 하지만 이 자료를 살펴본 지금 그 역시 환상을 갖고 있었다고 생각하지 않을 수 없었다. 그는 갑자기 당황한 듯했다. 1930년대에 공산주의자 친구들이 소련의 정치제도를 찬양했을 때, 로베르는 속지 않았다. 그들은 소련에서는 범죄자를 가두는 대신 유익한 노동을 시키며 재교육한다고 했다. 노동조합이 범죄자들을 보호하고, 그들이 조합에서 규정한 임금을 받도록 감시하고 있다는 것이었다. 로베르는 그것이 사실 반란을 일으키는 농민들을 진압하는 동시에 거의 무상으로 노동력을 얻는 방법이라고 나에게 설명했었다. 어디서나 그렇듯, 소련에서도 강제 노동은 도형장이라고 말이다. 그래도 그 농민들이 소련의 체제에 통합되고 또 전쟁에 이긴 지금은 상황이 달라졌으리라 상상한 터였다. 하지만 이 자료는 상황이 나쁜 방향으로 달라졌음을 보여주고 있었다. 우리는 오랜 시간에 걸쳐 사실과 숫자와 증언과 가정을 각각 검토했다. 과장이나 거짓을 기록한 부분이 아무리 많다고 가정해도, 받아들여만 하는 진실은 너무나 가혹했다. 강제수용소는 하나의 제도로 변하여 프롤레타리아 이하의 계급을 체계적으로 만들어내고 있었다. 죄를 노동으로 벌하는 것이 아니라, 노동자의 착취를 정당화하기 위해 이들을 죄인으로 다루고 있었다.

"그래서? 어떻게 할 생각이에요?" 간단한 식사를 하기 위해 그와 함께 정원에서 부엌으로 들어가며 나는 물었다.

"나도 모르겠어." 로베르가 말했다.

스크리아신의 의도는 분명했다. 이 사실을 폭로하도록 도와달라는 것이었다. 내가 보기에도 우리에게 그 사실을 숨길 권리는 없었다. 나는 약간의 비난을 담아 말했다. "모르겠다니요?"

"모르겠어."

"당신이 스스로와 관련된 일은 물론 S.R.L.과 관련된 일까지도, 많은 부분을 반발 없이 참고 받아들이고 있다는 건 이해해요." 나는 말했다. "그렇지만 이번 일은 문제가 달라요. 그런 수용소에 대항해서 뭐든 할 수 있는 일을 하지 않는다면, 우리도 공범자가 되는 셈이잖아요!"

"하루 이틀 안에 결정할 수 있는 문제가 아니야." 로베르가 말했다. "무엇보다 정보가 더 필요해."

"그래서 방금 알게 된 사실을 정보로 확인하면," 나는 말했다. "그땐 어떻게 할 건데요?"

로베르는 대답이 없었다. 나는 불안하게 그를 응시했다. 그의 침묵은 무슨 일이 있어도 공산주의자들의 행위를 참고 받아들이겠다는 사실을 의미하고 있었다. 그것은 로베르가 프랑스 해방 후에 해온 일 전부를, 즉 S.R.L.과 그가 쓴 기사들, 그리고 그가 집필을 마친 책까지 모두 부정하는 것이었다.

"당신은 늘 지식인이면서 동시에 혁명가가 되고 싶어 했잖아요." 나는 말했다. "당신에겐 지식인으로서의 사회적 책임이 있어요. 특히 진실을 말할 책임이."

"생각할 시간을 좀 줘." 약간 초조한 듯 그가 대답했다.

우리는 말없이 식사를 했다. 보통 그는 내 앞에서 스스로에게 질문을 던져보곤 했다. 그런데 이번에는 아무 말 없이 심사숙고하고 있는 것으로 보아 틀림없이 매우 불안한 모양이었다. 나 역시 불안했다. 강제 노동 수용소와 죽음의 수용소. 분명히 둘 사이에는 큰 차이가 있어. 그러나 도형장은 결국 도형장일 뿐이지. 나는 생각했다. 소련의 수용소에 있는 사람들 모두 나치 수용소에 있던 사람들처럼 지나치게 큰 머리와 광인의 눈을 하고 있을 거야. 바로 소련에서 이 모든 일이 일어나고 있는 거라고.

"일은 그만하고 싶군. 산책이나 할까?" 로베르가 제안했다.

우리는 마을을 지나 익어가는 밀밭과 꽃이 만발한 사과나무로 뒤덮인 고원에 올랐다. 약간 더운 날씨였지만 지나치게 뜨겁게 느껴지지는 않았다. 작은 구름 몇 개가 하늘에서 공처럼 굴러다니고 있었다. 마을이 보였다. 맛있는 빵 빛깔을 한 지붕, 볕에 탄 벽, 어린애 같은 종루. 대지는 마치 인간을 위해 만들어진 것 같았고, 행복은 모든 인간의 손에 닿을 것 같았다. 로베르도 내 마음의 속삭임을 들은 모양이었다. 그가 대뜸 입을 열었다. "이 세상의 냉혹함을 잊어버리는 게 얼마나 쉬운지."

나는 회한을 담아 대답했다. "그래요, 너무 쉽네요."

나도 그렇게 쉽게 잊고 싶었다. 스크리아신은 대체 왜 찾아와서는 우리를 혼란에 빠뜨려버린 걸까? 그러나 로베르가 생각하고 있던 것은 수용소의 냉혹함이 아니었다.

"내가 침묵하면 수용소의 공범자가 된다고 했지?" 그가 말했다. "하지만 수용소를 고발한다면 난 소련의 적, 다시 말해 현재 있는 그대로의 세계를 유지하려는 모든 사람들의 적이 돼. 소련의 수용소가 끔찍한 것은 사실이야. 하지만 어디에나 끔찍한 일이 있다는 걸 잊어선 안 돼."

갑자기 그는 수다스럽게 이야기를 늘어놓기 시작했다. 장대한 역사적 서술이라든가 사회적인 웅대한 전망은 그가 좋아하는 화제가 아니었다. 그러나 그날 오후 이런저런 말들이 그의 입에서 나오는 동안, 세계의 불행이 양지바른 시골 위에 내리덮이고 있었다. 그는 프랑스 프롤레타리아계급의 피로와 빈곤과 절망을, 스페인과 이탈리아의 비참함을, 식민지 국민의 노예 상태를, 중국과 인도의 내부 깊숙이 자리한 기아와 전염병을 이야기했다. 우리 주위에서 몇 백만의 인간이 한 번도 제대로 살아보지 못한 채 죽어가고 있었다. 그들이 겪어내는 단말마의 고통이 하늘을 어둡게 만들었다. 그리고 나는 어떻게 우리가 감히 아직도 숨을 쉴 수 있을까 생각했다.

"그러니 당신도 이해하겠지." 로베르가 말했다. "지식인으로서의 의무, 진실의 존중이란 건 쓸데없는 것들이야. 유일한 문제는 강제수용소를 고발하는 게 인류를 위한 것인지 아닌지를 알아야만 한다는 거지."

"좋아요." 나는 말했다. "그렇지만 무슨 근거로 당신은 아직도 소련의 이익과 인류의 이익을 혼동해서 생각하는 거죠? 내가 보기엔 강제수용소가 있다는 사실이 우리로 하여금 소련 체제에 근본적인 이의를 제기하라고 요구하는 것 같은데요."

"확인해야 할 게 너무 많다니까!" 로베르가 말했다. "소련의 강제수용소는 정권 유지에 없어서는 안 될 제도인가? 아니면 변화할 수 있는 정책과 연결되어 있나? 소련이 재건되기 시작하면 강제수용소가 곧 사라진다고 기대할 수 있는가? 마음을 정하기 전에 바로 이런 것들을 확인하고 싶다고."

나는 더 이상 주장을 내세우지 않았다. 내가 누구의 이름으로 항의할 수 있단 말인가? 나는 너무 무능해. 우리는 집으로 돌아와 각자 일을 하는 척하며 시간을 보냈다. 나는 미국에서 정신분석학에 관한 많은 자료와 메모와 책을 가지고 왔지만 아직 손도 대지 않은 터였다.

오전 10시에 로베르는 파리로 갔다. 나는 정원에서 집배원이 오기를 기다렸다. 그러나 루이스의 편지는 없었다. 그가 내게 일주일간은 편지를 쓰지 않겠다고 미리 얘기했었고, 시카고에서 보낸 편지가 그렇게 빨리 도착할 리도 없었다. 물론 나를 잊은 건 아닐 테지만 그는 한없이 멀리 있어. 이편에서 구조해달라고 해봤자 소용없지. 그리고 도대체 무엇으로부터 구조해달라는 거야? 나는 서재로 돌아와 전축에 음반을 올렸다. 견딜 수 없는 일이 일어나고 있었다. 나는 로베르를 의심하고 있었다. '옛날 같았으면 그는 고발했을 거야.' 옛날에, 그는 서슴없이 모든 것을 얘기했다. 소련도 공산당도 눈감아주지 않았다. 프랑스 공산당에 대해서도 마찬가지였다. 그리고 S.R.L.의 존재 이유 가운데 하나는, 로베르가 거기서 건설적인 비판을 할 수 있다는 사실이었다. 그런데 갑자기 그는 침묵을 지키는 편을 선택했다. 왜? 그는 이상주의자로 취급되어 상처를 받고 현재의 가혹한 현실에 적응하고자 애쓰고 있는 거야. 그러나 적응이란 너무나 쉬운 선택이지. 나 역시 적응하고 있기는 하지만, 그렇다고 자랑스럽지는 않아. 늘 무언가를 무시하거나 참고 받아들인다는 것은 결국 배신을 의미하니까. 나는 루이스의 부재를 받아들이면서 내 사랑을 배신하고 있는 셈이야. 이번 세계대전에서 죽은 사람들보다 더 오래 살아남는 것을 받아들이면서 그들을 잊고 그들을 배신하는 셈이고. 죽은 이들과 나 자신에 관한 문제인 경우, 결국 큰 희생자는 없어. 그러나 살아 있는 인간을 배반한다는 것은 중대한 일이야.

　로베르는 이렇게 대답하겠지. "고발을 하면, 다른 사람들을 배신하는 일이 될 거야." 그리고 다른 사람들은 이구동성으로 달걀을 깨지 않고는 오믈렛을 만들 수는 없다고 덧붙이겠지. 그러나 결국 누가 그 오믈렛을 모두 먹게 될까? 깨진 달걀은 썩어서 이 지상을 황폐화시킬 거야. '지상은 이미 황폐화되었는걸.' 그것도 진실이야. 많은 사실이 진실이지. 그 많은 진실이 서로 싸우고 있다는 생각을 하면 너무나 불안해. 다른 사람들은 어떻게 서슴지 않고 그 모든 걸 인정하는 걸까? 나는 4억의 중국인과 1500만의 강제 노동자를 더해서 셈할 줄도 모르고 있어. 아니, 이런 경우엔 뺄셈을 해야 하는 걸까? 어쨌든 이런 계산은 틀렸어. 한 사람의 인간과 한 사람의 인간을 더하면 두 사람의 인간이 되는 게 아니니까. 영원히 한 사람과 한 사람일 뿐이지. 그래, 산수의 힘을 빌리려는 내 생각이 잘못된 거야. 혼돈에 질서를 주기 위해서는 변증법을 적용해야겠지. 강제 노동자가 중국인을 넘어서야 할 거야. 좋아, 넘어서게 해보자. 모든 것이 많아지고, 허물어지고, 아무렇지 않게 되고, 지나가게 되겠지. 강제수용소도 머지않아 사라질 거야. 나 자신의 존재도 그렇고. 가소로운 일이야. 이 하루살이와 같은 자그마한 생명이 미래에 사라져버릴 강제수용소를 근심하다니. 역사는 스스로를 돌보고, 우리도 돌봐줄 거야. 그러니까 각자 자기의 구멍 속에 가만히 머물러 있으면 될 일이야.

그렇다면 왜 다른 사람들은 가만히 있지 않는 걸까? 20여 년 전 아직 대학생이었을 때, 나는 로베르에게 그렇게 물었지. 그는 나를 비웃었어. 그러나 그때 그가 나를 완전히 납득시켰는지 이제는 잘 모르겠어. 다들 인류만이 유일하게 불멸의 인격을 갖고 있고, 언젠가는 모든 희생에 대해 보상을 받을 것이며, 각자가 그 나름의 보상을 받게 되리라고 믿는 체하는 거야. 하지만 난 그런 속임수에 넘어가지 않아. 죽음은 모든 것을 삭혀버리지. 희생된 세대가 최후의 만찬에 참가하겠다며 무덤에서 나오는 일은 없어. 희생된 세대를 위로하는 것은 선택된 사람들도 얼마 후면 지하에 있는 그들을 만나러 가게 된다는 사실뿐이겠지. 행복과 불행 사이에 사람들이 믿고 있는 만큼의 차이는 없을지 몰라.

나는 전축을 끄고 장의자 위에 누운 채 해방된 기분으로 눈을 감았다. 죽음의 빛이란 얼마나 평등하고 관대한가! 루이스도 로베르도 나딘도 망령처럼 가볍게 변해버렸다. 그들은 더 이상 내 마음을 짓누르지 않아. 그리고 나는 1500만, 혹은 4억이라는 망령의 무게까지도 견딜 수 있을 거야. 얼마간 시간이 지난 뒤, 나는 탐정소설을 찾으러 갔다. 어쨌든 시간을 죽여야 하니까. 그러나 시간도 나를 죽일 것이다. 이것이야말로 미리 이루어진 진정한 조화 아닌가. 저녁에 로베르가 돌아왔을 때, 나는 망원경을 통해 보듯이 아주 멀리서 그를 보고 있는 것만 같았다. 그는 허무로 둘러싸인, 육체에서 분리된 영상과 같았으며, 드랑시의 창에 나타났던 디에고, 이미 이 세상 사람이 아닌 디에고와 같았다. 로베르는 얘기를 하고 나는 귀를 기울였으나, 그 얘기는 이제 나와 아무 상관도 없었다.

"당신, 내가 생각할 시간을 좀 달라고 했던 걸 비난하고 있겠지?"

"내가요? 전혀 아니에요."

"그럼, 뭐야? 내가 강제수용소에 대해 무관심하다고 생각한다면, 그건 정말이지 오해하는 거야."

"바로 그 반대예요." 나는 말했다. "오늘, 온갖 문제에 대해 노심초사하는 것이야말로 정말 잘못된 일이라는 생각을 했어요. 그런 문제들은 별로 중요하지 않아요. 문제란 변하고 끝나기 마련이고, 무엇보다 결국은 모두 죽게 되니까요. 죽음이 만사를 해결해 주죠."

"아! 그게 바로 문제를 회피하는 방식이라고." 로베르가 말했다.

나는 그의 얘기를 막았다. "그 문제라는 것이 진실을 회피하지 않는 한은 그렇겠죠." 그러고는 덧붙였다. "물론 삶이 진실한 것이라고 인정한다면 죽음에 대한 생각은 도피처럼 보일 거예요. 그렇지만 그 반대로……."

로베르가 고개를 흔들었다. "아니, 그건 다른 거야. 살아 간다는 건 우리가 삶을 믿기로 선택했다는 증거라고. 정말 죽음만이 진실하다고 믿는다면 자살해야겠지. 사실은 자살 조차도 결코 그런 의미를 가진 게 아니지만."

"우리가 계속 살아가는 건 어리석고 비겁하기 때문인지도 몰라요." 나는 말했다. "살아가는 것이 가장 쉬우니까요. 그 렇지만 산다는 것 역시 결국에는 무엇도 증명하지 않아요."

"우선 중요한 건, 자살이 어렵다는 거야." 로베르가 말했 다. "게다가 살아간다는 건 단지 계속해서 숨을 쉰다는 뜻만 이 아냐. 누구도 무관심 속에 빠져 있을 수만은 없거든. 당신 만 해도 어떤 건 좋아하고 다른 건 싫어하잖아. 그래서 분노 하거나 감탄하지. 그건 당신이 삶의 어떤 가치를 인정하고 있다는 걸 의미해." 그는 미소를 지었다. "난 편안해. 강제수 용소에 관한 것이건 다른 어떤 것이건, 우리가 토론을 끝내 버린 건 아니니까. 나처럼, 또 모든 사람처럼, 당신도 스스로 를 압도하는 사실 앞에서 무력감을 느끼는 거야. 그래서 일 반적인 회의론으로 도피하는 거지. 하지만 그건 진지한 태 도가 아니야."

나는 대답하지 않았다. 물론 내일이 되면 온갖 문제에 대 해 다시 토론하게 되겠지. 그렇다고 그것이 내게 온갖 문제 가 무의미하지 않게 되었다는 증거일 수 있을까? 설사 그렇 다 해도, 결국 그건 내가 다시 스스로를 속이기 시작했다는 의미에 불과할지도 모른다.

그다음 토요일, 나딘과 랑베르가 생마르탱으로 돌아왔다. 이제 둘 사이는 그리 좋아 보이지 않았다. 저녁을 먹는 동안 나딘은 말 한마디 하지 않았다. 랑베르는 이틀 후 소련 점령 지구의 수용소 실태를 조사하기 위해 독일로 떠나야 했다. 그와 로베르는 암묵적인 동의하에 문제의 핵심을 건드리지 않되 실질적인 조사 방법에 대해서만 활발하게 논의를 주고받았다.

커피가 나왔을 때, 나딘이 마침내 화를 터뜨렸다.

"이 얘기 전부 음침한 수작이야. 수용소는 분명히 존재해. 그건 역겹지만 필요한 것이기도 하지. 그게 사회야. 누구도 그걸 어떻게 할 수는 없어!"

"넌 너무 간단하게 한쪽의 생각을 지지하고 있어." 랑베르가 비난하듯이 그 애를 바라보았다. "자기한테 성가신 문제를 없애버리는 데는 정말 재능이 남다르군!"

"그럼, 네 생각은 다르다는 거야?" 나딘이 공격적인 어조로 몰아붙였다. "설마! 소련을 나쁘게 생각할 수 있어서 아주 기쁘다는 거구나! 그 덕택에 돌아다니고 잘난 체할 수 있으니까 말이야. 아주 좋겠어?"

랑베르는 어깨만 으쓱일 뿐 아무 대답도 하지 않았다. 그러나 분명히 그들은 별채에서 밤새 서로 말다툼을 벌였을 것이다. 다음 날 나딘은 읽지도 않는 책을 들고 와 온종일 혼자서 거실에 있었다. 얘기를 건네도 소용없었다. 그 애는 단답으로만 대답했다. 저녁에 랑베르가 정원에서 나딘을 불렀다. 그러나 그 애가 움직이지 않자 거실로 들어왔다.

"갈 시간이야."

"난 안 가." 나딘이 말했다. "내일 아침 10시까지《비질랑스》로 가면 그만이야."

"저녁때 파리로 가야 한다고 말했었잖아. 만나야 할 사람들이 있다고."

"가서 그 사람들 만나. 내가 꼭 같이 있어야 되는 것도 아니잖아."

"나딘! 바보같이 굴지 마." 랑베르가 초조하게 말했다. "그 사람들이랑은 한 시간만 있을 거야. 둘이서 중국 식당에 가기로 해놓고."

"마음이 바뀌었어. 너도 그럴 때 있잖아." 나딘이 말했다. "난 여기 있을래."

"오늘은 우리의 마지막 밤이야."

"그건 네가 정한 거고."

"관둬. 그럼 내일 보자고." 그가 뿌루퉁하게 내뱉었다.

"내일 난 바빠. 독일에서 돌아오면 만나."

"오! 원한다면 영원히 만나지 말자고." 랑베르는 격분한 목소리로 외쳤다.

그가 문을 닫고 가버리자, 나딘은 나를 쳐다보다가 역시 소리를 질러댔다. "내가 잘못했다는 얘기는 꺼내지 마세요. 아무 얘기도 하지 말라고요. 엄마가 뭐라고 하려는지 다 알아요. 난 관심 없어요."

"나는 입도 뻥긋하지 않았어."

"여행 가버리라지. 상관 안 해요!" 그 애가 말했다. "그렇지만, 결정하기 전에 최소한 저하고 의논해야 했잖아요. 그리고 전 누구라도 거짓말하는 걸 아주 싫어해요. 이번 조사는 그렇게 급한 것도 아니었다고요. 혼자 있고 싶다고 솔직하게 말하는 편이 나았을 텐데. 왜냐하면 그게 진짜 이유니까요. 소중한 아빠의 죽음을 조용히 슬퍼하고 싶은 거겠죠."

"그건 당연하지 않니?" 나는 말했다.

"당연하다고요? 랑베르의 아빠는 더러운 개자식이었어요. 무엇보다 그런 아빠하고 화해하지 말았어야 했는데. 지금 그는 아기처럼 울고 있어요. 정말 눈물을 흘리며 울고 있다고요. 내가 다 봤다니까요!" 그 애가 의기양양한 듯이 말했다.

"그래서? 그게 부끄러운 일도 아니잖니."

"제가 알고 있는 남자들 중에서 누구도 그렇게 울지 않을 걸요. 그리고 제일 보기 흉한 건, 그 비극을 더 과장하기 위해 누군가가 고의로 그 늙은이를 죽였다고 주장하고 있는 거예요!"

"그럴 수도 있잖아."

나딘은 얼굴을 붉혔다.

"도대체 누가 랑베르의 아빠를 죽이겠어요! 우스꽝스러운 일이죠!"

저녁을 먹자마자 나딘은 들판을 산책하러 나갔다. 우리는 다음 날 아침을 먹을 때가 되어서야 그 애를 다시 봤다. 나딘은 비난과 탐욕이 담긴 표정으로 루이스에게서 온 편지를 나에게 내밀었다.

"미국에서 편지가 와 있네요." 그 애는 내 얼굴을 집요하게 바라보며 덧붙였다. "시카고에서요."

"고마워."

"안 열어봐요?"

"급한 일은 전혀 아닐 거야."

나는 편지를 옆에 놓은 채 손을 떨지 않고 차를 마시려고 애썼다. 루이스가 처음으로 나를 껴안아주었을 때처럼 산산조각이 된 내 육체를 다시 하나로 모으는 것이 너무나 힘들었다. 로베르가 나타나 나를 도와준 셈이었다. 그가 나딘에게 《비질랑스》에 대해 이런저런 질문을 하는 사이, 나는 핑계를 대고 방으로 돌아왔다. 손가락이 얼마나 뻣뻣해졌는지, 봉투를 찢는 순간 루이스의 모습이 나를 놀래며 기적처럼 튀어나올 노란 편지지까지 찢어버리고 말았다. 편지는 타이프로 적혀 있었다. 쾌활하고 다정하면서도 공허한 편지였다. 그리고 나는 오랫동안, 마치 비석처럼 견고하게 그 편지에 적힌 서명을 멍하니 바라보고 있었다. 내가 그 편지를 백번이나 읽든, 그 편지를 고문하든, 아무 소용 없겠지. 거기서 새로운 말 한마디, 한 번의 미소, 단 한 번의 키스도 짜낼 수는 없을 테니까. 그리고 다시 기다린다 해도, 기다림의 끝에 또 다른 종이 한 장만을 보게 되겠지. 루이스는 시카고에 있어. 그는 계속해서 살아가고 있어. 나 없이 살고 있는 거야. 나는 창가로 다가가 여름 하늘을, 행복한 나무들을 바라보았다. 그리고 오로지 나만 고통 받기 시작했다는 것을 깨달았다. 똑같은 침묵이었지만 더 이상 희망은 없었다. 이 침묵이 계속되겠지. 우리의 육체가 더 이상 마주 부딪지 않고, 우리의 시선이 더 이상 합해지지 않는데, 우리가 뭘 함께 나눌 수 있겠어? 우리는 서로의 과거를 모르며, 미래에서는 서로를 회피하고 있어. 사람들은 우리 주위에서 같은 언어로 말하지 않고, 시계마저 우리를 비웃어. 여기서는 아침 햇빛이 번쩍이고 있으나 시카고의 그 방은 밤이겠지. 우리는 하늘에서 만날 수도 없어. 그래, 그와 나 사이에는 어떤 길도 존재하지 않아. 목멘 이 흐느낌을 제외하고는. 그래서 나는 그 흐느낌을 억눌렀다.

폴이 전화로 그날 자신을 만나러 와달라고 간청한 것이 그나마 다행스러운 일이었다. 폴의 슬픔을 나누면서 내 슬픔을 잊을 수 있을지 몰라. 버스에 올라 심술궂은 생각에 빠져 있는 나딘 옆에 앉아서 나는 자문해보았다. '우리는 결국 익숙해질까? 나도 익숙해지려나?' 파리의 거리에서, 나는 루이스처럼 두 팔과 두 다리를 가진 수백 수천의 남자를 스쳐 지나갔다. 그러나 그와 같은 얼굴은 하나도 없었다. 지상에 루이스가 아닌 남자가 얼마나 많은지, 그의 팔로 통하지 않는 길이 얼마나 많으며, 나에게 건네지지 않는 사랑의 말이 얼마나 많은지 그저 놀라울 뿐이었다. 어디서나 기쁨과 행복의 약속이 곁을 스쳐 지나갔으나 올해의 봄은 정답게 내 피부로 스며들지 않았다. 나는 천천히 센강 변을 걸었다. 내가 미국에서 돌아오고 며칠 뒤, 폴은 엄청난 노력으로 우리 집까지 몸을 끌고 왔다. 그리고 미국에서 사 온 선물을 반갑게 받았으나, 내 얘기를 듣고 질문에 대답하는 그 표정은 막연하기만 했다. 여행에서 돌아온 뒤 폴의 집에 가는 건 처음이었다. 내가 잘 아는 그 집 근처의 길이 변하지 않은 것을 보며 난 일종의 놀라움이라 할 수 있는 감정마저 느꼈다. 내가 없는 동안 아무것도 변하지 않았고, 아무 일도 일어나지 않았다니. '희귀종 새와 색슨 새 전문점' 간판도 예전 그대로였다. 창 철책에 사슬로 매어둔 작은 원숭이 또한 여전히 땅콩 껍질을 벗기고 있었다. 한 노숙인이 계단에 앉아서는 누더기 짐을 지키며 담배를 피웠다. 출입문은 내가 밀자마자 전처럼 쓰레기통에 부딪쳤다. 융단의 구멍도 각각 제자리에 있었다. 어디선가 전화벨 소리가 집요하게 울려댔다. 폴은 약간 해진 실크 실내복으로 몸을 감싸고 있었다.

"자상하게도 와줬네! 귀찮게 해서 미안해. 그렇지만 혼자서 사자 우리 속으로 들어갈 용기가 절대 날 것 같지 않아서 말이야."

"나도 초대받은 게 확실해?"

"벨롬이 세 번이나 전화를 한 게 바로 너 때문인걸. 널 꼭 좀 데려오라고 간청을 하더라고. 앙리를 손에 넣었으니 이제 그 여자는 뒤브뢰유를 원하겠지……."

폴은 자기 침실로 이어지는 층계를 올라갔고, 나도 그 뒤를 따랐다.

"생마르탱의 집이 얼마나 예쁜지 상상도 못 할걸." 나는 말했다. "그러니까 꼭 놀러 와."

폴은 한숨을 쉬었다. "거긴 너무 멀어." 그러고서 그녀는 옷장을 열었다. "뭘 입지? 외출하지 않은 지 너무 오래됐어."

"검은 드레스 어때?"

"그건 너무 낡았어."

"그럼 녹색 드레스."

"녹색 드레스가 어울릴지 자신이 없네." 폴은 검은 드레스가 걸린 옷걸이를 내려놓았다. "좀먹은 옷을 입은 것처럼 보이기는 싫어. 뤼시가 너무 좋아할 거니까."

"그럼, 뭐 하러 뤼시 집에 가? 게다가 밖에 잘 나가지도 않으면서."

"뤼시는 나를 아주 싫어해." 폴이 말했다. "내가 뤼시보다 더 젊고 더 예뻤을 때, 그 여자 애인 몇 명을 내 애인으로 만들었거든. 만약 뤼시의 초대를 전부 거절하면 내가 폐인이 되었다고 몹시 좋아할 거야."

그녀는 거울로 다가서서 숱 많은 눈썹의 곡선을 손가락으로 가다듬었다. "눈썹을 좀 뽑아야겠네. 유행을 따라야 할 것 같아. 그 여자들이 모두 날 우스꽝스럽게 볼 테니까."

"그 여자들은 겁내지 마." 나는 말했다. "네가 여전히 제일 예쁠 테니까."

"오! 지금은 안 그래." 폴이 말했다. "그래, 지금은 아냐."

그녀는 적의를 품은 표정으로 자신의 얼굴을 보고 있었다. 나 역시 몇 년 만에 처음으로 폴을 낯선 눈으로 바라보았다. 폴은 피로한 얼굴이었다. 광대뼈는 보랏빛을 띠고, 턱에는 살이 붙어 있었다. 입 양쪽에 새겨진 두 줄의 깊은 주름이 폴의 남성적인 윤곽을 두드러지게 했다. 얼마 전까지만 해도 크림빛 안색과 감미로운 시선, 윤이 나는 검은 머리가 그녀의 아름다움을 부드럽게 만들어주었는데. 그 평범한 매력이 없어진 폴의 얼굴은 기괴하게 변해 있었다. 그녀의 얼굴에 너무도 단호한 표정이 어려 있어서, 불분명한 곡선 하나 혹은 애매한 색깔 하나가 아주 어색하게 느껴지는 것이었다. 시간이 음흉하게 조금씩 새겨진 것이 아니라, 이 고상하면서 괴상한 얼굴에 갑자기 낙인을 찍어버린 꼴이었다.

폴의 얼굴은 여전히 감탄할 만했지만, 살롱보다는 박물관에 있어야 어울릴 것 같았다.

폴은 검은색 드레스를 입고 긴 속눈썹을 마스카라로 손질했다.

"속눈썹을 길게 할까, 어쩔까?"

"글쎄."

나는 폴의 얼굴에 나타난 결점을 잘 알고 있었지만 어떤 대책도 권할 수 없었고, 그런 대책이 있을 것 같지도 않았다.

"괜찮은 스타킹 한 켤레만이라도 있으면 좋겠는데!" 폴은 매우 흥분한 몸짓으로 서랍을 뒤지기 시작했다. "이 둘이 같은 색이야?"

"아니, 이쪽이 더 밝은데."

"그럼 이건?"

"위에서 아래까지 올이 나갔어."

둘이서 흠 없는 한 켤레의 스타킹을 찾는 데 족히 10분은 걸렸다.

"확실히 똑같아?" 폴이 불안스레 물었다. 나는 양쪽 스타킹 안쪽에 손을 넣어 손가락을 벌리고 창가에 가서 햇빛에 비추어보았다.

"똑같아 보이는데."

"너도 알다시피 그 여자들은 온갖 걸 다 보잖아."

폴은 굽이 높은 샌들을 신고 끈을 다리에 돌려 맨 다음 내게 물었다. "목걸이도 할까?"

구리와 호박과 뼈로 된 묵중한 목걸이였다. 다이아몬드로 장식한 여자들로 하여금 경멸의 미소를 자아내게 할, 상품의 가치라곤 없는 이국적인 보석이었다.

"아니, 하지 마."

나는 망설였다. 어쨌든 그녀의 곱슬머리며, 너무도 오래된 드레스와 그 얼굴, 그리고 저 샌들까지, 폴은 그녀의 적수들과 너무 달랐다. 차라리 자신만의 독특함을 강조하는 편이 더 나을지 몰랐다. "잠깐만. 그래, 목걸이를 하는 게 좋겠어. 아! 나도 모르겠네." 나는 초조하게 말했다. "어쨌든 그여자들이 널 잡아먹진 않겠지."

"아니, 날 잡아먹고말고." 폴이 미소도 짓지 않고 말했다.

우리는 버스 정류장까지 걸어갔다. 거리에서 폴은 당당함을 전부 잃고 도망자의 모습으로 벽에 바짝 붙어 걸었다. "이런 옷을 입고 동네에 나오는 게 너무 싫어." 폴이 변명하듯 말했다. "아침에야 실내화를 끌고 나오니 괜찮지. 하지만 이 시간에 이런 옷을 입고 나오는 건 이곳 사람들에게 모욕이야."

나는 폴의 기분을 바꾸려고 애를 썼다.

"앙리는 어떻게 지내?"

폴은 망설였다. "너무 복잡해."

내가 바보같이 그 말을 반복했다. "복잡하다고?"

"응, 이상한 일이지. 이제야 겨우 난 그를 알기 시작했거든. 10년이 지난 지금에야." 잠시 침묵이 흐른 뒤, 폴이 다시 말을 이었다. "네가 없는 동안 앙리가 이상한 짓을 했어. 갑자기 지금 쓰고 있는 소설의 한 구절을 나에게 들이밀더라고. 남자 주인공이 한 여자더러 그녀가 자기 인생을 망쳤다고 얘기하는 내용이었어. 그러고는 나에게 묻더라. 어떻게 생각하냐고."

"네가 어떤 대답을 하길 원했을까?" 나는 흥미롭다는 투로 말하려 애썼다.

"날 생각하면서 그걸 썼느냐고 물어봤지. 그러니까 당황하며 얼굴을 붉히더라고. 그렇지만 한순간 내가 그렇게 생각하기를 바란다는 걸 분명히 느꼈어."

"세상에! 정말이야?"

"앙리는 괴짜야." 폴은 생각에 잠긴 듯이 중얼거리고는 이렇게 덧붙였다. "요샌 벨롬의 딸하고 자주 만나더라고. 그렇기도 해서 뤼시의 집에 꼭 가야겠다고 생각했어. 그 여자들이 내가 앙리의 일시적인 변덕에 조금이라도 신경을 쓴다고 생각하지 않도록……."

"그래, 나도 그 여자 사진 본 적 있어……."

"앙리랑 일 보로메에서 찍힌 거 말이지!" 폴은 어깨를 으쓱였다. "슬픈 일이야. 너도 알겠지만 앙리도 그걸 자랑스러워하지는 않아. 어쨌든 이상한 일이지. 앙리는 나더러 이제 같이 자지 말자고 하더라. 자기가 더는 나와 잘 자격이 없는 사람이라고 느끼는 것 같아." 폴은 천천히 결론을 내렸다.

나는 폴에게 말하고 싶었다. "스스로를 속이는 짓은 그만둬!" 그러나 무슨 권리로 그렇게 말할 수 있을까? 어떤 의미에서 나는 폴의 고집이 감탄스러웠다.

뤼시 벨롬의 집 계단을 올라갈 때, 폴이 내 손목을 붙잡았다. "사실대로 말해줘. 내가 패배자처럼 보여?"

"네가? 공주 같아."

그러나 하인이 우리에게 문을 열어주었을 때 나는 폴의 공포가 내게 옮겨 오는 것을 느꼈다. 요란스러운 목소리들이 들려오는 가운데 대기에 향기와 악의의 냄새가 감돌고 있었다. 이 사람들은 나 또한 기꺼이 산산조각 내리라. 유쾌한 생각은 아니었다. 하지만 폴은 냉정을 되찾고 왕족처럼 품위 있게 거실로 들어섰다. 문득 폴의 스타킹이 정말 똑같은 색인지 확신이 서지 않았다.

예전 시대의 가구들, 페르시아식 양탄자, 고색 짙은 그림들, 양피지로 장정한 책들, 크리스털, 벨벳, 새틴이 있었다. 고급 취향을 가졌다는 평판에도 불구하고, 부르주아에 대한 동경과 지적이고 싶은 희망, 그리고 천박한 자신의 취향 사이에서 주저하는 뤼시의 모습을 실감할 수 있는 곳이었다.

"여기서 만나니 정말 반갑네요." 뤼시는 원저 공작 부인도 무색할 만큼 완벽한 옷차림을 하고 있었다. 두 번 쳐다보지 않고서는 뤼시의 야비한 입과 악의에 찬 불안한 시선을 알아보지 못하리라. 하지만 눈의 표정까지 고칠 수 있는 미안술사는 아직 없다. 만면에 미소를 띤 채 뤼시는 내 옷차림을 면밀하게 평가하더니 이내 폴에게로 몸을 돌렸다. "사랑스러운 폴! 12년 만에야 다시 만나다니! 몰라보게 변했네." 잠시 뤼시는 폴의 손을 잡고 뻔뻔스럽게 그 손을 평가하더니 이윽고 나를 끌고 갔다. "이리 와요. 소개해줄게요."

그 여자들은 클로디의 살롱에서 본 여자들보다도 더 젊고 예뻤다. 어떤 정신적인 고뇌도 교묘히 화장한 그들의 얼굴을 흉하게 만들지는 못할 것 같았다. 여배우가 되고 싶은 많은 모델들과, 스타가 되고 싶은 많은 여배우들이 있었다. 모두 검은 드레스 차림에 진하게 물들인 머리, 굽 높은 구두와 긴 속눈썹을 갖추고 있었다. 그리고 각각 다르기는 하지만 같은 공장에서 만들어진 듯 개성 없는 모습이었다. 만약 내가 남자라면 그중에서 한 명을 골라내기란 불가능할 것이다. 아예 다른 곳에 가서 골라내리라. 아닌 게 아니라, 내 손에 키스한 젊은 미남들은 특히 자기네들끼리 서로 관심을 가지고 있는 듯했다. 여기저기 남성적인 태도를 보이는 성인 남자들도 있긴 했지만 다들 일당을 받은 엑스트라 같았다. 그들 가운데 뤼시의 공식적인 정부인, 뒤뷀이라 불리는 남자도 있었다. 그는 백금을 입힌 듯한 머리에 갈색 피부를 가진 어느 키 큰 여자와 이야기를 나누고 있었다.

"뉴욕에서 돌아오신 지 얼마 안 됐다면서요?" 그가 내게 물었다. "정말 놀라운 나라죠. 안 그렇습니까? 응석받이 아이의 거대한 꿈이라고나 할까요. 미국인들이 실컷 먹는 커다란 아이스크림콘이 미국 전체의 상징 아닌가 합니다."

"전 미국이 전혀 맘에 안 들더라고요." 가짜 금발이 말했다. "모든 게 너무 깨끗하고, 너무 완벽하거든요. 결국은 더러운 셔츠를 입고 이틀이나 수염을 깎지 않은 남자를 만나고 싶다는 생각을 하게 되죠."

나는 반박하지 않았다. 그저 그들이 판에 박힌 말로 내가 돌아온 지 얼마 안 된 나라를 설명하게 내버려두었다. '거대한 어린이', '여자의 천국', '끔찍한 애인들', '열에 들떠 소용돌이치는 삶' 운운하는 이야기들. 뒤뷀은 마천루를 가리켜 대담하게도 '발기한 남근'이라는 표현을 썼다. 그들의 얘기에 귀를 기울이면서, 난 지식인들의 기교 섞인 감수성을 비난할 권리는 없다고 생각했다. 사교계의 인사며 그 아류들로 이루어진 이 사람들이야말로, 추악한 상투적 문구로 멀어진 눈과 진부한 생각만 가득 찬 마음으로 세상을 돌아다니고 있는 것이다. 로베르나 앙리는 자신이 사랑하는 것을 사랑하고, 자신을 귀찮게 하는 것을 귀찮아하면서 무심히 살고 있었다. 왕이 발가벗고 걸어 다닌다 하더라도, 그들은 왕의 외투에 장식된 자수에 감탄하지 않으리라. 탁월한 반응을 뽐내보려는 속물들이 열심히 모방하는 모델을 바로 자신들이 만들어내고 있음을 로베르와 앙리는 잘 알고 있다. 그들은 자존심이 있기에 어떤 순진한 짓이라도 할 수 있는 반면, 뒤뷜이나 뤼시, 또 그 주위로 모여드는 날씬하고 빛나는 젊은 여자들은 한순간도 진지하게 자신의 의견에 따라 행동하지 못한다. 나는 그 사람들에게 두려울 정도의 연민을 느꼈다. 그들에게 남겨진 몫은 공허한 야심, 타는 듯한 질투심, 실속 없는 승리와 패배뿐이었다. 이 지상에 사랑해야 하거나 미워해야 할 것이 이렇게 많은데! 문득 이런 생각이 들었다. '로베르의 말이 옳아. 무관심이라는 건 존재하지 않아.' 관심을 가질 가치가 거의 없는 이곳에서도 나는 곧 분노와 혐오 속에 빠져들지 않는가. 나는 이 세상이 사랑해야 할 것과 미워해야 할 것들로 가득 차 있다고 확신했다. 어떤 것도 이런 확신을 버리게 할 수는 없을 것이다. 그래, 어리석게도 로베르에게 반대로 이야기했던 건 피로와 권태, 그리고 내 무지에 대한 수치심 때문이었어.

"아직 내 딸 못 봤지?" 뤼시가 희미한 미소를 던지며 폴에게 물었다.

"응, 못 만났는데."

"곧 만나게 될 거야. 얼마나 예쁜지 몰라. 옛날의 너와 똑같은 종류의 아름다움을 가졌지." 뤼시는 다시 미소를 지었다가 거둬버렸다. "폴과 닮은 점이 있어."

나는 뤼시만큼 무례해지기로 결심했다. "그래요, 딸이 당신과는 전혀 닮지 않았다고들 하더군요."

뤼시는 확실한 적의를 드러내며 나를 살펴보았다. 그 모습에는 거의 불안하다 할 만한 호기심이 있었다. '여자 노릇을 하는 방법, 여자라는 것을 이용하는 방법이 이 방법 말고 또 있나? 내가 모르는 뭔가가 있는 건가?' 이렇게 의아해하고 있는 것 같았다. 이어 뤼시는 다시 폴에게 시선을 돌렸다. "아마릴리스에 한번 들러. 네 옷차림을 약간 손봐줄게. 여자란 잘 차려입으면 달라지는 거야."

"폴의 옷차림을 바꾼다니, 아주 유감스러운데요." 내가 다시 끼어들었다. "최신 유행에 따르는 여자들은 우글거리지만, 폴처럼 입은 사람은 폴 한 사람밖에 없잖아요."

뤼시는 약간 당황한 것 같았다. "어쨌든 네가 더 이상 유행을 경멸하지 않는 날이 오면, 우리 가게에서는 언제나 환영이야. 기적적인 일을 하는 디자이너를 알고 있거든." 그렇게 덧붙이며 뤼시가 몸을 돌렸다.

"뤼시 본인은 왜 그 디자이너에게 도움을 받지 않느냐고 물어봤어야지." 나는 폴에게 말했다.

"이런 여자들에게는 어떻게 대답해야 할지 모르겠어." 폴이 말했다. 광대뼈가 보랏빛으로 변하고, 콧구멍은 좁아져 있었다. 폴이 파랗게 질릴 때의 모습이었다.

"돌아가고 싶어?"

"아니, 그럼 지는 거야."

클로디가 흥분한 아낙네처럼 눈을 번쩍이며 우리에게 황급히 다가왔다. "방금 들어온 저 어린 빨간 머리 여자가 벨롬의 딸이야." 그녀가 말했다.

폴이 고개를 돌렸다. 나도 고개를 돌렸다. 조제트는 어리지 않았고, 가장 드문 종류의 빨간 머리를 한 여자였다. 엷은 황갈색 머리칼 아래, 피부는 금발 머리가 가질 법한 크림색이었다. 육감적이면서도 슬픔이 어린 입과 커다란 눈은 자신의 아름다움에 공포를 느끼고 있는 것만 같았다. 남자라면 그런 얼굴을 감동시키고 싶어 하리라는 것도 이해가 되었다. 나는 불안한 마음으로 폴을 바라보았다. 폴은 샴페인 잔을 든 채 그녀를 뚫어져라 쳐다보면서 꼼짝하지 않았다. 마치 들리지도 않는 심술궂은 소리에 귀를 기울이고 있는 듯했다.

나는 분노를 느꼈다. 폴은 무슨 죗값을 치르고 있는 것인가? 주위의 여자들은 다 만족스럽게 웃고 있는데, 왜 폴은 산 채로 불타고 있지? 나는 폴이 스스로 자신의 불행을 만들어 냈다고 막 인정하려던 참이었다. 폴은 앙리를 이해하려 노력하지 않으며, 환상에 빠져 살고 있다고. 노예와 같은 예속 상태로 무기력하게 사는 것을 선택했다고. 그러나 어쨌든 폴은 누구에게도 해를 끼친 일이 없었다. 이처럼 혹독하게 벌을 받아야 할 사람이 아니었다. 우리는 언제나 자신의 과오에 대해 대가를 치른다. 다만 세상에는 채권자들이 결코 두드리지 않는 문이 있고, 강제로 여는 문이 있는 것이다. 불공평한 일이었다. 폴은 불운한 사람들 쪽에 있었으니까. 폴이 자기도 모르는 사이에 눈물을 흘리는 모습을 보자 가만히 있을 수가 없었다. 나는 정신을 차리게 하려고 불쑥 폴을 불렀다. "돌아가자." 그러고는 그녀의 팔을 잡았다.

"그래."

급히 인사를 하고 거리로 나오자 폴이 침울한 표정을 하고 나를 바라보았다.

"왜 주의를 주지 않았어?"

"주의라니? 뭘?"

"내가 길을 잘못 들었다는 거."

"난 그렇게 생각하지 않는걸."

"그렇게 생각하지 않는 게 이상해."

"너무 틀어박혀 지낸 걸 말하는 거야?"

폴은 어깨를 으쓱였다. "그래도 난 아직 지지 않았어. 내가 조금 바보였다는 건 알지만. 그래도 한번 이해하면 분명히 이해하는 사람이라고."

버스에서 내리며 폴은 그래도 짜내듯이 미소를 지었다. "같이 있어줘서 고마워. 정말 큰 도움이 됐어. 절대 잊지 않을게."

나딘은 일주일 내내 파리에 머물렀다. 그 애가 생마르탱에 나타났을 때, 나는 랑베르의 소식을 물었다. 나딘은 랑베르가 일주일 뒤에 돌아온다고 편지로 알렸다고 했다. "불꽃이 튀게 될 거예요." 그 애는 몹시 기뻐하는 목소리로 덧붙였다. "졸리를 다시 만나서 또 같이 잤어요. 그 얘기를 하면 랑베르의 얼굴이 어떨지, 한번 상상해보세요!"

"나딘! 그 얘기를 랑베르에게 하면 안 돼!"

그 애는 당황한 표정으로 나를 바라보았다.

"올바른 사람은 거짓말을 해선 안 된다고 수없이 말씀하셨잖아요. 무엇보다 솔직해야 한다면서요!"

"아니야. 그건 거짓말이란 생각할 수도 없는 관계를 이루도록 노력해야 한다는 뜻이지. 너와 랑베르는 전혀 그런 단계에 와 있지 않잖아. 게다가……." 나는 덧붙였다. "진지한 고민 끝에 솔직하게 고백하려는 것도 아니고. 랑베르에게 상처를 주려고 일부러 그런 짓을 한 거 아니니?"

나딘은 애매한 표정으로 나를 비웃었다.

"오! 엄마! 언제부터 점쟁이 짓을 시작하신 거예요?"

"내가 오해했니?"

"물론 맞는 말이긴 해요. 랑베르에게 벌을 주고 싶어요. 그 애는 벌을 받아 마땅하고요."

"너 자신도 알고 있지 않아? 랑베르는 네가 원하는 건 뭐든 하잖니. 랑베르가 양보하지 않은 경우는 이번이 처음이니까, 네가 그런 일에 연연하지 않는다는 걸 보여줄 수도 있을 텐데."

"랑베르가 내가 원하는 대로 하는 건 시키는 대로 따르는 어린애 역할을 즐기기 때문이에요. 일종의 연극이죠. 그렇지만 사실 랑베르한테는 뭐든지 나보다 더 중요해요. 앙리, 신문사, 자기 아빠, 현지 보도 기사, 전부 나보다 중요하죠."

"정말 경솔하구나. 랑베르는 무엇보다 너를 소중히 여기고 있어."

"그건 엄마 생각이고요. 랑베르는 한 번도 그런 말 한 적 없어요."

"그런 말이 나올 여지를 네가 도무지 주질 않잖니."

"물론 내가 사랑의 고백을 구걸하진 않았죠."

나는 약간의 호기심을 가지고 그 애를 바라보았다.

"그래도 서로의 감정에 대해서 얘기할 때는 있지?"

"우린 그런 얘기 안 해요." 그 애가 놀란 얼굴로 말했다. "엄마는 무슨 상상을 하는 거예요?"

"얘기한다는 건 서로를 이해하는 데 도움이 된단다."

"얘기하지 않아도 난 모든 걸 잘 알고 있는걸요."

"그럼 네가 다른 남자와 잤다는 걸 랑베르가 결코 견디지 못하리라는 것도 알아야 할걸. 랑베르는 끔찍한 고통을 당하고, 너희 둘 사이는 돌이킬 수 없이 망가지게 될 거야."

"저에게 거짓말하라고 조언하는 사람이 바로 엄마라는 게 하여튼 웃기긴 하네요." 그 애는 비웃고 있었으나, 그래도 후련해 보이는 모습이었다. "됐어요. 랑베르에게는 아무 말도 안 할게요."

랑베르는 이틀 후에 돌아왔다. 여행에 대해서는 별 얘기가 없었다. 더 구체적인 자료를 수집하러 9월에 또 한 번 가볼 계획이라고 했다. 나딘은 그와 화해한 것 같았다. 두 사람은 정원에서 오랫동안 나란히 일광욕을 하거나, 함께 산책을 하거나, 책을 읽거나, 토론을 하거나, 계획을 세웠다. 랑베르는 나딘에게 귀여움을 받으며 그 애의 변덕을 기분 좋게 따르고 있었다. 그러나 때로는 자신의 독립성을 증명하고 싶은지, 혼자 오토바이에 올라 틀림없이 스스로도 공포를 느낄 정도의 속도로 큰길을 달리곤 했다. 나딘은 남의 고독을 싫어하는 성미였고, 이번에는 질투의 감정에 부러움까지 섞여 있었다. 랑베르의 반발과 나의 단호한 반대에 부딪쳐 그 애는 오토바이 타는 것을 포기한 터였다. 그 오토바이를 자기 것으로 만들고 싶다는 마음에 흙받기를 강렬한 빨강으로 칠하거나 핸들에 마스코트를 달기도 했지만, 그러한 노력에도 불구하고 그 애의 눈에 오토바이는 자신의 원천이 될 수도 없고 나누어 가질 수도 없는 남성적 쾌락의 상징으로 남겨진 것이다. 오토바이는 그 애와 랑베르가 다투는 가장 흔한 구실이 되었지만, 그것도 결국은 신랄함이 없는 가벼운 말다툼에 불과했다.

어느 날 밤 내가 방에서 잘 준비를 하고 있는데 랑베르와 나딘이 정원에 나가 앉는 소리가 들렸다.

"요약하자면," 랑베르가 말했다. "나 혼자서는 신문사를 운영할 능력이 없다는 거지?"

"그렇게 말하진 않았어. 볼랑주가 널 허수아비 취급하면 운영하기 힘들 거란 얘기야."

"볼랑주가 아무런 속셈 없이 그런 자리를 제공할 만큼 나를 신뢰하고 있다고 한다면, 넌 못 믿겠지?"

"순진하기는! 볼랑주는 감히 자기 이름을 내거는 게 겁나는 거야. 그래서 뒤에서 널 조종하려는 거라고."

"오! 냉소적인 척하면서 너 자신이 아주 날카로운 사람이라고 믿고 있겠지. 하지만 악의 역시 사람을 눈멀게 만들어. 볼랑주는 대단한 사람이야."

"개자식이야." 그 애가 태연하게 대꾸했다.

"볼랑주가 실수를 했었다는 건 인정해. 하지만 난 과거에 실수했던 사람을 앞으로 실수할 사람보다 더 좋아하거든." 랑베르가 공격적인 태도로 말했다.

"앙리를 빗대어 말하는 거야? 앙리를 영웅으로 친 적은 한 번도 없지만, 그는 청렴한 사람이야."

"옛날에는 그랬지. 하지만 지금은 정치와 공인이라는 위치가 스스로를 얽매는 대로 내버려두고 있잖아."

"난 오히려 앙리가 그런 것들을 이겨나가는 중이라고 보는데." 나딘은 짐짓 공평무사한 어조로 대꾸했다. "앙리가 얼마 전에 쓴 희곡은 최고야."

"아, 무슨 소리야!" 랑베르가 말했다. "내가 보기에 그건 아주 나쁜 작품이야. 그리고 정말 몹쓸 짓이지. 죽은 사람들은 이미 죽었어. 그들을 가만히 내버려둬야 한다고. 새삼스럽게 프랑스인들 사이에 증오를 고조시킬 필요는……"

"그 반대야!" 나딘이 말했다. "사람들의 기억을 새롭게 해줄 필요가 충분히 있다고."

"과거에 집착하면 앞으로는 조금도 나아갈 수 없어."

"사람들이 과거를 잊는다는 건 인정 못 해." 그러고서 나딘은 냉담한 목소리로 덧붙였다. "용서한다는 것도 난 이해 못 하고."

"그렇다면 넌 대체 어떤 사람이지? 도대체 어쩌다가 이렇게 엄격한 사람이 된 거야?"

"내가 남자였다면 네가 한 만큼의 일은 했을걸."

"나야말로 단정적으로 사람들을 규탄할 수 있었다면 지금보다 열 배는 더 일을 했을 거야."

"됐어!" 나딘이 말했다. "이 문제에 대해서는 영영 의견이 맞을 리 없어. 이제 자러 가."

잠시 침묵이 흘렀다. 곧 랑베르가 단호한 어조로 말했다.

"볼랑주는 분명히 큰일을 할 거야."

"내 생각은 달라." 나딘이 말했다. "어쨌든 그게 너하고 무슨 상관이 있는지 모르겠다. 진짜 자기 것도 안 될 하찮은 삼류 신문을 운영하는 건 전혀 위대한 일이 아냐."

그러자 랑베르가 약간 익살 섞인 어조로 물었다. "내가 언젠가는 위대한 일을 할 거라고 생각하는 거야?"

"오! 난 몰라." 그 애가 말했다. "그리고 상관없어. 꼭 위대해져야 할 이유가 뭐람?"

"내가 네 변덕에 순종하는 착한 소년이길 바라는 거야? 내게 기대하는 게 그게 다야?"

"난 아무것도 기대하지 않아. 너를 있는 그대로 생각할 뿐이지."

나딘의 어조에는 애정이 담겨 있었으나, 동시에 그것은 랑베르가 듣고자 하는 말을 거부하겠다는 의미이기도 했다. 랑베르는 다소 집착적인 태도로 집요하게 캐물었다. "그럼 난 어떤 사람이야? 어떤 능력이 있는데?"

"넌 마요네즈 소스를 만들 줄 알아." 그 애가 유쾌하게 말했다. "그리고 오토바이도 탈 줄 알고."

"그리고 차마 입 밖에 낼 수 없는 다른 것도 타고 말이지?" 그가 다소 비웃듯이 말했다.

"네가 천박하게 굴 때 너무 싫어."

나딘은 보란 듯이 하품을 했다. "난 자러 갈 거야." 그들의 발밑에서 조약돌이 잘그락대는 소리가 났다. 이제 정원에서는 집요하게 이어지는 귀뚜라미의 합창밖에 들리지 않았다.

나는 오랫동안 그 소리를 듣고 있었다. 아름다운 밤이야!

하늘에는 온통 별들이 가득하고, 어디에도 부족한 것이 없었다. 그러나 내 마음속에는 한없는 공허함뿐이었다. 루이스는 그 후 두 통의 편지를 더 보냈다. 처음 편지보다 훨씬 많은 이야기가 쓰여 있었다. 그러나 그의 존재를 더 현실적으로, 더 생생하게 느낄수록, 그의 슬픔 또한 더 무겁게 다가왔다. 나 역시 슬펐지만, 그렇다고 우리가 조금이라도 가까워지는 것은 아니었다. 나는 속삭였다. "왜 그렇게 멀리 있어요?" 그러면 그는 메아리로 대답했다. "왜 그렇게 멀리 있어요?" 그의 소리는 비난에 차 있는 것 같았다. 우리가 헤어져 있는 까닭에 모든 것이 우리를 흩뜨리는 것이다. 우리가 만나고자 하는 노력까지도.

그렇지만 저 둘은 사랑으로 행복을 이룰 수 있겠지. 나는 그 애들의 미숙함에 화가 났다. 그날 두 사람은 파리로 가서 하루를 보내기로 결정했다. 이른 오후에 랑베르가 플란넬로 된 우아한 양복 차림에 넥타이까지 멋지게 맨 모습으로 별채에서 나왔다. 나딘은 풀밭에 누워 있었다. 그 애는 완전히 더러워진 꽃무늬 치마와 면으로 된 반소매 셔츠 차림에 큰 샌들을 신고 있었다. 랑베르가 약간 화난 목소리로 그 애에게 외쳤다. "서둘러서 준비해! 그러다 버스 놓치겠어."

"오토바이로 가고 싶다니까." 나딘이 말했다. "그게 훨씬 더 재미있어."

"하지만 오토바이로 가면 아주 더러워진 꼴로 도착하게 될 거야. 게다가 좀 차려입은 모습으로 오토바이를 타면 우스워 보인다고."

"난 차려입을 생각 없는데." 나딘이 단호한 어조로 말했다.

"그런 옷을 입고 파리에 갈 건 아니지?" 그 애가 대답하지 않자, 그는 유감스럽다는 목소리로 나를 끌어들였다. "정말 안타깝지 않나요? 저런 무정부주의자 같은 꼴만 하지 않으면 나딘도 아주 품위 있어 보일 텐데요!" 랑베르는 비판적인 눈으로 그 애를 훑어보았다. "단정치 못한 옷차림일수록 너한테는 더욱 안 어울려."

나딘은 자기가 추하다고 생각했고, 그러한 불만 때문에 여자답기를 거부했다. 신랄하다 여겨질 정도로 옷차림에 소홀했기에, 실은 그 애가 외모에 대한 작은 언급도 얼마나 민감하게 받아들이는지 좀처럼 추측하기 힘들었다. 역시나, 나딘의 표정이 변했다. "아침부터 밤까지 자기 외모에만 신경 쓰는 여자를 원하는 거라면 다른 데 가서 알아봐."

"깨끗한 옷을 입는 데 시간이 오래 걸리는 것도 아니잖아." 랑베르가 말했다. "이렇게 계속 야만인 꼴을 하고 있으면 어디에도 데려갈 수 없어."

"어차피 나도 데려가달라고 하고 싶지 않아. 내가 호텔 매니저나 반쯤 벗은 여자가 있는 곳에서 네 팔을 끼고 으스대고 싶어 할 것 같아? 꿈 깨! 돈 후안 역할을 그렇게 하고 싶으면 모델이라도 빌려 데리고 다니든지."

"좋은 재즈를 들을 수 있는 괜찮은 클럽으로 춤추러 가는 건데, 왜 저렇게 화를 내는지 모르겠군요. 선생님은 아시겠어요?" 그가 나를 보며 물었다.

"나딘이 춤추는 걸 전혀 좋아하지 않아서가 아닐까?" 나는 조심스레 대답했다.

"마음만 있다면 아주 잘 출 텐데요."

"바로 그 마음이 없다는 거야." 그 애가 말했다. "무대 한 가운데서 우스꽝스러운 짓을 하는 게 무슨 재미람?"

"다른 여자처럼 너도 즐길 수 있을걸." 랑베르의 얼굴은 약간 붉어져 있었다. "솔직해지기만 하면, 옷을 차려입거나 외출하는 것도 즐기게 될 거라고. 넌 그런 게 재미없다고 말하지만 그건 거짓말이야. 우리는 모두 욕망을 억제하고 있어. 위선자라고. 난 그 이유가 궁금해. 아름다운 가구, 아름다운 옷, 화려함, 여흥을 좋아하는 게 왜 죄가 되는 거지? 사실은 모든 사람이 그런 것들을 좋아하고 있는데."

"맹세하는데, 나한테 그런 건 아무것도 아니야." 나딘이 말했다.

"과연 그럴까? 우습군." 랑베르는 내가 당황스러울 정도로 강한 집착을 보이며 말을 이었다. "늘 점잔을 빼고 자기를 부정해야 한다니. 내킬 때 울거나 웃어선 안 되고, 하고 싶은 걸 하거나 생각하고 싶은 걸 생각해서도 안 된다니."

"하지만 누가 그걸 네게 금지한다는 거지?" 내가 물었다.

"모르겠어요. 그게 가장 나쁜 겁니다. 우리는 모두 서로 속이고 있어요. 그러면서 누구도 그 이유를 모르죠. 이른바 순수함을 위해서 희생하고 있다는 말뿐이죠. 하지만 순수함이라는 것이 어디 있습니까? 아무라도 좋으니 그걸 내게 좀 보여주면 좋겠어요! 순수함이라는 명목으로 우리는 모든 것을 거부하고, 아무것도 하지 않고, 어디에도 도달하지 못하고 있잖아요."

"도대체 어디에 도달하고 싶다는 거야?" 나딘이 비꼬는 투로 물었다.

"날 비웃는구나. 하지만 그것도 위선이야. 넌 스스로 말하는 것보다 훨씬 더 성공에 민감해. 네가 여행을 떠난 것도 어쨌든 앙리와 함께였잖아. 만약 내가 이름난 사람이라면 넌 다른 어조로 날 대하겠지. 결국 다들 성공을 동경하고 돈을 좋아하는 거야."

"너도 만만치 않잖아." 나딘이 말했다.

"돈에 집착하는 게 어때서?" 랑베르가 말했다. "세상이 이런 이상, 돈을 가진 인간인 편이 낫잖아. 그래, 너 작년엔 모피 코트가 생겼다며 아주 자랑스러워했지. 그리고 대단한 여행을 하고 싶어 죽을 지경이고. 하루아침에 백만장자가 되어 있다면 정말 좋아할걸. 다만 절대로 그 사실을 고백하지 않겠지. 넌 자기 자신이기를 두려워하고 있어."

"난 내가 어떤 사람인지 알고, 그걸로 충분해." 나딘은 신랄한 목소리로 대꾸했다. "바로 너야말로 스스로의 정체를 두려워하고 있잖아. 프티부르주아 지식인이라는 모습을 말이야. 스스로에게 큰 모험이 어울리지 않는다는 사실도 잘 알고 있지. 그리고 이젠 사회적인 성공이나 돈, 그런 것들이 필요하게 되었고. 넌 속물에다 더러운 야심가가 될 거야. 그뿐이라고."

"가끔은 뺨이나 한차례 얻어맞을 만한 얘기를 하는구나." 랑베르가 발길을 돌리며 말했다.

"어디 때려보시지. 맹세하는데, 한바탕 크게 터질걸."

나는 랑베르를 눈으로 좇았다. 그가 갑자기 화를 낸 이유가 궁금했다. 랑베르가 마지못해 억누르고 있는 건 무엇일까? 유복한 생활에 대한 욕구? 말 못 할 야심? 가령 볼랑주의 제안을 받아들이고 싶은데 친구들의 비난을 견딜 용기가 없는 걸까? 자기를 에워싼 금기 때문에 이름을 알릴 수 없다고 확신하는 걸까? 아니면 그저 평범한 인간으로 지내도록 조용히 내버려두기를 원하는 걸까?

"랑베르의 머릿속에 뭐가 있는지 궁금하네." 나는 말했다.

"오! 하찮은 꿈이나 꾸고 있죠." 나딘이 경멸하듯이 내뱉었다. "다만, 저까지 그 꿈에 끌어넣으려니까 전 제동을 거는 것뿐이에요."

"랑베르의 용기를 북돋워주는 것 같지는 않네."

"네, 우습긴 해요. 랑베르가 듣고 싶어 하는 말이 있다고 느끼면, 저는 곧장 그 반대로 얘기해버리거든요. 어떤 식인지 아시겠죠?"

"약간은."

사실은 아주 잘 알고 있었다. 나딘이 이런 식으로 저항한다는 것은 경험을 통해 아는 터였다.

"랑베르는 늘 남의 허락을 받고 싶어 해요. 스스로 하기만 하면 되는데."

"하지만 네가 좀 도와줄 수도 있잖니." 나는 말했다. "넌 절대 타협을 안 하잖아. 랑베르가 혹시라도 너에게 뭘 요구할 땐 양보해줄 줄도 알아야지."

"오! 그 애는 엄마가 생각하시는 것보다 더 많은 걸 요구한다고요." 그 애는 넌덜머리가 난다는 표정으로 어깨를 으쓱했다. "우선, 나더러 매일 밤 같이 자자고 요구하고 있다니까요. 정말이지 질렸어요."

"거절하면 되잖아."

"엄마는 몰라요. 제가 거절하면 난리가 난다고요." 나딘은 신경질적인 목소리로 덧붙였다. "더구나 제가 잘 챙기지 않으면 아마 매번 절 임신시킬 거예요." 그 애는 곁눈질로 나를 흘끗 보았다. 내가 이런 이야기를 좋아하지 않는다는 것을 알아서였다.

"그에게 주의하라고 일러줘."

"고맙네요! 만약 그게 실습 시간이 되면 참도 재밌겠어요! 혼자 조심하는 것이 나아요. 섹스를 할 때마다 자기 몸을 마개로 막는다는 게 그렇게 즐겁지는 않지만요. 게다가 저번에는 칫솔을 부러뜨려버렸어요."

"칫솔?"

"엄만 미국에서 아무것도 못 봤어요? 미국 여군 장교가 그걸 제게 선물로 줬어요. 얼마나 예쁜지. 이를테면 중절모 같은 거예요. 다만 그걸 제대로 넣으려면 유리로 만든 도구 같은 게 필요하거든요. 그걸 전 칫솔이라고 부르고 있죠. 그런데 그게 부러진 거예요." 그 애는 짓궂게 나를 바라보았다. "제가 엄말 놀라게 한 거예요?"

나는 어깨를 으쓱였다. "그게 그렇게 고역이라면서 왜 계속 남자와 자는지 궁금하구나."

"섹스를 안 하면 어떻게 남자들과 사귈 수 있겠어요? 여자들은 짜증 나요. 남자들과 같이 있어야 즐겁죠. 그렇지만 남자들하고 데이트 좀 하려고 하면 같이 자야 되잖아요. 전 선택권이 없어요. 다만 더 자주 하는 남자들, 덜 하는 남자들, 오래 하는 남자들, 짧게 하는 남자들이 있을 뿐이죠. 랑베르는 늘 하고, 끝이 없어요." 그 애는 웃기 시작했다. "아마 그걸 쓰지 않으면 자기한테 그게 있다고 확신할 수 없나 봐요."

나딘이 보여주는 모순 중 하나는, 수많은 남자들과 잔 이후로 아주 외설스러운 얘기를 태연하게 하면서도 자기의 성생활에 대해서는 극도의 과민함을 보인다는 점이었다. 랑베르가 종종 그러듯이 그들의 은밀한 일에 대해 암시할 때마다 그 애는 발끈 화를 내곤 했다.

"네가 모르는 것 같은 사실이 하나 있는데," 내가 말했다. "랑베르는 너를 사랑하고 있어."

나딘은 어깨를 으쓱했다. "엄마는 절대 이해 못 해요." 그애는 이성적인 목소리로 말을 이었다. "랑베르는 일생에서 한 여자만을 사랑했어요. 로자를요. 그 후 그 애는 마음을 달래려고 처음 만난 아가씨를 그냥 주워 가졌죠. 그게 바로 저고요. 처음엔 저랑 같이 자려고도 하지 않았어요. 그러다가 앙리가 저랑 잔다는 걸 알고 나서는 갑자기 자극을 받았나봐요. 그렇지만 전 결코 그 애가 좋아하는 타입이 아니에요. 다만 그 애는 여자들을 쫓아다니느니 애인을 두는 게 남성적인 모습이라고 생각하는 것 같아요. 게다가 더 편하기도하고요. 하지만 나도 그 애의 그의 진심을 기대하는 건 아니니까요."

나딘은 진실과 허위를 너무나 교묘하게 뒤섞을 줄 알았고, 그래서 나는 그 애의 의견에 반박하기 위해 얼마나 큰 노력이 필요한지 생각하며 아찔함을 느끼곤 했다. 나는 맥없이 말했다. "넌 뭐든지 엉터리로 다시 지어내는구나."

"아니에요, 제가 무슨 말을 하는지 잘 알고 있어요."

나딘은 결국은 깨끗한 옷을 입기로 했고, 두 사람은 함께 파리로 갔다. 그러나 그들은 그 어느 때보다 더 시무룩한 얼굴로 돌아왔다. 곧 새로운 싸움이 시작되었다. 그날 아침 나는 정원에서 일을 하고 있었다. 폭풍을 머금은 하늘이 어깨 위로 무겁게 내려와 나를 땅바닥에 짓누르는 것 같았다. 내 곁에서 랑베르는 책을 읽고, 나딘은 뜨개질을 하고 있었다. 그 전날 그 애는 말했었다. "결국 여름휴가는 피곤해요. 매일의 일과를 새롭게 만들어내야 하잖아요." 그날도 그 애는 지루한 모양이었다. 마치 시선으로 랑베르의 고개를 돌리려는 양, 그 애는 한동안 그의 목덜미를 줄곧 응시하고 있었다.

"슈펭글러* 다 읽었어?"

"아니."

"다 읽으면 나한테 줘."

"그래."

나딘은 누가 손에 책을 들고 있는 것을 보면 달라고 하지 않고는 배기질 못했다. 그러고선 그 책을 자기 방으로 가져가지만, 장차 가득 차게 될 책더미만 헛되이 불릴 뿐이었다. 사실 그 애는 적의와 비슷한 감정을 가지고 매우 천천히 책을 읽었고, 몇 페이지 읽으면 진력을 냈다. 나딘은 약간 비웃음 섞인 투로 다시 말했다.

"슈펭글러는 완전 멍청이 같아."

이번에는 랑베르가 고개를 들었다.

"누가 그래? 공산주의자 애인들이?"

---

* 　오스발트 슈펭글러Oswald Spengler. 독일의 역사가이자 철학자. 나치즘에 빠지기도 했으며, 제1차 세계대전 이후 유럽 사상계에 큰 영향을 주었다.

"슈펭글러가 멍청이라는 건 누구나 알아." 그 애는 의기양양하게 말하고는 땅바닥에 누워 기지개를 켜며 투덜댔다. "차라리 날 태우고 오토바이로 한 바퀴 돌고 오는 게 나을 텐데."

"아! 그럴 생각 전혀 없어." 랑베르가 냉정하게 대꾸했다.

"메닐에서 점심 먹고 숲속을 거닐자."

"그리다가 소나기를 흠뻑 맞겠지. 하늘 좀 보라고!"

"소나기는 안 올 거야. 그냥 나하고 산책하는 게 지긋지긋하다고 솔직히 말해."

"산책이 지긋지긋해. 자, 방금 말했지?" 그가 성마르게 내뱉었다.

나딘은 일어섰다. "알았어. 이 양배추 화단 같은 데서 온종일 보내는 게 난 지겨워 죽겠어. 오토바이 타고 혼자서 한 바퀴 돌고 올게. 오토바이 열쇠 좀 줘봐."

"미쳤어! 탈 줄도 모르잖아."

"벌써 타봤어. 어렵지도 않더라. 너도 탈 줄 안다는 게 바로 그 증거지."

"그래놓고 첫 커브를 돌면서 넘어지겠지. 소용없어. 열쇠는 안 줄 거야."

"내가 넘어져도 상관없잖아. 네 장난감이 망가질까 봐 걱정하는 거지. 비겁한 이기주의자 같으니. 어서 열쇠 내놔."

랑베르는 대꾸도 하지 않았다. 나딘은 공허한 눈을 한 채 잠시 꼼짝도 않고 있었다. 이어 그 애는 일어나 뜨개질 주머니로 사용하는 커다란 바구니를 주워 나에게 던졌다. "이곳이 지긋지긋해요. 오늘은 파리에 가서 있을래요."

"즐거운 시간 보내고 오렴."

그 애는 교활한 복수의 방식을 택했다. 자기가 싫어하는 동료들과 나딘이 함께 있다는 생각만으로도 랑베르는 분명히 고통을 느낄 터였다. 그는 정원에서 나가버리는 나딘을 눈으로 좇다가 내게 고개를 돌렸다.

"왜 언쟁을 시작했다 하면 곧바로 상황이 악화되는지 모르겠어요." 그가 씁쓸한 어조로 말했다. "선생님은 아시겠어요?"

랑베르가 내게 속 이야기를 하는 것은 처음 있는 일이었다. 나는 잠시 망설였다. 하지만 그가 내 얘기를 들으려 하니, 대화를 이어가는 것이 아마 최선의 방법이겠지.

"대부분은 나딘의 잘못이야." 나는 말했다. "저 애는 아무것도 아닌 일에도 화를 내잖니. 또 화가 나면 부당하고 공격적으로 나오지. 그렇지만 저 애가 남에게 상처를 주는 것은 자기가 쉽게 상처를 입기 때문이라는 걸 생각해줬으면 해."

"다른 사람들 역시 상처 입기 쉽다는 걸 이해할 수 있을 텐데요." 그가 원망스럽다는 듯이 말했다. "나딘은 가끔 끔찍할 정도로 냉담해요."

그는 정말 기운이 없어 보였고, 상기된 안색과 살짝 위로 들려진 코, 탐욕스러운 입으로 매우 젊어 보이기도 했다. 당혹감에 휩싸인 저 육감적인 얼굴은 너무나 감미로운 꿈과, 너무나 가혹한 규칙 사이에서 분열되어 있었다. 나는 결심했다. "랑베르, 나딘을 분명히 이해하기 위해선 저 애의 어린 시절로 되돌아가야 해."

나는 수천 번 내 머릿속에서 되풀이하던 이야기를 가능한 한 알기 쉽게 랑베르에게 들려주었다. 그는 감동한 표정으로 말없이 듣고 있다가 디에고의 이름이 나오자 탐욕스럽게 내 말을 끊었다.

"정말 디에고가 놀랄 만큼 지적이었나요?"

"응, 그랬지."

"시는 좋았나요? 재능이 있었어요?"

"그렇다고 생각해."

"그러면서도 겨우 열일곱 살이었다니! 나딘은 디에고를 존경했나요?"

"그 애는 결코 누구도 존경하지 않아. 그래, 그 애가 특히 디에고에게 집착한 것은 자기가 디에고를 완전히 소유했기 때문이었어."

"하지만 저 역시 나딘을 사랑해요." 그가 슬프게 말했다.

"그 애는 확신하지 못하고 있어." 나는 말했다. "네가 다른 여자와 자기를 비교할까 봐 늘 두려워하지."

"저는 나딘에게 훨씬 더 깊은 애정을 갖고 있어요. 로자에게는 결코 그런 적이 없었죠." 랑베르가 중얼거렸다.

그의 선언이 나를 놀라게 했다. 어쨌든 나도 나딘의 편견에 동조하고 있었던 것이다.

"그 애에게 그렇게 말한 적 있어?"

"그건 말할 수 있는 게 아닙니다."

"바로 그 말이야말로 그 애에게 들려줄 필요가 있어."

그는 어깨를 으쓱였다. "1년 전부터 제가 오직 나딘을 위해 살고 있다는 건 나딘도 잘 알 거예요."

"그 애는 네 사랑을 그저 일종의 우정이라 확신하고 있어. 그리고, 이걸 어떻게 설명하면 될까? 그 애는 여자로서의 스스로에게 자신이 없어. 여자로서 사랑받는 것이 필요해."

랑베르는 머뭇거렸다. "하지만 그 점에 관해서도 나딘에게는 어떻게 할 수가 없어요. 이런 말씀은 드리지 않는 게 좋겠지만, 저로서는 전혀 이해가 안 되고 어찌해야 할지 모르겠네요. 만약 하룻밤이라도 우리 사이에 아무 일이 없으면 나딘은 모욕을 당했다고 느껴요. 하지만 정작 사랑의 행위는 거의 전부 다 나딘에게 불쾌감을 주는 거예요. 결국 나딘은 아무것도 느끼지 못하고 절 원망하는 거죠······."

나는 나딘의 신랄했던 속 이야기를 떠올렸다.

"확실히, 매일 밤 원하는 사람이 그 애야?"

"물론이에요." 그가 침울한 표정으로 대답했다.

둘의 모순된 얘기에 나는 그리 놀라지 않았다. 비슷한 사례를 너무나 많이 보았으니까. 이는 결국 두 연인 중 누구도 상대에게 만족하지 않고 있다는 뜻이었다.

"자기가 여자라는 걸 받아들일 때나 여자라는 것을 거부할 때나 똑같이 그 애는 자신이 손상당했다고 느끼는 거야." 나는 말했다. "바로 이 문제 때문에 육체관계가 어려워지지. 그렇지만 인내심을 가지면, 문제는 해결될 거야."

"오! 인내심이라면야 전 얼마든지 있어요. 나딘이 저를 싫어하지 않는다는 확신만 있다면 말이죠."

"무슨 소리야! 그 애는 네게 맹렬하게 집착하고 있어."

"나딘이 말하듯이, 제가 보잘것없는 지식인에 불과하기 때문에 절 경멸한다는 생각도 종종 들어요. 창조적인 재능조차 없는 지식인이니까요." 그러고서 랑베르는 신랄하게 덧붙였다. "나 자신의 날개로 날아보겠다고 결심도 못 하는 지식인이죠."

"나딘은 지식인에게밖에 매력을 못 느껴." 나는 말했다.
"그 애는 토론하거나 함께 얘기하는 걸 아주 좋아하거든. 자
기 인생을 말로 표현해야만 하는 아이지. 내 얘기를 믿어야
해. 사실, 그 애는 충분히 사랑해주지 않는다면서 널 비난하
고 있는 거라고."

"나딘을 납득시켜야겠네요." 랑베르의 얼굴이 밝아졌다.
"나딘이 저를 조금이라도 사랑하고 있다는 걸 안다면, 나머
지 문제는 아무것도 아닙니다."

"나딘은 널 아주 좋아해. 만약 그게 확실하지 않았다면 나
도 이런 얘기를 안 했겠지."

그는 다시 책을 읽기 시작했고, 나는 내 일을 계속했다. 하
늘은 시시각각 어두워져, 오후에 루이스에게 편지를 쓰려고
2층으로 올라갔을 땐 이미 캄캄해져 있었다. 루이스는 편지
로 이야기하는 법을 알았다. 그건 나보다 그에게 더 쉬운 일
이었다. 그가 나에게 상세히 묘사하는 사람들과 사물들은
내게도 존재하는 것들이니까. 그의 노란 편지지를 통해 나
는 타자기와 멕시코산 담요, 나무들이 있는 화단 위로 열린
창, 금이 간 차도를 따라 달리는 고급 자동차 등을 떠올릴 수
있었다. 그러나 생마르탱의 마을이나 나의 일, 나딘, 랑베르
는 그에게 아무런 의미가 없었다. 그리고 로베르에 대해서
는 어떻게 얘기하면 좋을까? 어떻게 그의 얘기를 안 할 수 있
단 말인가? 루이스가 편지 문장들 사이에서 속삭이는 내용
들은 쉽게 말할 수 있는 것이었다. "당신을 기다리고 있어
요. 돌아와요. 나는 당신 것이에요." 그러나 나는 어떻게 얘

기해야 할까? 나는 멀리 떨어져 있고 그리 빨리 돌아갈 수 없다는 것을, 나에게는 다른 생활이 있다는 것을 어떻게 표현하면 될까? 그가 '당신을 사랑해요'라고 읽어줬으면 하는 것들을 어떻게 표현해야 할까? 그는 나를 부르고 있지만 나는 그를 부를 수 없어. 그에게 현재의 내 존재를 부정한 이상, 그에게 줄 것이 아무것도 없었다. 내가 쓴 편지를 다시 읽어보며 나는 수치스러움을 느꼈다. 정말 공허한 편지야! 내 마음은 이렇게 무거운데! 게다가 얼마나 보잘것없는 약속인가! "돌아갈 거예요"라니. 물론 나는 돌아갈 거야. 하지만 오랜 시간이 흐른 후, 그것도 다시 여기로 돌아온다는 전제하에 말이야. 봉투를 잡은 손이 움직이질 않았다. 며칠 후면 그의 손이 봉투를 잡을 것이다. 진짜 손으로, 내 피부로 느꼈던 그 손으로. 그러니 그는 분명히 현실의 존재인 것이다. 가끔은 그가 내가 마음속에서 만들어낸 인물 같기도 했다. 나는 그를 너무 쉽게 마음대로 다루고 있었다. 그를 창가에 앉히고, 얼굴에 햇볕을 쪼이게 하고, 어쩔 수 없이 미소를 짓게 만들었다. 나를 놀라게 하고, 나를 충족시켜준 그 남자를 실제의 모습으로 다시 만날 수 있을까? 나는 편지를 책상 위에 놓고 창가로 다가가 팔꿈치를 괴었다. 땅거미가 내리는 가운데 비바람이 몰아치고 있었다. 바람이 나무들 속에서 광란에 빠져 있는 모습이, 구름 속에서 창을 쥔 채 말을 달리는 수많은 기사들인 듯 보였다. 나는 거실로 내려가 난로에 장작을 잔뜩 넣어 불을 지핀 뒤, 저녁 먹으러 오라고 랑베르에게 전화를 했다. 싸움을 일으키는 나딘이 자리에 없어서인지 로베르와 랑베르는 서로 암묵적인 동의하에 미묘한 문제를 피했다. 식사가 끝난 뒤 로베르가 다시 서재로 들어가고 랑베르가 나를 도와 식탁을 치우고 있는데 나딘이 머리를 온통 비에 적신 채 들어왔다. 랑베르는 그 애에게 상냥하게 미소를 지어 보였다.

"물의 요정 같네. 뭣 좀 먹겠어?"

"아니, 뱅상이랑 세즈나크랑 저녁 먹었어." 그러고서 그 애는 식탁 위에 놓인 냅킨을 들어 머리를 문질렀다.

"러시아 강제수용소에 대한 얘기를 나눴어. 뱅상도 나와 같은 의견이야. 구역질 나는 일이긴 하지만, 만약 그걸 비난하는 운동을 하면 부르주아들이 너무 신날 거라는 얘기지."

"그런 식의 논법은 지나쳐!" 랑베르는 짜증이 난 듯 어깨를 으쓱했다. "뱅상은 그걸 공개하지 못하도록 앙리를 설득하려 들겠군!"

"물론 그래야지." 나딘이 말했다.

"그게 헛고생으로 끝났으면 좋겠네." 랑베르가 말했다. "이 문제를 덮어둔다면《레스푸아》를 관두겠다고 앙리에게 얘기해뒀으니까."

"참도 효과적으로 설득했네." 나딘이 비꼬듯 말했다.

"아, 그렇게 거만하게 굴지 좀 말라니까!" 랑베르가 쾌활한 목소리로 말했다. "내가 나쁜 놈인 양 몰아붙이지만 실은 너도 마음속으로는 나를 그렇게 나쁘게 생각하지 않잖아."

"하지만 네 생각만큼 널 좋게 생각하고 있지 않을지도 모르지" 나딘이 퉁명스럽게 대꾸했다.

"못됐어!"

"그럼 나 혼자 파리로 가게 한 건 자상한 태도야?"

"내가 함께 가는 게 싫은 것 같던데!"

"내가 함께 가달라고 말했다는 게 아냐. 네가 함께 가자고 제안할 수도 있었다는 얘기지."

나는 문 쪽으로 걸어가 거실에서 나왔다. 랑베르의 목소리가 들려왔다.

"자, 싸우지 말자고!"

"난 싸우는 거 아닌데."

그들은 저녁 내내 다툴 것 같았다.

다음 날 아침 일찍, 나는 정원으로 내려갔다. 부드러워 보이는 푸른 하늘 아래 전원은 간밤의 비로 상처투성이었다. 길에 구멍이 뚫리고, 잔디밭엔 죽은 나뭇가지들이 흩어져 있었다. 젖은 테이블 위에 서류를 올려놓는데, 오토바이가 출발하는 연속적인 폭음이 들려왔다. 나딘이 허벅지까지 치마를 걷어 올린 채 바람에 머리를 날리며 울퉁불퉁한 길을 달려가고 있었다. 랑베르가 별채에서 나왔다. 그는 "나딘!" 하고 부르며 철책까지 달려갔다가 정신 나간 표정으로 나에게 되돌아왔다.

"나딘은 오토바이를 몰 줄 몰라요." 그가 당황한 목소리로 말했다. "게다가 폭풍우로 부러진 나뭇가지들이랑 쓰러진 나무가 길에 널려 있다고요. 사고가 날 겁니다."

"나딘이 그래 봬도 꽤 조심성이 있어." 그를 안심시키려고 이렇게 말했지만 나 역시 걱정이 되었다. 제 목숨을 소중히 여기기는 해도 순발력이 있는 아이는 아니었기 때문이다.

"제가 자는 사이 오토바이 열쇠를 가지고 갔어요. 정말 고집불통이라니까요!" 그는 원망을 담아 나를 바라보았다.

"선생님은 나딘이 절 사랑한다고 하셨죠. 정말 그렇다면 참 기묘하게 사랑하는 사람이에요. 어제저녁에 전 그저 화해하자고만 했잖아요. 선생님도 분명히 보셨죠? 그래도 별 소용이 없었어요."

"아! 서로가 서로를 이해한다는 게 그렇게 쉬운 일은 아니지." 내가 말했다. "조금만 인내심을 가져봐."

"나딘과 함께라면 적당한 인내심으로는 안 되겠어요!"

그는 가버렸고 나는 쓸쓸하게 생각했다. '정말 엉망진창이 되었어.' 나딘은 핸들을 꽉 잡은 채 길을 달리고 있을 것이다. 그러면서 바람을 향해 불평을 늘어놓겠지. "랑베르는 나를 사랑하고 있지 않아. 누구도 나를 사랑해주지 않아. 죽은 디에고 빼고는." 그리고 그동안 랑베르는 의심으로 가득 차 방 안을 이리저리 오갈 것이다. 남자라는 말이 너무나 무거운 의미를 지니고 있는 시대에 한 남자가 된다는 것은 어려운 일이야. 아직 어머니의 사랑과 아버지의 보호를 꿈꾸고 있는 스물다섯 살의 소년에게 죽거나, 고문을 당하거나, 훈장을 받거나, 이름을 드높인 수많은 선배들이 모범 인물로 제시되잖아. 문득 남자애가 다섯 살이 되면 자기 생살에 독이 있는 가시를 찔러 넣는 법을 배운다는 부족이 떠올랐다. 우리 사회에서도 성인으로의 권위를 얻기 위해 남자는 사람을 죽이고, 남을 괴롭히고, 고통을 겪어야만 하는 것이다. 사람들은 수많은 금기로 딸들을 괴롭히고, 수많은 요구로 아들들을 괴롭힌다. 이 두 종류의 학대는 똑같이 해롭다. 나딘과 랑베르가 서로를 도우려 한다면, 그들은 서로의 나이와 성별, 그리고 지상에서 진정한 자신의 위치를 받아들일 수 있을 텐데. 그들 둘은 서로 돕기로 결심하게 될까?

랑베르는 우리와 함께 점심을 먹었다. 그는 공포와 분노 사이를 오가고 있었다.

"그냥 장난이라기에는 도가 지나쳐요!" 그가 흥분해서 말했다. "사람들을 이렇게 걱정시킬 권리는 없습니다. 이건 악의적인 행동이고 협박이에요. 보기 좋게 따귀를 얻어맞을 만하다고요!"

"그 애는 네가 이렇게 걱정하는 줄도 몰라." 나는 말했다. "그러니 걱정할 필요 없어. 지금쯤 아마 들판에서 잠을 자거나 일광욕을 하고 있을걸."

"도랑에 빠져서 두개골이 깨지지나 않았다면 그러고 있겠죠." 그가 말했다. "나딘은 미쳤어요! 미친 여자예요."

정말 그는 너무나 불안해하는 모습이었다. 나는 그를 이해했다. 나 역시 말하는 것만큼 안심이 되는 건 아니었다. "무슨 일이 일어났으면 전화가 왔겠지." 로베르가 내게 말했다. 하지만 바로 이 순간 오토바이가 진로를 벗어나고 나딘의 몸이 나무에 부딪쳐 으스러졌을지도 모를 일이었다. 로베르는 내 기분을 바꾸어놓으려 애썼지만, 날이 저물자 그도 더는 불안을 감추려 하지 않았다. 결국 그가 근처의 경찰서로 전화를 걸려고 할 때, 마침내 오토바이의 폭음이 들려왔다. 랑베르가 나보다 먼저 길로 뛰어나갔다. 오토바이는 진흙으로 뒤덮여 있었고, 나딘도 마찬가지였다. 그 애가 웃으면서 오토바이에서 내리는 순간, 나는 랑베르가 나딘의 뺨을 힘껏 두 번 갈기는 것을 보았다.

"엄마!" 나딘은 랑베르에게 덤벼들어 이번에는 자신이 그의 따귀를 때리고는 날카로운 소리로 외쳤다. "엄마!" 랑베르가 나딘의 두 손목을 잡았다. 내가 그들 곁으로 가까이 갔을 때, 랑베르는 너무 창백해서 기절하지나 않을까 싶을 정도였다. 나딘은 코피를 흘리고 있었다. 그러나 그 애가 마음만 먹으면 일부러 코피를 흘릴 수 있다는 것을 나는 알고 있었다. 어린 시절 뤽상부르 공원 분수 주변에서 개구쟁이들과 싸움질을 하면서 배운 재주였다.

"너희들, 부끄럽지도 않니?" 나는 두 어린애를 떼어놓는 양 그들 사이로 끼어들면서 말했다.

"이 자식이 나를 때렸다고요!" 나딘이 히스테릭한 목소리로 외쳤다.

내가 그 애의 어깨를 안고 코를 막아주었다. "진정해!"

"더러운 오토바이 좀 가져갔다고 절 때렸다니까요. 오토바이를 아주 부숴버릴 거야!"

"진정하라니까!"

"부숴버릴 거라고."

"자, 들어봐." 나는 말했다. "랑베르가 널 때린 건 큰 잘못이야. 그렇지만 랑베르가 이성을 잃은 것도 당연해. 우리 모두 끔찍하게 걱정을 했어. 너한테 사고가 생긴 거라 믿고 있었다고."

"랑베르는 그런 건 상관도 안 할걸요! 오직 자기 오토바이 생각뿐이었겠죠. 내가 망가뜨릴까 봐 겁이 난 거예요."

"미안해." 랑베르가 고통스러운 목소리로 말했다. "그렇다고 때려서는 안 되었는데. 하지만 난 제정신이 아니었다고. 네가 죽을 수도 있었잖아."

"위선자! 내가 죽든 말든 관심도 없으면서! 내가 모를 줄 알아? 내가 죽어도 상관없잖아. 다른 여자 장례도 잘만 치렀 잖아!"

"나딘!" 창백했던 랑베르의 얼굴이 붉게 변했다. 그의 얼굴에 이제 어린애 같은 구석은 조금도 없었다.

"그러곤 잊어버렸지. 참 빨리도 잊는군!" 나딘이 외쳤다.

"어떻게 감히 그런 말을! 네가! 미군 부대 군인들 전부와 자면서 디에고를 배신했던 네가!"

"닥쳐!"

"디에고를 배신했잖아."

분노의 눈물이 나딘의 뺨 위로 흘러내렸다. "그 사람이 죽은 다음 내가 배신했을지는 몰라. 그렇지만 넌 로자가 살아 있을 때 아버지가 밀고하는 걸 보고만 있었잖아."

랑베르는 잠깐 말이 없었다. 곧 그가 입을 열었다. "다시는 널 만나고 싶지 않아. 이제 다시는. 다시는."

그러고서 그는 오토바이에 올라탔다. 나로서는 그를 붙잡을 만한 말을 한 마디도 찾을 수 없었다. 나딘은 흐느껴 울고 있었다.

"가서 좀 쉬자. 이리 와."

그 애는 나를 떠밀더니 풀밭에 몸을 던졌다.

"저놈 아버지가 유대인을 밀고했어요. 그런데 전 저놈이랑 잤고요! 그리고 저놈이 제 따귀를 때렸죠. 자업자득이에요. 자업자득이라고요!"

나딘은 소리를 질러댔다. 나는 그 애가 소리를 지르도록 내버려두는 것 말고는 아무것도 할 수 없었다.

제7장

폴은 클로디 드 벨장스의 집에서 여름을 보냈고, 조제트는 어머니와 함께 칸으로 일광욕을 하러 갔다. 앙리는 작은 중고 자동차를 타고 이탈리아로 떠났다. 이탈리아가 너무나 좋아서,《레스푸아》며 S.R.L.이며 다른 모든 문제를 잊을 수 있었다. 파리로 돌아왔을 때, 그는 우편물 속에서 독일에 있는 랑베르가 보낸 보고서와 스크리아신이 수집한 한 묶음의 자료를 발견했다. 그는 자료들을 살펴보며 밤을 보냈고, 다음 날 아침, 이제 이탈리아는 아주 멀어져 있었다. 나치 독일의 자료 보관소에서 발견된 980만 명의 죄수에 대한 서류는 의심스러운 것일 수도 있었다. 1941년에 해방된 폴란드 수용소의 보고서도 미심쩍다 할 수 있었다. 그러나 수용소에서 살아남은 남녀의 증언을 모두 철저하게 거부하기 위해서는 단 한 번이라도 눈과 귀를 틀어막을 결심을 해야만 할 터였다. 게다가 앙리가 알고 있는 법률 조문 말고도, 1935년 모스크바에서 발표된 보고서가 있었다. 여기에는 국가 정치부의 강제 노동 수용소들에서 시행된 방대한 사업이 열거되어 있었다. 1941년의 5개년 계획, 그 건설 사업의 14퍼센트가 내무부의 소관이었다. 콜리마 금광,* 노릴스크**와 보르쿠타*** 탄광, 스타로빌스크 철광, 코미**** 어장. 그곳에서 사람들은 정확하게 어떻게 살아가고 있을까? 강제 노역자의 수는 얼마나 될까? 그에 대해서는 전혀 알 수 없었다. 그러나 확실한 것은 수용소가 대규모로, 그리고 제도화되어서 존재하고 있다는 사실이었다. '이건 공개해야 해.' 앙리는 결론을 내렸다. '그러지 않으면 나는 공범자가 될 거야. 공범자이자, 독자들에게는 배신자가 되겠지.' 그는 옷을 입은 채로 침대에 몸을 던지면서 생각했다. '낭패로군!' 그렇다면 공산주의자들과 사이가 틀어지고 《레스푸아》의 입장도 곤란해질 것이다. 그는 한숨을 쉬었다. 아침마다 노동자들이 길모퉁이의 가두 판매점에서 《레스푸아》를 사는 모습을 보며 얼마나 뿌듯해했던가. 하지만 이젠 그들도 《레스푸아》를 사지 않을지 모른다. 하지만 어떻게 침묵할 수 있지? 그 사실을 발표하기에는 내용을 충분히 알지 못한다고 주장할 수야

---

* 북동 시베리아에 위치한 곳으로, 19세기에 금을 찾는 러시아인들이 이곳에 모여들었다. 스탈린 치하의 악명 높은 강제 노역장으로 알려져 있다.

** 러시아 남부 크라스노야르스크에 위치한 도시. 1930년대에 스탈린에 의해 건설된 이후 20년 동안 죄수들이 이곳의 추위와 궁핍 속에서 석탄, 구리 등을 채굴했다.

*** 러시아 북동쪽에 위치한 탄광 도시. 1930년대에 죄수들의 수용소가 설치되었으며, 이들의 노동력을 이용하여 석탄을 채굴하고 철로를 건설하였다.

**** 러시아 북동부에 위치한 지역. 현재는 러시아연방의 공화국으로서 독립된 지위를 갖고 있다. 유럽에서 가장 추운 지역으로 알려져 있으며, 스탈린에 의해 많은 러시아인들이 이곳으로 이송되어 노역에 시달렸다.

있겠지. 이제는 소련의 모든 체제가 수용소에 참다운 의미를 부여하고 있으며, 우리는 정보를 잘 알지 못한다고 말이야. 그러나 침묵을 지키기에도 그 내용을 충분히 알지 못하지 않는가. 이미 오래전부터 모른다는 것이 변명이 되지 않는다는 사실을 그는 알고 있었다. 독자들에게 진실을 약속했으니, 불확실한 가운데서도 알고 있는 것을 말해야만 했다. 진실을 독자들에게 감추기로 결정하려면 그야말로 명백한 이유가 필요했다. 공산주의자들과 사이가 틀어지는 것이 내키지 않는다는 건 그 이유가 될 수 없었다. 그건 단지 그 자신과 관련된 일일 뿐이니까.

다행히도 여러 가지 상황이 앙리에게 약간의 유예기간을 주었다. 뒤브뢰유도, 랑베르도, 스크리아신도 파리에 없었고, 사마젤은 이 문제에 대해 막연한 암시밖에 하지 않았다. 앙리는 할 수 있는 한 이 일은 생각하지 않으려 애썼다. 게다가 생각해야 할 다른 많은 일들이 있었다. 하찮지만 긴급한 일들. 연극 연습은 소란스러웠다. 살레브가 지나치게 슬라브적인 사람이라 변덕이 심한 탓에 연습은 더욱 만만찮은 일이 되었다. 조제트는 눈물을 흘리며 연습을 감내했다. 베르농은 연극이 물의를 일으키지 않을까 두려워하기 시작했다. 그는 받아들일 수 없을 정도로 내용을 삭제하거나 바꾸라고 권하고 있었다. 그리고 아마릴리스에 의상을 만들어달라고 부탁했는데, 뤼시 벨롬은 조제트가 불타는 교회에서 나오는 것이지 양장점에서 나오는 것이 아니라는 점을 도무지 이해하려 하지 않았다. 그래서 앙리는 극장에서 매일 몇 시간씩 보내야 했다.

'어쨌든 폴에게 전화를 걸어야 해.' 어느 날 아침 그는 생각했다. 그녀는 드문드문 수수께끼 같은 엽서를 그에게 보내오다가 며칠 전 파리로 돌아온 터였다. 아무 연락이 없었지만 분명 불안해하며 전화를 기다리고 있을 것이다. 그녀의 조심스러운 행동도 일종의 계략에 지나지 않겠지. 그렇지만 그것을 악용한다는 건 잔인한 짓일 거야. 하지만 앙리가 전화를 걸었을 때 폴이 아주 침착한 어조로 약속을 잡았기에, 그는 층계를 올라가면서 약간 희망을 가질 수 있었다. 혹시 그녀가 정말로 그에게서 떨어져 나갈 수도 있지 않을까? 폴이 미소 띤 얼굴로 문을 연 순간 앙리는 깜짝 놀랐다. '도대체 무슨 일이 일어난 거지?' 위로 틀어 올려 살찐 목덜미를 드러낸 머리와 몽땅 뽑아버린 눈썹, 몸에 딱 붙는 정장차림. 거의 천박하다고 할 만한 모습이었다. 그녀는 여전히 미소를 머금은 채 말했다.

"왜 그렇게 보는 거야?"

그도 애써 미소를 지었다. "특이한 차림을 하고 있네……."

"놀랐어?" 폴은 핸드백에서 긴 궐련용 파이프를 꺼내더니 입에 물었다. "당신을 놀래주고 싶었거든." 그녀는 즐거운 듯 반짝이는 눈으로 그를 바라보았다. "우선 놀라운 소식을 알려줄게. 나 글을 쓰고 있어."

"글을 쓴다고?" 그가 되물었다. "어떤 글인데?"

"언젠가 알게 될 거야."

그녀는 수수께끼 같은 표정으로 궐련용 파이프를 가볍게 깨물었다. 앙리는 창가로 걸어갔다. 폴이 그의 앞에서 몇 번인가 비극의 장면을 연출한 적은 있지만, 이런 종류의 희극은 도무지 어울리지 않았다. 만약 일이 복잡하게 얽힐까 하는 걱정만 아니었다면 그녀의 궐련 파이프를 뽑아버리고, 머리를 풀어버리고, 몸을 흔들어주고 싶은 마음이었다. 앙리는 다시 폴을 바라보았다.

"여름휴가는 좋았어?"

"아주 좋았지. 당신은? 그간 어떻게 지냈어?" 폴이 짐짓 관대한 태도로 물었다.

"아! 매일 극장에서 지내고 있어. 계속 제자리걸음이야. 살레브가 좋은 연출가이긴 한데 워낙 신경질적이라."

"그 꼬마 아가씨는 어때?" 폴이 물었다.

"탁월한 연기를 보여줄 거야."

폴은 궐련 연기를 들이마시더니 목이 막힌 듯 기침을 했다. "그녀와의 관계는 여전하고?"

"여전하지."

폴이 염려스러운 얼굴로 그를 뚫어지게 바라보았다.

"이상하네."

"왜?" 이렇게 묻고서 앙리는 잠시 머뭇거리다가 결심한 듯 말했다. "이건 일시적인 감정이 아냐. 난 그녀와 사랑에 빠졌어."

폴은 미소를 지었다. "정말 그렇게 생각해?"

"확신하고 있어. 난 조제트를 사랑해." 그는 단호하게 대답했다.

"왜 그런 말을 해? 그런 어조로?" 그녀가 놀란 표정으로 물었다.

"어떤 어조인데?"

"이상한 어조야."

그는 초조하게 몸을 움직였다. "그보다 여름휴가 얘기 좀 들려줘. 편지를 거의 안 보냈잖아."

"바빴어."

"아름다운 곳이었어?"

"좋았지." 폴이 말했다.

함축된 수수께끼 같은 간단한 문장으로만 대답하는 그녀에게 질문을 던지자니 피곤했다. 앙리는 넌덜머리가 나서 10분쯤 있다가 가버렸다. 폴은 그를 붙잡으려 하지 않았고, 다시 만나자는 요구도 없었다.

리허설 일주일 전, 랑베르가 독일에서 돌아왔다. 아버지의 죽음 이후 그는 딴사람이 된 것 같았다. 늘 뿌루퉁했고, 남과 어울리려 하지도 않았다. 그는 자기가 수행한 조사와 수집한 증언에 대해 수다스럽게 이야기를 늘어놓고는 미심쩍어하는 표정으로 앙리를 바라보았다.

"이제 의심하지 않으시죠, 아닌가요?"

"대부분은 의심할 수 없게 됐지."

"그럼 됐네요!" 랑베르가 말했다. "하지만 뒤브뢰유는요? 어떻게 생각하고 있습니까?"

"그 이후로 못 만났어. 그는 생마르탱에서 나오질 않고, 나도 거기까지 갈 시간이 없어서."

"하지만 어서 행동에 들어가야 해요." 랑베르가 이마를 찡그렸다. "이번만큼은 뒤브뢰유도 공정한 태도를 보여서 확인된 사실이라고 인정했으면 싶네요."

"확실히 그럴 거야." 앙리가 말했다.

다시 랑베르는 경계하듯 앙리의 얼굴을 빤히 바라보았다.

"선생님 개인적으로는 발표하기로 결정하신 상태죠?"

"개인적으로야 그렇지."

"만약 그 영감이 반대하면요?"

"위원회에서 검토할 거야."

랑베르의 표정이 어두워지는 것을 보고 앙리는 다시 입을 열었다.

"이봐, 일주일만 기다려줘. 지금은 내가 좀 바쁘지만, 리허설이 끝나면 곧장 뒤브뢰유에게 가서 얘기하고 이 문제를 해결할 거야." 그는 다정한 목소리로 덧붙였다. "극장에 같이 가보지 않겠어?"

"선생님 희곡은 읽었습니다. 전 그 작품이 마음에 들지 않아요." 랑베르가 말했다.

"그런 감상이야 자네 권리지." 앙리는 쾌활하게 말했다. "하지만 연습을 보는 건 재미있을 거야."

"전 할 일이 있습니다. 메모한 것들을 정리해야 해서요." 이어 거북한 침묵이 흘렀고, 곧 랑베르가 결심한 듯 다시 입을 뗐다. "8월에 볼랑주를 만났습니다." 그는 생기 없는 어조로 말을 이었다. "문학 주간지 창간을 준비하고 있더군요. 저에게 편집장 자리를 제안했어요."

"그 계획에 대한 얘기는 들었어." 앙리는 말했다. 《레 보주르》* 얘기지? 추측건대, 그가 감히 공공연하게 책임자 자리에 앉지는 못하는 모양이군."

---

* Les Beaux Jours. '아름다운 날들, 즉 좋은 시절이나 한창때를 뜻한다.

"볼랑주가 저를 이용하려 한다는 뜻인가요? 사실 그는 저랑 둘이서 그 주간지의 일을 해보고 싶어 해요. 저도 그 제의에 흥미가 없진 않고요."

"어쨌든 《레스푸아》와 삼류 우파 신문에서 동시에 일할 순 없겠군." 앙리가 냉담하게 말했다.

"순수한 문예지인데요."

"그건 누구나 하는 소리야. 하지만 비정치적이라고 자칭하는 사람들은 반동일 수밖에 없지." 앙리는 어깨를 으쓱했다. "결국 우리의 생각과 볼랑주의 생각이 서로 타협을 이루리라고 기대할 순 없지 않겠어?"

"몇 번 말씀드렸듯이, 전 볼랑주와 생각이 그리 다르지 않다고 느끼고 있어요. 정치를 경멸하는 그의 태도에 공감합니다."

"볼랑주의 경멸도 역시 정치적 태도라는 걸 이해하지 못하는군. 지금으로는 그가 취할 수 있는 유일한 태도가 바로 그 경멸이야."

앙리는 더 이상의 얘기를 그만두었다. 랑베르가 워낙 완고한 터였다. 볼랑주가 그의 비위를 맞추어주었을지 모른다. 게다가 선과 악을 뒤섞어 그의 아버지를 변호하고, 그 막대한 재산을 정당화할 수 있는 생각을 불어넣었으리라. '랑베르와 자주 만나 얘기를 나눠야겠어.' 하지만 당장은 그럴 시간이 없었다. "다음에 전부 다시 얘기해보자고." 랑베르와 악수를 나누며 그는 말했다.

랑베르가 그의 희곡에 대해 그토록 냉담하게 얘기한 것은 그리 기분 좋은 일이 아니었다. 아버지 때문에라도 그의 입장에서는 과거를 파헤치는 내용이 아마 불편했을 것이다. 그러나 왜 그런 식으로 적의를 드러내는 걸까? '아쉽게 됐군!' 앙리는 생각했다. 제삼자가 최종 리허설을 참관해 감상을 말해줬으면 하던 터였다. 이 모든 것이 어떻게 되어가고 있는지, 그로서는 더 이상 알 수 없게 되었던 것이다. 살레브와 조제트는 계속해서 울부짖고, 벨롬은 조제트의 의상을 찢어버리자는 의견을 단호하게 거부하고 있었다. 베르농은 리허설 이후 만찬을 제공하겠다고 고집을 부렸다. 앙리가 아무리 항의하고 흥분해도 누구 하나 그의 말은 한 마디도 듣지 않았다. 모든 게 대실패로 흘러가는 것만 같았다. '결국 하나의 연극이 성공하건 실패하건, 그건 그리 중대한 일이 아니야.' 앙리는 이렇게 생각하려고 애썼다. 다만, 그야 개인적으로 실패를 감수할 수 있다 하더라도 조제트에겐 성공이 필요했다. 그는 파리로 막 돌아온 뒤브뢰유 부부에게 전화를 하기로 마음먹었다. 그들이 극장으로 와줄 수 있을까? 내일은 극의 처음부터 마지막까지 전부 연습하기로 되어 있었다. 누군가의 의견이 궁금해 앙리는 안달이 날 지경이었다.

"그러죠." 안이 말했다. "아주 재밌겠는데요. 게다가 그 핑계로 로베르를 좀 쉬게 할 수도 있고요. 지금 미친 듯이 일을 하고 있으니까요."

뒤브뢰유가 곧바로 수용소 문제를 꺼내지나 않을까 싶어 앙리는 조금 걱정이 되었다. 그러나 뒤브뢰유 역시 결정을 미루고 있는 것 같았다. 그는 수용소에 대해 한마디도 하지 않았다. 리허설이 시작되자 앙리의 마음은 타들어가기 시작했다. 그러잖아도 자신의 소설을 읽고 있는 독자를 우연히 만나거나 하면 불편함을 느끼는 그였다. 이제 자신의 작품을 감상하는 뒤브뢰유 부부 곁에 앉아 있으려니 뭔가 망측한 기분이었다. 안은 감동한 것 같았고, 뒤브뢰유도 흥미를 느끼는 듯했다. 하지만 그가 흥미를 느끼지 않는 게 있을까? 앙리는 차마 물어볼 수 없었다. 마지막 대사가 얼어붙은 듯한 침묵 속에 떨어지자, 뒤브뢰유가 앙리를 향해 몸을 돌렸다.

"자넨 만족을 느껴도 좋을 걸세!" 그는 열의를 보이며 말을 이었다. "이 희곡은 읽는 것보다 무대에서 보는 게 더 좋군. 이 말은 꼭 해야겠네. 이거야말로 자네가 쓴 작품 중 최고라고 말이야."

"네, 정말이에요!" 안도 흥분해서 거들었다.

그들은 계속해서 열띤 찬사를 퍼부었다. 바로 앙리가 듣고 싶어 하는 말이었다. 그래서 그는 너무나 기뻤으나 동시에 약간 두렵기도 했다. 3주간 극을 성공시키기 위해 최선을 다하면서도, 그는 이 작품이 가치가 있다거나 성공하리라는 생각은 접어둔 채 희망도 두려움도 가지지 않으려 하던 터였다. 이젠 그 신중한 마음이 풀어지는 걸 느꼈다. 그가 쓴 최고의 작품이라니. 좋은 작품일까? 대중도 좋은 작품으로 인정할까? 최종 리허설이 진행되는 밤에, 무대장치 뒤에 숨어, 보이지 않는 관람석에서 들려오는 불분명한 수군거림을 엿듣는 그의 심장은 너무도 빨리 뛰었다. 허영과 망상, 이런 헛된 것을 그는 몇 해 동안 조심해왔지만, 청년 시절의 꿈을 잊은 것은 아니었다. 그는 명성을 믿었다. 연인을 껴안듯이, 언젠가 명성을 팔에 가득 안으리라고 결심했다. 명성은 형태를 갖고 있지 않기에 붙잡기가 어려웠다. '그러나 어쨌든, 명성이란 어떤 소리일 수도 있어.' 그는 생각했다. 한 번 그것을 들은 적이 있었다. 연단에 올라갔다가 책을 한 아름 안고 내려왔는데, 그의 이름이 갈채 속에서 울리고 있었다. 혹시 그런 단순한 찬사를 다시 경험할지 모른다. 사람이란 늘 겸손할 수만은 없고, 언제나 거만하게 모두의 의사를 무시할 수만도 없어. 매일 가장 소중한 시간을 타인과 소통하려 애쓰며 보내는 건 타인을 존중하기 때문이기도 하지만, 때로는 자신이 타인에게 존경을 받을 수 있는지 알고 싶기 때문이야. 현재가 과거를 모두 모아 미래의 성공을 거두어들이는 축제의 순간이 우리에겐 필요해……. 앙리는 깊은 생각에 잠겼다가 문득 깨어났다. 개막을 알리는 소리가 세 번 울렸다. 막이 오르자, 어두운 동굴 같은 관람석에 시선을 고정한 채 조용히 앉아 있는 사람들이 보였다. 이 철벽 같은 침묵과 그 전까지 30분 내내 울리던 짐승 떼 같은 소란 사이에는 너무 엄청난 차이가 있어서, 관객들이 도대체 어디서 느닷없이 나타났는지 궁금할 지경이었다. 그들은 전혀 현실의 인간 같지가 않았다. 정말이지 그곳에는 불타버린 마을과 태양, 비명, 독일군들의 소리 그리고 공포뿐이었다. 누군가가 관람석에서 기침 소리를 내자 비로소 앙리에겐 거기에 있는 뒤브뢰유 부부와 폴, 뤼시 벨롬, 랑베르, 볼랑주 부부 그리고 그가 알고 있는 많은 다른 사람들과 모르는 많은 사람들 역시 현실이라는 생각이 떠올랐다. 도대체 그들은 여기에 뭘 하러 왔지? 태양과 포도주와 피로 붉게 물든 어느 날 오후가 떠올랐다. 그는 그 오후를 지난 8월에서, 과거의 시간에서 떼어버리고 싶었지만, 그 기억은 꿈속에서 이어졌고, 이야기와 말 속에 흐르는 사상 역시 그것으로부터 싹트게 되었다. 그 말과 사상과 이야기가 생생하게 변하기를 그는 원했다. 이 무언의 관객들은 거기 생명을 불어넣기 위해서 여기 모인 것일까? 기관총의 사격 소리가 울리자 조제트가 아마릴리스의 지나치게 아름다운 의상을 입은 채 인기척 없는 광장을 가로질러 무대 한가운데서 쓰러졌다. 그사이 뒤편에서는 고함 소리와 명령을 내리는 목쉰 소리가 울려왔다. 관람석에서 누군가가 소리를 질렀다. 노란 극락조 깃털을 단 여자가 요란하게 좌석에서 일어섰다. "이런 끔찍함은 지긋지긋해요!" 야유와 갈채 속에서, 조제트는 궁지에 몰린 듯한 시선을 앙리에게 던졌다. 그가 조제트를 향해 말없는 미소를 보내자 그녀는 다시 대사를 이어가기 시작했다. 미소를 짓기는 했지만, 사실 그는 오히려 무대로 달려가든지 아니면 조제트에게 새로운 말을, 사람들을 납득시킬 수 있는 생생한 대사를 불어넣어주고 싶은 마음이었다. 손을 뻗기만 하면 조제트의 팔에 닿을 터였다. 그러나 무대 가장자리의 조명이 그를 그 세계로, 극의 순간순간이 서로 긴밀히 연결되어 가차 없이 진행되는 세계로 들어갈 수 없게 했다. 문득 앙리는 왜 그들이 여기에 모였는지 깨달았다. 판결을 내리기 위해서였다. 찬사가 아니라 판결이었다. 그는 자기 방에 흐르던 온화한 침묵 속에서 희망을 갖고 선택했던 문장을 기억해냈다. 그 문장들은 오늘 밤 유죄의 냄새를 풍기고 있었다. 유죄, 유죄, 유죄. 그는 중죄 재판소의 피고인 석에 홀로 앉아 말없이 변호사의 변론을 듣고 있는 남자와 같은 고독을 느꼈다. 변호사는 죄인을 변호하고, 오직 배심

원의 관대함만을 기대할 뿐이었다. 누군가가 또 외쳤다. "수치스럽군!" 그러나 그는 스스로를 변호하는 말 한마디 할 수 없었다. 몇몇의 야유가 섞인 갈채 속에서 막이 내렸을 때, 그의 손은 땀으로 젖어 있었다. 그는 무대를 떠나 베르농의 사무실에 가서 틀어박혔다. 몇 분 뒤에 문이 열렸다.

"당신이 아무도 만나고 싶어 하지 않는다고 하더라." 폴이었다. "하지만 난 예외라고 생각했지." 폴의 어조에는 짐짓 꾸며낸 무례함이 있었다. 검은 드레스 차림의 그녀는 그날 밤에도 그 수수한 우아함으로 인해 기이해 보였다. "정말 만족스럽겠어!" 폴이 덧붙였다. "대단한 소동을 일으켰으니 말이지."

"그래, 나도 그런 느낌이 드네." 앙리는 말했다.

"당신도 봤잖아, 연극 도중에 항의한 여자 말야. 그 여자는 전쟁 내내 제네바에 있던 스위스 사람이래. 아래층 앞자리에서도 적잖은 소동이 있었어. 위게트 볼랑주가 기절한 척했거든."

앙리는 미소를 지었다. "위게트가 기절을 했다고?"

"매우 우아하게 말이야. 하지만 정말 볼만했던 사람은 바로 루이였어. 불쌍한 루이! 대성공을 눈치채고 얼굴이 창백해졌거든."

"이상한 대성공이군." 앙리가 말했다. "두고 봐. 2막에서는 박수를 보내던 사람들도 야유하기 시작할걸."

"그렇다면 더욱 잘됐네!" 폴이 당당하게 말했다. "뒤브뢰유 부부는 아주 좋아하더라."

물론 친구들은 모두 그 즐거운 소동을 즐기고 있을 것이다. 지식인이란 다른 사람이 일으킨 스캔들에는 늘 관대함을 보이는 법이니까. 앙리만이 자신이 터뜨린 증오와 분노에 상처 입고 있었다. 사람들은 교회 안에서 산 채로 불에 타 죽고, 조제트는 사랑하는 남편을 배반했다. 관중들의 감동과 원한이, 이 허울뿐인 죄를 생생한 현실로 만들고 있었다. 그리고 그 범인은 바로 앙리였다. 다시 어둠 속에서 무대장치에 몸을 기댄 채 재판관들을 바라보던 그는 문득 깜짝 놀라 생각했다. '이건 내가 만든 거야. 바로 내가!' 1년이 흘렀다. 8월의 태양이 여전히 마을의 폐허 위에 내리쬐었다. 그러나 묘지에는 십자가가 줄지어 돋아나 있었다. 사람들의 연설이 그 위에 뿌려지고, 취주악으로 연주되는 국가가 대지를 가득 채우고, 팔에 꽃다발을 안은 검은 옷의 과부들이 행렬을 이루었다. 어둠 속에서 다시 적의에 찬 웅성거림이 일어났다.

 '난 시체 밀매자들을 비웃고 있는데, 사람들은 죽은 이들을 조롱한다며 나를 비난하는군.' 앙리는 생각했다. 손바닥은 이제 말라 있었으나 그는 울화가 목구멍까지 치밀어 오르는 걸 느꼈다. '내가 이처럼 상처 입기 쉬운 사람이었나?' 그는 불쾌한 마음으로 자문했다. 다른 작가들은 무대 뒤에서 악수할 때 늘 관대하고 무관심한 태도를 보이지. 그들 역시 남몰래 이런 어린애 같은 불안을 느끼는 걸까? 어떻게 나 자신을 그들과 비교할 수 있겠어? 그들은 기꺼이, 모든 것들에 대해 스스로를 표현하는데. 자신의 악행을 상세히 적어놓은 목록과 음경의 정확한 크기까지, 그들은 세상 사람들에게 알리는 것을 주저하지 않아. 그러나 어떤 작가도 야심과 실망을 백주에 드러낼 만큼 오만하거나 겸손하지 않았지. '우리의 솔직한 태도란 어린애들의 솔직한 태도만큼이나 수치스러운 것일지도 몰라.' 앙리는 생각했다. '우리는 어린애들과 마찬가지로 거짓말을 하고, 각자 자신이 괴물이 아닐까 하면서 남모르게 겁을 내고 있어.' 두 번째 막이 내렸다. 그리고 앙리는 구경꾼들과 악수를 하기 위해 관대하고 무관심한 태도를 취했다. 무대 뒤에서는 그러한 사람들이 그야말로 행렬을 이루고 있었다. 그러나 이걸 결혼식이라 해야 할까, 아니면 장례식이라 해야 할까?

"대성공이에요." 뤼시 벨롬이 앙리에게 달려와 말했다. 그가 향수 냄새를 풍기는 군중이 모여 떠들어대는 큰 식당으로 들어선 참이었다. 뤼시는 장갑 낀 손을 앙리의 팔에 얹었다. 머리 위에서는 비탄에 젖은 커다란 검은 새가 흔들거리고 있었다. "인정하세요. 조제트가 저 붉은 드레스를 입고 나왔을 때 정말 고상해 보였다는 거 말예요."

"내일 밤에는 저 의상을 먼지투성이로 만들고 안감을 몇 번 가위로 잘라야겠군요."

"그럴 권리가 없으세요. 저 옷은 계약이 되어 있으니까요." 뤼시가 냉담하게 말했다. "게다가 모두 아주 아름답다고 했다고요."

"모두가 아름답다고 한 건 조제트죠!" 앙리가 말했다. 그가 조제트를 향해 미소 짓자 그녀도 애처로운 표정으로 미소를 보냈다. 갑자기 플래시의 섬광이 그들을 눈부시게 했다. 그는 몸을 돌리려 했지만, 뤼시의 손이 그의 팔을 꽉 쥐었다.

"협조해주세요. 조제트는 홍보가 필요해요."

또 섬광이 번쩍였고, 다시 한 번 번쩍였다. 폴이 능욕당한 여인의 표정으로 그 모습을 바라보고 있었다.

'정말 골치 아픈 일을 만들어내는 여자야!' 앙리는 짜증스럽게 생각했다. 자신이 재판에서 이겼는지 졌는지 알 수 없었다. 수상식의 엄중하고도 확실한 영광을 실감하기 위해서는 어린애 같은 마음을 가져야 했다. 그러나 문득 그는 유쾌함을 느끼고 싶었다. 막 어떤 일이 일어나지 않았는가. 15년 전 광고 기둥의 호화로운 포스터를 바라보면서 막연히 꿈꾸던 일 중 하나가 실현되지 않았는가. 그의 첫 희곡이 상연되었고, 사람들은 좋은 작품이라고 인정하지 않는가. 그는 멀리서 뒤브뢰유 부부에게 미소를 보낸 뒤 그들 쪽으로 몇 발짝 걸어갔다. 그때 루이가 앙리를 막아섰다. 그는 약간 혼미한 눈을 한 채 마티니 잔을 쥐고 있었다.

"자, 이것이야말로 파리의 대성공이라는 거군!"

"위게트는 어때?" 앙리가 말했다. "몸이 안 좋다던데, 사실이야?"

"아! 자네가 관중들의 신경을 워낙 심하게 자극해놔서 말이지!" 루이가 말했다. "이봐, 난 격분하는 사람들 편은 아니야. 멜로드라마의 수법, 심지어는 그랑기뇰*의 수법을 쓴다는 이유로 덮어놓고 작품을 거부할 이유가 뭐 있겠나? 하지만 위게트는 예민한 여자거든. 견디질 못했지. 1막이 끝나자마자 돌아가버렸어."

---

* 폭력이나 강간, 살인 등 선정적인 내용을 다룬 연극으로 19세기 말 프랑스 파리에서 유행했다. 성인용 연극이므로 그랑기뇰(큰 꼭두각시)이라고 했다.

"유감스럽군!" 앙리는 말했다. "자네도 억지로 남아 있을 필요 없어."

"자넬 축하하고 싶었어." 루이가 만면에 미소를 띠고 말했다. "어쨌든 나는 자네의 가장 오래된 친구니까." 그는 주위를 휘휘 둘러보았다. "그렇게 열심히 공부했던 튈의 어린 고등학생이었던 자넬 알고 있는 사람은 여기서 분명 나뿐이겠지. 성공할 만한 자격을 가진 사람이 있다면, 틀림없이 그건 자네야."

여러 가지 방식으로 응수할 수 있었겠지만 앙리는 참았다. 그래, 루이의 배신을 배신으로 되갚아줄 수는 없어. 질투로 가득 찬 그의 머릿속에서 지금 무슨 일이 벌어지고 있는지 상상하는 것만으로 이미 충분히 불쾌한 마당에 굳이 새로운 분란을 일으킬 필요는 없잖아. 그는 대화를 끊어버렸다.

"와줘서 고맙네. 위게트 일은 진심으로 유감이야." 그러고서 짧은 미소와 함께 루이에게서 멀어졌다.

그래, 오늘 저녁 떠오른 어린 시절, 젊은 시절의 추억을 함께 나눌 수 있는 사람은 오직 루이뿐이야. 그래서 앙리는 불쾌했다. 그에게는 과거를 회상할 기회가 없었다. 종종 흘러간 세월이 닫혀버린 책처럼 그대로 남아 있어서 언제든 열수 있을 듯한 기분이 들기도 했고, 죽기 전에 과거를 회상해봐야 한다고 마음먹기도 했지만, 그러한 시도는 매번 이런저런 이유로 좌절되는 것이었다. 어쨌든 지금은 추억을 그러모으기에 적절한 때가 아니었다. 악수를 청하는 손이 너무나 많고 이도 저도 아닌 찬사가 쇄도해, 앙리는 어찌할 바를 모르고 있었다.

"자, 성공이군!" 뒤브뢰유가 말했다. "관중의 반쯤은 화를 내고 있고, 반쯤은 매우 좋아하고 있네. 하지만 그들 모두 300회의 공연을 예언하고 있어."

"조제트가 잘했지요?" 앙리는 물었다.

"아주 잘했어요. 게다가 정말 예쁘던데요." 안이 약간 서두르듯 대답하고는 앙심 섞인 투로 덧붙였다. "그런데 그 어머니는 어쩌면 그렇게 못돼먹었을까요! 조금 전에 그 여자가 베르농과 비웃는 소리를 들었는데…… 정말이지 수치심조차 없더군요."

"무슨 얘기를 하던가요?"

"나중에 말씀드릴게요." 안은 주위를 둘러보았다. "그 여자 친구들도 끔찍했어요."

"그 사람들은 그 여자의 친구들이 아니고, 누구의 친구들도 아냐." 뒤브뢰유가 말했다. "그게 파리의 명사들이지. 그보다 더 한심한 것도 없을걸." 그러고서 그는 양해를 구하듯 미소를 지었다. "난 이만 가보겠네."

"난 좀 더 있을게요. 폴을 만나보려고." 안이 말했다.

뒤브뢰유는 앙리의 손을 잡았다. "내일이나 모레 집에 좀 들러줄 수 있나?"

"그러죠, 우리도 결정을 내려야 하니까요." 앙리는 말했다. "시급합니다."

"전화 주게나."

뒤브뢰유는 서둘러 문으로 향했다. 그는 자리를 떠나게 되어 기뻤고, 그것을 감추려 하지도 않았다. 안은 분명 예의상 남아 있는 것 같았지만 그렇다고 불편해 보이지는 않았다. 뤼시는 도대체 무슨 얘기를 한 걸까? '라숌과 뱅상이 이 만찬에 오지 않은 것도 그 때문이야.' 앙리는 생각했다. '다들 내가 이런 사람들과 어울리는 걸 비난하고 있어.' 그는 슬쩍 폴을 보았다. 그녀는 비난의 동상처럼 굳은 얼굴로 베르농이 소개하는 우아한 손님들에게 연달아 인사를 하고 있었다. 그는 생각했다. '내가 잘못한 걸까? 사태가 변한 것일까?' 누가 친구이고 누가 적인지 구별할 수 있는 시기가 있었어. 생명의 위험을 무릅쓰고 서로 사랑하는가 하면, 목숨이 다하도록 서로 증오했지. 이제는 모든 우정에 조심성과 원한이 스며들어 있고, 증오는 날아가버렸어. 더 이상 누구도 자기 생명을 던진다거나 사람을 죽이려는 각오를 하지 않아.

"아주 재미있는 연극이야." 르누아르가 어색한 목소리로 말했다. "참 복잡한 연극이기도 하고 말이지." 그는 머뭇거렸다. "다만, 상연을 좀 미뤄주지 않은 것이 좀 유감스럽긴 하군."

"언제까지 기다리라는 거야? 국민투표 때까지?" 쥘리앵이 말했다.

"바로 그거야. 지금은 좌파 정당이 가질 법한 약점을 강조할 때가 아니니……."

"거참! 다행히 페롱이 결국 어느 정도는 반항을 하기로 결정한 거잖아. 비록 빨간색에 물들어 있다 해도, 순응주의는 이 친구에게 어울리지 않지." 쥘리앵이 빈정거렸다. "빨갱이들에게 혼이 난 마당에 그들과 합창을 하고 싶겠나."

"페롱이 원한에 좌우될 것 같지는 않은데." 르누아르가 불안한 열의를 내비치며 말했다. "내가 개인적으로 공산주의자들에게 얼마나 매정하게 거부당했는지 아무도 모를걸. 하지만 결코 의지를 잃진 않을 거야. 나를 욕하고 중상모략하라지. 나는 반공주의에 빠지지 않을 거니까."

"바꾸어 말하면, 한쪽 엉덩이를 발로 차이면 다른 엉덩이를 내민다는 말이지." 쥘리앵이 웃음을 터뜨리며 말했다.

르누아르의 얼굴이 붉어졌다. "무정부주의도 하나의 순응주의야." 그가 말했다. "자네도 언젠가는 《피가로》에 글을 쓰게 될걸."

그가 위엄 있게 자리를 떠나자, 쥘리앵이 앙리의 어깨에 손을 얹었다. "알다시피, 자네 희곡이 나쁘지는 않아. 하지만 익살극었으면 더 재미있겠다 싶더군." 그는 막연한 몸짓을 하며 그곳에 모인 사람들의 얼굴을 찬찬히 관찰했다. "연말에는 이런 상류계급 사람들에 대한 풍자극을 상연해봐."

"자네가 써!" 앙리는 짜증을 내버렸다. 이어 눈부신 두 어깨를 드러낸 채 팬들에게 둘러싸여 있는 조제트한테 미소를 보낸 뒤 그쪽으로 걸어가려던 그는 궁지에 몰린 듯한 마리-앙주의 시선에 부딪쳤다. 루이가 마리-앙주를 식탁으로 밀어붙이고 있었다. 여전히 마티니를 홀짝거리며 마리-앙주의 눈에 시선을 고정한 채였다. 남자들은 보통 루이의 지적인 매력을 인정하는 편이었지만, 여자들은 결코 그를 좋아하는 법이 없었다. 그가 마리-앙주에게 던지는 미소에는 어딘가 탐욕스러운 초조함이 담겨 있었다. 미소가 효과를 내면 곧바로 그것을 거두어들일 듯한 느낌이었다. 그는 이렇게 말하는 것 같았다. '당신을 원해. 하지만 빨리 굴복하라고. 난 별로 시간이 없으니까.' 그들에게서 몇 발짝 떨어진 곳에서 랑베르가 어두운 표정으로 깊은 생각에 잠겨 있었다. 그는 랑베르에게 다가가 발길을 멈추었다.

"정말 장터 축제 같지 않나!" 앙리는 미소를 지으며 말을 건넨 뒤 랑베르의 눈에서 공감을 구하려 했으나, 아무 소용 없었다.

"그러게요, 이상한 축제네요." 랑베르가 말했다. "여기 있는 사람들 중 절반은 다른 사람들을 죽여버리고 싶은 마음뿐인 것 같아요. 선생님이 양쪽을 다 만족시키려 하셨으니 별수 있겠습니까."

"이게 내가 양쪽을 다 만족시키려 한 결과라고? 난 모두가 불만을 품게 만들었어."

"모두라고 하신다면 지나친데요." 랑베르가 말했다. "이런 종류의 스캔들은 금세 없어지죠. 그저 선전에 불과하니까요."

"자네가 이 연극을 맘에 들어 하지 않는다는 건 알아. 하지만 그렇다고 기분 나빠할 이유는 없잖나." 앙리가 타협적인 어조로 말했다.

"아! 하지만 이건 심각한 일이니까요!"

"도대체 뭐가 심각하다는 거야? 연극이 실패한다 해도 그리 엄청난 일은 아닐 텐데."

"심각한 건, 선생님이 이런 식의 성공을 얻기 위해 비굴해지셨다는 점입니다." 랑베르는 감정 없는 어조로 말했다. "선생님이 택한 주제, 선생님이 사용하신 수법은 대중의 가장 비열한 본능에 아부하는 것들이죠. 우리는 선생님께 다

142

른 걸 기대할 권리가 있어요."

"웃기는 노릇이군!" 앙리는 말했다. "자네들, 나에게 온 갖 걸 다 기대하고 있잖나. 내가 공산당에 입당하기를, 공산 당을 공격하기를, 덜 진지해지기를, 더 진지해지기기를, 정 치를 포기하기를, 정치에 몸과 마음을 다 바치기를 요구하 지. 그러고는 모두들 실망해서 고개를 저으며 비난하고 있 잖아."

"우리가 선생님을 비판하지 않았으면 하시는 거예요?"

"내가 한 일에 대해서 평가해주길 바라네, 내가 하지 않은 일에 대해서가 아니라." 앙리는 말했다. "이상한 일이야. 문 단에 데뷔할 때는 우호적으로 환영을 받았고, 독자들도 혁 명적인 무언가를 제시했다며 고마워했지. 그렇지만 이후에 는 더 이상 명망은커녕 빚 말고는 남아 있는 조금도 없다니."

"걱정하지 마세요. 비평가들은 틀림없이 아주 좋은 평가 를 쏟아낼 테니까요." 호의라곤 조금도 찾아볼 수 없는 말투 였다.

앙리는 어깨를 으쓱이고 이제 마리-앙주와 안을 앞에 둔 채 장광설을 늘어놓는 루이에게 다가갔다. 완전히 취한 모 양이었다. 그는 주량이 대단치 않았고, 그 점잖은 태도의 이 면에는 주사가 있었다.

"이것 좀 보게." 그가 마리-앙주를 가리키면서 말했다. "모든 남자들과 자고, 얼굴을 칠하고, 다리를 내놓고, 젖가 슴을 드러내고, 몸을 비벼대고 하면서 남자들을 흥분시키더 니, 이제 와서 갑자기 성녀인 척 굴다니……."

"어쨌든 나도 마음에 드는 사람과 잘 권리는 있잖아요."

마리-앙주가 한탄하듯 말했다.

"권리? 무슨 권리? 누가 권리를 줬다는 거야?" 루이가 외쳤다. "아무것도 생각하지 않고, 아무것도 느끼지도 않고, 간신히 파닥거리고 있으면서, 그러면서 권리를 요구해? 이런 게 민주주의라는 거군? 아주 꼴좋아……."

"그러면 사람들을 귀찮게 굴 권리는 어디서 얻었죠?" 안이 말했다. "좀 보세요. 여자를 욕하면서 자기가 니체라도 되는 줄 아는군요."

"여자 앞에선 넙죽 엎드려야만 한다는 겁니까?" 루이가 말했다. "여신 나셨네! 여자들은 자기가 여신이라도 되는 줄 알지. 그렇다고 모든 사람처럼 오줌 누고 똥 누지 않을 순 없죠."

"자네, 너무 마셨어. 무례하게 굴고 있다고. 자러 가는 게 좋겠군." 앙리가 그에게 말했다.

"암, 그렇고말고! 자넨 여자들 편이지! 여자들이 자네 휴머니즘의 일부분을 이루고 있으니 말이야." 루이가 불분명한 목소리로 웅얼거렸다. "자네도 다른 사람들처럼 여자들과 섹스를 하지. 여자들을 눕히고 그 위에 올라탄단 말야. 그러면서 그들을 존경하고 있다고? 웃기는군. 그 부인들은 다리를 기꺼이 벌리는 동시에 존경도 받고 싶어 하는 모양이지? 어때? 날 존경해줘요, 그러면 다리를 벌려줄게."

"상스러운 짓을 하는 게 자네의 신비주의인가?" 앙리가 말했다. "당장 입을 다물지 않으면 쫓아내겠어……."

"술 좀 마신 걸 잘도 이용하는군." 루이는 어두운 표정으로 멀어지며 중얼댔다.

"저 사람, 자주 저래요?" 마리-앙주가 말했다.

"늘 그래요. 가면을 벗는 일이 드물긴 하지만." 안이 말했다. "오늘은 질투로 제정신이 아닌 모양이네요."

"다시 기력도 차릴 겸 한잔하실래요?" 앙리가 물었다.

"좋아요. 지금까진 마음 놓고 마실 수도 없었어요."

앙리는 마리-앙주에게 술잔을 내밀었다. 수다스럽게 이야기를 늘어놓는 폴 앞에 서 있는 조제트의 모습이 그의 눈에 들어왔다. 그녀는 구해달라는 눈빛이었다. 앙리는 두 여자 사이로 가서 섰다.

"아주 진지해 보이는데. 무슨 얘기 중이야?"

"여자끼리의 얘기야." 폴이 얼굴을 약간 찡그리며 말했다.

"이분이 그러는데, 날 미워하지 않는대. 난 이분이 날 미워한다고 생각한 적도 없는데." 조제트가 신음했다.

"자, 폴! 비장하게 굴 것 없어." 앙리는 말했다.

"비장하게 구는 게 아냐. 분명히 해두려는 거지." 폴이 큰 소리로 대꾸했다. "난 애매한 걸 아주 싫어하거든."

"아무것도 애매하지 않아."

"그럼 다행이고." 그러고서 폴은 한가로운 걸음으로 문을 향해 걸어갔다.

"저 여자, 무서워." 조제트가 말했다. "와서 구해주기를 바라면서 당신을 보고 있었어. 하지만 그 거무스름한 여자의 환심을 사려고 아주 바쁘던데……."

"내가 마리-앙주의 환심을 사려고 했다고? 내가? 맙소사, 내 사랑, 그 여자와 널 비교해봐!"

"남자들이란 정말 이상한 취미를 가졌어." 조제트의 목소리는 떨리고 있었다. "저 늙고 뚱뚱한 여자는 당신이 영원히 자기 것이라 설명하고, 당신은 다리가 비틀린 아가씨와 실실 웃고 있었잖아!"

"조제트! 내 귀여운 목신! 내가 오직 당신만 사랑한다는 거 잘 알잖아?"

"어떻게 알아?" 조제트가 말했다. "누가 알겠어? 나 다음에 또 다른 여자가 있겠지. 아마 여기 어딘가 있을 거야." 그러면서 그녀는 주위를 둘러보았다.

"불평할 사람은 오히려 나인 것 같은데." 앙리는 유쾌하게 대꾸했다. "오늘 저녁 사람들이 너도나도 당신 환심을 사려고 난리던걸."

그러자 조제트는 몸을 떨었다. "내가 그런 걸 좋아할 거라고 생각해?"

"우울해하지 마, 조제트. 게다가 연기도 아주 잘했잖아. 정말이야."

"예쁜 여자치고는 그리 나쁘지 않았단 얘기군. 이따금 내가 추녀였으면 싶어." 조제트가 씁쓸히 말했다.

그는 미소를 지었다. "신이 그 소원만큼은 들어주시지 않길 바라."

"오! 걱정 마. 신은 아무 소원도 들어주지 않으니까."

"정말이야, 조제트가 저 사람들 모두를 놀라게 했다고." 앙리는 자리에 모인 사람들을 가리켜 보였다.

"그렇지 않아! 저 사람들은 어떤 일에도 놀라지 않거든. 얼마나 심술궂은지 당신은 몰라."

"자, 돌아가자! 당신, 좀 쉬어야 해."

"벌써 돌아가고 싶어?"

"돌아가고 싶지 않아?"

"아! 나야 물론 가고 싶지. 너무 피곤해. 5분만 기다려줘."

주위 사람들에게 작별 인사를 건네는 조제트를 눈으로 좇으며 그는 생각했다. '그건 사실이야. 저들은 어떤 일에도 놀라지 않지. 저들을 감동시킬 수도, 격분시킬 수도 없어. 저들의 말이 그렇듯이 저들의 머릿속에서 일어나는 일들도 이제는 중요하지 않아.' 먼 미래나 어두운 극장 속에서 방황하고 있는 한, 저들은 내 눈을 속일 수 있겠지. 그러나 마주 대하고 보면 저들에게 아무런 기대도 가질 수 없고, 아무런 두려움도 느낄 필요가 없다는 것을 알게 돼. 그래, 가장 실망스러운 점은 판결이 분명치 않다는 것이 아니라, 저런 사람들에 의해서 판결이 내려진다는 거야. 결국 오늘 밤 일어난 일은 조금도 중요하지 않았다. 그가 청년 시절 가졌던 꿈도 아무런 의미가 없었다. '이들은 진정한 관중이 아니야.' 앙리는 그렇게 생각하려고 노력했다. 물론 때로는 관람석에 얘기를 건넬 만한 몇몇의 남녀가 있을지 모르지만, 그들은 아마도 고립되어 있을 것이다. 작품의 진실을 마음에 간직해줄 우애 있는 이들에게 맞설 생각은 결코 없었다. 어차피 그런 사람들은 이런 상류계급에는 존재하지 않으니까.

"우울해하지 마." 자신의 작은 차에 조제트와 나란히 앉으며 앙리는 말했다.

조제트는 아무 대답 없이 좌석 등받이에 머리를 기댄 채 기진맥진한 듯 눈을 감았다. 관중이 조제트의 연기를 마지못해 받아들였다는 게 사실일까? 어쨌든 조제트는 그렇게 믿고 있었다. 그래도 오늘 저녁만큼은 대성공을 거두었다고 느껴주면 얼마나 좋을까. 그들은 아무 말 없이 작은 길을 달리다가 빠른 걸음으로 걷고 있는 한 여자를 앞지르게 되었다. 앙리는 그녀가 안이라는 것을 깨닫고 속도를 늦추었다.

"타실래요? 바래다드릴게요."

"고마워요. 하지만 좀 걷고 싶어서요."

안은 다정하게 살짝 손을 흔들었다. 액셀러레이터를 밟으며, 그는 그녀의 눈에 눈물이 글썽이는 것을 보았다. '왜지? 아마 특별한 이유가 있다기보다는 이런저런 모든 일들 때문이겠지.' 앙리는 생각했다. 그 역시 피로했다. 오늘 저녁 파티 때문에, 다른 사람들 때문에, 그리고 자기 자신 때문에. '내가 바랐던 건 이게 아니야.' 그는 갑작스러운 비탄에 사로잡혔다. 안의 눈물을 생각했기 때문인지, 랑베르의 침울한 얼굴 때문인지, 조제트의 실망 때문인지, 친구들 때문인지, 적들 때문인지, 오늘 저녁 때문인지, 지난 2년간의 일들 때문인지, 혹은 자기의 인생 전부 때문인지 그는 그 이유를 알 수 없었다.

'사냥개에게 던져진 고기 같군!' 앙리는 생각했다. 소설이 비평가들의 손에 던져지면, 그들은 차례로 물어뜯는다. 하지만 희곡의 경우에는 꽃과 가래침이 섞인 진흙을 면전에 대고 한꺼번에 내동댕이치는 것이다. 베르농은 아주 좋아했다. 심지어 악평들도 연극의 성공을 돕는다고 했다. 그러나 앙리는 신문에서 오려낸 비평을 책상 위에 늘어놓은 채 수치와도 비슷한 혐오의 감정을 느끼며 그것을 바라보았다. 언젠가 조제트가 했던 말이 떠올랐다. '명성 역시 굴욕이야.' 자신을 보여주는 일은 언제나 몸을 맡기는 행위이자 품위를 떨어뜨리는 행위다. 누구나 그를 발로 찰 권리를, 혹은 그에게 미소를 베풀 수 있는 권리를 갖게 되는 것이다. 그는 자기를 지키는 수단을 배웠고, 요령을 익혔다. 그는 자신을 비방하는 자들의 얼굴을 세세히 떠올렸다. 야심가, 까다로운 사람, 실패자, 바보. 축하를 전하는 사람들도 다른 이들보다 나을 건 없었다. 다만 그들의 호감은 계산된 분별력이라 할 수 있는 것으로, 그런 완곡한 방법을 통해 그들은 자신들의 안목에 대한 칭찬이라는 충분한 보상을 받는 것이었다. '진실함은 정말 찾기 어렵구나.' 앙리는 생각했다. 욕설이건 칭찬이건, 사실 그것들은 무엇도 입증하지 못했다. 욕설과 칭찬이 모욕적인 건 그로 인해 앙리가 스스로의 내부에 갇혀버리기 때문이었다. 만약 앙리의 희곡이 빼도 박도 못 할 실패작이었다면, 그는 이것을 단순한 하나의 사건으로 받아들이고 장래를 위한 경험이라며 스스로를 위로할 수도 있었으리라. 그러나 그는 작품 안에서 스스로의 능력과 한계를 동시에 알아볼 수 있었다. "자네가 쓴 작품 중 최고작"이라고 한 뒤브뢰유의 말이 아직도 그를 괴롭히고 있었다. 자신의 첫 번째 작품이 모든 작품들 중 최고로 남아 있다는 말을 들을 때마다 불쾌함을 느끼곤 했으나, 그 가치가 아직 분명치 않은 이번 희곡이 나머지 작품들보다 월등히 뛰어나다고 생각하는 것도 마음이 편하지는 않았다. 언젠가 앙리는 나딘에게 남과 비교되는 것이 싫다는 이야기를 했었다. 그러나 그럴 수밖에 없을 때가, 혹은 다른 이들에게 강요당할 때가 있었다. 그렇게 되면 그는 무익한 질문을 스스로에게 던지곤 했다. '도대체 나는 누구지? 나는 어떤 가치가 있지?' 괴롭고 무익한 질문이지만, 그런 질문을 하지 않는 것 역시 비겁한 짓일지 몰라. 앙리는 마음을 가라앉히며 복도의 마룻바닥을 울리는 소리에 귀를 기울였다.

"들어가도 될까요?" 사마젤이었다. 뤼크와 랑베르, 그리고 스크리아신이 그의 뒤를 따라 들어왔다.

"기다리고 있었습니다."

졸린 표정으로 통풍에 걸린 큰 발을 질질 끌고 있는 뤼크만 빼고는 모두 빚을 받으러 온 듯한 얼굴이었다. 그들은 책상 주위에 자리 잡고 앉았다.

"솔직히, 난 이 모임의 의미를 잘 모르겠는데." 앙리는 말을 이었다. "곧 뒤브뢰유의 집으로 가려던 참이었어요."

"바로 그겁니다. 뒤브뢰유를 만나기 전에 결정해야 할 일이 있어요." 사마젤이 말했다. "나랑 얘기했을 때 뒤브뢰유는 아주 우유부단한 태도만 보여줬죠. 틀림없이 다시 한 번 발표를 연기하자고 할 겁니다. 하지만 펠토프와 스크리아신은 신속한 행동을 원하고, 나도 그들에게 전적으로 동감이에요. 뒤브뢰유가 반대할 경우 신문을 S.R.L.에서 분리시키고 그를 제외한 상태로 고발 문서를 발표하기로 미리 결정하고 싶어요."

"뒤브뢰유가 찬성하든 반대하든, 우리는 그 문제를 위원회에 제시하고 거기서 도출되는 의견에 따라야 해요." 앙리는 냉정하게 말했다.

"위원회는 뒤브뢰유의 의견을 따르겠죠."

"그렇게 되면 나도 거기에 따라야죠. 게다가 뒤브뢰유의 답변도 알기 전에 왜 토론을 하면서 시간을 낭비해야 하는지 모르겠군요."

"답변이 너무 분명하게 예상되니까요." 사마젤이 말했다. "국민투표와 선거를 구실로 빠져나갈 겁니다."

"뒤브뢰유를 설득해보죠. 하지만 S.R.L.을 분열시키지는 않을 겁니다."

"S.R.L.이 아직 남아 있기나 합니까? 잠자고 있은 지가 벌써 석 달째예요."

"석 달 전부터 S.R.L.은 공산주의의 공세를 막기 위한 어떤 일도 안 하고 있어." 스크리아신이 끼어들었다. "석 달 전부터 뒤브뢰유가 공산주의 기관지에서 공격을 받지 않게 되었거든. 거기엔 그만한 이유가 있어. 이 새로운 상황을 해명해줄 만한 이유지." 그는 연극적으로 잠시 말을 멈췄다가 다시 이어갔다. "뒤브뢰유는 6월 말부터 공산당에 입당한 상태야."

"그럴 리가!"

"증거가 있어."

"무슨 증거지?"

"뒤브뢰유의 당원증과 등록증을 본 사람이 있어." 스크리아신은 만족스럽다는 듯 미소를 지었다. "1944년 이후, 실제로 공산당엔 자네나 나처럼 스탈린주의자가 아닌 사람들도 많이 입당했지. 그들은 단지 자신을 정당화하는 수단을 찾고 있었을 뿐이었어. 나도 그런 종류의 사람들을 몇 명 알고 있는데, 친해지면 다 털어놓거든. 개인적으로 뒤브뢰유는 오래전부터 좀 수상하다고 생각해왔어. 그래서 알아보니 공산당에 입당했다더군."

"그 밀고자는 잘못 알았거나, 거짓말을 하고 있는 거야." 앙리는 말했다. "만약 뒤브뢰유가 공산당에 입당하고 싶었다면, 그 이유를 설명하고 S.R.L.에서 먼저 나갔을걸."

"그 사람은 늘 S.R.L.이 정당이 되지 않도록 신경을 써왔어요." 사마젤이 말했다. "원칙적으로 공산주의자들은 다른 정치 운동에 참여할 수가 있거든요. 바꿔 말하면, 어떤 정치 운동에 참여하고 있는 자 또한 공산당에 입당할 권리가 있다고 볼 수 있는 거죠."

"어쨌든 미리 알렸을 겁니다." 앙리가 말했다. "공산당이 불법 단체도 아니잖아요."

"자넨 공산주의자들을 몰라." 스크리아신이 말했다. "공산당 입장에서야 일부 당원이 무소속으로 통하는 게 이익이거든. 그 증거로, 내가 알려주지 않았다면 자네도 함정에 빠졌을 거잖아."

"안 믿어." 앙리는 잘라 말했다.

"정보 제공자를 만나게 해줄 수 있어." 그러면서 스크리아신은 전화기 쪽으로 손을 내밀었다.

"난 뒤브뢰유가 아닌 어떤 사람에게도 확인하지 않겠어." 앙리는 말했다.

"그 사람이 솔직하게 대답할 것 같아? 자넨 너무 순진하거나, 아니면 진실을 회피해야 할 이유가 있는 모양이군." 스크리아신이 말했다.

"이 새로운 사실은 S.R.L.과 우리의 관계를 근본적으로 뒤

엎는 요인이 되는 것 같은데요." 사마젤이 말했다.

"그건 사실이 아니에요."

"뒤브뢰유가 무엇 때문에 그런 계략에 가담하려 하겠나?" 뤼크가 물었다.

"공산당이 그걸 요구하고, 뒤브뢰유는 야심가니까." 스크리아신이 말했다.

"아마 그 사람도 늙은이라 인류의 행복이 스탈린의 수중에 있다고 믿고 있나 보죠." 사마젤이 말했다.

"공산주의자들이 이겼고, 그들 편에 붙는 게 더 좋을 거라 생각하는 늙은 여우야." 스크리아신이 말을 이었다. "어떤 의미에선 뒤브뢰유가 옳아. 자넨 순교자적인 취향을 가진 모양이군. 공산주의자들이 권력을 쥐는 걸 막을 생각 없이 비판적인 태도만 고수하고 있으니까. 공산당이 정권을 잡으면, 그런 모순된 언행 때문에 대가를 치르게 되리라는 걸 알게 될 거야."

"그런 개인적인 견해는 내게 아무런 영향도 주지 않아." 앙리는 대꾸했다.

"그럼 강제수용소는 선생님에게 영향을 주나요, 아닌가요?" 랑베르가 물었다.

"내가 그 문제에 대해 말하는 걸 거부한 적이 있나? 뒤브뢰유의 동의를 얻어서 발표하자고 했잖아. 그것뿐이고, 더이상은 할 말 없네. 이런 토론은 아무 쓸모도 없어. 이삼일 안에 위원회에서 논의를 진행하고 결정 사항을 알려주지." 앙리는 스크리아신에게 고개를 돌리면서 말을 맺었다.

"《레스푸아》의 집행부는 다른 결정을 내릴지도 모릅니

다." 사마젤이 일어서면서 말했다.

"두고 보면 알겠죠."

그들은 문 쪽으로 걸어갔으나 랑베르는 여전히 앙리의 책상 앞에 서 있었다.

"스크리아신에게 정보를 제공한 사람을 만나보는 게 좋을 텐데요." 그는 말했다. "뒤브뢰유는 선생님의 친구지만 S.R.L.의 책임자이기도 합니다. 그 사람을 신뢰한다는 이유로 선생님은 스스로에 대한 다른 사람들의 신뢰를 배반하게 되는 셈이에요."

"하지만 뒤브뢰유가 입당했다는 건 터무니없는 얘기야!"

사실 그에게도 그 정도의 확신은 없었다. 만약 뒤브뢰유가 공산당에 입당하기로 결정을 내렸다 해도 그는 앙리와 의논하지 않았을 것이다. 그는 누구와도 의논하지 않고, 누구의 걱정도 하지 않은 채 자기의 길을 걸어갈 사람이었다. 그 점에 대해서라면 앙리도 이제 속지 않았다. 추궁하면 그도 거짓말을 늘어놓는 데 약간은 주저할는지도 모른다. 그러나 아직 누구도 그를 추궁하지 않았으니 의중을 숨기는 일에 양심의 가책을 느끼지 않을 터였다.

"선생님은 그 사람의 궤변에 걸려들 겁니다." 랑베르가 슬프게 말했다. "저로선 이런 경우 진상을 전부, 곧바로 발표하지 않는 건 범죄라고 생각해요. 6월에 말씀드린 바 있지만, 만일 선생님이 그 문서를 발표하지 않는다면 전 제 몫의 지분을 팔겠습니다. 그러니까 선생님들 원하시는 대로 하세요. 제가 신문사로 들어온 건 선생님이 공산당과의 모든 협력을 곧 끊어내리라 기대했기 때문입니다. 선생님이 그걸 이어간다면, 제가 떠날 수밖에요."

"난 공산당과 협력한 적 없어."

"제게 이건 협력입니다. 만약 그게 스페인이나 그리스나 팔레스타인이나 인도차이나의 문제였더라면 아마 처음부터 침묵을 지키지 않았을 거예요. 도대체 사태를 이해하시는 겁니까? 재판도 없이 한 인간에게서 가족과 인생을 빼앗고, 도형장에 던져 거의 먹이지도 않고, 힘이 다할 때까지 일을 시키고 있습니다. 그러다 병으로 쓰러지면 굶어 죽게 내버려두죠. 선생님은 그걸 용인하실 수 있습니까? 모든 사람들, 노동자들, 책임자들, 모두들 언젠가는 자기에게도 이런 일이 생길 수 있다는 걸 염두에 둔 채 머리에 공포를 이고 떨면서 살아가고 있다고요! 선생님은 그걸 용인하실 수 있습니까?" 랑베르가 되풀이해 물었다.

"용인하겠다는 게 아니야!"

"그럼 서둘러서 항의해주십시오. 독일 점령하에서는 항의하지 않는 사람들에게 엄격하셨잖아요!"

"항의할 거야. 알겠어." 앙리는 초조하게 대꾸했다.

"선생님은 뒤브뢰유의 의견에 따르겠다고 하셨지만," 랑베르가 말했다. "뒤브뢰유는 발표에 반대할 겁니다."

"그건 오해야." 앙리는 말했다. "뒤브뢰유는 반대하지 않을 거야."

"만약 오해가 아니라면요?"

"아! 우선 그와 얘기해보는 게 먼저 아니겠나? 그러면 알게 되겠지."

"그래요. 알게 되겠죠." 랑베르는 문 쪽으로 걸어가면서 말했다.

앙리는 복도에서 점점 멀어지는 그의 발소리를 듣고 있었다. 젊은 시절의 자기 자신이 호소하러 왔던 것만 같았다. 만약 스무 살의 눈으로 철조망 뒤에 갇힌 수백만의 죄수들을 보았다면, 그 역시 잠시도 침묵하려 하지 않았을 것이다. 게다가 랑베르는 그의 마음속을 꿰뚫어 보았다. 그는 주저하고 있었다. 왜? 공산주의자들의 눈에 적으로 보이기가 싫었던 것이다. 그리고 더 깊은 마음속에서는 소련에도 부패한 면이 있다는 것을 인정하고 싶지 않은 까닭이었다. 어쨌든 그 모든 것이 비겁한 생각이었다. 그는 일어나 층계를 내려갔다. '공산주의자라면 침묵을 선택할 권리가 있을지 몰라.' 그는 생각했다. '공산주의의 당파성은 분명히 선포되어 있으니, 설령 거짓말을 해도 어떤 의미에선 누구도 속이는 게 되지 않지. 그러나 무소속을 선언한 내가 만약 나에 대한 신뢰를 진실의 은폐에 이용한다면, 그건 사기나 다름없어. 내가 공산주의자가 되지 않는 것은 바로 공산주의자들이 말하려 하지 않고, 말할 수도 없는 얘기를 자유로이 하기 위해서야. 보통은 보람 없는 역할이지. 그러나 결국은 공산주의자들 스스로 그 유용성을 인정하는 역할이기도 해. 예를 들어 라숌은 내가 수용소 얘기를 꺼내면 아주 싫어하겠지. 수용소의 폐지를 바라면서도 그에 대해 공개적으로 항의할 수 없는 모든 사람들이 싫어할 거야. 하지만 누가 알겠어? 그러고서 그들이 공식적으로 방법을 강구할 수도 있잖아. 공산당 자체의 압력에 의해 소련이 형무소 제도를 개정하게 될지도 몰라. 비밀리에 인간을 억압하는 것과 공공연히 억압하는 것은 분명 다르니까. 침묵은 패배주의일 거야. 대상을 정면으로 응시하기를 회피하는 짓, 변화를 부정하는 짓이겠지. 소련을 비판하지 않는다는 평계로 소련에 돌이킬 수 없는 유죄판결을 내리는 셈이야. 소련이 이상적인 체제가 될 수 있는 기회를 조금도 가질 수 없다면, 지상에는 더 이상 아무런 희망도 없을 거야. 사람들의 말과 행동은 조금도 중요하지 않게 되겠지.' 뒤브뢰유의 집 계단을 올라가며, 앙리는 되풀이해서 생각했다. '얘기를 해서 의미를 찾느냐, 무의미한 침묵을 선택하느냐의 문제군. 얘기해야만 해. 실제로 입당해 있는 게 아닌 한, 뒤브뢰유도 이 의견에 동의할 수밖에 없을 거야.' 앙리는 초인종을 눌렀다. '만약 그가 입당했다면, 내게 순순히 시인할까?'

"잘 지냈나?" 뒤브뢰유가 물었다. "연극은 어떻게 되어가나? 대체적으로 평가는 아주 좋잖아, 그렇지?"

이 친절한 어조가 거짓말로 들리는 것 같았다. 앙리 스스로의 마음에서 무엇인가 거짓되게 여겨졌기 때문인지도 몰랐다.

"평가는 좋습니다." 그는 어깨를 으쓱했다. "연극 얘기라면 지긋지긋해요. 다른 걸 생각할 수 있었으면 싶군요."

"그 마음 알지!" 뒤브뢰유가 말했다. "성공에는 불쾌한 무언가가 있거든." 그는 미소를 지었다. "인간은 결코 만족을 모르지. 그렇다고 실패가 유쾌한 것도 아니지만."

그들은 서재에 앉았다. 뒤브뢰유가 먼저 얘기를 꺼냈다.

"자, 마침 다른 할 얘기가 있었지."

"네, 빨리 선생님의 생각을 알고 싶습니다." 앙리가 말했다. "전 지금으로서는 펠토프가 대체로 진실을 말했다고 생각하고 있습니다."

"대체로 그렇지." 뒤브뢰유가 말했다. "강제수용소는 존재해. 나치의 수용소처럼 죽음의 수용소는 아니지만 어쨌든 도형장이지. 경찰이 재판 없이 5년간 사람들을 도형장으로 보낼 권리를 가지고 있단 말이야. 그런데 내가 알고 싶은 건 수감자는 정확히 몇 명인가, 정치범은 몇 명인가, 종신형을 받은 자는 몇 명인가야. 펠토프가 말한 숫자는 너무나 터무니없거든."

앙리는 고개를 끄덕여 동의를 표했다. "제 생각에, 펠토프의 보고서는 발표하지 않는 게 좋을 것 같습니다." 그는 말했다. "확실한 듯 보이는 사실만을 전체적으로 밝히고, 우리 자신의 결론을 내려야겠죠. 우리만의 관점을 분명히 세워 우리의 이름으로 발표해야 합니다."

뒤브뢰유는 앙리를 바라보았다. "내 의견은 아무것도 발표하지 않는 거야. 그 이유를 설명하도록 하지……."

앙리는 약간 심적인 충격을 느꼈다. '결국 다른 사람들이 정확하게 보고 있었군.' 그는 이렇게 생각하며 뒤브뢰유의 말을 끊었다. "이 문제를 덮어두길 원하시는 겁니까?"

"이 문제가 덮일 수 없으리라는 건 자네도 알잖나. 우파 신문이 그걸로 이득을 취할 걸세. 그런 기쁨은 우파가 누리도록 내버려두자고. 우리가 소련을 고발할 필요는 없어." 이번에는 그가 몸짓으로 앙리의 얘기를 막았다. "아무리 조심을 하고 신중을 기해도 소용없을 걸세. 사람들이 결국 우리의 기사에서 보는 건 소련의 정치제도에 대한 고발일 거야. 어떤 대가를 치르더라도 그것만은 막고 싶네."

앙리는 입을 다물고 있었다. 뒤브뢰유의 어조는 단호했고, 그의 태도는 완고했다. 물러서지 않을 것 같았다. 토론해봐야 아무 소용 없을 터였다. 그는 혼자서 결정을 내린 것이다. 그리고 그 내용을 위원회에 제시할 것이다. 앙리는 얌전히 그 결정에 따라야만 할지도 몰랐다.

"꼭 여쭤봐야 할 게 하나 있습니다." 그는 말했다.

"얘기해보게."

"선생님이 최근 공산당에 입당했다고 주장하는 사람들이 있습니다."

"그런 말을 해?" 뒤브뢰유가 말했다. "누가?"

"떠도는 소문입니다."

뒤브뢰유는 어깨를 으쓱였다. "그 소문이 사실이라고 생각하나?"

"벌써 두 달이나 선생님과 얘기를 나누지 않았으니까요." 앙리는 말했다. "그리고 선생님이 그런 결정을 제게 통보하셨을 리도 없고요."

"물론 자네에게 통보하고말고!" 뒤브뢰유가 격렬하게 말했다. "터무니없군. 어떻게 내가 S.R.L.에 알리지 않고, 공식적으로 이유도 설명하지 않은 채 공산당에 입당할 수 있겠나?"

"설명을 몇 주 미루실 수도 있겠죠." 그러고서 앙리는 재빨리 덧붙였다. "솔직히 그런 일은 없으리라 생각하지만, 어쨌든 여쭤보고 싶었습니다."

"소문하고는!" 뒤브뢰유가 말했다. "사람들은 별말을 다

하니까."

그는 진심인 것 같았다. 그러나 거짓말을 하는 것 같기도 했다. 사실 앙리로서는 그가 그런 짓을 할 이유를 알지 못했다. 그러나 그 사실을 주장했을 때 스크리아신의 태도는 절대적인 확신에 차 있었다. '그 정보 제공자를 만나봤어야 했어.' 앙리는 생각했다. 신뢰라는 것을 가지고 있는 척 꾸밀 수 없는 법이다. 신뢰를 가지거나 가지지 않는 것, 둘 중 한쪽일 뿐. 그가 정보 제공자와의 만남을 거부한 것은 허울뿐인 고상함이었던 셈이다. 그는 더 이상 뒤브뢰유를 신뢰하지 않았으니까. 앙리는 감정 없는 목소리로 다시 말을 이었다.

"신문사에선 모두 진실을 폭로하자는 의견입니다. 랑베르는 발표하지 않으면 《레스푸아》를 그만두기로 결심한 상태고요."

"그게 큰 손실은 아닐 걸세."

"아주 어려운 상황이 될 겁니다. 사마젤과 트라리외가 S.R.L.과 단절하려 하고 있으니까요."

뒤브뢰유는 잠시 생각에 잠겼다. "좋아, 만약 랑베르가 그만두면 내가 그의 지분을 사지."

"선생님이요?"

"난 저널리즘에는 흥미가 없어. 하지만 그게 우리를 지킬 최선의 방법이잖나. 지분을 나에게 넘겨주도록 자네가 랑베르를 설득할 수 있겠지? 돈은 어떻게든 마련해보겠네."

앙리는 당황했다. 그는 이것이 맘에 들지 않았다. 전혀 맘에 들지 않았다. 문득 어떤 생각이 앙리의 머리를 스쳤다. '이건 음모야.' 뒤브뢰유는 랑베르와 함께 여름을 지냈다.

그러니 그가 사임하려는 것을 알고 있었으리라. 모든 일이 완벽하게 연결되어 있었다. 공산주의자들이 자신들을 곤경에 빠뜨릴 발표를 제지할 것을, 그리고 신문 집행부와의 관계를 통해 《레스푸아》를 병합시키는 임무를 뒤브뢰유에게 맡겼던 것이다. 계획을 성공시키기 위해 그는 당과의 관계를 철저히 감추어왔을 터였다.

"안 좋은 일이 하나 있습니다." 앙리는 냉담하게 말했다. "저 또한 발표하고 싶다는 겁니다."

"자네 실수하는 거야!" 뒤브뢰유가 말했다. "생각해보게나. 만약 국민투표와 선거에서 좌파가 승리를 거두지 못한다면 드골파의 독재 위험이 닥쳐올 걸세. 지금은 반공 선전을 도와줄 때가 아니야."

앙리는 뒤브뢰유의 얼굴을 뚫어지게 바라보았다. 문제는 그의 논리에 가치가 있는지를 아는 것보다, 그가 진실한지 아닌지를 알아내는 것이었다.

"그럼 선거가 끝난 다음에는……." 앙리는 물었다. "발표에 동의하시는 겁니까?"

"그때쯤이면 어쨌든 그 사건이 다 알려져 있을 걸세."

"그렇죠. 펠토프가 정보를 《피가로》에 넘겨줄 테니까요." 앙리는 말했다. "문제는 결국 선거의 결과가 아니라 우리의 태도라는 얘깁니다. 그리고 이런 관점에서 보면 우파에 선수를 빼앗기는 것이 우리에게 어떤 이익이 되는지 모르겠는데요. 어쨌든 태도를 분명히 해야만 할 겁니다. 우리는 어떤 꼴이 될까요? 소련이 옳다고 솔직히 인정하지도 않으면서 반공 공세를 완화하려 하는 모습이겠죠. 위선자처럼 보일 겁니다……."

뒤브뢰유가 앙리의 얘기를 가로막았다. "난 우리가 무슨 얘기를 하게 될지 잘 알고 있어. 내가 확신하는 건, 그 수용소는 펠토프가 강조했듯이 소련의 제도에 필요한 것이라기보다는 특정한 정책과 결부되어 있다는 걸세. 그리고 제도 자체를 문제 삼지 않고도 특정 정책에 대해 유감의 뜻을 표현할 수 있다는 거지. 우리는 그 두 가지를 구별해야 돼. 집단 강제 노동은 비난하되, 소련은 옹호해야 한다는 말이네."

"무슨 말씀인지는 알겠습니다." 앙리는 말했다. "하지만 만일 처음으로 수용소 문제를 고발하면 우리의 언론은 틀림없이 보다 큰 영향력을 가지게 될 겁니다. 누구도 우리가 뻔한 교훈을 반복하고 있다고 생각하지 않겠죠. 그렇게 신뢰를 얻고, 반공주의자들을 몰아내고, 이익을 얻을 수 있습니다. 하지만 반공주의자들에게 선수를 뺏기면, 바로 그들이 누구보다 정당해 보일 겁니다."

"아니, 어쨌든 달라질 건 없을 거야. 어쨌든 사람들은 반공주의자들 얘길 믿을 테니까." 뒤브뢰유가 말했다. "우리가 이 문제를 제기하면 반공주의자들은 그걸 자기네들 주장의 근거로 이용할 걸세. 동조자들마저 소련에 등을 돌릴 정도로 격분하고 있다고 말이야! 그런 이야기를 듣지 않았다면 믿지 않았을 충실한 지지자들까지도 불안하게 만들 걸세."

앙리는 고개를 저었다. "이 문제는 좌파에서 손을 대야 합니다. 공산주의자들은 우파의 비난에 익숙하기 때문에 아무렇지도 않을 거예요. 하지만, 만약 전 유럽의 좌파가 수용소 제도에 반대해 봉기한다면 그들을 당황하게 만들 수 있어요. 비밀이었던 무언가가 추문으로 변하면 상황은 달라지겠죠. 소련이 형무소 제도를 개혁하게 될지도 모릅니다……."

"꿈같은 소리!" 뒤브뢰유가 거만한 목소리로 말했다.

"들어보세요." 앙리는 화를 내며 말했다. "선생님은 우리가 공산주의자들에게 어떤 압력을 가할 수 있다고 늘 인정하셨잖아요. 그것이 바로 우리의 운동의 의의이기도 하고요. 지금 그걸 시도해볼 다시없는 기회가 온 겁니다. 비록 목적 달성의 가능성이 적다 하더라도, 시도는 해봐야죠."

뒤브뢰유는 어깨를 으쓱였다. "이 캠페인을 개시한다면, 우리는 공산주의자들과 함께 일할 가능성을 완전히 잃게 될걸세. 그들은 우리를 반공주의자로 분류할 거야. 그리고 그들이 틀린 것도 아니게 되지." 뒤브뢰유는 말을 이었다. "알겠나? 우리가 하려는 역할은 당 외부에서 당에 협력하는 소수 반대파의 역할이야. 어떤 문제가 됐건 공산주의자들과 싸우기 위해서 다수에 호소한다면, 그건 더 이상 협력하는 반대파가 아닌 셈이지. 공산주의자들과 전쟁을 시작하는 셈이고, 진영을 바꾸는 셈이란 말일세. 배반자 취급을 받을 만한 입장에 처하는 거야."

앙리는 뒤브뢰유의 얼굴을 빤히 쳐다보았다. 위장 공산당원이라면 바로 저렇게 얘기하겠지. 그의 저항이 앙리의 추측을 확인시켜주고 있었다. 만일 공산주의자들이 당 외부 좌파의 중립을 원한다면, 그건 곧 그 좌파가 공산당에 대해 영향력을 지닌다는 증거라 할 수 있을 터였다. 즉, 이 사건에 개입하는 것은 성과를 거둘 기회였다. "결국……" 앙리가 입을 열었다. "언젠가 공산주의자들에게 영향을 미칠 기회를 갖기 위해 당장 눈앞에 있는 기회를 거부하신다는 얘기군요. 우리의 반대는 효력을 갖지 않는 범위 내에서만 허용된다는 뜻이겠죠. 그렇다면 전 받아들일 수 없습니다." 그는 단호하게 덧붙였다. "공산주의자들이 우리에게 침을 뱉는다고 생각하면 저도 썩 기분이 좋은 것은 아닙니다. 하지만 충분히 생각했어요. 우리에겐 선택권이 없습니다." 그는 손짓으로 뒤브뢰유의 말을 막았다. 전부 쏟아놓기 전까지는 뒤브뢰유의 이야기를 듣지 않을 생각이었다. "비당원이란 것은 무언가 의미를 가지든지, 혹은 아무 의미도 없든지, 둘 중 하납니다. 만약 아무 의미가 없다면 차라리 당원이 되든가 시골로 내려가 양배추나 심어야겠죠. 그리고 무언가 의미가 있다면 그건 의무를 갖는다는 뜻일 테고요. 특히, 필요한 경우에는 공산주의자들과 사이가 나빠지는 결과도 감수해야 한다는 의무 말입니다. 공산주의자들의 진영에 확실히 몸담지도 않으면서 어떤 대가를 치러서라도 그들의 비위를 건드리지 않도록 조심하려는 태도는 가장 손쉬운 도덕적 안일함을 택하는 짓입니다. 비겁한 일이죠."

뒤브뢰유는 초조한 표정으로 압지를 두드렸다.

"그런 도덕적인 안일함은 나에게 아무 영향도 주지 않아." 그는 말했다. "내가 관심을 갖는 건 내 행동의 결과야. 그들이 나를 어떻게 보느냐가 아닐세."

"그들이 어떻게 보느냐를 문제 삼는 게 아닙니다……."

"아니, 문제 삼고 있어." 뒤브뢰유가 거칠게 말했다. "요는, 자네가 공산주의자들을 겁내고 있는 것처럼 보이는 게 싫다는 얘기 아닌가……."

앙리의 얼굴이 굳어졌다. "그들을 겁내고 있는 것처럼 보이는 건 당연히 싫은 일이죠. 2년 전부터 우리가 시도했던 일과 완전히 모순되니까요."

뒤브뢰유가 수수께끼 같은 표정으로 압지를 계속 두드렸기에, 마침내 앙리는 냉담한 목소리로 덧붙였다. "선생님은 얘기를 이상한 방향으로 끌고 가시는군요. 공산주의자들 비위를 거스르는 걸 왜 그렇게 두려워하십니까?"

"그자들이야 화가 나든지 말든지 상관없네." 뒤브뢰유가 말했다. "난 반소련 운동을 시작하고 싶지 않을 뿐이야. 특히 지금은 아니지. 거의 범죄라고 여겨질 정도야."

"강제수용소에 반대하기 위해 가능한 모든 노력을 기울이지 않는 것이야말로 범죄라고 생각합니다." 앙리는 뒤브뢰유를 바라보았다. "만약 선생님이 입당하셨다면 저도 그런 태도를 이해할 수 있을 텐데요. 공산주의자라면 강제수용소의 존재를 부정하고 수용소를 정당화한다 해도 저로서는 인정할 수 있을 겁니다."

"입당하지 않았다고 말했잖아." 뒤브뢰유가 신경질이 난 목소리로 말했다. "그걸로 충분하지 않나?"

그는 일어나 방 안을 거닐기 시작했다. '그래.' 앙리는 생각했다. '그걸로 충분하지 않아. 뒤브뢰유의 뻔뻔스러운 거짓말은 어떻게 해도 막을 수가 없군. 그는 이미 거짓말을 한 일이 있고, 양심의 가책도 느끼지 않았지. 하지만 이번만은 나도 속지 않을 거야.' 그는 원망스럽게 생각했다.

뒤브뢰유는 말없이 계속 이리저리 오가고 있었다. 앙리의 의혹을 느끼고 있는 걸까? 아니면 그저 앙리의 반대에 화가 난 것일까? 마음을 다스리기 힘든 것 같았다. "그렇다면, 위원회를 소집할 수밖에 없겠군." 그는 말했다. "그 결정이 판결을 내려주겠지."

"선생님도 잘 아시다시피, 모두가 선생님 의견을 따르지 않습니까!"

"자네들의 이유가 그럴듯하면 모두 그에 따르겠지."

"그럴 리가 있나요! 샤를리에와 메리코는 언제나 선생님의 의견대로 투표하고, 르누아르는 공산주의자들 앞에 무릎을 꿇고 있어요. 그들의 의견은 흥미 없습니다." 앙리가 말했다.

"그러면 뭔가? 위원회의 결정에 반대해서 행동하겠다는 건가?" 뒤브뢰유가 물었다.

"필요한 경우에는 그렇게 할 겁니다."

"이건 협박인가?" 뒤브뢰유가 잠긴 목소리로 말했다. "자네 마음대로 하도록 내버려두지 않으면 《레스푸아》는 S.R.L.과 단절하겠다는 얘기야? 바로 그건가?"

"협박이 아닙니다. 전 발표하기로 결정했고, 발표할 겁니다. 그뿐이에요."

"자네는 그 단절이 뭘 의미하는지 이해하나?" 뒤브뢰유가 말했다. 그의 얼굴은 목소리만큼이나 핏기 없이 변해 있었다. "S.R.L.의 종말일세. 그리고 《레스푸아》는 반공 진영으로 옮겨지겠지."

"S.R.L.은 지금 아무것도 아닙니다." 앙리가 말했다. "그리고 《레스푸아》는 결코 반공주의가 되지 않을 거고요. 절 믿어주십시오."

짧은 순간 그들은 말없이 서로를 응시했다.

"곧 위원회를 소집하겠네." 마침내 뒤브뢰유가 입을 열었다. "위원회에서 나와 같은 의견이 나오면, 우리는 공식적으로 자네를 비난하게 될 걸세."

"위원회는 선생님과 같은 의견이겠죠." 앙리는 그렇게 내뱉고서 문 쪽으로 걸어갔다. "저를 비난하세요. 저도 반박하겠습니다."

"다시 잘 생각해보게." 뒤브뢰유가 말했다. "자네가 하려는 짓은 배반이라 할 만한 행동이야."

"생각은 충분히 했어요."

그는 현관을 가로질러 가서, 다시는 들어오지 않을 문을 닫고 나와버렸다.

스크리아신과 사마젤은 걱정에 휩싸여 신문사에서 그를 기다리고 있었다. 앙리의 얘기를 들은 그들은 만족감을 조금도 감추지 않았다. 그러나 앙리가 수용소에 관한 기사는 자기 뜻대로 쓰겠다고 선언하자 약간 태도를 바꾸었다. 그 조건이 아니면 발표하지 않겠다고 앙리는 말했다. 스크리아신은 항의하려 했지만, 사마젤이 곧 조건을 승낙하도록 그를 설득했다. 앙리는 즉시 집필에 착수했다. 그는 증거 자료와 함께 소련의 형무소 제도를 대략적으로 묘사하고 분노를 자아낼 만한 그 특성을 강조했다. 그러나 동시에 각별한 주의를 기울여, 소련의 실책이 어떤 방식으로든 자본주의의 오류를 정당화하는 것은 아니며, 강제수용소가 존재한다는 사실은 특정한 정책을 비난해야 할 일이지 소련의 체제 전체를 비난해서는 안 될 것이라고 주장하는 내용을 적어 내려갔다. 최악의 경제적 곤경에 빠진 나라에서 강제수용소는 아마 쉬운 해결책이겠지. 그러나 사람들은 수용소의 폐지를 희망할 권리가 있어. 공산주의자들은 물론이고 소련이 희망을 구현하고 있다고 보는 모든 사람들은 스스로 수용소 제도를 없애기 위해서 노력을 기울여야만 해. 수용소의 존재를 폭로하는 것이 이미 상황을 바꾸는 데 기여하는 셈이었다. 그러기 위해서 앙리는 이야기를 시작한 것이다. 침묵하는 것은 패배주의이며, 비겁한 짓이야.

기사는 다음 날 아침에 나왔고, 랑베르는 이에 심한 불만을 표시했다. 앙리가 보기에는 편집실에서도 엄청난 논쟁이 벌어진 듯했다. 저녁때 심부름꾼이 뒤브뢰유의 편지를 가지고 왔다. 그 편지에는 S.R.L.의 위원회가 앙리와 사마젤을 제명했다는 내용과 S.R.L.은 이 시간부로 《레스푸아》와 아무런 관계가 없다는 내용, 그리고 뒤브뢰유는 스탈린 체제에 대한 전체적인 평가 안에서만 판단할 수 있는 여러 사실이 반공주의의 선전에 사용되었음을 유감으로 생각한다는 내용, 실제 영향력이 어떻든 간에 현재 공산당은 프랑스 프롤레타리아계급의 유일한 희망으로 남아 있으며 그 평판을 떨어뜨리는 짓은 반동을 돕는 일이라는 내용이 적혀 있었다. 앙리는 곧 반박문을 썼다. 그는 S.R.L.이 공산주의의 위협에 굴복해 본래의 방침을 배반하고 있다고 비난했다.

'어쩌다 우리가 이 지경까지 왔을까?' 다음 날 아침 《레스푸아》를 사면서, 앙리는 놀라움에 가까운 심정으로 자문했다. 그는 신문의 1면에서 눈을 뗄 수가 없었다. 그에겐 의견이 있었고, 뒤브뢰유에겐 또 다른 의견이 있었다. 그날 방 안에서 말소리와 초조한 몸짓이 오갔고, 갑자기 이것이 흰 종이 위에 검은 활자로 된, 욕설로 가득 찬 2단 기사의 문장으로 모든 사람의 눈앞에 펼쳐지게 된 것이다.

"전화가 계속 울리고 있어요." 5시쯤 앙리가 신문사로 들어서자 비서가 말했다. "르누아르 씨가 6시에 오신대요."

"오시면 들여보내줘요."

"그리고 우편물을 보셔야 해요. 어찌나 많은지 아직 정리도 끝내지 못했어요."

'저런, 이 사건이 사람들을 열광시키는군.' 앙리는 책상에 앉으면서 생각했다. 첫 기사가 나온 것이 바로 어제였는데 벌써 많은 독자들이 기사에 찬사를 보내거나 욕을 쏟아내거나 놀라움을 표하고 있었다. 그중에는 볼랑주의 속달우편도 있었다. "친애하는 오랜 벗에게, 악수를 보내네." 쥘리앵마저 깜짝 놀랄 만한 고상한 문체로 격려를 전하는 내용이었다. 난처한 점은 모두《레스푸아》가《피가로》의 복사판이 되리라 믿는 듯하다는 사실이었다. 사태를 다시 분명히 밝혀야 할 거야. 앙리는 고개를 들었다. 조금 전 열린 사무실 문 앞에 폴이 서 있었다. 그녀는 오래된 모피 외투 차림으로 기분 나쁜 날 짓는 표정을 하고 있었다.

"왔어? 무슨 일이야?" 앙리가 물었다.

"바로 이걸 물어보려고 왔어." 폴이 테이블 위로《레스푸아》를 던졌다. "이게 무슨 일이야?"

"글쎄, 그건 신문에 적혀 있는데." 앙리는 말했다. "뒤브뢰유는 소련 수용소에 대한 기사 발표를 반대했어. 난 그래도 발표했고, 이제 우리는 결별을 했지." 그러고서 그는 초조하게 덧붙였다. "내일 점심때 다 얘기하려고 했어. 왜 오늘 온 거야?"

"내가 와서 방해가 돼?"

"당신을 만나는 건 기뻐. 하지만 곧 르누아르가 올 거야. 일도 많고. 내일 자세히 얘기할게. 그리 급한 일도 아니니까."

"아니, 급한 일이야. 알고 싶어." 폴이 말했다. "왜 그와 결별한 거지?"

"방금 얘기했잖아." 그는 애써 성의를 다해 미소 지었다. "당신은 만족스럽지 않아? 아주 오래전부터 그러기를 원했잖아."

폴은 근심스러운 표정으로 앙리를 바라보았다. "그런데 왜 지금이야? 불행한 정치 현안에 대해 의견이 일치하지 않는다고 25년 지기와 헤어지지는 않아."

"하지만 그렇게 되어버렸지. 그 불행한 현안이 사실은 정말 중요하거든."

폴의 얼굴이 굳어졌다. "사실을 얘기해주지 않는군."

"단언하건대, 이게 사실이야."

"이미 오래전부터 더 이상은 아무 말도 해주지 않잖아." 폴이 말했다. "왜 그러는지는 짐작할 수 있어. 그래서 얘기하러 온 거야. 나를 다시 믿어야 한다고."

"당신을 전적으로 믿고 있어. 하지만 내일 얘기하자고. 지금은 시간이 없어."

폴은 움직이지 않았다. "조제트에게 내 생각을 말해서 당신을 불쾌하게 했어. 사과할게."

"미안한 건 나야. 그때 기분이 좋지 않아서……."

"사과하지 마!" 폴은 모욕감에 떨리는 얼굴을 쳐들었다. "최종 리허설 날 밤과 그다음 며칠 동안, 난 많은 것을 깨닫게 되었어. 당신과 다른 사람들 사이, 그리고 당신과 나 사이에는 공통의 척도라는 게 있을 수 없구나. 있는 그대로의 당신이 아니라 내가 꿈꾸던 당신을 원했던 건 당신보단 나 자신이 더 중요했기 때문이구나. 전부 내 오만이었구나. 하지만 그런 건 이제 끝났어. 당신밖에 없어. 난 아무것도 아니야. 내가 아무것도 아니라는 사실을 인정하고 당신의 모든 걸 받아들이겠어."

 "폴! 흥분하지 마." 앙리는 거북한 듯 말했다. "내일 얘기하자고 했잖아."

 "내가 진지하게 얘기하고 있다는 생각 안 들어?" 폴이 말했다. "내 잘못이라고. 내가 너무 교만했어. 스스로를 버린다는 건 쉬운 일이 아니야. 그렇지만 지금 난 그러겠다고 맹세해. 이젠 나 자신을 위해선 아무것도 요구하지 않을 거야. 당신만이 존재하는 거야. 그러니 당신은 나에게 뭐든지 요구해도 좋아."

 '하느님 맙소사!' 앙리는 생각했다. '르누아르가 오기 전에 가버리면 좋겠는데!' 그는 단호하게 말했다. "당신 얘기 믿어. 하지만 지금 당신에게 요구하고 싶은 건, 내일까지 꾹 참고 내가 일할 수 있게 내버려달라는 거야."

 "날 조롱하는 거야?" 폴이 거친 목소리로 말했다. 그녀의 얼굴이 다시 부드러워졌다. "다시 한 번 말하지만, 나는 온전히 당신 거야. 어떻게 해야 이 마음을 당신에게 입증할 수 있을까? 내가 귀라도 자르길 원해?"

"그걸 뭐에 쓰라고." 앙리는 애써 농담을 건넸다.

"사랑의 징표가 될 거야." 폴의 눈에 눈물이 차올랐다. "당신이 내 사랑을 의심하는 건 견딜 수 없어."

문이 약간 열렸다. "르누아르 씨예요. 들어오시게 해도 될까요?"

"5분만 기다려달라고 해줘요." 그런 뒤 앙리는 폴에게 미소를 지었다. "당신 사랑을 의심하지 않아. 하지만 보다시피 지금은 약속이 있어. 일단 돌아가줘."

"그래도 나보다 르누아르를 더 좋아하지는 않을 거지?" 폴이 말했다. "그 사람이 당신에게 뭐라고? 난 당신 사랑해." 이제 그녀는 굵은 눈물방울을 흘리며 울기 시작했다. "사람들과 어울리고, 글을 쓰려고 한 것도 모두 당신에 대한 사랑 때문이었어."

"잘 알고 있어."

"내가 거만해졌다거나 나 자신의 일만 중요하게 생각한다고 누군가 말했을지도 모르지만, 그런 말을 한 사람은 정말 죄인이야. 내일 당신 눈앞에서 내 원고를 모두 불에 던져버리겠어."

"어리석은 생각 마."

"그렇게 할 거야." 이어 폴은 확고하게 덧붙였다. "돌아가자마자 그렇게 할 거야."

"절대 안 돼. 부탁이야, 그건 아무 의미도 없잖아."

폴의 얼굴이 다시 피폐해졌다. "무엇으로도 내 사랑을 입증하지 못한다는 의미야?"

"아니, 난 당신 사랑을 믿어." 그는 말했다. "진심으로 믿고 있어."

"아! 당신을 성가시게 하고 있네." 폴이 울면서 말했다. "어떻게 하면 좋을지! 그렇지만 이 오해는 풀어야만 해."

"아무 오해도 없어."

"그것 봐. 내가 계속……." 폴이 절망해서 말했다. "계속 당신을 성가시게 하니 이젠 나를 만나고 싶지 않겠지."

'그래.' 순간 충동적인 생각이 들었다. '이제 만나고 싶지 않아.' 하지만 그는 소리내어 이렇게만 말했다. "물론 만나고 싶어."

"결국에는 날 미워하게 될 거야. 그리고 그런 당신이 옳아. 이렇게 당신에게 시비를 걸고 있잖아. 당신에게 내가!"

"당신은 시비를 거는 게 아냐."

"그렇다는 거 잘 알고 있잖아." 폴은 흐느꼈다.

"진정해, 폴!" 앙리는 최대한 기분 좋은 목소리로 말했다. 그녀를 때려주고 싶었지만, 대신 그는 폴의 머리칼을 쓰다듬기 시작했다. "진정해."

몇 분간 그렇게 머리를 쓰다듬자 마침내 그녀는 결심한 듯 고개를 들었다.

"좋아, 갈게." 폴은 불안하게 그를 바라보았다. "내일 점심 먹으러 오는 거지? 약속했지?"

"맹세해."

'다시는 만나지 않는 것이 유일한 해결책이야.' 폴이 문을 닫고 나가자 그는 생각했다. '하지만 더 이상 만나지 않는다면, 어떻게 그녀에게 돈을 주지? 저렇게 세심한 여자는 상대에게 자신을 주는 조건이 아니면 남자의 원조를 받아들이지

않는걸. 조치를 취해봐야지. 어쨌든 이젠 폴을 만나고 싶지 않아.'

"기다리게 해서 미안해." 앙리는 르누아르에게 말했다.

르누아르가 손을 살짝 저었다. "별것도 아닌걸." 그는 기침을 했다. 얼굴은 벌써 벌겋게 달아올라 있었다. 분명 비난의 말을 단어 하나하나 준비해 왔겠지만 앙리라는 존재가 그 문장을 해체시킨 것 같았다. "왜 왔는지는 짐작하고 있겠지?"

"그래. 자넨 뒤브뢰유와 연대하고 있잖아. 그러니 내 태도에 분노하고 있겠지. 난 그 이유를 말했는데, 자넬 납득시키지 못했다니 유감이군."

"자넨 독자에게 진실을 감추고 싶지 않았다고 했지. 그런데 대체 어떤 진실을 문제 삼고 있는 거야?" 르누아르가 물었다. 앙리의 대답에서 핵심적인 단어 하나를 찾아내 곧바로 그걸 물고 늘어질 생각인 것이다. 애매한 진실이라거나, 일방적인 진실이라거나 하는 식으로. 앙리도 아는 뻔한 얘기였다. 그가 정신을 차린 것은 르누아르가 이러한 일반론을 마쳤을 때였다. "소련에서 경찰의 압력은 자본주의국가에서 경제적 압박이 수행하는 역할을 할 뿐이야. 다만 소련에서는 그 역할이 더 조직적인 방식으로 행해지고, 난 거기서 장점만을 보고 있지. 노동자가 해고당하거나 파산의 책임을 지거나 하는 위협을 받지 않는 체제이다 보니, 새로운 형식의 형벌을 만들어낼 수밖에 없잖아."

"꼭 이런 방식이어야 하는 건 아니지." 앙리가 말했다. "실업자의 상황과 강제수용소 노동자의 상황을 비교하려는 건 아니겠지?"

"적어도 그 사람들의 일상생활은 보장되어 있어. 그들의 운명은 이해득실을 따져가며 떠들어대는 선전이 주장하는 내용보다는 덜 혹독할 거고. 소련 사람들의 심리 상태가 우리와 다르다는 걸 우리는 잊고 있는 거야. 예를 들어, 생산이 필요하면 그에 따라 이동하는 것을 소련 사람들은 당연하게 여긴다는 얘기지."

"심리 상태가 어떻든 간에 누군가 착취당하고, 영양부족에 시달리고, 모든 권리를 박탈당하고, 감금되고, 노동으로 바보가 되고, 추위와 괴혈병과 피로로 죽게 되는 게 당연하다고 생각하진 않는데." 그러고서 앙리는 생각했다. '하여튼 정치란 나쁜 것이야.' 르누아르는 문자 그대로 파리 한 마리도 고통 받는 꼴을 보지 못할 사람이었다. 그런데도 강제수용소의 끔찍함을 기꺼이 받아들이고 있는 것이다.

"아무도 악을 위한 악을 원하지는 않아." 르누아르가 말했다. "그리고 소련은 다른 어떤 정권보다 더 그렇지. 그들이 이런 방법을 취했다면, 그게 필요해서야." 그의 얼굴이 한층 붉어졌다. "소련의 필요와 어려움이 뭔지 알지도 못하면서, 어째서 자넨 감히 그 나라의 제도를 규탄하는 건가? 그건 용납할 수 없는 경솔함이야."

"필요와 어려움에 대해서도 난 얘기했어." 앙리는 말했다. "그리고 내가 소련의 제도를 통틀어 규탄하지 않았다는 건 자네도 잘 알고 있잖아? 오히려 그 제도를 통틀어 맹목적으로 받아들이는 것이 내겐 더 비겁해 보여. 자넨 필요라는 관념을 내세워 무엇이든 정당화하려 하지만, 그건 두 개의 날을 가진 칼이야. 펠토프는 수용소의 필요성이야말로 사회주의가 환상임을 증명하는 것이라고 말하고 있거든.”

“지금은 수용소가 필요할 수 있다는 거야. 절대적으로 늘 필요하다는 말이 아니라고.” 르누아르가 말했다. “자넨 소련이 전시 상태라는 걸 잊은 모양이군. 자본주의 강대국이 소련을 무너뜨릴 기회만 기다리고 있단 말이야.”

“그렇다 하더라도, 그게 강제수용소가 필요하다는 증거가 되지는 못해.” 앙리는 말했다. “아무도 악을 위한 악을 원하지는 않지. 그럼에도 불구하고 불필요하게 악이 행해지는 일이 종종 있어. 다른 곳과 마찬가지로 소련에서도 잘못이 자행되고 있다는 것을 부정하지는 않겠지. 피하려면 피할 수 있었던 기근과 폭동과 살육 말이야. 난 수용소도 하나의 잘못이라고 생각하는 거야. 자네도 알다시피,” 그는 덧붙였다. “이 점에 대해서는 뒤브뢰유조차 같은 의견이고.”

“필요건 잘못이건, 아무튼 자넨 몹쓸 짓을 했어.” 르누아르는 말했다. “소련에 대한 공격은 소련에서 일어나고 있는 일을 조금도 바꾸지 못해. 자본주의 강대국을 도울 뿐이지. 자넨 미국을 위해서 일하고, 전쟁을 위해서 일하기를 선택한 거야.”

“절대 아냐!” 앙리는 반박했다. “공산주의를 다치게 하지 않고도 비판을 할 수 있어. 공산주의는 그런 비판을 견딜 만큼 강건하잖아!”

“방금 자넨 객관적으로 반공주의자가 되지 않고는 공산주의의 밖에 있기를 바랄 수 없다는 사실을 다시 한 번 입증한 셈이야.” 르누아르가 말했다. “제3의 길은 없어. S.R.L.은 그 출발점부터 반동과 합류하든지, 아니면 자멸하는 쪽으로

운명 지어져 있었지."

"거기까지 생각했다면, 자네도 결국 공산당에 입당할 수밖에 없겠군."

"그래, 남아 있는 일은 그것뿐이지. 난 그렇게 할 거야." 르누아르가 말했다. "상황을 분명히 하고 싶었어. 앞으로 자넨 날 적으로 생각해야 할 거야."

"유감스럽군." 앙리는 말했다. 잠시 그들은 불편한 얼굴로 서로를 응시했다.

르누아르가 말했다.

"그럼, 영원히 안녕이군!"

"잘 가게." 앙리는 말했다.

그래, 이건 짐작했던 반격 중 하나야. 사실과 숫자, 이성과 관점까지 맹목적인 신조에 의해 부정당하는 상황, 스탈린이 한 일은 무엇이든 옳다는 식의 태도. '르누아르는 공산주의자가 아니기 때문에 더 지나치게 열의를 드러내는 거야.' 앙리는 생각했다. 라슘과, 혹은 누구든 지성을 갖추되 지나치게 당파적이지 않은 공산주의자와 얘기를 해보고 싶었다.

"최근 라슘 만난 적 있나?" 그가 뱅상에게 물었다.

"네."

뱅상은 수용소 문제로 마음의 동요를 겪고 있었다. 처음에는 그도 발표해서는 안 된다는 입장이었지만, 이후 앙리의 의견에 동조한 터였다.

"라슘은 내 기사에 대해 어떻게 생각하던가?" 앙리는 물었다.

"선생님에 대해 엄청 화를 내던데요." 뱅상이 말했다. "선생님이 반공 운동을 하고 있다고 그러더군요."

"아! 그럼 수용소는? 그게 신경 쓰이지는 않는다는 건가? 수용소에 대해선 어떻게 생각하고 있던가?"

뱅상은 미소를 지었다. "그런 건 존재하지 않는다, 그건 탁월한 제도다, 스스로 사라질 거다. 뭐 그런 식이었어요."

"과연 그렇군!"

확실히 사람들은 자신에게 의문이 제기되는 상황을 좋아하지 않는다. 자신들의 체제를 옹호하기 위해 모든 조치를 취하는 것이다. 공산주의자들의 신문은 그들이 감화 수용소, 징계 노동이라고 이름 붙인 제도를 찬양하기까지 했고, 반스탈린주의자들은 가라앉아 있던 분노를 다시 일으키는 기회로만 이 수용소 문제를 받아들이고 있었다.

"또 축하 전보군요!" 사마젤이 앙리의 책상에 몇 개의 전보를 내려놓으며 말했다. "우리가 여론을 일으킨 셈이에요." 그는 기쁜 표정으로 덧붙였다. "스크리아신이 응접실에서 기다리고 있어요. 펠토프와 다른 두 사람도 같이 와 있고요."

"그의 계획에는 흥미 없어요." 앙리는 말했다.

"어쨌든 만나봐야 해요."

이어 사마젤은 앙리 앞에 놓은 서류를 가리켰다. "그리고 볼랑주가 보내온 이 주목할 만한 기사를 꼭 한번 봤으면 합니다만."

"볼랑주의 글이 《레스푸아》에 실리는 일은 절대 없을 겁니다." 앙리는 말했다.

"유감스럽군요!"

문이 열리고 스크리아신이 들어왔다. 그는 유혹하는 남자와 같은 표정으로 미소를 짓고 있었다. "5분 정도는 괜찮지? 내 친구들이 초조해하고 있어서 말이야. 펠토프랑, 15년간 모스크바의 특파원을 지낸 미국 신문기자 베닛, 또 내가 막 탈당했을 때 아직 빈에서 공산주의자로 싸우고 있었던 몰트베르크를 데리고 왔어. 들어오게 해도 되나?"

"그렇게 해."

그들의 눈은 비난으로 가득 차 있었다. 앙리가 그들을 기다리게 해서일까? 아니면 세상이 그들의 정당함을 인정해주지 않아서일까? 앙리는 손짓으로 그들에게 자리를 권하고는 스크리아신을 향해 말했다. "이 모임은 완전히 무의미하지 않나 싶은데. 우리가 나눴던 대화에서도 그랬고 이번 기사에서도 분명히 말했다시피, 난 반공주의자가 된 게 아니야. 자네 계획은 드골주의 연합으로 가져가야지, 나에게 가져올 게 아니라고."

"드골에 대해서는 말도 꺼내지 마." 스크리아신이 말했다. "그가 정권을 잡았을 때 처음 한 일이 모스크바로 달려간 거야. 잊어선 안 되는 점이지."

"틀림없이 우리의 강령을 주의 깊게 살필 여유가 없었던 모양입니다." 몰트베르크가 비난하듯이 입을 열었다. "우리는 좌파예요. 대자본의 지지를 받고 있는 드골주의에 협력한다는 건 말도 안 됩니다. 우리는 소련의 전체주의에 대항하여 민주주의의 생생한 힘을 결집하고 싶습니다." 그는 앙리의 반박을 정중한 손짓으로 막았다. "반공주의자가 된 게 아니라고 하셨죠. 권력 남용을 폭로하는 이상으로 일을 벌이는 것도 원치 않으시고요. 하지만 사실 선생은 중도에 멈출 수 없습니다. 전체주의국가를 상대로는 우리의 임무 또한 전체적인 것이어야 합니다."

스크리아신이 재빨리 말을 이었다. "우리와 거리가 있다고 말하지 마. S.R.L.도 어쨌든 유럽이 스탈린의 수중에 들어가지 못하도록 하기 위해 만들어졌잖아? 우리가 원하는 것역시 바로 유럽의 자치 독립이야. 다만 그게 미국의 원조 없이는 실현되지 않는다는 걸 깨달았을 뿐이지."

"터무니없군!" 앙리는 어깨를 으쓱였다. "미국 식민지가된 유럽이라. S.R.L.이 피하려고 한 게 바로 그거야. 그게 우리의 첫째 목표였다고도 할 수도 있지. 왜냐하면 스탈린이유럽을 병합하려 한다는 건 결코 생각하지도 않았으니까."

"미국에 대한 그런 편견을 이해할 수가 없군요." 베닛이어두운 목소리로 말했다. "공산주의자라면 미국을 자본주의의 보루로만 보고 싶겠죠. 미국 또한 커다란 노동자의 국가입니다. 진보와 번영과 미래를 가진 나라이기도 하고요."

"미국은 언제 어디서나 조직적으로 권력자들의 편을 드는 나라입니다. 중국에서, 그리스에서, 터키에서, 한국에서, 미국이 뭘 지키고 있습니까? 국민들은 아니겠죠? 바로 자본가와 대지주입니다. 미국이 프랑코와 살라자르를 지지하고있다는 걸 생각하면⋯⋯."

바로 그날 아침, 앙리는 포르투갈의 늙은 친구들이 드디어 반란을 일으켰다는 소식을 들은 터였다. 결국 900명이 체포당했다.

"미 국무성의 정책을 말씀하시는군요." 베닛이 말했다.

"미국 국민이 있다는 건 잊고 계시고요. 좌파 노동조합과 자유와 민주주의를 진지하게 바라는 미국인들은 신뢰할 수 있습니다."

"그 노동조합이 정부의 정책에 반대한 적이 없지 않습니까?" 앙리가 반박했다.

"사태를 똑바로 봐야해." 스크리아신이 말했다. "미국의 지지 없이 유럽은 소련에 대항할 수 없어. 만약 자네가 그 사실을 받아들이지 못하도록 유럽 좌파를 부추긴다면, 우파의 이익과 민주주의의 이익 사이에 혼란이 생기게 된다고."

"만약 좌파가 우파의 정치를 한다면, 그건 더 이상 좌파가 아니지."

"결국……" 베닛이 위협적인 어조로 말했다. "미국이냐 소련이냐 한다면, 소련을 택하시겠다는 겁니까?"

"그렇습니다." 앙리는 말했다. "그리고 전 절대 그걸 감춘 적이 없습니다."

"미국 자본주의의 폐해와 경찰 압제의 공포를 어떻게 저울질할 수가 있죠?" 베닛은 목소리를 높이며 예언 비슷한 것을 늘어놓기 시작했다. 몰트베르크가 합세하여 떠들어대는 한편, 스크리아신과 펠토프는 러시아어로 수다스럽게 대화를 나누고 있었다. 그들 모두는 서로 조금도 닮지 않았으나 똑같은 눈빛을 하고 있었다. 깨어나기를 거부하는 눈빛. 권리를 요구하는 끔찍한 꿈속에서, 그들의 시선은 길을 잃은 것만 같았다. 모두가 끔찍한 과거에 사로잡힌 채 스스로 외부 세계에 눈을 감고 귀를 막기를 원하고 있었다. 그들은 날카로운 소리, 낮은 소리, 장중한 소리, 야비한 소리로 모두 홀린 듯이 이야기를 이어갔다. 소련을 고발하는 증언 가운데 가장 마음을 불편하게 하는 것은 스탈린 시대의 경험이 그들의 얼굴에 각인한, 경계와 분노가 뒤섞인 영원한 도망자의 표정이었다. 그들이 자신의 경험을 상대에게 퍼붓기 시작할 땐 아무리 막으려 해도 소용없었다. 하지만 그들이 자신의 경험담으로 어떤 결단을 얻어낼 수 있으리라 기대할 정도로 어리석은 것은 아니었다. 그보다 그것은 정신 건강을 위한 언어의 발작과 같은 것이라 할 수 있었다. 베닛은 갑자기 지친 듯 입을 다물었다.

"여기서 뭘 하고 있는지 모르겠군요!" 그가 불쑥 말했다.

"시간만 낭비하시게 될 거라고 미리 말씀드렸지요." 앙리는 말했다.

그들은 일어섰다. 몰트베르크가 오랫동안 앙리의 눈을 바라보았다.

"아마 생각하시는 것보다 더 빠른 시일 안에 다시 만나게 될 겁니다." 거의 다정하게까지 들리는 어조였다.

그들이 사무실에서 나가자 사마젤이 하품을 했다. "저런 열광적인 사람들과 토론한다는 게 쉬운 일은 아니죠. 저들에게서 가장 흥미진진한 점은, 자기들끼리 서로 미워하고 있다는 겁니다. 각자 자기보다 조금 더 오래 스탈린 신봉자였던 사람을 배반자 취급하거든요. 그런데 사실은 다들 수상쩍어요. 베닛은 15년 동안 특파원으로 모스크바에 있었는데, 만약 지금 주장하듯이 옛날에도 소련 체제에 분노하고 있었다면 그 얼마나 비겁한 짓인가요! 요주의 인물들이죠." 그가 만족스러운 표정으로 결론을 내렸다.

"어쨌든, 드골주의에 연루되기를 원하지 않는 정도의 진정성은 갖고 있군요." 앙리는 말했다.

"정치적 감각이 모자라는 사람들이죠."

사마젤은 좌파에서 실패했고, 따라서 우파에 가담하는 것보다 그에게 더 자연스러운 일은 없는 것 같았다. 그는 연설의 의미가 아니라 청중의 수에만 관심이 있었으니까. 그는 앙리에게 불랑주의 기사를 추천하고, 은근한 호감을 드러내며 드골주의 연합의 정책에 대해 이야기했다. 앙리는 그의 암시를 모르는 체했지만 소용없었다. 사마젤은 오래 망설이지 않고 직접적으로 공격해 왔다.

"진정으로 독립적인 하나의 좌파를 조직하려는 사람이 해야 할 긍정적인 역할이 있을 겁니다." 그가 툭 터놓고 말했다. "미국의 지지 없이는 유럽이 존재할 수 없다는 스크리아신의 생각은 옳아요. 우리 역할은 서양의 소련화에 반대하는 모든 세력을 정통 사회주의의 이익을 위해 통합하는 것이 되겠죠. 미국 국민으로부터 온 경우에 한정해서 원조를 받아들이고, 드골주의 연합의 정책이 좌파 정책으로 수렴하는 한 그들과의 동맹을 받아들이는 것이 우리의 역할이란 얘깁니다."

그는 엄격하고 강압적인 시선으로 앙리를 응시했다.

"내가 그런 짓을 하리라 기대하지는 말아요." 앙리는 말했다. "난 있는 힘을 다해 미국 정책과 계속 싸워나갈 생각이니까. 그리고 드골주의가 반동이라는 건 물론 알고 있잖습니까?"

"사태를 제대로 파악하지 못하고 있는 것 같아 걱정이군요." 사마젤이 말했다. "아무리 신중하게 자신을 꾸며대봐야 소용없어요. 결국 우리는 반공주의자로 분류될 겁니다. 그 때문에 독자의 반은 떨어져 나가겠죠. 신문사에 남은 유일한 기회는 다른 독자를 얻는 것뿐이에요. 그러기 위해선 도중에서 멈추지 말아야 합니다. 우리가 택한 방향으로 계속 나아가야 해요."

"다시 말해, 삼류 반공 신문이 되어야 한다는 거군요!" 앙리는 말했다. "말도 안 돼요. 우리가 파산해야 한다면, 파산해야겠죠. 하지만 끝까지 선은 지킬 겁니다."

사마젤은 아무 대답도 하지 않았다. 트라리외는 물론 그와 같은 의견일 터였다. 그러나 그는 랑베르와 뤼크가 늘 앙리를 지지한다는 것을 알고 있었다. 이 연합에 대항해서는 그도 뭘 어찌할 수 없었다.

"《랑클뢰》 읽었나요?" 이틀 뒤 사마젤이 기쁜 표정으로 물으며 앙리의 책상에 주간지를 던졌다.

"《랑클뢰》에 뭐 특별한 것이라도 나왔어요?" 앙리는 무관심하게 물었다.

"라숌이 당신에 대해 쓴 기사가 실렸어요." 사마젤이 말했다. "읽어봐요."

"나중에 보도록 하죠."

사마젤이 사무실에서 나가자마자 그는 주간지를 펼쳤다. 〈가면을 벗고〉. 이것이 기사의 제목이었다. 기사를 읽어감에 따라 앙리는 분노로 목이 막히는 것을 느꼈다. 라숌은 원문을 누락해서 인용하고 의도적으로 요약해가며, 앙리의 모든 작품이 파시스트적 감성을 드러내며 반동적 이데올로기를 암시한다고 설명하고 있었다. 특히 그의 희곡은 레지스탕스에 대한 모욕이요, 타인에 대한 본질적인 경멸이 내포한다는 것이었다. 최근 그가 《레스푸아》에 발표한 가증스러운 기사들이 명백히 그 사실을 입증한다는 내용도 있었다. 소련에 대한 중상모략적인 선전을 시작했으니, 소련에 대해 호의를 갖고 있다고 주장하기보다는 솔직하게 반공주의자라고 선언하는 편이 더 정직한 일이라고 그는 썼다. 배신자나 변절자라는 표현은 없었으나 문장 사이에서 분명히 그것을 읽어낼 수 있었다. 무엇보다, 그 기사를 쓴 사람은 바로 라숌이었다. 라숌. 앙리는 폴의 집에 그를 숨겨줬을 때 즐거운 모습으로 마루를 닦던 그의 모습을 떠올렸다. 리옹역에서 너무 긴 외투를 입고 이별의 감정에 어쩔 줄 몰라하던 모습도 떠올랐다. 크리스마스의 이삭 장식이 바스락 소리를 내는 가운데, 바 루즈의 테이블을 앞에 두고 앉아서 그는 말했다. "서로 협력하지 않으면 안 됩니다." 그러고서 얼마 후엔 난처한 듯 말했지. "선생님을 공격한 적은 없어요." 앙리는 이렇게 생각하려고 애를 썼다. '라숌의 잘못이 아니야. 죄를 지은 건 일부러 라숌을 골라 이 일을 시킨 공산당이지.' 그러나 불과 같은 분노가 눈동자까지 치밀어 올라왔다. 그 문장 하나하나를 생각해낸 사람은 틀림없이 라숌이었다. 복종에 그치지 않고 나서서 조작까지 한 것이다. 라숌은 자신의 말이 거짓이라는 걸 잘 알고 있겠지. 그러니 그의 공모자들보다 더욱 용서할 수 없어. 내가 파시스트가 아니며, 또한 절대 그렇게 될 수 없다는 것을 그는 알고 있으니까.

앙리는 일어섰다. 이 기사에 반박한다는 것은 말도 안 되는 일이야. 라숌이 이미 알고 있는 사실을 굳이 조금도 말할 필요가 없어. 말이 의미가 없어졌으니, 이제 할 수 있는 유일한 일은 그를 때려주는 것뿐이지. 그는 자동차에 올라탔다. 이 시간이면 분명히 바 루즈에 있을 터였다. 앙리는 바 루즈를 향해 돌진했다. 거기서 그는 친구들과 술을 마시고 있는 뱅상을 발견했다. 라숌은 보이지 않았다.

"라숌은 여기 없나?"

"없는데요."

"그럼 분명《랑클룀》에 있겠군." 앙리가 말했다.

"모르겠네요." 뱅상이 말했다. 그러곤 일어나 앙리를 따라 문 쪽으로 왔다. "차를 몰고 오셨어요? 저도 신문사로 들어가려고요."

"신문사로 가는 게 아냐." 앙리는 말했다. "《랑클룀》에 가려고."

뱅상이 그의 뒤를 따라 밖으로 나왔다. "그냥 두세요."

"라숌의 기사 봤나?" 앙리는 물었다.

"봤습니다. 라숌이 싣기 전에 저에게 보여줬어요. 그래서 그와 사이가 틀어졌죠. 아주 비열한 짓입니다. 하지만 선생님이 경솔하게 나서서 먼저 추문을 일으켜봐야 아무 소용도 없지 않습니까!"

"때려주고 싶은 생각이 자주 드는 건 아니야." 앙리는 말했다. "하지만 이번은 그래. 이 일이 추문을 일으키게 되면 차라리 낫겠군."

"잘못 생각하시는 거예요." 뱅상이 말했다. "놈들은 그걸 이용해 또 그럴 겁니다. 그땐 더할 거고요."

"더해? 놈들은 나를 파시스트 취급했어." 앙리는 말했다. "이보다 더할 순 없지. 그리고 어쨌든 나는 상관없네." 그는 차 문을 열었다. 뱅상이 그의 팔을 잡았다.

"아시겠지만 한 사람을 혼내주려고 결정한 이상, 그들은 조금도 물러나지 않습니다. 선생님은 사생활에 약점이 있잖아요. 놈들은 그걸로 싸움을 만들 거예요."

앙리는 뱅상의 얼굴을 바라보았다. "약점이라고? 조제트와 그녀에 대한 험담을 말하는 건가?"

"네, 선생님은 아마 눈치채지 못하셨겠지만, 모두 알고 있어요."

"놈들도 감히 그렇게까지는 못 하겠지." 앙리는 말했다.

"그런 걸 꺼려할 거라고 생각하세요?" 뱅상은 머뭇거렸다. "사실 라슘이 원고를 보여줬을 때, 제가 너무 욕을 해서 열 줄쯤 뺐어요. 하지만 다음번엔 그걸 폭로할 겁니다."

앙리는 침묵을 지켰다. 불쌍한 조제트, 그토록 상처 받기 쉬운 사람을! 라슘이 뺐다는 열 줄을 읽는 조제트의 모습을 상상하니 등골이 오싹했다. 그는 운전석에 앉았다. "타. 신문사로 가자고. 자네가 이겼어." 그는 시동을 걸고 덧붙여 말했다. "고마워!"

"라슘이 그런 짓을 하리라고 생각도 못 했습니다." 뱅상이 말했다.

"라슘이든 누구든 누군가의 사생활을 공격하다니, 게다가 그런 방법으로 말야. 어쨌든 너무 구역질 나는군."

"역겨운 짓이죠." 그러고서 뱅상은 다시 머뭇거렸다. "하지만 선생님도 알아두셔야 할 게 하나 있습니다. 선생님에게는 이제 사생활이 없어요."

"무슨 소리야!" 앙리는 말했다. "물론 나에겐 사생활이 있지. 그리고 그건 나에게만 관계되는 거야."

"선생님은 공인이세요. 선생님의 모든 행동은 공적으로 문제가 되죠. 이번 일이 바로 그 증거잖아요! 그러니 모든 면에서 남에게 공격을 받지 않도록 처신하셔야 할 겁니다."

"중상모략에 방어 수단 같은 게 어디 있겠나." 앙리는 말했다. 잠시 침묵이 흘렀다. "놈들은 이 일을 하기 위해 라숌을 택했다 이거지." 이윽고 앙리가 입을 열었다. "하필이면 라숌을 말야! 교활한 짓이야." 그는 덧붙였다. "그토록 나를 싫어하는 모양이군!"

"설마 놈들이 선생님을 좋아한다고 생각하셨던 건 아니겠죠?" 뱅상이 말했다.

신문사 앞에 도착하자 앙리는 차에서 내렸다. "난 볼일이 있어. 5분 후에 가지." 그는 말했다. 볼일이 있는 것은 아니었다. 잠시나마 혼자 있고 싶을 뿐이었다. 그는 곧바로 발길을 옮겼다. '설마 놈들이 선생님을 좋아한다고 생각하셨던 건 아니겠죠?' 그래, 그렇게 생각하지는 않았다. 하지만 그는 그들의 적의가 어느 정도나 되는지 가늠할 수가 없었다. 낡은 구호들이 그의 마음과 입술 사이에서 떠돌았다. 정당한 경쟁, 존중에 기반한 싸움. 그것은 2년 전, 아니면 몇 백 년 전의 얘기다. 이제는 누구도 그 말의 뜻을 이해하지 못한다. 공산주의자들이 공식적으로 공격해 오리라는 것은 그도 알고 있었다. 그러나 많은 사람들이 남모르게 자신을 존경하고 있으리라고, 자신이 그들을 스스로 돌아보게 하리라고도 생각하던 터였다. '하지만 모두 나를 증오하고 있었던 거야!' 그는 무턱대고 앞으로 나아갔다. 파리는 가을의 황금빛 안개로 덮여 「브뤼주-라-모르트」*의 배경처럼 아름답고 쓸쓸했다. 그 속에서 증오가 그를 쫓아다니고 있었고, 이는 새로우면서도 아주 소름 끼치는 경험이었다. '사랑은 결코 완전히 소유할 수 없는 것이지.' 그는 생각했다. '우정은 생명처럼 덧없고. 그러나 증오는 상대를 놓치지 않아. 죽음처럼 확실하지.' 이제부터 그가 어딜 가든, 무엇을 하든, 이 확실한 증오는 늘 그를 쫓아다닐 터였다. '난 미움 받고 있어.'

스크리아신이 사무실에서 앙리를 기다리고 있었다. '《랑클룀》을 읽었구나. 쇠가 달궈졌을 때 때려야 한다고 생각하고 있겠군.' 앙리는 생각했다. 그는 물었다.

"할 말 있어?" 그러고는 짐짓 염려하는 듯 덧붙였다. "무슨 문제라도 생긴 건가? 안색이 안 좋아."

"두통이 끔찍해. 충분히 못 자고 보드카를 너무 마셔서 말이야. 심각하지는 않아." 스크리아신이 말했다. 그러고는 의자에서 몸을 일으키더니 표정을 굳혔다. "그 후로 자네 의견이 바뀌었는지 물어보려고 왔어."

"아니." 앙리는 말했다. "내 생각은 변하지 않을 거야."

"공산주의자들에게 그런 취급을 받고도 다시 생각해보려 하지 않는 건가?"

앙리는 웃기 시작했다. "저런! 난 생각하고 있어. 아주 깊

* Bruges-la-Morte. 벨기에 작가인 조르주 로덴바흐Georges Rodenbach가 1892년에 발표한 단편소설.

이 생각한다고. 그 생각만 한다니까."

스크리아신은 깊은 한숨을 쉬었다. "자네가 결국은 분명하게 깨닫게 되리라 기대했는데."

"이봐! 가슴 아파하지 마. 자네한테 난 필요 없잖아."

"누구도 믿을 수가 없어." 스크리아신이 말했다. "좌파는 열의를 잃었고, 우파는 아무것도 배우려 하지 않지." 그는 침울한 어조로 덧붙였다. "가끔은 시골에서 은둔하고 싶기도 해."

"그럼 은둔해."

"그럴 권리가 있는 것 같지가 않아." 이렇게 말하고 스크리아신은 기진맥진한 태도로 손을 이마에 갖다 댔다. "정말 골치가 아프군!"

"각성제 한 알 먹겠어?"

"아냐, 아냐. 곧 사람들을 만나야 해. 옛 친구들인데, 썩 유쾌한 일은 아니지. 그러니 정신이 너무 맑으면 안 돼."

잠시 침묵이 흘렀다. "라숌에게 반박할 거야?" 스크리아신이 물었다.

"물론 안 할 거야."

"유감스럽군. 마음만 먹으면 방어할 수 있잖아. 뒤브뢰유에 대한 반박은 참 적절했지."

"그래, 그건 확실한 얘기였지?" 그러면서 앙리는 스크리아신에게 눈짓을 보냈다. "난 그 정보 제공자가 정말 믿을 만한 사람인지 의심스러워."

"어떤 정보 제공자?" 스크리아신이 고통스러운 듯 한 손으로 얼굴을 만지며 되물었다.

"뒤브뢰유의 당원증과 등록증을 봤다고 주장했다는 사람."

"아!" 스크리아신의 얼굴에 엷은 미소가 떠올랐다. "그런 사람은 존재하지 않아!"

"이럴 수가! 그럼 지어낸 이야기였군!"

"내가 보기엔 뒤브뢰유는 공산주의자야. 입당했건 아니건 간에. 하지만 내 확신을 자네에게 납득시킬 방법이 없었거든. 그래서 약간 속임수를 썼지."

"내가 그 자식을 만나겠다고 했으면 어쩌려고 했나?"

"자네가 만남을 거절하리라는 건 초보 중에서도 초보인 심리학자가 보증하던걸."

앙리는 망연한 얼굴로 스크리아신을 바라보았다. 거짓말을 이처럼 아무렇지 않게 고백하니 원망할 수조차 없었다! 스크리아신은 쑥스러운 듯 미소 지었다. "화났어?"

"그런 속임수를 쓸 수 있다니 날 능가하는데." 앙리는 말했다.

"사실은 자넬 도와준 거지."

"고맙다는 인사는 안 해도 되겠지?"

스크리아신은 대답 없이 미소를 짓더니 자리에서 일어났다. "약속 장소로 가봐야겠군."

앙리는 시선을 고정한 채, 오랫동안 꼼짝도 않고 있었다. 스크리아신이 그 거짓말을 만들어내지 않았다면 어떻게 되었을까? 결국 똑같은 식으로 일이 전개되었을 수도, 그러지 않았을 수도 있다. 어쨌든 속임수를 쓴 카드로 게임을 했다는 생각이 끔찍이도 싫었다. 그래서일까, 문득 자기 행동을 되돌리고 싶은 격렬한 욕구가 일었다. '나딘에게 설명하면 어떨까?' 그는 생각했다. 뱅상이 가끔 나딘을 만나고 있었다. 그는 뱅상에게 두 사람의 다음 약속 날짜를 물어보기로 마음먹었다.

다음 목요일, 나딘이 기다리고 있는 카페에 들어서며 앙리는 막연한 흥분을 느꼈다. 그렇다고 나딘의 판단을 대단히 중요하게 생각하는 것은 결코 아니었다. 그는 나딘이 앉은 테이블 앞에 우뚝 섰다. "안녕."

나딘이 고개를 들었다. "안녕하세요." 그녀는 무심히 말했다. 놀란 것 같지도 않았다.

"뱅상은 좀 늦을 거야. 그걸 알려주러 왔어. 잠깐 앉아도 될까?"

나딘은 대답을 대신 고개만 끄덕였다.

"너와 얘기할 수 있게 돼서 반가운데." 앙리는 미소를 지으며 말했다. "우리는 개인적인 친분이 있잖아. 그러니까, 네 아버지와 사이가 틀어진 게 우리 사이까지 틀어졌다는 걸 의미하는지 알고 싶어."

"오! 개인적인 친분이라면, 한때 만나 서로 얼굴 좀 본 게 전부잖아요." 나딘이 냉정하게 말했다. "이제《비질랑스》에 오시지 않으니 만나지 않게 됐고요. 그렇다고 문제될 것도 없지만요."

"유감스럽지만 내겐 문제야." 앙리는 말했다. "우리 사이가 틀어진 게 아니면, 가끔 만나서 한잔해도 괜찮겠지?"

"꼭 그래야 하는 건 아니죠?"

"그럼 우리 사이도 틀어졌다는 뜻인가?" 나딘에게서 대답이 없었기에 그는 덧붙였다. "나와 똑같은 처지인 뱅상과는 만나잖아."

"뱅상은 당신이 쓴 것 같은 편지는 쓰지 않았죠."

앙리는 재빨리 말했다. "네 아버지의 편지도 그리 친절하지 않았다는 건 인정해야 해."

"그건 이유가 안 돼요. 게다가 당신 편지는 정말 야비했다고요."

"좋아." 앙리는 말했다. "화가 나서 그랬어." 그는 나딘의 눈을 바라보았다. "누군가 네 아버지가 공산당에 입당한 증거를 갖고 있다고 장담을 했어. 난 그걸 아버지가 감추고 있다고 생각해서 화가 났고. 내 입장이 되어 생각해봐."

"그런 바보 같은 소릴 믿지 않았으면 됐잖아요."

나딘이 이런 완고한 태도를 취할 때 납득시키려고 기대해서는 안 되었다. 게다가 앙리는 뒤브뢰유를 비난하지 않고서는 스스로를 정당화할 수 없을 터였다. 그는 마음을 접었다.

"그저 그 편지 때문에 나를 미워하는 거야?" 그는 물었다. "아니면 네 공산주의자 친구들이 내가 사회적인 변절자라고 너를 설득한 거야?"

"난 공산주의자 친구 없어요." 나딘이 차가운 눈초리로 앙리의 얼굴을 노려보았다. "그리고 사회적인 변절자건 아니건, 당신은 옛날의 당신이 아니잖아요."

"무슨 바보 같은 소리야?" 앙리는 신경질을 내며 말했다. "난 정확하게 똑같은 사람이야."

"아니라니까요."

"어떻게 달라졌는데? 언제부터? 뭘 비난하는 거지? 설명

193

을 좀 해봐."

"무엇보다 더러운 사람들과 어울리고 있잖아요." 갑자기 그녀의 목소리가 높아졌다. "적어도 당신만큼은 과거를 잊고 싶어 하지 않는다고 믿었어요. 연극에서도 아주 좋은 얘기를 했잖아요. 잊지 말아야 한다느니 어쩌느니. 그런데 사실은 당신도 다른 사람들과 아주 똑같단 말이죠."

"아! 뱅상이 그 얘길 했군!" 앙리가 말했다

"뱅상이 아니라 세즈나크예요." 나딘의 눈이 빛났다. "어떻게 그런 여자의 손을 만질 수가 있죠? 나 같으면 오히려 산 채로 온몸이 찢어지는 편을 택했을 텐데……"

"저번에 뱅상에게 했던 말을 네게도 해주지. 내 사생활에는 나만 상관할 수 있어. 게다가 나는 조제트를 1년 전부터 알아왔다고. 변한 건 내가 아니라 너야."

"난 변하지 않았어요. 지금 알고 있는 걸 작년에는 전혀 몰랐을 뿐이죠. 게다가 당신을 믿고 있었고요!" 나딘이 도전적인 어조로 덧붙였다.

"그럼, 왜 믿지 않게 된 거지?" 앙리가 화를 내며 묻자 나딘은 완고한 표정으로 고개를 숙였다.

"강제수용소 문제로 나에게 반대하는 거야? 그건 네 권리야. 하지만 그것과 나를 개자식으로 결정해버리는 것 사이엔 큰 차이가 있어. 틀림없이 아버지의 의견이군." 그는 신경질적인 목소리로 덧붙였다. "하지만 아버지 얘기라면 전부 복음서처럼 생각하는 버릇은 없었잖아?"

"수용소 문제를 발표한 건 비열하지 않아요. 오히려 그 자체는 인정할 만하다고까지 생각하죠." 나딘이 침착한 목소리로 말했다. "문제는, 왜 당신이 그걸 했느냐는 거예요."

"조금 전에 그걸 설명했잖아, 아니야?"

"공적인 이유는 설명했죠." 나딘이 대꾸했다. "그렇지만 당신의 개인적인 이유는 모르겠어요." 그녀는 다시 차가운 눈초리로 앙리를 노려보았다. "우파가 전부 당신에게 찬사를 보내고 있어요. 불쾌해요. 그건 어쩔 수 없다고 하겠죠. 어쨌든 그게 나한테는 불쾌하다고요."

"그래도 나딘, 내가 우파와 가까워지기 위한 계략으로 수용소 비난 캠페인을 일으켰다고 진심으로 믿는 건 아니지?"

"어쨌든 우파가 당신에게 접근하고 있는 건 사실이에요."

"어리석군!" 앙리는 말했다. "만약 내가 우파로 옮기고 싶었다면 벌써 그렇게 했을 거야! 너도 잘 알다시피《레스푸아》는 노선을 바꾸지 않았어. 맹세하건대, 그런 방침엔 내 공이 크다고. 신문사가 어떻게 되고 있는지 뱅상이 설명해 주지 않았어?"

"뱅상은 의리에 관해선 맹목적이에요. 물론 당신을 옹호하죠. 그건 그의 마음이 순수하다는 것을 증명할 뿐, 다른 아무 의미도 없어요."

"그럼, 나를 개자식이라고 비난하는 데는 대체 어떤 증거가 있는 거야?" 앙리는 물었다.

"아뇨, 당신을 비난하는 건 아니에요. 의심하고 있지. 그 뿐이에요." 나딘은 냉정하게 미소를 지었다. "난 나면서부터 의심이 많거든요."

앙리는 일어섰다. "좋아, 실컷 의심해. 난 누군가에게 조금이라도 우정이 있으면 오히려 그 사람을 신뢰하려고 하지만, 사실 그건 나딘의 취향과 거리가 멀지. 여기 온 게 잘못이야. 실례할게."

'의심보다 나쁜 건 없어.' 그는 호텔 방으로 돌아가면서 생각했다. '오히려 라숌처럼 날 진창 속으로 끌고 가는 편이 훨씬 나아. 그게 더 솔직하니까.' 그는 뒤브뢰유, 나딘, 안이 서재에 앉아 커피를 마시고 있는 모습을 상상했다. 그들이 "그는 개자식이야"라고 말하지는 않을 것이다. 그렇게 말하기에는 너무 신중하니까. 다만 그들은 의심할 뿐이다. 의심하는 인간에게 어떻게 대응한단 말인가? 범죄자라면 적어도 사죄할 수 있겠지만, 용의자는? 그에게는 스스로를 지킬 수단이 전혀 없었다. '그래, 그들은 나를 용의자 취급하고 있는 거야.' 그 후 며칠 동안 그는 화를 내며 생각했다. '게다가 그들 모두 나에게 사생활이 있다는 이유로 비난을 퍼붓고 있어.' 그러나 그는 선동가도 아니며, 주도자도 아니었다. 자기의 생활, 자기의 사생활에 애착을 가지고 있을 뿐이었다. 반대로 정치는 지긋지긋했다. 정치라는 것에서 도무지 벗어날 수가 없었다. 희생을 치를 때마다 새로운 의무가 생겼다. 처음에는 신문이, 그리고 이제는 모든 사람이 그에게 쾌락과 욕망을 전부 금지하려 하고 있었다. 무슨 명목으로? 어쨌든 하고 싶은 일은 아무것도 할 수가 없어. 오히려 하고 싶지 않은 일까지 하고 있지. 그러니까 불편해할 필요 없어. 그는 불편함 없이 하고 싶은 대로 하기로 결심했다. 그리고 이렇게 된 이상, 그것은 조금도 신경 쓰이는 일이 아니었다.

뤼시 벨롬과 클로디 드 벨장스 사이에서 지나치게 달콤한 샴페인 병을 앞에 놓고 식탁에 앉아 있던 저녁, 앙리는 갑자기 깜짝 놀랐다. '내가 여기서 뭘 하고 있지?' 그는 샴페인도, 샹들리에도, 거울도, 벨벳으로 된 긴 의자도, 늙은 피부를 실컷 내보이는 여자들도 싫었다. 뤼시도, 뒤될도, 클로디도, 베르농도, 그의 정부라는 애늙은이 같은 배우도 싫었다.

"그래서 그 여자가 침실로 들어갔어요." 클로디가 얘기하고 있었다. "그러곤 그가 침대에서 자고 있는 걸 봤죠. 발가벗은 채, 아주 작은 고추를…… 요만한 걸 달고 말예요." 클로디는 자기 새끼손가락을 가리키며 말을 이었다. "그래서 여자가 물었대요. 이걸 어디에 넣어요? 콧속에요?" 세 남자는 시끄럽게 웃어댔으나, 뤼시는 약간 무뚝뚝한 목소리로 말했다. "너무 이상한 얘기네요!" 뤼시는 이 명문가 태생의 여자와 어울리는 것을 만족스러워하면서도, 그녀가 계급이 낮은 사람들과 같이 있을 때 일부러 사용하는 천박한 말투는 싫어했다. 뤼시는 자신의 호화로움에 어울리는 고상함을 내비치려 비장한 노력을 다하며 앙리에게로 몸을 돌렸다.

"뤼에리는 남편 배역에 어울리겠죠?" 베르농의 셰리주가 담긴 잔을 빨대로 쪽쪽 빨고 있는 젊은 미남을 가리키면서 그녀가 속삭였다.

"무슨 남편 말씀이죠?"

"조제트의 남편요."

"그 인물은 출연하지 않는데요. 극이 시작되기 전에 죽으니까요."

"알아요. 그렇지만 영화로 만들기에 선생님 희곡은 너무 슬프잖아요. 브리외가 그러는데, 남편이 빠져나가서 항독 지하 단체로 도망갔다가 마지막에 그가 조제트를 용서하는 걸로 하면 좋겠대요."

앙리는 어깨를 으쓱했다. "브리외는 제 극본대로 영화화하든지, 아니면 아예 그만두든지 해야 할 겁니다."

"죽은 사람 하나 되살려달라 요구했다고 200만 프랑이나 되는 돈에 침을 뱉지는 않으실 거죠?"

"이분은 돈을 경멸하는 체하는 거야." 클로디가 말했다. "하지만 이렇게 물가가 비싸니 돈도 많이 필요하지 않나요? 독일 점령 시대에도 버터가 지금보다 비싸지는 않았어요."

"레지스탕스 앞에서 그렇게 얘기하는 거 아니야." 뤼시가 말했다.

이번에는 모두 함께 웃기 시작했다. 앙리도 그들과 함께 미소를 지었다. 만약 이런 얘기를 듣고 이런 그의 모습을 보았다면 다들 입을 모아 그를 비난했으리라. 랑베르도, 뱅상도, 라쇼도, 볼랑주도. 그리고 폴도, 안도, 뒤브뢰유도, 사마젤도, 뤼크도. 또 그에게 무엇인가를 기대하고 있는 모든 무명의 대중들까지도. 바로 그래서 그는 이런 사람들과 함께 여기 있었다. 여기 있지 말아야 하기 때문에 여기 있는 것이다. 그는 과오를 저질렀다. 근본적인, 무조건적인, 변명의 여지가 없는 잘못이었다. 무슨 휴식이란 말인가! 늘 자신이 옳은지 잘못했는지 묻는 것도 결국은 지긋지긋해졌다. 적어도 오늘 저녁에는 분명한 대답을 알고 있었다. 나는 잘못했어, 완전히 잘못했어. 그는 영원히 뒤브뢰유와 사이가 틀어지고 말았다. S.R.L.은 그를 제명해버렸고, 오랜 친구들 대부분은 그를 떠올리며 추문으로 몸서리를 쳤다. 《랑클림》에서 라쇼와 그 친구들이, 그리고 파리와 지방에선 많은 다른 사람들이 그를 배신자라 부르고 있었다. 스튜디오 46의 무대 뒤에서는 기관총이 탕탕 소리를 내고, 독일군들이 프랑스 마을을 불태우고, 분노와 공포가 마비된 마음속에서 되살아났다. 사방에서 증오가 불타올랐다. 그것이 그에 대한 보상이었다. 다름 아닌 증오. 그리고 그것을 극복할 어떤 방법도 없었다. 술을 마시는 것 외에는. 그는 스크리아신을 이해했다. 다시 잔을 채웠다.

"용감하세요, 그런 일을 하시다니." 뤼시가 말했다.

"뭘 말입니까?"

"그 끔찍한 일을 모두 고발하신 거요."

"아! 그런 식으로 친다면 프랑스엔 수천 명의 영웅이 있죠." 앙리는 말했다. "이제 소련을 비난했다는 이유로 총살당할 위험은 없으니까요."

뤼시는 약간 난처한 표정으로 앙리를 빤히 쳐다보았다. "그래요. 하지만 선생님은 오히려 좌파에서 지위를 굳히지 않았나요? 이 일로 분명히 평판이 위태롭게 될 텐데요."

"하지만 우파에서 얼마든지 지위를 얻을 수 있답니다!"

"우파니 좌파니 하는 건 이미 낡은 개념이에요." 뒤될이 말했다. "프랑스 국민에게 이해시켜야만 하는 것은 자본과 노동의 협력이야말로 나라의 재건에 필요하다는 점이죠. 선생님은 이 둘의 화해에 걸림돌이 되는 고정관념 하나를 없애버리는 유익한 일을 하신 겁니다."

"축하를 받기에는 너무 이르네요!" 앙리는 말했다.

이러한 사람들에게 칭찬을 받는다는 것이 최악의 고독이었다. 11시 30분은 가장 무서운 시간이었다. 극장은 텅 비고

세 시간 동안 그를 사로잡고 있었던 모든 양심의 가책이 한꺼번에 풀려 일제히 공격을 개시하는 시간. 정말이지 살육과 같았다!

"뒤브뢰유 영감은 화가 나서 거품을 뿜고 있겠죠." 클로디가 만족한 표정으로 말했다.

"그런데, 그 사람 부인은 대체 누구랑 자는 거예요?" 뤼시가 말했다. "그러니까, 이젠 남편은 거의 늙은이잖아요."

"모릅니다." 앙리는 말했다.

"그 여자가 우리 집에도 한 번 왕림을 하셨죠." 뤼시가 말했다. "아주 새침하고 까다로운 여자던데요! 사회주의사상가라는 걸 과시하기 위해 의자 사용료 받는 여자들처럼 너절하게 입은 여자들 정말 싫어요."

안이 새침하고 까다로운 여자로 도마에 올랐다. 세계를 두루 돌아다닌 뒤뒬은 포르투갈을 가리켜 낙원이라고 했다. 그리고 그들 모두가 부유함은 재능이며 따라서 자신들은 부를 누릴 자격이 있다고 생각하고 있었다. 그러나 앙리는 입을 다물었다. 그들과 함께 있기 위해 제 발로 왔기 때문이었다.

"……안녕." 조제트가 반짝이는 작은 핸드백을 테이블 위에 올려놓으며 말했다. 노출이 심한 녹색 드레스 차림이었다. 대체 왜 그렇게 옷을 입는지 앙리는 이해할 수 없었다. 남자들의 욕정으로 상처를 입으면서도 그녀는 놀라울 정도로 남자들의 시선에 자신을 노출시키는 것이었다. 이 부드러운 육체가 그녀의 이름과 함께 공개되는 것이 그는 싫었다. 조제트는 그의 옆, 테이블 끝에 앉았다. 그는 물었다. "괜찮았어? 야유받지는 않았고?"

"오! 당신에게야 대성공이지." 조제트가 말했다.

대체로 그녀에 대한 평은 그리 나쁘지 않았다. 흔히 있는 데뷔로, 이 정도의 용모에 인내심을 발휘하면 상당한 인기를 얻을 기회는 충분했다. 그러나 조제트는 실망하고 있었다. 문득 그녀의 얼굴이 환해졌다. "엄마, 보셨어요? 구석 테이블에 펠리시아 로페스가 와 있어요. 정말 예뻐요!"

"특히 달고 있는 보석이 아주 예쁘네." 뤼시가 대꾸했다.

"그녀가 예쁜걸요!"

"아가," 뤼시가 마지못해 미소를 지으며 말했다. "남자 앞에서 다른 여자가 예쁘다고 말하면 절대 안 돼. 네가 그 여자보다 예쁘지 않다고 생각할 수 있으니까. 그리고 어떤 여자도 비슷한 식으로 너를 예쁘다고 할 만큼 어리석진 않다는 사실을 명심하렴."

"조제트는 솔직해도 괜찮습니다." 앙리는 말했다. "아무것도 걱정할 필요가 없으니까요."

"선생님과 함께라면 그렇겠죠." 뤼시가 경멸조로 말했다. "그렇지만 이런 울상을 한 여자와 얼굴 마주하는 걸 재미없어하는 사람도 있으니까요. 저 애에게 술 좀 따라주세요. 예쁜 여자는 반드시 유쾌해야 돼요."

"마시기 싫어요." 조제트가 갈라지는 목소리로 말했다. "입술 가장자리에 부스럼이 생겼어요. 틀림없이 간이 나쁜 거예요. 비시 광천수를 마시겠어요."

"요즘 애들이란!" 뤼시는 어깨를 으쓱했다.

"술을 마셔서 좋은 점은," 앙리가 말했다. "결국은 취한다는 거지."

"취한 건 아니지?"조제트가 불안하게 물었다.

"설마! 샴페인으로 취한다는 건 불가능해."그가 술병으로 손을 뻗자 조제트가 그의 팔을 잡았다.

"다행이네. 당신한테 할 얘기가 있거든."조제트는 망설였다."그렇지만 먼저 화내지 않겠다고 약속해줘."

그는 웃었다."알지도 못하면서 약속할 수는 없어."

조제트는 초조하게 그를 바라보았다."그럼 이젠 날 사랑하지 않는 거구나."

"말해봐."

"나, 저번 저녁때《에브 모데른》이랑 인터뷰를 했어……."

"또 뭘 얘기했는데?"

"우리가 약혼했다고 했어. 당신에게 결혼을 강요하기 위해서는 아니야."조제트가 재빨리 덧붙였다."원할 때 언제든 파혼했다고 알리면 돼. 하지만 우리가 항상 같이 있는 걸 사람들이 보잖아. 그러다 보니 늘 약혼했냐는 질문을 받는다고. 이해하지?"그녀는 빨갛게 빛나는 핸드백에서 잡지의 한 페이지를 꺼내더니 만족스러운 표정으로 펼쳐놓았다.

"처음으로 우호적인 기사를 써줬어."

"보여줘."앙리는 말했다. 그러고서 중얼거렸다."아! 우스꽝스러운 꼴이군!"

사진 속에서 조제트가 노출이 심한 옷차림으로 앙리의 곁에 앉아 샴페인 잔을 앞에 놓은 채 웃고 있었다. 그도 함께 웃고 있었다. 그는 분한 마음으로 생각했다. '딱 지금 모습이군. 이젠 내가 매일 밤 샴페인을 들이켜고 미국에 몸을 판다고들 여기겠어. 금방 그렇게들 생각하겠지.' 그러나 그는 이런 수치스러운 야단법석이 전혀 즐겁지 않았다. 유행하는 장소에 들락거리는 건 그저 조제트를 기쁘게 해주기 위해서였다. 중요하지도 않았다. 그 순간들은 그의 진짜 삶 밖에 머물러 있었으니까. 그는 사진을 물끄러미 바라보았다. '사실이게 내 모습이고, 내가 여기 있는 것도 사실이야.'

"화난 거야?" 조제트가 물었다. "화내지 않겠다고 약속했잖아."

"전혀 화나지 않았어." 그러고서 앙리는 단호하게 생각했다. '모두 엿이나 먹으라지!' 그는 누구의 신세도 지지 않았는데 모든 잘못이 그에게 지워지고 있었다. 이게 진정한 자유라니! "이리 와서 같이 춤춰." 그가 말했다.

그들은 정장을 입은 남자들과 살을 드러낸 여자들로 가득 찬 무대로 몇 발짝 나아갔다. 조제트가 물었다. "내가 슬픈 표정을 하면 정말 걱정이 돼?"

"당신이 슬프면 걱정되지."

조제트는 어깨를 으쓱해 보였다. "하지만 당신 잘못이 아닌걸."

"어쨌든 걱정이 돼. 당신도 알다시피 슬픈 표정을 할 이유는 없잖아. 잡지에서도 아주 멋지게 써줬고. 장담하는데, 많은 계약이 들어올 거야……."

"그래, 바보 같은 짓이지. 왜냐하면 내가 바보니까. 난 최종 리허설 다음 날 모든 게 갑자기 바뀔 거라고 생각했어. 가령 엄마는 감히 지금 말하듯이 내게 말하지 못할 거고, 마음속으로 나 자신이 다르게 느껴질 줄 알았지."

"연기를 많이 하다 보면 재능을 확신하게 될 거야. 그러면 모든 것이 다르게 보일 테고."

"그렇지 않아. 내가 생각하는 건……" 조제트는 머뭇거렸다. "마법 같은 거야." 분명치 않은 생각을 말로 표현하려고 할 때 조제트의 모습은 감동적이었다. "누구와 사랑에 빠지면, 진짜 사랑에 빠지면, 그건 마법 같잖아. 모든 게 바뀌고 말이야. 난 최종 리허설 후에 그렇게 되리라 생각했어."

"언젠가 한 번도 사랑에 빠진 적 없다고 하지 않았어?"

조제트는 얼굴을 붉혔다. "오! 한 번 있었어. 딱 한 번. 아직 아주 어렸던 시절, 기숙사에서 나왔을 때였지. 이젠 기억조차 안 나."

앙리는 다정하게 말했다. "기억나는 것 같은데. 누구지?"

"어떤 젊은 남자였어. 그렇지만 떠나버렸지. 미국으로 갔어. 이젠 잊었어. 오래된 일이야."

"그럼 우리는?" 앙리는 물었다. "아주 약간은 마법 같지 않아?"

조제트는 비난이라 할 만한 감정을 담아 그를 쳐다보았다. "오! 당신은 자상하지. 친절한 얘기를 해주고. 하지만 죽느냐 사느냐 할 정도로 날 생각하는 건 아니잖아."

앙리는 약간 화가 나서 말했다. "그 젊은 남자도 마찬가지잖아. 떠나버렸으니까."

"아! 그 얘기는 그만둬." 조제트는 앙리가 들어본 적 없는 신경질적인 목소리로 말을 이었다. "그는 어쩔 수 없이 떠난 거야."

"하지만 사랑 때문에 죽은 건 아니잖아?"

"당신이 그걸 어떻게 장담해?" 조제트가 말했다.

"미안해, 내 사랑." 앙리는 조제트의 격렬한 태도에 놀라 물었다. "그 남자가 죽은 거야?"

"그래, 죽었어. 미국에서 죽었어. 만족해?"

"난 몰랐어. 화내지 마." 그는 조제트를 테이블 쪽으로 다시 데리고 오면서 중얼거렸다. 그러니까 조제트는 10년이라는 시간이 지나서도 이처럼 강렬한 사랑의 추억을 간직할 수 있는 여자였나? '조제트가 누군가를 나보다 더 사랑할 수 있을까?' 그는 불만스럽게 자문했다. '나를 사랑하지 않는다면 차라리 잘됐어. 그러면 난 아무 책임도 없고, 잘못도 없는 거니까.' 그는 연달아 몇 잔을 마셨다. 갑자기 주위에 있는 모든 것이 재잘대기 시작하는 것 같았다. 당황할 정도로 빠르게 전해지는 이 메시지들은 퍽 매혹적이었다. 앙리만이 유일하게 이해하는 메시지였지만, 불행히도 그는 듣는 즉시 그 내용을 잊어버렸다. 잔 곁에 아무렇게나 놓여 있는 이 나무 막대기가 무얼 의미하는지조차 벌써 기억할 수 없었다. 그리고 저 샹들리에, 저 커다란 샹들리에에 늘어뜨린 수정 장식은 무얼 나타내는 걸까? 뤼시의 머리 위에서 흔들리고 있는 새 장식은 비석이었다. 죽어서 박제로 만들어져 스스로 자기의 비석이 된 새. 꼭 루이처럼 말이야. 왜 루이는 새의 모습을 하지 않는 걸까? 사실 그들 모두는 변장한 짐승이었다. 때때로 그들의 머릿속에서 작은 전기 충격이 일어나고, 그러면 입에서 말이 튀어나오는 것이었다.

"봐!" 그는 조제트에게 말했다. "모두 사람으로 변신했어. 침팬지, 푸들, 타조, 바다표범, 기린이야. 그리고 말을 해. 말을 하지만, 아무도 다른 놈이 말하는 걸 이해 못 해. 우리도 마찬가지야. 우리 둘도 같은 종류가 아니야."

"무슨 소리를 하는 건지 난 모르겠어." 조제트가 말했다.

"괜찮아." 그는 너그럽게 대꾸했다. "아무 문제 없어." 그러고는 일어섰다. "이리 와서 같이 춤춰."

"도대체 무슨 일이야? 내 드레스를 밟고 있잖아. 너무 많이 마셨나 봐."

"절대 아냐." 그는 말했다. "정말 조금이라도 마실 생각 없어? 진짜 기분이 좋은데. 어떤 일이라도 할 수 있을 것 같아. 뒤뜰을 때릴 수도 있고, 당신 어머니에게 키스를 할 수도……."

"어머니에게 키스할 수도 있다니? 무슨 소리야? 이런 모습은 처음 봐."

"앞으로도 보게 될 거야." 앙리는 말했다. 많은 추억들이 머릿속에서 변덕스럽게 춤추고 있었다. 이어 랑베르의 말이 떠올랐다. "잘 봐." 그는 엄숙하게 말했다. "나는 악에 동화될 테니까!"

"도대체 무슨 얘길 하는 거야? 여기 와서 앉아."

"아냐, 춤춰."

그들은 춤을 추었다. 그러고는 다시 자리에 앉았고, 그러다가 다시 춤을 추었다. 조제트도 조금씩 즐거워하기 시작했다. "방금 들어온 키 큰 사람을 좀 봐. 장-클로드 실베르야." 그녀가 황홀한 목소리로 말했다. "이 클럽 정말 좋다. 다음에 또 오자."

"그래, 좋네." 앙리는 말했다.

그는 놀라서 주위를 돌아보았다. 내가 여기서 대체 뭘 하고 있는 거지? 갑자기 모든 것이 침묵했다. 잠이 쏟아지면서 위가 묵직한 느낌이 들었다. '이런 게 방탕이라는 거겠지.' 어쨌든 그는 도망칠 수 있었다. 하룻밤은 도망칠 수 있어, 약간의 행운과 충분한 위스키만 있으면. 이 분야에 정통한 스크리아신은 그렇게 말했었지. 샴페인으로도 역시 가능했다. 앙리는 자신이 잘못했던 일, 자신이 옳았던 일을 잊었다. 증오를 잊고, 모든 것을 잊었다.

"좋은데." 그가 되풀이했다. "게다가 우린 저 사람들처럼 즐기기 위해서 즐기는 게 아니잖아. 또 오자고, 내 사랑. 또 오도록 해."

제8장

사랑을 거부하면서 사랑을 느끼려 하다니, 정말 이상한 짓이야. 루이스의 편지를 읽자 마음이 너무 아팠다. 그는 이렇게 썼다. "날이 갈수록 난 계속해서 당신을 더욱더 사랑하게 될까요?" 그리고 또 한번은 이렇게 썼다. "당신이 내게 이상한 장난을 쳤어요. 하룻밤 같이 보낼 여자들을 더 이상 집으로 데려올 수가 없게 됐어요. 전에는 내 마음의 작은 부분을 줄 수 있었던 여자들에게 이제는 무엇도 줄 수가 없어요." 그 편지를 읽으면서 얼마나 그의 품으로 몸을 던지고 싶었던가! 그럴 수 없으니 난 이렇게 말해야 했다. "나를 잊어요." 그러나 그러고 싶지 않았다. 그가 나를 사랑해주길 원했다. 그에게 준 고통을 전부 원했다. 그리고 후회하면서 그의 슬픔을 감내했다. 나 역시 나대로 고통을 받고 있었던 것이다. 시간은 얼마나 천천히 흘러가고, 또 한편으로는 얼마나 빨리 흘러가는지! 루이스는 여전히 나에게서 멀리 떨어져 있는데 나는 하루하루 늙어가고만 있어. 우리의 사랑도 늙어가고, 살아보지도 못한 채 언젠가 죽겠지. 이런 생각을 하면 견딜 수가 없었다. 생마르탱을 떠나 환자들, 소음, 나 자신에 대해 생각하지 못하게 만드는 일거리들로 가득한 파리에 돌아온 것이 나는 기뻤다.

6월 이후로 폴을 만나지 못했다. 클로디가 폴에게 관심을 보이더니 부르고뉴에 있는 성에서 여름을 보내자고 초대했던 것이다. 놀라운 건 폴이 그 초대를 받아들였다는 사실이었다. 파리로 돌아와 폴에게 전화를 걸었을 때, 나는 쾌활하면서도 거리감이 느껴지는 공손한 목소리에 당황했다.

"널 만난다니, 물론 정말 반갑지. 내일 마르카디에 전시회 특별 초대일인데 올 수 있어?"

"좀 더 조용히 만났으면 좋겠어. 다른 때는 안 돼?"

"내가 너무 바빠서 그래. 잠깐만. 그럼 내일 점심 이후에 우리 집에 들를 수 있어?"

"그때 보는 게 좋겠네. 알았어."

문을 열어주었을 때, 나는 몇 년 만에 처음으로 외출복을 입은 폴의 모습을 보았다. 질긴 모직으로 된 최신식 회색 정장과 검은 블라우스 차림에, 머리는 높이 올리고 앞머리를 자른 모습이었다. 눈썹을 모조리 뽑아버린 얼굴에는 살이 올랐고, 붉은 반점이 생겨 있었다.

"어떻게 지냈어?" 폴이 다정하게 물었다. "휴가는 잘 보냈어?"

"아주 좋았어. 넌 어땠어? 즐거웠어?"

"정말 즐거웠어." 폴은 의미심장한 어조로 대답하더니 당황한 듯하면서도 도전적인 표정으로 내 얼굴을 유심히 살폈다. "나 변한 것 같아?"

"아주 건강해 보이는데."나는 말했다. "그리고 정장이 정말 예뻐."

"클로디가 선물로 줬어. 발맹 제품이야."

그 세련된 재봉술과 우아한 무도화는 전혀 흠잡을 구석이 없었다. 다만 내가 그 새로운 스타일에 익숙지 않았던 탓인지, 폴은 예전에 직접 만든 구식 옷을 입었을 때보다 더 이상해 보였다. 그녀는 앉아서 다리를 꼬더니 담배에 불을 붙였다. "알겠지만……"폴이 가벼운 미소를 지으며 말했다. "난 새로운 여자가 됐어."

나는 어떻게 대답해야 좋을지 몰라 바보같이 물었다.

"클로디의 영향이야?"

"클로디는 핑계일 뿐이지. 물론 아주 대단한 사람이긴 하지만."그러고는 잠깐 몽상에 잠기는 것 같았다. "사람들은 내가 생각했던 것보다 훨씬 재미있었어. 이쪽에서 거리를 두지만 않으면 다들 친절하기만 하더라고."이어 폴은 비난하는 듯한 표정으로 나를 살펴보았다. "너도 좀 더 외출을 해야 해."

"그럴지도 모르지."나는 무기력하게 말했다. "거긴 어떤 사람이 있었어?"

"아! 모든 사람들이 있었지."황홀한 목소리였다.

"너도 살롱을 열 생각이야?"

폴은 웃었다. "난 못 할 것 같아?"

"그 반대야."

폴의 눈썹이 꿈틀댔다. "그 반대라고?"잠시 침묵이 흐른 뒤, 그녀는 퉁명스러운 목소리로 말했다. "어쨌든 지금은 다른 중요한 게 있어.”

“뭔데?”

“글을 쓰고 있거든.”

“잘됐다!” 나는 감격을 담아 말했다.

“그동안은 나 자신을 전혀 작가로 생각하지 않았어.” 폴이 미소를 지으며 말을 이었다. “하지만 거기 있는 동안 다들 그러더라. 그토록 대단한 재능을 버리는 건 죄악이라고 말이야.”

“그래서 뭘 쓰고 있어?”

“원하는 대로 부를 수 있어. 단편소설일 수도, 아니면 시가 될 수도 있지. 분류될 수 없는 글이야.”

“앙리에게 보여줬어?”

“물론 안 보여줬어. 글을 쓴다는 얘긴 했지만 보여주진 않았어.” 폴은 어깨를 으쓱였다. “보여주면 틀림없이 당황할 거야. 앙리는 절대 새로운 형식을 만들려고 하질 않잖아. 게다가, 내 실험은 나 혼자서 해야 하니까.” 폴은 나를 바라보면서 엄숙하게 덧붙였다. “난 고독을 발견했어.”

“그럼 앙리를 놓아버린 거야?”

“아니, 하지만 이제 난 자유로운 인간으로 그를 사랑하고 있어.” 폴은 담배를 빈 난로에 던졌다. “앙리의 반응이 이상하더라.”

“네가 변했다는 걸 앙리도 알아?”

“물론이지. 어리석은 사람은 아니니까.”

“그렇구나.”

나는 바보가 된 기분으로 폴의 눈치를 살폈다.

"처음에는 이탈리아에서 돌아와서도 연락하지 않았어." 만족스러운 목소리였다. "앙리가 전화 걸기를 기다렸지. 그랬더니 곧 전화가 오더라." 폴은 잠깐 깊은 생각에 잠기는 듯했다. "난 이 멋진 정장을 입고 있었어. 아주 침착한 태도로 문을 열어줬지. 그러자 금세 앙리의 안색이 변하더라. 아주 놀란 것 같았어. 얼굴을 감추려고 내게서 등을 돌린 채 이마를 창에 기대더라고. 그러는 동안 난 침착하게 내 얘기, 우리 얘기를 했고. 그러자 앙리가 아주 이상한 표정으로 날 보는 거야. 난 그이가 날 시험하기로 마음먹었다는 걸 알았지."

"왜 널 시험한다는 거야?"

"한순간, 다시 같이 살자고 제안할 뻔했던 거야. 그러다 참았고. 앙리는 내가 변했는지 확인하고 싶어 해. 의심하는 것도 당연하지. 지난 2년 동안 내가 까다롭게 굴었으니까."

"그래서?"

"자기가 그 꼬맹이 조제트와 사랑에 빠졌다고 진지하게 알려주더라고." 폴은 거리낌 없이 웃기 시작했다. "도대체 이해가 돼?"

나는 망설였다. "둘이 그런 관계인 거 아니야?"

"물론 그렇지. 그렇지만 조제트를 사랑한다고 굳이 내게 말할 필요는 없잖아. 정말 조제트를 사랑하고 있다면 분명 내게 말 안 했을걸. 그는 날 시험하고 있었던 거야. 너도 이해하겠지. 하지만 난 이미 이겼어. 나 자신으로 충분하니까."

"그래." 나는 대답했다. 그러고서 용기를 다해, 그녀의 말을 믿는다는 의미로 활짝 미소를 지었다.

"제일 재미있는 건 말이야," 폴이 유쾌하게 말을 이었다.

"그러면서 앙리가 상상할 수 없을 정도로 추파를 던졌다는 점이야. 그는 내가 자기 짐이 되는 걸 원하지 않아. 하지만 만약 내가 자기를 사랑하지 않게 된다면 아마 날 죽일 수도 있을걸. 그래, 그때 그가 그레뱅 박물관에 얘기를 했어."

"무슨 얘긴데?"

"갑자기 나온 얘기야. 별 중요하지 않은 아카데미 회원인 것 같은데, 모리아크인지, 뒤아멜인지 하는 그 사람 동상이 그레뱅 박물관에 세워지게 된다는 것 같더라. 앙리가 그런 걸 얼마나 대수롭지 않게 여기는지 알잖아. 사실 앙리는 나와 사랑에 빠졌던 특별한 그날 오후를 암시했던 거였어. 내가 기억해주길 바랐던 거야."

"복잡하네." 나는 말했다.

"절대 아냐." 폴이 말했다. "단순해. 일단 해야 할 일은 아주 간단해. 나흘 후면 앙리의 최종 리허설이잖아. 그때 조제트에게 얘기할 거야."

"그 여자한테 무슨 얘기를 한다는 거야?" 나는 불안한 마음으로 물었다.

"그냥 이런저런 얘기. 조제트를 사로잡고 싶어." 폴은 가볍게 웃더니 자리에서 일어섰다. "정말 마르카디에 전시회에는 가기 싫어?"

"그럴 시간이 없어."

폴은 머리에 검은 베레모를 얹고 장갑을 꼈다.

"솔직하게 말해봐. 나 어때 보여?"

대답은 내 마음속이 아니라 폴의 얼굴에서 나왔다. 나는 자신 있게 대답했다. "완벽해."

"목요일 최종 리허설 때 만나." 폴이 말했다. "만찬에도 참석할 거지?"

"물론이지."

나는 폴과 함께 계단을 내려왔다. 폴은 걸음걸이마저 달라져 있었다. 확고하게 똑바로 걸었지만, 그것은 몽유병자의 침착한 걸음이었다.

최종 리허설 사흘 전, 나는 로베르와 함께 그 연극〈생존자들〉의 연습을 보러 갔다. 우리 둘은 감명을 받았다. 나는 앙리의 작품이면 다 좋아하고 개인적인 감동을 느껴왔지만, 지금껏 그가 쓴 것 중 이만큼 좋은 작품은 없다고 인정하게 되었다. 이것은 그에게 있어 새로운 작품이었다. 격정적인 대사와 익살스럽고도 음울한 서정미가 그랬다. 게다가 이번 작품은 줄거리와 주제 사이에 어떤 간격도 없었다. 줄거리를 잘 따라가기만 하면 저절로 극의 의미가 이해되었다. 그 의미가 기이하면서도 설득력 있는 줄거리와 밀착되어 극은 풍요한 현실성을 띠게 되는 것이었다. "그야말로 진정한 연극이야." 로베르는 말했다. 관객들이 모두 우리와 같은 반응을 보여주었으면 싶었다. 익살극과 비극을 함께 시도하는 이 연극에는 다만 관객들을 놀라게 할지 모를 날고기의 맛과 같은 것이 도사리고 있었다. 최종 리허설 날 저녁 막이 올라갔을 때 나는 너무나 초조했다. 어린 조제트는 분명 연기력이 부족했지만, 사람들이 소란을 피우기 시작했을 때도 잘 버텨주었다. 1막이 끝나자 엄청난 박수갈채가 일었고, 마지막에 가서는 더 큰 박수갈채가 있었다. 진정한 성공이었다. 결국 그리 불운하지 않은 작가의 생애에는 진정한 기쁨의 순간이 찾아오는 법이다. 이처럼 단번에 자신의 계획이 성공했음을 깨달은 순간 틀림없이 앙리는 아주 감격했으리라.

식당으로 들어가면서, 나는 앙리에 대한 감격으로 매우 흥분한 상태였다. 진정 어린 순박함이란 얼마나 귀한 것인가! 하지만 앙리의 주위에서는 전부 거짓된 소리만 내고 있었다. 미소들, 목소리들, 말들까지 전부. 그런데도 앙리는 여느 때와 거의 다르지 않았다. 약간 당황스러우면서도 행복한 표정이었다. 나는 그에게 다정한 말을 많이 해주고 싶었지만, 기다린 것이 실수였다. 5분쯤 지나자 목이 막혀버렸으니까. 운이 나빴다고 해야겠지. 뤼시 벨롬이 볼랑주에게 두 명의 젊은 유대인 여배우를 가리키며 이야기하는 소리를 우연히 듣게 되었다. "독일 사람들이 갖고 있던 건 화장터가 아니었어요. 그건 인공 부화기였죠." 그 농담의 뜻은 알고 있었지만, 내 귀로 직접 들은 것은 처음이었다. 뤼시 벨롬에게, 그리고 나 자신에게 동시에 혐오를 느꼈다. 나는 앙리를 원망했다. 극 속에서 앙리는 망각에 대해 아주 멋진 얘기를 하고 있었지만, 오히려 그 자신은 잊고 말았던 것이다. 뱅상의 얘기에 따르면 뤼시 벨롬은 그럴 만한 이유가 있어서 머리를 깎이지 않았던가. 게다가 볼랑주는 여기서 뭘 하고 있는 거지? 앙리를 축하하고 싶은 마음이 사라졌다. 그도 내가 불편해하는 것을 느끼는 것 같았다. 폴 때문에 잠깐 자리를 지켰지만 너무나 불편해서 술을 지나치게 마셨다. 그래도 아무 소용이 없었다. 언젠가 랑베르가 나딘에게 했던 이야기를 떠올려보았다. '그래, 무슨 권리로 고집스럽게 기억하려

는 걸까?' 나는 자문했다. '다른 사람에 비해서 더 일을 한 것
도 아니고, 더 고통을 받은 것도 아니잖아. 만약 다른 사람들
이 잊었다면, 아니 잊어야만 한다면, 나도 잊으면 될 일 아닌
가.' 그러나 스스로를 꾸짖어도 소용없었다. 누군가를 욕하
거나 울고 싶었다. 화해하자느니, 용서하자느니! 얼마나 위
선적인 말들인지! 사람은 잊어. 그뿐이야. 죽은 사람들을 잊
는 것으로도 충분치 않아서 지금 우리는 살인을 잊고, 살인
자들을 잊고 있는 거야. 그래, 내겐 아무 권리도 없어. 내 눈
에서 눈물이 솟아난다 해도 그건 내 문제일 뿐이야.

그날 저녁 폴은 오랫동안 조제트와 이야기를 나누었다.
그녀가 조제트에게 무슨 얘기를 했는지는 알 수 없다. 그 후
몇 주 동안 폴은 나를 피하는 것 같았다. 그녀는 외출하거나
글을 쓰느라 바쁘다며 거드름을 피우고 있었다. 더는 폴이
걱정되지 않았다. 게다가 나도 너무 많은 일로 아주 바빴다.
어느 날 오후 집에 돌아가자, 로베르의 얼굴이 분노로 창백
해져 있었다. 그가 자신을 잊을 만큼 화를 내는 모습은 내 인
생에서 처음 보았다. 앙리와의 관계가 막 틀어진 참이었다.
그는 짧게 끊기는 몇 문장으로 그 싸움에 대해 이야기한 다
음 날카로운 목소리로 내게 말했다.

"앙리를 용서할 생각 마. 용서할 수 없으니까."

나도 곧바로 그럴 생각은 없었기에 아무 말도 하지 않았
다. 15년 우정이 한 시간 사이에 사라져버리다니! 이제 앙리
가 이 안락의자에 앉는 일은 없겠지. 그의 쾌활한 목소리도
더 이상 듣지 못할 거고. 로베르는 정말 고독해질 거야! 그리
고 앙리는, 그의 인생에는 얼마나 큰 공허함이 생기게 될까!

216

아니야, 이 결별이 결정적인 것일 수는 없어. 나는 할 말을 찾아보았다.

"이건 터무니없어요." 나는 말했다. "두 사람 모두 흥분했 잖아요. 당신이 앙리를 정치적으로 비난한다 해도, 우정만 큼은 그대로 유지할 수 있어요. 앙리에게 악의가 없다는 건 확실해요. 사태를 분명히 내다본다는 게 그리 쉬운 일은 아 니잖아요. 만약 내가 책임지고 결정해야 할 일들이 있다면, 나 또한 앙리처럼 곤란할 거라고 분명히 말할 수 있어요."

"내가 그를 발로 걷어차 내쫓았다고 생각하는 것 같군." 로베르가 말했다. "난 원만하게 일을 해결할 생각뿐이었어. 그런데 문을 쾅 닫고 떠나버린 건 바로 앙리라고."

"앙리에게 양보와 결렬 중 결정하라고 몰아붙이지 않은 게 확실해요?" 나는 물었다. "《레스푸아》가 S.R.L.의 기관지 가 돼야 한다고 했을 때, 앙리는 거절하면 당신과의 우정을 잃게 되는지 모른다고 생각했겠죠. 그랬다가 이번만큼은 양 보하고 싶지 않았던 거고, 그러니 바로 절교를 하는 편이 낫 다고 생각한 게 틀림없어요."

"당신은 그 자리에 없었잖아." 로베르가 말했다. "앙리는 처음부터 분명히 악의가 있었어. 물론 타협이 쉽다는 게 아 냐. 그래도 소동은 피하려는 노력쯤은 할 수 있었잖아. 하지 만 그러는 대신 내 제안을 모두 거부하더군. 위원회와 논의 하는 것마저 거절했어. 내가 몰래 공산당에 입당했다는 말 까지 넌지시 꺼냈다고. 솔직히 말해볼까? 앙리는 원래부터 이 일이 결렬되기를 원했을 거야."

"무슨 생각이에요!"

앙리가 로베르에게 가볍지 않은 원한을 품고 있었다는 것은 분명했다. 그러나 그건 아주 오랜 일이다. 왜 지금 와서 절교하려는 걸까?

로베르는 근엄한 표정으로 먼 곳을 바라보았다. "난 앙리에게 귀찮은 존재야. 당신도 알겠지만."

"아뇨, 난 몰라요."

"요새 앙리에 대해 이상한 말이 돌던데." 로베르가 말했다. "앙리가 어떤 종류의 사람들이랑 어울리는지 당신도 봤지? 우리는 앙리에게 양심의 가책 같은 존재야. 그러니 얼른 우리에게서 벗어나려는 거라고."

"그건 부당한 얘기예요!" 나는 말했다. "나도 요전 날 저녁에는 불쾌했어요. 그렇지만 바로 당신이 내게 지적해줬잖아요. 지금 연극을 상연하려면 반드시 어떤 타협을 거쳐야만 한다고요. 게다가 앙리가 그렇게 심한 것도 아니고요. 그런 사람들하고도 거의 어울리지 않죠. 조제트와 자는 사이긴 하지만, 그 여자가 앙리에게 영향을 끼치지 않으니 안심할 수 있잖아요."

"그날 저녁 만찬이 그 자체로 심각한 건 아니었지. 나도 인정해." 로베르가 말했다. "하지만 그게 하나의 징조란 말야. 앙리는 자기 자신을 더 사랑하는 사람이야. 그리고 아무에게도 신경 쓸 것 없이 안심하고 자신을 더 사랑할 수 있기를 원하지."

"앙리가 자기 자신을 더 사랑한다고요?" 나는 말했다. "앙리는 지겨운 일을 하면서 자기 시간을 보내고 있어요. 당신도 앙리가 너무 헌신적이라고 자주 말했잖아요."

"일이 자기 마음에 들 땐 그렇지. 하지만 사실 앙리는 정치를 지겨워해. 그리고 진정으로 자신만 걱정하고 있지." 로베르는 초조한 손짓으로 내 말을 가로막았다. "내가 앙리에 대해 가장 비난하는 점도 바로 그거야. 이번 사건에서도, 다른 사람들이 자신에 대해 어떻게 말할까 하는 것에만 신경 쓰고 있거든."

"앙리가 수용소의 존재에 대해서까지 무관심하다고는 말할 수 없겠죠."

"그건 나도 마찬가지야. 수용소의 존재에 무관심하지 않다고. 하지만 이 일은 그런 문제가 아니야." 로베르는 어깨를 으쓱였다. "앙리는 공산주의자들에게 협박당한다는 비난을 듣고 싶지 않은 거야. 사실 반공 진영에 들어가는 게 나아. 상황이 이런 만큼 나하고 결별하는 게 편하겠지. 구속 없이 관대한 마음을 가진 지식인이라는 번듯한 인물로 자신을 만들어낼 수 있을 테니까. 우파는 모두 갈채를 보낼 거고."

"우파의 마음에 드는 건 그의 관심사가 아니에요."

"자기 자신의 마음에 들기를 원하는 거지. 그러니 필연적으로 우파로 이끌려 갈 수밖에 없어. 왜냐하면 좌파에는 겉만 번드르르한 인간을 좋아하는 사람이 많지 않으니까" 로베르가 전화기 쪽으로 손을 내밀었다. "내일 아침 위원회를 소집해야겠어."

밤새도록 로베르는 심술궂은 표정으로 심사숙고하며 위원회에 제출할 서한을 작성했다. 아침에 《레스푸아》를 펼쳤을 때, 내 마음은 슬픔으로 가득 찼다. 두 통의 공개서한에서 로베르와 앙리가 서로 모욕적인 비난을 주고받고 있었다. 나딘 역시 아연실색했다. 그 애는 앙리에게 깊은 우정을 간직하고 있었고, 그게 아니더라도 누군가가 자기 아버지를 공식적으로 공격하는 것은 참지 못할 일이었으니까.

"랑베르가 앙리를 선동한 거예요." 나딘이 화를 내며 말했다.

앙리의 머릿속에 무슨 생각이 있었던 건지, 나는 정말 알고 싶었다. 로베르의 해석에는 지나친 악의가 있었다. 앙리가 신뢰를 가지고 얘기하지 않아서 그는 정말 분노한 것이다. '그래도 어쨌든……' 나는 생각했다. '앙리에겐 로베르를 경계할 만한 이유가 있었어.' 로베르야 시간이 흘렀으니 앙리도 신문 건에 대해 용서해야 한다고 말할지 모르지. 그렇게 되면 좋겠지만, 과거란 그렇게 마음대로 쉬 잊히지 않는 법이야. 그리고 나 역시 경험으로 알잖아. 타인을 평가하는 습성이 없는 상대를 사람들은 곧잘 부당하게 대한다는 것을. 나 자신만 하더라도 별것도 아닌 일에 로베르가 좀 늙었다는 이유로 그를 못 미더워한 적이 있었어. 그가 수용소 문제를 덮어두리라 결심한 것도, 확고한 이유가 있기 때문이라는 것을 지금은 이해하지만 처음에는 그가 약하기 때문이라고 생각했었지. 그래서 나는 앙리도 이해해. 그 역시 맹목적으로 로베르를 존경했고, 로베르의 독단적인 성격을 알면서도 늘 그를 따랐으니까. 비록 그 때문에 모든 일을 마지못해 해야만 했어도 그랬지. 트라리외 사건이 그 실례를 보여주잖아. 로베르가 한 번 실망시키니까, 앙리는 그가 어떤 일이라도 할 수 있는 인간으로 변했다고 믿게 된 거겠지.

결국 이 문제에 대해 왈가왈부해봤자 소용없었다. 누구

도 과거로 되돌아갈 수는 없으니까. 당장 주어진 문제는 S.R.L.이 어떻게 될 것인가였다. 분열되고, 조직이 파괴되고, 신문을 잃은 상태로, S.R.L.은 급속한 해체 선고를 받은 셈이었다. 라포리는 르누아르를 통해 S.R.L.과 유사 공산주의 집단의 합병을 은근히 권했다. 로베르는 선거까지는 어떤 결정도 하고 싶지 않다고 대답했다. 그러나 나는 그가 동조하지 않으리라는 것을 알고 있었다. 사실 소련에서 수용소가 발견된 사실에 대해 그가 무관심할 리는 없었다. 그리고 로베르는 공산주의자들에게 조금이라도 접근할 마음이 없었다. S.R.L.의 회원이 공산당에 자유롭게 입당할 수는 있도록 했지만, 그래도 그는 운동 자체가 그대로 존속하리라 생각했다.

르누아르가 제일 먼저 공산당에 입당했다. 그는 S.R.L.의 와해 덕에 자신이 눈을 뜨게 됐다며 기뻐하고 있었다. 다른 많은 사람들이 그의 뒤를 따랐다. 11월 공산당의 성공 이후 눈을 뜬 사람들이 그렇게 많다니 놀라울 뿐이었다. 키 작은 마리-앙주가 《랑클룀》의 기사를 위해 로베르에게 인터뷰를 요청하러 왔다.

"도대체 언제부터 공산주의자가 됐어요?" 나는 물었다.

"어느 한 편을 지지해야만 한다는 걸 깨달은 날부터요." 마리-앙주는 지친 듯한 우월감을 드러내며, 경멸하듯이 나를 아래위로 훑어보았다.

로베르는 인터뷰를 거절했다. 주위 사람들이 이렇게 공산당으로 전향하는 것에 짜증이 난 것이다. 그는 앙리를 원망하면서도 라숌의 기사를 읽고는 불쾌해했다. 르누아르가 다시 S.R.L.의 합병을 시도하려고 왔을 때, 로베르는 초조하게 그의 얘기를 듣고 있었다. "이번 선거의 성공으로, 공산주의자들은 저 야비한 캠페인에 대해 가장 멋지게 답변했음을 증명한 셈입니다." 르누아르가 흥분한 목소리로 말했다. "앙리와 그 패거리는 단 한 표도 움직이지 못했어요." 그는 다정한 표정으로 로베르를 바라보았다. "이젠 S.R.L.은 마치 한 사람이 행동하듯 선생님의 뒤를 따를 겁니다. 요전에 우리가 생각했던 통합을 선생님이 제의한다면 말이지요."

"S.R.L.은 죽었네." 로베르가 말했다. "그리고 난 다시는 정치를 안 할 거야."

"그럴 리가요?" 르누아르는 미소를 지었다. "S.R.L.의 회원들은 아직 살아 있습니다. 그들을 규합하는 데는 선생님의 한마디 지령으로 충분할 거고요."

"그런 지령을 내릴 의향이 없어." 로베르가 말했다. "수용소 문제가 드러나기 전에도 난 공산주의자들에게 동의하지 않았네. 이제 와서 새삼스레 그들의 품에 몸을 던지지는 않을 걸세."

"수용소 문제라. 하지만 선생님은 그 속임수에 가담하기를 거부하셨잖아요?" 르누아르가 물었다.

"수용소 문제를 발표하는 것을 거부했지. 수용소의 존재를 안 믿는다는 건 아냐." 로베르가 말했다. "우선, 어떤 일이든 최악의 경우를 생각해야 해. 그게 진정한 현실주의란 말일세."

르누아르는 눈살을 찌푸렸다. "최악의 경우를 생각하고, 또 그걸 극복해야만 하죠. 저도 동감입니다." 그는 말했다.

"원하시는 대로 공산주의자들을 비난해보시죠. 그래도 결국은 공산주의자들과 행동을 같이하셔야 할 겁니다."

"아니." 로베르가 되풀이해서 말했다. "정치와의 인연은 끝났어. 나는 나만의 동굴로 돌아가겠네."

S.R.L.이 이제 존재하지 않는다는 것, 그리고 로베르에게 어떤 새로운 계획도 없다는 것을 난 이미 알고 있었다. 그러나 그가 결국 자기 동굴로 돌아간다고 선언하는 것을 들었을 땐 어쨌든 약간 충격을 받았다. 르누아르가 돌아가자마자, 나는 물었다.

"정말 정치에서 손을 떼는 거예요?"

로베르는 미소를 지었다. "그보다는 정치가 내게서 손을 뗀 듯한 느낌인데. 내가 뭘 할 수 있겠어?"

"원한다면 틀림없이 정치를 계속할 수 있을 거예요."

"아냐." 로베르가 말했다. "내가 분명히 깨닫기 시작한 사실이 하나 있어. 이제 소수파에는 기회가 없다는 거야." 그는 어깨를 으쓱했다. "공산주의자들과 함께 일하고 싶지 않고, 반대하고 싶지도 않아. 그러니 어쩌겠어?"

"그렇다면 문학에 전념해요." 나는 쾌활하게 말했다.

"그래." 자신 없는 목소리였다.

"《비질랑스》에는 언제든 글을 쓸 수 있잖아요."

"그럴 기회가 있으면 써봐야지. 하지만 결국 글쓰기로는 그리 큰 영향을 미칠 수 없어. 르누아르의 말은 사실이야. 앙리의 기사는 선거에 아무런 영향도 주지 않았으니까."

"르누아르는 앙리가 그 때문에 실망하고 있다고 생각하는 것 같더라고요." 나는 말했다. "하지만 그건 오판이에요.

당신도 얘기했듯이, 앙리는 그걸 바라지 않았잖아요."

"앙리가 뭘 바랐는지 난 몰라." 로베르가 다소 오만한 말투로 대꾸했다. "앙리 자신도 뭘 바랐는지 모를 거야."

"어쨌든……" 나는 급히 대꾸했다. "《레스푸아》가 반공주의 편에 서지 않았다는 건 인정하죠?"

"지금까지는 아니지." 로베르가 말했다. "하지만 앞으로 두고 봐야 해."

로베르와 앙리가 용두사미로 끝날 일 때문에 절교하게 되었다는 것을 생각하니 신경질이 났다. 두 사람이 화해한다는 것은 당치도 않은 일이었지만, 로베르는 분명히 심한 고독을 느끼고 있었다. 즐거운 겨울은 아니었다. 루이스의 편지도, 유쾌할지언정 나를 위로해주지는 못했다. 시카고에는 눈이 내렸고, 사람들은 호수에서 스케이트를 타고 있다고. 하지만 루이스는 방에서 나오지 않은 채 며칠을 보냈다고. 그는 자기 이야기를 했다. 5월에 우리는 배를 타고 미시시피 강을 따라 내려갈 것이며, 물소리를 자장가 삼아 선실에서 함께 잠을 잘 것이라고 했다. 그는 정말로 그렇게 믿고 있는 것 같았다. 물론 시카고에서 미시시피까지는 그렇게 멀지 않을 것이다. 그러나 나는 잠을 깰 때마다 되풀이되는 이 추운 회색빛 나날이 영원히 계속되리라는 것을 알 수 있었다. '우리는 절대 다시 만날 수 없을 거야.' 나는 생각했다. '봄은 돌아오지 않을 거야.'

내가 전화를 통해 폴의 목소리를 들은 것은 이처럼 희망 없이 지내던 어느 날 저녁때였다. 폴은 다급한 어조로 말했다.

"안! 너 맞지? 당장 이리로 좀 와줘. 너와 얘기하고 싶어.

급한 일이야."

"미안해." 나는 말했다. "손님들과 저녁 식사를 하는 중이야. 내일 아침에 들를게."

"몰라서 그래. 끔찍한 일이 일어났어. 날 도울 수 있는 사람은 너뿐이야."

"네가 이리로 올 수는 없어?"

잠시 침묵이 흘렀다. "저녁 먹으러 온 사람이 누군데?"

"펠티에 부부와 캉주 부부야."

"앙리는 없고?"

"없어."

"확실해?"

"물론이지. 없다니까."

"그럼 그리로 갈게. 하지만 손님들한테는 내가 간다고 말하지 마."

30분 후에 폴이 초인종을 눌렀다. 나는 그녀를 내 방으로 데리고 갔다. 폴은 어두운색 스카프로 머리카락을 감싸고 있었다. 급하게 바른 분도 부풀어 오른 코를 감추지 못했다. 그녀의 숨결에서 박하와 싸구려 포도주의 진한 냄새가 풍겼다. 폴은 너무나 아름다웠기 때문에 나로선 정말이지 그녀가 아름답지 않은 모습으로 변할 수 있으리라 상상해본 적이 단 한 번도 없었다. 폴의 얼굴에는 절대 변하지 않고 지속될 무엇인가가 있었으니까. 그런데 갑자기 그녀의 얼굴 역시 다른 여자들의 얼굴이나 매한가지로 수분을 80퍼센트 이상이나 품은 물렁물렁한 살로 되어 있다는 사실이 눈앞에 드러났다. 폴은 스카프를 벗어버리고 장의자에 주저앉았다.

"조금 전에 받은 편지 좀 봐줘."

앙리에게서 온 편지였다. 자그마한 흰 종이에 반듯한 글씨로 몇 줄 적혀 있었다. "폴! 우리는 서로 상처만 주고 있어. 서로 다시는 만나지 않는 게 나아. 이젠 날 잊도록 노력해줘. 언젠가는 우리가 친구가 될 수 있길 바라. 앙리."

"이해가 돼?"폴이 물었다.

"감히 이 얘기를 직접 할 수가 없었던 거구나." 나는 말했다. "편지를 보내는 게 낫다고 생각한 거야."

"도대체 이게 무슨 뜻이야?"

"의미는 분명한 것 같은데."

"그걸 이해하다니 운도 좋구나."

폴은 뭔가 묻는 듯한 표정으로 나를 바라보고 있었다. 결국 나는 작은 목소리로 말했다.

"이별의 편지잖아."

"이별의 편지라고? 이런 식으로 쓴 이별의 편지를 본 적 있어?"

"조금도 특별하지 않은 이별의 편지야."

폴은 어깨를 으쓱였다. "설마! 무엇보다 우리 사이에 헤어져야 할 이유가 뭐야? 그는 나를 우정으로 받아들였고, 난 다른 것은 조금도 바라지 않는데."

"그를 사랑한다고 얘기했던 거 아니야?"

"난 이 세상을 초월할 만큼 그를 사랑해. 그렇지만 그게 우리 우정에 무슨 방해가 되겠어? 게다가 그가 그런 사랑을 요구하기도 했고."폴은 갑자기 나딘의 목소리를 연상케 하는 거친 목소리로 말을 이었다. "정말 불쾌하기 짝이 없는 위선적인 편지라니까. 자, 다시 읽어봐. '이젠 날 잊도록 노력해줘'라니. 왜 그냥 '이젠 나를 잊어줘'라고 말하지 못하는 거지? 그의 속이 훤히 보이잖아. 내가 잊으려 하면서 고통 받기를 원할 뿐, 정말로 자기를 잊게 되는 건 원치 않는 거야. 게다가 나를 예사로 부르듯이 '친애하는 폴'이라고 하지 않고 그저 '폴'이라고 썼잖아." 자기 이름을 말할 때 폴의 목소리는 약해졌다.

"'친애하는'이라고 쓰면 위선적으로 보일까 봐 두려웠던 모양이지."

"절대 아니야. 사랑할 때, 가장 열렬한 순간에는 그저 이름만 부른다는 거 너도 알잖아. 그는 침실에서의 목소리를 나에게 들려주고 싶었던 거야. 이해하겠지?"

"하지만 왜?" 나는 물었다.

"바로 그 이유를 물어보고 싶어서 왔어." 폴은 비난 어린 표정으로 나를 바라보더니 눈을 돌렸다. "'우리는 서로 상처만 주고 있어'라니, 너무해! 내가 자기에게 고통을 준다고 주장하다니!"

"널 고통스럽게 해서 자신 역시 고통스럽다는 뜻인 것 같은데."

"그러면 내가 이 편지로 유쾌해질 거라고 생각한 건가? 설마! 설마! 앙리가 그 정도로 어리석지는 않아."

잠시 침묵이 흘렀다. 나는 물었다. "그렇다면 네 생각은 어떤데?"

"확실히는 몰라." 폴이 말했다. "사실 전혀 모르겠어. 그 사람이 이처럼 변태적으로 잔인할 수 있는 사람인지 몰랐어." 그러곤 지친 듯 두 손으로 양볼을 쓰다듬었다. "내가 거의 이긴 것 같았어. 앙리도 나를 다시 믿게 되었고, 다정하게 변했거든. 금방이라도 '시련은 끝났어' 하고 말할 것처럼. 몇 번이나 느꼈어. 그런데 요전에는 내가 분명히 실수를 했던 것 같아."

"무슨 일이 있었는데?"

"신문에 앙리와 조제트의 결혼 기사가 실렸거든. 당연히 난 한순간도 믿지 않았지. 내가 그 사람의 아낸데 어떻게 조제트와 결혼을 할 수 있겠어? 난 그것도 시련의 일부라고 곧바로 이해하게 되었어. 앙리도 내게 그 기사는 거짓이라고 털어놓았고."

"그래?"

"그렇다니까! 너도 날 의심하는거야?"

"난 '그래'라고 했어. 그건 의심하는 게 아냐."

"'그래?'라고 물었잖아. 아무튼 그건 됐어. 앙리가 왔었어. 난 이런 연극은 끝낼 수도 있지 않냐며 설득하려고 했어. 이제부터 그 사람에게 어떤 일이 일어나도 난 아무렇지도 않을 수 있다고, 나 자신을 완전히 포기한 채 그 사람을 사랑한다고 말하려고 했지. 내가 서툴렀는지 아니면 앙리가 제정신이 아니었는지 모르겠어. 내가 하는 말마다 앙리는 완전히 다르게 이해하는 거야. 정말 끔찍했어⋯⋯."

오랜 침묵이 흘렀다. 나는 조심스럽게 물었다. "하지만 앙리가 너에게 정확히 뭘 요구하고 있다고 생각하는데?"

폴은 의심 어린 기색으로 내 얼굴을 뚫어지게 보았다.

"도대체⋯⋯" 폴이 말했다. "어떤 속셈으로 그런 걸 묻는 거야?"

"아무 속셈도 없어."

"넌 어리석은 질문을 하고 있어."

다시 침묵이 흐른 뒤, 폴이 말을 이었다. "앙리가 뭘 원하는지 너도 완벽하게 알잖아. 그 사람이 내게 원하는 건 아무런 요구도 없이 모든 걸 바치는 거야. 그거야 간단하지. 궁금한 건, 이 편지를 쓰게 된 이유가 내가 아직 자기의 애정을 요구하고 있다고 여겨서인지, 아니면 내가 자기의 애정을 거부할까 봐 겁이 나서인지야. 첫 번째라면 연극은 계속될 거고, 두 번째라면……"

"두 번째라면?"

"복수지." 폴이 침울하게 대답했다. 그녀의 시선이 다시 내게 붙박였다. 주저와 불신이 담긴, 그러나 오만한 시선이었다. "네가 날 도와줘야 해."

"어떻게?"

"앙리와 얘기해서 설득해줘."

"하지만 폴, 너도 알겠지만 로베르와 나는 최근 앙리와 사이가 틀어졌어."

"알아." 폴이 막연하게 말했다. "하지만 어쨌든 넌 앙리를 만나잖아."

"당연히 안 만나지."

폴은 머뭇거렸다. "그렇다 쳐. 하여튼 만날 수는 있잖아. 앙리가 널 계단 아래로 내던지지는 않을 거잖아."

"네가 보냈다고 생각할걸. 그러니 내가 얘기해도 별 차이가 없을 거야."

"넌 내 친구지?"

"물론이지."

폴은 나에게 패배자의 시선을 던졌다. 갑자기 그녀의 얼굴에서 긴장이 풀리는가 싶더니 울음이 터져 나왔다. "모든 게 의심스러워."

"폴, 난 네 친구야." 나는 말했다.

"그럼 그에게 가서 말 좀 해줘." 폴이 말했다. "난 이제 한계라고, 지긋지긋하다고 말해줘. 나도 잘못했을 수 있어. 그렇지만 그 사람은 너무나 오랫동안 내게 고통을 줬어. 그만하라고 말해줘!"

"내가 가서 그렇게 말한다고 쳐." 나는 말했다. "앙리가 하는 얘길 그대로 전해주면, 넌 그 말을 믿을 거야?"

폴은 일어서서 눈물을 닦고 다시 스카프를 썼다.

"네가 진실을 말해주면 믿을게." 문 쪽으로 걸어가면서 폴은 대답했다.

앙리에게 말해보아도 소용없을 터였다. 폴의 경우도, 이제 아무리 상냥하게 대화를 건넨들 쓸데없는 짓이리라. 폴은 내 장의자에 누워서 진찰을 받아야 할 상태였다. 하지만 다행히도 정신분석의는 친한 사람을 치료하지 못하게 되어 있었다. 만약 폴을 치료한다면, 나는 신뢰를 악용하는 기분을 느끼게 될 것이다. 폴이 전화를 받지 않고 내가 보낸 두 통의 편지에 "미안해. 혼자 있고 싶어. 필요할 때 연락할게"라고 간략하게 답장을 전해 오자, 비겁하지만 난 마음이 가벼워졌다.

겨울은 천천히 지나갔다. 랑베르와 헤어진 뒤로 나딘은

아주 불안정했고, 그래서 뱅상 외에는 누구와도 만나지 않았다. 현지 보도 일도 더 이상 하지 않은 채《비질랑스》에 전념하는 것으로 만족했다. 로베르는 많은 책을 읽었다. 그는 종종 나를 영화관에 데려가기도 했고, 음악을 들으며 시간을 보내기도 했다. 그리고 열심히 음반을 사기 시작했다. 그가 이렇게 새로운 취미에 전념하는 것은 일이 뜻대로 되어가고 있지 않음을 의미했다.

어느 날 아침을 먹으며 조간신문을 훑어보던 중 우연히 르누아르의 기사가 눈에 들어왔다. 그가 공산주의 신문에 글을 쓴 것은 처음인데, 그 어조가 심하게 공격적이었다. 그는 옛 친구들을 빠짐없이 혹평하고 있었다. 로베르가 그나마 제일 긍정적으로 다루어진 반면에, 앙리에 대해서는 격노가 느껴졌다.

"이것 좀 봐요." 내가 말했다.

로베르는 신문을 읽더니 그대로 던져버렸다. "앙리가 반공주의자로 돌아서지 않다니 정말 찬양받아 마땅하다고 인정해야겠군."

"앙리는 버틸 거라고 그랬잖아요!"

"《레스푸아》에도 틀림없이 불화가 있을 거야." 로베르가 말했다. "사마젤이 쓴 걸 보면 그가 우파로 가기만를 요구한다는 걸 분명히 느낄 수 있어. 트라리외도 물론 그럴 거고, 랑베르야 뭐 더욱 의심쩍지."

"아! 앙리는 좋은 동료들과 함께 있는 게 아니군요!" 그러고서 나는 미소를 지었다. "결국 당신과 비슷한 처지예요. 당신들 둘은 세상 사람들과 잘 어울리지 못하나 봐요."

"앙리가 분명 나보다 더 괴롭겠지."그 목소리에 거의 호의라 할 만한 것이 느껴졌기에, 나는 앙리에 대한 그의 원한이 사라지기 시작한 듯한 인상을 받았다.

"왜 앙리가 당신과 그런 식으로 절교를 하게 됐는지, 난 아무래도 이해가 안 돼요." 나는 말했다. "틀림없이 지금쯤 그도 후회하고 있을 거예요."

"나도 몇 번이나 그 일에 대해 생각해봤어." 로베르가 말했다. "처음에 난 앙리가 자기 자신에게만 지나치게 관심을 쏟는다고 비난했지. 하지만 지금 생각하면 그가 그리 큰 잘못을 한 건 아니야. 사실 그때 우리는 오늘날 지식인의 역할은 어떤 것이며 또 어떤 것이어야 하는지를 결정해야만 했던 거야. 침묵을 지킨다는 건 아주 비관적인 해결책을 선택하는 셈이었지. 그의 나이를 생각하면 침묵을 거부한 건 당연한 일이야."

"앙리가 당신보다 정치에 훨씬 애착이 덜했는데, 아이러니하네요."

"아마 그는 다른 문제가 있다는 사실을 이해했던 것인지도 몰라."

"어떤 문제요?"

로베르는 망설였다. "내 마음속 생각을 분명히 말해줬으면 하는 거지?"

"당연하죠."

"지식인이 맡아야 할 역할이 더 이상 없다는 거."

"뭐라고요? 그래도 지식인은 글을 쓸 수 있잖아요."

"오! 진주알이라도 꿰듯이, 어떤 의미도 드러나지 않도록 주의하면서 말과 말을 연결하는 행위를 즐길 수야 있겠지. 하지만 심지어 그조차 위험해."

"그렇지만……" 나는 말했다. "당신은 책에서 문학을 옹호하고 있잖아요."

"내가 문학에 대해 얘기하는 것이 언젠가 진실이 되기를 바라긴 해." 로베르가 말했다. "하지만 당장 우리 지식인들이 해야 할 최선의 일은 우리 자신을 잊게 하는 것이라고 믿고 있거든."

"그래도 글쓰기를 그만두지는 않을 거죠?" 나는 물었다.

"그만둘 거야. 이번 에세이만 끝내면 더 이상 쓰지 않을 생각이야."

"도대체 왜요?"

"왜 내가 글을 쓰는 것일까?" 로베르가 물었다. "그건, 사람이란 단지 빵으로만 사는 것이 아니기 때문이고, 내가 그 이상의 것이 필요하다고 믿기 때문이지. 나는 행동이 소홀히 대하는 것을 전부 구제하기 위해 글을 써왔어. 순간의 진실, 개별성, 직관성, 그런 것들 말이야. 지금까지는 그러한 작업이 혁명과 합치하는 것이라고 생각했거든. 하지만 아니었어. 오히려 혁명을 방해하고 있었지. 오늘날 빵과는 다른 것을 인간에게 주는 걸 목적으로 삼는 문학은 전부 인간이 빵 없이도 잘 지낼 수 있다는 사실을 보여주는 데 이용되고 있잖아."

"늘 그런 오해가 생기지 않게끔 피해왔잖아요."

"이젠 정세가 변했어." 로베르가 말했다. "당신도 이해하지?" 그는 이렇게 말을 이어나갔다. "오늘날 혁명은 공산주의자들의 손에 있어. 그들만의 손에 말야. 거기서 우리가 옹호해온 가치라는 건 이미 문제가 되지 않아. 언젠가는 그런 가치가 다시 인정될는지 모르지. 그러기를 바라자고. 하지만 당장 그 가치를 완고하게 지켜나가려고 한다면, 결국 반혁명에 봉사하게 되는 셈이야."

"아니에요, 난 그렇게 믿고 싶지 않아요." 나는 말했다. "진실을 사랑하고 개인을 존중하는 태도는 절대 해로운 것이 아니에요."

"강제수용소에 대해 발표하는 걸 거절한 것도 진실이 나에게 해롭게 보였기 때문이었어."

"그건 특수한 경우잖아요."

"비슷한 특수한 경우가 수백 개나 있지." 로베르가 말했다. "그래, 진실을 말하느냐, 아니면 말하지 않느냐야. 진실을 말하기로 결심하지 않았으면, 거기에 관여해서는 안 돼. 입을 다무는 게 최선이지."

나는 로베르의 얼굴을 뚫어져라 바라보았다. "내가 무슨 생각을 하고 있는지 알아요? 당신은 지금까지도 소련의 수용소에 대해 침묵을 지켜야만 했다고 생각하고 있죠. 하지만 바로 그 때문에 대가를 치렀던 거예요. 희생에 대해서는, 나도 당신과 같은 생각이에요. 우리는 그런 걸 좋아하지 않아요. 후회만 안겨주니까. 당신이 글쓰기를 단념한다는 건 스스로를 벌하기 위해서겠죠."

로베르는 미소를 지었다. "오히려 이렇게 말하는 게 나을 거야. 거칠게 얘기해보자면, 당신이 지식인으로서의 내 의무라고 부른 것들, 바로 그걸 희생해서 난 그 공허함을 알았다고 말이야. 1944년 크리스마스이브 기억해?" 그가 묻고는 말을 이었다. "그날 밤 문학이 권리를 상실한 때가 올지 모른다고 말했었잖아, 자, 이제 그렇게 되었어. 독자가 없는 게 아냐. 하지만 내가 독자에게 줄 수 있는 작품은 해롭거나 무의미할 거야."

나는 머뭇거렸다. "당신 얘기는 뭔가 잘못됐어요."

"뭐가?"

"그 낡은 가치가 그처럼 무의미하게 보인다면, 공산주의자들과 행동을 같이하는 게 맞잖아요."

로베르는 고개를 끄덕였다. "당신 말이 옳아. 잘못된 구석이 있지. 그게 뭔지 말해줄까? 내가 너무 늙었다는 거야."

"당신 나이가 그런 것과 무슨 상관이에요?"

"지금까지 내가 소중하다고 생각해온 많은 것들이 더 이상 받아들여지지 않는다는 걸 잘 알게 되었어. 내가 생각해온 것과는 전혀 다른 미래를 바랄 수밖에 없게 된 거지. 그런데 이미 나는 나를 바꿀 수 없거든. 그러니 그 다른 미래에서는 내 자리를 찾을 수가 없다고."

"말하자면, 당신은 공산주의의 세상에서 살 수 없다는 걸 알면서도 공산주의의 승리를 바라고 있다는 거군요?"

"대체로 그런 얘기가 되겠지. 그 얘기는 나중에 다시 하자고." 그는 덧붙였다. "그에 대해 글을 쓸 생각이야. 그게 내 책의 결론이 되겠지."

"그럼 책을 다 쓴 다음엔 뭘 할 건데요?"

"다른 모든 사람들처럼 할 거야. 글을 쓰지 않는 사람이 25억이나 있잖아."

지나치게 걱정하고 싶지는 않았다. 로베르는 S.R.L.의 실패를 수습해야만 했다. 지금은 위기에 처해 있지만 회복될 것이다. 그러나 고백하자면, 나는 다른 모든 사람들처럼 하겠다는 그의 생각이 마음에 들지 않았다. 살기 위해 먹는가, 먹기 위해 사는가 하는 문제는 내 사춘기의 악몽이었다. 만약 그때로 되돌아가야 한다면 곧바로 가스를 한껏 틀어놓고 죽어버리리라. 그러나 다른 모든 사람들 역시 그렇게 생각하지 않을까? '곧바로 가스를 틀자' 하고 결심하지만, 가스를 틀지 못하는 것이다.

그 후 며칠간 나는 너무나 의기소침해져서 누구도 만나고 싶지 않았다. 어느 날 아침 배달부가 빨간 장미로 된 어마어마한 꽃다발을 내 팔에 안겨주었을 땐 너무나 놀랐다. 트레이싱페이퍼에 폴의 작은 편지가 핀으로 꽂혀 있었다.

"분명해졌어! 오해가 풀렸어! 행복한 마음에 네게 장미를 보내. 오늘 오후 우리 집에서 봐."

나는 로베르에게 말했다. "나아진 것 같지 않아요."

"확실해?"

"확실해요."

그는 전에도 몇 번 했던 얘기를 되풀이했다.

"폴을 마르드뤼스에게 데려가보지 그래."

"결심시키기가 쉽지 않을 거예요."

나는 폴의 의사가 아니었다. 그러나 입술 끝에 거짓말을 달고 직업적인 시선을 간직한 채 층계를 올라갔을 때, 더 이상은 그녀의 친구라고도 할 수 없었다. 문을 노크하면서 내가 만들어낸 미소가 배신처럼 느껴졌다. 나를 맞이하는 폴이 평소와는 달리 입맞춤을 건넨 까닭에 그만큼 더 수치스러웠다. 폴은 언제 만들어진 것인지 알 수 없는 긴 드레스 차림에, 풀어 헤친 머리와 가슴에 각각 빨간 장미꽃을 꽂은 모습이었다. 아파트 전체가 꽃으로 가득 차 있었다.

"이렇게 와주다니, 정말 다정해." 폴이 말했다. "넌 항상 다정하지. 난 정말이지 그런 친절을 받을 만한 자격이 없는데. 전엔 내가 너무 못되게 굴었어. 그땐 정말 어떻게 해야 할지 몰랐거든." 폴이 미안하다는 듯 말했다.

"내가 고맙지. 화려한 장미도 보내줬잖아."

"아! 오늘은 멋진 날이야!" 폴이 말했다. "너도 기뻐해줬으면 좋겠어." 폴은 행복한 표정으로 미소를 지었다. "앙리가 곧 온대. 모든 게 옛날처럼 될 거야."

모든 게 옛날처럼 된다고? 믿기 힘든 얘기였다. 앙리가 올 결심을 했다면 그건 오히려 동정심 때문이 아닐까? 어쨌든 그를 만나고 싶지 않았다. 나는 문 쪽으로 한 걸음을 옮겼다.

"우리랑 앙리 사이가 틀어졌다고 얘기했잖아. 내가 여기 있는 걸 보면 앙리도 기분 나쁠 거야. 내일 다시 올게."

"제발 부탁이야!" 폴이 말했다.

그녀의 눈에는 극심한 공포가 담겨 있었다. 나는 핸드백과 장갑을 장의자에 던졌다. 어쩔 수 없이 그대로 머물러야 할 터였다. 폴은 유연한 발걸음으로 부엌으로 가더니 쟁반 위에 잔 두 개와 샴페인 병을 담아 돌아왔다. "미래를 위해 같이 마셔."

병마개가 튀었고, 우리의 잔이 맞부딪쳤다.

"무슨 일이 있었던 거야?" 내가 물었다.

"나 정말 바보인가 봐." 폴은 유쾌하게 입을 열었다. "오 래전부터 모든 단서들을 쥐고 있었는데, 어젯밤에야 비로소 그 수수께끼가 풀렸지 뭐야? 잠들지는 않고 눈만 감고 있자 니 갑자기 그림엽서처럼 벨장스의 저택에 있는 커다란 연못 이 선명하게 나타나는 거야. 그래서 날이 밝자마자 앙리에 게 속달우편을 보냈지."

나는 불안하게 폴을 바라보았다. 그래, 내가 여기 더 머물 러 있기를 잘했어. 폴은 조금도 나아지지 않았어. 상태가 아 주 안 좋아.

"모르겠어? 정말이지 보드빌*처럼 바보 같다니까." 폴이 말했다. "앙리는 질투하고 있는 거야." 그녀는 정말 유쾌한 듯 웃었다. "있을 수 없는 일 같지 않아?"

"그러게."

"그런데 그게 사실이야. 그는 변태적으로 날 괴롭히면서 즐기고 있는 거지. 그리고 난 이제야 그 이유를 알았어." 폴 은 머리에 꽂은 빨간 장미를 눌러 고정시켰다. "그가 갑자기 나와 자지 않겠다고 선언했을 때, 난 도덕적인 신중함 때문 이라고 생각했어. 완전한 오해였지. 사실 그이는 내가 냉랭 해졌다 생각하고 자존심에 심하게 상처를 입었던 거야. 내 가 자신의 제안에 거세게 항의하지 않아서 더욱더 화가 났 고. 게다가 그때, 난 외출도 하고 잘 차려입기 시작한 참이었 어. 그러니까 짜증이 난 거지. 내가 흔쾌하게 작별 인사를 해

---

* 16세기 프랑스에서 만들어진 풍자극. 미국으로 건너가 버라이어티쇼로 바 뀌었다.

버렸잖아. 그이가 이상해 할 정도로 너무 흔쾌하게 말이야. 그러고는 부르고뉴에 가서 엄청난 실수를 저질렀지. 맹세하건대, 고의로 그런 건 아니야."

그때 누군가가 조용히 문을 두드렸다. 폴이 너무나 애처로운 얼굴로 나를 바라보았기 때문에 나는 일어서서 문을 열어주었다. 한 여자가 손에 바구니를 들고 서 있었다.

"실례합니다. 죄송해요." 그녀가 말했다. "관리인을 찾을 수가 없어서요. 고양이를 거세하러 왔어요."

"병원은 1층입니다." 나는 말했다. "왼쪽 문이에요."

나는 문을 닫았다. 폴의 정신 나간 듯한 시선을 보자 나오려던 웃음이 얼어버렸다.

"저게 무슨 뜻이지?" 폴이 말했다.

"관리인이 없다는 거지" 나는 쾌활하게 말했다.

"그렇지만 왜 우리 집 문을 두드렸지?"

"우연이겠지. 어디라도 두드려봐야 했을 테니까."

"우연이라고?"

나는 상냥한 얼굴로 미소를 지었다. "휴가에 대해 얘기하고 있었지? 무슨 일을 했기에 앙리가 상처를 입은 거야?"

"아! 그래." 그녀의 목소리에는 전혀 생기가 없었다. "글쎄, 내가 첫 번째 엽서를 보냈을 때 여가 생활에 대한 얘기를 했거든. 그러면서 이런 엉뚱한 문장을 쓴 거야. '사람들이 나와 닮았다고들 하는 이 지방을 오래오래 산책하고 있어.' 보나 마나 그는 내게 애인이 생겼다고 생각했을 거야."

"그랬을 것 같지 않은데……."

"'사람들'이라고 썼잖아." 폴이 초조하게 말했다. "그 표현이 의심을 산 거야. 여자를 경치와 비교하는 경우에 '사람들'이라는 표현은 보통 그 여자의 애인을 의미하니까. 게다가 나는 앙리에게 한복판에 연못이 있는 벨장스의 정원이 그려진 엽서를 보냈고."

"그래서?"

"언젠가 네가 가르쳐줬잖아. 분수, 수반, 연못은 정신분석학적 상징이라고. 앙리는 내가 과시하고 있다고 이해한 거야. 애인이 있다고 말이야! 그 사람은 루이 볼랑주가 벨장스의 저택에 와 있었다는 걸 분명히 알았을 거야. 최종 리허설날 만찬에서 내가 볼랑주와 얘기하고 있을 때 앙리가 얼마나 무섭게 날 쏘아봤는지 알아차리지 못했어? 그건 2 더하기 2가 4인 것만큼이나 분명해. 그걸 알면 모든 일이 전부 이해가 되지."

"속달우편으로 그에게 보냈다는 내용이 그거야?"

"응. 지금 그 사람은 모든 걸 다 알고 있어."

"앙리가 답장을 했어?"

"뭐 하러? 어차피 곧 올 건데. 내가 기다리고 있다는 걸 알거든."

나는 침묵을 지켰다. 폴도 마음속으로는 그가 오지 않으리라는 것을 알고 있었다. 그래서 나에게 있어달라고 간청한 것이다. 어느 순간에는 그가 오지 않는다는 것을 인정해야만 할 것이고, 그러면 그녀는 쓰러져버릴지도 모른다. 나의 유일한 희망은 앙리가 지금 폴이 미쳐가고 있음을 깨닫고 연민으로라도 그녀를 만나러 와주는 것이었다. 그때까지 나는 아무런 말도 할 수 없을 터였다. 폴은 꼼짝 않은 채 문만 바라보고 있었다. 견딜 수가 없었다. 장미 냄새가 꼭 장례식의 냄새 같았다.

"글은 여전히 쓰고 있어?" 나는 물었다.

"응."

"나한테 뭔가 보여준다고 약속했잖아." 갑자기 생각이 떠올라 나는 말했다. "그러고는 한 번도 안 보여줬지."

"정말 관심 있어?"

"물론이지."

폴은 책상 쪽으로 걸어가더니 동글동글한 글씨로 빼곡한 파란색 종이 뭉치를 꺼내 내 무릎 위에 놓았다. 그녀는 늘 철자를 틀리곤 했지만, 이렇게 오자가 많은 것은 처음이었다. 나는 한 장을 훑어보며 마음을 가라앉혔다. 그러나 폴은 여전히 문만 바라보고 있었다.

"네 글씨, 읽기가 너무 힘드네." 나는 말했다. "괜찮으면 소리 내서 읽어줄래?"

"그러지 뭐."

나는 담배에 불을 붙였다. 적어도 그녀가 읽고 있는 동안에는 그 목에서 만들어져 나오는 소리를 이해할 수 있으리라. 별로 큰 기대를 건 것도 아니었지만, 그래도 나는 깜짝 놀랐다. 글이 너무 형편없었던 것이다. 한 구절을 읽는 사이 밑에서 초인종이 울렸다. 폴이 일어섰다. "봤지?" 의기양양한 목소리였다. 그녀는 출입문을 여는 버튼을 누른 뒤 환희에 찬 표정으로 서 있었다.

"속달우편입니다."

"고마워요."

배달부가 문을 닫았다. 폴이 푸른색 편지를 나에게 내밀었다. "뜯어서 읽어줘."

폴은 장의자에 앉았다. 그녀의 볼과 입술은 보랏빛으로 변해 있었다.

"폴, 결코 어떤 오해도 없었어. 우리 사랑이 끝났다는 걸 당신이 받아들일 때, 우리는 친구가 될 수 있을 거야. 그때까지 더는 편지 보내지 마. 다음에 만나."

폴이 너무도 격렬하게 온몸을 뻗어 의자로 쓰러지는 바람에 벽난로 위의 장미 꽃잎이 떨어졌다. "모르겠어." 폴이 신음했다. "이제는 나도 모르겠어." 그녀는 쿠션에 얼굴을 파묻고 흐느껴 울기 시작했다. 나는 그저 목소리를 내기 위해 의미 없는 말들을 폴에게 내뱉었다. "넌 이겨낼 거야. 그래야만 해. 사랑이 전부는 아니잖아……." 내가 폴이라 해도 절대 이겨내고 싶지 않을 것이며, 내 사랑을 내 손으로 파묻어버리고 싶지 않으리라는 걸 잘 알면서.

주말을 생마르탱에서 보내고 돌아와 폴의 속달우편을 받았다. "저녁 식사는 내일 8시야." 나는 전화를 걸었다. 폴의 목소리가 쌀쌀맞게 느껴졌다.

"아! 너야? 무슨 일이야?"

"그냥, 내일 저녁에 가겠다고 말해주고 싶어서."

"당연히 와야지. 알겠어." 그러고서 폴은 전화를 끊었다.

난처한 저녁을 예상하긴 했지만, 폴이 문을 열어주었을 때 난 다시금 충격을 느끼지 않을 수 없었다. 화장하지 않은 그녀의 얼굴은 처음이었다. 폴은 낡은 치마와 낡은 회색 스웨터 차림에, 머리는 뒤로 넘겨 보기 싫게 틀어 올린 모습이었다. 보조 판을 덧대어놓은 식탁이 아파트의 한쪽 벽에서 반대편 벽까지 뻗어 있었고, 열두 개의 접시와 그만큼의 유리잔이 그 위에 놓여 있었다. 폴이 손을 내밀면서 이마를 찌푸린 채 내게 말했다.

"애도를 표하러 온 거야, 축하하러 온 거야?"

"무엇에 대해서?"

"실연에 대해서."

나는 대답하지 않았다. 폴이 내 어깨 너머 인기척 없는 복도를 가리키며 물었다.

"사람들은?"

"누구?"

"다른 사람들 말야."

"다른 사람들이라니?"

"아! 난 더 많이 올 줄 알았지." 폴은 문을 닫으며 불안한 목소리로 말하고서 식탁 쪽을 흘깃 보았다. "뭐 먹을래?"

"아무거나. 네가 준비한 것."

"준비한 게 아무것도 없는데." 그녀가 말했다. "아마 스파게티는 있을 거야."

"어쨌든 배가 고프지는 않아." 나는 급히 말했다.

"스파게티 정도는 파산 걱정 없이 대접할 수 있어." 환심을 사려는 듯한 말투였다.

"아냐, 정말이야. 가끔 저녁을 안 먹거든."

나는 자리에 앉았다. 이 연회용 식탁에서 눈을 뗄 수가 없었다. 폴도 앉아서 말없이 나를 빤히 쳐다보고 있었다. 전에도 이미 그녀의 눈에서 비난과 의혹과 초조함을 본 적이 있었다. 그런데 오늘은 그것이 분명히 나타났다. 어둡고 냉정하며 굳은 감정, 그것은 증오였다. 나는 간신히 입을 열었다.

"누굴 기다리고 있었어?"

"모두를 기다렸지." 폴이 어깨를 으쓱였다. "초대장 보내는 걸 잊었었나 봐."

"모두라니, 누굴 말하는 거야?"

"잘 알잖아." 그녀는 대답했다. "너, 앙리, 볼랑주, 클로디, 뤼시, 로베르, 나딘. 결탁한 사람 모두."

"결탁?"

"모르는 척하지 마." 폴이 거칠게 대꾸했다. "너희들 모두 결탁을 했잖아. 오늘 내가 묻고 싶은 건 이거야. 대체 무슨 목적으로 그러는 거야? 만약 날 위해서 그러는 거라면, 고맙게 생각하고 나병환자들을 간호하러 아프리카로 떠나겠어. 하지만 그게 아니라면, 복수할 수밖에." 폴은 줄곧 나를 응시하며 말을 이었다. "우선 제일 소중했던 사람들에게 복수해야겠지. 그러니 확실히 판단을 해야겠어." 그 목소리에 너무나 어둡고 강한 집착이 담겨 있어서, 나는 그녀가 무릎 위에 얹어놓고 신경질적으로 만작거리던 핸드백의 지퍼 쪽으로 슬그머니 시선을 내렸다. 갑자기, 어떤 일이든 일어날 수 있을 것 같다는 생각이 들었다. 이 빨간 원룸아파트는 살인이 일어나기에 너무도 멋진 배경 아닌가! 나는 반격하기로 마음먹었다.

"들어봐 폴, 요즘 너 너무 지친 것 같아. 저녁 식사를 준비하면서 손님들 초대하는 것도 잊어버리고, 음식 만드는 것도 잊었잖아. 지금 너는 피해망상에 시달리는 거야. 당장 병원에 가야 해. 내가 마르드뤼스에게 얘기해서 진료 예약을 잡아줄게."

잠시 폴은 당황한 것 같았다. "머리가 아프긴 해." 폴이 말했다. "하지만 그건 부차적인 문제야. 무엇보다 중요한 건 사실을 명확하게 밝히는 거지." 그녀는 깊이 생각했다. "내게 해석 망상증적인 기질이 있다는 건 알아. 하지만 사실은 사실이야."

"무슨 사실 말이야?"

"왜 클로디는 저번에 보낸 편지를 생제가街에서 부쳤을까? 왜 맞은편 집에는 내게 얼굴을 찌푸리는 원숭이가 있는 거지? 내가 살롱을 열 수 없을 것 같냐고 물었을 때, 왜 넌 '그 반대'라고 대답했어? 너희들은 내가 앙리를 흉내 내서 글을 쓰려고 한다고, 클로디를 흉내 내서 그런 옷을 입는다고, 속물 같은 생활을 하고 있다고 날 비난하잖아. 앙리의 돈을 받아 쓰면서 가난한 사람들을 경멸한다고 비난하잖아. 그래서 내가 비열하다는 걸 인정하게 하려고 다 같이 결탁을 했잖아." 다시 폴은 위협적인 시선으로 나를 노려보았다. "날 구하려고 한 거야? 아니면 해치려고 한 거야?"

"네가 사실이라고 얘기하는 것들 전부 아무 의미도 없는 우연에 지나지 않아." 나는 말했다.

"이런 이런, 그건 그냥 서로 부딪치는 구름 같은 것들이 아냐! 부정하지 마." 폴이 초조하게 덧붙였다. "솔직하게 대답해줘. 그러지 않으면 우리는 이 궁지에서 절대 벗어나지 못할 거야."

"아무도 널 해칠 생각이 없어." 나는 말했다. "들어 봐. 왜 네가 잘못되기를 바라겠어? 우리는 친구잖아."

"나도 전에는 그렇게 생각했어." 폴이 말했다. "네 얼굴을 보면 의심이 사라지곤 했지. 마법처럼 말이야." 폴은 갑자기 일어서더니 목소리를 바꾸었다. "널 너무 푸대접했네. 분명 어디엔가 포트와인이 남아 있을 텐데." 그러곤 포트와인을 찾아내 잔 두 개를 채우고 찡그리며 미소를 지었다.

"나딘은 어떻게 지내?"

"그럭저럭 지내고 있어. 랑베르와 헤어진 후 맥이 빠진 것 같아."

"그 애는 요새 누구랑 자?"

"요즘은 아무랑도 안 자는 것 같은데."

"나딘이? 솔직히 이상한 일이네." 폴이 말했다.

"그렇지도 않아."

"나딘은 앙리와 종종 데이트해?"

"우리와 앙리 사이가 좋지 않다고 말했잖아."

"아! 사이가 안 좋다는 얘기를 잊고 있었어." 폴이 웃음 비슷한 소리를 내며 말했다. 그 소리는 곧 멈췄다.

"난 바보가 아냐. 너도 알다시피 말이야."

"폴, 너도《레스푸아》에 실린 앙리와 로베르의 편지 읽지 않았어?"

"읽었지. 집에 있는《레스푸아》에서 읽었어."

나는 폴의 얼굴을 뚫어지게 바라보았다. "그것도 일부러 만들어낸 거라고 말하고 싶은 거야?"

"당연하지!" 폴은 어깨를 으쓱했다. "앙리에게 그런 것쯤은 어린애 장난이야."

나는 침묵을 지켰다. 의견을 나누는 것이 아무 의미가 없을 터였다. 하지만 폴은 다시 공격을 시작했다.

"그러니까 네 말은, 나딘이 이제 앙리를 만나지 않는다는 거구나."

"그래."

"나딘은 앙리를 좋아한 적도 없고. 맞아?"

"전혀 없지."

"그런데 왜 앙리랑 포르투갈에 갔던 거야?"

"너도 알잖아. 앙리와 문제를 일으키는 게 제 딴에는 재미있었던 거야. 게다가 무엇보다 그 애는 여행을 하고 싶어 했으니까."

경찰의 신문을 받는 기분이었다. 곧 폴이 나를 덮치고 두들겨 팰 것만 같았다.

"그래서 넌 나딘이 그렇게 떠나게 내버려뒀다는 거군."

"디에고가 죽은 뒤로 난 언제나 그 애를 자유롭게 놔뒀어."

"넌 참 이상한 여자야." 폴이 말했다. "늘 내 얘기만 듣고, 네 얘기는 충분히 안 하지." 그녀가 다시 내 잔을 채웠다. "이거 다 마셔."

"고마워."

폴이 결국 어쩌자는 건지 나로서는 알 수가 없었다. 그러나 점점 더 불편해졌다. 도대체 그녀는 내게 무슨 앙심을 품은 걸까?

"로베르와 같이 자지 않은 지 꽤 오래됐지?" 폴이 물었다.

"꽤 됐지."

"그러면 애인이 한 사람도 없었어?"

"있었던 적도 있긴 했어……. 별것도 아닌 일들이었지."

"별것도 아닌 일들이라." 폴이 천천히 되풀이했다. "지금도 별것 아닌 일이 있는 거야?"

왜인지 모르겠지만, 폴에게 솔직하게 대답해야 할 것만 같은 기분이 들었다. 마치 진실이 그녀의 광기를 누그러뜨릴 수 있기라도 한 것처럼. "미국에서 아주 중요한 일을 겪었어." 나는 말했다. "한 작가와 일어난 일이야. 그 사람 이름은 루이스 브로건이고……."

폴에게 전부 털어놓으려는 찰나 그녀가 내 말을 막았다. "오! 미국이라니. 너무 멀잖아." 폴이 말했다. "프랑스에서 있었던 얘긴 없어?"

"난 그 미국인을 사랑해." 나는 말을 이었다. "5월에 그 사람을 만나러 미국으로 갈 거야. 다른 연애 사건을 만든다는 건 말도 안 돼."

"앙리는 뭐래?" 폴이 물었다.

"앙리가 그 일에 무슨 상관이야?"

폴이 일어섰다. "자! 연극은 그만둬." 그녀가 말했다. "너도 잘 알고 있잖아. 내가 너랑 앙리가 자고 있다는 걸 안다는 사실 말이야. 내가 원하는 건, 둘이 언제부터 그랬는지 말해 달라는 거야."

"폴," 나는 말했다. "앙리하고 잔 건 나딘이야. 내가 아니라고."

"네가 앙리를 잡아두려고 나딘을 그의 품에 던져줬잖아. 난 오래전부터 알고 있었다고." 폴이 말했다. "넌 정말 똑똑

하지. 하지만 실수를 했어."

폴은 핸드백을 쥔 채 계속 지퍼를 만지작거렸다. 그 손에서 시선을 뗄 수가 없었다. 나도 일어섰다.

"그렇게 생각한다면 난 가는 게 낫겠어."

"너희 둘이 군중 속에서 길을 잃었다던 1945년 5월 그날 밤에 짐작했지." 폴이 말을 이었다. "그때 난 내가 미쳤다고 생각했거든. 정말 얼마나 어리석었는지!"

"미쳤던 거 맞아." 나는 말했다. "지금도 미쳤고."

폴이 문을 가로막고 섰다. "결론을 내자고." 그녀가 말했다. "너희들, 날 치워버리기 위해서 그런 연극을 한 거야? 아니면 날 위해서 그런 거야?"

"병원에 가." 나는 말했다. "마르드뤼스나 다른 의사나, 아무라도 상관없어. 하여튼 의사에게 가서 모든 걸 얘기해 봐. 네가 완전히 돌았다고 할 거니까."

"날 돕지 않겠다는 거야?" 폴이 말했다. "아! 예상대로군. 상관없어. 네 도움 없이 결국에는 분명히 밝혀낼 테니까."

"난 널 도울 수 없어. 네가 날 믿지 않잖아."

내게 한없이 길게 느껴지던 그 짧은 순간, 폴은 줄곧 내 눈을 뚫어지게 보고 있었다. "가고 싶어? 그들이 널 기다리고 있구나."

"아무도 나를 기다리지 않아. 하지만 내가 여기에 있어도 아무 소용 없잖아."

그녀는 문에서 비켜섰다. "가버려. 그들에게 모든 걸 얘기해. 난 아무것도 숨길 게 없으니까."

"내 말 좀 믿어줘, 폴." 나는 손을 내밀면서 말했다. "넌 환자야. 치료받아야 해."

폴이 손을 내밀었다. "와줘서 고마워. 다음에 봐."

"다음에 봐."

나는 최대한 빨리 계단을 내려왔다.

다음 날 점심 식사를 마치고 커피를 마시고 있는데 초인종이 울렸다. 클로디였다.

"죄송해요. 이렇게 느닷없이 찾아오는 게 실례인 줄은 알지만……." 흥분한 목소리였지만 거드름을 피우는 듯한 구석이 느껴졌다. "폴 때문에요. 문제가 좀 있는 것 같아요."

"무슨 일 있었어요?"

"오늘 우리 집에서 점심을 먹기로 되어 있었거든요. 그런데 1시 30분이 되도록 오지 않는 거예요. 전화를 했더니, 폴이 크게 소리를 내어 웃더라고요. 그러다가 곧 식탁에 앉아 식사를 시작할 거라고 얘기하니까 소리를 질렀어요. 히스테릭하게 웃으면서 '고백을 해요! 그러니 고백하란 말이에요!'* 하고요."

클로디의 커다란 눈에 즐거운 듯한 두려움이 번쩍였다. 나는 일어섰다. "폴의 집에 가봐야겠어요."

"저도 그렇게 생각했어요. 그렇지만 혼자서는 차마 갈 수가 없더라고요."

"같이 가죠." 나는 말했다.

클로디의 차가 순식간에 폴의 집 앞에 우리를 내려놓았

---

* '식탁에 앉다'라는 의미의 프랑스어 'se mettre à table'는 '고백을 하다'라는 표현으로도 쓰인다.

다. "가구 딸린 방 세놓음"이라 쓰인 익숙한 표지가 왠지 불길하게 느껴졌다. 나는 초인종을 눌렀다. 문이 열리지 않았다. 다시 한 번 오랫동안 초인종을 누르고 있자니 타일을 밟는 발소리가 들리고 곧 폴이 나타났다. 머리를 보랏빛 숄로 감싼 채였다. 폴은 웃기 시작했다. "두 사람뿐이야?" 그러곤 문을 반쯤 연 채 심술궂은 눈으로 우리를 살펴보았다.

"너희들은 이제 필요 없어, 고마워."

폴은 문을 난폭하게 다시 닫았다. 그녀가 멀어져가면서 커다랗게 외치는 소리가 들렸다. "웬 코미디람!"

우리는 보도에 멍하니 서 있었다.

"가족에게 알려야 해요." 클로디가 말했다. 그녀의 눈은 더 이상 빛나지 않았다. "이런 경우엔 그게 제일 나아요."

"그렇죠. 폴한테 언니가 하나 있긴 해요." 그러고서 나는 망설였다. "어쨌든 폴과 다시 얘기해볼게요."

이번에는 제일 위에 있는 버튼을 눌렀다. 문이 자동으로 열리더니 관리인이 앞에 나타났다. 오래전부터 폴의 가사를 맡아온, 가냘프고 신중하며 키가 작은 여자였다. "마뢰유 양댁에 가세요?"

"예, 건강이 좋지 않은 것 같네요."

"바로 그래서 걱정하던 참이에요." 관리인이 말했다. "적어도 닷새 동안 아무것도 먹지 않았어요. 그리고 그 아래층 세입자들이 그러는데, 밤새도록 방 안을 왔다 갔다 한다더라고요. 제가 청소하러 가면 늘 뭔가 큰 소리로 중얼거리고 있고요. 이미 익숙해지긴 했지만, 요즘 들어 더 이상해진 것 같아요."

"데리고 가서 좀 안정을 취하도록 해봐야겠네요."

나는 계단을 올라갔다. 클로디가 뒤를 따라왔다. 마지막 층계참은 어두웠다. 그 어둠 속에서 무언가가 빛나고 있었다. 문에 크고 하얀 종이 한 장이 압정으로 꽂혀 있었다. "사교계의 원숭이"라는 글자가 인쇄된 종이였다. 내가 문을 두드렸다. 아무런 대답도 없었다.

"너무 끔찍해요!" 클로디가 말했다. "자살하려나 봐요!"

나는 열쇠 구멍에 눈을 갖다 대었다. 폴은 벽난로 앞에 무릎을 꿇고 있었다. 주위에는 종이 뭉치가 흩어져 있고, 그녀는 그것을 불 속에 던져 넣는 중이었다. 나는 다시 한 번 세게 문을 두드렸다.

"열어. 안 그러면 문 부술 거야!"

폴은 일어서서 문을 열더니 한쪽 손을 뒤로 돌렸다.

"원하는 게 뭐야?"

그녀는 다시 난로 앞에 무릎을 꿇었다. 눈물이 그녀의 뺨 위를 구르고, 콧물이 흘렀다. 폴은 자기 원고를 불꽃 속에 던지고 있었다. 그리고 편지도. 나는 폴의 어깨에 손을 얹었다. 그녀가 혐오스럽다는 듯 몸을 흔들었다.

"날 내버려둬."

"폴, 나랑 병원에 가, 지금 당장 말이야. 넌 미쳐가고 있어."

"가버려. 날 증오한다는 걸 알고 있어. 나도 널 증오해. 어서 가버려."

그녀는 일어서서 소리를 지르기 시작했다. "너희들 모두 꺼지라고."

이제 곧 절규가 시작될 것이다. 나는 문 쪽으로 걸어가 클로디와 함께 방에서 나왔다.

클로디가 폴의 언니에게 전보를 쳤다. 나는 마르드뤼스에게 전화를 걸어 그의 의견을 듣고 앙리에게 전갈을 보냈다. 그날 저녁 식사를 하고 있는데 초인종이 울려서 우리는 소스라치게 놀랐다. 나딘이 출입문 쪽으로 뛰어갔다. 한 소년이 내 앞으로 온 전갈을 손에 쥔 채 서 있었다. "마뢰유 양이 보내서 왔어요. 전 관리인의 조카예요." 나는 소리 내어 그걸 읽었다. "널 증오하지 않아. 기다리고 있어. 바로 와줘."

"거기 갈 생각은 아니죠?" 나딘이 말했다.

"물론 가야지."

"아무 소용도 없을 거예요."

"그걸 누가 알겠니."

"하지만 폴은 위험해요." 나딘이 말하고는 덧붙였다. "좋아요, 엄마가 가면 나도 함께 갈래요."

"내가 같이 가지." 로베르가 말했다. "나딘이 옳아. 두 사람이 가는 게 나아."

나도 굳이 반대하지는 않았다.

"폴이 이상하게 생각할 거예요."

"어차피 폴이 이상하게 생각하는 일은 너무 많아."

사실 이 정신 나간 집 앞에 도착해 터진 융단이 깔린 계단을 다시 오를 때, 나는 로베르와 함께 있다는 게 정말 다행스러웠다. 문에 붙어 있던 종잇조각은 이제 보이지 않았다. 폴은 우리에게 손을 내밀지 않았지만, 얼굴은 맑아져 있었다. 그녀는 정중한 몸짓을 취했다.

"들어오시지요."

나는 하마터면 비명을 지를 뻔했다. 거울이 모두 깨져 양탄자 위에 유리 조각이 잔뜩 널려 있었다. 천이 탄 고약한 냄새가 방 안에 가득했다. "자." 폴이 엄숙한 목소리로 말했다. "두 분께 감사드리고 싶어요." 그녀는 우리에게 의자를 권했다. "전부 감사드려요. 이제야 알겠어요."

어조는 진지한 듯 들렸지만, 우리에게 던지는 미소가 그녀의 입술을 뒤틀고 있었다. 이미 자기 입술을 마음먹은 대로 제어할 수가 없게 된 것 같았다.

"내게 고마워할 건 없어." 나는 말했다. "난 아무것도 안 했으니까."

"거짓말." 폴이 말했다. "두 분이 저를 위해서 애써주신 거 인정해요. 그렇지만 지금부터 제게 거짓말을 해선 안 돼요." 폴이 나를 유심히 살펴보았다. "날 위해서였지? 그렇지?"

"그래." 나는 말했다.

"그래, 알고 있어. 난 이런 시련을 받을 만해. 그리고 두 사람이 이런 시련을 나에게 주는 것도 당연하지. 나 자신을 똑바로 보게 해줘서 고맙게 생각해요. 그렇지만 지금은 조언을 좀 해주셔야겠어요. 전 청산가리를 먹어야 할까요, 아니면 명예를 회복하도록 노력해야 할까요?"

"청산가리는 안 돼요." 로베르가 말했다.

"좋아요. 그럼 어떻게 살아야 하죠?"

"우선 진정제를 먹고 자야 해." 나는 말했다. "너 지금 제대로 서 있을 수도 없잖아."

"더는 나 자신을 돌보고 싶지 않아." 폴이 거칠게 말했다. "지금까지 나에 대해 너무 많이 생각했어. 엉터리 조언은 사양하겠어."

폴은 의자에 주저앉았다. 기다릴 수밖에 없었다. 곧 쓰러질 것이다. 그러면 약을 두 알 먹이고 침대에 눕히면 된다. 나는 주위를 둘러보았다. 폴은 정말 청산가리를 가지고 있을까? 1940년, 폴이 '만일을 생각해서' 손에 넣은 독약이라며 작은 갈색 병을 보여주었던 일이 떠올랐다. 그 병은 아마 핸드백 속에 있을 것이다. 차마 폴의 핸드백에 손을 댈 용기가 없었다. 나는 다시 폴을 바라보았다. 아래턱은 힘없이 떨어져 있고, 표정에 생기라곤 전혀 없었다. 나는 이런 상태의 얼굴을 많이 보았다. 그러나 이 얼굴은 어떤 환자의 얼굴이 아니라 바로 폴의 얼굴이었다. 이렇게 된 그녀를 보는 것이 견딜 수가 없었다. 폴은 안간힘을 썼다.

"일을 하고 싶어." 그녀가 말했다. "앙리에게 돈을 갚고 싶어. 더 이상 거지 같은 사람들한테 욕을 먹고 싶지 않아."

"우리가 일을 찾아줄게요." 로베르가 말했다.

"가정부가 될까 생각했어요." 폴이 말했다. "하지만 그랬다가는 불공평한 경쟁을 하게 되겠죠. 누구하고도 경쟁을 하지 않는 직업은 뭐죠?"

"우리가 찾을 수 있을 거예요." 로베르가 말했다.

폴이 이마에 손을 올렸다. "모든 게 너무 어려워요! 아까 저는 옷을 태우기 시작했어요. 그렇지만 사실 제게 그럴 권리는 없죠." 폴은 나를 바라보았다. "내가 옷을 넝마장수에게 팔면, 그 사람들이 날 미워하지 않게 될까?"

"그들은 널 미워하지 않아."

갑자기 폴이 일어나 난로 쪽으로 걸어가더니 옷 보따리를 집어 들었다. 번쩍이는 실크 드레스도, 질긴 모직으로 된 회색 정장도 이제는 구겨진 누더기가 되어 있었다.

"당장 이걸 나눠주러 갈래." 그녀가 말했다. "다 같이 내려가요."

"너무 늦은 시간인데." 로베르가 말했다.

"노숙인들이 모이는 카페는 늦게까지 열려 있어요."

폴이 외투를 어깨에 걸쳤다. 어떻게 해야 그녀를 막을 수 있을까? 나는 로베르와 시선을 교환했다. 그걸 폴이 눈치챈 모양이었다. "그렇군, 이것도 연극이었어." 그녀가 지친 목소리로 말했다. "이제 나는 나 자신의 흉내까지 내고 있다고." 폴은 외투를 벗어 의자 위에 던졌다. "이것도 역시 연극이야. 내가 외투를 내던지고 있는 모습을 보고 있으니까." 폴이 주먹을 쥐더니 눈에 대고 문질렀다. "나 자신을 보는 걸 그만두지 못하겠어."

나는 컵에 물을 채우고 거기다 약을 풀었다. "이것 좀 마셔." 나는 말했다. "그리고 누워."

폴의 눈이 깜박거렸다. 이윽고 그녀가 내 팔에 쓰러졌다. "난 환자야! 중증 환자라고!"

"그래. 하지만 치료받고 나을 거야."

"치료해줘. 치료해줘야 해!"

폴은 몸을 떨고 있었다. 눈물이 뺨 위를 흘렀다. 열이 너무나 심하고 땀이 너무나 쏟아져 잠시 후에는 완전히 녹아버릴 것만 같았다. 자신의 눈동자처럼 검은 송진으로 된 웅덩이만 그 자리에 남긴 채.

"내일 내가 병원으로 데려갈게." 나는 말했다. "일단은 이

걸 마셔."

폴은 컵을 쥐었다.

"이걸 마시면 잠이 들까?"

"물론이지."

폴은 단숨에 컵을 비웠다.

"이제 올라가서 자."

"올라갈게." 그녀는 고분고분 대답했다.

나도 폴과 함께 위층으로 올라갔다. 그녀가 화장실에 간
사이 지퍼가 달린 핸드백을 열자 깊숙한 곳에 갈색을 띤 작은
유리병이 보였다. 나는 그것을 내 호주머니에 집어넣었다.

다음 날 아침 폴은 고분고분 병원으로 따라왔다. 마르드
뤼스는 그녀가 회복될 것이라고 했다. 몇 주, 혹은 몇 달만 치
료하면 된다고. 폴은 회복될 것이다. 그러나 거리로 다시 나
왔을 때, 나는 불안하게 자문했다. 그런데 폴은 정확히 무엇
으로부터 회복되는 걸까? 그다음에는 어떤 사람이 되는 거
지? 아, 결국은 쉽게 예측할 수 있는 일이야. 폴은 나처럼, 다
른 수많은 여자들처럼 되겠지. 왜 살고 있는지도 모르는 채
죽음을 기다리는 한 여자가 될 거야.

결국은 5월이 왔다. 저기, 시카고에 가서 나는 사랑하고
사랑받는 여자의 모습을 되찾을 것이다. 그러나 하나도 실
감이 나지 않았다. 비행기에 오르고도 믿을 수가 없었다. 아
테네에서 온 낡은 비행기는 아주 낮게 날았다. 미국으로 행
운을 찾으러 가는 그리스의 소매상인들로 기내가 꽉 차 있
었다. 난 무얼 찾아 미국으로 가는 걸까? 마음속에 생생한 이

미지도 없고, 육체 속에 어떤 욕망도 없었다. 루이스가 기다리고 있는 것은 이 장갑을 낀 여행자가 아니었다. 이런 나를 기다리는 사람은 없는 것이다. 비행기가 해상에서 기수를 돌렸을 때, 나는 생각했다. '난 알고 있었어. 그를 다시 만나지 못하리라는 걸 말이야.' 모터가 멈추는 바람에 우리는 섀년 공항으로 되돌아가야 했다. 나는 협만가의, 아주 작은 집들이 모인 마을 비슷한 곳에서 이틀을 보냈다. 밤에는 아일랜드산 위스키를 마시고 낮에는 우수에 한껏 젖은 회색과 녹색의 벌판을 산책했다. 아조레스제도에 착륙했을 땐 타이어가 터져 질긴 무명천을 친 대기실에 스물네 시간이나 갇혀 있었다. 갠더를 지나서는 폭풍우를 만났다. 폭풍우를 피하느라 조종사는 노바스코샤주 쪽으로 항로를 바꾸었다. 마치 식은 닭고기를 먹고 지구의 주위를 뱅뱅 돌면서 남은 인생을 보내게 될 것만 같은 기분이었다. 등대의 한 줄기 불빛만이 스쳐 지나가는 어두운 심연 위를 날아오른 비행기는 곧 다시 착륙했다. 공항과 대기실이 다시 이어졌다. 파란 여행 가방을 발밑에 놓고 머릿속을 소음으로 가득 채우며 공항에서 공항으로 한없이 방황하도록 운명 지어진 것 같았다.

갑자기 그의 모습이 보였다. 루이스였다. 집에서 나를 기다리기로 했던 그가 공항에, 세관 바로 앞에, 승객들을 기다리고 있는 군중 속에 있었다. 그는 풀을 먹여 빳빳한 깃을 단 셔츠 차림에 금테 안경을 쓰고 있었다. 이상한 모습이었다. 그러나 가장 이상한 점은 그를 보아도 아무 느낌도 없다는 것이었다. 1년이나 기다리고, 그리워하고, 후회하고, 이 오랜 여행을 하고서야, 루이스를 이제 사랑하지 않는 걸 깨달게 된 것일가? 그러면 그는? 아직 나를 사랑하고 있나? 나는 루이스에게로 달려가고 싶었다. 그러나 세관의 검사가 끝나질 않았다. 그리스의 소매상인들이 레이스로 가득 찬 여행 가방을 가져왔고, 세관원들은 농담을 하면서 가방을 하나하나 조사하고 있었다. 마침내 그들이 나를 놓아주었을 때, 루이스는 더 이상 거기에 없었다. 나는 택시를 잡았다. 운전사에게 루이스의 주소를 이야기하려는데 번지수가 기억나지 않았다. 귀에서는 윙윙 소리가 나고, 머릿속 소음이 멎질 않았다. 마침내 1211이라는 숫자를 떠올렸다. 택시가 출발했다. 대로가 나오고 또 다른 대로가 이어졌다. 네온사인들이 지나가고 또 다른 네온사인들이 지나갔다. 내가 이 도시의 지리를 잘 알지는 못했지만, 그의 집까지 가는 길이 이렇게 멀지는 않을 것 같았다. 운전사가 어떤 골목 구석으로 나를 끌고 가서 죽이려는 건 아닐까? 왠지 그런 일을 겪는 것이 루이스를 다시 만나는 것보다 훨씬 더 당연한 일로 여겨졌다. 운전사가 뒤를 돌아보았다.

"1211번지는 없는데요."

"있어요. 전 그 집을 잘 알아요."

"아마 번지수가 바뀌었을지도 모르겠네요." 운전사가 말했다. "반대 방향으로 대로를 다시 낼 예정이거든요."

운전사는 보도를 따라 천천히 차를 몰기 시작했다. 교차로, 공터, 철로들이 기억나는 것 같았다. 하지만 철로들과 공터들은 모두 서로 비슷했다. 그러던 중 어떤 저수탱크와 육교가 낯익은 듯 보였다. 사물들은 여전히 그대로인데 위치만 바뀐 것 같았다. '얼마나 어리석은지!' 나는 생각했다. 떠나면서 사람들은 '돌아올 거예요'라고 말하지. 영원히 떠나 버린다는 것이 너무 힘드니까. 하지만 그건 자신을 속이는 일이야. 결국 돌아오지 못하니까. 1년이 지났고, 사물들도 지나갔고, 이제 같은 것은 하나도 없어. 오늘 루이스는 풀을 먹여 빳빳한 깃을 달고 있었다. 그를 보았을 때도 내 심장은 빠르게 뛰지 않았다. 그리고 그의 집은 자취를 감추었다. 나는 마음을 추슬렀다. '전화를 거는 수밖에 없어.' 나는 생각했다. '번호가 뭐였지?' 전화번호를 잊고 있었다. 그때 문득 '실츠'라고 쓰인 붉은 간판과 멍청한 얼굴들이 웃고 있는 광고판이 보였다. 나는 외쳤다.

"세워주세요! 세워주세요! 여기예요."

"여긴 1112번지네요." 운전사가 말했다.

"1112번지. 아, 맞아요!"

나는 택시에서 뛰어내렸다. 창문의 불빛에 잘린, 몸을 굽힌 누군가의 그림자가 보였다. 루이스가 기다리고 있었다. 나를 기다리고 있었다. 그가 달려왔다. 틀림없이 그 사람이었다. 그는 풀을 먹인 깃을 달지 않았고, 안경도 끼지 않았다. 대신 야구 모자를 쓰고 있었다. 그는 두 팔을 내밀어 숨이 막힐 만큼 나를 껴안았다. "안!"

"루이스!"

"마침내 만났군요! 얼마나 기다렸는지! 너무나 길었어요!"

"네, 길었죠. 정말 길었어요!"

루이스가 나를 안고 가지 않았다는 건 안다. 하지만 기운이 하나도 없는 내 다리로 계단을 어떻게 올라왔는지는 도무지 기억이 나지 않는다. 어쨌든 이제 우리는 노란 부엌 한복판에서 포옹하고 있었다. 난로, 리놀륨, 멕시코산 담요. 모든 것이 다 거기에, 제자리에 있었다. 나는 더듬거리며 물었다.

"그런 야구 모자를 쓰고 뭘 하고 있는 거예요?"

"나도 몰라요. 모자가 여기 있어서요." 그는 모자를 벗어 테이블 위로 던졌다.

"공항에서 당신과 똑같은 사람을 봤어요. 그 사람은 안경을 쓰고, 풀 먹인 깃이 달린 옷을 입고 있었어요. 그 사람이 무서웠어요. 난 그 사람이 당신이라고 생각했는데 아무런 감정도 느끼지 못했거든요."

"나도 무서웠어요. 한 시간 전에 두 남자가 이 창 밑을 지나갔는데, 죽었거나 기절한 듯 보이는 여자를 들고 갔거든요. 당신이라고 생각했죠."

"이제 진짜 당신과 나군요." 나는 말했다.

루이스가 나를 힘껏 껴안았다가 포옹을 풀었다. "피곤하지 않아요? 목마르지 않아요? 배고프지 않아요?"

"아뇨."

나는 다시 그에게 바짝 다가붙었다. 입술이 너무도 무겁고 마비되어 더는 말이 나오지 않았다.

입술을 그의 입술에 갖다 대자 그가 나를 침대에 눕혔다. "안! 밤마다 당신을 기다렸어요!"

나는 눈을 감았다. 신뢰와 욕망으로 가득한 한 남자의 육체가 나를 누르고 있었다. 그 남자는 루이스였다. 그는 변하지 않았다. 나도, 우리의 사랑도 변하지 않았다. 나는 떠나갔지만 되돌아왔다. 다시 내 자리에 돌아와, 나 자신으로부터 해방되어 있었다.

우리는 짐을 꾸리고 사랑을 하며 다음 날 하루를 보냈다. 그다음 날 아침까지 계속된 긴 하루였다. 기차에서는 볼을 맞댄 채 잠을 잤다. 잠에서 덜 깬 상태로, 나는 오하이오강 둑에서 물갈퀴 판이 달린 배를 보았다. 루이스가 편지에서 이야기해준 배였다. 나는 그런 배가 있으리라 믿지 않으면서도 너무나 많이 그 배를 생각했었다. 심지어 지금 배를 보면서도 내 눈을 믿을 수가 없었다. 그러나 그 배는 진짜 있었다. 나는 배에 올랐다. 그러곤 감동 어린 마음으로 우리의 선실을 바라보았다. 시카고에서는 루이스의 집에서 지냈지만, 여기는 우리의 선실이었다. 이 선실은 우리 둘의 것이었다. 그러니까, 우리는 진정으로 한 쌍이 된 것이다. 그래, 이제야 알겠어. 사람들은 돌아올 수 있어. 그리고 나는 매년 돌아올 거야. 매년 우리의 사랑은 북극의 밤보다 더 긴 어둠을 보내게 되겠지. 그러다가 어느 날 행복이 깨어나 석 달, 아니면 넉 달 동안 더 이상 잠들려 하지 않을 거야. 어둠 속에서도 우리는 그날을 기다릴 거야. 우리는 함께 그날을 기다릴 거야. 서로 같이 있지 않아도, 우리는 더 이상 헤어지지 않을 거야. 우리는 영원히 결합되었어.

"출발해요. 빨리 와요!" 루이스가 말했다.

그는 뛰어서 계단을 올라갔다. 나도 그의 뒤를 따라갔다. 그는 난간에 기대어 몸을 내밀고 사방을 둘러보았다.

"얼마나 예쁜지 좀 봐요, 하늘과 땅이 물속에서 섞여버렸어요."

별이 총총히 박힌 드넓은 하늘 아래 신시내티의 등불이

빛났고, 우리는 그 불빛 위를 미끄러져 가고 있었다. 우리는 앉은 채 네온사인이 희미해지다가 사라지는 모습을 오랫동안 바라보았다. 루이스는 나를 껴안고 있었다.

"도대체 이런 일을 절대 믿지 않았는데." 그가 말했다.

"이런 일이 뭐죠?"

"사랑하고 사랑받는다는 거요."

"그럼 뭘 믿었는데요?"

"늘 같은 방, 규칙적인 식사, 하룻밤을 보내는 여자들, 즉 평온함이죠. 그 이상을 요구하면 안 된다고 생각했어요. 누구나 영원히 혼자라고 생각했어요. 그런데 당신이 여기 왔군요."

우리의 머리 위에서 스피커가 숫자를 외치고 있었다. 승객들이 빙고 게임을 하는 중이었다. 그들 모두 너무 늙어서 내가 어려진 것만 같았다. 그렇게 나는 스무 살이 되었다. 지금 나는 첫사랑에 빠져 있고, 이것이 나의 첫 여행이었다. 루이스는 내 머리카락에, 눈에, 입에 키스를 했다.

"선실로 내려가죠. 어때요?"

"내가 절대 싫다고 하지 않는다는 거 잘 알잖아요."

"하지만 당신이 '네' 하고 대답하는 걸 듣는 게 너무 좋은 걸요. 정말 다정하게 '네' 하고 말하잖아요."

"네." 나는 말했다. "네."

'네'라고 하는 것만으로 이렇게 기뻐하다니. 이미 낡아버린 생명과 이제는 그리 싱싱하지 않은 피부로, 사랑하는 남자를 위해 행복을 만들어내고 있는 것이다. 얼마나 행복한 일인가!

오하이오강과 미시시피강을 내려가는 데 엿새가 걸렸다. 배가 항구에 닿으면, 다른 승객들을 피해 검고 더운 도시를 숨이 막힐 때까지 걸었다. 나머지 시간은 햇빛이 내리쬐는 갑판 위에 누워서 이야기를 나누거나, 책을 읽거나, 아무것도 하지 않고 담배만 피우며 보냈다. 매일 같은 물과 풀의 풍경을 보며, 물과 기계의 똑같은 소리를 들었다. 하지만 우리는 아침마다 한 번뿐인 아침이 다시 오고, 저녁마다 한 번뿐인 저녁이 다시 오는 것이 좋았다.

행복이란 이런 거야. 우리에겐 모든 것이 좋아 보였다. 배를 떠날 때도 즐거웠다. 우리 둘 다 뉴올리언스를 알고 있었다. 그러나 루이스와 나에게 그곳은 같은 도시가 아니었다. 그는 15년 전 비누 행상을 하던 빈민가를, 훔친 바나나로 배를 채우던 부둣가를, 주머니는 텅 빈 채 불타오르는 성기만 갖고 가슴을 두근대며 지나치던 작은 사창가를 나에게 보여주었다. 때때로 그 비참하고 분노했던 시절을, 채울 수 없었던 욕망의 격렬함을 그리워하는 듯 보이기도 했다. 그러나 내게 이끌려 프랑스 구역*에 들어가 관광객으로 술집과 호텔의 뜰을 당당히 걸어갈 땐 마치 운명을 속이고 있는 양 몹시 즐거워하기도 했다. 그는 한 번도 비행기를 타본 적이 없었다. 비행기가 하늘을 나는 내내, 그는 창에 코를 갖다 댄 채 구름을 향해 웃고 있었다.

나 역시 기뻐서 어쩔 줄 몰랐다. 얼마나 멋진 변화인가! 붙

---

* 뉴올리언스의 구시가이자 유명한 역사 지구. 유럽식 건물을 비롯한 독특한 유럽식 분위기로 관광지로 이름이 높다. 18세기에 프랑스인에 의해 만들어진 거리로 이루어졌기 때문에 프랑스 구역이라는 이름이 붙었다.

박이별들이 하늘에서 요동치며 회전하기 시작하고 대지가 허물을 벗을 땐 우리도 거의 완전히 다른 사람이 되는 것 같았다. 내게 유카탄반도는 지도 위에 작은 글자로 씌어진, 실체 없는 이름에 지나지 않았다. 나를 그곳과 연결시키는 것은 아무것도 없었다. 욕망도, 이미지조차도. 하지만 이제 나는 그곳을 내 눈으로 보고 있었다. 비행기가 속력을 늦추어 지면으로 돌진했고, 나는 하늘 한쪽에서 다른 쪽까지 녹청색의 벨벳 같은 황야가 펼쳐지는 모습을 보았다. 거기에 구름의 그림자가 검은 호수의 형상을 만들었다. 이어 나는 푸르고 무성한 용설란 밭 사이의 찌부러진 길을 자동차로 달리고 있었다. 그 밭 너머 이곳저곳에서 꼭대기가 평평한 강렬한 붉은색 화염이 폭발하는 것만 같았다. 우리는 짚으로 지붕을 이은 작은 진흙 집들이 늘어선 길을 따라 차를 몰았다. 거대한 태양이 빛나고 있었다. 마침내 호텔 로비에 여행가방을 내려놓았다. 호화롭고 나른한 온실과도 같은 그곳에서는 홍학들이 외다리로 선 채 졸고 있었다. 우리는 밖으로 나왔다. 흰 광장에는 니스를 바른 듯 반짝이는 나무 그늘 아래 하얀 옷을 입은 남자들이 머리에 밀짚모자를 얹은 채 잠들어 있었다. 나는 톨레도와 아빌라의 하늘을, 그 고요함을 떠올렸다. 대서양 이편에서 스페인을 다시 발견했다는 사실이 '내가 유카탄에 있다니' 하는 생각보다 더 나를 어리둥절하게 했다.

"저 작은 삯마차를 타보죠." 루이스가 말했다.

광장 한구석에 좌석 등받이가 딱딱한 검은 삯마차가 줄지어 서 있었다. 루이스가 한 마부를 깨웠다. 우리는 좁은 좌석에 앉았다. 루이스가 웃기 시작했다. "자, 이제 어디로 가죠? 당신은 알겠어요?"

"마부에게 근처를 돌아봐달라고 말해줘요. 그리고 우체국으로 데려가달라고도요. 편지가 와 있을 거예요."

루이스는 캘리포니아 남부에서 스페인어를 몇 마디 배운 터였다. 그가 마부에게 짧게 뭐라 말하자 말이 총총걸음으로 걷기 시작했다. 우리는 호화롭지만 황폐한 대로를 지나갔다. 견고한 카스티야 양식으로 지은 저택들을 비와 빈곤이 좀먹고 있었다. 정원의 녹슨 철책 뒤에서는 조각상들이 썩어갔다. 빨간색, 보라색, 파란색의 화려한 꽃들은 잎이 반쯤 떨어진 나무 밑에서 시들고 있었다. 커다란 검은 새들이 벽 꼭대기에 나란히 앉아 동정을 살폈다. 사방에 죽음의 냄새가 풍겼다. 원주민 시장 근처에 다다르자 안도감이 들었다. 햇볕이 내리쬐는 천막 아래 활기 있는 군중이 들끓고 있었다.

"5분만 기다려줘요." 루이스에게 말하자 그는 계단에 앉았다. 나는 우체국으로 들어갔다. 로베르의 편지가 와 있었다. 나는 곧장 봉투를 뜯었다. 로베르는 자기 책의 마지막 교정쇄를 손보고, 이제《비질랑스》에 실릴 정치 기사를 쓰고 있었다. 좋아, 지나치게 걱정하지 않기를 잘했어. 정치와 저술에 회의를 느껴도 로베르로서는 어쩔 수 없는 거야. 그것을 쉽게 포기하지 못하는 거지. 파리는 날씨가 흐리다고 했다. 나는 편지를 가방에 넣고 우체국을 나섰다. 파리는 정말 멀리 있구나! 여기 하늘은 얼마나 푸르른지! 나는 루이스의 팔을 잡았다. "모두 잘 지내고 있나 봐요."

우리는 천막 그늘에 자리한 군중 사이로 섞여 들었다. 과일, 생선, 샌들, 면제품을 팔고 있었다. 여자들은 수놓은 긴 치마 차림이었다. 반짝반짝하게 땋은 그들의 머리가, 표정이 조금도 변하지 않는 얼굴이 나는 좋았다. 원주민 아이들은 이를 드러내며 크게 웃었다. 우리는 바다 냄새가 나는 선술집에 앉았다. 큰 통 위에 거품 나는 검은 맥주가 놓였다. 거기에는 남자들밖에 없었고, 모두 젊은 사람들이었다. 다들 잡담을 나누며 웃고 있었다.

"저 사람들, 행복해 보이네요." 나는 말했다.

루이스가 어깨를 으쓱했다. "그렇게 말하기야 쉽죠. 뉴욕의 리틀 이탈리아도 그렇잖아요. 멋진 햇빛 아래서 산책할 때, 사람들은 행복해 보이는 법이니까요."

"그건 사실이에요." 내가 말했다. "더 가까이서 들여다봐야겠죠."

"조금 전 당신을 기다리면서 그런 생각을 했어요." 루이스가 말했다. "우리에게 모든 게 축제처럼 보이는 건 이 여행이 축제이기 때문이라는걸요. 하지만 저 사람들은 분명 축제를 하는 게 아니에요." 그는 올리브의 씨를 뱉었다. "이렇게 여행자로 지나치면서는 절대 이해할 수 없는 사실이죠."

나는 루이스에게 미소 지었다. "작은 집을 사도록 해요. 우린 해먹에서 자겠죠. 당신에게 토르티야를 만들어줄게요. 그리고 우린 원주민의 언어로 말하는 걸 배우게 될 거예요."

"정말 그러고 싶네요." 루이스가 말했다.

"아!" 나는 한숨을 쉬며 말했다. "인생이 여러 개는 필요하겠어요."

루이스는 나를 바라보았다. "당신은 꽤 요령 있게 대처하고 있잖아요." 그가 작게 미소 지었다.

"어떻게요?"

"두 개의 인생을 솜씨 좋게 관리하며 살아가고 있다는 뜻이에요."

나는 얼굴이 화끈 달아올랐다. 루이스의 목소리에 적의가 있는 것은 아니었지만, 그렇다고 아주 다정한 목소리도 아니었다. 파리에서 온 편지 때문이었을까? 문득 나는 우리의 문제를 생각한 것이 나 혼자만이 아니었음을 알아차렸다. 루이스도 역시 자기식으로 우리 문제를 생각하고 있었던 것이다. 나는 이렇게 생각했었다. 나는 돌아왔어. 나는 항상 돌아올 거야. 그러나 루이스는 이렇게 생각하고 있었으리라. 안은 항상 다시 떠날 거야. 그에게 뭐라고 대답해야 할까? 졸지에 맞닥뜨린 상황이었다. 나는 불안하게 말했다.

"루이스, 우리가 서로 적이 되는 일은 없겠죠? 그렇죠?"

"적이라고요? 누가 당신의 적이 될 수 있겠어요?"

그는 당황한 기색이 역력했다. 물론 내 입에서 나온 말은 어리석었다. 그는 내게 미소를 짓고 있었다. 나도 그에게 미소를 지었다. 하지만 갑자기 두려웠다. 뻔뻔스럽게도 인생을 전부 걸지 않은 채 사랑했다는 이유로 언젠가 벌을 받게 되는 것은 아닐까?

우리는 호텔에서, 두 마리의 홍학을 양쪽에 두고서 식사를 했다. 메리다의 여행사에서 키 작은 멕시코인을 보내왔다. 루이스는 초조하게 그의 말을 들었다. 나는 귀를 기울이지 않은 채 끊임없이 자문하고 있었다. 루이스는 머릿속으로 어떤 생각을 하고 있을까? 우리는 결코 미래에 대해 이야기하지 않았지. 루이스도 나에게 묻지 않았어. 그에게 미래에 대해 물어야 했을까? 하지만 결국 나는 그에게 해야 할 말을 1년 전에 모두 했는걸. 새로 덧붙여야 할 말은 조금도 없어. 게다가 말은 위험해서 모든 것을 뒤죽박죽으로 만들 수 있어. 이 사랑을 즐겨야 해. 더 나중에, 이 사랑이 이미 오랜 과거의 일이 되었을 때가 바로 이 사랑을 이야기할 순간일 거야.

"부인께서는 버스로 치첸이트사*까지 가기 힘들 겁니다." 그 자그마한 멕시코인이 말하며 나를 향해 활짝 미소를 지었다. "유적 탐방에 언제든 사용할 수 있도록 자동차가 준비되어 있습니다. 운전사가 가이드를 해드릴 거고요."

"우리는 가이드를 싫어합니다. 걷는 게 좋아요." 루이스가 말했다.

"마야 호텔에서 여행사 손님에게 할인도 해드려요."

"우리는 빅토리아에 투숙할 건데요." 내가 말했다.

"그건 불가능합니다. 빅토리아는 원주민 여관이니까요." 그렇게 이 원주민은 대꾸했다.

우리가 침묵을 지키자, 마침내 그는 역겨운 미소와 함께 허리를 굽혔다. "아주 고된 하루를 보내시게 될 겁니다!"

사실 다음 날 저녁 우리를 치첸이트사까지 데려다준 버스는 매우 편안했다. 미국인들의 수다스러운 목소리가 들려오는 마야 호텔의 정원을 지나면서, 우리는 고집을 부린 것에

---

 * 멕시코 남부 유카탄반도에 위치한 유적지. 마야문명의 중심지로 알려져 있다.

자부심을 느꼈다. "저 소리 들리죠?" 루이스가 말했다. "어쨌든 미국 사람들을 만나러 멕시코에 온 건 아니니까요."

그는 작은 여행 가방을 손에 들고 있었다. 우리는 진흙길을 더듬더듬 걸어갔다. 하늘을 가린 나무에서 무거운 물방울이 떨어지고 있었다. 아무것도 보이지 않았다. 썩은 흙, 썩은 나뭇잎, 죽어가는 꽃의 비극적인 냄새에 나는 얼이 빠졌다. 고양이는 보이지 않는데 어둠 속에서 빛나는 고양이의 눈들이 뛰어오르고 있었다. 나는 몸체가 없는 그 눈동자를 가리켰다. "저게 뭐죠?"

"개똥벌레예요. 일리노이에도 있죠. 전구 유리 안에 다섯 마리만 잡아 넣으면 책을 읽을 수도 있을 만큼 환해져요."

"정말 유용하겠어요." 나는 말했다. "아무것도 보이질 않네요. 다른 숙소가 있는 게 확실한가요?"

"분명히 있어요!"

못 미더운 마음이 들기 시작했다. 집 한 채 보이지 않았고, 인기척도 없었다. 마침내 스페인어로 말하는 소리가 들리더니 희미하게 벽이 나타났다. 불빛은 조금도 보이지 않았다. 루이스가 울타리를 밀었다. 그러나 우리는 감히 들어갈 수 없었다. 돼지가 꿀꿀거리고 가금류들이 울고 있었다. 어디선가 두꺼비들도 합창을 해댔다. 나는 중얼거렸다.

"위험한 곳 같아요."

루이스가 외쳤다. "여긴 호텔인가요?"

무슨 소리가 들리고 촛불이 깜빡거리다가 이내 전깃불이 들어왔다. 우리는 여인숙 뜰 안에 서 있었다. 한 남자가 우리를 향해 공손히 미소를 지었다. 그가 스페인어로 무언가를 말했다. "저 사람이 사과하고 있어요. 정전이 됐었대요." 루이스가 내게 알려주었다. "방은 있다네요."

방의 한쪽은 안뜰을, 다른 쪽은 정글을 향하고 있었다. 텅 비다시피 한 방이었지만 흰 모기장 안의 시트는 깨끗했다. 저녁 식사로는 이에 달라붙는 토르티야와 보랏빛 잠두콩, 목구멍에 불이 붙을 정도로 소스를 친 뼈만 앙상한 닭고기가 나왔다. 식당은 전시회에서나 볼 법한 자기와 착색 판화로 장식되어 있었다. 달력에는 반쯤 옷을 벗은 채 깃털로 치장한 인디언들이 고대 경기장에서 야구를 하는 그림이 그려져 있었다. 한 멕시코인이 뜰의 벤치에 앉아 돼지와 가금류들 사이에서 기타를 치고 있었다.

"정말 시카고에서 멀리 왔어요!" 나는 말했다. "그리고 파리에서도요. 모든 것이 너무나 멀어졌네요!"

"그래요, 이제부터 정말 여행을 시작하는 거죠." 루이스가 활기찬 어조로 말했다.

나는 그의 손을 꼭 잡았다. 그 순간, 그가 머릿속으로 무슨 생각을 하는지 너무 잘 알 것 같았다. 그는 기타 소리와 두꺼비의 합창을, 그리고 나를 생각하고 있었다. 두꺼비의 소리와 기타 소리를 들으며, 나는 완전히 그의 것이 되었다. 그에게, 나에게, 우리에게, 우리가 아닌 다른 존재는 무엇도 없었다.

밤새도록 두꺼비의 노래가 방 안으로 들어왔다. 아침에는 수천 마리의 새들이 지저귀고 있었다. 그와 함께 고대의 도시가 세워진 성벽 안쪽으로 들어갔을 때, 그곳에는 우리밖에 아무도 없었다. 루이스가 사원 쪽으로 뛰어갔다. 나는 종종걸음으로 그의 뒤를 따라갔다. 유카탄에 도착했을 때보다 더욱 당황스러웠다. 지금까지 나에게 고대란 지중해와 동일한 것이었다. 아크로폴리스 위에 오르거나 고대 광장으로 들어가서, 그렇게 놀라지 않고 나 자신의 과거를 바라본 터였다. 하지만 치첸이트사는 내 역사와 아무런 관련도 없었다. 일주일 전만 해도 나는 피에 물든 돌로 지어진 이 거대하고 기하학적인 메카의 이름조차 모르고 있었다. 그런데 그것이 지금 여기에 있었다. 절도 있는 건축과 광신적인 조각의 무게로 대지를 짓밟으며, 말없이 거대하게 서 있었다. 사원과 제단, 달력에 그려져 있는 경기장, 수많은 기둥이 세워진 시장, 정밀한 각도와 기묘한 부조로 이루어진 다른 사원들. 눈으로 루이스를 찾던 나는 거대한 피라미드의 꼭대기에 있는 그를 발견했다. 손을 흔드는 그의 모습이 아주 작게 보였다. 계단은 가팔랐다. 그래서 나는 루이스에게 시선을 고정한 채 발밑을 보지 않고 계단을 올랐다.

"우리는 어디 있는 거죠?" 나는 물었다.

"나도 그게 궁금해요."

성벽 너머로, 시선이 닿는 곳까지, 군데군데 붉은 화염의 꽃이 열린 초록색 정글이 보였다. 밭은 하나도 찾아볼 수 없었다. 나는 말했다. "도대체 옥수수는 어디에 심는 걸까요?"

"학교에서 뭘 배운 거예요?" 루이스가 짐짓 거만한 어조로 대꾸했다. "씨를 뿌릴 때 정글의 일부를 태워요. 수확이 끝나면 곧 나무가 자라니까요. 그 흔적은 보이지 않죠."

"그걸 어디서 알게 됐어요?"

"오! 난 늘 알고 있었어요."

나는 웃기 시작했다. "거짓말! 아마 어젯밤 내가 자는 사이 책에서 읽었겠죠. 안 그랬다면 어제 버스에 있을 때 얘기했을 거잖아요."

그는 겸연쩍은 표정이었다. "정말 이상해요. 늘 아주 세세한 것까지 내 계략을 알아채니 말이에요. 맞아요. 어젯밤 호텔에서 책을 봤죠. 당신을 감탄하게 만들고 싶었어요."

"감탄하게 해줘요. 또 어떤 걸 알게 됐어요?"

"옥수수는 저절로 자란대요. 농부들은 1년에 몇 주 이상은 일할 필요가 없다네요. 그래서 이토록 많은 사원을 세울 시간이 있었나 봐요." 그는 갑자기 거칠게 덧붙였다. "이런 생활을 상상할 수 있어요? 토르티야를 먹고 돌을 지어 나른다는 거 말이에요. 이런 태양 아래서요. 매일매일 먹고 땀을 흘리고, 땀을 흘리고 먹는다는 것을요. 물론 어디서나 인간은 희생을 하고, 이것이 최악의 경우도 아니에요. 하지만 군인들과 사제들이 가축처럼 부렸던 수백만의 불행한 사람들을 생각해보세요! 왜 그랬을까요? 어리석은 허영 때문이겠죠?"

한때는 태양을 향해서 치솟았으나 이제는 대지를 짓누르고 있는 듯한 피라미드를, 루이스는 적의를 갖고 바라보았다. 나는 그의 분노에 동조하지 않았다. 나는 먹기 위해 땀을 흘려야만 했던 적이 한 번도 없었기 때문일지 모른다. 그리고 이 모든 불행이 너무 옛날의 일이었기 때문일지 모른다. 그럼에도, 10년 전이었더라면 모를까, 이 죽은 아름다움을 거리낌 없이 감탄하며 바라볼 수만은 없었다. 돌로 된 유희를 위해 그토록 많은 인간의 생명을 희생시킨 문명은 그 뒤에 아무것도 남겨놓지 않았다. 이 문명의 잔인성보다도, 이 문명의 불모 상태가 나에게 불쾌감을 주었다. 여행자들이

273

기계적으로 사진을 찍어대는 이 기념물에 정말로 흥미를 갖는 사람들은 몇 명의 고고학자와 탐미주의자들 외에는 이제 아무도 없었다.

"내려갈까요?" 내가 말했다.

"어떻게요?"

피라미드 꼭대기의 편편한 면을 지탱하는 네 개의 벽은 거의 수직을 이루고 있었다. 그중 하나에는 빛과 그림자로 줄이 그려져 있었으나 거기에 발을 디딜 생각은 할 수 없었다. 루이스가 웃기 시작했다. "지면에서 2미터만 올라가도 끔찍한 현기증을 느낀다는 거, 당신한테 아직 얘기한 적 없죠? 여기까지 현기증도 느끼지도 못하고 올라왔네요. 그런데 이젠 도저히 못 내려가겠어요."

"내려가야죠!"

루이스는 피라미드 꼭대기의 편편한 가운데 쪽으로 뒷걸음질했다.

"못 하겠어요."

그는 다시 미소를 지었다. "10년 전 로스앤젤레스에서, 난 배가 고파 죽을 지경이었어요. 일을 얻었는데, 공장 굴뚝 위쪽에 애벌칠을 하는 일이었어요. 사람들이 바구니에 나를 태우고 끌어 올렸죠. 난 세 시간 동안 바구니에서 나올 결심을 하지 못하고 그대로 있었어요. 사람들은 나를 다시 내려놓았고, 결국 난 돈 한 푼 없이 돌아왔죠. 그때 이틀이나 굶었다니까요. 이제 그 모습을 보게 될 거예요!"

"당신이 현기증을 느끼다니 이상하네요!" 나는 말했다. "갖가지 시련을 겪었잖아요. 더 단련되어 있으리라 생각했는데!" 나는 계단 쪽으로 걸어갔다. "미국인 가족들이 올라오고 있어요. 어서 내려가요!"

"무섭지 않아요?"

"나도 무서워요."

"그러면 내가 당신 앞에서 갈게요." 루이스가 말했다.

우리는 손을 잡고 몸을 옆으로 돌린 채 계단을 내려왔다. 아래에 도착했을 땐 둘 다 땀에 젖어 있었다. 가이드 한 명이 한무리의 관광객들에게 마야 영혼의 신비함에 대해 설명하고 있었다. 나는 중얼거렸다. "여행이란 정말 이상한 것이군요!"

"그래요, 정말 이상해요." 루이스가 말했다. 그는 나를 끌어당겼다. "가서 한잔해요."

오후에는 매우 더웠다. 우리는 방문 앞의 해먹 안에서 졸았다. 그러다가, 나는 반사작용과도 같은 갑작스러운 호기심으로 정글 쪽을 향해 고개를 돌렸다.

"저 숲속을 꼭 한번 돌아보고 싶어요." 내가 말했다.

"가보도록 하죠."

우리는 정글의 엄청난 침묵, 습기 찬 그 침묵 속으로 들어갔다. 관광객은 한 사람도 보이지 않았다. 뾰족한 나뭇잎 조각을 어깨에 짊어진 불개미들이 보이지 않는 성채를 향해서 무리 지어 기어가고 있었다. 우리 발소리에 놀라 날아가는 분홍색, 파란색, 초록색, 노란색의 나비 떼를 만나기도 했다. 칡넝쿨 틈에서 잠들어 있던 물이 커다란 방울이 되어 우리 위로 떨어졌다. 오솔길 끝에는 군데군데 신비스러운 고분이 보였다. 자갈투성이 폐석에 파묻힌 사원이나 무너진 궁전인 것 같았다. 몇 개의 고분은 반쯤 발굴되어 있었지만 그나마도 풀로 완전히 덮여 있었다.

"여기까지는 아무도 오지 않았던 모양이에요."

"그러게요." 루이스가 열의 없이 대답했다.

"오솔길 끝을 봐요. 큰 사원이 있네요."

"그러게요." 루이스가 다시 말했다.

그것은 아주 큰 사원이었다. 황금빛 도마뱀들이 바위틈에서 볕을 쬐고 있었다. 얼굴을 찡그린 용을 제외하고는 조각들 모두 손상되어 있었다. 나는 무심한 얼굴을 한 루이스에게 용의 조각을 가리켜 보였다.

"봤어요?"

"봤어요." 루이스가 말했다.

갑자기 그가 용의 입을 발로 한 번 걷어찼다.

"뭐 하는 거예요?"

"발로 한번 차줬어요."

"왜요?"

"이놈이 기분 나쁘게 나를 쳐다보고 있어서요." 루이스는 돌 위에 앉았다. 그래서 나는 물었다. "사원을 한 바퀴 돌아보지 않을래요?"

"혼자 돌아보고 와요."

나는 사원을 한 바퀴 돌았지만 마음은 다른 데 있었다. 사원에는 그저 아무런 의미도 없이 쌓여 올라간 돌들뿐이었다. 돌아왔을 때도 루이스는 그 자리에 있었다. 그의 얼굴은 너무나 공허해서 넋이 나간 듯 보였다.

"실컷 봤어요?" 그가 물었다.

"돌아갈까요?"

"당신이 충분히 봤으면요."

"네, 충분히 봤어요." 나는 말했다. "돌아가요."

해가 졌다. 처음 나오는 개똥벌레의 빛이 보이기 시작했다. 나는 걱정스럽게 생각에 잠겨 있었다. 결국 나는 루이스를 잘 알지 못하는 거야. 그가 너무나 자연스럽고도 진지하게 굴었기에 나에게는 그저 단순한 남자로만 보였던 거지! 그러나 세상에 단순한 사람은 없어. 용 조각을 발로 찼을 때, 그는 좋은 사람 같지 않았어. 그리고 그의 현기증은 무엇을 의미하는 걸까? 우리는 말없이 걸었다. 그는 무슨 생각을 하고 있을까?

"무슨 생각 해요?" 내가 물었다.

"시카고의 집을 생각하고 있었어요. 전등을 켜놓은 채로 왔어요. 지나가는 사람들은 거기 누군가가 있다고 생각하겠죠. 하지만 아무도 없어요."

그의 목소리에는 슬픔이 있었다.

"여기에 온 걸 후회해요?"

루이스가 살짝 웃었다. "내가 정말 여기에 와 있는 걸까요? 이상해요. 당신은 어린애 같아요. 모든 것이 당신에게는 현실로 보이니까요. 나에게는 이 모든 것이 꿈과 같거든요. 다른 누군가가 꾸는 꿈 말이죠."

"하지만 여기 있는 사람은 분명히 당신이에요." 나는 말했다. "그리고 나고요."

루이스는 대답하지 않았다. 우리는 정글에서 나왔다. 완전히 밤이 되어 있었다. 하늘에는 전혀 새로운 별들이 흩뿌려진 가운데 오래된 성좌가 거꾸로 가로놓여 있었다. 여인

숙의 불빛이 보이자 루이스는 미소를 지었다. "마침내 찾았네요! 길을 잃은 줄 알았거든요."

"길을 잃었다고요?"

"이 유적들 전부 너무 오래됐어요! 너무 오래됐다고요."

"난 길을 잃은 듯한 기분이 좋던데."

"난 싫어요. 너무 오랫동안 길을 잃고 살았거든요. 영원히 길을 찾지 못할 거라 생각했죠. 이제 다시는 길을 잃지 않을 거예요."

그의 목소리에서 도발이 느껴졌다. 나는 막연히 위협을 당하는 기분이었다. "때로는 길을 잃을 줄도 알아야죠." 나는 말했다. "위험을 무릅쓰지 않으면 아무것도 얻지 못하니까요."

"그런 위험을 무릅쓰느니 아무것도 얻지 않는 편이 나아요." 루이스가 단호한 어조로 대꾸했다.

나는 그를 이해할 수 있었다. 약간의 안정을 얻기 위해 너무나 많은 노력을 했기 때문에, 무엇보다 그것을 지키고 싶은 것이다. 하지만 나를 사랑하는 것은 그에게 얼마나 경솔한 일인가. 루이스는 이것을 후회하게 될까?

"아깐 길을 잃었다고 생각해서 조각을 발로 찬 거예요?" 나는 물었다.

"아뇨, 난 그 짐승이 싫었어요."

"정말 못된 사람 같았어요."

"내가 그런 사람이니까."

"나에게는 안 그러잖아요."

그는 미소를 지었다. "당신에게는 그러기가 어려워요. 작

278

년에 한번 해보려고 하니까 당신이 곧바로 울었죠."

우리는 방으로 돌아왔다. 나는 물었다. "루이스, 내가 원망스럽지는 않아요?"

"무엇 때문에요?"

"나도 모르겠어요. 모든 것에 대해서, 어쩌면 아무것도 아닌 것에 대해서 그럴지 모르죠. 아니면 두 개의 인생을 사는 것 때문에 그럴지도요."

"당신이 하나의 인생만 살았다면 여기에 없었겠죠." 루이스가 말했다.

나는 불안하게 그를 바라보았다.

"날 원망해요?"

"아뇨." 루이스가 말했다. "당신을 원망하지 않아요." 그는 나를 꼭 끌어안았다. "당신을 원망해요."

그는 모기장을 젖히고 나를 침대에 던졌다. 함께 옷을 벗고 살과 살을 맞대고 있을 때, 그가 기쁜 목소리로 말했다.

"바로 이게 우리의 가장 멋진 여행이죠."

그의 얼굴이 밝아졌다. 더 이상 길을 잃은 듯 느끼지 않는 것이다. 그는 바로 거기에, 그가 있는 곳에, 내 육체 안에 있었다. 나도 이젠 불안하지 않았다. 우리가 서로의 품 안에서 찾은 평화와 기쁨은 무엇보다도 강력할 테니까.

더 이상 존재하지 않는 것, 우리와 아무 관계도 없는 것을 눈으로 직접 보기 위해 여행을 하고 세계를 돌아다닌다는 건 정말 이상한 일이야. 그 점에 관해서 루이스와 나는 같은 의견이었다. 하지만 그런 생각이 우리 두 사람이 실컷 누리는 즐거움을 방해하지는 않았다. 일요일, 욱스말*의 원주민들이 사원의 그늘진 곳에 피크닉용 바구니를 풀고 있었다. 우리는 긴 치마를 입은 여자들을 따라 쇠사슬을 잡고 파손된 계단을 올라갔다. 이틀 뒤에는 비에 흠씬 젖은 숲 위를 날았다. 비행기는 하늘로 높이 날아올라 영영 내려가지 않을 것 같았다. 땅이 우리를 만나러 솟아오를 것만 같았다. 녹음 속에 푸른 호수와 어린 학생의 공책처럼 반듯하게 격자로 줄이 그어진 펀펀한 도시가 누워 있었다. 그것이 과테말라였다. 낮고 기다란 집들이 늘어선 도로, 북적이는 시장, 호화로운 누더기를 걸치고 맨발을 한 여자 농부들이 머리에 꽃과 과일 바구니를 이고 다니는, 메마르며 가난한 곳. 안티과**의 호텔 정원에는 빨간색, 보라색, 파란색의 꽃들이 눈사태처럼 피어나 나무줄기를 따라 무너져 내리고 벽을 뒤덮었다.

굵고 뜨거운 빗방울이 억수같이 쏟아지고 있었다. 사슬에 매인 앵무새는 웃음소리를 내며 홰를 오르내렸다. 아티틀란*** 호숫가에서, 우리는 카네이션이 거대한 다발로 피어 있는 방갈로에 들어가 잠을 잤다. 그런 다음엔 배를 타고 산티아고로 갔다. 거기에는 빨간 리본을 후광처럼 머리에 매단 여자들이 머리끝에서 어깨까지 원통형 두건으로 꽁꽁 싸맨 젖먹이들을 흔들며 잠을 재우고 있었다. 목요일, 우리는 치치

---

  *   멕시코의 유카탄반도에 위치한 지역. 고대 마야문명의 유적지로 유명하다.

  ** 16세기에 스페인이 건설했던 과거 과테말라 왕국의 수도. 수도인 과테말라시와 구별하기 위해 '옛 과테말라'라는 뜻으로 안티과 과테말라라는 지명을 갖게 되었으며, 간략하게 안티과로 불린다.

  *** 화산 폭발로 만들어진 거대한 호수로 과테말라 솔롤라주에 있다.

카스테낭고*의 시장 한복판에서 배를 내렸다. 광장은 천막과 노점으로 가득 차 있었다. 수놓은 블라우스와 반짝이는 치마를 입은 여자들이 곡식과 밀가루, 빵, 단단한 과일, 야윈 가금류, 도자기, 자루, 벨트, 샌들, 채색 유리를, 또 도기의 색깔을 한 몇 킬로미터나 되는 옷감을 팔고 있었다. 그 옷감이 너무 아름다워서, 루이스는 매우 기뻐하며 그것을 만져보기까지 했다.

"이 빨간 옷감을 사요." 루이스가 말했다. "아니면 작은 새들이 그려진 저 초록색 옷감을 사든지요."

"기다려봐요." 나는 말했다. "전부 살펴보고요."

이 멋진 모든 것들 가운데 가장 멋진 것은 몇몇 여자 농부들이 입은 아주 오래된 우이필**이었다. 나는 샤르트르대성당의 채색 유리 같은 푸른색에 바랜 붉은색과 황금색이 부드럽게 섞여 있고 구식 자수가 수놓인 블라우스 하나를 루이스에게 가리켜 보였다. "저걸 혹시 판다면, 사고 싶어요."

루이스는 머리를 길게 땋아 늘인 원주민 노파를 가만히 살펴보았다.

"팔 것 같은데요."

"저 할머니한테 그걸 팔라는 말은 도저히 못 하겠어요. 게다가 어느 나라 말로 해야 하죠?"

우리는 계속 돌아다녔다. 여자들은 손바닥으로 토르티야

---

* 과테말라 키체주에 위치한 도시. 중앙아메리카에서 가장 큰 전통시장이 열리는 곳이다.

** 멕시코에서 원주민이나 농사일을 하는 여인들이 입는 민족의상. 소매 없는 블라우스 형태로, 부족에 따라 옷감의 무늬와 명칭이 다르다.

반죽을 하고 있었다. 노란 스튜로 가득 찬 냄비가 불 위에서 부글부글 끓었고, 가족들은 모여서 식사를 했다. 광장에는 양쪽 옆에 계단이 마련된 흰 성당이 서 있었다. 그 계단 위에서 오페레타의 투우사처럼 옷을 입은 남자들이 향로를 흔들어댔다. 나의 독실한 어린 시절을 상기시키는 짙은 향연을 가로질러 우리는 커다란 성당으로 올라갔다.

"안으로 들어가도 될까요?" 내가 물었다.

"들어간다고 누가 뭐라 하겠어요?" 루이스가 말했다.

우리는 안으로 들어갔다. 향료의 묵중한 냄새에 목이 막혔다. 의자도 벤치도 걸상도 없었다. 포석을 깐 바닥은 장미색 불꽃을 피운 양초로 만들어진 화단 같았다. 원주민들이 손에서 손으로 옥수수 이삭을 건네며 기도를 중얼거렸다. 꽃과 금박 천으로 덮인 미라가 제단 위에 놓여 있고, 정면에는 피 흘리며 고통 받는 커다란 예수상이 천과 보석으로 뒤덮여 있었다.

"이 사람들이 무슨 말을 하는지만이라도 이해할 수 있으면 좋을 텐데!" 루이스가 말했다.

그는 무릎 꿇은 여자들을 축복하는, 발이 거친 어느 노인을 바라보고 있었다. 나는 그의 팔을 잡아당겼다. "나가요, 향냄새 때문에 머리가 아파요."

밖으로 나오자 루이스가 말했다.

"봤죠? 이 원주민들은 그리 행복해 보이지 않아요. 옷은 화려해도, 사람들은 그렇지 않잖아요."

우리는 벨트와 샌들과 옷감을 샀다. 예의 굉장한 우이필을 입은 노파가 여전히 거기 있었지만, 나는 감히 말을 건네지 못했다. 광장의 식료품점 겸 카페에서는 원주민 몇 명이 테이블에 둘러앉아 술을 마시고 있었다. 아내들은 남자들의 발치에 앉아 있었다. 테킬라를 주문하자 소금과 라임이 함께 나왔다. 두 젊은 원주민이 비틀거리며 사람들 사이에서 춤을 추었다. 도무지 즐기고 있는 것처럼 보이지 않아 마음이 아팠다. 밖에서는 상인들이 노점을 닫기 시작했다. 그들은 도자기들과 함께 복잡한 구조로 늘어놓았던 물건들을 쌓아 올려 등에 짊어지고는, 무거운 짐을 나를 수 있도록 가죽 띠를 이마에 묶고 종종걸음으로 떠나갔다.

"저걸 좀 봐요!" 루이스가 말했다. "저 사람들은 스스로를 짐 나르는 가축 취급하고 있어요."

"너무 가난해서 당나귀도 없나 보네요."

"그러게요. 하지만 비참함에 완전히 익숙해진 것 같아요. 그 때문에 뭔가 짜증스러워 보이기도 하고요. 이만 돌아가는 게 어때요?" 그가 물었다.

"그래요, 돌아가요."

우리는 호텔로 돌아왔지만 루이스는 문 앞에서 나를 먼저 들여보냈다. "담배 사는 걸 잊었네요. 금방 다녀올게요."

방에서는 난로에 불이 커다랗게 타오르고 있었다. 태양이 내리쬐는 이 작은 도시는 프랑스에서 가장 높은 곳에 있는 마을보다 더 고도가 높아 밤이 되면 날씨가 싸늘해졌다. 나는 송진 향이 기분 좋게 풍기는 불꽃 앞에 누웠다. 장미색으로 초벽질이 되어 있고 양탄자가 깔린 이 방이 맘에 들었다. 나는 루이스를 생각했다. 5분쯤 홀로 있자니 좋았다. 여유를 가지고 그를 생각할 수 있었으니까. 루이스는 아름다운 풍경에 감동을 받지 못한 것이 분명했다. 사원을 보든, 풍경을 보든, 시장을 보든, 그는 곧 그걸 통해 인간을 보았다. 그에겐 인간이 어때야 하는지에 대한 자신만의 생각이 있었다. 그에게 인간은 무엇보다 단념하지 않는, 욕망을 가진, 또 그 욕망을 충족시키기 위해 싸워야 하는 존재였다. 자신은 하찮은 것에 만족하면서도, 동시에 무엇이든 빼앗기는 것을 그는 맹렬히 거부했다. 그의 소설에는 다정함과 잔인함이 기묘하게 섞여 있었다. 왜냐하면 그는 지나치게 복종하는 희생자를 거의 압제자만큼이나 증오하기 때문이었다. 문학과 예술과 마약을 통해, 부득이한 경우에는 범죄를 통해, 최선의 경우에는 행복을 통해 개인적인 도피라도 하려는 사람들에게는 그나마 공감을 느꼈다. 그가 진정으로 존경하는 사람은 위대한 혁명가들뿐이었다. 나보다 더 정치적인 사고력이 있는 것도 아니면서 매우 감상적으로 스탈린을, 마오쩌둥을, 티토를 좋아했다. 그는 미국의 공산주의자들을 어리석고 무기력하게 보지만, 아마 프랑스에 있었다면 공산주의자가 되었든지 되고자 했을 터였다. 나는 문 쪽으로 고개를 돌렸다. 왜 돌아오지 않는 거지? 초조해지려는 참에, 루이스가 마침내 꾸러미를 팔에 긴 채 돌아왔다.

"도대체 뭘 한 거예요?" 내가 물었다.

"특별한 임무가 있었어요."

"누가 시킨 건데요?"

"나 스스로 시킨 거죠."

"그래서 해냈어요?"

"그럼요."

그가 꾸러미를 내게 던졌다. 포장을 뜯자 샤르트르대성당의 푸른색이 내 눈을 가득 채웠다. 그 굉장한 우이필이었다.

"꽤 더러워요!" 루이스가 말했다.

나는 환희에 차서, 아무렇게 그런 것 같지만 사실은 섬세하게 완성된 자수의 도안을 손가락으로 더듬어보았다. "굉장해요. 어떻게 이걸 얻었어요?"

"호텔 문지기를 데리고 갔더니 흥정을 해주더라고요. 노파가 처음엔 절대 안 된다고 하더니, 새 우이필과 바꾸자니까 넘겨줬어요. 나를 바보로 아는 것 같더군요. 겨우 일이 끝난 다음엔 문지기에게 한잔 사야 했죠. 그런데 이번에는 그 사람이 날 봐주지 않더라고요. 뉴욕에 행운을 찾으러 가고 싶다나요."

나는 루이스의 목에 매달렸다. "왜 이렇게 자상해요?"

"이미 말했잖아요, 난 자상하지 않아요. 지독한 이기주의자랍니다. 이러는 이유가 있다면, 그건 당신이 내 작은 일부분이기 때문이죠." 그는 나를 세게 껴안았다. "당신이야말로 정말 다정하고 사랑받을 만해요."

아아! 애정이 우리를 숨 막히게 하는 이런 순간에 육체는 얼마나 유용한가. 나는 루이스에게 몸을 밀착했다. 왜 루이스의 몸은 이토록 익숙하면서 동시에 놀라울 수 있지? 갑자기 그의 포근함이 피부에서 뼛속까지 나를 흥분시켰다. 우리는 탁탁 소리를 내는 불꽃 앞의 양탄자로 무너지듯 쓰러졌다.

"안! 당신을 얼마나 사랑하는지 알아요? 이런 말을 자주 하지는 않지만, 알고 있죠?"

"알고 있어요. 당신도 알고 있죠?"

"알고 있어요."

우리는 방의 구석구석에 옷을 내던졌다.

"왜 당신을 이토록 원하는 걸까요?" 루이스가 물었다.

"내가 당신을 이토록 원하기 때문이죠."

양탄자 위에서 그는 나를 가졌다. 이어 침대 위에서 다시 나를 가졌다. 나는 그의 겨드랑이 아래 한참을 누워 있었다.

"당신 곁에 있으니 정말 좋아요!"

"당신이 내 곁에 있으니 정말 좋군요!"

얼마 후 루이스가 한쪽 팔꿈치를 괴고 몸을 일으켰다.

"목이 마르네요. 당신은 안 그래요?"

"나도 한잔하고 싶어요."

그가 수화기를 들고 위스키 두 잔을 주문했다. 나는 실내복을 걸쳤고, 그는 낡은 흰색 목욕 가운을 입었다.

"그런 끔찍한 건 버려야 되는데." 내가 말했다.

그는 타월로 된 천을 몸에 단단히 두르며 대꾸했다.

"절대 안 돼요! 이 옷이 나를 버릴 때까지 기다릴 거예요."

그는 인색함과는 거리가 먼 사람이지만 물건을, 특히 낡은 옷 버리는 것을 아주 싫어했다. 위스키가 오자 우리는 난롯가에 앉았다. 밖에서는 비가 내리기 시작했다. 밤마다 비가 내리고 있었다.

"기분이 참 좋아요!" 나는 말했다.

"나도 그래요." 그러면서 루이스는 내 어깨에 팔을 둘렀다. "안!" 그가 말했다. "내 곁에 있어줘요."

나는 목에서 숨이 막히는 것을 느꼈다. "루이스! 내가 얼마나 그러고 싶어 하는지 알잖아요! 그러고 싶어요. 정말 그러고 싶어요! 하지만 그럴 수 없어요."

"왜요?"

"작년에 당신에게 설명했잖아요."

나는 단숨에 잔을 비웠다. 그러자 오랜 공포가 한꺼번에 엄습하는 듯했다. 델리사 클럽에서의 공포, 메리다에서의 공포, 치첸이트사에서의 공포, 그리고 내가 곧바로 억눌러 버렸던 그 밖의 다른 공포가. 이것이 바로 내가 예감하며 두려워하던 일이었다. 언젠가 그가 나에게 그렇게 말하리라는 걸 알고 있었던 것이다. "여기 있어줘요." 그리고 나는 그럴 수 없다고 대답해야만 하리라는 것도. 그러면 어떻게 될까? 작년에 루이스를 잃었다면, 나도 마음을 다시 달랠 수 있었을지 모른다. 그러나 지금 그를 잃는다는 것은 생매장당하는 것과 같았다.

"당신은 결혼했죠." 루이스가 말했다. "하지만 이혼할 수 있잖아요. 우리는 결혼하지 않고도 같이 살 수 있어요." 그는 몸을 내 쪽으로 기울였다. "당신은 내 아내예요, 내 유일한 아내죠."

내 눈에 눈물이 고였다. "당신을 사랑해요." 나는 말했다. "얼마나 사랑하는지 당신도 알 거예요. 하지만 내 나이에 인생을 전부 던져버릴 수는 없어요. 너무 늦었어요. 우리는 너무 늦게 만났어요."

"나에겐 아니에요."

"그렇게 생각해요?" 내가 물었다. "파리로 와서 영원히 살아달라고 부탁한다면, 올 건가요?"

"난 프랑스어를 못 해요." 루이스가 재빨리 대답했다.

나는 미소를 지었다. "배우면 되죠. 파리는 시카고보다 생활비가 덜 들고, 타자기는 쉽게 옮길 수 있어요. 파리로 오겠어요?"

루이스의 표정이 어두워졌다. "파리에서는 글을 쓸 수가 없을 거예요."

"나도 그럴 거라 생각해요." 나는 어깨를 으쓱했다. "당신도 알잖아요. 외국에서 당신은 글을 쓸 수 없고, 당신의 삶도 더 이상 의미가 없어지리라는 걸. 난 작가는 아니지만, 당신에게 작품이 소중한 만큼 나에게도 소중한 것들이 있어요."

루이스는 잠깐 입을 다물었다. "하지만 당신은 날 사랑하잖아요."

"그래요. 죽을 때까지 당신을 사랑할 거예요." 나는 그의 손을 잡았다. "루이스, 나는 해마다 올 수 있어요. 우리가 매년 만난다면, 더 이상 이별이란 없을 거잖아요. 단지 기다림만이 있죠. 아주 열렬하게 사랑한다면 행복하게 기다릴 수 있을 거예요."

"내가 당신을 사랑하는 것처럼 당신이 나를 사랑한다면, 우리 인생의 4분의 3을 기다림에 낭비할 이유가 뭐겠어요?" 루이스가 물었다.

나는 망설였다. "사랑이 전부가 아니기 때문이죠." 나는 말했다. "당신도 날 이해할 거예요. 당신에게도 사랑이 전부는 아닐 테니까요."

목소리가 떨렸다. 나는 눈으로 루이스에게 애원하고 있었다. 부디 그가 이해해주기를! 나에 대한 사랑을 간직해주기를! 이 사랑이 나의 전부는 아니지만, 이 사랑이 없다면 나는 더 이상 존재하지 않겠지.

"그래요, 사랑이 전부는 아니죠." 루이스가 말했다.

그는 주저하는 표정으로 나를 바라보고 있었다. 나는 열정적으로 말했다.

"다른 일도 소중히 여긴다는 게 당신을 더 사랑하지 않는다는 뜻은 아니에요. 날 원망하면 안 돼요. 그 때문에 나를 더 사랑하지 않아도 안 돼요."

루이스가 내 머리카락을 매만졌다. "당신에게 사랑이 전부였다면, 이처럼 당신을 사랑하지 않았을 거예요. 그런 당신은 더 이상 당신이 아닐 테니까요."

내 눈은 눈물로 가득 찼다. 루이스가 내 과거와 내 인생을, 그와 나를 떼어놓는 모든 것과 함께 완전히 나를 받아준다면, 우리의 행복은 지켜질 것이다. 나는 그의 품에 몸을 던졌다.

"루이스! 당신이 이해해주지 않았다면 얼마나 끔찍했을까요! 그렇지만 이해해줬군요. 정말 행복해요."

"왜 울어요?" 루이스가 물었다.

"무서웠어요. 당신을 잃는다면, 더는 살아갈 수 없을 테니까요."

그가 내 볼의 눈물을 닦았다. "울지 말아요. 당신이 울면 겁나는 사람은 바로 나라고요."

"지금 내가 울고 있는 건 행복해서예요." 나는 말했다. "우리가 앞으로 행복할 것이기 때문이죠. 함께 있을 때 1년치 행복을 저장하기로 해요. 어때요, 루이스?"

"그래요, 내 귀여운 프랑스 아가씨." 그는 다정하게 말하고서 나의 젖은 얼굴에 키스를 했다. "이상해요. 당신은 아주 지혜로운 것 같다가도 가끔은 단순한 아이 같으니까요."

"난 어리석은 여자일 거예요." 나는 말했다. "하지만 당신이 날 사랑한다면, 아무렇지도 않아요."

"당신을 사랑해요. 바보 같은 프랑스 아가씨." 루이스가 말했다.

다음 날 아침 케트살테낭고*로 가는 자동차 안에서, 내 마음은 축제 분위기에 젖어 있었다. 미래도, 루이스도, 이런저런 말들도 이제는 두렵지 않았다. 더 이상 아무것도 두렵지 않았다. 나는 처음으로 온갖 계획에 대해서 감히 소리 높여 말해보았다. 내년엔 루이스가 미시간 호숫가에 집 한 채를 빌리고, 우리는 거기서 여름을 보낼 거야. 그다음 해에는 루이스가 파리로 오고, 난 그에게 프랑스와 이탈리아를 구경시켜주겠지……. 나는 그의 손을 꼭 잡고 있었다. 그는 미소를 지으며 찬성했다. 우리는 무성한 숲을 지나가고 있었다. 너무나 따뜻하고 향기로운 비가 떨어져, 나는 얼굴에 느껴보려고 창문을 내렸다. 목동들이 짚으로 된 망토를 쓴 채 미동도 없이 우리를 바라보고 있었다. 꼭 오두막집을 등에 지고 있는 것 같았다.

"우리가 해발 4,000미터나 되는 곳에 있다니, 이게 정말일까요?" 루이스가 말했다.

"그런 것 같네요."

---

* 과테말라 남서부에 위치한 지역. 원주민이 주민의 과반수를 차지한다.

루이스는 고개를 저었다. "믿기지가 않아요. 그렇다면 현기증이 날 텐데."

빙산만큼이나 높고, 무성한 나무로 덮인 고원. 멀리 있을 때 그것은 늘 내게 불가능한 기적의 산물로 여겨졌다. 그러나 그것을 보고 있는 지금, 고원은 프랑스의 목장만큼이나 자연스러운 모습으로 변해 있었다. 아닌 게 아니라, 사화산과 호수와 목장, 그리고 미신을 믿는 농민들이 있는 이 과테말라 고원은 오베르뉴 지방과 흡사했다. 나는 고원에 피로를 느끼기 시작한 터라 이틀 뒤 해안으로 내려갔을 때는 아주 기뻤다. 정말 엄청난 내리막길이었다! 새벽에, 신선한 목초가 가장자리를 따라 뻗어 있는 꾸불꾸불한 길에서 우리는 추위에 떨었다. 이윽고 낙엽수들은 딱딱하고 반짝이는 잎을 가진 어두운색 식물의 물결 속으로 사라져버리고, 흰 서리가 방울처럼 맺힌 고지의 목장 기슭에 히비스커스*와 부겐빌레아** 꽃이 핀 건조한 안달루시아풍 마을이 나타났다. 차바퀴가 몇 번 도는 사이에, 우리는 다시 위도선을 몇 개 넘었다. 하늘이 뜨겁게 타올랐다. 우리는 군데군데 오두막집이 퍼져 있고 원주민 여자들이 가슴을 드러낸 채 돌아다니는 바나나 재배지를 지나갔다. 마사테낭고***역은 장터 같

---

* 열대지방, 특히 하와이에서 널리 재배되는 식물이다. 붉은 히비스커스 꽃은 '하와이무궁화'로도 불린다.
** 남아메리카가 원산지인 덩굴성 관목이다. 분홍색, 빨강색, 흰색 등 다양한 빛깔의 꽃이 핀다.
*** 과테말라 남서부에 위치한 수치테페케스주의 주도. 운송의 중심지이자 상공업이 발달한 도시로 알려져 있다.

았다. 여자들이 치마며 봇짐이며 가금류에 둘러싸인 채 선로 위에 앉아 있었다. 멀리서 종이 울렸다. 역무원들이 소리를 지르기 시작하자 증기와 오래된 쇠가 내는 소리가 먼저 들리고, 이내 작은 기차가 나타났다.

과테말라에서부터 우리가 있는 지점까지의 거리, 120킬로미터를 달리는 데 열 시간이나 걸렸다. 다음 날에는 비행기가 다섯 시간 동안 어두운 산맥과 번쩍이는 해안을 넘어서 우리를 멕시코로 데려갔다.

"드디어 진짜 도시군요! 여러 일들이 일어나는 도시 말이에요!" 루이스가 택시 안에서 말했다. "난 도시가 좋아요." 그는 덧붙였다.

"나도 그래요."

예약해둔 호텔에서는 편지가 우리를 기다리고 있었다. 나는 방에 들어가 루이스 곁에 앉아 편지를 읽었다. 더 이상 그에게서 무엇인가를 도둑질하는 느낌 없이 파리에서의 내 생활을 생각할 수 있었다. 모든 것을, 우리를 서로에게서 떼어놓는 문제까지도 루이스와 함께 나눌 수 있었다. 로베르는 기분이 좋은 듯했다. 나딘은 쓸쓸해하면서도 얌전히 지내고 있다고, 폴도 거의 나았다고 했다. 만사가 제대로 굴러가고 있었다. 나는 루이스를 향해 미소 지었다.

"당신 편지는 어디서 온 거예요?"

"출판사에서요."

"뭐라고 씌어 있어요?"

"내 생활과 관련해서 세부적인 내용을 알려달라네요. 이번 책을 팔기 위해서죠. 대대적으로 신작 발표를 할 계획인

가 봐요."루이스의 목소리는 침울했다. 나는 그에게 묻는 듯한 시선을 던졌다

"당신이 돈을 많이 벌게 된다는 의미 아닌가요?"

"그러기를 바라야죠!"그러고서 루이스는 편지를 호주머니에 집어넣었다. "바로 출판사에 답장을 써야 해요."

"뭐 하러 바로 써요?"나는 물었다. "먼저 멕시코 구경부터 해요."

루이스는 웃기 시작했다. "정말 머릿속에 생각이라는 게 없군요! 눈은 구경하는 데 절대 지칠 줄을 모르고 말예요!"

그는 웃고 있었지만 그 어조 속의 무언가가 나를 당황하게 했다.

"외출하기 싫으면 그냥 여기 있고요."

"그러면 서운해할 거잖아요!"루이스가 대답했다.

우리는 알라메다 공원*을 걸었다. 길가에서 여자들이 거대한 장례식용 화환을 꾸미고 있었고 다른 여자들은 주변을 서성거렸다. 장례식장 정면에는 '알카자르'라는 글자가 유쾌하게 빛나고 있었다. 우리는 사람이 많은 큰 거리를 따라가다가 이상한 작은 골목으로 들어섰다. 난 처음 본 순간부터 멕시코가 좋아졌다. 그러나 루이스는 무언가를 깊이 생각하고 있었다. 나는 그리 당황하지 않았다. 그는 일을 단번에 결정해버리기도 했지만, 편지를 쓴다든가 여행 가방을 준비할 때면 몇 시간씩 망설이기도 했다. 저녁 식사를 하는 동안 나는 그가 조용히 생각하도록 내버려두었다. 방으로

* 멕시코시티에서 가장 오래된 공원으로 16세기에 만들어졌다.

돌아오자마자 그는 흰 종이를 앞에 놓고 앉았다. 입은 반쯤 열리고 눈은 흐리멍덩한 게 마치 물고기 같았다. 그가 한 단어도 쓰기 전에 나는 잠들어버렸다.

"편지 썼어요?" 다음 날 아침 내가 그에게 물었다.

"네."

"편지 쓰는 걸 왜 그렇게 귀찮아했어요?"

"귀찮아한 게 아니에요." 그는 웃기 시작했다. "아! 환자 보듯이 그렇게 날 보지 말아요. 산책이나 하러 가죠."

그주에 우리는 산책을 많이 했다. 커다란 피라미드에 오르는가 하면 꽃 장식을 한 배도 탔다. 할리스코가를 거닐고, 보잘것없는 시장과 댄스홀, 뮤직홀에 가보기도 했다. 수상 쩍은 동네를 돌아다니고, 평판이 나쁜 바에서 테킬라도 마셨다. 우리는 멕시코에 좀 더 머무르기로 했다. 한 달 동안 이 나라를 구경한 다음 시카고에 돌아가서 며칠 지낼 작정이었다. 그런데 어느 날 오후 낮잠을 자러 방으로 돌아왔을 때, 루이스가 느닷없이 말했다.

"목요일에 뉴욕으로 돌아가야겠는데요."

나는 놀라서 그를 바라보았다. "뉴욕에요? 왜요?"

"출판사에서 오라네요."

"또 편지가 왔어요?"

"네, 보름 예정으로 와달라며 초대를 했어요."

"하지만 꼭 승낙해야 하는 건 아니잖아요?"

"그래도 승낙해야죠." 루이스가 말했다. "프랑스에서는 안 그래도 될지 모르겠지만요." 그가 덧붙였다. "여기서 책은 사업이에요. 책이 수익을 가져다주길 원한다면, 노력을 해야 해요. 사람들을 만나고, 파티에도 나가고, 인터뷰도 해야 하죠. 아주 재미있는 일은 아니지만 다들 그렇게 해요."

"7월 이전에는 바쁘다고 출판사에 미리 알리지 않았어요? 그걸 7월로 연기할 수는 없어요?"

"7월은 시기가 안 좋아요. 연기를 하려면 아마 10월까지 가야 할 텐데, 그러면 너무 늦고요." 루이스는 초조하게 덧붙였다. "벌써 4년이나 출판사에 의지해서 살고 있어요. 그러니 출판사에서 수지를 맞춰야겠다는데 내가 중간에서 훼방을 놓을 수는 없죠. 좋아하는 걸 계속 쓰려면 나도 돈이 필요하고요."

"이해해요." 나는 말했다.

나는 이해했다. 그러나 마음에 이상한 공허함이 느껴졌다. 루이스가 웃기 시작했다.

"불쌍한 프랑스 아가씨! 더 이상 멋대로 못 하게 되면 정말 불쌍한 표정을 하는군요."

나는 얼굴을 붉혔다. 루이스는 틀림없이 날 기쁘게 해줄 생각만 하고 있어. 처음으로 그가 자기 이익에 관심을 가졌는데 그게 소홀히 여겨진다고 느끼게 해서는 안 돼. 그는 나를 이기주의자라고 생각했을지도 몰라. 그래서 목소리가 약간 공격적이었던 거야.

"다 당신 때문이에요." 내가 입을 열었다. "늘 나한테 너무 오냐오냐하잖아요." 나는 미소를 지었다. "뉴욕에서 함께 산책하는 것도 아주 좋을 거예요. 단지 우리 계획을 바꿔야 한다는 생각에 당황했을 뿐이에요. 게다가 예고도 없이 갑자기 알려줬잖아요."

"어떤 방법으로 얘기해야 했을까요?"

"당신을 조금이라도 비난하는 건 아니에요." 나는 쾌활하게 말하고는 루이스를 향해 묻는 듯한 눈짓을 했다. "출판사는 처음 보냈던 편지에서 이미 당신을 초대한다고 했었죠?"

"맞아요." 루이스가 말했다.

"왜 그걸 말해주지 않았어요?"

"당신이 별로 안 좋아할 줄 알았으니까요."

당황스러워하는 그의 모습이 나를 감동시켰다. 왜 그처럼 답장을 쓰는 데 고생을 했는지 그제야 알 수 있었다. 그는 우리의 멕시코 여행을 계획대로 이어가려고 애를 썼던 것이다. 출판사를 설득할 수 있으리라 굳게 믿었고, 그러니 공연히 나를 불안하게 할 필요는 없다고 생각한 모양이었다. 하지만 그러지 못했다. 그래서 지금 루이스는, 실망하지 않으려고 애쓰고 있지만 그럼에도 내가 서운해하는 까닭에 약간 신경질이 나 있는 거야. 그는 슬퍼하기보다는 화를 내는 사람이지. 나는 그의 마음을 알 것 같았다.

"얘기해줘도 됐을 텐데요. 나도 그렇게 나약하지는 않아요." 나는 그에게 다정한 미소를 건넸다. "당신 잘못이라니까요. 나한테 너무 오냐오냐한다고요."

"그럴지도 모르죠." 루이스가 말했다.

다시 당황스러운 기분이 들었다. "계획을 바꾸죠." 나는 말했다. "뉴욕에 가면 당신 멋대로 하도록 내버려둘게요."

루이스는 웃으며 나를 바라보았다.

"진짜예요?"

"네, 정말이에요, 각자 번갈아 가며 멋대로 하는 거죠."

"그렇담 뉴욕 갈 때까지 기다리지 맙시다. 바로 시작하죠." 그가 내 어깨를 안았다. "내 멋대로 하라고 해줘요." 다소 도전적인 말투였다.

그에게 입술을 주면서 '싫어요'라고 생각한 것은 그때가 처음이었다. 그러나 나는 '싫어요'라고 말하는 데 익숙하지가 않았다. 그렇게 말할 줄을 몰랐다. 게다가 말을 바꾸기에는 이미 늦었다. 말다툼 없이는 불가능할 터였다. 물론 몇 번인가는 정말 원하지 않으면서도 '네'라고 대답한 적이 있었지만, 그런 경우에도 내 마음은 늘 승낙하고 있었다. 그러나 오늘은 달랐다. 루이스의 어조에는 내 맘을 얼어붙게 하는 오만함이 있었다. 그동안 루이스의 행동과 말이 내게 충격을 준 일은 한 번도 없었다. 그의 행동과 말이, 그의 욕망과 쾌락과 사랑만큼 자연스러웠던 까닭이다. 그런데 오늘 나는 늘 하는 행위를 기괴하고 천박하고 무례하다고 느끼면서 거북하게 하고 있었다. 문득, 루이스가 "사랑해요"라고 말하지 않는다는 것을 깨달았다. 마지막으로 그렇게 말한 것이 언제였지?

며칠이 지나도록 그는 사랑한다고 말하지 않았고, 오직 뉴욕에 대해서만 얘기했다. 1943년 유럽으로 갈 때 뉴욕에서 하루를 지낸 일이 있었다고 했다. 그는 얼른 다시 가고 싶어 어쩔 줄을 몰랐다. 거기서 시카고의 옛 친구들을 만날 거라며 기대했고, 다른 많은 일들을 기대했다. 루이스의 눈에는 미래와 과거가 현재보다 훨씬 더 큰 가치를 지닌 듯했다. 나는 그의 곁에 있고 뉴욕은 먼 데 있었지만, 그의 머리를 떠나지 않는 것은 뉴욕이었다. 나는 크게 신경 쓰지 않으려 하면서도 그의 유쾌함에 슬픔을 느꼈다. 우리 둘만의 생활이 끝난 것이 전혀 아쉽지 않은 걸까? 나는 너무나 많은 추억을 만들었고 그와 더없는 친밀감을 느끼는 터라 그가 벌써 내게 싫증이 난 게 아닐까 하는 걱정은 들지 않았다. 어쩌면 그로서는 지나칠 정도로 내게 익숙해진 모양이었다.

뉴욕은 무더웠다. 밤마다 억수같이 쏟아지던 비는 더 이상 볼 수 없었다. 아침부터 하늘이 타는 듯했다. 루이스는 일찍 호텔을 나섰고, 나는 붕붕거리는 선풍기 소리를 들으며 졸았다. 책을 읽고, 샤워를 하고, 몇 통의 편지를 쓰기도 했다. 6시쯤 옷을 입고 루이스를 기다렸는데, 그는 7시 30분이 되어서야 매우 활기차게 돌아왔다.

"펠턴을 찾아냈어요!" 그가 나에게 말했다.

밤에는 북을 치고, 낮에는 택시를 운전하고, 밤낮으로 마약을 복용하는 펠턴에 대해서는 루이스에게 수도 없이 들은 터였다. 그의 아내는 매춘을 하고 펠턴과 함께 마약을 한다고 했다. 그들은 건강이라는 어쩔 수 없는 이유로 시카고를 떠났다. 그들의 정확한 주소를 모르고 있던 루이스는 출판사와 판권 대리인들과의 일이 끝나자 곧 펠턴의 주소를 찾기 시작했고, 백방으로 수소문한 결과 마침내 전화를 걸 수 있었다는 것이었다.

"그가 우리를 기다리고 있어요." 루이스가 말했다. "뉴욕을 안내해줄 거예요."

나는 루이스와 단둘이서 밤을 보내고 싶었지만 열정적으로 말했다. "펠턴을 만나면 재미있겠네요."

"직접 데려다주지 않으면 볼 수 없는 여러 장소까지 펠턴이 안내할 거예요. 정신과 의사인 당신 친구들은 보여주지 않았던 곳 말이죠." 루이스가 쾌활하게 대꾸했다.

밖은 습하고 매우 더웠다. 펠턴의 지붕 밑 방은 더더욱 무더웠다. 큰 키에 창백한 얼굴을 한 펠턴은 루이스의 손을 붙잡아 흔들며 기쁘게 웃었다. 사실 펠턴이 뉴욕의 대단한 곳을 구경시켜준 것은 아니었다. 그의 아내가 두 젊은 남자와 함께 맥주 상자를 가지고 들어왔다. 그들은 맥주 상자를 차례차례 비우면서 감옥으로 들어간 사람과 감옥에서 나올 사람, 계략을 꾸미는 사람과 계략을 알아챈 사람, 내가 전혀 모르는 수많은 사람들에 대해 이야기했다. 마약 거래와, 여기서 경관을 매수하는 데 돈이 얼마나 드는지에 대해서도 이야기했다. 루이스는 너무도 즐거워했다. 우리는 3번가의 술집에서 폭찹을 먹었다. 거기서도 그들은 오랜 시간 이야기를 이어갔다. 나는 지루해 견딜 수가 없었다.

그 후 며칠 동안 나는 계속 지루했다. 한 가지 사실은 분명했다. 여기 온 뒤 루이스가 어느 정도는 뉴욕에 대한 환상에서 깨어났다는 점. 그는 사교계의 생활, 선전을 강요하는 종류의 삶을 좋아하지 않았다. 그는 마지못해 점심 식사며, 모임이며, 칵테일파티에 갔다가 침울하게 돌아왔다. 나는 뭘 해야 할지 알 수가 없었다. 루이스는 열의 없는 태도로 내게도 같이 가자고 제안했다. 그러나 올해에는 미래가 없는 만남이 즐겁지 않았고, 그렇다고 옛 친구들을 다시 만나는 것도 내키지 않았다. 나는 혼자서 맥없이 거리를 산책했다. 날씨가 너무 더워 아스팔트가 발밑에서 녹는 것 같았다. 나는 곧 땀에 흠뻑 젖어버렸다. 루이스가 몹시 보고 싶었지만, 가장 고통스러운 것은 우리가 다시 만나도 그다지 즐겁지 않으리라는 사실이었다. 지겨운 회의 얘기는 루이스에게 짜증나는 주제였고, 나에게는 아무런 할 말이 없었다. 그래서 우리는 영화를 보러 가거나, 아니면 권투 시합이나 야구 경기를 보러 갔다. 종종 펠턴이 우리와 함께 갔다.

"당신은 펠턴에게 별로 호감이 없는 것 같군요." 어느 날 루이스가 내게 말했다.

"그 사람에게 특별히 할 말이 없고, 그 사람도 내게 할 말이 없으니까요." 그러고서 난 호기심 어린 표정으로 루이스를 빤히 쳐다보았다. "가장 친한 친구들은 왜 모두 소매치기 아니면 마약중독자, 아니면 포주들이죠?"

루이스는 어깨를 으쓱였다. "다른 사람들보다 그들이 훨씬 재미있으니까요."

"하지만 마약을 해본 적이 한 번도 없지 않아요?"

"오! 없죠!" 그가 재빨리 대답했다. "당신도 알겠지만 난 위험한 거라면 무조건 좋아해요. 그러나 멀리서 좋아하죠."

루이스는 농담하듯 이야기했지만 진실을 말하고 있었다. 그는 위험한 것, 비정상적인 것, 비상식적인 것에 매혹을 느끼면서도 위험을 무릅쓰지 않고 절도와 상식을 지닌 채 살아가려고 마음먹은 것이다. 바로 그 모순으로 인해 그는 때때로 불안해하고 머뭇거렸다. 나에 대한 태도에도 그러한 모순이 있는 것이 아닐까? 나는 두려운 마음으로 자문하곤 했다. 루이스는 경솔하게 충동적으로 나를 사랑했던 거야. 혹시 그걸 자책하고 있을까? 어쨌든 이런 생각이 드는 것을 막을 수는 없었다. 얼마 전부터 루이스는 변해버렸다고.

그날 저녁, 방으로 들어온 루이스는 매우 즐거워 보였다. 한 라디오방송에서 인터뷰를 녹음하며 오후를 보낸 날이었기에 나는 그의 기분이 최악이리라 예상하고 있었다. 그러나 그는 유쾌한 태도로 나에게 키스를 했다.

"빨리 옷 갈아입어요! 잭 머리와 같이 저녁을 먹기로 했어요. 같이 가요. 당신을 정말 만나고 싶어 해요. 그를 소개해주고 싶어요."

나는 실망을 감추지 않았다. "오늘 저녁이라고요? 루이스, 당신과 나 단둘이서는 단 하루 저녁나절도 같이 지낼 수 없는 거예요?"

"얼른 자리를 뜨면 되잖아요!" 루이스가 말했다. 그는 재킷 호주머니에 있는 것들을 테이블 위에다 비워놓고는 옷장에서 새 양복을 꺼냈다. "내가 작가에게 호감을 느끼는 경우가 얼마나 드문데요." 그가 말했다. "당신도 머리가 마음에 들 거예요. 믿어줘요."

"그래요, 믿어요."

나는 화장을 다시 하기 위해 거울 앞에 가 앉았다.

"센트럴파크 야외에서 저녁을 먹을 거예요." 루이스가 말했다. "장소도 아주 예쁘고, 그 식당 음식도 아주 맛있을 것 같아요. 당신 생각은 어때요?"

나는 루이스에게 미소를 지었다. "빨리 우리끼리만 있게만 된다면 완벽하겠네요."

루이스는 주저하는 표정으로 나를 바라보았다. "정말 머리가 당신 마음에 들었으면 좋겠어요."

"그건 왜요?"

"아! 계획이 있거든요." 그가 쾌활한 목소리로 말했다. "하지만 그 사람이 당신 마음에 들어야만 해요. 아니면 일이 잘 안 될 거니까요."

나는 그에게 호기심 어린 시선을 던졌다.

"머리는 보스턴 근처의 작은 마을에 집 한 채를 가지고 있어요." 루이스가 말했다. "그가 초대를 했어요. 원하는 만큼 있으라고요. 시카고로 돌아가는 것보다 그게 나을 거예요. 보나 마나 시카고가 여기보다 훨씬 더울 테니까요."

나는 다시 마음이 텅 비는 것 같았다. "그 사람이 지금 그 집에 살고 있어요? 아니면 거기서 지내는 게 아닌 거예요?"

"아내와 두 아이와 함께 살고 있어요. 하지만 걱정하지 말아요." 루이스가 약간 빈정대는 어조로 덧붙였다. "우리는 우리만의 방을 따로 가지게 될 거니까요."

"하지만 루이스, 난 우리의 마지막 달을 다른 사람들이랑 함께 보내고 싶지 않아요!" 나는 말했다. "시카고에서 당신과 단둘이 아주 덥게 지내는 편이 더 좋다고요."

"난 전혀 모르겠네요. 왜 서로를 사랑한다는 이유로 밤낮으로 단둘이만 지내야 하는지 말이에요." 루이스가 거친 목소리로 말했다.

내가 뭐라 대답하기도 전에, 그는 욕실로 들어가 문을 닫아버렸다.

'이게 무슨 의미지? 루이스가 정말 나한테 싫증을 느끼는 걸까?' 나는 불안하게 자문하며 레이스 달린 블라우스와 멕시코에서 산 사각거리는 치마를 입고 금빛 샌들을 신었다. 그러고는 어쩔 줄 모른 채 방 한가운데에 우뚝 서 있었다. 그는 싫증이 난 것일까? 아니면 뭘까? 나는 루이스가 테이블에 던져놓은 열쇠와 지갑, 그리고 캐멀 담뱃갑을 만져보았다. 이토록 루이스를 사랑하면서, 어떻게 이토록 모를 수 있을까? 거기 흩어져 있는 종이들 가운데 출판사의 이름이 적힌 편지가 보였다. 나는 그 편지를 펼쳤다. "친애하는 루이스 브로건. 당장 뉴욕으로 오고 싶으시다니 우리도 찬성입니다. 필요한 것은 모두 준비해놓겠습니다. 목요일 정오로 알고 있겠습니다." 나는 점점 흐려지는 눈으로 다음 내용을 읽어나갔다. 그러나 더 이상은 아무것도 눈에 들어오지 않았다. "당장 뉴욕으로 오고 싶으시다니…… 오고 싶으시다니……." 폴이 손님 없는 연회를 열었던 저녁에, 나는 발밑에서 땅이 빙빙 도는 느낌을 받았었다. 오늘은 그보다도 심했다. 루이스는 미치지 않았다. 그렇다면 내가 미친 게 틀림없어! 나는 안락의자에 쓰러지듯 주저앉았다. 루이스는 치치카스테낭고에서 밤을 보내고 불과 일주일 뒤에 이 편지를 썼던 것이다. 그날 밤 그는 "당신을 사랑해요, 바보 같은 프랑스 아가씨"라고 말했지. 모든 것이 떠올랐다. 난로의 불꽃도, 양탄자도, 그의 낡은 목욕 가운도, 창에 부딪치던 비까지. 그리고 그가 했던 말. "당신을 사랑해요." 우리가 멕시코에 도착하기 불과 일주일 전이었다. 그사이에 아무런 일도 일어나지 않는데. 그렇다면 왜 그는 우리 둘이서 보내는 시간을 줄이기로 마음먹었던 걸까? 왜 나에게 거짓말을 했을까? 왜?

"오! 그런 얼굴 하지 말아요!" 루이스가 욕실에서 나오며 말했다.

그는 머리의 초대 때문에 내가 토라졌다고 믿고 있었다. 나도 그의 잘못을 따지려 하지 않았다. 말을 꺼내는 것이 불가능했다. 택시를 타고 가는 내내, 우리는 입을 다물고 있었다.

센트럴파크의 레스토랑은 시원했다. 적어도 푸른 나무와 무늬를 넣어 짠 식탁보와 얼음이 가득한 양동이, 여자들의 드러낸 어깨가 그런 인상을 주었다. 나는 마티니를 두 잔 연거푸 들이켰다. 그 덕에 머리가 왔을 때 몇 마디의 공손한 말을 건넬 수 있었다. 미래가 없는 만남을 좋아했던 시절이었다면 그와의 만남이 분명 즐거웠으리라. 얼굴도, 머리도, 몸도 전부 둥글둥글한 사람이었다. 부표에 매달리듯 그에게 매달리고 싶은 것은 아마 그 때문인지 몰랐다. 그리고 목소리는 얼마나 상냥한지! 그의 목소리를 들으면서 난 루이스의 목소리가 얼마나 냉담하게 변했는지 깨달았다. 머리는 로베르와 앙리의 책에 대해 이야기했다. 그는 모든 것을 다 잘 알고 있는 것 같았고, 그래서 그와의 대화가 편안했다. 하지만 내 머릿속에서는 망치 두드리는 듯한 소리가 계속 울리고 있었다. '뉴욕으로 오시고 싶으시다니…… 뉴욕으로…….' 칵테일 새우를 먹고 백포도주를 마시는 동안에도 그 소리는 마치 악몽처럼 계속되었다. 머리는 프랑스인들이 마셜의 제안에 대해 어떻게 생각하는지 묻더니, 소련 쪽의 반응에 대해 루이스와 토론을 벌이기 시작했다. 머리는 소련이 마셜의 제안을 거부할 거라고, 또 소련이 당연히 옳다고 생각하고 있었다. 루이스보다 정치 문제에 훤한 것 같았다. 전체적으로 그는 루이스보다 치밀한 사고력과 나무랄 데 없는 교양을 갖추고 있었다. 루이스는 자기 의견을 잘 지지해주는 사람의 입에서 같은 의견이 나오자 아주 만족스러워했다. 그래, 여러 면에서 머리는 나보다 훨씬 루이스에게 도움이 되는 사람이었다. 루이스가 왜 머리와 친하게 지내고 싶어 하는지, 왜 우리의 남은 한 달을 그와 함께 보내고 싶어 하는지 이해할 수 있었다. 하지만 이것만으로는 그가 멕시코에서 한 거짓말을, 또 근본적인 문제를 설명할 수 없었다.

"어디로 모셔다 드릴까요?" 머리가 주차장 쪽으로 걸어가면서 물었다.

"아니에요, 좀 걷고 싶어서요." 나는 재빨리 대답했다.

"걷기를 좋아하신다면, 록포트에 반드시 오셔야 해요." 머리가 만면에 미소를 띠고 말했다. "산책하기에 좋은 곳들이 많거든요. 분명히 맘에 드실 겁니다. 두 분이 같이 오시면 정말 기쁠 텐데요."

"그러면 좋겠네요!" 나는 열의를 갖고 말했다.

"다음 주 월요일 이후에는 언제든 오셔도 좋습니다." 머리가 말했다. "미리 연락하실 필요도 없어요."

그는 자동차에 탔다. 우리는 공원을 가로질러 걷기 시작했다.

"머리는 우리와 저녁까지 보내고 싶었던 것 같은데요." 루이스가 약간 비난조로 말했다.

"아마도요." 나는 대꾸했다. "하지만 난 그러고 싶지 않아서요."

"머리와 잘 어울리는 것 같던데."

"아주 친절한 분이더군요." 나는 말했다. "하지만 당신과 할 말이 있어요."

루이스의 얼굴이 침울해졌다. "그리 중요한 얘기도 아니겠죠!"

"중요해요." 나는 잔디밭 한복판에 있는 편편한 돌을 가리켰다. "저기 좀 앉죠."

회색 다람쥐들이 풀숲을 뛰어다니고, 멀리서 높은 건물들이 빛나고 있었다. 나는 맥없는 목소리로 말했다.

"조금 아까, 당신이 샤워하기 전에 테이블 위에 편지를 꺼내놨잖아요." 나는 루이스의 눈을 바라보았다. "출판사에서 뉴욕으로 와달라고 요구한 게 아니던데요. 뉴욕으로 가고 싶다고 한 건 바로 당신이었어요. 왜 반대로 얘기했어요?"

"아! 몰래 내 편지를 읽었군요!" 화난 목소리였다.

"왜 안 되죠? 내게 거짓말을 했잖아요."

"나는 거짓말을 하고, 당신은 내 편지를 뒤지고, 피장파장이네요." 루이스가 적의를 담아 말했다.

갑자기 온몸의 힘이 빠지는 기분이었다. 나는 어안이 벙벙해져 그를 바라보았다. 분명히 그였고, 또 나였다. 어쩌다 우리가 이런 지경까지 온 것일까?

"루이스, 이제 모르겠어요. 당신은 날 사랑하고, 난 당신을 사랑해요. 그런데 우리에게 이게 무슨 일이죠?" 내가 정신 나간 사람처럼 물었다.

"아무 일도 아니에요." 그는 대답했다.

"도무지 모르겠다고요!" 나는 반복해서 말했다. "설명해 줘요. 멕시코에서 정말 행복했잖아요. 왜 뉴욕으로 오기로 결심한 거죠? 당신도 잘 알잖아요. 우리에게 이제 시간이 거의 남지 않았다는 거 말이에요."

"줄곧 원주민들과 폐허뿐이라 질리기 시작했어요."루이스가 어깨를 으쓱였다. "분위기를 바꾸고 싶었어요. 그게 뭐 그렇게 비극적인 일인 것 같지는 않은데요."

그것은 대답이라 할 수 없었지만, 나는 잠시나마 그 말에 만족하기로 했다. "왜 멕시코가 지긋지긋하다고 얘기하지 않았어요? 왜 그런 짓을 꾸몄어요?"나는 물었다.

"날 여기 못 오게 했을 테니까요. 억지로 멕시코에 머물러 있도록 했겠죠."그는 대답했다.

나는 뺨이라도 맞은 듯한 충격을 느꼈다. 그의 목소리에는 너무나 많은 원망이 담겨 있었다!

"그렇게 생각해요?"

"네."루이스가 말했다.

"하지만 루이스, 내가 언제 당신 하고 싶은 걸 방해했나요? 그래요, 당신은 늘 나를 기쁘게 해주려고 했지요. 그래서 당신도 기쁜 줄 알았어요. 난 당신을 마음대로 휘두르려고 한 적이 없는 것 같은데요."

나는 우리의 과거를 다시 떠올려보았다. 서로 행복을 주고받은 것은 모두 사랑이었고, 서로 간의 합치였으며, 기쁨이기도 했다. 루이스의 친절 뒤에 불만이 숨어 있었다고 상상하니 너무나 끔찍했다.

"당신은 너무나 고집이 세서 그걸 알아차리지조차 못하죠."루이스가 말했다. "머릿속에서 뭔가를 꾸미기 시작하면 포기하는 법이 없잖아요. 원하는 대로 해야만 하지."

"도대체 내가 언제 그랬죠? 예를 들어 설명해줘요."

루이스는 머뭇거렸다.

"난 이번 달을 머리의 집에서 보내고 싶었는데, 당신이 거절했잖아요."

내가 그의 말을 가로막았다.

"사실을 왜곡하는군요. 또 언제 그랬죠? 멕시코로 가기 전에 말이에요?"

"보나 마나예요. 내가 억지로 일을 벌이지 않았으면, 우리는 멕시코에 계속 머물러 있었겠죠." 루이스가 말했다. "당신 계획에 따르자면 한 달을 더 멕시코에서 지내야만 했고, 당신은 그래야만 한다는 걸 증명하려 했을 테니까요."

"무엇보다 그 계획은 우리 둘의 계획이었어요." 그러고서 나는 잠시 깊은 생각에 잠겼다. "물론 논쟁이 벌어졌을지도 모르죠. 하지만 당신이 그 정도로 뉴욕에 가고 싶어 했다면, 분명히 난 결국 양보했을 거예요."

"그렇게 말하기야 쉽죠." 루이스가 대꾸하고는 몸짓으로 내 말을 막았다. "어쨌든 당신을 설득하기 위해 노력깨나 해야 했을 거예요. 시간을 절약하기 위해 살짝 거짓말을 한 것뿐이에요. 그게 그리 심각한 일은 아니잖아요."

"난 심각하다고 생각해요." 나는 말했다. "당신이 절대 거짓말하지 않으리라 생각했으니까요."

루이스는 약간 불편한 미소를 지었다.

"거짓말을 한 건 그게 처음이에요. 하지만 그것으로 당신이 충격을 받는 건 잘못이에요. 거짓말을 하건 말건, 진실이란 늘 바뀔 여지가 있으니까."

나는 당황하여 그의 얼굴을 바라보았다. 분명히 그의 머릿속에 이상한 생각이 떠오르고 있는 게 분명해! 그래서 마음이 무거워진 거야! 그런데 그게 정확히 무슨 생각일까? 나는 고개를 흔들었다.

"내 생각은 달라요." 나는 말했다. "서로 얘기할 수 있고, 서로 이해할 수도 있어요. 약간의 선의만 있으면 충분해요."

"당신 생각이 그렇다는 건 알아요." 루이스가 말했다. "하지만 그게 바로 가장 나쁜 거짓말이에요. 서로에게 진실을 말하고 있다고 우기는 것 말이에요."

그는 일어섰다.

"그런 관점에서 보면, 난 당신에게 진실을 말한 셈이에요. 거기에 덧붙일 것은 없어요. 이제 일어나는 게 어때요?"

"가죠."

우리는 말없이 공원을 가로질렀다. 나는 그의 해명을 조금도 이해할 수 없었다. 다만 하나만은 분명했다. 루이스의 적의. 그런데 어디서 적의가 생겼을까? 그걸 내게 알려주기에는 그가 너무 적의에 차 있었다. 따라서 물어봤자 아무런 소용도 없을 터였다.

"어디로 갈까요?" 루이스가 말했다.

"당신 가고 싶은 데로 가요."

"특별히 가고 싶은 곳이 없는데요."

"나도 없어요."

"오늘 저녁에 무슨 계획이 있는 것 같던데."

"아무 계획도 없었어요." 나는 말했다. "그냥 조용한 술집에 가서 얘기나 하면 어떨까 생각했죠."

"술집에서 주문을 하면서까지 이런 얘기를 할 건 없죠." 그가 언짢은 듯 말했다.

"카페 소사이어티에 재즈나 들으러 가요." 나는 말했다.

"재즈라면 평소에 충분히 듣고 있잖아요?"

분노가 내 얼굴로 치밀어 올랐다.

"좋아요. 돌아가서 자요." 나는 말했다.

"졸리지 않아요." 루이스가 순진한 척 대꾸했다.

그는 심술궂게 나를 괴롭히며 즐기고 있었다. '일부러 오늘 저녁을 망치고 있는 거야. 일부러 모두 망치고 있다고!' 원망스러운 마음이 들었다. 나는 차갑게 대꾸했다.

"그러면 카페 소사이어티로 가요. 난 가고 싶고, 당신은 아무것도 하고 싶지 않으니까."

우리는 택시를 탔다. 1년 전, 루이스가 누구와도 잘 어울리지 못하는 것이 자기의 결점이라고 말했던 것이 떠올랐다. 결국 사실이었어! 테디, 펠턴, 머리와는 좋은 관계를 유지하지. 왜냐하면 그들이랑은 어쩌다 한 번씩만 만나니까. 그러나 누군가와 지속적으로 함께하는 생활은 견디지 못하는 거야. 그는 나를 경솔하게 사랑했고, 이제는 사랑을 속박으로 여기게 된 것이다. 다시금 분노가 목으로 치밀어 올라왔다. 그 분노에 오히려 기운이 나는 느낌이었다. '무슨 일이 일어날지 그는 예상하고 있었어야 했어.' 나는 생각했다. '내가 몸과 마음을 이 연애에 바치도록 내버려두지 말아야 했어. 지금처럼 처신할 권리는 그에게 없는 거야. 만약 내가 짐이 된다면, 그는 그렇게 얘기해야만 해. 난 파리로 돌아갈 수 있고, 돌아갈 준비가 되어 있으니까.'

오케스트라가 듀크 엘링턴*의 곡을 연주하고 있었다. 우리는 위스키를 주문했다. 루이스는 약간 불안한 얼굴로 나를 뚫어지게 바라보았다.

"우울해요?"

"아니요." 나는 말했다. "우울하지 않아요. 화가 나죠."

"화가 났다고요? 아주 조용하게 화를 내는군요."

"애쓸 필요 없어요."

"뭐가요?"

"우리 연애가 당신에게 짐이 된다면, 그렇게 말하기만 하면 돼요. 내일 바로 파리행 비행기를 탈 수 있으니까."

루이스는 살짝 미소를 지었다.

"심각한 얘긴데요."

"어쩌다 겨우 한 번 우리끼리만 외출을 했는데, 그걸 당신은 참을 수 없는 것 같으니까요." 나는 말했다. "당신의 모든 태도를 이해하는 열쇠는 바로 이거 아닐까 싶어요. 내게 싫증이 났다는 거죠. 그러니 차라리 떠나는 게 낫겠어요."

루이스는 고개를 저었다.

"당신에게 싫증 나지 않았어요." 그가 진지한 목소리로 말했다.

나의 분노는 일어났을 때와 마찬가지로 순식간에 사라졌다. 나는 다시 기운이 빠졌다.

"그러면 뭐죠?" 내가 물었다. "무슨 일이 있는 거잖아요. 그게 뭐죠?"

잠시 침묵이 흘렀다. 곧 루이스가 입을 열었다.

＊ 재즈계의 바흐라 불리는 미국의 재즈 피아니스트이자 작곡가. 재즈를 예술로 승화시킨 음악가로, 미국 음악사의 가장 중요한 인물 중 한 명으로 평가되고 있다.

"당신이 아주 가끔 조금씩 내 신경을 긁는다고 칩시다."

"그건 잘 알고 있어요." 나는 말했다. "난 그 이유를 알고 싶은 거예요."

"당신이 그랬죠. 사랑은 당신에게 전부가 아니라고요." 루이스는 갑자기 수다스럽게 말을 이어갔다. "그건 좋아요. 하지만 그러면서 왜 내게는 사랑이 전부이기를 요구하는 거죠? 내가 뉴욕으로 와서 친구들을 만나고 싶어 하면, 당신은 그것 때문에 화를 내죠. 당신만이 중요하고 그 밖에 다른 것은 아무것도 존재하지 말아야 한다는 식이에요. 나는 내 인생 전부보다 당신을 더 위에 두는데, 당신은 자기 생활을 전혀 희생하지 않잖아요. 그건 공평하지 않아요!"

나는 침묵을 지키고 있었다. 루이스의 비난에는 많은 악의가 담겨 있었다. 게다가 그리 논리적이지도 않았다. 하지만 그런 건 상관없었다. 그날 저녁, 처음으로 나는 희미한 빛을 언뜻 보았다. 그러나 안도를 주는 빛은 아니었다.

"오해하고 있군요." 나는 중얼거렸다. "난 아무것도 요구하지 않아요."

"오! 요구하고 있어요! 내킬 때 떠나고, 내킬 때 다시 오잖아요. 그리고 당신이 여기 있는 동안, 난 완벽한 행복을 보장해야만 하고……."

"불공평한 건 당신이에요." 나는 입을 열었지만 목소리가 목구멍에서 막혀버렸다. 갑자기 모든 것이 명백해졌다. 루이스는 내가 영원히 같이 있기를 거절했기 때문에 나를 원망하고 있었다. 이렇게 뉴욕에 머무는 것, 머리와의 계획, 전부 내게 보복하려는 것이었어!

"당신은 날 원망하고 있어요!" 나는 말했다. "왜요? 무엇도 내 잘못이 아닌데. 그걸 잘 알잖아요."

"당신을 원망하지 않아요. 그저 자기가 주는 것보다 더 많은 걸 남에게 요구하지 말아야 한다고 생각할 뿐이에요."

"날 원망하는 거예요!" 나는 되풀이하고는 절망적으로 루이스를 바라보았다. "그렇지만 치치카스테낭고에서 얘기했을 때, 서로 동의했잖아요. 당신은 날 이해했고요. 그런 다음에 무슨 일이 일어난 거죠?"

"아무 일도 일어나지 않았어요." 루이스가 말했다.

"그러면 대체 뭐예요? 내가 사랑이 전부라고 생각했다면 날 그렇게 사랑하지 않았을 거라고 했잖아요. 우리가 행복할 거라고 했잖아요."

루이스는 어깨를 으쓱였다.

"당신이 듣고 싶어 하는 말을 했을 뿐이에요."

다시 정통으로 따귀를 얻어맞은 기분이었다. 나는 더듬더듬 물었다. "그게 무슨 말이에요?"

"다른 많은 얘기도 하고 싶었어요. 하지만 당신은 기뻐서 울기 시작했죠. 그래서 난 입을 닫아버렸어요."

그래, 기억나. 불꽃이 타올랐고, 내 눈은 눈물로 가득 차 있었지. 아닌 게 아니라, 기쁜 나머지 루이스의 어깨에 기대어 갑자기 울기 시작했잖아. 그러니 내가 루이스에게 강요했다는 말은 사실이야.

"너무 두려웠어요!" 나는 말했다. "당신의 사랑을 잃을까 봐 너무 두려웠다고요!"

"나도 알아요. 아주 무서워하는 것 같더군요. 그래서 내 얘기는 그만두기로 했죠." 그러고서 루이스는 원망스럽게 덧붙였다. "당신 뜻대로 되리라는 걸 알았을 때, 정말 안도하는 것 같았어요. 나머지 일들은 다 아무 상관 없다는 듯이!"

나는 입술을 깨물었다. 이번에는 울지 말아야 해. 그러나 내게 일어나고 있는 일이 너무도 끔찍했다. 불꽃, 양탄자, 창에 부딪치는 비, 흰 목욕 가운을 입은 루이스, 이 모든 추억이 거짓이라니. 나는 루이스의 어깨에 기대어 울던 내 모습을 떠올렸다. 우리는 영원히 하나가 되었지. 그러나 사실 하나라고 여긴 것은 나뿐이었다. 그가 옳았어. 나는 억지로 얻어 낸 그의 말에 만족하는 대신 그의 머릿속 생각에 관심을 가졌어야 했어. 정말 어리석었어. 이기적이고 어리석었어. 이제 그 벌을 받는 거야. 나는 용기를 있는 대로 끌어모았다. 이제는 더 이상 피할 수 없었다.

"내가 울지 않았다면 무슨 말을 하려고 했어요?" 내가 물었다.

"이렇게 말하려고 했어요. 모든 걸 상대방에게 바치는 사람과 그렇게 하지 못하는 사람은 같은 방법으로 사랑할 수 없다고요."

나는 강경한 태도로 스스로를 변호하려 했다. "당신은 정확히 그 반대로 얘기했어요. 만약 내가 사랑이 전부라고 생각했다면 그토록 나를 사랑하지 않았을 거라고 말이에요."

"그건 반대가 아니에요." 루이스가 말했다. 그는 어깨를 으쓱했다. "아니면, 감정이란 서로 모순되기 마련이거나."

논쟁을 해봤자 소용없었다. 이런 경우 논리는 아무 상관이 없기 때문이다. 처음엔 루이스의 감정도 분명하지 않았올지 모른다. 그저 시간적 여유를 얻기 위해 나를 진정시키는 말을 했으리라. 그러다가 이후에 원망이 시작된 건지도. 그건 상관없어. 지금 그는 전처럼 나를 사랑하고 있지 않아. 어떻게 이 사실을 받아들일 수 있을까? 절망에 숨이 막혔다. 난 생각하지 않기 위해 말을 이어갔다.

"이제는 전처럼 날 사랑하지 않는 거죠?"

루이스는 머뭇거렸다. "사랑이 전에 믿었던 것만큼 중요하지는 않다고 생각해요."

"알겠어요." 나는 말했다. "어차피 난 떠날 사람이니까, 여기에 있든 없든 큰 차이는 없다는 거죠."

"뭐 그런 셈이죠." 이어 루이스는 나를 바라보며 갑자기 목소리를 바꾸었다. "하지만 당신을 정말 기다렸다고요!" 그가 흥분해서 말을 이었다. "1년 내내 다른 생각은 조금도 하지 못했어요. 당신을 너무나 원했다고요!"

"네, 그랬겠죠." 나는 슬프게 말했다. "그리고 지금은······."

루이스가 팔로 내 어깨를 감쌌다. "지금도 여전히 당신을 원해요."

"아! 이런 식으로 말이죠!" 나는 말했다.

"이런 식으로만이 아니에요." 그의 손이 내 팔을 꽉 쥐었다. "지금 당장이라도 당신과 결혼할 수 있어요."

나는 고개를 숙였다. 호수 위의 유성이 떠올랐다. 그는 소원을 빌었고, 그 소원은 이루어지지 않았다. 그를 절대로 실망시키지 않겠다고 맹세한 내가 돌이킬 수 없을 만큼 그를 실망시킨 것이다. 잘못은 단지 내게 있었다. 이제 어떤 일이 일어나든 나는 결코 그를 원망할 수 없으리라.

우리는 더 이상 대화를 이어가지 않았다. 그저 재즈만 조금 듣다가 돌아왔다. 나는 잠을 이룰 수 없었다. 우리의 사랑을 구해낼 수 있을지, 불안하게 나 자신에게 물어보았다. 내가 없는 것이나 나를 기다리는 것, 루이스는 그 모든 것을 견뎌낼 수 있었다. 그러나 우리 모두가 그것을 원한다는 조건에 한해서였다. 루이스는 원할까? '지금 그는 주저하고 있어.' 나는 생각했다. '후회와 고통, 마음의 동요를 애써 피하려는 거야. 하지만 낡아빠진 목욕 가운 하나 버리지 못하는 사람이니 우리의 과거를 그리 쉽게 저버릴 수는 없을 거야. 거만하기보다는 너그러운 사람이지.' 나는 스스로에게 용기를 주기 위해 다시금 생각했다. '하지만 신중하기보다는 탐욕스러운 사람이기도 해. 그는 이런저런 일들이 자기 앞에 다가와주기를 바라고 있어.' 동시에 나는 그가 자신의 안전과 독립에 얼마나 큰 가치를 부여하는지도 알고 있었다. 그리고 이성적이고 절도 있는 생활을 얼마나 자부하는지도. 대양을 넘나드는 사랑은 그에게 비상식적으로 보일 수 있었다. 그래, 내가 가장 두려워하는 것은 바로 느닷없이 그를 사로잡는 미친 듯한 절제욕이야. 내가 싸워야 할 대상도 바로 그 절제욕이지. 우리 관계로 잃는 것보다 얻는 것이 더 많다는 사실을 증명해 보여야만 해. 아침 식사를 하면서 나는 말을 꺼냈다.

"루이스! 밤새도록 우리 사이를 생각해봤어요."

"잠을 자는 게 더 나았을 텐데요."

다정한 어조였다. 얼굴에는 느긋한 표정이 떠올라 있었다. 아마 마음에 있던 얘기를 하고서 후련해진 모양이었다.

"어제 그랬죠? 내가 주는 것보다 요구하는 게 더 많아서 화가 났다고 말예요." 나는 말했다. "그래요, 그건 잘못이에요. 다시는 그러지 않을게요."

루이스가 내 말을 중단시키려 했으나 나는 계속했다. 우선 머리의 집으로 가자고. 그것은 결정된 일이니까. 그리고 난 그가 지금껏 나와의 약속을 지키기 위해 스스로 강요해온 구속에 매이기를 원하지 않는다고 했다. 내가 없을 때 그는 마치 나라는 사람이 존재하지 않는 것처럼 자유를 느껴야 한다고. 만약 그가 다른 여자를 사랑하게 된다 해도, 나에게는 안된 일이지만 항의하지 않을 거라고. 우리 관계가 그가 바라는 걸 모두 주지 못는 마당이니, 적어도 그에게서 아무것도 빼앗지 않도록 할 거라고.

"그러니까, 이제는 당신을 일부러 함정을 빠뜨린다고 생각하지 않았으면 해요." 나는 말했다. "망쳐버리는 것 말고는 다른 재미가 없어서 우리 관계를 망치지는 말아줘요!"

루이스는 주의 깊은 태도로 내 얘기를 듣고는 고개를 저었다.

"그렇게 간단한 일이 아니에요."

"나도 알아요." 나는 말했다. "사랑하는 이상, 우리는 자유로울 수 없어요. 하지만 당신에 대한 권리를 가졌다고 믿는 사람을 사랑하는 것과 그러지 않는 사람을 사랑하는 것은 어쨌든 같지 않잖아요."

"오! 내겐 둘 다 마찬가지예요. 만약 어떤 여자가 나에 대해 권리를 가졌다고 믿는다 해도, 내가 그걸 인정하지 않는다면 마찬가지라는 거죠." 이어 루이스는 덧붙였다. "이제 이런 얘기는 전부 그만두죠. 일만 복잡해질 뿐이니까요."

"입을 다물고 있어도 일은 복잡해져요." 나는 그에게로 몸을 기울였다. "묻고 싶은 게 하나 있어요. 날 만난 걸 후회하나요?"

"아뇨." 그가 말했다. "그런 걱정은 말아요. 절대 후회하지 않을 거예요."

그의 어조가 나에게 용기를 주었다.

"루이스! 우리는 다시 만날 거죠? 그렇죠?"

그는 미소를 지었다.

"그건 세상에 둘도 없이 확실한 일이죠."

내 마음에 희망이 다시 솟아났다. 그가 내 얘기의 절반 정도만 수긍했다는 건 알고 있었다. 그리고 사실, 그의 마음속에서 나를 쫓아내지 말아달라고 부탁하면서 자유니 뭐니 했던 말이 진심에서 나온 것도 아니었다. '그렇지만 루이스가 원망에 사로잡혀 있지 않은 것만으로 충분해.' 나는 생각했다. '우리 사랑이 행복할 수 있다는 걸 그에게 증명해 보일 거야.' 아마 내가 루이스의 민감한 부분을 어루만졌거나, 아니면 그의 불만이 말로 표현되는 순간 사라져버린 모양이었다. 오후에 그는 나를 코니아일랜드로 데려갔다. 우리의 가장 아름다웠던 순간에 그랬던 것처럼 쾌활하고 친절했다. 갑자기 뉴욕의 문단이며 작가들, 책들에 대해 많은 이야기도 들려주었다. 그는 마치 우리가 이제 막 다시 만난 것처럼 이야기를 했다. 만일 그가 "당신을 사랑해요"라고 말하기만 했다면, 나는 그날 밤 모든 것이 전과 똑같다고 믿었으리라.

"머리의 집에 가는 게 정말 싫지는 않아요?" 월요일에 그는 약간 주저하는 목소리로 내게 물었다.

"전혀 싫지 않아요. 재밌겠는데요."

"그럼 오늘 저녁에 떠나요."

나는 놀라서 그를 바라보았다.

"여기서 아직 할 일이 많은 줄 알았는데요?"

루이스는 웃기 시작했다.

"그런 일은 안 할 거에요."

다음 날 아침, 우리는 이미 커다란 유리창이 달린 작업실에서 머리의 가족들과 커피를 마시고 있었다. 마을에서 떨어진 뾰족한 바위 언덕 위에 자리한 집이었다. 푸른 하늘과 파도 소리가 창문으로 들어왔다. 루이스는 버터 바른 토스트를 양껏 먹으며 숨 가쁘게 이야기를 하고 있었다. 그의 즐거운 표정을 보니, 마침내 가장 소중한 꿈을 실현하고 있는 것만 같았다. 모든 것이 완벽하다고 인정하지 않을 수 없었다. 풍경, 날씨, 아침 식사, 주인들의 미소. 그러나 나는 불편했다. 친절히 대해주었으나, 엘런은 나를 주눅 들게 했다. 그녀의 조심성 있는 우아함, 매력적인 인테리어, 눈부시게 건강한 두 아이까지, 모두 엘런이 완벽한 젊은 주부임을 증명하고 있었다. 이처럼 생활의 세세한 부분 전부를 너무나 행복하게 조화시키는 여성들의 모습은 늘 나를 조금쯤 두렵게 만들곤 했다. 그로써 나는 내 자리가 마련되지 않은 생활의 촘촘한 그물에 잡혀 있는 동시에 꽉 묶인 채로 떠다니면서 표류하는 듯한 기분이 드는 것이었다.

꼬마 소년은 여덟 살로 이름이 딕이었다. 그 애는 곧 루이스를 아주 좋아하게 되었고, 가파른 오솔길을 거쳐 바위 아래 자리한 작은 만까지 우리를 안내했다. 루이스는 바다에 들어가, 혹은 모래사장에서 딕과 함께 공놀이를 하며 아침 나절을 보냈다. 나는 수영을 하거나 책을 읽었다. 지루하지는 않았지만, 계속 스스로에게 묻고 있었다. '난 여기서 뭘 하는 거지?' 오후에는 머리가 우리를 자동차에 태워 해변으로 데려다주었다. 엘런은 함께하지 않았다. 집으로 돌아온 뒤에는 루이스와 나 단둘이 위스키 잔을 앞에 두고 넓은 작업실에 오랫동안 앉아 시간을 보냈다. 문득, 이제부터는 단둘이 시간을 보내는 경우가 잦으리라는 것을 알 수 있었다. 머리는 타자기 앞에서 앉아 낮 시간을 보내려 했고, 엘런에게는 자기 시간이 1분도 없는 것 같았다. 나는 위스키를 한 모금 들이켰다. 기분이 좋아지기 시작했다.

"이곳은 정말 아름답네요!" 나는 말했다. "머리는 정말 자상하고요! 정말 만족스러워요."

"그래요, 정말 좋은 곳이에요." 루이스가 말했다.

라디오에서 가벼운 옛 노래가 흘러나오고 있었다. 우리는 잠시 조용히 그 음악을 들었다. 얼음이 유리잔 속에서 소리를 내고, 아이들의 웃음소리가 들리고, 바다 내음에 섞여 맛있는 과자 냄새가 풍겨 왔다.

"이게 진짜 삶이죠." 루이스가 말했다. "자기 집, 너무 많이도 너무 적게도 사랑하지 않는 아내, 그리고 아이들."

"머리가 엘런을 그렇게 여긴다고 생각해요? 너무 많이도 너무 적게도 사랑하지 않는다고요?" 나는 호기심을 갖고 물었다.

"그건 확실해요." 루이스가 말했다.

"그럼 엘런은요? 엘런은 그를 어떻게 여기고 있죠?"

루이스는 미소를 지었다.

"너무 많이 사랑하면서, 너무 적게 사랑하고 있겠죠. 다른 모든 여자들처럼요."

'또다시 나를 원망하는구나.' 나는 조금 슬픈 마음으로 생각했다. 아마 그의 머릿속을 스쳐 지나간 가정의 행복이라는 작은 꿈 때문이겠지. 나는 물었다.

"이런 식으로 행복하리라고 생각해요?"

"적어도 불행하지는 않을 거라고 생각해요."

"그건 모르죠. 행복하다고 느끼지 않기 때문에 불행한 사람들이 있어요. 당신도 그런 사람인 것 같은데요."

루이스는 미소를 지었다. "그럴지도 모르죠." 그러고서 그는 깊은 생각에 잠겼다.

"어쨌든, 아이가 있다는 점에서는 머리가 부러워요. 언제나 혼자서, 자기만을 위해서 산다는 건 진력나는 일이니까요. 결국에는 모든 게 아주 허무해지겠죠. 아이들이 있으면 좋겠어요."

"언젠가는 결혼을 해야겠네요. 아이들을 가지려면요." 나는 말했다.

루이스는 망설이는 표정으로 나를 바라보았다. "그건 오늘내일 이룰 수 있는 일이 아니잖아요." 그가 말했다. "하지만 몇 년 후라면, 안 될 것도 없죠."

나는 그에게 미소를 지었다.

"그래요, 안 될 것도 없죠. 몇 년 후라면……."

그것이 내가 바라는 전부였다. 몇 년이라는 시간. 영원의 맹세를 하기에는 난 너무 멀리 살고, 너무 나이가 많았다. 그러니 우리의 사랑은 조용히 사라질 정도로만 지속되어야 했다. 티 하나 없는 추억과 끝없는 우정을 마음에 남긴 채.

저녁 식사가 너무 푸짐하고 머리가 너무 친절해서 나는 그 집의 분위기에 완전히 젖어 들었다. 커피를 마시러 이웃 사람들이 왔을 때도 호의적인 마음이 일었다. 아직 이른 때라 록포트에는 피서객들이 거의 없었다. 그래서 그들끼리는 모두 서로 알고 지냈고, 늘 새로운 얼굴을 보고 싶어 했다. 우리는 환대를 받았다. 루이스는 대화에서 재빨리 빠져나가 샌드위치를 만드는가 하면 칵테일 셰이커를 흔들며 엘런을 도왔다. 나는 사람들이 퍼붓는 질문에 최선을 다해 모두 대답해주었다. 머리가 정신분석학과 마르크스주의의 관계에 대해 토론을 시작했다. 이 문제에 대해 나는 다른 사람들보다 많이 알고 있는 데다 머리가 부추기기도 해서 많은 이야기를 늘어놓았다. 나중에 방으로 돌아왔을 때 루이스는 놀란 표정으로 나를 빤히 쳐다보았다.

"그 작은 머리 안에 대단한 두뇌가 들어 있다는 걸 결국은 믿게 됐네요!" 그가 말했다.

"그런 흉내를 잘 낸다는 얘기죠?"

"아니에요, 정말 대단한 두뇌를 갖고 있어요." 루이스는 내게서 시선을 떼지 않았다. 그의 눈에는 약간의 비난이 담겨 있었다. "이상해요. 당신을 지적인 여자라고 생각한 적은 전혀 없었는데. 이제는 너무나 다르게 보이는군요!"

"당신과 같이 있으면 나도 내가 아주 다른 사람이 된 것 같아요." 내가 그의 품으로 들어가며 말했다.

그는 정말 나를 힘껏 안아주었다! 아! 갑자기 어떤 문제도 더는 떠오르지 않았다. 그가 거기에 있는 것으로 충분했다. 나는 그의 다리가 내 다리에 얽히는 것을 느꼈고, 그의 숨결과 냄새를, 내 몸 위에 있는 그의 거친 손결을 느꼈다. 그는 말했다. "안!" 전과 같은 목소리로. 그리고 전처럼, 그의 미소는 육체와 함께 마음을 나에게 주었다.

　잠에서 깨어보니 하늘과 바다가 눈부시게 빛나고 있었다. 우리는 머리의 자전거를 빌려 마을로 갔다. 다리 위를 산책하기도 하고, 어선과 어부와 그물과 물고기들을 바라보며 오랜 시간을 보냈다. 나는 바다의 신선한 공기를 들이마셨다. 태양이 나를 애무하고 있었다. 루이스는 내 팔을 잡았다. 그는 웃는 얼굴이었다.

　나는 열정적으로 말했다. "아름다운 아침이에요!"

　"가엾은 프랑스 아가씨." 루이스가 부드러운 목소리로 말했다. "천국에 있다고 생각하기 위해 그토록 하찮은 것으로 만족하다니!"

　"하늘, 바다, 내가 사랑하는 사람. 그건 하찮은 것들이 아니에요."

　그는 내 팔을 꼭 잡았다. "그것 봐! 정말 원하는 것이 적잖아요."

　"난 내가 가진 것들로 만족하는 사람이니까요."

　"당신이 옳아요." 루이스가 말했다. "누구나 자기가 가지고 있는 것으로 만족해야겠죠."

　하늘은 더 파래졌고 햇볕은 더 뜨거워졌다. 나는 마음 깊은 곳에서 울리는 환희의 큰 종소리를 들었다. '이겼어.' 나는 생각했다. 여기로 오는 것을 승낙한 것이 옳았다. 루이스는 자유를 느끼며, 내 사랑이 그에게서 무엇도 빼앗아 가지 않는다는 것을 인정하고 있었다. 바닷가에서 그는 다시 덕과 어울려 오후 한때를 보냈다. 나는 그의 참을성에 감탄했다. 그토록 느긋한 그의 모습을 보는 건 실로 오랜만이었다. 저녁을 먹은 뒤에는 머리가 우리를 친구들에게 데려갔다. 이번에는 루이스도 사람들과 거리를 두려 하지 않았다. 그는 활기차게 이야기를 늘어놓았다. 루이스가 모임에서 빛을 발하리라고는 생각도 못 했는데, 그는 그렇게 했다. 우리의 여행을 어찌나 능란하게 요약하고 행복하게 이야기하는지, 그가 묘사하는 과테말라가 실제보다 더 진짜인 것 같았다. 모두 과테말라에 가고 싶어 했다. 그가 무거운 짐을 지고 종종걸음으로 걷는 작은 원주민들의 흉내를 내자 여자들은 탄성을 내질렀다.

"선생님은 훌륭한 배우가 될 수도 있겠어요!"

"정말 말씀을 잘하시네요!"

그러자 루이스가 이야기를 갑자기 멈췄다. "여러분의 인내심이야말로 대단하군요!" 그가 미소를 지으며 말했다. "전 여행담을 아주 싫어하거든요."

"오! 계속 얘기해주세요." 금발 머리 여자가 청했다.

"아닙니다. 제 재주는 이제 바닥났어요." 음식을 차려놓은 식탁 쪽으로 걸어가면서 그는 말했다. 그가 커다란 잔에 담긴 맨해튼 칵테일을 비우는 동안, 황금빛 어깨를 드러낸 아름다운 아가씨들과 그만큼 아름답지는 못하지만 눈에 감정을 담은 여자들이 그의 주위로 모여들었다. 여자들이 그에게 호감을 느끼는 모습에 나는 약간 화가 났다. 그동안 루이스에게 별 매력이 없고 그런 점에 내가 묘하게 끌렸다고 생각해왔는데, 그게 아니었다는 걸 깨달은 것이다. 하지만 그는 누구도 나를 대하는 태도로는 대하지 않았다. '루이스는 나에게 유일해.' 나는 자만심과 비슷한 감정을 가지고 생각했다.

나도 술을 마시고 춤을 추었다. 진보적인 사상 때문에 라디오에서 쫓겨났다는 기타 연주자와 대화를 나누었고, 음악가들, 화가들, 지식인들, 문학가들과도 이야기를 주고받았다. 록포트의 여름은 그리니치빌리지의 별관과도 같았다. 온통 예술가들로 가득했다. 그러다 갑자기, 나는 루이스가 사라졌다는 것을 알아차렸다. 그래서 머리에게 물었다.

"루이스는 어디 갔죠?"

"전혀 모르겠네요." 머리가 평온한 목소리로 대답했다.

나는 약간 불안을 느꼈다. 아름다운 숭배자들 중 하나와 정원을 둘러보고 있나? 그렇다면 내가 나타나는 것을 그리 달가워하지 않겠지. 난감하군! 나는 홀을 한 번 둘러보고 부엌을 살펴본 다음 집을 나섰다. 메뚜기의 끈덕진 노랫소리밖에 들리지 않았다. 그렇게 몇 발짝 걷자 담뱃불이 보였다. 루이스는 혼자 정원 의자에 앉아 있었다.

"여기서 뭐 해요?" 내가 물었다.

"쉬고 있어요."

나는 미소를 지었다. "저 암컷들이 당신을 산 채로 삼켜버리는 거 아닐까 생각했어요."

"이럴 땐 어떻게 해야 하는지 알아요?" 루이스가 앙심을 품은 어조로 말을 이었다. "저 사람들 모조리 배에 싣고 가서 바다에 던져버려야 해요. 그 대신 작은 원주민 여자들을 잔뜩 데려오는 거죠. 기억하죠? 얌전하게 남편들의 발치에, 땅바닥에 앉아 있던 치치카스테낭고의 원주민 여자들 말이에요. 그들은 정말 조용했죠. 표정도 없었어요."

"기억나요."

"내내 예쁜 얼굴과 땋아 늘인 검은 머리를 하고 있었죠. 다시는 못 보겠지만." 루이스는 한숨을 쉬었다. "얼마나 멀리 있는지, 그 모든 것이!"

루이스의 목소리에는 치첸이트사의 정글 속에서 시카고의 집에 대한 얘기를 하던 때와 꼭 같은 향수가 담겨 있었다. '내가 그의 마음에서 추억으로 변하게 되면 이처럼 다정하게 떠올려주겠지.' 그러나 나는 추억으로 변하고 싶지 않았다.

"언젠가는 그 작은 원주민 여자들을 보러 다시 가게 될 수도 있겠죠."

"그러지 못할 게 분명해요." 루이스는 일어섰다. "산책하러 가요. 밤공기가 너무 좋네요."

"저 사람들에게 돌아가야죠, 루이스. 우리가 사라진 걸 눈치챌 거예요."

"그러면 어때요? 저 사람들에게 얘기할 게 아무것도 없고, 저 사람들도 내게 얘기할 게 아무것도 없을 텐데."

"하지만 머리의 친구들이잖아요. 이렇게 사라지는 건 좋지 않아요."

루이스는 한숨을 쉬었다. "정말이지, 내가 가고 싶은 곳이라면 어디든 반항하지 않고 따라오는 작은 원주민 여자를 아내로 얻고 싶네요."

우리는 집으로 다시 들어갔다. 루이스는 이제 전혀 즐거워 보이지 않았다. 술을 많이 마시고, 사람들이 묻는 말에 불평으로 대답할 뿐이었다. 그는 내 곁에 앉아 비난하는 듯한 표정으로 대화에 귀를 기울였다. 내가 머리에게 오늘날 프랑스에서는 많은 작가들이 글을 쓴다는 것이 어떤 의미인지 자문하고 있다고 이야기하자, 곧 그것에 대해 모두가 열띤 토론을 벌이기 시작했다. 루이스의 표정은 점점 침울해졌다. 그는 이론, 체계, 일반론을 아주 싫어했다. 나는 그 이유를 잘 알고 있었다. 그에게 사상이란 단지 말과 말의 연결이 아니라 살아 있는 것이었다. 그가 받아들이는 사상은 그의 내부에서 움직이며 모든 것을 동요하게 했다. 따라서 그는 머릿속을 정리하기 위해 힘든 작업을 하지 않으면 안 되었고, 약간은 그러기를 겁내고 있었다. 이런 영역에서도 그는 안전함을 선호하며 길을 잃은 듯한 기분을 싫어했기에 종종 자기 안에 갇혀 지내는 것이었다. 지금, 그는 틀림없이 그 안에 갇혀 있었다. 그러다가 어느 순간 폭발하듯이 불쑥 말했다.

"왜 글을 쓰는가? 누구를 위해서 쓰는가? 이런 걸 스스로 묻기 시작하면 더는 글을 쓸 수 없어요! 그저 글을 쓴다, 그게 전부죠. 사람들은 그 글을 읽는 거고요. 읽어주는 사람들을 위해서 글을 쓰는 셈이죠. 그런 질문을 던지는 사람들은 결국 아무도 읽어주지 않는 글을 쓰는 작가들이고요!"

이 말이 찬물을 끼얹었다. 게다가 그 자리에는 아닌 게 아니라 아무도 읽지 않는 글, 아무도 읽지 않을 글을 쓰는 작가들이 꽤 있었다. 다행히 머리가 일을 수습했다. 루이스는 다시 자기 안에 틀어박혔다. 15분쯤 지난 뒤 우리는 작별 인사를 했다.

다음 날 온종일 루이스는 침울한 표정이었다. 딕이 권총을 쥔 채 소리를 지르며 바닷가로 달려오자 그는 험상궂은 눈으로 아이를 바라보았다. 루이스가 그 애에게 권투를 가르치고 수영하러 데리고 다녔던 것은 결국 마음속의 분노 때문이었다. 저녁때, 내가 엘런과 머리와 얘기를 나누는 내내 그는 신문만 열심히 읽었다. 머리야 별것 아닌 일에 놀라지 않을 테지만 엘런 때문에 난 걱정이 되었다. '루이스는 어젯밤 술을 너무 많이 마셨어. 내일은 기분이 좋아지겠지.' 그렇게 희망하며 나는 잠들었다.

잘못된 생각이었다. 다음 날 아침 루이스는 나에게 미소조차 짓지 않았다. 엘런은 루이스가 자기 손에서 진공청소기를 빼앗아 지하실부터 다락방까지 청소를 하는 것을 보고 감격했다. 그러나 그렇게 분노에 차서 청소를 하다니, 심상치 않은 일이었다. 루이스는 스스로 침묵을 지키고 있었다. 무엇을 피하는 것일까? 점심때는 비교적 상냥하게 굴었지만, 해변에서 나와 단둘이 되자마자 그는 난폭한 어조로 말을 뱉었다.

"그 더러운 애새끼가 와서 나를 또 귀찮게 하면 목을 비틀어버릴 거예요."

"그건 당신 잘못이에요." 나도 화가 나서 대꾸했다. "첫날 그 애에게 그렇게 친절히 대해주지 않았어도 됐을 텐데."

"처음에는 늘 남한테 양보한단 말이에요." 원망이 가득한 목소리였다.

"알아요. 그렇지만 다른 사람들도 마찬가지인걸요." 나는 재빨리 말을 이었다. "당신도 그 점을 염두에 둬야 해요."

그때 머리 위에서 자갈 구르는 소리가 들렸다. 딕이 오솔길을 급히 내려오고 있었다. 흑백 무늬의 바지에 얼룩 하나 없는 셔츠를 입고 카우보이 멜빵을 찬 모습이었다. 아이가 루이스에게로 뛰어왔다.

"왜 이리로 오셨어요? 저 위에서 기다리고 있었는데요. 아저씨가 어제 그랬잖아요. 점심 먹고 자전거로 산책하러 갈 거라고요."

"산책 가기가 싫구나." 루이스가 말했다.

딕은 비난하듯이 루이스를 바라보았다. "어제 아저씨가 그랬잖아요, 내일 갈 거라고요. 내일이 바로 오늘이고요."

"오늘은 내일이 아냐." 루이스가 말했다. "학교에서 뭘 배우는 거니? 내일은 내일이야."

딕은 슬픈 표정으로 루이스의 팔을 잡아당겼다. "가요! 어서요!"

루이스는 거칠게 팔을 빼냈다. 돌로 된 용을 발로 찼을 때와 비슷한 표정이었다. 나는 딕의 어깨에 손을 얹었다.

"얘야, 나랑 자전거 타고 산책하자. 마을로 가서 배도 구경하고 아이스크림도 먹자. 응?"

딕은 마지못해 나를 바라보았다. "아저씨가 가자고 약속했어요." 그 애가 루이스를 가리키며 말했다.

"아저씨는 피곤하대."

아이가 루이스에게로 몸을 돌렸다. "아저씨는 여기 있을 거예요? 수영하실 거예요?"

"모르겠다." 루이스가 말했다.

"아저씨하고 있을래요. 우리 권투 해요." 딕이 말했다.
"그런 다음엔 수영을 하고요."

아이는 다시 자신에 찬 얼굴로 루이스를 쳐다보았다.

"싫다!" 루이스가 말했다.

나는 다시 딕의 어깨에 손을 얹었다. "이리 와. 아저씨 혼
자 계시도록 해드리자. 뭔가 생각하실 일이 있대. 난 록포트
로 가야 하는데, 혼자서는 심심할 거야. 나하고 같이 가줄
래? 이런저런 이야기를 들려줘. 그림책도 사주고, 갖고 싶은
것 다 사줄게." 나는 있는 힘을 다해 말했다.

딕은 루이스에게 등을 돌리고 산길을 오르기 시작했다.
나는 루이스에게 너무나 화가 났다. 어린애를 그렇게 대하
다니! 게다가 나 역시 딕을 돌보는 일이 즐겁지 않았다. 다행
히 나는 직업상 아이를 안심시키는 법을 알고 있었다. 딕은
곧 명랑해졌다. 우리는 자전거 경주를 했고, 나는 아슬아슬
하게 져주었다. 딕에게 까치밥나무 열매 시럽이 든 아이스
크림을 실컷 사 먹이는가 하면 함께 어선도 탔다. 갖은 애를
쓴 덕분에, 딕은 저녁때까지 내 곁을 떠나려고 하지 않았다.

"자, 나에게 고맙다고 해야겠죠." 나는 루이스의 방으로
들어가면서 말했다. "저 애를 당신에게서 떼어놨잖아요."
그러고는 덧붙였다. "당신, 그 애를 너무 심하게 대했어요."

"당신에게 고마워해야 할 사람은 바로 그 애죠." 루이스
가 말했다. "1분만 더 있었으면 그 자식의 뼈를 부러뜨려버
렸을 거예요."

그는 낡은 리넨 바지에 반소매 셔츠 차림으로 침대 위에 누워 천장을 바라보며 담배를 피우고 있었다. 정말이지, 그가 내게 고마워해야 마땅하다는 원망스러운 마음이 들었다. 나는 비치가운을 벗고 머리를 고쳐 빗기 시작하며 말했다. "옷 입을 시간이에요."

"난 옷을 입고 있는데요." 루이스가 말했다. "몸에 옷 걸치고 있는 거 안 보여요? 내가 발가벗고 있는 것 같아요?"

"설마 그런 꼴로 내려갈 생각은 아니죠?"

"그럴 생각인데요. 왜 해가 졌다는 핑계로 옷을 갈아입어야 하는지 이유를 모르겠군요."

"머리와 엘런은 그렇게 하잖아요. 게다가 당신은 이 집 손님이고요." 나는 말했다. "다른 사람들도 저녁을 먹으러 올 거라고요."

"또 시작이군!" 루이스가 말했다. "뉴욕에서의 바보 같은 생활을 이어가기 위해 여기 온 게 아니잖아요."

"다른 사람들을 불쾌하게 하기 위해 온 것도 아니죠!" 나는 말했다. "벌써 어젯밤 엘런이 이상한 표정으로 당신을 바라보기 시작했어요." 나는 갑자기 말을 멈췄다. "오! 어쨌든 난 상관없어요! 원하는 대로 해요!"

루이스는 투덜거리면서 결국 옷을 갈아입었다. '나를 이런 데 데려다 놓더니, 이젠 여기 있는 걸 못 견디게 만들어버리는군.' 화가 치밀었다. 나는 최선을 다하는데 그가 모든 걸 망쳐버리고 있어. 그날 저녁 루이스에 대해서는 더 이상 신경 쓰지 않기로 했다. 줄곧 그의 기분을 살피는 것이 너무나 피곤했다.

나는 마음먹은 대로 했다. 모든 사람들과 얘기를 나누고, 루이스를 무시했다. 머리의 친구들은 대체로 친절했다. 즐거운 저녁이었다. 자정 무렵, 초대된 사람들은 거의 돌아갔다. 엘런은 자기 방으로 들어가버렸다. 루이스도. 나는 머리와 기타 연주자, 그리고 다른 두 사람과 함께 남아 새벽 3시까지 이야기를 이어갔다. 마침내 방으로 들어가자 루이스가 불을 켜고 침대에서 일어났다.

"이제야 왔어요? 당신 입이 지껄여대는 소리가 드디어 끝난 거예요? 여자가 혼자서 그렇게 많이 지껄일 수 있다고는 생각도 못 했어요. 물론 루스벨트 부인을 제외하면요."

"머리와 얘기하는 게 너무 즐거워요." 나는 옷을 벗으면서 말했다.

"내가 당신에게 화나는 게 바로 그 점이에요!" 그의 목소리가 높아졌다. "이론, 언제나 이론이잖아요! 이론으로는 좋은 책을 쓸 수 없어요! 어떻게 책을 쓰는지 설명하는 사람들과, 실제로 책을 쓰는 사람들이 있죠. 절대 같은 사람들이 아니에요."

"머리는 자기가 소설가라고 주장하지 않아요. 그는 비평가예요, 뛰어난 비평가라고요. 당신도 그걸 인정하잖아요."

"그는 너무 수다스러워요! 그리고 당신은 거기 앉아 지적인 미소를 지으며 그 얘기를 듣고 있죠! 당신 머리를 벽에다 부딪쳐서 양식을 좀 되찾게 해주고 싶을 지경이에요."

나는 침대로 들어갔다. "잘 자요."

그는 대답도 하지 않고 불을 껐다.

나는 눈을 뜨고 있었다. 화도 나지 않았다. 도무지 이해가 안 돼! 그런 모임이 지루했을 수는 있겠지. 그럴 수야 있어. 하지만 낮에는 온종일 모두가 그를 방해하지 않고 조용히 내버려뒀잖아. 게다가 머리는 사실 조금도 현학적인 척하지 않았어. 루이스도 지금까지는 그와 즐겁게 대화를 나누었으면서 왜 갑자기 그런 적의를 품게 된 것일까? 여기에서 보내는 시간을 망쳐버리려는 루이스의 태도는 분명히 나를 겨냥한 거야. 여전히 나를 심하게 원망하고 있는 건가? 하지만 그렇다면 그 불쾌함을 나에게만 드러내야 하는 것 아닐까? 아니, 그처럼 모두를 탓하는 건 틀림없이 자기 자신에 대해서 화를 내고 있다는 뜻이야. 어쩌면 나에게 아주 다정하게 대했던 순간들을 자책하고 있는지도 모르지. 그렇게 생각하자 참을 수가 없었다. 그를 불러 얘기를 하고 싶었다. 그러나 내 목소리는 입안에서 사라져버렸다. 루이스의 고른 숨소리가 들렸다. 그는 잠들어 있었고, 나는 그를 깨울 마음이 없었다. 잠들어 있는 남자는 감동적이다. 너무나 순수해 보이기 때문이다. 모든 것이 가능하게 되고, 모든 것이 시작되고, 혹은 새롭게 다시 시작될 것만 같았다. 그가 눈을 뜨고는 "당신을 사랑해, 나의 귀여운 프랑스 아가씨"라고 말할 것만 같았다. 하지만 사실은 그와 다르다. 그는 그렇게 말하지 않을 것이다. 그 순수한 모습은 하나의 환영에 지나지 않았다. 내일도 오늘과 같을 것이다. '여기서 벗어날 방법이 전혀 없는 걸까?' 나는 절망적으로 자문하다가 곧 분노로 몸을 떨었다. '그는 뭘 원하는 거지? 뭘 하려는 거야? 대체 무슨 생각을 하는 거지?' 그가 자기 생각은 멀리 접어둔 채 조용히 잠을 자는 동안 나는 이런 질문들로 자신을 학대하고 있다니. 너무

불공평하지 않은가! 머리를 비우려 애썼으나 도무지 잠을 이룰 수가 없었다. 나는 소리 없이 일어났다. 딕과 시간을 보내느라 그날 오후 수영을 하지 않아서인지, 갑자기 시원한 물이 절실했다. 나는 수영복을 입고 그 위에 비치가운을 걸쳤다. 그런 뒤 루이스의 낡은 목욕 가운을 든 채 잠든 집을 맨발로 가로질러 내려왔다. 이 얼마나 광대한 밤인가! 나는 천으로 된 신을 신고 해변까지 뛰어가 모래에 누웠다. 날씨는 너무나 포근했고, 나는 별들 아래 눈을 감고 있었다. 조용한 물소리가 나를 잠으로 이끌었다. 눈을 떴을 땐 크고 붉은 태양이 물 위로 떠올라 있었다. 마치 천지창조의 나흘째 날 같았다. 태양은 막 태어났고, 동물과 인간의 고통은 아직 만들어지지 않은 때. 나는 바다로 들어갔다. 반듯하게 누워 몸을 물에 띄운 채 하늘을 눈에 가득 담았다. 몸의 무게가 사라져 버리는 기분이었다.

"안!"

나는 해안을 바라보았다. 사람이 살고 있는 육지, 누군가를 부르는 한 남자. 벌거벗은 상반신에 잠옷 바지만 걸친 루이스였다. 다시 몸의 무게가 느껴졌다. 나는 그를 향해 헤엄쳤다. "여기 있어요."

루이스가 나를 맞으러 왔다. 그가 두 팔로 나를 껴안았을 땐 그의 무릎까지 물이 차 있었다.

"안!" 그가 연거푸 나를 불렀다. "안!"

"다 젖겠어요! 몸을 좀 말리게 놔줘요." 나는 그를 해변으로 끌고 가면서 말했다.

그는 포옹을 풀지 않았다. "안! 정말 두려웠어요!"

"나 때문에 두려웠다고요? 이번에는 내가 당신을 괴롭힐 차례인가 보네요!"

"눈을 떠보니 침대가 비어 있고 당신은 돌아오질 않는 거예요. 내려가봤지만, 집 어디에도 당신은 없었죠. 여기로 왔지만 처음에는 아무도 안 보여서……."

"설마 내가 물에 빠져 죽었다고 생각한 건 아니죠?"

"내가 무슨 생각을 했는지도 모르겠어요. 마치 악몽 같았어요!"

나는 흰 목욕 가운을 다시 집어 들었다. "나 좀 닦아줘요. 당신도 몸을 말리고요."

그는 내가 시키는 대로 했다. 나는 옷을 입었고, 그는 목욕 가운으로 몸을 감쌌다. "곁에 앉아줘요." 그가 청했다.

자리에 앉자 그는 다시 나를 껴안았다. "당신이 여기에 있군요! 당신을 잃지 않았어요!"

나는 격정적으로 말했다. "내 잘못 때문에 당신이 나를 잃는 일은 절대 없을 거예요."

오랫동안 그는 말없이 내 머리카락을 쓰다듬었다. 갑자기 그가 말했다. "안! 시카고로 돌아가요!"

하늘을 향해 떠오르고 있는 태양보다 더 빛나는 태양이 나의 마음에 떠올랐다.

"정말 그러고 싶어요!"

"돌아가요." 그가 말했다. "당신과 단둘이 있고 싶어요! 우리가 이곳에 도착한 바로 그날 저녁에 내가 얼마나 어리석은 짓을 했는지 깨달았어요."

"루이스! 나도 얼마나 단둘이 있고 싶었다고요!" 나는 그를 향해 미소를 지었다. "그래서 기분이 좋지 않았군요. 여기에 온 걸 후회하고 있었어요?"

루이스는 고개를 끄덕였다. "함정에 빠진 기분이었어요. 어떻게 빠져나와야 할지 방법을 전혀 모르겠더라고요. 끔찍했죠!"

"이제는 방법이 있고요?"

루이스는 무슨 생각이 떠오른 듯한 표정으로 나를 바라보았다. "다들 아직 잠들어 있어요. 짐을 싸서 도망가요."

나는 미소를 지었다. "머리에게 잘 설명해요. 그는 이해해줄 거예요."

"이해해주지 않아도 어쩔 수 없죠." 루이스가 말했다.

나는 약간 불안스러운 마음으로 그를 바라보았다. "루이스! 정말 돌아가고 싶어요? 변덕은 아닌가요? 후회하지 않겠어요?"

루이스가 가볍게 웃었다. "변덕으로 행동할 때는 누구보다 내가 아주 잘 알죠." 그가 말했다. "이번은 변덕이 아니에요. 목을 걸고 맹세할게요."

나는 다시 그의 시선을 찾았다. "우리의 집으로 돌아가면 다른 모든 것도 되찾을 수 있을까요? 작년과 똑같을까요? 아니, 비슷하기라도 할까요?"

"작년과 똑같을 거예요." 루이스는 엄숙한 목소리로 말하고는 두 손으로 내 얼굴을 잡은 채 오랫동안 나를 바라보았다. "당신을 더 사랑하지 않으려 했어요. 하지만 그럴 수 없었어요."

"아! 이제부터는 그러지 말아요."

"이제 그러지 않을 겁니다."

루이스가 뭐라고 말했는지는 모르지만, 다음 날 저녁 우리를 비행장까지 바래다주는 머리의 얼굴엔 줄곧 미소가 어려 있었다. 루이스의 얘기는 사실이었다. 시카고에서 나는 모든 것을 되찾았다. 예의 거리 모퉁이에서 헤어지던 순간, 그는 나를 세게 껴안으면서 말했다. "지금껏 이토록 당신을 사랑한 적은 없었어요."

제9장

비서가 문을 열었다. "속달우편입니다."

"고마워요." 푸른색 편지지를 받으면서 앙리는 생각했다. '폴이 자살한 거야.' 마르드뤼스가 폴은 자살할 생각이 전혀 없고 이젠 거의 완쾌되었다고 분명히 말했는데도 그에겐 아무 소용 없었다. 요즘엔 전화벨만 울려도, 특히 속달우편을 받을 땐 더더욱, 뭔가 불길한 예감이 드는 것이었다. 속달우편에서 뤼시 벨롬의 서명을 확인하고서야 그는 안도했다. "빨리 만나야겠어요. 내일 아침 집으로 와주세요." 그는 당황스러운 마음으로 그 강압적인 메시지를 재차 읽었다. 그동안 뤼시가 그에게 이런 어조로 말한 적은 한 번도 없었다. 조제트는 연기자로 순조롭게 활동하는 데다, 영화 촬영 중인 〈아름다운 쉬종〉의 역할에 대해서도 매우 만족하고 있었다. 오늘 밤, 그녀는 아마릴리스에서 만든 대단한 드레스를 입고 레이스 세공 축제에 춤을 추러 갈 예정이었다. 뤼시가 무슨 일로 그러는지 앙리로서는 도무지 알 수 없었다. 그는 속달우편을 호주머니에 넣었다. 분명 아주 귀찮은 일일 것 같았다. 그러나 귀찮은 일이 하나 더 늘어나든 줄어들든 무슨 큰 차이가 있겠어? 다시 폴이 생각나 그는 전화기 쪽으로 손을 뻗었지만 이내 그만두었다. "마뢰유 양은 아주 잘 지내고 있습니다." 대답은 변하는 법이 없었고, 간호사의 차디찬 억양도 마찬가지였다. 그는 폴을 만나는 것이 금지되어 있었다. 그녀를 미치게 한 것이 앙리라고 모두가 입을 모았다. 차라리 그게 나았다. 그로써 사람들은 그 혼자서 자책하지 않도록 해준 셈이었다. 아주 오래전부터 폴이 그에게 학대자의 역할을 강요한 탓에, 그에게 양심의 가책이란 경직되었다고 할 만한 상태로 굳어버렸다. 그는 더 이상 양심의 가책을 느끼지 않았다. 게다가, 어떤 일을 하든지, 특히 좋은 일을 했다고 믿을 때도 사람들은 늘 잘못을 저지른다는 사실을 이해하고부터, 그의 마음은 이상하게 가벼워졌다. 그는 뜨거운 우유를 마시듯 매일 자신에게 주어진 모욕을 삼키며 지냈다.

"내가 제일 먼저 온 건가?" 뤼크가 말했다.

"보다시피."

뤼크는 의자에 털썩 주저앉았다. 그는 일부러 겉옷 없는 셔츠 차림에 슬리퍼를 신고 왔다. 트라리외가 성의 없는 차림새를 싫어한다는 걸 아는 까닭이었다.

"이봐, 랑베르가 우리를 저버리면 그땐 어떻게 하지?" 뤼크가 물었다.

"그는 우리를 저버리지 않을 거야." 앙리는 재빨리 대꾸했다.

"랑베르는 볼랑주를 전적으로 지지하고 있어." 뤼크가 말했다. "사마젤이 볼랑주에게 기사를 써달라고 제안한 것도 틀림없이 그래서겠지. 랑베르가 우리를 소수집단으로 만들 마음을 먹게끔 말이야."

"랑베르는 나를 지지하겠다고 약속했어."

뤼크는 한숨을 쉬었다. "그 꼬맹이 재즈광이 대체 무슨 계략을 세우고 있는 건지 알 수가 있어야지. 내가 그놈이라면 옛날에 집어치웠을 건데."

"랑베르가 조만간 그만두긴 할 거야." 앙리는 말했다. "하지만 다른 사람들 좋을 대로 행동하지는 않을걸. 내가 약속을 지켰으니 그 친구도 약속을 지키겠지."

언제나 뤼크에게는 랑베르를 옹호하고 랑베르에게는 뤼크를 옹호하는 것, 그것이 앙리의 원칙이었다. 그러나 사실은 상황이 애매했다. 랑베르가 자기 신념을 저버리면서까지 앙리에게 한없이 동의하지는 않을 것이기 때문이었다.

"조용히! 적이 왔어!" 뤼크가 말했다.

트라리외가 먼저 들어왔고, 사마젤과 침울한 표정을 한 랑베르가 뒤따랐다. 뤼크 말고는 아무도 미소를 짓지 않았다. 아직 누구도 지치지 않은 이 소모전을 즐기는 이는 뤼크뿐이었다.

"오늘 우리가 모이게 된 까닭을 논의하기 전에, 여러분 각자의 선의에 호소하고 싶습니다." 트라리외가 앙리의 얼굴을 집요하게 쳐다보며 말했다. "우리는 모두《레스푸아》에 애착을 느끼고 있죠." 그는 열띤 어조로 말을 이었다. "하지만 의견의 일치를 보지 못해서《레스푸아》를 파국으로 몰아가는 중입니다. 오늘 사마젤이 희다고 하면, 내일 앙리 페롱은 검다고 하는 식이죠. 독자들은 갈피를 잡지 못해 다른 신문을 사고 있어요. 각자의 견해 차이를 넘어 공동의 강령을 긴급히 마련해야만 합니다."

앙리는 고개를 흔들었다. "백번도 더 말했듯이, 난 양보할 생각이 없습니다. 내게 반대하시는 걸 그만두기만 하면 간단해요. 난 어디까지나 《레스푸아》를 늘 지켜온 선에서 유지할 거니까요."

"바로 S.R.L.의 실패로 사망 선고가 내려진 선 말이죠. 그건 이제 시대착오적인 것이 되어버렸어요." 사마젤이 말했다. "오늘날 공산주의자들 앞에서 중립을 지키겠다는 건 말도 안 되는 얘깁니다. 찬성이냐 반대냐를 분명히 결정해야 해요." 그는 자신 없는 태도로 쾌활하게 웃으려 애를 썼다. "공산주의자들이 선생을 대하는 태도를 생각하면, 선생이 그들에게 보이는 관대함이 나로선 놀라울 뿐입니다."

"좌파라고 자칭하면서 자본가들의 정당과 군인과 사제를 지지하는 인간들이 더 놀랍죠." 앙리가 대꾸했다.

"분명히 구별해야 합니다." 사마젤이 말했다. "나는 평생 군국주의, 교회, 자본주의에 대항해서 싸워왔어요. 하지만 드골이 한낱 군인 이상이라는 건 인정해야 합니다. 오늘날 우리가 중시하는 가치를 지키기 위해서는 교회의 지지도 필요해요. 만약 좌파의 인물이 주도권을 잡으면 드골주의 또한 반자본주의적 체제가 될 수 있어요."

"귀머거리가 되느니 이런 얘기라도 듣는 게 낫겠지." 앙리는 말했다. "딱 그 정도 수준의 얘기를 하고 있군요!"

"어쨌든 우리와 합의점을 찾는 것이 선생에게도 이익이

될 거라 봅니다." 트라리외가 말했다. "선생과 의견을 같이 하는 사람들이 결국 소수가 될 수도 있으니까요."

"그것 참 놀랄 일이군요." 앙리는 랑베르를 향해 가벼운 미소를 지어 보였으나 랑베르는 미소 짓지 않았다. 의리가 부담으로 작용하는 듯했고, 그는 그 사실을 드러내고 있었다. "어쨌든 내 의견이 소수 의견이 되면, 그땐 내가 그만두지요." 앙리는 말했다. "하지만 타협을 받아들일 수는 없어요." 그는 초조하게 덧붙였다. "내일까지 토론해도 소용없을 겁니다. 우리는 결정을 해야 하니까, 결정을 합시다. 볼랑주의 기사를 출판하는 건에 대해서, 난 분명히 반대합니다."

"나도 반대야." 뤼크가 말했다.

모든 시선이 랑베르에게로 향했다. 그는 눈을 들지 않고 말했다. "그 기사를 출판하기에는 적당한 때가 아닌 것 같습니다."

"하지만 그 기사가 훌륭하다고 했잖나!" 사마젤이 큰 소리로 말했다. "위협에 넘어간 모양이군!"

"전 적당한 때가 아닌 것 같다고 얘기했을 뿐이에요. 아닌가요?" 랑베르가 거만하게 대꾸했다.

"침투 공작으로 우리를 와해시키려 했던 겁니까? 실패했군요." 뤼크가 빈정대는 어조로 말했다.

트라리외가 갑자기 일어서더니 앙리를 무섭게 쏘아보았다. "머잖아 《레스푸아》는 파산하고 말 거요. 그게 당신의 고집에 대한 대가가 되겠지!"

그는 문 쪽으로 걸어갔다. 사마젤과 뤼크가 뒤를 따랐다.

"말씀 좀 드려도 될까요?" 랑베르가 침울한 목소리로 말했다.

"나도 얘기를 좀 하고 싶었어." 앙리는 말했다. 그는 자기 입술 위의 미소가 거짓임을 느끼고 있었다. 몇 개월, 아니 지난 1년 동안 그는 랑베르와 진정으로 친밀한 대화를 나누지 않았다. 이제 대화를 시도한 것까지는 좋았지만, 랑베르가 뿌루퉁해 있었다. 앙리는 랑베르에게 어떻게 얘기를 꺼내야 할지 알 수가 없었다.

"무슨 말을 하고 싶은지 알아." 앙리는 말했다. "더는 이런 상황을 견딜 수가 없다는 거지?"

"예, 견딜 수가 없습니다." 랑베르가 말했다. 그는 비난의 눈으로 앙리를 바라보았다. "드골을 좋아하지 않는 거야 선생님 권리죠. 하지만 그에 대해 호의적인 중립을 고수하실 수는 있잖아요. 선생님이 거부한 기사에서 볼랑주는 드골주의의 이념과 반동의 이념을 명확하게 구별하고 있어요."

"이념을 구별한다는 건 어린애 장난 같은 소리야!" 그러고서 앙리는 덧붙였다. "그렇다면 자네는 지분을 다시 팔고 싶겠군."

"네."

"그런 다음 《레 보 주르》에서 볼랑주와 일할 생각인가?"

"그렇게 하려고요."

"할 수 없지!" 앙리는 어깨를 으쓱했다. "하지만 자네도 알겠지. 내 말이 옳았다는 거 말이야. 볼랑주는 정치에 관여하지 않는다고 설교를 하면서 내심 때를 노리고 있었어. 재빨리 정치에 뛰어들었잖나."

"그건 선생님 잘못입니다." 랑베르가 격한 어조로 말했다. "선생님이 어디서나 정치를 끌어들였잖습니까! 세계가 온통 정치화되는 걸 막으려면 정치에 가담하지 않을 수 없다고요."

"어쨌든 자네들은 아무것도 막을 수 없을 걸세! 토론을 해봐도 결국은 소용없겠지. 우리는 더 이상 서로를 이해하지 못해." 그는 덧붙여 말했다. "자네 지분을 팔도록 해. 그게 유일한 문제군. 우리 넷이 그걸 나누어 가지면 자네의 도움으로 피할 수 있었던 상황에 다시 봉착하게 되겠지. 뤼크와 자네와 나, 이렇게 셋이서 자네 지분을 사줄 사람에 대해 합의를 해야만 해."

"선생님이 원하는 분을 고르세요. 전 전혀 상관없습니다." 랑베르가 말했다. "다만 빨리 찾아주셨으면 해요. 오늘 같은 일은 다시 겪고 싶지 않으니까요."

"찾아보지. 시간을 좀 줘." 앙리는 말했다. "아무도 자네가 했던 식으로 흔쾌히 그 자리를 맡아주지는 않을 거야."

무심코 던진 마지막 말에 랑베르는 마음이 움직인 것 같았다. 그는 악의 없는 말에 상처를 받는가 하면, 무심한 말에 감동을 받곤 했다.

"선생님과 저는 이제 서로 이해하지 못하니, 누구라도 저보다는 나을 겁니다." 랑베르가 부루퉁한 목소리로 말했다.

"자네도 잘 알잖아, 어떤 사람의 이념 바깥에 그 사람 자신이 있다는 걸." 앙리가 말했다.

"잘 알죠. 그게 바로 일을 복잡하게 만들고 있어요." 랑베르가 말했다. "선생님과 선생님의 사상은 별개니까요." 그는 일어섰다. "르누아르가 하는 행사에 함께 가실래요?"

"영화나 보러 가는 편이 나을 것 같은데."

"아뇨! 그걸 놓치기는 싫습니다."

"그러면 8시 30분에 날 데리러 오게."

공산주의 신문들은 르누아르가 "시의 순수성에 대한 요구와 폭넓은 인간적 메시지를 전하려는 고민을 절충한" 4막 6장의 걸작을 낭독한다고 예고한 바 있었다. 그러자 쥘리앵이 나서서 오래된 범인간주의 그룹의 이름으로 이 낭독회를 방해할 것을 제의했다. 공산주의로 전향한 이후 르누아르가 발표한 기사에는 지나치게 맹목적인 광신도와 같은 면이 있는 데다, 그는 자신의 과거와 친구들에 대해 지나친 증오심을 가지고 열렬히 그들을 고발하던 터였다. 그가 조롱당하는 꼴을 보면 꽤 즐거울 것 같았다. 게다가 이것은 저녁 시간을 보내는 적절한 방법이기도 했다. 폴이 병든 후로 그는 고독을 견디기 힘들었다. 게다가 뤼시 벨롬의 속달우편으로 불쾌하리만치 꺼림칙하던 차가 아닌가.

회장은 꽉 들어찼다. 공산주의자 지식인들이 전부 모여 있었다. 고참들과 수많은 신참들. 1년 전만 해도 이 신참들 중 많은 이들은 공산주의의 실수와 잘못을 고발하며 격분하고 있었다. 그러던 그들이 11월에 갑자기 깨닫게 된 것이다. 입당하는 것이 이익이라고 말이다. 앙리는 자리를 찾으며 중앙의 통로를 걸어갔다. 지나가면서 본 모든 얼굴들이 증오와 경멸에 차 있었다. 이 점에 대해서는 사마젤이 옳았다. 그들은 앙리의 정직함에 대해 조금도 고마워하지 않았다. 1년 내내, 그는 드골파의 압력에 대항해서《레스푸아》를 지키려고 몹시 애를 썼다. 인도차이나 전쟁과 마다가스카르의 의원 체포, 마셜플랜에도 맹렬히 반대했다. 결국 그는 공산주의자들의 견해를 정확히 지지해온 셈이었다. 하지만 이것이 그가 진실을 은폐하는 인간, 배반자로 취급되는 것을 막아주지는 못했다. 앙리는 맨 앞줄까지 걸어갔다. 스크리아신이 미소를 던졌다. 반면 쥘리앵을 둘러싼 젊은이들은 적의 어린 시선으로 앙리를 바라보고 있었다. 그는 되돌아와 회장 안쪽 계단에 앉았다.

"내가 시라노 드 베르주라크* 같은 인물이 된 모양이군." 앙리는 말했다. "사방에 적뿐이니 말이야."

"자업자득이죠." 랑베르가 말했다.

"친구들을 사귄다는 게 이처럼 비싼 대가를 치러야 하는 일일 줄이야!"

그는 동지애나 집단적인 작업을 좋아했다. 그러나 그것은 언젠가 다른 시기, 다른 세계에서였다. 그 정도로 오늘 그는 완전히 고립되어 있었다. 그렇게 보면, 잃을 것은 아무것도 없고, 크게 얻을 것도 없을 것이다. 그러나 도대체 이 지상에서 누가 무엇을 얻는다는 말인가?

"저 꼬마 마리-앙주 좀 보세요." 랑베르가 말했다. "참 빨리도 공산주의자처럼 멋지게 처신하고 있네요."

"그래, 훌륭한 투사 타입이지." 앙리는 대꾸했다.

넉 달 전에 앙리는 독일 문제에 대한 마리-앙주의 현지 보도 기사를 거절한 일이 있었다. 그녀는 울먹였다. "결국 언

---

* 17세기 프랑스 작가. 급진적인 사상의 소유자였으며, 최초의 공상과학 소설을 남긴 소설가로 알려져 있다. 후에 큰 인기를 끈 에드몽 로스탕의 희곡 〈시라노 드 베르주라크〉는 그를 주인공으로 삼고 있다.

론계에서 성공하기 위해서는 《피가로》나 《뤼마니테》에 몸을 팔아야 하는 거군요." 그러곤 덧붙여 말했다. "어쨌든 이 기사를 《랑클륌》에 가져갈 수는 없으니까요." 그로부터 일주일 후에, 마리-앙주가 전화를 했다. "그래도 그걸 《랑클륌》에 가지고 가기로 했어요." 이제 그녀는 매주 《랑클륌》에 글을 썼고, 라솜은 감동적인 언사로 이렇게 언급하곤 했다. "우리의 친애하는 마리-앙주 비제." 낮은 굽 구두를 신고 서투르게 화장을 한 마리-앙주는 거드름 피우듯 악수를 나누면서 중앙 통로를 올라오고 있었다. 그녀가 앞을 지나칠 때 앙리는 일어서서 팔을 잡았다. "안녕!"

"안녕하세요?" 마리-앙주가 미소도 짓지 않고 말했다. 빠져나가고 싶은 눈치였다.

"아주 바빠 보이는군. 당이 나와 얘기하지 못하게 해요?"

"서로 얘기 나눌 일은 없는 것 같은데요." 마리-앙주가 말했다. 어린애 같던 그녀의 목소리가 날카롭게 변해 있었다.

"어쨌든 축하는 하게 해줘요. 출세했으니까."

"무엇보다 매우 유익한 일을 하고 있다는 생각이에요."

"브라보! 벌써 공산주의자로서의 자질을 다 갖췄군!"

"부르주아적인 몇 개의 단점들이 없어졌다는 말을 듣고 싶은데요."

마리-앙주가 위엄 있게 멀어지는 동시에 박수갈채가 터져 나왔다. 르누아르가 연단으로 올라와 테이블 앞에 자리 잡을 때까지 억제된 갈채가 열광을 대신하고 있었다. 그는 테이블보 위에 종이를 놓고 일종의 선언문 같은 것을 읽기 시작했다. 군데군데 끊어가며, 단어 하나하나에 절망적인 비약을 가하며, 마치 음절과 음절 사이에 현기증을 일으키는 균열이 보인다는 듯 읽어 내려갔다. 틀림없이 그는 불안해하고 있었다. 그러나 사실 그의 말들은 시인의 사회적 임무와 현실 세계의 시에 관해 너무나 뻔한, 틀에 박힌 수사에 불과했다. 르누아르가 말을 멈추자 다시 박수갈채가 일었다. 반대 진영은 꼼짝도 않았다.

"보셨죠!" 랑베르가 말했다. "저 사람들은 이런 것에 박수를 보낼 만큼 타락해버렸어요!"

앙리는 대답하지 않았다. 물론 그처럼 악의에 찬 지식인들의 경멸을 무력하게 만들기 위해서는 마주 쳐다보기만 하는 것으로 충분했다. 그들이 공산주의로 전향한 것은 출세욕에서, 두려움에서, 혹은 정신적인 위안에서였고, 그들의 맹종에는 한계가 없었다. 그러나 이처럼 너무 안이한 성공에 만족하는 것도 역시 악의라고 해야 한다. 앙리가 마음이 죄어드는 것을 느끼며 '그들은 서로를 증오하고 있어'라고 생각한 것은 이런 인간들에 대해서가 아니었다. 그가 떠올린 이들은 진지한 사람들이었다. 더 이상《레스푸아》를 읽지 않고, 앙리의 이름을 배신자의 이름으로 생각하는 수많은 사람들 말이다. 오늘 저녁의 이 우스꽝스러운 모임도 그들의 진지함과 증오를 조금도 줄이지는 못하리라.

르누아르는 진정된 목소리로 12음절 시구로 된 장면을 읽기 시작했다. 수심에 잠긴 한 청년이 탄식한다. 그는 고향을 떠나기를 원한다. 부모, 애인, 동지들은 단념하기를 권유하지만 그는 부르주아적인 유혹을 뿌리친다. 그러자 알쏭달쏭한 구절로 된 합창시가 그의 출발을 알린다. 몇 개의 모호한 이미지와 현학적인 단어들이 진부하게 다듬어져 뻔한 내용을 반복적으로 뚜렷하게 드러냈다. 문득 크게 외치는 목소리가 들렸다.

"사기꾼!"

쥘리앵이 일어서서 외쳤다. "시라고 했는데, 어디에 시가 있다는 거야?"

"그리고 사실주의는?" 다른 목소리가 외쳤다. "어디에 사실주의가 있지?"

"걸작, 우리는 걸작을 원한다!"

"화해는 언제 하냐?"

그들은 발을 구르며 떠들기 시작했다. "화해!" 그러는 사이 회장을 가로질러 온갖 고함 소리가 들려왔다. "추방해라! 경찰 불러! 도발자! 수용소 문제나 얘기해! 평화 만세! 파시스트를 처단하자! 레지스탕스를 모욕하지 말라! 토레즈 만세! 드골 만세! 자유 만세!"

르누아르는 야유하는 사람들에게 경멸의 시선을 던지고 있었다. 당장에라도 무릎을 꿇고 가슴을 드러내거나, 아니면 발작적인 춤이라도 출 듯한 모습이었다. 이유는 모르지만 소동은 곧 가라앉았고, 그는 다시 낭독을 이어갔다. 이제 주인공은 세계를 두루 돌아다니며 불가능한 탈출을 모색하고 있었다. 그때, 경쾌하고 건방진 작은 하모니카 소리가 회장에 울려 퍼졌다. 잠시 후에는 꽥꽥거리는 나팔 소리가 들려왔다. 쥘리앵이 12음절마다 발작적인 웃음을 터뜨리자 르누아르의 입은 경련했다. 웃음소리가 좌석에서 좌석으로 퍼져, 이제 사람들이 여기저기서 웃고 있었다. 앙리도 웃기 시작했다. 결국 그는 그러려고 온 것이었다. 누군가가 "개자식!"이라고 소리쳤다. 앙리는 더 크게 웃었다. 웃음소리와 휘파람 소리 속에서 박수갈채가 터졌다. 누군가가 다시 외쳤다. "시베리아로 보내라! 모스크바로! 스탈린 만세! 스파이! 배반자!" 누군가 "프랑스 만세"라고 외치는 소리도 들려왔다.

"더 재미있을 줄 알았는데요." 랑베르가 회장에서 나오며 말했다.

"그러게, 재미라곤 조금도 없군." 앙리도 맞장구를 쳤다. 뒤에서 스크리아신의 숨 가쁜 소리가 들려 그는 뒤를 돌아보았다.

"회장에서 자넬 봤는데, 갑자기 사라졌잖아. 그래서 이리저리 찾으러 다녔지."

"나를 찾았다고?" 앙리는 물었다. 목이 죄어 왔다. 내게서 뭘 원하는 거지? 저녁 내내 그는 느끼고 있었다. 무언가 견딜 수 없는 일이 일어날 것만 같았다.

"그래, 뉴 바에서 한잔할까?" 스크리아신이 물었다. "이런 축제에는 술을 곁들여야지. 자네도 뉴 바 알지?"

"제가 알아요." 랑베르가 말했다.

"그럼 곧 거기서 보자고." 그러고서 스크리아신은 바람처럼 사라져버렸다.

"뉴 바가 뭐야?" 앙리는 물었다.

"사실 선생님은 이제 이 동네에 발을 들여놓지 않으시잖아요." 랑베르가 앙리의 차에 올라타며 말했다. "빨갱이들이 바 루즈를 차지한 뒤로 그들과 뜻이 다른 옛 손님들은 옆의 새로운 술집으로 피해 간 거죠."

"그럼 뉴 바로 가보자고." 앙리는 말했다.

자동차에 오른 그들은 얼마 후 좁은 길모퉁이를 돌았다.

"여기야?"

"여깁니다."

앙리는 난폭하게 차를 세웠다. 바 루즈의 핏빛 불빛이 눈에 들어왔다. 그는 뉴 바의 문을 밀었다.

"새 술집은 꽤 보기 흉한걸."

"네, 하지만 손님들은 옆집보다 나아요."

"오! 과연 그럴까?" 앙리는 어깨를 으쓱했다. "다행히 난 나쁜 만남이 무섭지 않으니까!"

그들은 테이블에 앉았다. 수많은 젊은이들, 엄청난 소음, 자욱한 담배 연기. 앙리가 아는 얼굴은 하나도 없었다. 조제트와 외출할 때면 그는 완전히 다른 장소로 가곤 했다. 게다가 자주 외출하는 것도 아니었다.

"위스키 드실래요?" 랑베르가 물었다.

"좋지."

랑베르는 볼랑주에게서 빌려 온 듯한 우아하면서도 무심한 어조로 위스키 두 잔을 주문했다. 두 사람은 말없이 위스키를 기다렸다. 정말 슬픈 일이었다. 앙리는 이미 랑베르에게 아무런 할 말이 없었다. 그는 억지로 노력을 짜내 겨우 입을 열었다.

"뒤브뢰유의 책이 나온 것 같던데."

"《비질랑스》에 발췌를 실었던 그 책인가요?"

"응."

"읽고 싶네요."

"나도 그래." 앙리는 말했다

예전에 뒤브뢰유는 언제나 그에게 첫 교정본을 보여주곤 했다. 이번에 나온 책을 앙리는 서점에서 살 것이고, 다른 사람들과 함께 그 책에 대해 이야기를 나눌 것이다. 하지만 그가 이야기를 나누고 싶은 유일한 사람인 뒤브뢰유와는 얘기하지 못하리라.

"선생님이 거절하셨던 원고 있잖아요. 제가 뒤브뢰유에 관해 쓴 것 말입니다. 그걸 다시 읽어봤어요." 랑베르가 말했다. "기억하세요? 아시다시피 그리 나쁘지는 않았죠."

"그 글이 나쁘다고 한 적은 없어."

앙리는 당시의 대화를 떠올렸다. 그때 처음으로 그는 랑베르에게서 적의 비슷한 감정을 느꼈었다.

"그걸 다시 고쳐 써서 뒤브뢰유에 관한 총체적인 연구로 삼을 생각이에요." 그러더니 랑베르는 아주 잠시 망설였다. "볼랑주가 그렇게 해서 《레 보 주르》에 신자더라고요."

앙리는 미소를 지었다. "너무 부당하지는 않게 해줘."

"저는 객관적인 태도를 취할 겁니다." 랑베르가 말했다. 《레 보 주르》에 제 단편도 실을 거예요."

"아! 다른 단편들을 썼나?"

"두 편 썼어요. 볼랑주는 아주 좋아하던데요."

"나도 읽어보고 싶군."

"선생님은 좋아하시지 않을 겁니다." 랑베르가 말했다.

쥘리앵이 문가에 나타나더니 그들을 향해 다가왔다. 스크리아신과 팔짱을 낀 채였다. 공통의 증오가 일시적으로 그

352

들의 우정이 되어 있었다.

"일터로 가자, 동지들이여!" 쥘리앵이 큰소리로 말했다. "인간과 위스키가 화해할 순간이 드디어 왔다네."

그는 단춧구멍에 흰 카네이션을 꽂고 있었다. 그의 시선은 옛날의 빛을 약간 되찾은 듯했는데, 아마 아직 술을 마시기 전이기 때문인지도 몰랐다.

"샴페인 한 병!" 스크리아신이 외쳤다.

"이런 데서 샴페인을 주문하다니!" 앙리가 호들갑스럽게 대꾸했다.

"그러면 다른 데로 가자고!" 스크리아신이 말했다.

"아냐, 아냐. 샴페인이야 좋지만 접시들이 있는 곳은 안 돼." 쥘리앵이 황급히 앉으며 말하고는 미소를 지었다. "멋진 모임이었어, 안 그래? 아주 교양 있는 모임이었지! 피를 보지 못한 건 아쉽지만."

"멋진 모임인 건 맞지만 후속편이 있어야 할 거야." 스크리아신이 대꾸했다. 그는 절박한 표정으로 쥘리앵과 앙리를 바라보았다.

"회장에서 어떤 생각이 떠올랐어. 어떤 기회로든, 어떤 방법으로든, 배신자 지식인들을 제압할 결사를 조직해야 해."

"모든 결사를 제압할 결사를 조직하는 건 어때?" 쥘리앵이 말했다.

"이봐, 자네 약간 파시스트가 된 것 같은데." 앙리가 스크리아신에게 말했다.

"당장에 이렇게 나오는군." 스크리아신이 말했다. "바로 그래서 우리의 승리에는 미래가 없단 말이지."

"미래는 엿이나 먹으라고 해!" 쥘리앵이 말했다.

스크리아신의 얼굴이 침울하게 변했다. "어쨌든 뭔가 해야만 해."

"무슨 소리야?" 앙리가 물었다.

"난 르누아르에 대해서 쓰겠어." 스크리아신이 말했다. "그야말로 정치적 신경쇠약의 기막힌 사례 아니겠어?."

"이봐! 르누아르를 능가하는 신경쇠약 환자들이 부지기수라고." 앙리가 말했다.

"우리도 다 신경쇠약 환자지." 쥘리앵이 말했다. "하지만 우리 중 누구도 12음절 시구를 쓰진 못한다고."

"그건 맞는 말이야!" 그러고서 앙리는 웃기 시작했다. "만약 르누아르의 시가 훌륭했다면 어땠을까? 지금 자네 표정이 정말 볼만했겠군."

"토레즈가 프렌치캉캉을 추러 왔다고 상상해봐. 자네라면 어떤 표정이었겠나?" 쥘리앵이 말했다.

"어쨌든 르누아르가 한때 그럴싸한 시를 썼던 건 사실이지." 앙리는 말했다.

랑베르는 짜증스러운 표정으로 어깨를 으쓱였다. "자유를 포기하기 전에는 그랬죠."

"작가의 자유라는 게 무슨 의미인지 알아야지." 앙리는 말했다.

"그건 아무 의미도 없어." 스크리아신이 말했다. "작가란 것이 이제는 아무 의미도 없다고."

"맞는 말이야." 쥘리앵이 말했다. "심지어 난 다시 글을 쓰고 싶기까지 하다니까."

"쓰세요." 랑베르가 갑자기 열정적으로 말했다. "요즘은 스스로 무슨 대단한 임무를 띠고 있다고 믿지 않는 작가가 아주 드무니까요."

'이건 내 얘기군.' 하지만 앙리는 아무 말도 하지 않았다. 쥘리앵이 웃기 시작했다. "이것 봐! 지금 막 저 친구가 내게 임무를 부여했어. 작가란 어떤 임무도 띠지 않는다는 걸 증명하는 임무야."

"그런 게 아니에요!" 랑베르가 말했다.

쥘리앵이 손가락을 입술로 올렸다. "확실한 건 침묵뿐이라고."

"맙소사!" 스크리아신이 갑자기 입을 열었다. "우리는 방금 기막힌 광경을 봤잖아. 우리의 친구였던 한 인간이 공산당에 의해 비천해진 모습 말이야. 그런데 자네들은 문학이 어떻다느니 운운하고 있군! 도대체 다들 그러고도 남자라 할 수 있어?"

"자넨 세상을 너무 진지하게 생각한다니까." 쥘리앵이 말했다.

"그래? 하지만 나처럼 세상을 진지하게 생각하는 사람이 없다면 스탈린주의자들이 권력을 잡게 될 것이고, 자넨 스스로 어느 쪽을 향해 가는지조차 모르게 될걸."

"저기 지하 몇 미터 아래에서 조용히 잠들어 있겠지." 쥘리앵이 말했다.

앙리는 웃기 시작했다. "공산주의자들이 자네 목숨을 원하기나 할 것 같아?"

"내 목숨이 공산주의자들을 원하지 않는 거야." 쥘리앵이 맞받았다. "난 아주 예민한 사람이거든." 그는 스크리아신을 돌아보았다. "난 누구에게도, 아무것도 요구하지 않아. 인생이 나를 즐겁게 하는 한, 즐겁게 살 뿐이야. 그게 불가능해지면 이승을 떠나는 거지."

"공산주의자들이 권력을 잡으면 자살할 건가?" 앙리가 재미있다는 듯 물었다.

"그래. 자네한테도 적극 추천하는 바야." 쥘리앵이 말했다.

"그것 참 대단하군!" 앙리는 어이없다는 표정으로 쥘리앵을 바라보았다. "친구들과 농담을 하고 있는 줄 알았는데, 갑자기 그중 한 사람이 나폴레옹을 자처한다는 걸 알아차린 기분이야."

"그러면 말해봐. 드골의 독재 정권이 들어서면 자넨 뭘 하겠나?"

"난 연설도 군악대도 좋아하지 않지만, 귀에 솜을 틀어막고 어떻게든 버틸 거야."

"좋아, 그러면 한 가지만 얘기하지. 결국은 그 솜을 빼고 연설에 박수갈채를 보내게 될걸."

"알다시피 난 드골을 좋아할 사람이 아냐." 스크리아신이 끼어들었다. "하지만 드골 치하의 프랑스와 스탈린 체제의 프랑스는 비교할 수가 없지."

앙리는 어깨를 으쓱였다. "오! 자네도 똑같아. 곧 '드골 만세!' 하고 외치게 될걸."

"반공 세력이 군인을 중심으로 모인 게 내 탓은 아니지." 스크리아신이 말했다. "내가 공산주의자에 반대하는 좌파를 모으자고 했을 때, 자넨 거절했잖아."

"어차피 반공주의자라면 군인이든 아니든 무슨 상관이지?"그러고서 앙리는 신경질적으로 덧붙였다. "자넨 좌파에 대해 얘기하지. 미국의 인민과 노동조합에 대해서 말이야. 그래놓고는 기사에서는 마셜플랜과 기업을 옹호하고 있으니."

"오늘날 세계가 두 진영으로 분열되고 있는 건 사실이야. 우리는 미국 아니면 소련을 전적으로 받아들이지 않을 수 없다고."

"그래서 미국을 선택했다는 거군!"

"미국엔 적어도 강제수용소는 없으니까."

"또 수용소 얘기야! 자네 얘기를 듣고 있자니 수용소에 대한 글을 쓴 게 후회되는군!"

"그런 말씀 마세요. 그건 선생님이 지금까지 하신 일 중에서도 가장 존경할 만한 행동이었어요."랑베르의 말소리는 약간 어눌했다. 벌써 두 번째 잔을 마시는 중이었다. 그는 술이 세지 못했다.

앙리는 어깨를 으쓱했다. "그게 무슨 소용이 있었지? 우파는 자기네 정당성을 찾기라도 한 양 공산주의자의 양심을 자극하는 데 그걸 이용했어! 착취, 실업, 기아를 얘기하면 그들은 곧 이렇게 응수하지. '그럼 강제수용소는?' 만약 수용소가 존재하지 않았다면 우파가 그걸 만들어냈을걸."

"강제 노동 수용소는 실제로 존재해."스크리아신이 말했다. "그래서 거북하게 된 것 아니겠어?"

"그게 거북하지 않은 사람들이 불쌍할 뿐이지."앙리는 말했다.

갑자기 랑베르가 일어섰다. "실례합니다만, 전 약속이 있어서요."

"나도 같이 나가지." 앙리도 따라 일어났다. "가서 좀 자야겠어."

"잔다고! 이 시간에! 오늘 같은 밤에!" 쥘리앵이 말했다.

"그래, 대단한 밤이지!" 앙리는 말했다. "하지만 난 졸려." 그는 가볍게 인사를 한 뒤 문 쪽으로 걸어갔다.

"약속은 어디지?" 그가 랑베르에게 물었다.

"약속은 없습니다. 그저 지긋지긋해서요. 죄다 시시한 사람들이에요." 랑베르가 말하고는 유감스럽다는 듯이 덧붙였다. "대체 언제쯤이면 정치 얘기를 하지 않고 저녁을 보낼 수 있을까요?"

"얘기한 게 아냐. 농담이나 지껄여댄 거지."

"정치에 대해서 지껄였죠."

"그러니까 영화나 보러 가자고 했잖나."

"정치 아니면 영화라니!" 랑베르가 말했다. "세상엔 정말 그것밖에 아무것도 할 게 없을까요?"

"있을 거야." 앙리는 말했다.

"뭐가요?"

"나도 정말 그걸 알고 싶네."

랑베르가 보도의 아스팔트에 발길질을 하고는 뭔가 요구하는 듯한 어조로 물었다. "한잔하러 가지 않으실래요?"

"그러지."

그들은 어느 테라스에 앉았다. 저녁 날씨가 좋았다. 둥근 탁자에 둘러앉은 사람들이 웃고 있었다. 그들은 무슨 얘기

를 하고 있을까? 작은 자동차들이 차도를 오가고, 젊은 남녀
들은 팔짱을 끼고 지나갔다. 보도에서 춤을 추는 커플들이
보이는가 하면 아주 감미로운 재즈 음악이 멀리서 들려왔
다. 분명히 세상에는 정치와 영화 말고도 많은 것이 있었다.
그러나 모두 다른 사람들을 위한 것이었다.

　"스카치 더블로 두 잔." 랑베르가 주문했다.

　"더블! 제법인데!" 앙리는 말했다. "자네도 술 마시기 시
작했나?"

　"'자네도'라뇨?"

　"쥘리앵이 마시고, 스크리아신도 마시니까 말이지."

　"볼랑주는 마시지 않습니다. 뱅상은 마시고요." 랑베르가
대꾸했다.

　앙리는 미소를 지었다. "자네야말로 어디서나 정치적인
속내를 드러내 보이는군. 난 아무 뜻 없이 한 얘긴데."

　"나딘도 제가 술 마시는 걸 좋아하지 않더라고요." 랑베
르의 얼굴에는 이미 어렴풋한 고집이 드리워 있었다. "제가
술을 마실 줄 모른다고 생각해요. 선생님처럼요. 참 이상하
죠. 전 신뢰감을 주지 못하는 모양이에요." 그가 침울한 목
소리로 말을 맺었다.

　"난 늘 자넬 신뢰했는데." 앙리는 말했다.

　"아뇨, 한때 저에게 관대하셨을 뿐이죠. 이제는 그마저도
아니고요." 랑베르는 위스키 잔을 반쯤 비우더니 화난 투로
말을 이었다. "선생님 패거리에서는 천재 아니면 괴물이어
야 합니다. 뱅상은 틀림없는 괴물이지요. 하지만 전 작가도
아니고, 행동가도 아니고, 대단한 난봉꾼도 아닙니다. 그저

명문가의 아들에 필요한 만큼 취할 줄도 모르는 사람일 뿐이에요."

앙리는 어깨를 으쓱였다. "아무도 자네가 천재나 괴물이 되길 요구하지 않아."

"저에게 아무것도 바라지 않는 건, 절 경멸하고 있기 때문이에요."

"완전히 미쳤군!" 앙리가 말했다. "요즘 자네가 생각하고 있는 바에 대해 유감스러움을 느끼기는 하지만, 결코 자넬 경멸한 적은 없어."

"절 부르주아라고 생각하시잖아요."

"그럼 난 어떤가? 난 부르주아가 아닌가?"

"아! 하지만 선생님은 그냥 선생님이에요." 랑베르가 원망을 담아 말했다. "선생님은 누구에 대해서도 우월감을 갖지 않는다고 하시죠. 그러나 사실은 모든 사람을 경멸하고 있습니다. 르누아르, 쥘리앵, 사마젤, 볼랑주 그리고 다른 사람들, 저도 물론 그렇고요." 그는 찬탄과 사나움이 담긴 목소리로 덧붙였다. "선생님은 정말 높은 덕성을 지니고 계시죠. 이해에 좌우되지 않고, 정직하고, 공정하고, 용기 있고, 한결같고, 결점이 없습니다. 스스로에 대해 조금도 가책을 느끼지 않는다는 건 진정으로 놀라운 일이죠."

앙리는 미소를 지었다. "내가 그런 인간이 아니라는 걸 맹세할 수도 있네!"

"그럴 리가요! 선생님은 결점이 없는 분이고, 스스로도 그걸 알고 계시잖아요." 랑베르는 낙담한 어조로 말을 이었다. "저 역시 제게 결점이 있다는 걸 잘 알고 있습니다." 이어 그의 어조에 분노가 담겼다. "하지만 상관없어요, 전 이런 사람이니까요."

"누가 자넬 비난하기라도 한 건가?" 이렇게 물은 뒤, 앙리는 다소 후회를 느끼며 랑베르의 얼굴을 빤히 쳐다보았다. 그 역시 랑베르가 안일하다며 비난한 일이 있지만, 사실 랑베르에게는 분명히 그럴 만한 까닭이 있었다. 힘든 유년 시절을 보낸 데다 로자는 그가 스무 살 때 죽어버렸다. 그리고 나딘은 그에게 위안이 되어주지 않았다. 결국 그가 바라는 건 더없이 소박한 것이었다. 아주 조금은 자기 자신만을 위해 살고 싶었을 뿐이다. '그런데 난 랑베르에게 요구만 했지.' 앙리는 생각했다. 그래서 결국 그는 볼랑주에게로 가버린 거야. 하지만 이 친구에게 다른 것을 주는 것은 그리 늦지 않았을지 모르지. 앙리는 다정한 어조로 말했다.

"내게 불만이 많은 것 같군. 한 번은 그걸 털어놓는 게 좋을 거야. 서로 얘기해보자고."

"불만은 없어요. 선생님은 늘 저를 비난하시죠. 결국 대화해 봤자 저를 비난하면서 시간을 보내게 되는 셈이에요." 랑베르가 우울한 목소리로 대꾸했다.

"완전히 오해하고 있군. 내가 자네와 의견이 다르다 해도, 그게 자넬 비난한다는 의미는 아니야. 우선 우리는 같은 세대가 아니잖나. 나에게 가치 있는 게 반드시 자네에게도 가치 있다고 할 수는 없어. 나에게도 젊은 시절이 있었지. 그러니 청춘을 좀 즐기고 싶어 하는 자네 마음도 이해해."

"그걸 이해하신다고요?" 랑베르가 물었다.

"물론이지."

"오! 어쨌든 선생님이 절 비난한다 해도 상관없어요."

그의 목소리가 가물거렸다. 너무 술을 마셔서 더 이상 대화를 나누기가 불가능했다. 하긴, 딱히 서두를 것도 없었다. 앙리는 그에게 미소를 지었다.

"이봐, 시간도 늦었고 우리 둘 다 좀 피곤하잖아. 다른 날 저녁에 함께 외출해서 진지한 대화를 해보자고. 너무 오랫동안 그러질 못했군!"

"진지한 대화. 그런 게 가능하다고 생각하세요?" 랑베르가 말했다.

"원하면 할 수 있지." 앙리는 말하고서 일어섰다. "바래다줄까?"

"아뇨, 친구들이 있나 보러 가려고요." 랑베르가 애매한 태도로 말했다.

"그럼 조만간 보자고!"

랑베르가 손을 내밀었다.

"조만간 봬요!"

앙리는 호텔로 돌아왔다. 우편함에 소포가 들어 있었다. 뒤브뢰유의 평론집이었다. 층계를 올라가면서 그는 끈을 풀어 책의 첫 페이지를 폈다. 물론 헌사는 없었다. 무슨 상상을 했던 거지? 전에도 종종 그랬듯이 모반이 앙리에게 책을 보낸 것이었다.

'왜?' 앙리는 생각했다. '왜 우리 사이가 나빠진 것일까?' 그는 이 질문을 자주 스스로에게 던져보았다. 《비질랑스》에 실린 뒤브뢰유의 기사는 사실상 앙리의 논설과 똑같은 내용이었다. 정말이지, 그들을 나눠놓는 것은 아무것도 없었다.

그런데도 두 사람은 틀어지고 만 것이다. 이미 돌이킬 수 없는 일이긴 하지만, 그 이유조차 설명할 수 없다니. 하긴, 공산주의자들은 앙리를 증오하고, 랑베르는 《레스푸아》를 떠나고, 폴은 미치고, 세계는 전쟁을 향해 달려가고 있었다. 뒤브뢰유와의 불화라고 더 대단한 의미를 갖는 것도 아니었다.

앙리는 책상에 앉아서 새 책의 붙어 있는 페이지를 떼어내기 시작했다.* 이미 대체적인 내용은 알고 있었기에 그는 곧 마지막 장으로 건너뛰었다. S.R.L.의 해산 이후인 1월에 쓴 것이 분명한, 아주 긴 내용이었다. 앙리는 약간 당황했다. 뒤브뢰유의 장점은 주저함 없이 자신의 생각에 계속해서 의문을 제기하는 태도였다. 매번 새롭게 모험을 떠나는 식으로 말이다. 그러나 이번에는 과격한 급변이 느껴졌다. "오늘날 프랑스의 지식인은 아무것도 할 수 없다"라고 그는 선언했다. 물론 S.R.L.은 실패했고, 《비질랑스》의 기사들은 문제만 일으켰을 뿐 누구에게도 영향을 주지 못했다. 뒤브뢰유는 숨은 공산주의자라고 비난받는가 하면, 때로는 월가의 앞잡이라고 비난받았다. 그에게는 이제 거의 적밖에 남지 않았으니 불만을 느끼지 않을 수 없었으리라. 앙리도 뒤브뢰유와 거의 같은 상황이었고 그 역시 불만이었지만, 뒤브뢰유와는 달랐다. 앙리는 그날그날을 살며 적당히 맞춰나갔다. 그러나 과격한 면을 가진 뒤브뢰유는 분명히 적당히 맞춰나갈 수 없었던 것이다. 그는 앙리보다 한발 더 나아가 문

---

* 과거 새 책은 페이지들이 접지된 상태로 붙어 있어서 처음 읽는 독자가 한 장씩 뜯어내며 읽었다.

학까지 규탄하고 있었다. 여전히 독서를 하는 앙리와는 달랐다. 심지어 뒤브뢰유는 자기 자신의 존재까지 규탄했다. 자기가 신봉해온 낡은 휴머니즘과 더 현실적이고 염세적인 새로운 휴머니즘, 수많은 폭력을 허용하며 정의와 자유와 진리라고는 거의 찾아볼 수 없는 새로운 휴머니즘을 대립시키고 있었다. 현재의 인간관계에서는 새로운 휴머니즘이 유일하고도 적절한 도덕이라는 것이 그가 제시하는 내용이었다. 그러나 이 휴머니즘을 적용하기 위해서는 많은 것을 포기해야만 하고, 뒤브뢰유 자신은 개인적으로 그럴 수 없는 사람이었다. 스스로도 실천할 수 없는 진리를 권장하고 있는 뒤브뢰유의 모습이라니, 너무나 낯설었다. 마치 자신이 죽었다고 생각하는 것만 같았다. '내 잘못이야.' 앙리는 생각했다. '내가 고집 부리지 않았다면 S.R.L.은 계속 유지되었을 거고, 뒤브뢰유도 결국은 패배했다고 느끼지 않았을지 모르지.' 무능하고 고독한, 자신의 작품에 의미가 있는지 의심하며 미래에서 단절된 채 과거를 부인하는 뒤브뢰유를 생각하자 가슴이 죄어드는 것 같았다. 문득 앙리는 생각했다. '뒤브뢰유에게 편지를 써야겠어!' 그가 답장을 하지 않을지도 모른다. 혹은 분노의 답장을 보낼지도. 하지만 그게 무슨 대수겠어? 이미 자존심은 앙리에게 문제가 되지 않았다. '내일 편지를 써야지!' 그는 침대에 누우며 결심했다. '그리고 내일 랑베르와도 진지하게 얘기를 나눠보자.' 그는 불을 껐다. '내일. 그런데 뤼시 벨롬은 왜 만나자는 걸까?'

하녀가 모습을 감추자 앙리는 거실로 들어섰다. 곰 가죽과 양탄자, 낮은 장의자. 조제트와의 암묵적인 관계를 위해 마련된 자리에 왔을 때와 마찬가지로 일종의 공모가 담긴 침묵이 은밀히 흐르고 있었다. 하지만 뤼시가 50대 여성의 매력을 보여주기 위해 그를 부른 것은 아닐 터였다. '저 여자가 원하는 게 뭐지?' 그는 그 답을 회피하려 하고 있었다.

"와주셔서 감사해요." 뤼시가 말했다. 장식 없는 실내 드레스 차림에 머리는 단정히 손질한 모습이었다. 하지만 그리지 않아 휑한 눈썹 때문에 이상하게 늙어 보였다. 뤼시는 앙리에게 앉으라는 손짓을 했다.

"부탁드릴 게 있어요. 저를 위한 것이라기보다는 조제트를 위한 거예요. 조제트를 소중히 여기시죠. 아닌가요?"

"그렇다는 걸 잘 아시잖아요." 앙리는 말했다. 뤼시의 어조가 너무나 자연스러워서 다소 안심이 되었다. 뤼시는 내가 조제트와 결혼하거나, 적어도 한편이 되어주기를 원하고 있겠지. 하지만 왜 오른손에 작은 레이스 손수건을 들고 있는 걸까? 왜 저렇게 손수건을 꼭 쥐고 있는 거지?

"그 애를 어느 정도까지 도와주실 수 있을지 모르겠네요." 뤼시가 말했다.

"도대체 무슨 일인지 말씀을 해보십시오."

뤼시는 주저하듯, 양손으로 구겨진 손수건을 주무르고 있었다. "말씀드릴게요. 선택의 여지가 없으니까요." 그녀가 살짝 미소를 지었다. "우리가 전쟁 중에 레지스탕스가 아니었다는 사실은 들으셨겠죠?"

"네, 들었습니다."

"아마릴리스 양장점을 제 것으로 삼고 큰 회사로 만들기 위해 제가 얼마나 많은 대가를 치렀는지 아무도 모를 거예요."뤼시가 말했다. "게다가, 아무도 그 얘기에는 관심이 없죠. 제 처지를 동정해달라는 건 아니에요. 다만, 양장점이 망하도록 내버려두느니 제 머리라도 걸었으리라는 점은 선생님도 이해해주셔야 해요. 양장점을 살리기 위해선 독일 사람들을 이용할 수밖에 없었죠. 그들을 이용한 게 후회된다는 뜻은 아니에요. 물론 아무것도 주지 않고 받을 수는 없었죠. 전 그들을 리옹으로 초대해서 파티를 열었어요. 결국 필요한 일을 했고요. 그 때문에 해방 이후엔 난처한 일을 겪었어요. 그렇지만 이미 오래전 일이고, 잊었어요."

뤼시는 주위를 둘러본 뒤 앙리를 응시했다. 그는 조용한 어조로 중얼거렸다. "그래서요?"마치 언젠가 이런 장면이 이미 있었던 것만 같았다. 언제였지? 꿈속에서였을지 모른다. 속달우편을 받았을 때부터 앙리는 뤼시가 얘기할 내용을 알고 있었다. 1년 전부터 그는 이 순간을 기다리고 있었던 것이다.

"함께 제 사업을 꾸리던 메르시에라는 놈이 있었어요. 자주 리옹에 들러 사진과 편지를 훔쳐내고 험담할 거리를 캐냈죠. 그가 그걸 폭로하면, 우리는 전 국민의 비난을 감당해야 해요. 조제트와 제가 말이죠."

"그럼, 그 증거자료 얘기가 사실이라는 겁니까?"앙리는 물었다. 극심한 피로만이 느껴질 뿐이었다.

"아! 이미 알고 계셨어요?"뤼시가 놀라 물었다. 그녀의 얼굴에서 긴장이 약간 긴장이 누그러들었다.

"조제트도 이용했습니까?"

"이용이라뇨! 조제트는 한 번도 저를 도운 적이 없어요."
뤼시가 신랄하게 대답했다. "그 애는 전혀 도움이 안 되는 방법으로 쓸데없는 일에 말려들기나 했죠. 젊은 대위와 사랑에 빠졌거든요. 감상적인 미남 청년인데, 영향력이라곤 전혀 없는 사람이었죠. 그 애에게 열렬한 편지를 보내더니 동부전선에서 전사했어요. 그 애는 그 편지들, 둘이서 활개치고 다니는 모습을 찍은 사진들을 아무 데나 흘리고 다녔어요. 그럴싸한 증거물인 셈이죠. 메르시에는 그걸로 이득을 볼 수 있겠다 싶었던 거예요."

앙리는 벌떡 일어나 창가로 걸어갔다. 뤼시가 지켜보고 있었으나 상관하지 않았다. 그는 그날 아침, 함께 맞이했던 첫날 아침의 조제트의 무기력한 얼굴과 아주 진실하게 거짓말을 했던 목소리를 떠올렸다. "내가 사랑에 쉽게 빠지냐고? 누구랑?" 그녀는 사랑에 빠졌었다. 다른 남자, 독일 미남 청년과. 앙리는 뤼시 쪽으로 몸을 돌려 간신히 물었다. "그놈이 부인을 협박하는 겁니까?"

뤼시는 가볍게 웃었다. "선생님께 돈을 부탁할 거라고 생각하시는 건 아니죠? 3년 동안 그놈에게 돈을 줬어요. 앞으로도 줄 각오를 하고 있고요. 그 증거물을 도로 사려고 거액을 내놓기까지 했죠. 그렇지만 교활한 메르시에는 더 멀리 보고 있었어요." 뤼시는 앙리의 눈을 똑바로 바라보며 도전적인 어조로 말을 이었다. "그놈은 게슈타포의 끄나풀이었어요. 이번에 체포됐죠. 자기를 빼내주지 않으면 다 폭로하겠다는 말을 전하더군요."

앙리는 침묵을 지켰다. 지금껏 독일인들과 같이 잔 더러운 여자들은 그와 다른 세계에 속해 있었고, 그 세계와 유일하게 접촉하는 방식은 오직 증오뿐이었다. 그런데 지금 뤼시의 얘기를 듣고 보니, 그 더러운 세계는 그의 것과 똑같은 세계였다. 세상에는 단 하나의 세계밖에 없었다. 조제트는 독일군 대위의 품에서 그의 품으로 옮겨 왔을 뿐이었다.

"그가 폭로하면 조제트는 어떻게 될까요?" 뤼시가 말했다. "그 애 성격상, 재기는커녕 가스를 틀어 자살을 시도할 게 뻔해요."

"제가 뭘 하기를 바라세요? 뭘 기대하는 겁니까?" 앙리가 성마른 어조로 물었다. "난 게슈타포의 끄나풀을 구해낼 만한 변호사를 몰라요. 내가 할 수 있는 조언이란, 최대한 빨리 스위스로 도망치라는 것뿐입니다."

뤼시는 어깨를 으쓱했다. "스위스로요! 조제트가 가스를 틀 거라고 말씀드렸죠. 그 애는 요즘 얼마나 만족스럽게 지내는지 몰라요, 불쌍한 것." 문득 뤼시의 목소리에 연민이 담겼다. "모두 그 애가 영화에서 특출나다고들 하잖아요. 자, 앉으세요." 뤼시가 초조하게 덧붙여 말했다. "그리고 제 얘기 좀 들어주세요."

"듣고 있습니다." 앙리는 앉으면서 말했다.

"손아귀에 쥐고 있는 변호사가 하나 있어요. 트뤼포 변호사. 모르세요? 아주 확실한 친구고, 제게 약간 빚이 있죠." 뤼시가 반쯤 미소를 지으며 말하고는 앙리를 뚫어지게 쳐다보았다. "우리는 이 사건을 함께 이리저리 검토해봤어요. 트뤼포 말로는, 메르시에가 이중 스파이였다고 주장하는 게 유일한 해결책이라더군요. 물론 그 내용을 증언해줄 믿음직

한 레지스탕스가 있어야 효력이 있겠죠."

"아! 이해했어요." 앙리는 말했다.

"이해하는 거야 쉽죠." 뤼시가 차갑게 말했다.

앙리는 약간 웃었다. "그게 그렇게 간단한 일이라고 생각하시는 건가요? 불행히도, 메르시에가 저와 일한 적이 없다는 걸 제 동료들 모두가 알고 있습니다."

뤼시는 입술을 깨물었다. 갑자기 그녀에게서 거만한 태도가 누그러졌다. 앙리는 뤼시가 울기 시작할까 싶어 겁이 났다. 그것은 틀림없이 구역질 나는 광경이 될 테니까. 그는 심술궂은 기쁨으로 뤼시의 낙심한 얼굴을 바라보았지만, 머릿속에서는 바람처럼 여러 말들이 지나가고 있었다. 독일군 대위를 사랑하던 여자에게 완전히 속았군. 멍청이! 불쌍한 멍청이! 바보처럼 그녀의 기쁨과 사랑을 확신하고 있었다니. 멍청이! 그녀는 나를 하나의 수단으로만 생각했던 거야. 뤼시는 똑똑한 여자니까 앞을 내다보고 있었지. 뤼시가 앙리에게 편의를 제공하고 조제트를 그의 품에 던져준 것은 관심도 없는 딸의 경력을 위해서가 아니었다. 그것은 쓸모 있는 연줄을 잡아두기 위해서였다. 그리고 조제트는 그 역할을 해낸 것이다. 조제트는 열의 없는 태도에 대한 변명으로, 자신이 한 번도 사랑해본 적이 없다고 했다. 그러나 그녀는 자신의 경박한 마음에 일어날 수 있는 진정한 사랑을 모두 그 미남 독일군 대위에게 주었던 것이다. 그는 조제트를 모욕하고 싶었고, 때려주고 싶었다. 그런데 그녀를 구해달라니!

"레지스탕스 일은 비밀이 아니었나요?" 뤼시가 물었다.

"네, 하지만 우리는 서로를 다 알고 있었죠."

"예심판사는 선생님의 증언을 믿지 않을까요? 동료들과 대질시킨다면, 그 사람들이 과연 선생님 말을 부인할까요?"

"모르겠습니다. 그리고 전 위험을 무릅쓰고 싶지 않아요." 앙리가 신경질적으로 말했다. "위증이 심각한 죄라는 사실을 모르시는 것 같군요. 당신이 양장점을 소중히 여기듯이, 저도 제 사소한 것들을 소중히 여기고 있습니다."

뤼시는 침착함을 되찾았다. "메르시에에게 불리한 주요 증거는, 그가 1944년 2월 23일 알마 다리에서 두 여자를 넘겨주었다는 거예요." 그녀는 앙리에게 묻는 듯한 시선을 던졌다. "레지스탕스에서 두 사람은 리자와 이본이라는 이름으로 활동했다더군요. 다하우 수용소에서 1년을 지냈대요. 기억나는 거 없으세요?"

"전혀요."

"유감스럽네요. 만약 그 여자들을 아셨다면 우리에게 도움이 되었을 텐데. 어쨌든 그 여자들은 물론 선생님을 알고 있어요. 만약 그날 메르시에가 선생님과 함께 다른 곳에 있었다고 주장하면 그 여자들 기세가 꺾이지 않을까요? 그리고 선생님이 메르시에를 은밀하게 스파이로 이용했다고 진술하면, 누가 감히 반박하겠어요?"

앙리는 생각했다. 그래, 신뢰를 받고 있으니 한 번은 속일 수 있겠지. 뤼크는 1944년에 보르도에 있었고 샹셀, 바리외, 갈티에르는 죽었다. 랑베르, 세즈나크, 뒤브뢰유가 의심한다 해도, 그를 위해 침묵을 지키겠지. 그러나 살결이 마음에 드는 작은 계집을 위해 위증을 하지는 않을 거야. 더러운 그

계집은 자기 비밀을 잘도 감추었군. 순진한 척하면서!

"그러니 서둘러서 스위스로 떠나세요!" 그는 말했다. "거기서도 좋은 사람들을 많이 만나실 겁니다. 스위스나 브라질, 아니면 아르헨티나로 가세요. 세계는 넓습니다. 파리에서만 살 수 있다고 생각한다면 편견이에요."

"조제트를 아시잖아요. 아닌가요? 삶에 대한 의욕을 되찾기 시작한 참이라고요. 그 애는 그런 충격을 절대 견딜 수 없을 거예요!"

앙리는 가슴에 아픔을 느꼈다. '조제트를 만나야만 해! 지금 당장!' 그는 갑자기 일어섰다. "생각해보겠습니다."

"트뤼포 변호사의 주소예요." 뤼시가 호주머니에서 종이쪽지를 꺼냈다. "결심이 서면 이 사람에게 연락해주세요."

"제가 나선다고 가정하면……" 앙리는 말했다. "그러면 그자가 자료를 돌려준다는 건 확실한가요?"

"그놈이 그런 걸로 뭘 하겠어요? 무엇보다 선생님을 화나게 해서 그놈에게 득 될 게 없잖아요. 게다가 자료에 대한 게 알려지는 날에는 선생님의 증언이 의심받게 될 거고요. 틀림없이 돌려줄 거예요. 이 사건에서 빼내주면, 그놈도 손이 묶인 상태나 다름없어요."

"오늘 저녁에 전화드리죠."

뤼시는 일어나 잠시 망설이는 듯한 표정으로 앙리의 앞에 우뚝 섰다. 다시금, 뤼시가 울음을 터뜨리거나 발밑에 몸을 던질까 싶어 그는 겁이 났다. 그러나 그녀는 한숨을 한 번 내쉴 뿐이었다. 그러고는 출입문까지 따라 나와 그를 배웅했다.

앙리는 급히 계단을 내려간 뒤 차에 올라 가브리엘가로

향했다. 1년 전 어느 아름다운 날 밤 조제트가 준 작은 열쇠를 늘 주머니에 가지고 다니던 터였다. 그는 아파트의 문을 열고, 노크도 없이 방으로 들어갔다.

"무슨 일이야?" 조제트가 눈을 뜨고 희미하게 미소를 지었다. "당신이야? 지금 몇 시지? 다정하게도 키스하러 와줬구나."

그는 키스하지 않았다. 대신 커튼을 내린 뒤 팔걸이 없는 장식 의자에 앉았다. 쿠션을 댄 이 벽들 사이에서, 골동품과 새틴 제품들, 방석들 사이에서 추문과 감옥과 절망을 믿기란 어려웠다. 다갈색 머리카락에 감싸인 채 진한 분홍빛으로 변한 얼굴이 미소 짓고 있었다.

"얘기할 게 있어." 그가 말했다.

조제트는 베개 위로 몸을 약간 일으켰다. "뭔데 그래?"

"왜 사실대로 말하지 않았지? 어머니가 방금 전부 얘기했어. 이번에는 진실을 알고 싶어." 그는 거친 목소리로 말을 이었다. "어머니는 언젠가 나를 이용할 수 있다는 생각에 내 품에 당신을 던져준 거겠지?"

"그게 대체 무슨 소리야?" 조제트가 겁먹은 표정으로 앙리를 바라보며 물었다.

"대답해봐! 어머니 명령에 따라 나와 자기로 한 거지?"

"아주 오래전부터 엄마는 당신과 헤어지라고 닦달해왔는걸." 조제트가 말했다. "엄마가 원하는 건 내가 어떤 늙은이에게 달라붙는 거라고. 이게 다 무슨 일이야?" 그녀가 애처로운 어조로 되풀이해 물었다.

"증거자료." 그는 말했다. "증거자료에 대한 얘기 들었어? 그걸 손에 넣은 놈이 체포됐어. 이젠 폭로하겠다고 협박하고 있다더군."

조제트는 얼굴을 베개에 묻었다. "영원히 그 일에서 빠져나올 수 없는 걸까!" 그녀가 절망적으로 말했다.

"첫날 아침에, 다름 아닌 여기서, 아무도 사랑한 적 없다고 말했던 거 기억해? 그 후엔 미국에서 죽은 젊은 남자에 대해 막연히 얘기했고. 바로 그 독일군 대위였겠지. 아! 날 완전히 바보로 만들었어."

"왜 그런 말을 해?" 조제트가 말했다. "내가 당신을 어떻게 했다는 거야? 리옹에 있을 땐 당신을 알지도 못했어."

"하지만, 내가 물었을 때는 날 알고 있었잖아. 그렇게 순진한 태도로 거짓말을 하다니."

"당신에게 진실을 말하는 게 무슨 소용이 있겠어? 엄마가 얘기하지 말라고 했어. 게다가 당신도 결국 남이잖아."

"지난 1년 동안 내가 당신한테 남이었다는 거야?"

"뭐하러 그런 얘기를 전부 하겠어?" 조제트는 손으로 얼굴을 가리고 조용히 흐느끼기 시작했다. "만약 고발당하면 감옥에 갇히게 될 거라고 엄마가 그랬다고. 정말 싫어! 차라리 자살해버릴 거야."

"그 대위와의 관계는 얼마나 지속됐지?"

"1년."

"이 아파트를 네게 마련해준 것도 그 남자야?"

"그래, 내가 가진 건 전부 그 사람이 준 거야."

"그 남자를 사랑했어?"

"그는 날 사랑했어. 다른 어떤 남자도 그 사람만큼 나를 사

373

랑하진 못할 거야. 그래, 나도 그 사람을 사랑했고." 조제트가 흐느껴 울며 말을 이었다. "그게 내가 감옥에 갈 이유가 될 수는 없어."

앙리는 일어나 미남 대위가 고른 가구들 사이를 몇 발짝 걸었다. 사실 조제트가 독일군에게 몸을 맡길 수 있는 여자라는 건 처음부터 알고 있었다. "전쟁에 대해서는 아무것도 몰랐지." 조제트도 그렇게 고백하지 않았던가. 아마 독일인들에게 미소를 짓고 약간은 추파도 던졌으리라 그는 생각했었고, 용서했다. 진실한 사랑이라면 더더욱 용서해야 할 것 같았다. 그러나 회녹색 제복을 입은 남자, 조제트와 살과 입을 맞댄 채 이 소파 위에 누워 있는 남자를 상상하는 것은 도무지 견딜 수 없었다.

"어머니가 뭘 바라는지 알아? 당신이랑 어머니를 빼내기 위해 나더러 위증을 하라는 거야. 하긴, 위증도 당신에게는 별것 아닐지 모르지."

"감옥엔 안 가. 자살할 거야." 조제트는 중간중간 울음을 멈추고 되풀이해서 말했다. "게다가 난 이제 상관없어. 죽어도 괜찮다고."

"감옥에 간다는 건 말도 안 돼." 앙리가 다시 침착한 목소리로 말했다.

자! 재판관인 척해도 소용없어. 그는 그저 질투에 휩싸여 있을 뿐이었다. 처음으로 자신을 사랑해준 남자에게 사랑을 느꼈다는 이유로 그녀를 원망하다니, 말도 안 되는 일이었다. 게다가, 도대체 무슨 권리로 그걸 얘기하지 않았다고 비난할 수 있는가? 그에겐 아무 권리도 없었다.

"최악의 경우, 당신과 어머니는 프랑스를 떠나야만 할 거야." 그는 말을 이었다. "하지만 프랑스가 아닌 곳에서도 살아날 수는 있어."

조제트는 계속 흐느끼고 있었다. 그는 지금 아무런 의미도 없는 얘기를 하고 있었다. 수치, 도주, 망명. 조제트는 이런 것을 견뎌낼 수 없을 것이다. 이미 인생에 그다지 집착하지 않는 그녀 아닌가. 그는 주위를 둘러보았다. 불안감이 목까지 치밀어 오르는 것 같았다. 이 희극 무대의 배경과 같은 곳에서 삶은 시시하게만 보였다. 그러나 만약 어느 날 조제트가 가스를 튼다면, 그녀가 죽는 곳은 바로 여기 분홍색 시트 아래, 쿠션을 댄 이 벽들 사이에서일 것이다. 그녀는 부드럽고 가벼운 면포에 싸여 매장되리라. 결국 이 방의 경박함도 단지 눈속임에 지나지 않는 것이다. 조제트의 눈물은 진실했다. 그 향기로운 피부 너머에 진실한 해골이 감춰져 있었다. 그는 침대 가장자리에 앉았다.

"울지 마." 그는 말했다. "어떻게든 내가 구해줄 테니까."

조제트는 눈물 젖은 얼굴 위로 흘러내린 머리카락을 젖혔다. "당신이? 아주 화가 난 것 같은데!……"

"천만에, 화 안 났어." 앙리는 말했다. "구해준다고 약속할게." 그는 단호하게 되풀이했다.

"오, 그렇게 해줘! 날 구해줘! 제발, 부탁이야!" 조제트가 그의 품에 몸을 던지며 말했다.

"두려워하지 마. 나쁜 일은 일어나지 않을 거야." 그는 부드럽게 말했다.

"당신은 정말 자상해!" 조제트가 앙리에게 몸을 바짝 붙이고서 입술을 내밀었다. 그는 고개를 돌려버렸다.

"내가 역겨운 거야?" 너무나 비참한 그녀의 목소리에 앙리는 갑자기 수치심을 느꼈다. 더 나은 위치에 있다는 사실에 대한 수치심. 한 여자를 앞에 둔 남자, 돈과 명성과 교양을 지니고 특히 도덕성을 지닌 한 남자. 그 도덕성은 얼마 전부터 약간 퇴색되기는 했지만 그래도 아직 남의 눈을 속일 수 있었다. 때로는 자기 자신조차 속아 넘어가곤 했다. 그는 눈물로 짭짤해진 조제트의 입술에 키스했다.

"역겨운 건 바로 나 자신이야."

"당신이?"

조제트는 조금도 이해하지 못하는 눈으로 그를 보았다. 그는 연민에 사로잡혀 다시 그녀에게 키스를 했다. 살아가기 위한 어떤 수단이 그녀에게 주어졌던가? 어떤 원칙이, 어떤 희망이? 어머니의 손찌검, 남자들의 상스러운 언동, 굴욕적인 미모가 전부였다. 그리고 이젠 마음속에 얼빠진 후회까지 심어진 것이다.

"화내지 말고 다정히 얘기했어야 했는데." 앙리가 말했다.

조제트는 불안하게 그를 쳐다보았다. "정말 내가 원망스럽지 않아?"

"원망스럽지 않아. 내가 구해줄게."

"어떻게 할 건데?"

"필요한 일을 해야지."

조제트는 한숨을 쉬고 앙리의 어깨에 머리를 기댔다.

그는 조제트의 머리카락을 쓰다듬었다. 위증. 생각만으로도 진저리가 났다. 그러나 어쩌겠는가? 그가 거짓 선서를 하더라도, 아무에게도 해가 되지 않을 것이다. 메르시에의 생명을 구해내리라는 사실만은 유감스러웠다. 하지만 죽어 마땅함에도 잘 살고 있는 사람들이 얼마나 많은가! 그가 이 일을 거부하면 조제트는 자살할지 모른다. 어쨌든 그녀의 인생은 끝장날 것이다. 그래, 망설일 것 없어. 한편에는 조제트가, 다른 한편에는 양심의 가책이 있을 뿐이야. 그는 손가락으로 머리카락을 돌돌 감았다. 결국 양심은 조금도 득이 되지 않는다. 그리고 이미 이런 생각을 하지 않았는가. 더 확실하게 죄를 스스로 뒤집어쓰는 편이 낫다고. 양심은 엿이나 먹으라고 말할 좋은 기회를 이제 손에 쥔 셈이었다. 그 기회를 놓치지 않으리라. 앙리는 머리에서 손을 떼어 얼굴을 문질렀다. 악마 같은 역할은 그에게 어울리지 않았다. 그가 위증을 하는 건 다른 방법이 없기 때문이었다. 그뿐인 것이다. '어쩌다가 이 지경까지 온 거지?' 아주 당연하면서, 동시에 전혀 가능하지 않은 일 같았다. 그는 이 순간보다 자신을 더 비참하게 느껴본 일이 없었다.

앙리는 뒤브뢰유에게 편지를 쓰지 않았다. 랑베르와도 솔직한 이야기를 나누지 않았다. 친구란 서로 마음을 열고 대화하는 사람들을 의미한다. 그가 하려는 일을 하기 위해서는 혼자여야만 했다. 이제 결심을 한 이상, 후회하지 않을 작정이었다. 두렵지도 않았다. 물론 그는 큰 위험을 무릅쓴 셈이었다. 증언이 서로 일치하는지 사실을 확인할 가능성도 있었다. 그러다 만약 위증한 사실이 드러나기라도 하면, 얼마나 멋진 추문이 될까! 드골주의나 공산주의의 양념을 곁들인다면 그야말로 푸짐한 스튜가 될 것이다. 그러나 그는 자기 행동의 위중함에 대해 환상을 품지 않았고, 개인적인 장래에 대해서도 신경 쓰지 않았다. 그는 트뤼포 변호사와 함께 메르시에의 허위 경력을 꾸몄다. 예심판사의 사무실에 들어간 날에도 아주 약간의 메스꺼움만을 느꼈을 뿐이었다. 다른 많은 사무실들과 마찬가지로, 그 사무실 역시 연극 무대보다도 현실감이 없어 보였다. 사법관과 서기는 그저 부조리극의 배우에 불과한 것 같았다. 그들은 그들의 역할을, 앙리는 자신의 역할을 연기하고 있었다. 진실이란 말은 그곳에서 아무런 의미도 갖지 않았다.

"잘 아시겠지만, 물론 이중 스파이는 상대에게 믿을 만한 증거를 보여줘야 하죠." 그는 자연스러운 목소리로 설명했다. "우리를 돕기 위해 메르시에는 적에 가담할 수밖에 없었습니다. 하지만 그가 독일군에 제공한 정보는 우리가 함께 결정한 것이며, 조직의 실제 활동이 누설된 적은 전혀 없었습니다. 오늘 제가 여기에 있을 수 있고, 많은 동지들이 죽음을 면했고,《레스푸아》가 비밀리에 출판될 수 있었던 것은 그 사람 덕분입니다."

그 자신마저 설득력이 있다고 느낄 만큼 앙리는 열정적으로 이야기를 했다. 그리고 메르시에의 미소가 그의 말에 확증을 주었다. 그는 30대의 꽤 잘생긴 청년으로, 겸손한 태도와 호감 가는 얼굴을 갖추고 있었다. '하지만……' 앙리는 생각했다. '이자가 보렐과 포슈아를 넘긴 놈인지도 모르지. 다른 사람들도 밀고했을 거야. 사랑도 미움도 아닌, 그저 돈 때문에. 그래서 그들은 살해당하거나 자살했어. 하지만 이놈은 명예롭고 부유하고 행복하게 계속 살아가겠지.' 그러나 사람들이 살고 죽는 세상에서 너무 떨어진 이곳, 이 사무실에서는 그것이 크게 중요하지 않은 것 같았다.

"이중 스파이가 배반자로 변절하는 순간을 결정한다는 것은 늘 어렵지요." 판사가 말했다. "선생님은 모르시겠지만, 불행히도 메르시에는 그 한계를 넘었습니다."

판사가 집행관에게 신호를 하자 앙리의 몸은 몸이 굳어버렸다. 그는 이본과 리자가 다하우 수용소에서 열두 달을 보냈다는 사실만 알았을 뿐, 그동안 그들을 직접 본 적은 한 번도 없었다. 하지만 이제 앙리는 그들을 보고 있었다. 갈색 머리를 한 이본은 이제 회복된 것 같았다. 밤색 머리인 리자는 겨우 소생한 소녀처럼 아직 여위고 창백했다. 복수를 한다고 해서 그녀가 원래의 안색을 되찾을 수는 없으리라. 어쨌든 그들은 둘 다 이곳에 실재했고, 이제 면전에서 거짓말을 한다는 건 힘든 일이 될 터였다. 증언을 되풀이한 것은 이본이었다. 그녀의 시선은 메르시에의 얼굴에서 떠나지 않았다.

"1944년 2월 23일 오후 2시에, 전 알마교에서 여기 출두한 리자 펠루와 만나기로 했습니다. 제가 리자에게 접근하는 순간 세 남자가 우리 쪽으로 왔습니다. 두 명의 독일인과 이 남자였죠. 이 남자가 저희를 그놈들에게 넘겼습니다. 밤색 외투에 모자는 쓰지 않았고, 오늘처럼 면도를 한 모습이었습니다."

"사람을 잘못 보신 겁니다." 앙리는 단호하게 말했다. "2월 23일 오후 2시에 메르시에는 저와 함께 라 수테렌*에 있었습니다. 그 전날 함께 거기에 도착했죠. 동지들로부터 사흘 뒤 미군이 폭격하게 될 병기 창고의 도면을 전달받기로 했거든요. 우리는 그날 내내 동지들과 같이 있었어요."

"그렇지만 분명히 이 남자였어요." 이본이 이렇게 말하고 리자를 바라보자 리자도 입을 열었다.

"이 남자가 틀림없습니다."

"날짜를 혼동한 게 아닐까요?" 판사가 앙리에게 물었다.

앙리는 고개를 저었다. "폭격이 있었던 날이 26일입니다. 지시는 24일에 전달되었고요. 22일과 23일에 전 그곳에 있었습니다. 이런 날짜는 혼동하기 힘들죠."

"체포된 날이 23일인 게 확실합니까?" 판사가 두 젊은 여자 쪽으로 몸을 돌리며 물었다.

"네, 2월 23일입니다." 리자가 말했다. 경악한 얼굴이었다.

"여러분이 밀고자를 본 것은 아주 잠시였고, 게다가 강한 충격을 받은 순간이었죠." 앙리가 말했다. "전 2년간 메르시에와 함께 일을 했습니다. 제가 그를 다른 사람과 혼동한다는 건 말이 안 되죠. 제가 아는 한, 그는 결코 두 레지스탕스를 넘겨줄 사람이 아니에요. 물론 이건 제 개인적인 의견에 지나지 않습니다. 그러나 선서에 의거해 단언할 수 있는 사실은, 1944년 2월 23일 그는 저와 함께 라 수테렌에 있었다는 겁니다."

앙리는 엄숙하게 이본과 리자를 응시했다. 그들은 비탄에 빠져 서로를 바라보고 있었다. 둘 다 앙리의 공정함만큼

---

* 프랑스의 중서부 리모주에서 북쪽으로 50킬로미터가량 떨어진 곳에 위치한 도시.

이나 메르시에의 정체를 확신했기에, 그들의 눈에는 공황에 가까운 혼란이 담겨 있었다.

"그러면, 쌍둥이 형제일까요?" 이본이 말했다.

"그는 형제가 없습니다." 판사가 말했다.

"형제처럼 닮은 남자였어요."

"2년이라는 시간이 지나면 많은 사람이 서로 닮아 보이죠." 앙리는 말했다.

침묵이 흘렀다. 판사가 물었다. "두 분은 이 증언을 계속 고수하시겠습니까?"

"아니요." 이본이 말했다.

"아니요." 리자도 말했다.

앙리를 의심하지 않기 위해서, 두 여자는 가장 확실한 자신들의 기억을 의심하기로 한 것이다. 그러나 과거와 함께 현재가 그녀들의 주위에서 흔들리고 있었다. 그리고 현실까지도. 두 여자들의 눈 속 깊은 곳에서 정신 나간 듯한 당황스러움을 본 앙리는 공포를 느꼈다.

"다시 잘 읽은 다음 서명해주십시오." 사법관이 말했다.

앙리는 타자기로 기록한 서류를 읽었다. 비인간적인 문체로 표현된 그의 진술에 양심의 가책이라고는 없었다. 서명을 하는 것도 불편하지 않았다. 그럼에도 그는 사무실에서 나가는 두 여자를 불안하게 바라보았다. 그녀들을 뒤쫓아 달려가고 싶었으나 아무런 할 말이 없었다.

여느 때와 다름없는 날이었다. 그리고 방금 위증을 했다는 사실을 앙리의 얼굴에서 알아채는 사람은 아무도 없었다. 랑베르는 복도에서 그와 마주치자 미소도 짓지 않은 채 지나갔지만, 완전히 다른 이유에서였다. 그는 앙리가 아직까지 함께 외출하자고 하지 않아서 상처를 받았던 것이다. '내일 저녁 식사에 초대해야지.' 그래, 우정이 다시 가능해졌고, 근심과 가책은 사라졌어. 일이 너무 순조롭게 진행되어서 아무 일도 일어나지 않았던 듯 여겨질 지경이었다. '그렇다고 생각하자.' 앙리는 책상에 앉으며 생각했다. 그는 우편물을 훑어보았다. 마르드뤼스에게서 온 편지가 한 통 있었다. 폴은 회복되었으나 앙리와는 만나지 않는 편이 바람직하다는 내용이었다. 더할 수 없이 반가운 소식이었다. 그리고 피에르 르베리에가 랑베르의 지분을 살 용의가 있다고 편지를 보냈다. 다행스러운 일이었다. 그는 정직하고 성실한 사람이니까. 《레스푸아》가 잃어버린 젊음을 되돌려 줄 수는 없겠지만, 안심하고 그와 일할 수 있을 것이다. 아! 마다가스카르 사태에 대한 추가 정보가 와 있었다. 앙리는 타자로 작성된 서류를 읽었다. 150명의 유럽인들에 반대한 10만 명의 마다가스카르인들이 학살되었고, 공포가 섬을 지배하고 있었다. 반란을 반대했음에도 불구하고 모든 의원이 체포되어 게슈타포의 짓과 다를 바 없는 고문을 당하는 상황이었다. 그들의 변호인에 대한 수류탄 테러가 발생하는가 하면 조작 재판까지 있었지만, 어떤 신문도 부정을 폭로하지 않았다. 앙리는 펜을 꺼냈다. 누군가를 그곳으로 보내야만 했다. 뱅상을 보내면 더할 나위가 없겠지. 먼저 정성을 들여 이 문제에 대해 사설을 써야 할 거야. 그가 첫 줄을 막 썼을 때, 비서가 문을 열고는 명함을 내밀었다. "손님이 오셨습니다." 트뤼포 변호사였다. 앙리는 가슴이 철렁했다. 뤼시 벨롬, 메르시에, 트뤼포 변호사. 무슨 일이 일어난 모양이군. 그에게는 공범자들이 있었다.

"들어오시게 해요."

변호사는 커다란 가죽 가방을 들고 있었다. "잠시 실례하겠습니다." 그러고서 그는 만족스러운 목소리로 덧붙였다. "선생님의 증언이 파문을 일으켰습니다. 기각이 확정되었어요. 정말 기쁜 일입니다. 그 젊은이가 죗값을 치러야 할 곳은 감옥이 아니에요. 선생님은 그에게 새로운 인간이 될 가능성을 주신 겁니다."

"그리고 다시금 비열한 짓을 할 가능성도 줬죠!" 앙리가 말했다. "하지만 그건 상관없습니다. 제가 바라는 건 오직 그에 대한 얘기를 더 이상 듣지 않는 거예요."

"인도차이나로 가도록 권했습니다." 트뤼포 변호사가 말했다.

"좋은 생각이군요." 앙리는 말했다. "프랑스인을 죽인 만큼 인도차이나인을 죽이면 유명한 영웅이 되겠죠. 어쨌든, 증거자료는 돌려줬습니까?"

"바로 그 때문에 왔습니다." 트뤼포 변호사가 가방에서 밤색 종이로 싼 커다란 꾸러미를 꺼냈다. "선생님께 직접 돌려드리고 싶어서요."

앙리는 꾸러미를 받았다. "왜 저에게 주시는 겁니까?" 그가 주저하며 말했다. "벨롬 부인에게 돌려드려야죠."

"선생님 원하시는 대로 하시죠. 의뢰인이 반드시 선생님께 드리라고 부탁했습니다." 트뤼포 변호사가 담담한 목소리로 말했다.

앙리는 그 꾸러미를 서랍에 넣었다. 이 변호사는 뤼시에게 뭔가 빚을 지고 있다고 했지. 그렇다고 그가 뤼시를 사랑한다는 뜻은 아닐 것이다. 어쩌면 이자는 복수의 기쁨을 즐기려는 것인지도 몰라. "이게 전부라는 건 확실한가요?"

"확실합니다." 트뤼포 변호사가 말했다. "그 젊은이는 선생님의 기분을 상하게 하면 크게 대가를 치를 수 있다는 사실을 잘 알고 있습니다. 그에 대한 얘기는 이제 듣지 않게 될 겁니다. 장담해요."

"도와주셔서 감사합니다." 앙리는 말했다.

변호사는 일어서지 않았다. "혹시 반증에 대해 걱정해야 할까요?"

"그렇게 생각하지 않습니다." 앙리는 말했다. "이 사건에 대해 공개된 것은 아무것도 없으니까요."

"그렇죠. 다행히 일이 매우 빨리 끝났어요."

침묵이 흘렀지만 앙리는 굳이 입을 열 생각이 없었다. 결국은 트뤼포 변호사가 결심한 듯 말했다. "그럼 가보겠습니다. 벨롬 부인 댁에서 언제 다시 뵐 수 있길 바랍니다." 그는 일어섰다. "만약 조금이라도 걱정되시면, 연락 주십시오."

"감사합니다." 앙리는 차갑게 대꾸했다.

변호사가 나가자마자 앙리는 서랍을 열었다. 그의 손이 밤색 포장지 위에서 멈추었다. 손대지 말자. 그냥 내 방으로 가져가서 보지 말고 태워버리자. 그러나 그의 손은 벌써 끈을 풀고 있었다. 테이블 위에 서류가 흩어졌다. 독일어와 프랑스어로 쓴 편지들, 보고서들, 증언들, 사진들. 노출이 심한 옷을 입고 보석으로 치장한 뤼시가 제복 차림의 독일군들

틈에 있었다. 두 장교 사이에 앉아 샴페인 통을 앞에 놓은 채 입을 크게 벌리고 웃는 조제트의 모습도 보였다. 밝은색 드레스를 입고 잔디밭 한복판에 서 있는 조제트, 잘생긴 대위의 품에 안겨 행복과 신뢰의 표정으로 그에게 미소를 보내는 조제트. 너무나 자주 앙리의 마음을 뒤흔들어놓았던 표정이었다. 그녀의 머리카락은 어깨 위로 자연스럽게 흘러내렸다. 지금보다 더 젊고 쾌활해 보이잖아! 정말 웃고 있어! 앙리는 몇 장의 사진을 테이블 위에 놓았다. 사진의 반들거리는 표면에 손가락의 축축한 흔적이 찍혀 있었다. 조제트가 웃고 있는 동안 수천 명의 리자와 이본이 수용소에서 죽어갔다는 것을 그는 알고 있었다. 모두 과거와 부재와 허무가 뒤섞인 편리한 장막 뒤에 잘 숨겨진 옛날이야기였다. 하지만 이제 앙리는 깨닫게 되었다. 과거는 현재였다. 현재에 속해 있었다.

"내 소중한 사랑." 대위는 군데군데 독일어 문장으로 정열적인 문장을 끼워 넣은 프랑스어로 편지를 썼다. 너무도 어리석은, 너무도 사랑에 빠져 있던, 너무도 불쌍한 사람 같았다. 조제트는 그를 사랑했고, 그는 죽었다. 그녀는 많이 울었으리라. 그러나 처음에는 웃었다. 얼마나 많이 웃었는지!

앙리는 꾸러미를 싸서 서랍 속에 던져 넣고 자물쇠를 잠갔다. '내일 이걸 태워버리자.' 당장은 사설을 마쳐야 했다. 그래서 그는 다시 펜을 들었다. 정의와 진실을 얘기하고, 살육과 고문에 대하여 항의할 것이다. '그렇게 해야 해.' 그는 단호하게 마음먹었다. 만약 해야 할 일을 포기한다면 이중으로 죄를 짓는 셈이 될 거야. 그가 스스로를 어떻게 생각하든, 구해야 할 사람들이 있었다.

그는 저녁 먹을 시간도 없이 11시까지 일을 계속했다. 배가 고프지 않았다. 그런 뒤 언제나처럼 극장 출구로 가 차 안에서 조제트를 기다렸다. 조제트는 안개 빛깔의 얇고 가벼운 외투를 입고 있었다. 짙게 화장한 모습이 너무도 아름다웠다. 그녀는 앙리의 곁에 앉아 자신을 감싼 구름 같은 외투를 조심스럽게 벗었다.

"엄마가 모든 게 잘 해결됐다고 하던데. 정말이야?" 조제트가 물었다.

"그래, 안심해." 그는 말했다. "자료는 모두 태워버렸어."

"정말?"

"정말로."

"거짓말을 했다고 의심받지 않을까?"

"그런 일은 없을 거야."

"온종일 너무 두려웠어." 조제트가 말했다. "녹초가 되었어. 집으로 데려다줘."

"그래."

그들은 말없이 가브리엘가 쪽으로 달렸다. 조제트가 앙리의 소매에 손을 얹었다. "당신이 자료를 태운 거야?"

"그래."

"그걸 봤어?"

"봤지."

"정확히 어떤 게 있었어? 물론 추잡한 사진은 없었지?" 조제트가 불안한 목소리로 물었다. "추잡한 사진을 찍은 적은 한 번도 없어."

"조제트가 추잡한 사진이라고 부르는 것이 어떤 건지 모르겠군." 그는 반쯤 미소를 지으며 대답했다. "독일군 대위와 함께 있는 사진에서 아주 예쁘던데."

조제트는 아무 대꾸도 없었다. 그것은 분명 조제트였다. 언제나와 같은 모습이었다. 그러나 그는 조제트를 통해서, 모든 불행에도 아랑곳없이 웃고 있던 사진 속의 쾌활한 소녀를 다시 보고 있었다. 앞으로 그들 둘 사이에는 항상 그 소녀가 있겠지.

앙리는 차를 세우고 현관까지 조제트를 따라갔다. "난 안 들어갈게." 그는 말했다. "나도 좀 피곤해서. 할 일도 많고."

조제트가 놀라서 눈을 크게 떴다. "안 들어간다고?"

"그래."

"화났어?" 그녀가 물었다. "요전에는 아니라고 했지만, 지금은 화가 난 거야?"

"화난 게 아냐. 그 남자는 널 사랑했고, 너도 그를 사랑했지. 그건 네 자유잖아." 그는 어깨를 으쓱였다. "질투일지 모르지만, 오늘 밤은 들어가고 싶지 않아."

"원하는 대로 해." 조제트가 말했다.

그녀는 슬프게 미소 짓고 출입문 손잡이를 밀었다. 그녀의 모습이 사라진 뒤에도 그는 오랫동안 불 켜진 채광창을 바라보았다. 그래, 이건 그저 질투일 거야. 오늘 저녁 조제트를 품에 안는다는 건 견딜 수 없는 일이었겠지. '난 공정한 사람이 아니군!' 그는 생각했다. 그러나 여기에서 공정함 같은 건 아무런 상관도 없었다. 공정함으로 여자와 자는 것은 아니니까. 그는 떠났다.

다음 날 앙리가 랑베르에게 저녁 식사를 제안하자 그는 얼굴을 찌푸렸다. "죄송하지만, 다른 약속이 있어서요." 그가 말했다.

"그럼 내일은?"

"내일도요. 이번 주는 저녁마다 약속이 있네요."

"그럼, 다음 주로 하지." 앙리는 말했다.

더 일찍 제안하지 않은 이유를 랑베르에게 설명할 수는 없었다. 어쨌든 며칠 후, 그는 다시 한 번 제안해보기로 마음먹었다. 끈질기게 권하면 랑베르도 분명 마음이 움직이리라. 랑베르가 납득할 만한 짧은 변명을 입속에서 되풀이해가며 신문사의 계단을 올라가던 앙리는 세즈나크와 마주쳤다.

"아, 자네로군!" 앙리가 친근하게 말을 건넸다. "어떻게 지내나?"

"특별한 일은 없습니다." 세즈나크가 말했다.

그는 살이 쪄서 외모가 전에 비해 훨씬 못했다.

"잠깐 올라오지 않겠어? 오랜만에 만났잖아."

"오늘은 안 되겠는데요."

그러더니 갑자기 그는 계단을 급히 내려가버렸다. 앙리는 마지막 몇 계단을 올라갔다. 복도에서 랑베르가 벽에 기대선 채 그를 기다리고 있었다.

"방금 세즈나크를 만났는데. 자네도 만났나?" 앙리가 물었다.

"네."

"종종 만나? 세즈나크는 잘 지내나?" 앙리는 사무실 문을 밀면서 물었다.

"세즈나크가 경찰 끄나풀인 것 같아요." 랑베르가 이상한 목소리로 말했다. 앙리는 깜짝 놀라 그를 바라보았다. 그의 이마에서는 진땀이 배어나고 있었다.

"왜 그런 생각을 하지?"

"제게 했던 여러 가지 이야기 때문에요."

"돈이 필요한 마약중독자라, 물론 끄나풀로 삼을 만한 인간이기는 하지." 그러고서 앙리는 호기심을 내비치며 물었다. "자네에게 뭐라고 하던가?"

"이상한 제안을 하더라고요." 랑베르가 말했다. "어떤 정보와 교환하는 조건으로 제 아버지를 죽인 개자식들을 알려주겠다고 했어요."

"어떤 정보인데?"

랑베르가 앙리의 눈을 똑바로 바라보았다. "선생님에 대한 정보입니다."

앙리는 위에 경련이 이는 것을 느꼈다.

"경찰이 왜 나에게 관심을 갖지?" 그가 놀란 목소리로 물었다.

"세즈나크가 선생님에게 관심을 갖는 겁니다." 랑베르의 시선은 앙리에게서 떠나지 않았다. "선생님이 일전에 메르시에라는 작자에게 유리한 증언을 하셨다던데요. 리옹 근처에서 암거래를 하고 벨롬 모녀와 자주 왕래하던 작자 말예요. 그가 1943년에서 1944년까지 우리의 조직에서 일을 했고, 1944년 2월 23일에 선생님과 함께 라 수테렌에 있었다고 주장하셨다면서요."

"그랬지." 앙리는 말했다. "그래서, 그게 어떻다는 거지?"

"지난달 전까지 선생님은 한 번도 그 메르시에라는 자를 만난 적이 없잖아요." 랑베르가 당당한 어조로 말했다. "세즈나크는 그걸 알고 있어요. 저도 마찬가지고요. 그해에 전 그림자처럼 선생님을 따라다녔죠. 메르시에란 사람은 없었어요. 선생님이 라 수테렌으로 가신 건 2월 29일입니다. 제가 같이 가기로 했기 때문에 날짜를 똑똑히 기억하고 있어요. 선생님이 데리고 간 사람은 바로 샹셀이었죠."

"완전히 돌았군!" 앙리는 말했다. 그는 정말로 부당한 의심을 받는 듯 분노를 느끼고 있었다. "라 수테렌에는 두 번 갔어. 처음은 나 말고는 아무도 모르는 메르시에와 함께였지." 그는 화난 어조로 덧붙였다. "자네에게 답변할 필요는 없겠지. 결국 자넨 내가 위증을 한 양 비난하고 있으니까. 결국 그거잖아!"

"선생님은 23일에 파리에 있었어요." 랑베르가 말했다. "제 수첩에 다 적혀 있어요. 다시 한 번 확인해보긴 하겠지만요. 어쨌든 선생님은 거기에 한 번만 가셨어요. 우리는 그 여행에 대해 충분히 논의를 했죠. 아뇨, 제게 지어낸 얘기는 하지 마세요. 메르시에가 어떤 방식으로든 벨롬 모녀의 약점을 쥐고 있었고, 선생님은 삭발당했던 그 두 여자를 구제하기 위해 게슈타포의 끄나풀을 무죄로 만들었다는 것, 그게 사실입니다!"

"자네가 아닌 다른 놈이었다면 얼굴을 갈겨줬을 거야." 앙리는 말했다. "사무실에서 당장 나가. 그리고 다시는 여기에 발도 들여놓지 마."

"잠깐만요!" 랑베르가 말했다. "한마디만 더 하죠. 전 세즈나크에게는 아무 말도 안 했어요. 하지만 세즈나크가 떠들어댔으면 합니다. 어쨌든 제가 그에게 말한 것은 아니니, 선생님께 느끼던 마음의 짐은 던 듯한 기분이네요. 자유를 되찾은 것 같아요!"

"오래전부터 핑곗거리만 기다리고 있었군!" 앙리는 말했다. "결국은 하나 지어냈고 말이야. 축하하네!"

"아무것도 지어내지 않았습니다!" 랑베르가 말했다. "하느님 맙소사! 제가 정말 어리석었네요! 선생님만큼은 정말 정직하고 공정한 사람이라고 믿었어요. 그 때문에 주눅이 들어 지냈죠. 선생님께는 정직해야한다고 생각했고요. 그런데, 참도 정직하시네요! 선생님은 모든 사람을 비판하시죠. 하지만 자기 양심의 가책으로 힘들어하시지는 않네요."

랑베르가 너무나 위엄 있게 문을 향해 걸어가는 바람에 앙리는 미소를 짓고 싶을 정도였다. 분노는 가라앉아 있었다. 막연한 고통뿐, 아무것도 느낄 수 없었다. 솔직하게 해명할까? 아니야, 랑베르는 너무 변덕스럽고, 너무 영향을 잘 받는 경향이 있어. 오늘은 세즈나크에게 알리기를 거부했지만, 지금 내가 솔직히 고백하면 내일 랑베르나 볼랑주의 손아귀에서 그 고백이 무서운 무기로 변할 수 있겠지. 그러니 부정해야만 해. 위험은 이미 충분히 커. '세즈나크가 나에 대한 불리한 증거를 찾고 있군. 그걸 비싸게 팔 수 있다는 걸 아는 거야.' 앙리는 생각했다. 뒤브뢰유는 메르시에에 대한 얘기를 전혀 모른다. 그는 1944년 2월 23일에 앙리가 파리에 있었다는 것을 기억해낼 것이다. 세즈나크가 기습적으로 물어볼 경우, 그로서는 사실대로 말하지 않을 이유가 없다. '뒤브뢰유에게 미리 얘기해둬야 해.' 그러나 그와 화해하려 하기도 전에 공모를 간청하는 것이 내키지 않았다. 게다가 그에게 사실을 털어놓고 싶지도 않았다. 정말 이상하게도 이런 생각이 들었다. '만약 또다시 그런 상황에 이른다 해도, 난 똑같이 할 거야.' 그럼에도 자기가 한 일을 다른 누군가가 알게 된다는 건 참을 수 없이 수치스러운 일로 여겨지는 것이었다. 발각되지 않는 한, 그는 자신이 정당하다고만 느낄 터였다. 언제까지 그럴 수 있을까? '난 위험에 처했어.' 그는 되풀이해 생각했다. 위험에 처한 사람은 또 있었다. 바로 뱅상이었다. 랑베르의 아버지를 처단한 것이 그의 패거리가 아니라 해도, 세즈나크는 그들에 대해 자세히 알고 있었다. 그에게 미리 알려야 해. 그리고 집에서 통풍 발작을 치료하고 있는 뤼크를 만나러 가서 곧바로 함께 사직서를 써야겠어. 뤼크는 오래전부터 이런 위기를 예상하고 있었지. 그러니 아마 별로 놀라지 않을 거야. 앙리는 일어섰다. '이 책상에는 더 이상 앉을 수 없겠군.' 그는 생각했다. '다 끝났어. 《레스푸아》도 이제 내 것이 아니야.' 마다가스카르 사건과 관련한 캠페인을 포기하는 것이 유감스러울 뿐이었다. 분명 다른 사람들은 손을 대려 하지 않을 터였다. 하지만 그 일을 제외하면 예상했던 것만큼 감정이 북받치지는 않았다. 계단을 내려가면서 그는 막연히 생각했다. '이건 대가야.' 무슨 대가일까? 조제트와 잔 것에 대한 대가일까? 그녀를 구하려 했던 일에 대한 대가일까? 행동은 한 인간의 전부를 요구하는데 감히 사생활을 가지고자 했던 대가일까? 조건 없이 자기 자신을 바칠 수 없으면서 행동에 몰두했던 대가일까? 그는 알 수가 없었다. 그리고 알았다 하더라도, 아무것도 변하지 않았으리라.

윤전기가 앙리의 사직 성명서를 인쇄하던 날 밤, 그는 호텔 관리인에게 부탁했다. "내일 아무도 만나지 않겠소. 손님도, 전화도 받지 않겠소." 그는 시무룩하게 방문을 밀었다. 문제의 그날 이후 조제트와 자지 않았지만, 그녀는 그다지 신경 쓰지 않는 것 같았다. 아주 잘됐어. 그러나 앙리에게 홀로 자는 침대란 병원 침대처럼 금욕적인 것이었다. 신뢰하는 누군가의 아주 따뜻한 육체가 잠에 빠질 때 거기에 자신의 잠을 섞는 것이 그는 너무나 좋았고, 그러면 충족된 기분으로 잠에서 깨어날 수 있었다. 이제는 깨어날 때마다 공허함을 느꼈을 뿐 아니라 잠이 잘 오지도 않았다. 자신이 신문사를 그만둠으로써 불러일으킬 온갖 논평을 생각하니 벌써부터 진절머리가 났다.

그는 느지막이 일어났다. 막 몸을 씻고 나왔을 때, 속달우편이 전달되었다. 뒤브뢰유의 필적을 알아본 그는 가슴이 뻐근해지는 것을 느꼈다. "《레스푸아》에서 방금 자네의 고별문을 읽었네. 사실 많은 것들이 우리를 가깝게 만들고 있는데 불화만을 드러내다니, 우리 태도도 참 어리석단 말이지. 나로 말하자면, 항상 자네의 친구라네." 그 아래 추신이 있었다. "자네에게 악의를 품고 있는 듯한 인물에 대해 가능한 한 빨리 얘기를 나누고 싶네." 앙리는 검푸른색으로 적힌 몇 줄의 글을 한동안 바라보았다. 바로 이런 편지를 쓰려고 생각하고 있었는데 정작 편지를 쓴 사람은 뒤브뢰유였다. 그의 관용을 오만으로 비난할 수도 있겠지만, 그에게는 오만 또한 관용의 미덕이었다. '곧 만나러 가야겠어.' 앙리는 생각했다. 누군가가 가슴속에 불개미 군단을 막 풀어놓은 것 같았다. 세즈나크는 무슨 말을 했을까? 세즈나크 때문에 뒤브뢰유가 의심을 품기 시작했다면, 그것을 없애기 위해 어떻게 거짓말을 늘어놓아야 할까? 뒤브뢰유가 우정을 보여주고 있으니 거짓말을 하기에 너무 늦은 것이 아닐지도 몰라. 그러나 이러한 제안에 대해 배신으로 답한다는 것은 추악한 일이다. 하지만 다른 어떤 방법이 있지? 뒤브뢰유조차도, 그가 솔직히 고백하면 화를 낼 터였다. 그러면 앙리는 고백한 것을 후회하게 되리라. 그는 차에 올랐다. 비밀을 가진다는 것이 처음으로 그를 괴롭혔다. 그것은 타인을 속이고, 자기 자신을 속이도록 요구하는 일이었다. 더 이상의 우정을 불가능하게 하는 일이었다. 그는 뒤브뢰유의 집 앞에서 차마 초인종을 누르지 못한 채 오랫동안 망설였다.

뒤브뢰유는 웃으면서 문을 열었다.

"자네를 보니 정말 반갑군!" 자연스러우면서도 분주한 어조였다. 마치 그들이 잠깐 헤어졌다가 의논해야 할 중요한 문제 때문에 만난 것처럼.

"저야말로 반갑죠." 앙리는 말했다. "선생님의 편지를 받고 얼마나 기뻤는지요." 그와 함께 서재로 들어가면서 그는 덧붙여 말했다. "종종 선생님께 편지를 써야겠다고 생각했거든요."

뒤브뢰유가 그의 말을 가로막았다. "대체 무슨 일이 일어난 거지?" 그가 물었다. "랑베르가 자네를 저버린 건가?"

그의 눈은 오랜 습관과도 같은 호기심으로 빛나고 있었다. 그 탐욕스럽고 심술궂은 눈은 변함이 없었다.

"몇 달 전부터 사마젤과 트라리외가 드골주의에 동조하기를 원하고 있었습니다." 앙리는 말했다. "랑베르도 마침내 동조하게 된 거죠."

"꼬마 개자식이로군!"

"이유가 있습니다." 앙리가 거북하게 입을 열었다. 그는 늘 앉던 소파에 앉아 늘 그랬듯이 담배에 불을 붙였다. 랑베르가 손을 놓은 진짜 이유는 비밀로 간직해야만 했다. 뒤브뢰유는 변하지 않았다. 서재도 습관도 그랬다. 그러나 앙리는 이제 전과 같지 않았다. 과거였다면 여지없이 자신을 완전히 벗기고 해부할 수 있었으리라. 하지만 지금 그는 피부 아래 수치스러운 종양을 숨기고 있었다. 그는 빠르게 말했다.

"논쟁을 했는데, 제가 끝까지 밀어붙이는 바람에 그렇게 됐습니다."

"결국 그렇게 끝날 수밖에!" 뒤브뢰유는 웃기 시작했다. "모든 게 그렇게 다 끝나버리는군! S.R.L.은 무너지고, 자네는 신문을 도둑맞고. 우리는 결국 원점으로 돌아왔네."

"제 잘못입니다." 앙리는 말했다.

"누구의 잘못도 아니야." 뒤브뢰유가 재빨리 대꾸하고는 벽장을 열었다. "아주 좋은 아르마냐크산 브랜디가 있네. 마시겠나?"

"기꺼이요."

뒤브뢰유는 두 개의 작은 잔을 채워 하나를 앙리에게 내밀었다. 그들은 서로에게 미소를 지었다.

"안은 아직 미국에 있나요?" 앙리가 물었다.

"2주 후에 돌아온다네. 안이 정말 좋아하겠군." 뒤브뢰유가 유쾌하게 덧붙였다. "우리가 더 이상 만나지 않게 된 걸 아주 어리석은 짓이라고 생각했거든."

"아주 어리석은 짓이었죠."

앙리는 해명하고 싶었다. 허심탄회하게 이야기해야 진정으로 반목이 풀릴 것 같았다. 자신의 잘못을 시인할 각오도 되어 있었다. 그러나 뒤브뢰유가 다시 화제를 돌렸다.

"폴이 회복했다고 하던데, 사실인가?"

"그런 것 같습니다. 폴은 이제 절 만나고 싶어 하지 않아요. 저도 그게 좋고요. 폴은 클로디 드 벨장스의 집에서 지내게 될 겁니다."

"요컨대 이제 자네는 바람처럼 자유롭다, 이 말인가?" 뒤브뢰유가 말했다. "앞으로 뭘 할 생각인가?"

"소설을 끝내야죠. 다른 일은 저도 모르겠습니다. 모든 일이 너무 빨리 돌아가 아직 정신이 없는 상태예요."

"마침내 나만의 시간을 갖게 될 거라 생각하니 기쁘지는 않나?"

앙리는 어깨를 으쓱였다. "특별히 그렇지도 않습니다. 아마 나중엔 그런 생각이 들겠죠. 지금 당장은 무엇보다 후회가 커요."

"그럴 이유가 없는데!"

"그렇게 말씀해주셔도 소용없습니다. 모든 일이 제 책임이니까요." 앙리는 말했다. "제가 고집을 부리지 않았으면 선생님이 랑베르의 지분을 사셨을 테죠. 그러면《레스푸아》

396

는 우리 손에 있고, S.R.L.도 버틸 수 있었을 겁니다."

"어쨌든 S.R.L.은 패배했네." 뒤브뢰유가 말했다. "《레스푸아》는, 그래, 우리가 구할 수 있었을 테지. 하지만 그다음에는 어떻게 됐을까? 두 진영에 대항하며 독립을 유지한다는 것, 나도 《비질랑스》에서도 시도했던 일이네. 하지만 그게 무슨 소용인지 알 수가 없더군."

앙리는 당황해서 뒤브뢰유의 얼굴을 빤히 쳐다보았다. 서둘러서 앙리를 변호해준 것은 배려일까? 아니면 자신의 지도력이 도마에 오르는 상황을 피하기 위해서였을까?

"S.R.L.은 10월에 이미 기회를 잃었다고 생각하시는 겁니까?" 앙리가 물었다.

"처음부터 기회란 없었다고 생각하네." 뒤브뢰유는 거친 목소리로 대답했다.

아니야, 배려하느라 하는 말이 아니야. 정말로 그렇게 믿고 있는 거야. 앙리는 당혹스러웠다. S.R.L.의 실패에 자신은 아무런 관계도 없다고 생각하고 싶었지만, 그렇다고 뒤브뢰유가 이렇게 단언하는 것은 불편했다. 뒤브뢰유는 자신의 책을 통해 프랑스 지식인의 무력함을 인정했다. 그러나 앙리로서는 그가 그러한 결론에 지난날의 의미를 부여하고 있다는 것은 생각지도 못한 터였다.

"언제부터 그렇게 생각하신 겁니까?" 그가 물었다.

"이미 오래되었네." 뒤브뢰유는 어깨를 으쓱였다. "처음부터 미국과 소련 사이의 게임이었을 뿐이지. 우리는 그 게임의 바깥에 있었어."

"하지만 선생님이 전에 하셨던 말씀이 그렇게 틀린 것은 아니라고 생각했는데요." 앙리는 말했다. "유럽은 유럽대로 해야 할 역할이 있었습니다. 그리고 프랑스는 유럽 안에 있고요."

"그건 잘못된 판단이었어! 우리는 궁지에 몰려 있었던 거야. 결국, 생각을 해보게." 그는 성급하게 덧붙였다. "우리에게 무슨 영향력이 있었나? 전혀 없었지."

뒤브뢰유는 하나도 변하지 않았다. 자신을 따르도록 열렬히 강요한 다음, 모두를 그 자리에 내버려둔 채 새로운 방향으로 돌진하는 식이었다. 앙리 또한 '아무것도 할 수 없어'라고 자주 생각했지만, 뒤브뢰유가 너무나 단호하게 주장하니 도리어 난처해지는 것이었다. "우리가 소수에 불과하다는 건 잘 압니다." 그는 말했다. "하지만 선생님은 소수가 효과적일 수 있다고 인정하셨잖아요."

"어떤 경우에는 그렇지, 하지만 이번은 아니야." 뒤브뢰유가 말했다. 그의 말이 빨라지기 시작했다. 오래전부터 마음에 무겁게 담고 있었던 말이 틀림없었다. "레지스탕스의 경우에는 완벽하다네, 소수로 충분하지. 우리가 원했던 건 결국 소요를 일으키는 것이었으니까. 소요와 파업. 저항은 소수가 할 수가 있는 일이지. 하지만 무언가를 새롭게 세우려 할 때는 얘기가 전혀 다르네. 난 우리의 열정만 이용하면 될 것이라 믿었어. 그런데, 점령 시대와 해방 이후의 시대 사이에는 근본적인 단절이 있었지. 점령자와의 협력을 거부하는 건 우리의 의사에 따라 이뤄졌지만, 그 후의 일은 더 이상 우리와 관계가 없었던 거야."

"조금은 관계가 있었다고 보는데요." 앙리는 말했다. 왜 뒤브뢰유가 사실과 다른 주장을 펴는지 이제 그는 알 것 같았다. 행동할 수 있었음에도 기회를 잘 활용하지 못한 늙은이가 되고 싶지 않은 것이다. 실패했다고 고백하느니 판단을 잘못 내렸다고 인정하는 편이 낫다고 생각하는 것이다. 그러나 앙리는 1945년 당시 미래가 아직 열려 있었다고 확신했다. 그가 정치에 연루된 것은 좋아서 한 일이 아니었다. 주위에서 일어나는 일이 자신과도 관련되어 있음을 명백하게 느꼈기 때문이었다. "우리는 실패했습니다." 그는 말했다. "그렇지만 우리의 시도가 잘못된 것이었다고는 할 수 없어요."

"오! 물론 우린 누구에게도 해를 끼치지 않았지." 뒤브뢰유가 말했다. "게다가 술에 취하는 것보다는 정치에 몰두하는 편이 건강에 나쁘지 않기도 하고. 그럼에도 불구하고 우리는 멋지게 실수를 한 셈이야! 1944년과 1945년에 걸쳐 우리가 썼던 글을 다시 읽어보면, 그야말로 웃고 싶어진다네. 한번 읽어보면 자네도 알게 될 거야."

"우리가 너무 낙관적이었다는 생각은 들어요." 앙리는 말했다. "그건 알지만……."

"좋아, 자네가 원하는 대로 우리에게 정상참작을 내려주지!" 뒤브뢰유가 말했다. "레지스탕스의 성공, 해방의 기쁨, 이런 것들이 우리에게 충분한 구실이 되는 건 사실이야. 정당함이 승리를 거두고, 선의를 가진 사람들에게 미래가 약속되었지. 우리는 마음 깊은 곳의 낡은 이상주의로 그걸 믿으라고 요구만 했던 거야." 그는 어깨를 으쓱였다. "우리는 어린애였어."

앙리는 입을 다물었다. 그는 그러했던 과거에 애착을 갖고 있었다. 마치 사람들이 어린 시절의 추억에 자연스러운 애착을 갖듯이. 그래, 친구와 적을, 선과 악을 주저하지 않고 구별할 수 있었던 시절, 인생이 에피날 판화처럼 단순했던 그 시절은 어린 시절과 비슷했다. 그 시절을 부인하지 않으려 하는 마음이 곧 뒤브뢰유의 말이 옳음을 입증하는 셈이었다.

"그럼 선생님께서는 우리가 뭘 어떻게 해야 했다고 생각하시는 겁니까?" 앙리는 이렇게 묻고서 미소를 지었다. "공산당에 입당해야만 했을까요?"

"아냐." 뒤브뢰유가 말했다. "자네도 언젠가 말했듯이, 사람은 자신의 생각을 통제할 수 없네. 육체에서 벗어날 수 없듯이 말이야. 입당했다면 우리는 아주 나쁜 공산주의자가 되었을 거야." 그러고서 문득 그는 덧붙였다. "게다가 공산주의자들이 뭘 했나? 아무것도 하지 않았어. 그들 역시 궁지에 몰려 있었지."

"그래서요?"

"그래서, 아무것도 없네. 해야 할 일이 없었다는 거지."

앙리는 다시 술잔을 채웠다. 뒤브뢰유의 생각이 옳을지도 몰랐다. 하지만 그렇다면 우스꽝스러운 일이었다. 앙리는 향수 어린 시선으로 낚시꾼들을 바라보던 어느 봄날을 떠올렸다. 그때 그는 나딘에게 말했다. "여유가 없어." 그에게는 정말 여유랄 게 없었다. 할 일이 너무 많았다. 그러나 사실은 할 일이 아무것도 없었던 것이다.

"더 일찍 알아차리지 못한 것이 안타깝네요. 난처한 일들을 잘 피할 수 있었을 텐데요."

"더 일찍 알아차릴 수는 없었어!" 뒤브뢰유가 말했다. "시대에 뒤떨어진 5등 국가의 국민이라는 걸 인정하는 게 하루아침에 가능한 일은 아니니까." 그는 고개를 저었다. "무력하게 체념하고 받아들이는 것도 정말 엄청난 일이지."

앙리는 경탄한 듯 뒤브뢰유를 바라보았다. 멋진 속임수야! 실패는 없이 단지 실수만 있었다는 거군. 그리고 그 실수조차 정당화되고, 따라서 사라지는 거지. 과거는 오징어의 뼈처럼 선명한 것이고, 뒤브뢰유는 완전무결한 역사적 숙명의 희생자인 셈이군. 그런 거야. 하지만 앙리에게 그건 결코 받아들일 수 없는 생각이었다. 처음부터 마지막까지 끌려다녔다고 생각하고 싶지는 않았다. 그는 양심의 심한 갈등을, 의심과 감격을 느꼈다. 그런데 뒤브뢰유의 주장에 따르면 그 모든 게 어떻게 해볼 도리가 없는 일이었다는 것이다. 이따금 앙리는 자신이 대체 누구인지 생각해보곤 했다. 이제 그 답이 주어진 셈이었다. 1944년의 승리에 도취되어 있다가 이런저런 사건들로 인해 자신의 쓸모없음을 분명히 의식하게 된 프랑스의 한 지식인.

"묘하게도 숙명론자가 되셨군요!"

"아니, 난 정치적 행동이 전반적으로 불가능하다고 말하는 게 아냐. 현재의 우리에게 불가능하다는 것이지."

"선생님 책을 읽었습니다." 앙리는 말했다. "결국 선생님은 공산주의자들에 동조하지 않고는 무엇도 할 수 없다고 생각하시는 것 같은데요."

"그래. 하지만 공산주의자들의 태도가 뛰어나서가 아니

야. 사실을 말하자면, 그들 말고는 아무도 없기 때문이지."

"하지만 선생님은 동조하지 않잖아요?"

"다시 해볼 수가 없는 걸세." 뒤브뢰유가 말했다. "그들의 혁명은 과거의 내가 원했던 것과 너무 거리가 멀어. 난 오해를 했네. 불행히도, 자기의 과오를 인정하는 것만으로는 다른 사람이 되기에 충분하지가 않지. 자네는 젊으니 위험을 무릅쓰고 결단을 내릴 수 있을지 모르지만, 난 그럴 수 없네."

"오! 저는 이미 오래전부터 더는 무엇에도 연루되고 싶지 않았는걸요." 앙리는 말했다. "시골로 내려가 은둔하든지, 아니면 외국으로 도망치든지 해서 글을 쓰고 싶습니다." 그는 미소를 지었다. "하지만 선생님 말씀은, 이제 글을 쓸 권리조차 없다는 거죠?"

뒤브뢰유도 미소를 지었다. "내가 약간 과장한 건지도 모르지. 결국 문학은 그렇게 위험한 게 아니니까."

"하지만 문학이 이제 아무런 의미도 갖지 못한다고 생각하시잖아요."

"자네는 의미를 갖는다고 생각하나?"

"네, 전 계속 쓰고 있으니까요."

"그건 이유가 안 되네."

앙리는 의아해하며 뒤브뢰유를 바라보았다. "선생님은 아직 글을 쓰고 계십니까, 아니면 더 이상 쓰지 않습니까?"

"의미가 없다고 증명을 해도, 편집증을 치료할 수는 없는 법이지." 뒤브뢰유가 말했다. "그게 가능하다면 정신병원은 텅 비게 될 거야."

"아, 그렇군요." 앙리는 말했다. "아직 선생님 자신을 납득시키지는 못하셨군요. 그래서 전 좋은데요."

"언젠가는 그렇게 되겠지." 뒤브뢰유가 심술궂은 표정으로 말하고는 짐짓 화제를 바꾸었다. "이봐, 자네에게 알려주고 싶은 일이 있어. 어제 이상한 손님이 왔네. 꼬마 세즈나크 말일세. 자네가 그놈을 어떻게 대했는지는 모르지만, 자네를 썩 좋게 생각하지 않던데."

"그를 《레스푸아》에서 내쫓았죠. 벌써 오래전 일입니다."

"내게 두서없는 질문을 마구 퍼붓기 시작하더군." 뒤브뢰유가 말했다. "메르시에라는 자를 아는지, 자네가 1944년의 나도 모르는 어느 날에 파리에 있었는지 물어봤다네. 무엇보다, 난 전혀 기억이 안 나. 그리고 그게 자기와 대체 무슨 상관이 있다는 건가? 난 매우 냉정하게 그놈을 돌려보내려 했네. 그러자 놈이 잠꼬대 같은 얘기를 꾸며대기 시작하더군."

"저에 대해서요?"

"그래. 그 조그만 놈은 허언증 환자야. 위험할 수 있어. 자네가 게슈타포의 끄나풀을 무죄로 만들기 위해서 위증을 했다지 않나. 벨롬의 딸 때문에 협박을 당했을 거라더군. 그런 이야기를 퍼뜨리고 다니는 건 막아야 하네."

어조로 보아 그는 세즈나크의 말이 진실이라고는 전혀 생각지 않는 듯했다. 앙리는 마음을 놓았다. 그저 미소를 지으며 무심한 말을 던지는 것으로 충분했다. 그러면 이 사건은 해결되는 셈이었다. 그러나 그는 차마 말을 찾지 못했다. 뒤브뢰유가 호기심 어린 표정으로 그를 바라보았다.

"그놈이 그렇게까지 자네를 미워하는 줄 알고 있었나?"

"세즈나크가 특별히 절 미워하는 건 아닙니다." 그러고서 앙리는 갑자기 이렇게 덧붙였다. "사실 그 친구 이야기는 사실이에요."

"뭐! 그게 사실이라고?"

"네." 앙리는 대답했다. 거짓말을 한다는 생각이 갑자기 모욕적으로 느껴졌던 것이다. 결국 진실을 말하기로 마음먹으면, 사람들이 그에게서 지나친 기대를 거두게 될 것이다. 스스로에게 좋은 일이 다른 사람들에게도 좋은 일이리라. 그는 다소 도전적으로 말을 이었다. "독일인과 잠자리를 했던 조제트를 구제하기 위해 위증을 했습니다. 선생님은 저의 도덕주의를 너무나 자주 비난하셨죠. 이제 저도 꽤 진보한 셈입니다."

"그럼, 그 메르시에라는 자가 끄나풀이었다는 것도 사실인가?" 뒤브뢰유가 물었다.

"사실입니다. 정말 총살당해 마땅한 인간이죠." 앙리는 뒤브뢰유를 바라보았다. "제가 더러운 짓을 했다고 생각하시겠죠? 하지만 조제트의 인생이 끝장나는 것을 두고 볼 수만은 없었습니다. 그 애가 가스를 틀어놓고 자살하려 했다면 저 자신을 용서할 수 없었을 거예요. 메르시에와 같은 인간이 지상에 한 놈 더 있건 말건, 솔직히 제가 편히 잠들기 어려운 건 아니니까요."

뒤브뢰유는 주저했다. "한 놈 더 있는 것보다는 덜 있는 게 그래도 낫겠지."

"물론 그렇죠." 앙리는 말했다. "하지만 조제트는, 자살할 게 분명했어요. 그녀가 죽게 그냥 내버려둘 수 있을까요?" 그는 격렬한 어조로 물었다.

"안 되겠지." 뒤브뢰유는 당황한 듯 말을 이었다. "힘든 시간을 보냈겠군!"

"거의 순식간에 결정을 내렸습니다." 앙리는 어깨를 으쓱였다. "그래서 자랑스럽다는 건 아니지만요."

"그 일이 무엇을 증명하지 않겠나?" 뒤브뢰유가 갑자기 열정적으로 물었다. "개인의 도덕이란 존재하지 않는다는 거지. 우리가 믿었던, 하지만 실은 아무런 의미도 없는 것의 또 다른 예 말이야."

"그렇게 생각하세요?" 앙리는 물었다. 아무래도 그는 이 순간 뒤브뢰유가 꺼내놓는 위안의 방식이 마음에 들지 않았다. "제가 궁지에 몰렸던 건 사실입니다." 그는 말을 이었다. "그땐 정말이지 선택의 여지가 없었죠. 하지만 조제트와 그런 관계가 없었다면 아무런 일도 일어나지 않았을 겁니다. 전 바로 거기에 잘못이 있었다고 생각하는데요."

"아! 모든 걸 거부할 수는 없는 법이야." 뒤브뢰유가 참을 수 없다는 듯이 말했다. "금욕주의란, 그게 자발적인 경우라면 훌륭한 것이지. 하지만 그러기 위해선 적극적인 만족의 대상을 따로 두어야 하네. 지금과 같은 세상에서는 그런 게 많지 않아. 내가 한 가지 말해주지. 조제트와 자지 않았다 하더라도, 자네는 만족에 대한 미련으로 뭔가 다른 어리석은 짓을 했을지 몰라."

"충분히 가능한 일이죠." 앙리가 수긍했다.

"구부러진 공간에 직선을 그릴 수는 없네." 뒤브뢰유가 말했다. "옳지 않은 사회에서 옳은 생활을 할 수는 없는 법이지. 이곳 아니면 저곳에서 항상 다시 붙잡히게 되어 있어. 그

것 역시 우리가 벗어나야 만 할 하나의 환상이네." 그는 결론을 내렸다. "개인적인 구원이란 불가능해."

앙리는 불분명한 태도로 뒤브뢰유를 바라보았다. "그럼 우리에겐 뭐가 남았죠?"

"대단한 건 아닌 것 같군." 뒤브뢰유가 대답했다.

침묵이 흘렀다. 앙리는 이런 일반화된 관용에 만족할 수 없었다. "제가 알고 싶은 건, 선생님이 제 처지라면 어떻게 하셨겠는가 하는 겁니다."

"그건 말할 수 없어. 난 자네 처지에 놓이지 않았으니까 말이야." 그런 뒤 뒤브뢰유는 덧붙였다. "그러니 전부 자세히 들려주게."

"모든 걸 말씀드리죠." 앙리는 말했다.

제10장

비행기는 갠더를 경유하지 않고 파리로 직행하여 예정보다 두 시간 일찍 도착했다. 나는 앵발리드역에 짐을 맡긴 뒤 버스를 탔다. 무척 흐리고 인기척이 드문 새벽이었다. 내가 아주 멀리 구름 속에 있다고 모두들 믿고 있는데 남모르게 도착한 것이 어쩐지 무례한 일처럼 느껴졌다. 한 남자가 닫혀 있는 문 앞의 보도를 빗자루로 쓸고 있었다. 아직 쓰레기통도 비워지기 전이었다. 나는 무대 설치와 배우들의 분장이 끝나기도 전에 들어온 셈이었다. 자기 자신의 생활로 돌아가는 것은 물론 불법 침입이 아니다. 그러나 나딘을 깨우지 않기 위해서 방문을 조용히 열고 또 닫을 때의 은밀한 동작들은, 막연히 내가 어떤 잘못이나 위험을 저지르는 듯한 인상을 자아냈다. 로베르의 서재에서는 아무 소리도 들리지 않았다. 나는 도자기로 된 문손잡이를 돌렸다. 거의 동시에 그가 고개를 들더니 미소를 지으며 의자를 밀고 나를 껴안았다.

"불쌍한 작은 짐승 같군! 이렇게 혼자 돌아오다니! 마중 나가려고 했는데."

"비행기가 두 시간 일찍 도착했어요." 나는 면도도 제대로 되지 않은 그의 뺨에 키스를 했다. 그는 텁수룩한 머리에 잠을 못 자 부은 눈을 한 채 목욕 가운을 입고 있었다. "밤새 일을 했죠? 그러면 안 된다니까."

"당신이 돌아오기 전에 얼른 끝내고 싶었거든. 비행은 괜찮았어? 피곤하지는 않고?"

"계속 잤어요. 당신은요? 감시를 하지 않으니 정말 무분별하게 지내고 있군요."

우리는 즐겁게 얘기를 나눴다. 그러나 로베르가 욕실로 들어가자 곧 숨 막히는 침묵이 돌아왔다. 아까 반쯤 열린 문으로 나와는 아주 멀리 떨어진 채 고개를 숙여 글을 쓰던 그를 봤을 때의 침묵이었다. 내가 없는 이 서재가 얼마나 충만했는지! 공기는 온통 담배 연기와 작업으로만 가득 차 있었다. 전능한 사상이 과거와 미래를, 온 세계를 마음껏 여기에 불러놓았다. 모든 것이 존재했고, 없는 것이 없었다. 선반 위에서 내 사진이 미소를 짓고 있었다. 이미 오래되었지만 결코 나이를 먹지 않을 사진이. 사진은 원래의 자리에 있었지만 나는 아니었다. 로베르는 분명 일정으로 꽉 찬 나날의 틈새에 내 자리를 마련하기 위해 밤샘을 했을 것이다. 하지만 내가 너무 일찍 도착한 탓에 아직 끝내지 못한 일이 있는 것이다. 나는 일어섰다. 돌아오고 떠나는 날 사람은 무엇인가를 발견하지. 그것이 일상의 진실보다 더 진실한 것이 아니라는 건 알아. 하지만 모든 함정을 알고 거기에 표시를 해두어도 소용이 없어. 아주 멍청하게 그 안에 떨어지고 말거든.

그리고 거기서 벗어나려 해봐도 소용이 없는 거야. 어쨌든 나는 벗어날 수가 없었지. 내 방은 얼마나 공허한지! 내가 창문과 장의자 사이를 불안하게 오가는 동안에도 방은 역시 공허한 상태였다. 탁자 위에 우편물이 놓여 있었다. 언제 진찰실을 다시 여는지 문의하는 편지들. 폴은 퇴원을 했다. 내게 만나러 와달라는 편지를 보냈다. 폴의 글씨는 더 이상 전과 같은 어린애의 필체가 아니었고, 철자의 오류도 전보다 덜했다. 마르드뤼스는 짧은 편지를 통해 폴이 완쾌했음을 보증했다. 나는 나딘에게 키스를 하러 갔다. 그 애는 다정하게 맞아주었다. 얘기할 것이 많다고 하기에 저녁때 듣기로 약속했다. 로베르, 나딘, 친구들, 일. 문득 나는 놀라서 복도에 그대로 멈춘 채 스스로에게 질문을 던졌다. '여기서 뭘 하고 있는 거지?'

"기다렸어?" 로베르가 말했다. "난 준비 다 됐어."

나는 아파트를 나와 혼잡하지도 한산하지도 않은 거리를 산책하는 것이 좋았다. 강가를, 고블랭가를, 이탈리 광장을. 우리는 이곳저곳의 카페테라스에 들르며 오랫동안 걸었고, 몽수리 공원의 레스토랑에서 점심을 먹었다.

로베르는 내가 얘기할 기분이 아니라는 걸 알아차렸다. 반면 그는 할 얘기가 아주 많아서 이런저런 이야기를 늘어놓았다. 내가 미국으로 떠나기 전보다 훨씬 쾌활해진 모습이었다. 국제 정세가 밝아졌기 때문이 아니라 자신의 생활에 흥미를 되찾아서였다. 앙리와의 화해가 그에게는 아주 의미 있는 일이었다. 게다가 그의 책이 커다란 반향을 일으켰기 때문에, 이제 그 모든 논리에 반하는 또 다른 책을 쓰기 시작한 참이었다. 정치 활동은 여전히 불가능했다. 그러나 정치에 대한 생각은 포기하지 않았고, 정치에서 약간의 빛마저 보기 시작한 것 같았다. 나는 그의 얘기를 들었다. 그는 강압적이리만치 생기에 차서는 내게 자신이 말하는 과거를 강요했다. 그것은 내 과거이기도 했다. 내겐 다른 과거가 없었다. 그리고 그가 예고하는 미래가 아닌 다른 미래도 내겐 없었다. 조만간 앙리를 만날 테고, 그러면 정말 기쁘겠지. 로베르의 책에 대해 독자들이 보낸 편지들을 앙리와 함께 읽으리라. 앙리처럼 즐거워하거나 감동하고, 또 앙리처럼 이탈리아로 떠난다는 사실에 기뻐할 것이다.

"그렇게 여행을 했는데 금방 다시 여행을 떠나는 게 진절머리 나지 않아?" 그는 나에게 물었다.

"전혀요. 파리에는 잠시도 있고 싶지 않아요."

나는 잔디와 호수와 백조를 바라보았다. 머지않아 다시 파리가 좋아지겠지. 근심과 쾌락을, 더 좋아하는 것들을 갖게 되겠지. 모호한 내 생활도 명료해지겠지. 여기서의 생활, 진실한 생활이. 그게 나를 완전히 차지하게 될 거야. 나는 갑자기 이야기를 늘어놓기 시작했다. 태양과 밤이 내게서 떨어뜨려놓은 저 세계도 역시 현실임을 확인해야만 했으니까. 그래서 마지막으로 보낸 일주일에 대한 얘기를 했다. 하지만 말하지 않는 것이 나았다. 작년처럼 끔찍한 죄의식이 느껴졌다. 로베르는 모든 것을 이해했다. 저곳, 내가 없어 황폐한 방에서는 루이스가 잠을 깨고 있겠지. 그는 침묵하고 있으리라. 이제 아무도 없을 것이다. 침대에서, 품 안의 공허와 함께 그는 혼자일 것이다. 이 아침의 비탄은 결코 무엇으로도 만회할 수 없을 터였다. 나는 그에게 어떤 죄를 지은 것인가.

저녁이 되어 우리가 집에 돌아오자 나딘이 말했다.

"폴이 전화해서 엄마가 있는지 물었어요."

"벌써 세 번째야." 로베르가 말했다. "만나러 가보는 게 좋겠어."

"내일 가려고요. 마르드뤼스는 폴이 완쾌했다고 단언하던데요." 그러고서 나는 덧붙였다. "하지만 폴의 상태가 정말 어떤지는 모르죠? 앙리는 폴을 다시 안 만났대요?"

"안 만났어요." 나딘이 말했다.

"정말 낫지 않았으면 마르드뤼스가 퇴원시키지 않았겠지." 로베르가 말했다.

나는 말했다. "완쾌에도 여러 종류가 있으니까요."

자기 전에 나딘과 오랫동안 얘기했다. 그 애는 다시 종종 앙리를 만나기 시작했고, 그래서 아주 기쁜 것 같았다. 그리고 이런저런 질문들로 내 마음을 흔들어놓았다. 다음 날 나는 폴에게 전화를 걸어 들르겠다고 전했다. 폴의 목소리는 간결하고 편안했다. 밤 10시 무렵, 지난겨울 그토록 비극적으로 보였던 거리로 나간 나는 그 평화로운 모습에 당황했다. 창문들은 온화한 밤을 향해 열려 있고, 사람들은 집에서 집으로 서로를 불렀다. 어린 소녀 하나가 줄넘기를 하고 있었다. "가구 딸린 방 세놓음"이라고 쓰인 팻말 아래 버튼을 누르자 문이 쉽게 열렸다. 너무나 쉽게. 만약 모든 것이 다시 질서를 되찾고 이성과 타성이 승리를 거둔다면, 광기와 고뇌로 일그러진 표정이 다 무슨 소용일까? 언젠가 내가 담담하게 잠에서 깨어나게 된다면, 열정적인 후회가 다 무슨 소용일까? 나는 적의를 품은 채 험상궂은 얼굴을 한 폴이 문간에 나타나기를 바랄 지경이었다.

그러나 나를 맞아준 사람은 우아한 검은 드레스 차림에 얼굴에는 미소를 띤 뚱뚱한 여자였다. 그녀는 열렬함도 주저함도 없이 나에게 키스를 했다. 방 안은 완전히 정리되어 있었다. 거울은 새것으로 바뀌었고, 몇 년 만에 처음으로 창이 활짝 열려 있었다.

"잘 다녀왔어? 멋진 여행이었나 보네. 이 블라우스 예쁘다. 거기서 산 거야?"

"응, 멕시코에서. 너도 좋아할 만한 곳이더라."

나는 그녀의 팔에 꾸러미를 안겨주었다. "받아! 옷감을 좀 사 왔어."

"고맙기도 해라!" 폴이 끈을 자르고 마분지 상자를 열었다. "색깔이 정말 멋지다!"

폴이 수놓은 천을 펼쳐놓는 사이 나는 창가로 다가갔다. 여느 때처럼 노트르담대성당과 정원이 보였다. 낡아서 누렇게 된 실크 커튼 너머 묵중하고 고집스러운 석조 건물이 눈에 들어왔다. 난간을 따라 늘어선 도깨비 상자 모양의 고서점에 채워진 맹꽁이자물쇠가 보였고, 맞은편 카페에서는 아랍 음악이 들려왔다. 개가 짖었다. 그리고 폴은 완쾌해 있었다. 아주 오래전의 어느 날 저녁과도 같았다. 내가 루이스를 만난 적 없고, 그가 나를 그리워할 수도 없었던 어느 저녁.

"미국 얘기 좀 해줘." 폴이 말했다. "전부 들려줘. 하지만 여기에서는 말고. 아주 재미있는 클럽에 데려가줄게. 앙주 누아르*라고 최근 문을 연 곳인데, 거기 가면 모두 만날 수 있어."

"모두가 누군데?" 나는 다소 걱정스럽게 물었다.

"모두지." 폴이 되풀이했다. "멀지 않아. 걸어갈 수 있어."

"좋아."

"있잖아," 폴이 계단을 내려가면서 입을 열었다. "반년 전이었다면 난 이렇게 생각했을 거야. 왜 '모두가 누군데?'라고 묻는 거지? 그리고 그 질문에 대해 무수한 답을 찾아내려 했겠지."

나는 약간 의식적으로 미소를 지었다. "그때가 그리워?"

"그립다고 한다면 지나친 말이겠지. 하지만 그땐 세상이 얼마나 풍요롭게 보였는지 상상도 못 할 거야. 아무리 자그마한 것이라 해도 수많은 단면을 가지고 있었거든. 아마 네 치마의 붉은색에 대해서도 스스로 이런저런 질문을 던졌을 걸. 저 사람 보여? 저 부랑자를 나는 스무 명의 다른 사람들로 생각했겠지." 폴의 목소리에는 향수 비슷한 것이 어려 있었다.

"그럼 지금은 세상이 단조롭게 보여?"

"아! 그런 건 아니야." 폴은 단호한 어조로 대답했다. "그리고 한때 그런 경험을 했다는 것에 만족해. 그뿐이야. 그렇지만 내 삶이 단조롭게 흘러가지 않으리라는 건 단언할 수 있어. 계획이 많거든."

"어떤 계획인지 어서 얘기해봐."

"우선 이 원룸아파트를 나갈 거야. 여긴 이제 지긋지긋해.

* '검은 천사'라는 뜻.

클로디가 자기 집에서 지내라고 제안하길래 그러겠다고 했어. 그리고 난 유명해질 거야." 폴은 말을 이었다. "외출하고, 여행도 하고, 사람들을 사귀고 싶어. 명성과 사랑이 필요해. 난 살고 싶어." 이 마지막 말을 할 때 그녀의 어조는 마치 수도사의 맹세를 하는 듯 엄숙했다.

"노래를 부를 거야, 아니면 글을 쓸 거야?" 내가 물었다.

"글을 쓰려고 해. 하지만 전에 보여준 하찮은 종류의 글은 아니야. 나에 대해 이야기하는 진정한 책을 쓸 생각이야. 벌써 그 책에 대해 많이 생각했어. 재미는 없겠지만 파문을 일으킬 수 있을 것 같아."

"그래." 나는 말했다. "넌 말할 거리가 엄청나게 많잖아. 그걸 다 이야기해야 해!"

나는 열을 올려 말했지만 회의적인 마음이었다. 의심할 여지 없이 폴은 완쾌해 있었다. 그러나 그녀의 목소리와 몸짓과 표정은 늙은 육체에 젊은 시늉을 하는 얼굴을 붙여놓은 듯한 거북함을 불러일으켰다. 폴은 아마 죽을 때까지 멀쩡한 여자의 역할을 할 테지만, 그 짓을 진지하게 하려고 하지는 않을 것이다.

"여기야." 폴이 말했다.

우리는 치첸이트사의 정글과 같은 덥고 습한 지하실로 내려갔다. 그곳은 소음과 담배 연기, 그리고 우리와 연령대가 다른 작업복 차림의 젊은 남녀로 가득했다. 폴은 악단 근처의, 모든 시선이 쏟아지는 테이블을 골라 앉더니 단호한 태도로 위스키 더블 두 잔을 주문했다. 우리가 전혀 어울리지 않는 곳에 와 있다고는 생각지 않는 것 같았다.

"노래는 다시 시작하고 싶지 않아." 폴이 말했다. "열등감 때문은 아니야. 육체적으로 옛날처럼 좋은 패를 가지지 못한 건 사실이지만 또 다른 좋은 패가 있거든. 다만, 가수 경력은 너무 많은 사람들에게 의존해야 해." 폴은 쾌활하게 나를 바라보았다. "그 점에 대해서는 네 말이 옳았어. 의존하는 건 비열한 짓이라는 얘기 말야. 난 남성적인 활동을 하고 싶어."

나는 고개를 끄덕였다. 내가 생각하기에도, 폴은 더 이상 대중을 사로잡을 만한 자질을 갖추고 있지 않았다. 무엇이든 다른 일을 시도하는 편이 나을 것 같았다.

"네 이야기는 소설로 만들 거야, 아니면 있는 그대로 써볼 생각이야?" 나는 물었다.

"지금으로서는 어떤 형식을 찾고 있어." 폴이 말했다. "새로운 형식, 앙리가 결코 창조할 수 없었던 형식 말이야. 그 사람 소설은 지나치게 고전적이잖아."

폴은 단번에 잔을 비웠다. "그때의 위기는 정말 힘들었어. 하지만 결국은 나 자신을 되찾았으니 얼마나 다행인지!"

나는 뭐라도 다정한 말을 해주고 싶었다. 행복한 모습을 보니 기쁘다든지, 다른 무슨 말이라도. 하지만 그 모든 말이 입술 위에서 얼어붙었다. 그녀의 단호한 목소리와 딱딱한 얼굴이 나를 주눅 들게 했다. 미쳤을 때보다 지금의 폴이 내게는 더 낯설게 보였다. 나는 거북하게 말했다. "별 이상한 일들을 다 겪어냈겠구나."

"정말 많이 겪었지!" 폴은 놀란 사람처럼 주위를 둘러보았다. "어떤 날에는 모든 게 너무 우습게 보이더라고! 우스워서 죽을 뻔했다니까. 또 어떤 날에는 무서웠지. 사람들이 강제로 구속복을 입혔거든."

"전기치료를 받은 거야?"

"응. 너무 이상한 상태라 당장은 무섭지조차 않았어. 하지만 어떤 때는 밤에 누가 관자놀이에다가 권총을 쏘는 꿈을 꾸는가 하면, 참을 수 없는 고통이 느껴지기도 했지. 마르드뤼스는 그게 어떤 추억일 거라고 하더라."

"마르드뤼스 꽤 괜찮은 사람이지?" 내가 애매한 어조로 물었다.

"마르드뤼스! 아주 훌륭하고 선한 의사야." 폴은 열렬하게 말을 이었다. "그분이 모든 사태의 실마리를 얼마나 정확하게 찾아내는지 놀랍기만 하더라니까. 하기야 나도 거의 저항하지 않았다는 사실은 말해둬야겠지만."

"끝난 거야? 정신분석은?"

"아직 완전히는 아닌데, 중요한 내용은 끝났어."

나는 감히 묻지 못했지만 폴이 스스로 이야기를 이어갔다. "내가 너한테 남동생 얘기는 한 번도 안 했지?"

"안 했어. 남동생이 있는 줄도 몰랐네."

"태어나서 열다섯 달 만에 죽었어. 내가 네 살 때. 앙리에 대한 내 사랑이 왜 병리학적인 성격을 띠게 됐는지 이해할 수 있겠지?"

"앙리도 너보다 두세 살 아래지?" 내가 물었다.

"그래 맞아. 어린 난 동생을 질투했고, 그래서 동생이 죽었을 때 죄책감이 생겨난 거야. 그게 앙리에 대한 내 마조히즘을 설명해주더라고. 난 그 사람의 노예가 되었어. 그를 위해 개인적인 성공은 전부 포기하기로 결심했지. 어둠과 종

416

속을 택한 셈이야. 속죄를 위해서였어. 그를 통해서, 죽은 동생이 마침내 내 죄를 용서해 주기를 원했던 거지." 폴은 웃기 시작했다. "앙리를 영웅으로, 성자로 만들었다는 걸 생각하면서 때때로 혼자 웃곤 한다니까!"

"다시 만나봤어?" 나는 물었다.

"아! 아니! 그럴 일은 없을 거야." 폴이 단호하게 말했다. "그 사람은 내 처지를 이용했어."

나는 침묵을 지켰다. 마르드뤼스가 사용하는 치료 방식은 나도 잘 알고 있었다. 때로는 나 또한 그러한 방식을 사용하곤 했다. 그 치료 방식의 가치를 높이 평가하는 터였다. 그래, 폴을 자유롭게 하기 위해서는 과거로 거슬러 올라가 그 사랑을 망쳐버려야겠지. 그러나 한편으로 세균을 죽이기 위해서는 세균이 먹어치우는 유기체까지 파괴할 수밖에 없다는 것이 내 생각이었다. 폴에게 앙리는 죽은 사람이었다. 그러나 폴 역시 죽은 사람이었다. 소와 같은 눈을 하고 얼굴은 땀에 젖은 채 내 곁에서 위스키를 꿀꺽꿀꺽 들이켜는 이 뚱뚱한 여자는 내가 모르는 사람이었다. 폴이 나를 뚫어지게 바라보았다.

"그나저나, 넌?" 그녀가 물었다.

"나?"

"미국에서 뭘 했어?"

나는 주저했다. "기억하려는지 모르겠는데……" 내가 입을 열었다. "미국에서 연애를 했다고 말한 적이 있잖아."

"기억해. 미국 작가 말이지? 그 사람을 다시 만났어?"

"석 달을 함께 보냈어."

"그 사람 사랑해?"

"그래."

"어떻게 할 작정인데?"

"내년 여름에 다시 만나러 갈 거야."

"그런 다음엔?"

나는 어깨를 으쓱였다. 내가 절망적으로 애써 답을 피하고 있는 질문을 폴은 도대체 무슨 권리로 내게 퍼붓는 걸까? 그녀는 주먹을 쥔 채 그 위에 턱을 괴고는 더 집요하게 나를 바라보았다.

"왜 그 사람과 새로운 인생을 시작하지 않는 거지?"

"새로운 인생을 시작할 마음은 전혀 없어." 나는 말했다.

"그렇지만 그 사람을 사랑하잖아?"

"그래, 하지만 내 인생은 여기에 있지."

"그걸 결정하는 건 바로 너야." 폴은 말했다. "다른 곳에서 새 인생을 시작하지 못하도록 널 가로막는 건 아무것도 없다고."

"로베르가 나에게 어떤 의미인지 잘 알잖아." 나는 마지못해 대꾸했다.

"그 사람 없이 살 수 없다고 생각한다는 거야 알지." 폴이 말했다. "하지만 그 사람이 왜 그렇게 널 지배하고 있는지 난 모르겠어. 아마 너도 모를걸." 폴은 계속해서 나를 유심히 응시했다. "다시 정신분석을 받아볼 생각은 없어?"

"전혀."

"두려워서 그래?"

이번에도 나는 어깨를 으쓱였다. "천만에. 하지만 그게 무슨 소용이 있겠어?"

물론 정신분석이 나에 대해 이런저런 사소한 사실들을 가르쳐줄 수 있을지 모른다. 하지만 그것이 무슨 도움이 될지 알 수 없었다. 폴이 더 심하게 강요했다면, 나는 아마 반발했을 것이다. 내 감정은 병이 아니었으니까.

"넌 콤플렉스가 많아." 폴이 깊이 생각하는 듯한 어조로 말했다.

"아마 그렇겠지. 하지만 그게 나를 구속하지 않는 한……."

"넌 그게 너를 구속한다고 절대 인정하지 않을걸. 그게 바로 그 콤플렉스의 일부야. 로베르에 대한 종속은 콤플렉스에서 오는 거라고. 분명 정신분석이 널 해방해줄 거야."

나는 웃기 시작했다. "도대체 왜 내가 로베르와 헤어지기를 원하는 거야?"

웨이터가 우리 앞에 다시 위스키 두 잔을 놓았다. 폴은 위스키를 반쯤 마셨다.

"명성의 그늘에서 사는 것보다 더 해로운 건 없으니까." 폴이 말했다. "시들어버린다고. 너도 자신을 되찾아야 해. 어쨌든 마셔." 폴이 내 잔을 가리켰다.

"너무 마시는 것 같지 않아?"

"왜 너무라는 거야?"

정말, 왜 너무 마신다는 거지? 나 역시 알코올이 핏속의 속박을 풀어 북새통을 만들어주는 기분을 아주 좋아하는데. 육체는 너무 빠듯하고 너무 협소해. 꽉 조여져 있고. 육체의 접합된 부분을 찢어버리고 싶어. 그것이 찢기는 일은 결코 없지만, 때때로 우리는 스스로의 피부 밖으로 뛰어나오는 착각을 느끼지. 나는 폴과 동시에 마셨다. 폴이 단호하게 말했다.

"우리에게 요구하는 존경을 받을 만한 남자는 아무도 없어. 단 한 사람도. 너 역시 속고 있는 거야. 로베르에게는 종이와 글 쓸 시간만 주면, 그걸로 충분할걸."

폴은 악단의 소음 때문에 들리지 않을까 싶은지 매우 큰 소리로 이야기했다. 몇몇이 놀라서 우리를 쳐다보는 것 같았지만, 다행히도 대부분의 사람들은 오싹한 광란에 빠져 춤을 추고 있었다.

나는 초조하게 중얼거렸다. "내가 로베르와 함께 있는 건, 스스로를 희생해서 그러는 게 아냐."

"그저 습관이라 해도 가치 있는 일은 아니지." 폴이 말했다. "포기하기에 우리는 너무 젊어." 그녀는 눈물을 글썽이며 흥분한 목소리로 말을 이었다. "난 복수할 거야. 내가 얼마나 행복한지 넌 상상도 못 할걸."

폴의 젖은 볼 위에 눈물이 무거운 줄을 그렸다. 그녀는 그 사실을 모르고 있었다. 너무 많은 눈물을 흘려 피부가 눈물을 느끼지 못하게 되어버린 걸까. 나도 폴과 함께 그녀의 사랑을 생각하며 울고 싶었다. 10년이라는 시간 동안 그녀 삶의 의의이며 자부심이었던 그 사랑이, 이제 수치스러운 질병으로 변해버린 것이다. 나는 위스키를 한 모금 마신 뒤 마치 부적이라도 되는 양 잔을 꼭 쥐었다. '차라리 괴로워서 죽을 지경이면 좋겠어.' 나는 생각했다. '과거의 재를 비웃으며 바람에 뿌리느니 말이야.'

내 잔이 받침 접시에 난폭하게 부딪쳤다. '나 역시 결국 이렇게 되겠지! 아무리 비웃어도, 결국은 이렇게 되는 거야. 과거를 전부 구제할 길은 없어. 난 로베르에게 신의를 지키고 싶어 하지. 그러면 언젠가 내 추억은 루이스를 부정하게 될 거야. 내가 없으면 그의 마음속에서 나는 죽어버리고, 나 역시 그를 내 기억 깊은 곳에 묻어버리겠지.' 폴이 얘기를 계속하고 있었으나 내게는 조금도 들리지 않았다. '왜 루이스를 버렸을까?' 헤어지지 않겠다고 난 그에게 대답했었다. 그때는 다른 대답 같은 건 생각할 수도 없었다. 하지만 도대체 왜? 폴은 말했지. "로베르에게는 종이와 글 쓸 시간만 주면, 그걸로 충분할걸." 나는 나 없이도 너무나 충만한 그의 서재를 떠올려보았다. 때때로, 특히 작년에, 나는 스스로를 중요시 여기려 애썼다. 그러나 그럴 때조차 로베르가 중시하는 모든 분야에서 내가 아무런 도움이 되지 않는다는 사실을 알고 있었다. 자신의 진정한 문제 앞에서 그는 언제나 혼자였다. 미국에는 나를 갈망하는 한 남자가 있다. 그의 품 안에는 나의 자리가 있다. 그리고 지금 그 자리는 그대로 비어 있다. 왜? 나는 있는 힘을 다해 로베르에게 매달렸어. 그를 위해서는 목숨까지 바쳤을 거야. 그러나 그는 내 목숨을 요구하지 않았고, 사실상 나에게 아무것도 요구하지 않았지. 그의 존재가 내게 주는 기쁨은 그저 나 자신만의 문제였던 거야. 결국 머무르느냐 헤어지느냐 하는 결정도 나 혼자만의 문제지. 나는 잔을 비웠다. 시카고에 정착하고 때때로 이곳에 오는 것, 그렇게 불가능한 일은 아니었다. 여기 도착할 때마다 로베르는 마치 우리가 헤어지지 않은 것처럼 내게 미소를 지어 보일 것이다. 내가 더 이상 자신과 같은 공기를 호흡하고 있지 않다는 사실조차 거의 실감하지 못할 것이다. 그가 없으면 내 삶은 어떤 맛을 갖게 될까? 상상하기가 어려워. 그러나 이대로 여기서 지낸다면, 앞으로 올 나날의 맛은 너무나 분명하다. 도저히 견딜 수 없는 후회와 무의미함의 맛이겠지.

나는 밤늦게 돌아왔다. 술을 너무 많이 마셔서 잠을 제대로 잘 수가 없었다. 둘이서 아침 식사를 하던 중 문득 로베르가 엄격한 표정으로 나를 바라보았다.

"안색이 너무 안 좋은데!"

"잠을 잘 못 잤어요. 술도 너무 마셨고요."

그는 의자 뒤로 돌아와 내 어깨에 손을 얹었다. "돌아온 게 후회돼?"

"모르겠어요." 나는 말했다. "가끔 누군가 날 필요로 하는 곳에 내가 없다는 사실이 어리석게 느껴져요. 누구도 결코 그러지 않았던 것처럼 진정으로 날 필요로 하는 곳. 그런데 난 거기에 없죠."

"모든 것에서 멀리 떠나 거기서 살 수 있으리라 생각해? 행복할 것 같아?"

"당신이 없었다면, 그렇게 해보겠죠." 나는 말했다. "틀림없이 그랬을 거예요."

그의 손이 내 어깨에서 떨어졌다. 로베르는 몇 발자국 움직이더니 당황한 얼굴로 나를 바라보았다. "그러면 더 이상 일도 친구도 없을 텐데. 전혀 다른 관심사를 지닌, 심지어 언어도 다른 사람들 속에서 살게 될 거야. 모든 과거에서, 소중한 모든 것에서 단절될 거라고……. 오래 견딜 수 없을걸."

"견딜 수 없겠죠." 나는 말했다.

그렇다, 루이스 곁에서 내 생활은 아주 옹색해지겠지. 외국인이자 낯선 여성으로서 난 개인적인 삶을 만들어갈 수도 없거니와, 절대 내 나라가 될 수 없는 저 커다란 땅덩이에 동화할 수도 없을 거야. 사랑하는 사람의 품에 안긴, 오직 사랑에 빠진 여자일 뿐이겠지. 오로지 사랑을 위해서만 산다는 건 상상할 수도 없어. 그러나 매일 아침, 누구도 나를 요구하지 않는 너무나 공허한 하루의 무게를 들어 올리는 일 또한 얼마나 힘든지! 로베르는 내가 필요하다고 대답하지 않았다. 그런 말을 한 적은 한 번도 없었다. 다만, 전에는 아무 문제도 일어나지 않았을 뿐이다. 불가결하지도 무의미하지도 않은 것, 그것이 내 삶이었다. 지금 루이스는 나에게 이렇게 묻고 있었다. "왜 영원히 여기 머물지 않으려는 거예요? 왜?" 절대 그를 실망시키지 않기로 다짐했건만 나는 이렇게 대답했다. "안 돼요." 이 "안 돼요"를 정당화할 방법을 나는 찾을 수 없었다. 왜? 왜? 하는 그의 목소리가 나를 따라다녔다. 나는 있는 힘을 다해 생각했다. '그렇지만 돌이킬 수 없는 일이란 없어!' 루이스는 아직 살아 있고, 나도 그러니까. 우리는 대서양을 넘어서 서로 얘기할 수 있어. 그는 일주일 안에 편지를 쓰겠다고 약속했지. 그가 편지에서 아직 나를 부르고 있다면, 만약 그의 그리움이 나를 부르고 있다면, 이 오래된 안정을 포기할 힘을 찾게 될 거야. 나는 대답할 거야. "네, 가겠어요. 가서 나를 간직하기를 원하는 만큼 당신 곁에 있겠어요."

로베르와 나는 여행 계획을 세웠다. 나는 세심하게 계산을 한 뒤 루이스에게 편지를 아말피*의 우체국에 유치우편으로 보내라고 전보를 쳤다. 열이틀간 내 운명은 매우 불안한 상태에 놓이겠지. 열이틀 뒤, 미지의 미래 속으로 미친 듯 위험을 무릅쓰고 들어갈 결심을 할지도 몰라. 아니면 다시 부재 속에서, 기다림 속에서 안주하게 되거나. 지금의 나는 여기에도 저기에도 없었다. 나 자신도 아니고 다른 사람도 아닌 상태. 나는 오직 시간을 죽이는 기계에 지나지 않았다. 보통은 너무나 빨리 죽어버리는 시간이 여기서는 빈사 상태로 꾸준히 이어지고 있었다. 우리는 비행기를 타고, 버스를 타고, 배를 탔다. 나는 나폴리, 카프리, 폼페이를 다시 둘러보았다. 그리고 로베르와 함께 처음으로 헤르쿨라네움**과 이스키아섬을 구경했다. 나는 로베르의 뒤를 따라다녔다. 그는 자신이 흥미를 느끼는 것에 대해 나 또한 흥미를 느끼게 했다. 나는 도시의 과거를 되새기다가도, 뒤브뢰유 없이 혼자 남게 되면 곧바로 얼이 빠져 무엇도 할 수 없는 상태가 되었다! 간신히 책을 읽는 척하거나, 그 자리에 우뚝 선 채 경관을 바라보는 척할 뿐이었다. 때때로 시카고에 도착하던 때의 일을, 치치카스테낭고의 밤을, 그리고 우리의 작별을 조현병 환자처럼 정확하게 떠올리곤 했다. 그리고 아주 자주 잠을 잤다. 이토록 많이 잔 적이 없을 정도로.

　로베르는 이스키아섬을 좋아했다. 우리는 거기서 오래 머물렀고, 그래서 아말피에는 예정보다 사흘 늦게 도착했다.

---

*　이탈리아 나폴리의 남쪽에 위치한 도시. 과거 아말피 공국의 수도로 알려져 있다.

**　나폴리 근처의 고대 도시 유적.

'어쨌든 안심이야.' 버스에서 내리며 나는 생각했다. '편지가 와 있을 테니까.' 로베르와 여행 가방을 광장에 남겨놓은 채 나는 뛰지 않으려 애쓰면서 우체국 쪽으로 갔다. 모든 우체국처럼 그 우체국도 먼지와 풀과 권태의 냄새를 풍겼다. 우체국 안은 밝지도 어둡지도 않았다. 직원들은 저마다의 자리에서 거의 움직이지 않는 듯 보였다. 정말이지 1년 내내 아무 일도 없이 똑같은 날이 되풀이되고, 온종일 같은 동작이 되풀이되는 그런 곳이었다. 한 창구 앞에서 줄을 서 있는 동안 내 가슴이 이토록 터질 듯 뛸 수 있다는 사실에 의아함을 느꼈다. 한 젊은 여자가 봉투를 뜯더니 얼굴 가득 미소를 지었다. 그 모습이 나에게 용기를 주었다. 나는 상냥한 태도로 여권을 내밀었다. 직원은 뒤편에 줄지어 있는 칸막이 선반들을 무시하듯 지나치더니 벽장에서 한 뭉치의 편지를 꺼내 그것을 뒤적거리다가 편지 한 통을 내밀었다. 나딘의 편지였다. 나는 말했다.

"다른 편지가 있을 텐데요."

"이것뿐이에요."

우체국이 기능을 수행하고 있으며, 편지를 보내면 도착한다는 사실을 나딘의 편지가 입증하고 있었다. 나는 고집을 부렸다.

"또 다른 편지가 와 있을 거예요."

그 직원은 이탈리아인다운 친절한 미소를 지으며 편지 뭉치를 내 앞에 놓았다. "직접 확인해보시죠."

드날, 돌랭쿠르, 델레르, 데쾨. 나는 뭉치를 거슬러 올라가며 A에서 Z까지 조사했다. 그 모든 편지를! 몇 주 전부터 수

취인을 기다리고 있지만 아무도 찾으러 오지 않는 편지들도 있었다. 왜 그런 편지와 어떤 거래도 할 수 없는 걸까? 왜 바꿀 수가 없는 걸까? 나는 절망적으로 물었다.

"D 선반에는 제 이름으로 온 것이 하나도 없나요?"

"외국에서 온 편지는 모두 이 뭉치 안에 있습니다."

"그래도 살펴봐주세요."

직원은 살펴보았고, 곧 고개를 흔들었다. "없습니다, 아무 것도."

나는 우체국에서 나와 보도 위에 선 채 팔만 늘어뜨리고 있었다. 이 얼마나 잔인한 속임수인가! 발밑의 땅도, 날짜도, 나 자신의 이름마저도 이제는 확신할 수가 없었다. 루이스는 편지를 썼고, 편지는 도착했다. 그러니까 그의 편지는 여기에 있어야 했다. 그러나 없었다. "소식이 없어서 걱정함"이라고 전보를 치기에는 너무 일렀다. 눈물을 흘리기에도 너무 일렀다. 결국 흔히 일어나는 연착일 뿐이었다. 지나치게 실망할 필요는 없었다. 내가 계산을 제대로 못 한 거야. 그뿐이야. 계산 착오로 사람이 죽는 일은 거의 없지. 그러나 바다가 내려다보이는 꽃 핀 테라스에서 로베르와 함께 식사를 하는 동안, 나는 전혀 살아 있는 것 같지가 않았다. 로베르는 앙리와 꾸준히 데이트를 하는 나딘에 대해 이야기했고, 나는 대답했다. 우리는 텁수룩한 사나이가 웃고 있는 상표가 붙은 라벨로*의 포도주를 마셨다. 어선의 등불이 바다 위에서 빛나고 있었다. 주위에는 사랑스러운 식물들의 냄새가

---

   * 나폴리 남동쪽에 위치한 도시. 음악축제로 유명하다.

가득했다. 어느 하나 부족한 것이 없었다. 노란 편지지 위의 검은 글자들을 제외하고는. 그리고 그 글자들은 결국 부재의 표시였으리라. 부재의 부재, 정말 아무것도 아닌 그것이 모든 것을 잠식하고 있었다.

편지는 다음 날 도착했다. 루이스는 뉴욕에서 편지를 썼다. 출판사에서 그의 저서를 위해 성대한 파티를 열었다. 그는 많은 사람을 만나고, 실컷 즐겼다. 오! 그래도 나를 잊지는 않았어. 그는 쾌활하고 다정했다. 그러나 편지의 행간에서 나는 아주 작은 부름도 읽어낼 수가 없었다. 나는 우체국 맞은편, 물가에 자리한 카페의 테라스에 앉아 있었다. 파란 작업복을 입고 둥근 모자를 쓴 어린 소녀들이 해변에서 놀고 있었다. 오랫동안 공허한 마음으로 그 아이들을 바라보았다. 2주일 동안 나는 루이스를 차지했었지. 그는 나를 안고서 비난과 사랑 사이에서 주저하는 표정으로 말했어. "지금껏 이토록 당신을 사랑한 적은 없었어요." 이렇게도 말했지. "돌아와줘요." 그리고 그는 지금 뉴욕에 있었다. 내가 알지 못하는 표정으로, 나를 향하지 않는 미소를 지으며, 지나가는 저 남자만큼이나 현실의 모습으로. 그는 나에게 돌아오라고 요구하지 않는다. 아직도 내가 돌아오기를 바라고 있을까? 이런 의심만으로도 돌아갈 의욕이 없어졌어. 작년처럼 기다리자. 그저, 내가 대체 왜 끔찍한 기다림으로 자책을 하고 있는지 알 수 없을 뿐이야.

팔레르모에서도, 시라쿠사에서도 편지를 받았다. 루이스는 언제나와 같이 일주일에 한 통씩 보냈다. 그리고 언제나와 같이 "사랑을 담아"라는 말로 편지를 맺었다. 사랑이란 모든 것을 의미하고, 또 아무것도 의미하지 않는다. 그것이 아직 사랑의 표현일까, 아니면 가장 상투적인 문구일까? 루이스의 애정은 늘 너무나 신중해서, 나로서는 어느 정도의 여지를 더해야 할지 알 수가 없었다. 전에는 그가 나를 위해 생각해낸 문장들을 읽을 때마다 그의 팔과 입이 떠오르곤 했다. 그런데 더 이상 그 문장들이 내 감정에 불을 붙이지 못한다면, 그것은 그의 잘못일까, 아니면 나의 잘못일까? 시칠리아의 태양이 살갗을 태웠지만 내 마음은 여전히 차갑기만 했다. 나는 발코니에 앉기도 하고 모래 위에 눕기도 했다. 타는 듯한 하늘과 바다를 바라보며 몸을 떨었다. 어떤 날에는 바다가 너무 싫었다. 바다는 마치 존재하지 않는 듯 단조롭고 무한했으며, 바닷물은 설탕을 탄 듯 너무나 푸르렀다. 나는 눈을 감기도 하고 도망치기도 했다.

파리로 돌아온 뒤 집에서 할 일이 생기자 이런 생각이 들었다. '다시 기력을 찾아야 해.' 망친 소스를 고쳐 만들듯이 기력을 되찾는 것, 흔히 있는 일이고 가능한 일이야. 뒤로 물러서서 애호가의 눈짓으로 자신의 걱정과 권태를 바라보면 되는 거야. 나는 로베르의 곁에 앉아서 얘기를 하겠지. 혹은 폴과 함께 허심탄회하게 위스키를 마시겠지. 게다가 혼자서 스스로를 교정할 수도 있잖아. 루이스는 내 인생에 있어서 하나의 일화에 지나지 않아. 상황 때문에 지나치게 중요하게 생각했던 거지. 난 몇 년의 금욕 생활 끝에 새로운 사랑을 원했던 거야. 일부러 이 사랑을 도발했던 거야. 여자로서의 삶이 끝나간다는 생각 때문에 그 사랑을 과장했던 거야. 그러나 사실 내겐 그 사랑이 필요하지 않아. 루이스가 떠나간다면 옛날의 금욕 생활로 쉽게 돌아갈 거야. 아니면 다른 애인을 찾거나. 구하면 찾을 수 있다고들 하잖아. 내 잘못은 내 육체를 너무 진지하게 생각한다는 거야. 그러니 어느 정도는 경박함을 가르쳐줄 정신분석이 필요해. 아! 배반하지도 않고 고통 받는다는 건 힘든 일이야. 한두 번은 이렇게 생각해보려고도 했다. '언젠가 이 연애도 끝날 거야. 나는 아름다운 추억으로 과거를 돌아보겠지. 그렇다면 차라리 당장 결심하는 편이 나아.' 하지만 나 자신이 반발했다. 정말 하찮은 희극 같잖아! 우리의 이야기를 내 손으로만 처리해버리려 하다니. 그건 루이스를 환영으로 바꾸는 짓이야. 그리고 나를 유령으로, 우리의 과거를 창백한 추억으로 바꾸려는 짓이지. 우리의 사랑이 내 인생에서 따로 빼내어 이야기할 만한 일화는 아니야. 그것은 내 외부에 존재하고 있으니까. 루이스와 내가 그것을 함께 가지고 있는 거지. 눈을 감는다고 태양을 없앨 수는 없어. 이 사랑을 부인한다는 건 그저 스스로를 맹인으로 만드는 짓일 뿐이야. 그래, 나는 신중한 반성과 거짓된 고독, 고독의 더러운 위안을 거부했다. 그리고 그 거부 역시 날조의 방식임을 깨달았다. 사실인즉, 내 마음을 마음대로 할 수가 없었던 것이다. 나는 루이스의 편지를 개봉할 때마다 나를 사로잡는 고통 앞에서 무력했다. 이 모든 현명한 말들도 마음속의 공허감을 채워주지는 못할 터였다. 그야말로 속수무책이었다.

얼마나 오랜 기다림인가! 열한 달, 아홉 달, 우리 사이에는 여전히 광대한 땅과 바다와 불안이 있었다. 가을이 여름의 뒤를 이었다. 그러던 10월 어느 날 나딘이 말했다.

"엄마가 아셔야 할 소식이 있어요."

나딘의 눈에는 도발과 당혹감이 불안하게 뒤섞여 있었다.

"무슨 일인데 그래?"

"임신했어요."

"확실하니?"

"확실해요. 의사한테도 다녀왔어요."

나는 나딘의 얼굴을 뚫어지게 바라보았다. 자신을 방어할 줄 아는 아이였기에, 그 애의 시선에는 교활한 빛이 담겨 있었다. 나는 물었다.

"혹시 일부러 임신한 거야?"

"그랬으면요?" 나딘이 대꾸했다. "아이를 원하는 게 범죄인가요?"

"널 임신시킨 사람은 앙리니?"

"그럴 거예요. 그 사람과만 잤으니까요." 나딘이 비웃듯 말했다.

"앙리도 알아?"

"그는 아직 아무것도 몰라요."

나는 끈질기게 물었다. "앙리가 아기를 원하긴 해?"

나딘은 주저했다. "안 물어봤어요."

침묵이 흘렀다. 이윽고 내가 다시 입을 열었다. "넌 어떻게 할 생각인데?"

"아기로 뭘 어떻게 하길 원하세요? 작은 파이라도 만들라는 건가요?"

"내가 묻는 건, 앙리와 결혼을 생각하고 있냐는 거야."

"그건 그 사람이 생각해볼 문제죠."

"너도 네 생각이 있을 거 아니니."

"내 생각은 아기를 갖는다는 거예요. 그 외에는 누구에게도, 아무 부탁도 하지 않을 거예요."

지금껏 나딘은 모성을 원한다는 말을 한 적이 없었다. 이런 계략으로 앙리와 억지로 결혼하려는 게 아닌지 추측한다면 나쁜 생각일까?

"누구에게든 도움을 받아야만 할 거야." 나는 말했다. "적어도 당분간은 네 아버지나 앙리가 책임을 져야겠지."

나딘은 재미있다는 듯 건방진 표정으로 웃기 시작했다. "자, 조언을 해보세요. 그러고 싶어서 죽을 지경이잖아요."

"조언을 하면, 넌 오랫동안 날 비난하겠지."

"그래도 말씀해보세요."

"앙리가 정말 결혼하고 싶어 하는지 확실하지 않은 상태에서 결혼하자고 하면 안 돼. 내가 말하고 싶은 건, 앙리가 자기 자신을 위해 이기적인 마음으로 결혼을 원해야지, 오직 아기를 위하거나 너를 위해 그래서는 안 된다는 거야. 불행한 결혼이 될 테니까."

"그 사람에게는 아무것도 요구하지 않을 거예요." 더없이 날카로운 목소리였다. "하지만, 그 사람이 결혼하고 싶지 않을 거라고 누가 그래요? 물론 남자에게 아기를 원하느냐고 물으면 두려워하겠죠. 하지만 막상 아기가 생기면 기뻐한다고요. 결혼해서 가정을 갖는 게 앙리에게도 좋은 일일 거예요. 방랑 생활은 구식이죠." 나딘은 숨이 막힌 듯 말을 멈추었다.

"조언을 해보라기에 얘기한 거야." 나는 말했다. "정말 결혼이 앙리나 네게 부담이 되지 않을 거라 생각한다면, 결혼하렴."

나는 나딘이 가정생활 속에서 행복을 찾을 수 있으리라 생각하지 않았다. 그 애가 남편과 아이에게 전적으로 헌신하는 모습은 상상하기 어려웠다. 그리고 앙리가 의무감으로 나딘과 결혼한다면, 결국 그 애를 원망하지 않을 수 있을까? 나는 감히 그에게 물어볼 수 없었다. 정작 우리에게 이야기를 꺼낸 것은 앙리였다. 어느 날 저녁, 그는 여느 때처럼 로베르의 서재에 들어가는 대신 내 방문을 노크했다. "실례 좀 해도 될까요?"

"예, 괜찮아요."

앙리는 장의자에 앉았다. "바로 이 자리에서 수술을 하신다는 거죠?" 그가 흥미로운 듯한 표정으로 물었다.

"네, 한번 받아보시겠어요?"

"그럴까요?" 그가 말했다. "제가 왜 이토록 완전히 정상이라고 느끼고 있는지 설명해주셨으면 해요. 이상한 일 아닌가요?"

"정말 이상하네요!" 내가 힘주어 말하자 그는 약간 당황한 표정으로 나를 바라보았다.

"그렇다면 정말 치료를 받아야겠군요." 앙리가 쾌활하게 말했다. "하지만 지금 말씀드리려는 건 다른 얘기예요." 그는 미소를 지으며 말을 이었다. "말씀드리자면, 따님과의 결혼을 허락받으러 왔습니다."

나도 미소를 지었다. "좋은 남편이 될까요?"

"최선을 다할 겁니다. 저를 신뢰하지 못하시죠?"

나는 망설이다가 솔직하게 대답했다. "오직 나딘을 만족시키기 위해서 결혼하려는 거라면, 완전히 신뢰가 가지는 않는군요."

"무슨 말씀을 하시려는 건지 압니다." 그가 말했다. "걱정하지 마세요. 폴과 겪은 일로 저도 교훈을 얻었어요. 아니, 무엇보다 전 나딘을 아끼고 있습니다. 게다가 이 얘기에 놀라실지 모르지만, 저는 한 가정의 아버지가 될 자질이 있다고 생각해요."

"약간 놀랍네요."

"하지만 사실입니다. 저 자신도 놀랐어요. 나딘이 임신했다고 알려줬을 때 마음에 이상한 충격이 느껴지더군요. 어떻게 설명해야 할지 모르겠습니다. 그토록 수고를 해서 책을 써도 모두 비난을 하죠. 희곡은 사람들을 분노하게 만들고요. 그러다 몸이 움직이는 대로 그냥 내버려두었는데, 살아 있는 인간을 창조한 거예요. 종이 위의 등장인물이 아니라, 살과 뼈가 있는 진짜 아이를 말이죠. 그것도 그토록 쉽게……."

"저도 빨리 할머니로서의 자질을 발견하고 싶네요." 나는 말했다. "최대한 빨리 결혼하려는 거죠? 어떻게 준비할 생각이에요? 아파트가 필요할 텐데요."

"파리에서는 지내고 싶지 않아요." 앙리가 말했다. "당분간은 프랑스에서도 떠나고 싶습니다. 이탈리아의 지방에 비싸지 않은 집을 빌릴 수 있을 것 같아요."

"그때까지는요?"

"아시다시피 아직 많은 계획을 세울 만한 틈이 없었어요."

"언제든 생마르탱에서 지내셔도 괜찮아요." 나는 말했다. "집이 꽤 넓으니까요."

나딘은 그 제안을 반겼다. 별채에서는 지내고 싶어 하지 않았는데, 아마 그곳에 나쁜 추억이 있어서일 터였다. 그 애는 3층의 큰 방 두 개를 개조하게 했다. 그리고 비서 일을 그만두더니 육아에 관한 책을 뒤지거나, 관습을 전부 유쾌하게 뒤집어버릴 것만 같은 눈부신 색깔로 배내옷을 뜨기 시작했다. 그 애는 아주 즐거워하고 있었다. 마치 축제와도 같은 시기였다. 앙리는 고통스러운 정치 생활에서 벗어나게 되어 기뻐했다. 로베르도 많이 후회하는 것 같지 않았다. 폴역시 새로운 생활이 매우 만족스럽다고 단언했다. 그녀는 지금 벨장스의 저택에서 지내며 수수께끼 같은 비서 일을 하고 있었다. 클로디가 그녀에게 옷을 빌려주었고, 어디든 데리고 다녔다. 폴은 외출했던 일이나 애인들과 있었던 일들을 탐욕스럽게 전하며 나를 자신의 자랑거리에 끌어들이려 애썼다.

"어쨌든 이브닝드레스를 맞추도록 해." 폴이 나에게 말했다. "옷을 입고, 남에게 보여주고 싶지 않아?"

"누구한테 보여주겠어?"

"어쨌든 넌 드레스가 필요해. 그 멋진 원주민 옷감은 어떻게 했어?"

"몰라, 상자 속에 있겠지."

"그걸 찾아야지."

터무니없게도 폴은 내 옷장 안에서 그 현란한 누더기를 찾기 시작했다. 다른 세상, 다른 시간의 끝에서 한 원주민 노파의 어깨를 감싸고 있던 그것을 말이다.

"여기 있네! 이거면 굉장한 블라우스를 만들 수 있겠어."

나는 색유리와 모자이크의 빛깔을 한 그 옷감을 멍하니 매만졌다. 언젠가, 향 연기가 피어오르는 먼 도시에서 나를 사랑했던 남자가 이 옷감을 내 팔에다 안겨줬었지. 그것이 어떻게 오늘 여기서 실체를 가진 무언가의 모습이 될 수 있었을까? 그 오랜 꿈과 내 현실 생활 사이에는 아무 통로가 없는데. 하지만 우이필은 정말 여기에 있었다. 갑자기 내가 도대체 어디 있는 건지 알 수가 없었다. 여기서 정신착란의 추억에 사로잡힌 것일까? 아니면 거기서 내가 여기 있는 꿈을 꾸고 있다가 이제 막 잠에서 깨려는 것일까? 깨어나면 원주민 시장과 루이스의 품으로 돌아가게 되는 걸까?

"이건 내게 맡겨." 폴이 말했다. "클로디에게 말해서 재봉사더러 만들도록 해볼게. 목요일 전에 갖다줄 수 있을 거야. 목요일에 올 거지? 오는 거다?"

"정말 난 내키지가 않는데."

"클로디한테 널 데려오겠다고 약속했어. 클로디가 나를 위해 해준 모든 것에 조금이나마 보답하고 싶다고!" 폴의 목소리는 앙리와 화해시켜달라고 부탁하던 때만큼이나 애절했다.

"잠깐 들를게." 나는 말했다.

목요일 모임의 명성을 높이기 위해, 클로디는 여성 심사위원회가 수여하는 문학상에 돈을 대기로 마음을 먹었다. 물론 그녀가 위원장이 될 터였다. 그녀는 서둘러서 이 대사건을 세상에 알렸다. 그리고 계획이 아직 막연했음에도 불구하고, 그다음 목요일에는 신문기자와 파리의 명사들을 소집했다. 내가 없어도 그녀는 충분히 잘해나갈 터였다. 그러나 수요일 저녁, 완전히 모습을 바꾼 그 낡은 우이필이 담긴 마분지 상자에는 폴의 강압적인 쪽지가 붙어 있었다. 우이필은 이제 내 몸에 맞는 최신 유행의 블라우스가 되어 있었다. 잃어버린 과거의 냄새가 거기 붙어서, 옷을 걸치자 내 핏줄 안으로 뭔가 희망 같은 것이 스며드는 느낌이었다. 나는 사라진 행복과 오늘의 무기력 사이에 존재하는 통로의 증거를 피부로 느꼈다. 그러니, 돌아갈 수 있는 것이다. 거울 속, 새로운 옷차림으로 젊어진 내 모습은 온화해 보였다. 반년 후에도 많이 늙지는 않을 거야. 나는 루이스를 다시 만날 거야. 그는 또다시 나를 사랑할 거야. 클로디의 살롱으로 들어가면서 나는 기꺼이 이렇게 생각했다. '어쨌든 나는 아직 젊어!'

"네가 오지 않을까 봐 정말 걱정했어!" 폴이 나를 현관 구석으로 끌고 갔다. "너한테 얘기할 게 있어." 불안하면서도 거만한 태도였다. "나를 위해 뭔가를 해줬으면 해."

"도대체 뭘?"

"클로디는 네가 심사 위원이 되어주기를 너무나 바라고 있어."

"그렇지만 난 자격이 없는걸. 시간도 없고."

"아무것도 안 해도 돼."

"그러면 왜 나를 원하는 거야?" 나는 웃으며 물었다.

"이름 때문이지." 폴이 대답했다.

"로베르의 이름 때문이군." 나는 말했다. "내 이름은 가치가 없잖아."

"같은 성을 가졌잖아." 폴이 급히 말하고는 나를 작은 거실로 떠밀었다. "이 계획에 대해 괜히 얘기한 건 아닌가 싶네. 하지만 이건 그냥 사교계의 장난 같은 게 아니라고."

나는 단념하고 앉았다. 완쾌한 뒤로, 폴은 아무것도 아닌 일을 한없이 수다스럽게 늘어놓곤 했다. 한때 앙리의 운명에 열중했던 만큼이나 이런 어리석은 얘기에 열중하는 그녀를 보고 있자니 한심했다. 그녀는 오랫동안 7이라는 숫자의 효과를 찬양했다. 심사 위원회에 일곱 명의 위원이 필요하다는 얘기였다. 나는 다시 펄쩍 뛰었다. "안 돼, 폴. 내가 관여할 곳이 아니야. 안 돼."

"부탁이야." 폴이 걱정스러운 표정으로 말했다. "클로디에게는 어쨌든 생각해보겠다고만이라도 말해줘."

"네가 정 원하면 그렇게 할게. 하지만 난 이미 충분히 생각했어."

폴은 일어서서 어느새 가벼워진 목소리로 물었다. "사람들 얘기가 사실이야? 앙리가 나딘이랑 결혼한대?"

"사실이야."

폴은 웃기 시작했다. "정말 웃기네!" 그러더니 다시 진지한 태도로 말을 이었다. "앙리의 관점에서 보면, 그건 우스운 일이야. 하지만 나딘이 안됐어. 네가 그 일에 간섭을 좀 하는 게 좋을 텐데."

"너도 알다시피, 그 애는 자기가 원하는 대로 하잖아."

"이번만은 네 권위를 이용해야 해." 폴이 말했다. "앙리는 날 망친 것처럼 나딘을 망칠 거야. 물론 나딘에게는 앙리가 로베르의 대리인이겠지만." 폴이 꿈꾸듯이 덧붙였다.

"그럴지도 모르지."

"어쨌든 난 상관 안 해." 그러고서 폴은 문 쪽으로 걸어갔다. "나 혼자서 널 계속 붙들고 있을 순 없지! 어서 가자!" 그녀가 갑자기 흥분해서 말했다.

거실은 사람들로 가득했다. 작은 오케스트라가 열의 없이 재즈의 선율을 연주하는 가운데 몇 쌍의 남녀가 춤을 추고 있었다. 대부분의 사람들은 술을 마시거나 음식을 먹는 데 열중한 모습이었다. 클로디는 라벤더색 벨벳 바지에 흰 스웨터를 입고 한쪽 귀에 금귀고리를 단 젊은 시인하고 춤을 추고 있었다. 그가 다소 놀랄 정도로 눈에 띈 것은 사실이었다. 젊은이들이 많았는데, 아마 새로운 문학상의 후보자일 터였다. 모두 대사관 직원들 같은 모습이었다. 나는 아는 얼굴을 보고 반가웠다. 쥘리앵이었다. 그 역시 단정한 차림이었다. 술에 취한 것 같지는 않았다. 내가 미소를 짓자, 그는 내 앞에서 허리를 굽혔다.

"저와 춤추시겠어요?"

"오! 안 돼요!" 나는 말했다.

"왜요?"

"난 너무 늙었답니다."

"여기 있는 다른 분들보다 더 늙은 것도 아닌데요." 그가 클로디 쪽으로 눈길을 던지며 대꾸했다.

"그건 그렇죠. 하지만 거의 비슷할걸요." 내가 웃으면서 말했다.

쥘리앵도 웃고 있는데 폴이 심각한 목소리로 끼어들었다.

"안은 콤플렉스로 꽉 차 있다니까요!" 그러더니 그녀는 교태 섞인 태도로 쥘리앵을 바라보았다. "난 다르지만요."

"아, 그건 다행이네요!" 그러고서 쥘리앵은 가버렸다.

"너무 늙었다니! 무슨 말도 안 되는 생각이야!" 폴이 불만스러운 어조로 내게 말했다. "난 지금처럼 젊다고 느껴본 적이 없는데."

"각자 다르게 느끼는 거지."

나를 잠시 멍하게 했던 젊음의 자극은 재빨리 사라져버렸다. 유리로 된 거울들이 너무 관대했던 것이다. 내 또래 여자들의 얼굴, 물렁물렁한 피부, 좋지 않은 안색, 내려앉은 입술, 가죽 허리띠 밑에서 이상하게 울퉁불퉁해 보이는 육체들이 나의 진짜 거울이었다. '할망구들이군.' 나는 생각했다. '나도 저들과 같은 나이지.' 오케스트라의 연주가 멎자 클로디가 내 쪽으로 돌진해 왔다.

"친절하게도 와주셨네요. 우리 계획에 관심이 많으신 것 같던데요? 위원이 되어주시면 정말 기쁘겠어요."

"저도 그러면 좋겠는데요." 나는 말했다. "하지만 요새 일이 너무 많답니다!"

"그러신 것 같더라고요. 인기 있는 정신분석의가 되어가시는 중이니까요. 제가 후원하는 이들을 몇 분 소개할게요."

나는 안도했지만 한편으론 클로디가 더 강요하지 않아서 약간 당황했다. 정작 그녀는 내 협조를 그리 기대하지 않았는데 폴이 혼자서 착각을 했던 것이다. 나는 많은 사람들과 악수를 나누었다. 젊은이들과, 그리고 그보다 젊지 않은 사람들과도. 그들은 나에게 샴페인 잔과 작은 과자를 가져다주었다. 다들 친절했고, 몇몇은 세련된 찬사까지 늘어놓았다. 모두가 나에게 미소를 보내며 하찮은 소망을 털어놓았다. 로베르를 만나고 싶다는 둥, 그의 원고를 막 창간된 잡지에 싣고 싶다는 둥, 모반에게 추천해달라는 둥, 《비질랑스》의 호평을 바란다는 둥, 아니면 《비질랑스》에 자신의 이름이 실리는 것을 너무나 보고 싶다는 둥. 더 순진하거나 더 뻔뻔한 사람들은 나에게 조언을 요구했다. 어떻게 처신하면 상을 탈 수 있을지, 어떻게 해야 출세할 수 있는지. 내가 그런 수법을 알고 있다고 생각하는 모양이었다! 나로서는 그들의 장래가 미덥지 않았다. 얼른 보아서는 누군가에게 재능이 있는지 없는지 짐작하기 힘들다. 그러나 글을 쓰는 진정한 이유가 있는지 없는지는 금세 알게 된다. 이 살롱의 후원자들이 문인 생활에 애착을 가지는 이유는 하나였다. 다른 일을 하기 힘드니까 글을 쓰고 있는 것이다. 그들 가운데 백지와 마주하고자 하는 이는 하나도 없었다. 다들 가장 막연한 방법으로 성공을 원할 뿐이었다. 어쨌든 그것은 성공을 향한 최선의 방법이 아니었다. 그들에게서는 야심만큼이나 공허함이 느껴졌다. 그들 중 한 사람은 내게 거의 이렇게까지 이야기했다. "전 돈을 낼 준비가 되어 있어요." 클로디가 현물로 지불하게끔 준비시킨 사람들이 아주 많았다. 그녀는 풋내기 팬들에게 둘러싸인 채 신문기자들에게 설명을 늘어놓으며 아주 즐거워하고 있었다. 폴은 좀처럼 기회를 살리지 못했다. 그녀는 쥘리앵에게 눈독을 들이고 있었다. 그의 곁에 앉아 여전히 아름다운 두 다리를 높이 꼬고서, 눈에 온 영혼을 담아 숨이 막힌 듯 이야기를 이어갔다. 어리숙한 남자라면 그 수다스러움에 어리둥절해서 무엇도 거절할 수 없을지 몰랐겠지만, 쥘리앵은 모든 수법을 알고 있었다. 나는, 벗어진 민머리가 전통적인 천재의 이미지를 연상시키는 어느 키 큰 노인의 간절한 목소리를 들으며 속으로 맹세했다. 만약 루이스를 잃는다면, 루이스를 잃게 되는 즉시, 그리고 영원히, 내가 아직 여자라는 믿음을 버릴 거야.

"아시겠지요, 뒤브뢰유 부인." 노인이 말했다. "개인적인 야심의 문제로 이러는 건 아닙니다. 어쨌든 제 얘기를 들어주셔야 해요. 아무도 감히 이런 말을 하지 않아요. 위험을 무릅쓰고 말을 꺼낼 수 있는 사람은 저와 같은 미친 늙은이뿐이죠. 그리고 저를 지지할 만한 용기가 있는 분은 단 한 사람뿐입니다. 바로 남편분이시죠."

"그 사람은 분명 큰 관심을 가질 거예요." 나는 대답했다.

"효과가 있는 관심이어야겠죠." 노인이 격렬하게 말을 이었다. "모두들 저에게 이렇게 말합니다. 이것은 주목할 만한 것이다. 이것은 굉장한 것이다! 그러다가 발표하는 순간에 가서는 겁을 집어먹는 거예요. 로베르 뒤브뢰유 선생님께서 이 책의 중요성을 이해하신다면, 받아들이시겠죠. 거짓 없이 말씀드리건대, 전 그 책에 인생의 수년을 바쳤습니다. 그분의 서문만으로 충분해요."

"그 사람에게 얘기해볼게요."

나는 기진맥진했다. 하지만 노인이 안쓰러웠다. 성공하면 많은 문제가 생긴다. 그러나 성공하지 못해도 역시 많은 문제가 생기는 것이다. 아무리 이야기하고 또 이야기해도 결코 반향을 일으키지 못한다는 건 맥 빠지는 일이다. 노인은 오래전에 하찮은 책을 두세 권 출판한 일이 있었다. 이번 책은 그의 마지막 기회를 의미했다. 나는 이 책 역시 그리 좋은 책이 아닐 것 같아 염려가 되었다. 이 자리에 있는 모든 사람이 미덥지 않았다. 나는 사람들 속을 이리저리 헤치고 다가가 폴의 팔을 건드렸다.

"난 이제 할 만큼 한 것 같아. 갈게. 나중에 연락 줘."

"잠깐은 시간 되지?" 그녀는 음모를 꾸미는 듯한 태도로 내 팔을 잡았다. "내 책에 대해 너에게 조언을 구해야 할 것 같아. 요즘 매일 밤 이 책 때문에 말도 못 하게 고민이거든. 책 첫 챕터를 《비질랑스》에 싣는 게 괜찮은 전략일까?"

"그건 그 챕터와 책 전체가 어떤지에 달린 문제 같은데." 나는 말했다.

"물론 책이란 독자에게 딱 한 번의 충격을 주기 위해 만들어지는 것이긴 해." 폴이 말했다. "독자가 정신을 다시 차릴 시간도 없이 책을 삼켜버리도록 해야겠지. 하지만 다르게 생각하면, 《비질랑스》에 발표한다는 건 진지한 책이라는 보증이잖아. 취미로 책을 쓰는 사교계 여자로 취급받기는 싫으니까……."

"원고를 보내줄래?" 나는 말했다. "로베르가 의견을 줄 거야."

"내일 아침에 집으로 한 부 보낼게." 그러더니 폴은 나를 그대로 세워둔 채 쥘리앵에게 달려갔다.

"벌써 가세요?"

"아쉽지만 가봐야 해서요."

"전화 주시는 거 잊지 않으실 거죠?"

"난 무슨 일이든 잊는 법이 없는걸요."

쥘리앵은 나와 함께 계단을 내려와 세련된 목소리로 말했다. "폴 마뢰유는 아주 매력적인 여성입니다. 다만 남자를 너무 좋아하네요. 그 자체로 나쁜 건 아니지만, 전 애인 수집가는 성가셔서요."

"선생님도 자신만의 수집품을 갖고 계시는 줄 알았는데요." 내가 말했다.

"아뇨! 수집가를 정의하는 건 목록이죠. 전 목록을 절대 모아두지 않거든요."

쥘리앵과 헤어지면서 난 기분이 나빴다. 그런 소리를 듣게끔 처신한 폴에게 기분이 상한 것이다. 그러나 정장을 실내복으로 갈아입으면서 생각했다. '기분 상할 필요가 뭐 있겠어? 폴은 남이 자길 어떻게 생각하든 상관하지 않잖아. 아마 그게 옳을 거야.' 나는 저 늙은 마녀들과는 다른 사람이고 싶었다. 그러나 사실 내게 그들보다 나은 무언가가 있는 것은 아니었다. 나는 서둘러 말해버린다. 나는 끝났어. 나는 늙었어. 늙고 끝난 상태로 잃어버린 과거를 그리워하면서 살아가게 될 30년 혹은 40년을 미리 포기하는 것이다. 미리 포기하면 아무것도 빼앗기지 않을 테니까. 나의 엄격함에는 오만함보다 신중함이 더 담겨 있다. 그리고 그 엄격함 깊은 곳에는 천박한 거짓말이 감추어져 있다. 나는 노화와의 거래를 거부함으로써 노화를 부정하는 것이다. 자신의 시들어버린 육체 아래, 마흔이라는 가엾은 피부를 무시한 채, 완전한 것을 요구하며 양보에 저항하는 젊은 여자가 살아남아 있다고 단언하는 것이다. 그러나 그런 여자는 이제 존재하지 않는다. 루이스와의 키스를 통해서도 결코 되살아나지 않으리라.

다음 날, 나는 폴의 원고를 읽었다. 그 열 페이지짜리 글은 「비밀」이라는 제목만큼이나 공허하고 무미건조했다. 하지만 걱정할 건 없었다. 사실 폴은 글 쓰는 일에 그렇게 집착하고 있는 게 아니었으니까. 실패도 비극은 아닐 터였다. 결정적으로 폴은 비극에 면역이 되어 있었다. 모든 것을 운명이라 여기고 받아들였다. 그러나 나는 그녀의 체념을 그냥 받아들이기 어려웠다. 너무 슬퍼지기까지 해서, 내 일에 대해서마저 혐오감이 생길 지경이었다. 종종 환자들에게 이렇게 말하고 싶었다. "나으려고 애쓰지 마세요. 항상 지나칠 정도로 회복되는 법이니까요." 나에게는 많은 환자가 있었다. 그리고 마침 이번 겨울에는 몇 사람의 어려운 병을 치료하는 데 성공했다. 그러나 나의 관심은 일을 떠나 있었다. 사람들이 밤에 잠을 자는 것이, 안이하게 사랑을 하는 것이, 행동하고 선택하고 잊고 살아갈 수 있는 것이 무엇을 위해서인지 이제는 정말이지 이해할 수가 없었다. 전에는 이토록 넓은 세상에서 옹색한 불행 속에 갇혀 있는 미친 사람들을 모두 해방하는 것이야말로 시급한 일 같았다. 하지만 이젠, 그들을 강박관념에서 꺼내려는 시도도 결국 오랜 습관으로 돌려보내는 것에 불과한 일이라고 생각하게 되었다. 결국 나는 환자들을 닮아가기 시작한 것이다! 세계는 여전히 넓었지만 나는 더 이상 세계에 관심이 없었다.

'터무니없는 일이야.' 그날 밤 나는 생각했다. 다들 로베르의 서재에 모여 토론을 하고 있었다. 마셜플랜과 유럽의 미래와 모든 미래에 대한 이야기였다. 전쟁의 위기가 커지고 있다는 말도 오갔다. 나딘은 겁먹은 표정으로 얘기를 들었다. 전쟁은 우리 모두와 관련된 일이기에, 나 역시 그 불안한 소리를 가볍게 받아들이지 않았다. 그러나 한편으로는 편지를, 편지의 한 줄만을 생각하고 있었다. "대양을 사이에 놓으니 너무나 다정했던 팔도 이렇게나 차가워지는군요." 루이스는 하찮은 연애 사건을 고백하면서 왜 이렇게 악의 섞인 말을 썼을까? 그에게 정절을 지켜주기를 요구한 적은 없었다. 우리 사이에 놓인 바다와 거품을 생각하면, 그것은 어리석은 요구이리라. 물론 그는 나의 부재를 원망하고 있었다. 언젠가 나를 용서해줄까? 그의 진정한 미소를 다시 볼 수 있을까? 내 곁에서 그들은 수백만 인류를 위협하는 운명에 대해 논의하고 있었다. 그것은 내 운명이기도 했다. 그런데도 나는 하나의 미소만을 걱정하고 있었다. 원자폭탄을 막을 수도 없고, 무언가를 위해, 누군가를 위해 할 수 있는 일이 전혀 없는 미소만을. 그 미소가 나에게 모든 것을 감추고 있었다. '터무니없는 일이야.' 나는 되풀이해서 생각했다. 정말 나 자신을 이해할 수 없었다. 결국 사랑받는다는 것은 존재의 목적도 이유도 아니다. 아무것도 바꿀 수 없으며, 아무 도움도 되지 않는다. 스스로에게도 아무런 소용이 없다. 게다가 나는 여기에 있다. 로베르는 앙리와 얘기를 나누고 있다. 그런데 먼 곳에 있는 루이스의 생각이 어떻게 내 마음을 움직일 수 있는 걸까? 다른 수백만 심장 중 하나에 불과한 심장에 내 운명을 종속시키다니, 내가 미친 게 분명해! 이야기에 귀를 기울이려 애썼지만 소용이 없었다. 나는 스스로에게 말했다. 내 팔은 차갑다고. '결국······' 나는 생각했다.

'결국 이 방대한 세계가 영원히 나와 상관없게 되려면, 다른 수백만 심장 중 하나에 불과한 내 심장이 한 차례 경련을 일으키는 것으로 충분할 거야. 내 생명의 크기란 전 우주만큼이기도 하지만 한 번의 미소 정도에 불과하기도 해. 어느 것을 택하느냐는 것 역시 자유의지에 의한 결정이지.' 하지만 나에게는 선택의 여지가 없었다.

나는 루이스에게 답장을 썼다. 좋은 말을 잘 찾아 쓴 모양이었다. 그의 다음번 편지는 온화하고 낙관적이었다. 그는 여전히 우정을 나누는 듯한 어조로 자신의 근황을 알려 왔다. 할리우드에 판권을 팔고 돈이 생겨서 미시간 호숫가에 집을 빌렸다고 했다. 행복한 것 같았다. 때는 봄이었다. 나딘과 앙리는 결혼을 했다. 그들도 행복한 것 같았다. 왜 나는 그렇지 못할까? 나는 있는 용기를 쥐어짜 편지를 썼다. "호숫가의 집을 정말 보고 싶어요." 그는 이 글을 무시하든지, 아니면 "내년에 집을 보러 와요"라고 쓸 터였다. 혹은 "당신은 영원히 그 집을 못 볼 거예요"라고 하거나. 그의 답장이 들어 있는 봉투를 두 손에 쥐었을 때, 나는 마치 처형을 당하기 위해 군부대 앞에 선 듯 몸이 굳어버렸다. '지나친 기대는 금물이야.' 나는 생각했다. '그가 아무 말도 없으면, 더 이상 나를 만나고 싶지 않다는 뜻이겠지.' 나는 노란 종이를 폈다. 곧장 다음과 같은 말들이 눈으로 뛰듯이 들어왔다. "7월 말에 오세요. 그 무렵이면 집이 준비되어 있을 거예요." 나는 장의자 위로 쓰러졌다. 최후의 순간에 사면을 받은 기분이었다. 얼마나 두려움에 떨었는지, 처음에는 조금도 기쁨을 느끼지 못했다. 그러다가 별안간 피부에 루이스

446

의 손길을 느끼고 숨이 막혔다. 루이스! 나는 뉴욕의 방에서 그의 곁에 앉아 말했었지. "다시 만날 수 있을까요?" 그는 대답했다. "오세요." 우리의 질문과 응답 사이에 아무런 일도 일어나지 않은 것이다. 유령과도 같은 1년은 사라지고 나는 살아 있는 육체를 되찾았다. 정말 기적적인 일이야! 나는 내 몸을 돌아온 탕아처럼 축복했다. 평소에는 몸에 거의 관심이 없는 나였지만 그 한 달만큼은 내 몸을 아주 소중히 여겼다. 몸을 닦고, 칠하고, 꾸미기를 원했다. 그리고 비치가운과 일광욕 옷을 맞추었다. 면으로 된 화려한 가운 속에서, 나는 벌써 푸른 호수와 키스를 소유하고 있었다. 그해에는 상점 유리창마다 길고 우스꽝스러워 보이는 비단 스커트가 진열되어 있었다. 나는 그것을 샀다. 폴이 선물한, 파리에서 제일 비싼 향수도 기꺼이 받았다. 이번에는 여행사와 여권과 비자와 항공로를 믿었다. 비행기에 오르자, 마치 교외로 가는 기차를 탔을 때만큼이나 안전한 기분이었다.

로베르는 내가 뉴욕에서 달러화를 찾을 수 있게끔 도와주었다. 나는 처음 여행했을 때 숙박한 호텔을 다시 찾았다. 저번과 같은 층의 거의 같은 방으로 안내되었다. 펠트 냄새가 풍기고 희미한 붉은 등이 불침번을 서는 복도에서, 나는 호기심만이 유일한 열정이었던 그때와 똑같은 침묵을 되찾았다. 이어 몇 시간 동안 다시 태평한 기분을 즐겼다. 파리는 이미 존재하지 않았고, 시카고는 아직 멀었다. 나는 아무 생각 없이 뉴욕의 거리를 걸었다. 다음 날 아침에는 평온하게 이런저런 사무소와 은행에서 일을 본 뒤 여행 가방을 찾으러 호텔 방으로 돌아왔다. 거울 속에 있는, 오늘 밤 루이스가 품

447

에 안게 될 여자를 바라보았다. 그가 이 머리를 헝클어뜨리리라. 그가 키스를 하는 동안 나는 원주민의 우이필로 만든 이 블라우스를 벗어버리리라. 블라우스에 꽂은 장미꽃도 곧 짓밟히겠지. 나는 폴에게서 받은 향수를 목에 발랐다. 막연히, 내가 아닌 어떤 희생자를 공물로 바칠 준비를 하는 듯한 기분이었다. 마지막으로 그녀를 바라보았다. 과거에 내가 사랑을 받았으니, 그녀도 사랑을 받을 수 있을 것 같았다.

네 시간 뒤, 나는 시카고에 도착했다. 택시를 잡아 이번에는 무난히 집을 찾았다. 무대장치는 정확하게 그 자리에 서 있었다. 실츠의 네온사인도 포스터 맞은편에서 붉게 빛났다. 루이스는 발코니의 테이블에 앉아 책을 읽고 있었다. 그가 미소를 지으며 손짓하더니 곧 뛰어 내려와 나를 안으며 예상했던 말을 했다. "돌아왔군요! 결국에는!" 장면들이 지나치게 필연적이라 할 만큼 충실하게 전개되고 있어서였을까? 전혀 현실의 장면들 같지가 않았다. 약간 희미해진 작년의 복사본이랄까. 아니면 너무나 살풍경한 방의 모습에 내가 당황한 건지도 몰랐다. 한 장의 판화도, 한 권의 책도 이제 없었다. "정말 방이 텅 비었네요!"

"파커로 전부 보냈어요."

"집은 준비된 거예요? 어떤 집이에요?"

"보게 될 거예요." 루이스가 말했다. "곧 말이에요." 그는 나를 껴안고 흔들었다. "아주 이상한 냄새네요." 그가 약간 놀랍다는 듯 미소를 지었다. "장미 향인가요?"

"아뇨, 내 냄새예요."

"하지만 전에는 이런 냄새가 나지 않았는데?"

갑자기, 파리에서 가장 비싼 향수며 부자연스럽게 재단한 블라우스며 실크 스커트가 부끄러웠다. 이렇게 꾸미는 것이 무슨 소용일까? 그가 나를 욕망하는 데는 이런 것이 필요하지 않은데. 나는 그의 입술을 찾았다. 반드시 사랑을 나누고 싶어서라기보다는, 그가 아직 나를 원하고 있는지 확신하기 위해서였다. 그의 손이 비단 스커트를 구겨버렸다. 장미가 바닥에 떨어졌다. 블라우스도. 나는 더 이상 의문을 느끼지 않았다.

오랫동안 잠을 잤다. 깨어났을 때는 이미 정오가 지나 있었다. 점심을 먹으면서 루이스는 파커에 있는 이웃 사람들 얘기를 했다. 특히 도러시 얘기를. 그녀는 그의 옛 여자 친구로, 불행한 결혼 후 이혼하고 우리의 집과 3~4킬로미터쯤 떨어진 언니 부부 집에서 어린애 둘과 함께 살고 있다고 했다. 나는 도러시에게 별 흥미가 없었다. 아마 그도 그걸 느꼈는지, 갑자기 나에게 물었다.

"라디오로 야구 경기 켜놔도 괜찮겠어요?"

"네, 난 신문을 읽을래요."

"《뉴요커》를 전부 모아뒀어요." 루이스가 상냥하게 말했다. "재미있는 기사에는 표시를 해뒀죠."

그는 침대맡 테이블 위에 잡지 더미를 올려놓고 라디오를 켰다. 우리는 침대에 누웠고, 나는 《뉴요커》의 페이지를 넘기기 시작했다. 그러나 마음이 불편했다. 전에도 종종 아무 말 없이 독서를 하거나 라디오를 듣는 일이 있었다. 그러나 지금은 내가 막 도착한 참이었다. 내가 곁에 누워 있는데 야구 생각만 하다니, 이상하다는 생각이 들었다. 작년에는 첫

날 내내 사랑을 나누며 보냈는데. 나는 페이지를 넘기고 있었으나 읽을 수가 없었다. 어젯밤 내 안으로 들어오기 전에 루이스는 불을 껐고, 나에게 미소도 던지지 않았다. 내 이름도 부르지 않았다. 왜일까? 어제는 의구심을 갖지 않은 채 잠들었다. 그러나 잊어버리는 것이 대답을 주지는 않는다. '아직 나와 완전히 다시 만난 상태가 아닌지도 몰라.' 나는 생각했다. '1년 터울로 다시 만나는 건 어려운 일이야. 인내심을 가져야지. 그는 곧 나를 되찾을 거야.' 신문 기사를 읽기 시작했으나 목이 메어 그만두었다. 포크너의 근황이니 하는 모든 것들이 내게는 아무 상관 없었다. 나는 루이스의 품에 안겨 있어야 하는데 그렇지 않았다. 왜지? 야구 경기는 좀처럼 끝나지 않았다. 오랜 시간이 지났다. 루이스는 줄곧 귀를 기울이고 있었다. 잠이라도 잘 수 있으면 좋으련만. 전혀 졸리지가 않았다. 마침내 나는 결심했다.

"루이스, 배고파요." 나는 쾌활하게 말했다. "당신은 배고프지 않아요?"

"10분만 기다려줘요." 루이스가 말했다. "자이언트 팀에 위스키 세 병을 걸었거든요. 위스키 세 병이면 적은 게 아니잖아요?"

"아주 중요한 경기네요."

나는 루이스의 미소와 장난 섞인 부드러운 목소리를 잘 알고 있었다. 이 모든 것이 다른 날이라면 당연했을 텐데. 물론 오늘이라고 다른 날과 비슷하지 말라는 법도 없었지만, 그럼에도 이 마지막 몇 분이 내게는 끔찍하리만치 길게 여겨졌다.

"이겼다!" 루이스가 기쁜 듯 말하고는 일어서서 라디오 스위치를 껐다. "가엾게도 굶주린 꼬마 아가씨. 이제 먹여줄게요."

나도 일어나 머리를 빗었다.

"어디로 갈 거예요?"

"전에 갔던 독일 레스토랑 어때요?"

"좋은 생각이에요."

내가 아주 좋아하는 레스토랑이었다. 좋은 추억이 있는 곳. 우리는 붉은 양배추를 곁들인 소시지를 먹으며 즐겁게 이야기를 나눴다. 루이스는 할리우드에서 머물렀을 때의 이야기를 들려주었고, 그런 뒤에는 부랑자들의 바와 언젠가 빅 빌리가 연주했던 작은 흑인 댄스홀로 데리고 갔다. 그는 웃었고, 나도 웃었다. 과거가 되살아나고 있었다. 그런데 갑자기 이런 생각이 스쳤다. '그래, 이건 다 연극이야!' 왜 이런 생각이 떠오른 걸까? 뭔가 잘못되기라도 했나? 아무 일도 없잖아. 전혀 아무 일도 없어. 필시 나의 그릇된 상상일 거야. 비행기 여행으로 피곤한 데다 도착의 흥분도 가시지 않았으니까. 제정신이 아닌 게 틀림없어. 1년 전 루이스는 나에게 말했다. "더는 당신을 사랑하지 않으려고 애쓰지 않을 거예요. 지금껏 이토록 당신을 사랑한 적은 없었어요." 바로 어제 들은 말 같았다. 나는 여전히 나였고, 그이는 여전히 그이였다. 우리의 침대로 돌아오는 택시 안에서, 나는 그의 팔에 안겼다. 분명히 그였다. 나는 그 어깨의 거친 열기를 기억해냈다. 그러나 그의 입술을 되찾지는 못했다. 그는 키스해 주지 않았다. 그리고 나는 머리 위에서 그가 하품하는 소리를 들었다.

나는 움직이지 않았다. 그러나 밤의 깊은 곳으로 굴러떨어지는 기분이었다. '사람이 미칠 때 분명히 이렇겠지.' 두 줄기의 눈부신 불빛이 어둠을 뚫고 있었다. 똑같이 확실하지만, 함께는 진실일 수 없는 두 개의 진실. 루이스가 나를 사랑하고 있다는 것, 그리고 나를 껴안은 채 하품을 하고 있다는 것. 나는 계단을 올라가 옷을 벗었다. 루이스에게 한 가지 질문을 던져야 했다. 아주 간단한 질문을. 그 질문은 나오기 전부터 내 목을 죄고 있었다. 그러나 어떤 것도 이 막연한 두려움보다는 나았다. 나는 누웠다. 그가 내 곁에 누워 담요로 몸을 감았다.

"잘 자요!"

벌써 그는 등을 돌리고 있었다. 나는 그에게 달라붙었다.

"루이스, 무슨 일이에요?"

"아무것도 아니에요. 피곤해서요."

"내 말은, 오늘 하루 종일 무슨 안 좋은 일이라도 있냐는 거예요. 날 되찾지 못했어요?"

"당신을 되찾았어요."

"그렇다면, 이제 나를 사랑하지 않아서 그래요?"

침묵이 흘렀다, 결정적인 침묵이. 나는 어안이 벙벙한 채로 있었다. 저녁 내내 두려웠지만, 그 두려움이 증명될 수 있으리라고는 진지하게 생각하지 않은 터였다. 그런데 갑자기 모든 것이 명백해진 것이다. 나는 되풀이해서 물었다. "이제는 날 사랑하지 않아요?"

"난 여전히 당신을 아끼고 있어요. 아주 많이요. 당신에게

452

많은 애정을 갖고 있죠."루이스가 생각에 잠긴 듯한 목소리로 말했다. "하지만 더 이상 사랑은 아니에요."

드디어 그가 그것을 말했다. 내 귀로 그것을 들은 것이다. 결코 지워지지 않을 말을. 나는 침묵을 지켰다. 이제 어떻게 해야 할지 알 수가 없었다. 나는 분명히 똑같은 나인데, 과거와 미래와 현재가 모두 뒤흔들리고 있었다. 목소리마저 더는 내 것이 아닌 것 같았다.

"알고 있었어요!"마침내 내가 입을 열었다. "당신을 잃으리라는 걸 알고 있었어요. 첫날부터 알고 있었어요. 델리자 클럽에서 운 것도 그 때문이었어요. 알고 있었어요. 그리고 지금 그 일이 일어난 거예요. 어떻게 이렇게 되어버렸을까요?"

"오히려 아무런 일도 일어나지 않은 셈이죠."루이스가 말했다. "올해 난 안달하지 않고 당신을 기다렸어요. 그래요. 여자란 유쾌한 존재죠. 함께 얘기하고, 같이 자고, 그러고서 그녀는 다시 떠나요. 분별을 잃을 일도 없죠. 하지만, 이번에 당신을 다시 만나면 아마 다른 무슨 일인가가 일어날지 모른다고 생각했던 거예요……."

마치 나와 상관없는 얘기를 하는 듯 담담한 목소리였다.

"이해했어요." 나는 가냘프게 말했다. "그리고 아무 일도 일어나지 않았고요……."

"일어나지 않았죠."

나는 혼란을 느끼며 생각했다. '이 이상한 냄새와 이 실크 옷 때문이야. 전부 다시 시작할 수밖에 없어. 작년의 정장을 입어야지…….' 그러나 물론 내 스커트는 이 일과 아무런 상관도 없었다. 내 목소리가 아주 멀리서 들려왔다. "그럼, 어

453

떻게 해야 할까요?"

"그래도 우리가 즐거운 여름을 보냈으면 좋겠어요!"루이스가 말했다. "오늘 하루도 잘 보내지 않았나요?"

"지옥 같은 하루였어요."

"정말요?"그는 실망한 것 같았다. "당신이 전혀 알아차리지 못했다고 생각했는데."

"모두 알아차리고 있었어요."

목소리가 나오지 않았다. 더는 말할 수가 없었다. 게다가 말을 해봐야 무슨 소용이 있겠는가? 작년에 루이스가 나를 더 이상 사랑하지 않으려고 애쓰던 때, 그의 원망과 불쾌함을 통해 난 그 일이 그에게 아주 힘들다는 것을 느낄 수 있었다. 그래서 늘 희망을 가지고 있었다. 하지만 올해 그는 애쓰지 않았다. 이제 나를 사랑하지 않으니까. 그것은 명백했다. 왜? 어째서? 언제부터? 그런 것은 아무래도 좋았다. 모든 의문이 쓸데없었다. 이해한다는 것은 아직 희망이 있을 때나 중요한 것이다. 그리고 나는 더 이상 아무런 희망도 없음을 확신했다.

나는 중얼거렸다. "그럼, 잘 자요."

그는 나를 잠깐 껴안았다. "당신을 슬프게 하고 싶진 않아요."그가 내 머리칼을 쓰다듬으며 덧붙였다. "슬퍼할 것까지는 없어요."

"내 걱정은 말아요."나는 말했다. "잘게요."

"자도록 해요."그가 말했다. "잘 자요."

나는 눈을 감았다. 그래, 물론 자야지. 고열에 시달리며 밤을 새운 때보다 더 기진맥진한 기분이었다. '생각해봐.' 나는 냉정하게 생각했다. '아무 일도 일어나지 않았어. 당연한 일이지. 오히려 언젠가 무슨 일이 일어났었다는 게 이상한 일이야. 그런데, 대체 무슨 일이 일어났었지? 왜 일어났지?' 사실 나는 전혀 이해할 수가 없었다. 사랑은 늘 부당하다. 루이스는 타당한 이유도 없이 나를 사랑했다. 나는 그걸 놀라워하지 않았다. 지금, 그는 더 이상 나를 사랑하지 않게 되었다. 그것 역시 놀랍지 않다. 심지어 아주 자연스러운 일이까지 했다. 그러나 갑자기 머릿속에서 단어들이 폭발했다. '그는 이제 나를 사랑하지 않아.' 문제는 나였다. 죽을 만큼 울부짖어야 했는데. 나는 울기 시작했다. 매일 아침 그는 말했지. "왜 웃어요? 왜 당신은 그렇게 발그레하죠? 왜 그렇게 따뜻하죠?" 하지만 이제 나는 웃지 않을 거야. 그는 말했지. "안!" 이제 다시는 그런 억양으로 날 부르지 않을 거야. 그의 기쁘고 다정한 얼굴을 더는 볼 수 없을 거야. '모두 갚아야만 하겠지.' 나는 흐느끼며 생각했다. '요구하지 않았는데 내게 주어진 모든 것들에, 나는 눈물로 대가를 치러야만 할 거야.' 멀리서 사이렌이 구슬픈 소리를 내고 기적이 울렸다. 나는 울고 있었다. 육체가 열로 심하게 떨리며 비워졌다. 나는 오래된 시체처럼 차갑게 늘어져갔다. 나 자신을 완전히 제거할 수 있다면 얼마나 좋을까! 적어도 내가 울고 있는 한, 미래는 없었다. 머릿속에 아무것도 없었다. 세상이 끝날 때까지 근심 없이 흐느껴 울 수 있을 것만 같았다.

　밤이 먼저 지쳐버렸다. 부엌의 블라인드가 노랗게 변하고, 짙은 그림자가 분명한 윤곽으로 자국을 남기기 시작했다. 곧 일어나야 했다. 말을 해야 했다. 울지도 않고 잠들어버린 남자와 마주해야 했다. 적어도 그를 원망할 이유가 있었다면 우리는 서로 가까워질 수 있었을 텐데. 그러나 그렇지 않았다. 그는 아무 일도 없었던 한 남자였다. 나는 일어났다. 부엌은 여느 때의 아침과 다름없이 조용하고 친근했다. 나는 위스키를 한 잔 따르고 벤제드린* 한 알과 함께 삼켰다.

"잘 잤어요?" 루이스가 말했다.

"아주 잘 자지는 못했어요."

"그러면 안 좋은데!"

그는 부엌에서 분주하게 움직이기 시작했다. 나에게 등을 돌리고 있어서 얘기하기가 어렵지 않았다. "이해할 수 없는 일이 하나 있어요." 나는 말했다. "왜 나더러 오라고 했어요? 이런 사실을 미리 알려줬어야죠."

"하지만 당신을 만나고 싶었는걸요." 루이스가 재빨리 대답하고는 뒤돌아보며 천진하게 웃어 보였다. "당신이 와줘서 기뻐요. 이 여름을 함께 지내게 되어 기쁘고요."

"당신이 잊은 게 하나 있어요." 나는 말했다. "내가 당신을 사랑하고 있다는 거 말이에요. 나는 사랑하는데, 나를 사랑해주지는 않는 사람 곁에서 지내기란 괴로운 일이에요."

"당신도 언제까지나 나를 사랑하지는 않을 거예요." 루이스가 가벼운 어조로 말했다.

"그럴지도 모르죠. 그렇지만 지금은 당신을 사랑하고 있는걸요."

그는 미소를 지었다. "당신은 너무도 양식 있는 사람이라

---

* 중추신경 자극제인 각성제의 일종.

그 마음이 오래 지속되지는 못할 거예요. 진지하게 하는 말이에요." 그가 말을 이었다. "누군가를 사랑하기 위해서는 이성을 잃고 흥분해야 하거든요. 둘 다 그 게임에 뛰어든다면 해볼 만하죠. 하지만 혼자서만 그런다면, 그건 어리석은 짓으로 변해버려요."

나는 당황해서 그를 바라보았다. 무의식적으로 하는 얘기일까, 아니면 그런 체하고 있는 것일까? 말마따나 진지하게 하는 말인지도 모른다. 나에 대한 사랑을 거둔 후, 사랑이 그에게는 조금도 중요하지 않은 것이 되었는지도 모른다. 심사숙고한 말이든 경솔한 말이든 간에, 그의 이기주의는 내가 그에게 더 이상 중요하지 않다는 사실을 입증하고 있었다. 나는 침대에 드러누웠다. 머리가 아팠다. 루이스는 책을 상자에 담기 시작했다. 문득, 본질적인 문제는 건드리지도 않았다는 생각이 떠올랐다. 나는 멕시코산 담요 위에 누워 있었다. 노란 블라인드와 벽이 맞은편에 있었다. 더는 사랑받지 못했지만, 여전히 내 집에 있는 기분이었다. 그러나 이 모든 것이 어쩌면 다른 여자의 것인지도 몰랐다. 루이스가 다른 여자를 사랑하고 있을지도 몰라. 올해 그의 삶에는 몇 명의 여자들이 있었다. 그가 내게 알려주었다. 나는 그 여자들 중 누구도 크게 걱정스레 여기지지 않았다. 하지만 그는 나에게 말하지 않은 누군가를 만났던 건지도 몰랐다. 나는 그를 불렀다.

"루이스!"

그가 고개를 들었다. "네?"

"꼭 하나 물어보고 싶어요. 혹시 다른 여자가 있어요?"

"오! 하느님 맙소사! 아니에요!" 그는 펄쩍 뛰었다. "이제 절대 사랑 같은 건 하지 않을 거예요!"

나는 한숨을 쉬었다. 최악의 상황은 면한 것이다! 내가 보지 못할 저 얼굴, 듣지 못할 그 목소리는 다른 누구를 위해 존재하는 것이 아니었다.

"왜 그런 말을 해요?" 나는 물었다. "그건 절대 모르는 일이잖아요."

루이스는 고개를 저었다. "난 사랑을 할 수 있는 사람이 아닌가 봐요." 약간 주저하는 듯한 어조였다. "당신을 만나기 전에는 어떤 여자도 중요하지 않았죠. 그러다 내 삶이 아주 공허한 듯 여겨지던 순간 당신을 만났어요. 그래서 그 사랑에 그처럼 성급하게 뛰어들었고. 그랬다가 그것도 결국 끝나버렸죠." 그는 말없이 내 얼굴을 응시했다. "하지만 나를 위해 태어난 사람이 있다면, 그건 당신이에요." 그는 덧붙였다. "당신 다음에는 아무도 있을 수 없어요."

"알겠어요." 나는 말했다.

루이스의 다정한 어조에 나는 끝내 비탄에 잠겼다. 만약 그가 공격적이고 부당하게 나왔다면 아마 난 스스로를 방어하려 했을 것이다. 하지만 그는 그러지 않았다. 우리에게 일어난 일에 대해 그는 나만큼이나 침통해하는 것 같았다. 머리가 점점 더 아파와 나는 더 이상 묻는 것을 포기했다. 결정적인 말, "루이스, 내가 이곳에 남았다면, 당신은 날 계속 사랑했을까요?" 하는 질문도 소용없을 것이었다. 나는 이곳에 남지 않았으니까.

루이스가 진정제를 사다 주었다. 나는 두 알을 먹고 잤다.

그러다가 소스라치며 깨어났다. '결국 끝났어!' 금세 그런 생각이 떠올랐다. 나는 창가에 앉았다. 등 뒤에서 루이스가 접시를 싸고 있었다. 벌써 날이 아주 더웠다. 아이들이 쐐기풀 위에서 공놀이를 하고, 한 어린 소녀는 빨간 세발자전거에 올라타 비틀거리고 있었다. 그리고 나는 울음을 터뜨리지 않기 위해 입술을 깨물고 있었다. 보도를 스치고 지나가는 길쭉한 고급차를 눈으로 좇다가 뒤를 돌아보았다. 똑같은 모습, 똑같은 방. 노란 블라인드에 검은 그림자가 박혀 있었다. 루이스는 낡아 꿰맨 바지를 입고서 가볍게 휘파람을 불고 있었다. 과거가 나를 비웃는 것 같아 견딜 수가 없었다. 나는 일어섰다.

"한 바퀴 돌고 올게요." 나는 말했다.

나는 택시를 잡아 루프 지구까지 가달라고 했다. 그런 뒤 오랫동안 걸었다. 거의 우는 것만큼이나 걷는 것이 힘들었다. 길들이 내게 적의를 품고 있는 것 같았다. 전에는 이 도시가 좋았지만, 지난 두 해 사이 사정이 변했다. 더 이상 루이스의 사랑에 보호받지 못하는 것이다. 이제 미국은 원자폭탄과 전쟁의 위협을, 새로운 파시즘을 의미했다. 내 곁을 지나치는 대부분의 사람들은 적이었다. 고독하고, 멸시당하고, 길을 잃은 듯한 기분이었다. '도대체 여기서 뭘 하고 있지?' 나는 스스로에게 물었다. 늦은 오후에야 실츠 네온사인 아래로 돌아왔다. 막다른 골목에서 쓰레기통이 가을의 향기를 풍기고 있었다. 나는 나무 계단을 올라가 가스탱크에 칠해진 빨간색과 흰색 바둑판무늬를 줄곧 바라보았다. 멀리서 기차가 지나가자 발코니가 흔들거렸다. 첫 번째 날과, 다른 여러 날들과 똑같은 모습이었다. '파리로 돌아가는 게 낫겠어.' 나는 생각했다. 이미 내 출발을 기다리고 있는 큰길 모퉁이가 보였다. 나를 태워 갈 택시는 지금 시내의 어딘가를 달리고 있으리라. 루이스는 내가 아는 손짓으로 택시를 세우고, 문이 닫힐 것이다. 한 번, 두 번, 세 번, 이미 닫혔던 문이 이번에는 마지막으로 영원히 닫히는 것이다. 석 달간의 극심한 고통이 다 무엇이란 말인가. '루이스를 만나는 한, 그가 나에게 미소 짓는 한, 나는 마음속 우리 사랑을 결코 없앨 수 없을 거야. 하지만 떨어져서는 가능해.' 나는 난간을 붙잡았다. '하지만 우리 사랑을 없애고 싶지 않은걸.' 싫어, 루이스가 디에고처럼 어느 날 나에게 죽은 사람이 되는 건 원하지 않아.

"모래언덕의 집이 맘에 들었으면 좋겠네요!" 다음 날 아침, 루이스가 나에게 말했다.

"오! 보나 마나 마음에 들겠죠."

그는 마지막으로 남아 있는 책들과 통조림들을 상자에 담고 있었다. 나는 시카고를 떠나는 것이 기뻤다. 적어도 파커에서는 주위의 사물이 끈질기게 추억을 조롱하지는 않을 테니까. 정원이 있고 침대가 두 개 있겠지. 그러면 덜 답답할 것이다. 나는 여행 가방을 싸기 시작했다. 원주민 우이필은 제일 밑에 감추었다. 다시는 그걸 입지 않을 것이다. 그 자수에 무슨 저주라도 담겨 있는 것 같았다. 나는 그처럼 정성을 들여 고른 스커트와 블라우스와 일광욕 옷을 혐오감 어린 마음으로 매만졌다. 그런 뒤 여행 가방을 닫고, 커다란 컵에 위스키를 따랐다.

"그렇게 마시면 안 돼요!" 루이스가 나를 제지했다.

"왜 안 돼죠?"

나는 벤제드린을 한 알 먹었다. 그가 더 이상 나를 사랑하지 않는다는 걸 매 순간 새롭게 확인할 나날을 보내기 위해서는 도움이 필요했다. 그리고 오늘은 친구들이 자동차로 우리를 데리러 오게 되어 있었다. 한구석으로 가 조용히 울 틈이 1분도 없을 것이다.

"이쪽은 안. 여긴 에벌린과 네드예요."

나는 악수를 나누고 미소를 지었다. 자동차는 시내를 가로질러 공원과 교외를 지나쳤다. 에벌린이 나에게 이야기를 건넸다. 나는 대답했다. 우리는 용광로가 서 있는 거대한 들판과 구획된 토지, 잘 손질된 숲을 지나갔다. 이어 높은 풀로 덮인 길의 막다른 곳에 차가 멈추었다. 조약돌로 된 오솔길이 하얀 집으로 이어져 있고, 그 앞에는 못 쪽으로 완만하게 경사를 이룬 잔디밭이 보였다. 나는 눈부신 모래언덕을, 수련이 피어 있는 물과 무성한 나무의 장막을 바라보았다. 마치 내 집인 양 여기서 두 달을 지내게 되겠지. 그리고 이 집을 떠나 영원히 돌아오지 않겠지!

"어때요?" 루이스가 물었다.

"굉장해요."

잔디밭 한쪽, 연통에서 연기가 피어오르는 벽돌 화덕 옆에 몇 사람이 앉아 있었다. 그들이 쾌활하게 외쳤다. "새 손님들, 환영해요!"

나는 도러시, 그녀의 동생 버지니아, 근처의 제철소에서 일하는 제부 윌리, 그리고 시카고의 초등학교 교사 출신인 뚱뚱한 버트와 악수를 나누었다. 화덕의 검은 철판에서는 햄버거 패티가 바싹 구워지고 있었다. 튀긴 양파와 장작불이 좋은 냄새를 풍겼다. 누군가 나에게 위스키 잔을 내밀기에 나는 그것을 받아 단숨에 비워버렸다. 정말 술이 간절하던 참이었다.

"이 집 참 좋죠?" 도러시가 말했다. "호수는 모래언덕 바로 뒤에 있어요. 호수를 건널 때 쓰는 작은 배도 있고요. 5분이면 반대편에 닿을 수 있죠."

그녀는 억세고 지쳐 보이는 거무스름한 얼굴을 하고는 흥분한 듯 목소리를 높였다. 도러시는 루이스를 사랑했었지. 지금도 사랑하고 있는지 몰라. 하지만 그녀의 시선에는 따뜻한 진심이 담겨 있었다.

"저녁때 말예요." 도러시가 말을 이었다. "밖에서 식사를 준비하면 멋질 거예요. 숲에 마른 나뭇가지가 많거든요. 주워 오기만 하면 돼요."

"내가 작은 도끼를 사다 주죠." 루이스가 유쾌하게 말했다. "착하게 굴지 않으면 장작을 패라고 할 거예요." 그는 내 팔을 잡았다. "집을 보러 갈까요?"

나는 그의 얼굴에서 안달하는 듯한 즐거운 불꽃을 다시 발견했다. 한때 나를 보며 얼굴에 떠올리던 자랑스러운 미소였다.

"나머지 가구는 내일 도착할 거예요. 여기에 침대를 놓고, 안방은 서재로 쓸 생각이에요."

우리는 마치 사랑의 보금자리를 마련한 한 쌍의 연인 같았다. 이윽고 정원으로 돌아왔을 때, 나는 모두의 시선 속에서 은밀한 호기심을 느꼈다. "시카고에 임시 거처가 있는 거죠?" 버지니아가 물었다.

"네, 우리가 머물 곳이 있어요."

그들의 시선이 우리를 당황케 했다. 나는 '루이스와 나'라고, 아니면 '우리'라고 그들에게 말했다. 여름 내내 여기서 지내겠네요. 아니에요, 우리는 자동차가 없으니 여러분이 우리를 만나러 오시면 좋겠네요. 루이스도 '우리'라고 했다. 그는 쾌활해 보였다. 미국에 도착한 뒤로 그와 거의 대화를 나누지 않던 터라 쾌활한 그를 보는 건 이번이 처음이었다. 지금, 그는 쾌활하기 위해 다른 사람들을 필요로 하고 있었다. 시카고보다 훨씬 서늘한 날씨였지만 풀냄새에 숨이 막혔다. 마음을 짓누르는 무거운 짐을 벗어버리고 나 역시 쾌활해지고 싶었다.

"안, 배로 한 바퀴 돌아볼래요?"

"오! 정말 좋겠네요."

작은 층계를 내려가는 동안, 어둠 속에서 반딧불이 반짝이고 있었다. 내가 배에 오르자 루이스는 배를 물가에서 멀찍이 떠밀었다. 노 둘레에 찐득찐득한 풀이 감겼다. 호수 위에도, 모래언덕 위에도, 진짜 시골 밤이 내렸다. 그러나 다리 저편의 하늘은 아직 붉은빛과 보랏빛으로 물들어 있었다, 대도시의 꾸민 듯한 하늘. 용광로의 불이 그 하늘을 태우고 있었다. "미시시피의 하늘처럼 아름답군요." 나는 말했다.

"그러게요. 며칠 뒤엔 보름달을 볼 수 있겠죠."

모닥불이 모래언덕 허리에서 타닥타닥 소리를 냈다. 나무 사이 군데군데 불 켜진 창이 보였다. 그중 하나는 우리의 창이었다. 멀리 어둠 속에서 번쩍이는 다른 모든 창처럼, 그 창도 행복을 약속하고 있었다.

"도러시는 친절한 사람이네요."

"그렇죠." 루이스가 말했다. "불쌍한 도러시. 파커의 약국에서 일을 하고, 남편이 약간의 생활비를 보내줘요. 두 아이를 데리고 자기 집도 없이 이곳에서 평생을 보낸다는 건 힘든 일이겠죠."

우리는 다른 사람들에 대해 이야기했다. 검은 물이 우리를 이 세상에서 격리시키고 있었다. 루이스의 목소리는 부드러웠고, 그의 미소는 내게 은근한 동조를 보냈다. 나는 문득 생각했다. '정말 모든 게 끝나버린 건가?' 내가 그토록 순식간에 절망한 것은 스스로를 속이는 여자들을 닮지 않겠다는 오만함에서였고, 또한 의혹과 기대와 실망의 고통에서 벗어나기 위한 조심성에서였다. 어쩌면 내가 너무 성급했던 건지도 모른다. 루이스의 거침없는 태도와 지나친 솔직함은 자연스러운 것이 아니었다. 사실인즉, 그는 경박하지도 난폭하지도 않았다. 애써 마음먹은 것이 아니라면 무관심을 그토록 노골적으로 드러내지는 않았으리라. 그는 나를 사랑하지 않기로 결심한 것이었다. 그건 좋아. 하지만 결심과 고집은 같은 게 아니지.

"우리의 작은 배에 이름을 지어야겠는데요." 루이스가 말했다. "안이라고 부르면 어때요?"

"나야 영광이죠!"

이제 그는 예전의 표정으로 나를 바라보고 있었다. 이 사랑의 산책을 제안한 것도 바로 그였다. 자신의 거짓된 신중

464

함으로 인해 지치기 시작한 걸까? 마음에서 나를 내쫓기를 주저하고 있는 것인지도 몰랐다. 다시 뭍으로 올라왔다. 이윽고 손님들도 떠났다. 우리는 서재 구석에 임시로 마련한 침대에 나란히 누웠다. 루이스가 불을 껐다.

"여기가 맘에 들 것 같아요?" 그가 물었다.

"틀림없이요."

볼을 그의 맨어깨에 기대자 그가 부드럽게 내 팔을 쓰다듬었다. 나는 그를 꽉 끌어안았다. 그의 손이 내 팔 위에 있었다. 그의 열기, 그의 냄새가 있었다. 그리고 나는 이제 자존심도 신중함도 없었다. 나는 그의 입을 다시 찾았다. 내 육체가 욕망에 녹아내렸다. 그사이 내 손은 그의 포근한 배 위를 기어오르고 있었다. 그 역시 나를 원했다. 우리 사이에서 욕망은 늘 사랑이었다. 이 밤에 무언가가 다시 시작되었음을 나는 확신할 수 있었다. 갑자기 그가 내 위에 올라타고 내 속으로 들어왔다. 그는 한마디 말도, 키스도 없이 나를 가졌다. 모든 일이 너무 순식간에 일어나는 바람에 나는 어안이 벙벙할 뿐이었다. 내가 먼저 말했다.

"잘 자요."

"잘 자요." 루이스가 벽 쪽으로 몸을 돌리면서 말했다.

절망적인 분노가 목구멍까지 치밀어 올랐다. '그에게 이럴 권리는 없어.' 나는 중얼거렸다. 한순간도 그는 자신을 내주지 않았다. 그저 나를 쾌락의 도구로 다루었을 뿐이다. 더 이상 나를 사랑하지 않는다 하더라도, 그런 짓을 해서는 안 되었다. 나는 몸을 일으켰다. 그의 체온에 혐오를 느꼈다. 나는 거실로 나가 앉아서 실컷 울었다. 도무지 이해할 수가 없었다. 우리의 육체가 어쩌다 이렇게 타인처럼 되어버렸을까? 그토록 사랑했던 우리의 육체가. 그는 말했었지. "너무 행복해, 너무나 자랑스러워." 이렇게도 말했고. "안!" 그의 손으로, 입술과 성기로, 그의 모든 육체로, 그는 자신의 마음을 내게 주었었다. 바로 엊그제 같은 일이었다. 지나간 모든 밤의 추억이 아직 나를 불태우고 있었다. 멕시코산 담요 아래서, 미시시피의 흔들리는 선실 침대 위에서, 모기장의 그늘 속에서, 송진 냄새가 나는 불 앞에서, 이 모든 밤들이…… 결코 되살아나지 않는 걸까?

기진해서 침대로 돌아갔을 때, 루이스가 팔꿈치를 짚고 몸을 일으켰다. 그는 짜증스럽게 물었다. "이게 당신의 여름 계획이에요? 즐겁게 낮을 보내고 밤새도록 우는 것이?"

"아! 그렇게 우월감에 찬 어조로 얘기하지 말아요!" 나는 격하게 대꾸했다. "화가 나서 울고 있었어요. 그렇게 냉정하게 자리에 눕다니 정말 끔찍해요. 어떻게 그런 짓을……."

"나조차 느낄 수 없는 열정을 무슨 수로 당신에게 줄 수 있겠어요?"

"그러면 나와 자지를 말았어야죠."

"당신이 자고 싶어 했잖아요." 그는 태연히 말했다. "거절하긴 싫었어요."

"거절하는 편이 나았을 거예요. 이제는 절대 같이 자지 않기로 하는 게 좋겠어요."

"같이 자고서 당신이 울면서 밤을 지새워야 한다면, 그러는 게 좋겠네요. 어쨌든 이젠 잠을 좀 자요!"

그의 목소리에 적의는 없었다. 다만 무관심뿐이었다. 그

냉정한 태도가 나를 당황하게 했다. 나는 똑바로 누운 채 한 곳만 줄곧 바라보았다. 멀리서 호수가 공장의 소음과 함께 으르렁댔다. 루이스의 말은 진심일까? 내가 잘못한 건가? 그래, 내 잘못이 분명해. 그의 애무를 그토록 구걸했다는 것이 아니라 헛된 희망을 품었다는 점에서. 틀림없이 루이스는 아직 완전히 마음을 정하지 못한 거야. 그러니 태도가 그렇게 달라지는 거지. 그러나 그와 같은 남자에게 사랑의 거부와 사랑의 부재는 조금의 차이도 없었다. 그는 나를 더 이상 사랑하지 않기로 단호하게 결심했고, 따라서 이제 나를 사랑하지 않는 것이다. 과거는 완전히 죽어버렸다. 디에고의 죽음처럼 시체 없는 죽음, 그래서 믿기 어려운 죽음이었다. 적어도 어느 무덤 위에서 울 수라도 있다면 내게는 정말 도움이 되었을 텐데.

"시작이 좋지 않군요!" 다음 날 아침 루이스가 걱정스러운 표정으로 말했다.

"전혀요!" 나는 말했다. "그리 심각한 일도 아니에요. 그냥 내게 적응할 시간을 좀 줘요. 그러면 모든 일이 괜찮을 거예요."

"정말 그러면 좋겠네요!" 루이스가 말했다. "그럼 함께 즐거운 시간을 보낼 수 있겠죠. 당신이 울지 않을 때 우린 마음이 잘 맞잖아요."

그는 눈으로 나를 살폈다. 그의 낙관주의에는 양심의 가책이 있었다. 루이스는 내 감정을 가볍게 여기고 있었으나, 그의 불안은 진지한 것이었다. 나에게 고통을 줘서 가슴이 아픈 것 같았다.

"분명 멋진 여름을 보낼 수 있을 거예요." 나는 말했다.

멋진 여름과 비슷했다. 우리는 매일 아침 작은 배를 타고 끈적이는 풀이 자란 호수를 건너가 발이 타버릴 듯한 모래 언덕을 올라갔다. 오른편에는 황량한 호숫가가 무한히 펼쳐졌고, 왼편에서는 열기 가득한 높은 광산의 발치로 모래사장이 사라지고 있었다. 우리는 수영을 했다. 긴 다리를 가진 하얀 새가 높은 곳에서 모래를 헤치는 모습을 바라보며 일광욕도 했다. 그런 다음에는 인디언처럼 마른 나뭇단을 짊어지고 집으로 돌아왔다. 나는 회색 다람쥐들과 파란 어치들, 나비들, 갈색 몸뚱이에 빨간 가슴팍을 한 커다란 새들에 둘러싸인 채 잔디밭에서 몇 시간이나 책을 읽으며 시간을 보냈다. 멀리서 루이스의 타자기 소리가 들려왔다. 저녁이면 벽돌로 만든 화덕에 불을 땠다. 나는 잘린 영계가 미라처럼 들어 있는 얼음덩어리를 녹였다. 혹은 루이스가 냉동된 스테이크용 고기를 톱으로 자르기도 했다. 축축한 잎에 싸인 옥수수를 재 속에 넣어 굽기도 했다. 우리는 나란히 앉아 음반을 듣거나, 텔레비전으로 옛날 영화와 권투 시합을 보았다. 우리의 행복은 가짜 행복이었지만 너무도 잘 모방되어 가끔은 금세 진짜 행복으로 곧 변할 것만 같았다.

도러시는 이런 속임수에 현혹되었다. 저녁이면 그녀는 종종 빨간 자전거를 타고 와 햄버거의 냄새를 맡고 포도주의 취기를 들이마셨다. "정말 멋진 밤이네요! 반딧불 좀 봐요! 별이랑, 저 모래언덕의 캠프 불빛도요!" 도러시는 결코 자기의 것이 되지 않을 생활, 그리고 실은 내 것도 아닌 이 생활에 대해 탐욕스럽게 이야기를 늘어놓았다. 그녀는 찬사와 충고와 헌신으로 나를 어리둥절하게 했다. 집 안에 가구를 갖추어준 것도 도러시였고, 우리에게 식량을 공급해주는 사람도 그녀였다. 그 외에도 그녀는 이런저런 쓸데없는 편의를 제공해주었다. 그녀에겐 언제나 놀라운 소식들이 잔뜩 있었다. 요리법이며, 새로운 종류의 비누며, 최신형 세탁기 안내서며, 깜짝 놀랄 만한 책을 언급한 비평 기사까지. 도러시는 생크림 1톤을 여섯 달 동안 저장할 수 있는 나무랄 데 없는 냉장고의 장점에 대해 몇 주 동안이나 몽상을 펼칠 수 있는 사람이었다. 자기 집이 없는데도 비싼 건축 잡지를 구독해서 거기에 실린 억만장자들의 호화로운 저택을 황홀하게 바라보곤 했다. 나는 도러시의 두서없는 계획과 열광적인 외침을, 더 이상 희망이 없는 여자의 맹렬한 수다를 참을성 있게 들었다. 루이스는 종종 짜증을 냈다. "저런 여자와는 절대 같이 살 수 없을 거예요." 그는 말했다. 그래, 그는 도러시와 결혼할 수 없었을 거야. 그리고 나와도 결혼할 수 없겠지. 그는 더 이상 나를 사랑하지 않으니까. 이 정원, 이 집이 약속하는 행복은 우리 중 누구를 위한 것도 아니었다.

일요일에 우리를 파커의 시장으로 데리고 간 것도 물론 도러시였다. 그녀는 함께 모여서 외출하는 것을 아주 좋아했다. 버트가 차를 가지고 우리를 태우러 왔다. 도러시는 자신의 낡은 자동차에 버지니아와 윌리, 에벌린을 태웠다. 루이스는 거절하지 않았으나 딱히 열의를 보이지도 않았다. 나는 버지니아의 집에서 밤참으로 이어질 것이 분명한 그 흥겨운 오후에 대해 생각하며 당혹감을 느꼈다. 너무 오랫동안 사람들과 있다가는 행복한 여자의 역할을 끝까지 유지할 수 없을 것 같아 두려웠다.

"하느님 맙소사! 사람이 정말 많군! 먼지도 많고!" 루이스가 유원지로 들어서면서 말했다.

"아! 투덜대면서 시작하면 안 되지!" 도러시가 말하고는 나를 돌아보았다. "이 남자는 침울해지면 태양도 없애버리고 싶어 한다니까요!"

활을 쏘는 사격장 쪽으로 뛰어가는 도러시의 얼굴은 다소 광적인 희망으로 빛나고 있었다. 그녀는 놀라운 계시를 기대하는 사람처럼 노점에서 노점으로 돌아다녔다. 나는 애써 미소를 지은 채 억지로 호기심을 짜내며 영리한 긴꼬리원숭이와 나체의 춤꾼, 바다표범 사나이, 손발이 없는 여자 같은 것들을 구경했다. 나는 온몸으로 집중해야 하는 게임이 더 좋았다. 그래서 열심히 기둥과 빈 통을 넘어뜨리는가 하면, 구르는 양탄자 위에서 꼬마 자동차를 운전하고, 색칠된 하늘에서 비행기를 조종했다. 루이스는 심술궂게 나를 관찰하고 있었다. "저런 일들을 정말 진지하게 할 수 있다니 대단하군요! 목숨이라도 걸린 것 같은데요!"

무언가 암시가 담긴 미소일까? 내가 사랑을 할 때도 역시 쓸데없이 열중하며 거짓된 열의를 가진다고 생각하는 걸까? 도러시가 유쾌하게 반박했다. "어떤 경우에도 무심한 태도를 보이는 것보다는 훨씬 나아." 그러고는 위엄 있게 내 팔을 잡았다. 사진사의 가판대 앞을 지날 때, 도러시는 거친 손으로 내 실크 드레스를 매만졌다. "안! 루이스랑 사진 찍어요. 정말 예쁜 드레스를 입은 데다 헤어스타일도 너무 잘 어울리잖아요!"

"오! 그러게요, 사진을 찍으면 좋겠네요." 버지니아도 맞장구를 쳤다.

망설이고 있는데 루이스가 내 팔을 잡았다. "그럼 당신의 모습을 영원히 남기기로 하죠." 즐거운 목소리였다. "그렇게 매력적인 모습이라고들 하니까요."

'다른 사람들에게는 그럴지 모르지.' 나는 슬프게 생각했다. '하지만 그에게는 아니야.' 나는 그림으로 그려진 비행기 안에 그와 나란히 앉았다. 미소를 짓는 것이 너무 힘들었다. 그는 내 옷을 눈여겨보지도 않았다. 그에게 나는 육체가 없는 사람인 셈이었다. 얼굴도 겨우 갖고 있었다. 차라리 천재지변으로 내 모습이 흉하게 되었다고 생각할 수만 있다면 얼마나 좋을까! 그러나 그가 더 이상 사랑하지 않는 나는 한때 그가 사랑하던 그대로의 나였다. 도러시가 열렬히 권한 이유가 바로 그 증거 아닌가. 나는 균형을 완전히 잃어버렸다. 녹아 쓰러질 것만 같았다. 그런데 밤중까지 똑바로 서서 미소를 지어야만 하다니.

"루이스, 에벌린과 좀 있어줘." 도러시가 말했다. "햇볕 때문에 피곤한지 그늘에 앉아 있고 싶대. 에벌린이 화장실에서 돌아오면 물 한 잔 줘. 그동안 우리는 밀랍 인형을 보고 올게."

"아! 싫어!" 루이스가 말했다.

"그렇지만 누군가는 에벌린을 돌봐줘야 하잖아. 버트랑은 잘 모르는 사이고, 또 윌리는 에벌린이 못 견디게 싫어하니까."

"하지만 난 에벌린이 못 견디게 싫은걸." 루이스가 대꾸했다.

"좋아, 내가 남지." 도러시가 화를 내며 말했다. 내가 남겠
다고 나서자 그녀는 말했다. "아녜요, 안은 안 돼요. 자, 가서
구경하고 나한테는 나중에 들려줘요."

그녀에게서 멀어졌을 때, 내가 루이스에게 말했다. "왜 도
러시에게 친절하게 대하지 않는 거죠?"

"에벌린을 부른 건 도러시잖아요. 아무도 부르라고 하지
않았는데."

나는 따지기를 그만두고 죽은 채 멈춰 있는 희생자와 그
곁에서 살해하는 자세로 역시 멈춰 있는 암살자 인형들을
열중해서 바라보았다. 산모의 침대 위에서 다섯 살 먹은 멕
시코 소녀가 갓난아기를 어르고 있었다. 괴렁이 들것 위에
서 죽어가고, 독일군 군복을 입은 사형수들은 교수대에서
흔들렸다. 철조망 뒤에는 밀랍으로 만든 시체가 거대한 무
더기로 쌓여 있었다. 나는 충격 속에서 그것들을 응시했다.
부헨발트와 다하우는 그레뱅 박물관의 사자에게 먹힌 기독
교도들만큼이나 저 멀리 역사의 구석으로 물러나 있었다.
밖으로 나오자 현기증 나는 태양 아래 유럽 전체가 공간의
끝으로 달아나버린 기분이었다. 나는 어깨를 드러낸 여자들
과 꽃무늬 셔츠를 입고 핫도그를 베어 물거나 아이스크림을
핥아먹는 남자들을 바라보았다. 나의 언어를 말하는 사람은
아무도 없었다. 나 자신조차 나의 언어를 잊고 있었다. 내 모
든 추억과, 내 모습마저 잊은 채였다. 루이스의 집에는 내 눈
높이에 달린 거울이 하나도 없었다. 나는 손거울로 아무렇
게나 화장을 했고, 그래서 내가 누구인지 간신히 기억할 뿐

472

이었다. 파리는 아직 존재하고 있는 걸까?

도러시의 화난 목소리가 들려왔다. "안의 의견은 물어보지도 않고 돌아가기로 결정하는 거야? 7시에 오래된 무성영화가 상영되고 놀라운 마술사가 나오는 것 같던데."

애원 섞인 음성이었지만 주위의 사람들은 모두 굳은 얼굴이었다.

"아! 어쨌든 돌아가자고!" 윌리가 말했다. "우릴 기다리는 마티니가 있고 모두 배가 고프니까."

"남자들은 정말 이기적이야!" 도러시가 중얼거렸다.

나는 도러시의 낡은 자동차에 올라타 그녀와 윌리 사이에 앉았다. 그녀는 너무나 실망해서 내내 침묵을 지켰다. 나도 그랬다. 자동차에서 내리자 도러시가 내 팔을 잡고 느닷없이 말했다. "왜 여기서 계속 살지 않아요? 계속 있으면 좋을 텐데요."

"그럴 수 없어요."

"도대체 왜요? 정말 유감이에요."

"그럴 수 없어요."

"어쨌든 다시 오실 거죠? 봄에 오세요. 제일 아름다운 계절이에요."

"그래볼게요."

'이 여자는 무슨 권리로 그런 말을 하는 거지?' 나는 집으로 들어가면서 신경질적으로 생각했다. '왜 그토록 쓸데없는 친절을 베풀까? 반면에 루이스는 다시 올 거냐고 한 번도 묻지 않았어.' 나는 윌리가 내민 마티니 잔을 기꺼이 받아 들고는 신경이 예민해져 파테, 샐러드, 케이크로 가득 찬 식탁을 비탄에 잠겨 바라보았다. 식사가 끝날 때까지 꽤 오래 걸리겠지! 도러시는 사라졌다가, 진하게 분을 바른 얼굴에 꽃무늬가 그려진 길고 초라한 드레스 차림으로 돌아왔다. 곧 버트와 버지니아, 에벌린, 루이스도 웃으며 도착했다. 모두 함께 얘기를 나누었으나 나는 주의를 기울이지 않았다. 다시 유쾌해진 루이스를 바라보며 생각했다. '언제 그와 단둘이만 있게 될까?' 전에도 이렇게 테디와 마리아가 돌아가기를 기다렸지. 그러나 오늘의 초조함은 어리석은 것이었다. 다른 사람에게서 떨어진다 해도, 루이스는 내 곁에 있지 않을 테니까. 버트가 내 무릎 위에 샌드위치 접시를 놓았다. 그는 나에게 미소를 지었고, 나는 그가 묻는 소리를 들었다.

"1944년 8월 24일에는 파리에 계셨나요?"

"안은 전쟁 내내 파리에 있었어요." 루이스가 자랑스럽다는 듯 말했다.

"대단한 날이었죠!" 버트가 말했다. "우리는 죽어버린 도시를 보게 되리라 생각했어요. 그런데 화려한 드레스를 입고 볕에 탄 예쁜 다리를 한 여자들이 도처에 있더군요. 여기서 상상하는 프랑스 여자들과는 너무 달랐습니다."

"맞아요." 나는 말했다. "당신네 특파원들은 우리의 건강 상태가 좋아서 실망했었죠."

"오! 정말 바보 같은 놈들이에요!" 버트가 말했다. "병자와 노인이 거리에 있을 수 없다는 걸 모르다니요. 유형자도, 사망자도 마찬가지고 말이죠." 버트의 커다란 얼굴이 꿈을 꾸는 듯한 모습으로 변했다. "하지만 역시 굉장한 날이긴 했어요."

"내가 도착했을 때는," 윌리가 아쉬운 듯 말했다. "전혀 환대를 받지 못했어."

"그래, 우리는 곧 미움 받게 되었지." 버트가 말했다. "야만인들처럼 행동해서 그래."

"어쩔 수 없는 일이었어." 루이스가 말했다.

"아니, 막을 수 있었을 거야. 약간의 규율이면 가능했을 텐데……."

"교수형을 충분히 시키지 않았다는 건가?" 루이스가 재빨리 끼어들었다. "전쟁에 사람들을 몰아넣고는, 한 번만 강간을 해도 교수형에 처하지!"

"교수형이 다소 많았다는 건 인정해." 버트가 말했다. "하지만 처음부터 필요한 조치를 취하지 않은 건 건 잘못이지."

"어떤 조치 말이야?" 윌리가 말했다.

"아! 이 사람들이 전쟁 얘기를 시작하면 도대체가 끝이 없다니까!" 도러시가 말했다.

세 전사의 얼굴은 흥분으로 빛나고 있었다. 그들은 수다스럽게 이야기를 쏟아냈다. 그들이 프랑스에 호의를 품고 있는 것은 틀림없었다. 오히려 자신들의 나라에 대해서는 어떤 호의도 보이지 않았다. 그럼에도 나는 그들의 얘기를 듣기가 거북했다. 그들이 얘기하고 있는 것은 그들의 전쟁이었다. 우리 프랑스 사람들이 단지 하찮은 구실에 불과했던 전쟁 말이다. 그들이 우리에게 느끼는 도덕적인 가책은 남자가 연약한 여자나 수동적인 짐승에 대해서 느낄 만한 것이었다. 게다가 그들은 이미 우리의 역사로 밀랍에 박제된 전설을 만들어내지 않았는가. 마침내 그들이 입을 다물

475

었을 때, 에벌린이 우울한 목소리로 내게 물었다.

"그나저나, 지금 파리는 어때요?"

"미국인들에게 점령되어 있죠." 나는 대답했다.

"그래서 마음에 들지 않는 모양이네요." 루이스가 말했다. "정말 은혜를 모르는 국민이에요! 우리가 가루우유를 포식하게 해줬잖아요. 코카콜라와 탱크도 차고 넘치게 보내려 하고요. 그런데도 프랑스는 우리에게 무릎을 꿇지 않는군요." 그는 웃기 시작했다. "그리스에, 중국에, 프랑스까지, 우리는 원조를 하고 또 해요. 제정신이 아니거든요. 보이스카우트의 나라죠."

"그러면 재미있어?" 도러시가 공격적인 목소리로 말했다. "참 우습기도 하네!" 그녀는 어깨를 으쓱였다. "미국이 지구 전체에 원자폭탄을 던져도 루이스는 역시 사악한 농담을 하겠죠."

루이스가 웃으면서 나를 바라보았다. "어떤 일이든 우는 것보다는 웃는 게 낫다고 말한 게 어떤 프랑스 사람 아니었나요?"

"문제는 울거나 웃는 게 아니라, 행동하는 거야." 도러시가 말했다.

루이스의 표정이 변했다. "월리스*에게 투표하고, 그를 지원하는 연설을 했어. 그 이상 어쩌라는 거야?"

"내가 월리스에 대해서 어떻게 생각하는지 알잖아." 도러

---

* 헨리 어거드 월리스Henry Agard Wallace. 미국의 33대 부통령을 지냈다. 인종분리를 반대하였으며, 진보당 후보로 대통령 선거에 출마하기도 했다.

시가 말했다. "그 사람은 진정한 좌파 정당을 만들 생각이 전혀 없어. 헐값으로 양심을 사려는 사람들에게 변명거리나 되어줄 뿐이지."

"하느님 맙소사! 도러시!" 윌리가 말했다. "진정한 좌파 정당이라고? 루이스도, 우리 중 누구도 그걸 만들 수 없어."

"그렇지만……" 나는 말했다. "여러분과 뜻을 같이하는 사람들이 많잖아요. 단결시킬 방법은 없을까요?"

"무엇보다 우리 쪽 인원이 점점 줄고 있어요." 루이스가 말했다. "게다가 고립되어 있고요."

"그리고 루이스는 뭔가를 시도하기보다 냉소하는 게 더 편하다고 생각하죠." 도러시가 말했다.

나 또한 루이스의 태연한 빈정거림에 때때로 짜증을 느끼던 터였다. 그는 명석하고 비판적이었다. 종종 격하게 화를 내는 일도 있었다. 그렇지만, 미국의 과실과 결점을 비난할 때조차, 그에게는 환자가 자신의 병에 대해, 노숙자가 자신의 더러움에 대해 느끼는 친밀함이 있었다. 그것만으로도 내게는 그가 어느 정도 미국의 편으로 여겨지기에 충분했다. 갑자기 그런 생각이 들었다. 그는 내가 미국에 귀화하지 않는다고 불만을 품지만, 그 역시 결코 프랑스에 정착하지 않을 거라고. 그것은 분명히 오만한 태도였다. '어떤 일이 있어도 미국인이 되는 일은 없을 거야!' 나는 마음속으로 부르짖었다. 그러곤 그들이 말다툼을 계속하는 동안, 내 마음의 어디에서 콜레트 보도슈*가 갑자기 나타나게 되었을까 즐겁게 생각을 이어갔다.

버트가 자동차로 우리를 집까지 데려다주었다. 루이스는

다정하게 나를 껴안았다. "오늘 하루 즐거웠나요?"

그의 다정한 미소가 대답을 강요했다. 그리고 내 기분에 관심이 있는 사람은 아무도 없었다. "아주 좋았어요." 나는 대답한 뒤 이렇게 덧붙였다. "도러시가 꽤 공격적으로 나오던데요!"

"도러시는 불행해요." 그러고서 루이스는 깊이 생각했다. "버지니아도, 윌리도, 에벌린도 불행하죠. 당신과 내가 대체로 만족스럽게 지내는 건 정말 대단한 행운이에요."

"난 그렇게 만족스럽지 않은데요."

"누구나 그러듯이 나쁜 시기를 보내고 있는 거죠. 하지만 그런 시기가 계속되는 건 아니에요."

너무나 자신 있는 말투라 대답할 말이 없었다. 그가 다시 입을 열었다. "그들은 다소간 노예죠. 남편의, 아내의, 자식들의 노예란 말이에요. 그게 그들의 불행이죠."

"작년엔 당신도 결혼하고 싶어 했잖아요."

"때때로 그런 마음이 들긴 해요." 루이스는 웃기 시작했다. "하지만, 부인과 아이들과 함께 집 안에 갇히자마자 도망갈 생각만 하게 되겠죠."

그의 쾌활한 어조가 나에게 용기를 주었다. "루이스, 우리가 언젠가 다시 만나게 될까요?"

갑자기 그의 표정이 어두워졌다. "왜 만나지 못한다는 거죠?" 가벼운 어조였다.

＊ 민족주의적인 정치가이자 작가였던 모리스 바레스의 『콜레트 보도슈』에
    나오는 열렬한 애국주의자인 여주인공.

"서로 너무 멀리 떨어져 살고 있으니까요."

"네, 멀리 떨어져 살고 있죠."

그는 화장실로 사라져버렸다. 언제나 그랬다. 내가 그에게 다가가면 그는 곧장 숨어버렸다. 아마도 자신이 내게 줄 수 없는 열정이나 거짓말이나 약속을 요구당할까 봐 두려워서였을 것이다. 나는 옷을 벗기 시작했다. 우리의 대화가 실망스러우리라는 건 잘 알고 있었다. 예상대로 나는 실망했다. 내 육체가 그토록 무관심한 루이스의 육체에 어렵지 않게 동화된 것이 더욱 다행스럽게 여겨졌다. 더블베드에서 우리는 차디찬 심연을 사이에 둔 채 서로 격리되어 잠을 잤다. 나는 이제 욕망이라는 말의 뜻조차 이해하지 못했다.

나는 내 마음 역시 타협해주기를 바랐다. 사랑하기 위해서는 이성을 잃어야 한다고 루이스는 주장했지. 내가 이성을 잃지 않게 되었다면 어땠을까? 루이스는 잠들어 있었다. 그의 고른 숨소리를 들으며, 나는 처음으로 내가 아닌 다른 사람의 눈으로 그를 바라보려 해보았다. 도러시의 심술궂은 눈으로. 정말 그는 이기주의자였다. 그는 우리 관계에서 최대한의 쾌락을 얻되 골칫거리는 최소한으로 가지겠다고 결심한 것이다. 내가 무엇을 느끼든 그에게는 아무 상관 없었다. 그는 아무것도 알리지 않은 채 내가 시카고로 오도록 내버려두었다. 일단 나를 마음대로 한 뒤에, 더 이상은 사랑하지 않는다고 가차 없이 알렸다. 게다가 이젠 나에게 웃는 낯을 하라고 요구하지 않는가. 정말 그는 자기밖에 생각하지 않았다. 후회와 감동과 고통에 왜 그토록 완고하게 저항하는 걸까? 그 신중함 속에는 커다란 탐욕이 담겨 있었다. 다음

479

날 아침, 나는 단단히 마음을 다잡기로 결심했다. 루이스는 곰곰이 생각에 잠긴 태도로 정원의 잔디밭에 물을 뿌리고 있었다. '저 남자도 다른 남자와 다름이 없어. 왜 나는 이토록 고집스럽게 그를 유일한 사람으로 보려 하는 걸까?' 우체국의 자동차 소리가 들렸다. 우편배달부가 우체통에 세워놓은 자그마한 빨간색 깃발을 뽑고 우편물과 함께 그것을 던져 넣었다. 나는 자갈길을 올라 그리로 갔다. 편지는 없고 신문만 산더미처럼 있었다. 신문을 읽고 서재에서 책을 한 권 골라야지. 수영을 하러 가야지. 오후에는 음반을 들어야지. 이제 머리도 마음도 괴롭히지 않고 유쾌한 일을 많이 할 수 있을 거야.

　"안!" 루이스가 외쳤다. "무지개를 잡았으니 와서 봐요!" 그가 잔디밭을 향해 뿌리는 물줄기 속에서 무지개가 춤추고 있었다. "빨리 와서 보라니까요!"

　저 간절하고 친근한 목소리, 저 즐거워하는 얼굴을 나는 기억하고 있었다. 다른 누구하고도 닮지 않은 얼굴. 그것은 루이스였다. 분명히 그였다. 그는 나를 더 이상 사랑하지 않는다. 그러나 그는 여전히 그 자신이었다. 왜 나는 갑자기 그를 나쁘게 생각한 걸까? 그래, 그렇게 간단히 벗어날 수는 없어. 사실 나는 그를 이해해. 나 역시 불행을 싫어하고 희생을 싫어하지. 나 때문에 고통 받는 것도, 나를 잃는 것도 거부하는 그를 이해할 수 있어. 그가 자기 마음의 문제를 해결하는 데 골몰하느라 내 마음속에서 일어나는 일에 대해서는 걱정할 수 없다는 것도. 이어 나는 그가 내 어깨를 꽉 잡으면서 "곧 당신과 결혼할 거예요"라고 말하던 순간의 어조를 떠올렸다. 그 순간, 나는 모든 원망을 영원히 버렸다. 정말로 더이상 사랑하고 싶지 않은 순간이 오면 사랑하지 않게 되겠지. 어쨌든 그것이 마음대로 되는 것은 아니다.

따라서 나는 여전히 루이스를 사랑했다. 결코 쉬운 일은 아니었다. 물론 그 목소리와 억양만으로도 내가 열렬한 마음으로 그를 완전히 되찾기에는 충분했다. 그러나 1분 뒤면 다시 그를 놓치곤 하는 것이었다. 주말이 되어 그가 하루 일정으로 시카고에 갔을 때에야 나는 오히려 마음이 가벼워졌다. 스물네 시간의 고독은 곧 휴식이 되겠지. 나는 그를 버스 정류장까지 바래다준 뒤 양쪽이 정원과 별장으로 된 길을 따라 천천히 집으로 돌아왔다. 책을 들고 잔디밭에 앉았다. 매우 더웠고, 나뭇잎 하나 움직이지 않는 날씨였다. 멀리서 호수도 침묵을 지키고 있었다. 나는 핸드백에서 최근 로베르가 보낸 편지를 꺼냈다. 마다가스카르의 재판 사건이 자세히 적혀 있었다. 앙리가 기사를 썼고, 《비질랑스》의 다음 호에 실릴 거라고 했다. 그러나 그것으로는 턱도 없었다. 여론을 움직이기 위해서는 발행 부수가 많은 일간지나 주간지를 손에 넣지 않으면 안 되었다. 그들은 대중 집회를 조직할 생각이었지만 시간이 여의치 않았다. 나는 편지를 다시 접은 뒤 하늘을 날아가는 비행기를 눈으로 좇았다. 비행기는 늘 날고 있다. 그것이 나를 파리로 데려갈 수 있으리라. 하지만 그런다고 무슨 소용이 있을까? 내가 로베르의 곁에 있었다면 그는 편지를 쓰는 대신 직접 그 모든 내용을 들려주었을 것이고, 일이 진척되지는 않는 건 마찬가지일 것이다. 나는 그를 위해 아무것도 할 수 없어. 그에겐 내가 필요하지 않아. 이곳을 떠날 아무런 이유가 없었다. 주위를 둘러보았다. 잘 깎인 잔디와 맑은 하늘, 마치 가축 같은 다람쥐와 참새들. 그렇다고 해서 이곳에 머물러 있을 이유도 없었다. 내 손에는 책 한 권이 들려 있었다. 『뉴잉글랜드의 문학』. 1년 전이었다면 나는 이 책에 열중했을 것이다. 그러나 이제 루이스의 나라와 그 나라의 과거는 내게 아무것도 아니었다. 잔디밭에 놓인 이 책들은 말이 없었다. 나는 기지개를 켰다. 무엇을 할까? 할 일이 없었다. 나는 미동도 없이 그 자리에 있었다. 그렇게 정말 오랜 시간이 지난 것 같았다. 갑자기 공포가 나를 사로잡았다. 의식은 깨어 있었지만 감각이 마비되고, 눈이 보이지 않고, 귀가 들리지 않았다. 종종 그보다 나쁠 수 없으리라 생각했던 운명, 그것이 지금의 내 운명이었다. 그러나 결국 몸을 일으켜 집 안으로 들어갈 수 있었다. 목욕을 하고 머리를 감았다. 그러나 나는 오랜 시간을 들여 내 몸을 가꿔본 경험이 없었다. 냉장고를 열었다. 토마토 주스와 오렌지 주스가 가득 찬 병, 샐러드, 찬 고기와 우유. 손을 내밀기만 하면 되었다. 찬장에는 통조림과 매직 파우더, 뜨거운 물을 끼얹기만 하면 되는 인스턴트 쌀이 넘쳤다. 15분 만에 나는 저녁을 먹었다. 분명히 시간을 보내는 방법이 있을 테지만 나는 그것을 모른다. 뭘 하지? 나는 음반을 몇 장 듣고 텔레비전을 켰다. 재미 삼아 채널을 이리저리 돌려보았다. 영화, 코미디, 모험물, 뉴스 보도, 수사극, 초자연적인 이야기 등이 뒤죽박죽 섞여 있었다. 그러는 동안에도 바깥세상에서는 무슨 일이 일어나고 있었지만, 아무리 돌려도 화면에는 공허함뿐이었다. 나는 잠을 청했다. 그러나 난생 처음으로 부랑자들, 도둑들, 정신병원에서 도망친 환자들이 무서워졌다. 잠드는 것도 무서웠고, 잠들지 않는 것도 무서웠다. 지금은 호수도 노호하고 있었다. 짐승들이 마른 나뭇가지를 스치며 삐걱이는 소리를 냈다. 집 안은 침묵으로 숨이 막힐 듯했다. 나는 창문을 모두 닫은 뒤 방에서 이불과 베개를 가지고 나왔다. 불을 켜고서 옷을 입은 채로 장의자에 누웠다. 어느새 잠이 들었다. 남자들이 닫힌 창문으로 들어와 나를 때려눕혔다. 깨어나보니 새 한 마리가 지저귀고 있었다. 다른 한 마리는 주둥이로 나무를 찍고 있었다. 현실보다 악몽이 더 낫다는 생각이 들었다. 그래서 다시 눈을 감았으나 눈꺼풀 속이 대낮이었다. 나는 일어났다. 집 안이 이렇게 텅 빌 수 있을까! 미래가 이렇게 공허할 수 있을까! 예전이었다면 소파에 걸린 흰 목욕 가운과 책상 아래서 잊힌 헌 슬리퍼를 감동적인 마음으로 바라보았으리라. 지금은 그러한 물건이 무엇을 의미하는지 알 수 없었다. 그것들은 루이스의 물건이었다. 그렇다. 루이스는 여전히 존재했다. 그러나 나를 사랑하던 남자는 흔적도 없이 사라져버렸다. 그 사람은 루이스이기도 하고, 루이스가 아니기도 했다. 나는 그의 집에 있었다. 그리고 낯선 사람의 집에 있었다.

나는 밖으로 나가서 자갈로 된 오솔길을 올라갔다. 우체통의 깃발이 보이지 않았다. 배달부가 다녀간 것이다. 우편물을 꺼냈다. 내게 온 편지가 한 장 있었다. 미리엄이 필립과 함께 멕시코를 여행하고 돌아가는 길에 시카고에 들러 나를 만나고 싶다고 했다. 1946년 이후 그들을 만난 적이 없었다. 그러나 지난 5월 파리에 온 낸시에게 미국의 주소를 가르쳐

쳤으니 미리엄의 편지가 아주 놀라운 것은 아니었다. 그럼에도 나는 놀라서 편지를 바라보았다. 그 편지는 내게 루이스가 존재하지 않았던 시절을 떠올리게 했다. 루이스의 부재는 왜 이토록 심한 공허로 변해버린 걸까? 모든 것을 삼켜버리는 공허로 말이야. 정원은 죽어 있었다. 내 추억도 그랬다. 미리엄에게, 필립에게, 그 어떤 것에 잠시라도 흥미를 느끼는 것이 불가능했다. 다만 내가 기다리고 있는 남자, 어떤 사람인지조차 모르는 이 남자만이 중요했다. 심지어 나 자신이 누구인지도 알 수가 없었다. 나는 정원을 걸어 다니고, 집안을 이리저리 돌아다녔다. 그러면서 불러보았다. "루이스! 돌아와요. 나를 좀 도와줘요." 위스키와 벤제드린을 삼켰다. 소용없었다. 여전히 견딜 수 없는 공허뿐이었다. 나는 창문 옆에 앉아 기다렸다.

"루이스!" 자갈을 밟는 그의 발소리를 들은 것은 2시경이었다. 나는 그에게로 달려갔다. 그는 양팔에 꾸러미를 잔뜩 안고 있었다. 책, 음반, 중국 차, 키안티 한 병. 선물이라 할 수 있었다. 축제 날 같았다. 나는 두 손으로 술병을 받았다.

"키안티라니, 정말 좋은 생각이네요! 재미있었어요? 포커는 이겼어요? 뭘 먹고 싶어요? 비프스테이크? 닭고기?"

"점심은 먹었어요." 루이스가 말했다. 그는 짐을 놓은 뒤 구두를 벗고 슬리퍼로 바꿔 신었다.

"당신이 없어서 밤새도록 무서웠어요. 부랑자들이 나를 죽이는 꿈을 꿨어요."

"위스키를 너무 마셨던 모양이네요."

그는 창문 옆의 의자에 앉고, 나는 장의자에 앉았다. "전부 들려줘요."

"특별한 일은 하나도 없었어요."

나는 사랑받지 못하는 여자가 습관적으로 보이는 굴욕적인 태도로 그를 맞이하고 있었다. 지나친 열정, 지나친 질문, 지나친 헌신으로. 그는 얘기를 했지만 마지못해 했다. 그래, 그는 포커를 했고, 이기지도 지지도 않았다. 테디는 감옥에 들어가 있었다. 늘 들어갔던 이유로. 아니, 마르타는 만나지 않았다. 버트는 만났지만 특별한 얘기는 나누지 않았다. 내가 구체적인 내용을 요구하자 그는 짜증이 치미는 기색이었다. 결국 그는 신문을 들었고, 나는 책을 펴 읽는 척했다. 나는 점심을 먹지 않았으나 먹을 수 없었다.

'도대체 뭘 기다렸던 거지?' 나는 생각했다. 언젠가 과거를 되찾으리라는 희망은 버린 터였다. 그러면 무엇을 기대하고 있었단 말인가? 잃어버린 사랑을 대신할 우정? 어쨌든 대신할 무언가가 있다면, 사랑도 결국 대단한 것이 아닐 텐데. 아니야, 사랑은 죽음과 마찬가지로 결정적인 거야. '적어도 내 품 안에 시체라도 남아 있다면 얼마나 좋을까!' 나는 루이스에게 다가가 그의 어깨 위에 손을 얹고 묻고 싶었다. "그런 사랑이 어쩌면 그렇게 사라져버릴 수 있죠? 설명해봐요." 하지만 그는 대답할 것이다. "설명할 게 하나도 없어요."

"호숫가 한 바퀴 돌 생각 없어요?" 내가 제안했다.

"아뇨, 전혀 생각이 없네요." 그는 고개도 들지 않고 대꾸했다.

겨우 2시가 지났을 뿐이었다. 아직 오후의 나머지를 보내야 했다. 그런 다음엔 저녁, 밤, 그리고 다음 날. 또 그다음 날도. 어떻게 그 시간들을 죽이지? 적어도 근처에 영화관이라도 있다면, 혹은 지칠 때까지 걸을 수 있는 숲과 초원으로 둘러싸인 진짜 시골이라면! 하지만 정원의 가장자리에 난 저 곧은 도로는 형무소의 운동장에 다름 아니었다. 나는 잔을 가득 채웠다. 태양이 빛나고 있었지만 사물들이 또렷하게 구분될 만큼 밝은 햇살은 아니었다. 모든 것들이 나를 짓눌렀다. 책의 글자가 눈에 달라붙어 나를 맹인으로 만들었다. 무엇도 읽을 수가 없었다. 파리와 로베르를, 과거와 미래를 생각하려 했지만 불가능했다. 나는 이 순간에 갇혀 묶이고, 목에는 굴레가 걸려 있었다. 내 몸의 무게를 견딜 수가 없었다. 내 호흡은 공기를 오염시켰다. 나 자신에게서 벗어나고 싶었다. 하지만 바로 그것이야말로 결코 나에게 허용되지 않는 일이었다. '정말이지 그만 사랑하고 싶어.' 나는 생각했다. '노파처럼 차려입고 백발이 되고 싶어. 그러면서도 결코 나 자신을 단념하지 못하다니, 정말 참을 수 없는 고통이야!' 손이 술병에 닿았지만 도로 거두었다. 지나치게 술에 빠져들었다. 알코올이 위장을 유린하고 있는데, 나는 취하지도 않고 기운도 나지 않았다. 무슨 일이 일어나게 될까? 무슨 일이든 일어나야 했다. 이 불변의 고통이 영원히 계속될 수는 없었다. 루이스는 여전히 신문을 읽고 있었다. 문득 나는 일종의 계시를 느꼈다. '그는 이미 같은 남자가 아니야!' 나를 사랑했던 남자는 사라져버렸고, 루이스도 마찬가지야. 왜 착각하고 있었을까?' 루이스! 나는 그를 분명하게 기억하고 있었다. 그는 말했었다. "당신은 작고 예쁜 머리를 하고 있어요. 아주 동그란……. 내가 당신을 얼마나 사랑하는

486

지 알아요?" 나에게 꽃을 주며 물었다. "프랑스에서는 꽃을 먹나요?" 그는 어떻게 되어버린 것일까? 그리고 무엇 때문에 나는 억지로 이 사기꾼과 마주한 채 침울해 있는 걸까? 갑자기 끔찍한 추억의 반향인 하품 소리가 들렸다.

"아! 하품하지 말아요." 나는 눈물을 터뜨리며 말했다.

"아!" 그가 말했다. "울지 말아요."

나는 온몸으로 장의자에 쓰러졌다. 거꾸로 쓰러져버렸다. 눈앞에서 회전하는 오렌지색 원반을 바라보며, 나는 어둠 속으로 떨어지고 있었다.

"당신이 울기 시작하면 난 떠나서 다시 돌아오고 싶지 않아진다고요." 루이스는 화를 냈다.

그가 방에서 나가는 소리가 들렸다. 내가 그를 화나게 했다. 그를 잃을 것이다. 나는 멈추어야 했다. 잠시 저항하려 했지만, 곧 나가떨어져버리지 않았는가. 아주 멀리서 발소리가 들려왔다. 루이스는 지하실을 거닐고 있었다. 정원에 물을 뿌리고 있었다. 이윽고 그가 집 안으로 되돌아왔다. 그동안 나는 계속 울고 있었다.

"아직 안 끝났어요?"

나는 대답하지 않았다. 기진맥진했지만 계속 울었다. 여자의 눈 속에 저장될 수 있는 눈물의 양은 얼마나 많은가. 루이스는 책상으로 가서 앉았다. 타자기 소리가 나기 시작했다. '내가 개라면 이렇게 고통 받고 있도록 내버려두지 않을 거야.' 나는 생각했다. '자기 때문에 내가 울고 있는데 전혀 꼼짝도 않는군.' 나는 이를 악물었다. 그를, 내게 자신의 마음을 남김없이 열어주었던 저 남자를 결코 미워하지 않기로 결심했었지. '그러나 저 남자는 더 이상 그 사람이 아니야.' 나는 속으로 되풀이했다. 이가 딱딱 소리를 냈다. 금세 신경 발작이 일어날 것 같았다. 나는 머리에서 발끝까지 찢어지는 듯한 고통을 느끼며 안간힘을 썼다. 눈을 뜨고 벽을 바라보았다.

"나더러 어쩌란 말이에요?" 나는 외쳤다. "여기 당신과 함께 갇혀 있는데. 도랑 속으로 자러 갈 수는 없잖아요."

"하느님 맙소사!" 그의 목소리가 약간 부드러워졌다. "스스로를 너무 학대하고 있네요!"

"당신이 나를 학대하고 있는 거죠!" 나는 말했다. "날 도와주려 하지도 않잖아요."

"울고 있는 여자에게 뭘 어떻게 할 수 있겠어요?"

"다른 여자라면 도와주겠죠."

"이성을 잃은 당신 모습이 싫어서 그래요."

"내가 일부러 이러는 것 같아요? 나는 사랑하는데 나를 사랑하지 않는 사람과 지내는 게 쉽다고 생각해요?"

그는 의자에 앉은 채였다. 이젠 도망가려 하지 않았다. 그러나 나는 알 수 있었다. 이 장면을 수습하는 데 필요한 말을 그는 하지 않을 터였다. 바로 내가 결말짓지 않으면 안 되었다. 나는 아무렇게나 말을 던졌다. "오직 당신을 위해서 여기에 왔어요. 나한테는 당신밖에 없다고요! 내가 당신에게 부담이 된다면, 뭘 할 수 있겠어요?"

"당신이 얘기하고 싶을 때 내가 얘기하고 싫다고 흐느껴 울 필요는 없잖아요." 그가 말했다. "모든 걸 당신 원하는 대로 해야만 한다는 건가요?"

"아! 당신은 너무 부당해요." 나는 눈물을 훔쳤다. "여기서 여름을 지내자고 날 초대한 건 바로 당신이에요. 내가 오는 게 기쁘다면서요. 그러고서 그런 적대적인 태도를 보이면 안 되죠."

"난 적대감 없어요. 그냥, 당신이 울기 시작하면 도망가고 싶어요. 그뿐이라고요."

"그렇게 자주 우는 것도 아니잖아요." 나는 손으로 손수건을 비틀었다. "당신은 이해 못 해요. 가끔 당신은 적을 대하듯이 날 경계한다고요. 그게 정말 지긋지긋해요."

루이스의 얼굴에 어렴풋한 미소가 떠올랐다. "약간 경계를 하고 있긴 하죠."

"당신이 그럴 권리는 없어요!" 나는 말했다. "나를 사랑하지 않는다는 건 잘 알겠어요. 이제 사랑 비슷한 것도 바라지 않아요. 그저 난 좋은 관계를 유지하기 위해 최선을 다하고 있다고요."

"그래요, 당신은 정말 자상하죠. 하지만 바로 그래서……" 그는 이렇게 덧붙였다. "난 당신을 경계해요." 이윽고 그의 목소리가 높아졌다. "당신의 자상함, 그게 가장 위험한 덫이죠! 그것 때문에 난 작년에 당신에게 걸려들었어요. 공격하지도 않는 사람을 방어하는 건 터무니없는 짓 같아서 방어도 하지 않았죠. 하지만 그랬다가 혼자 있게 되면 다시 마음이 뒤죽박죽이 되거든요. 그런 짓을 되풀이하고 싶지는 않아요."

나는 일어나서 마음을 진정시키려고 몇 걸음을 떼었다. 내 자상함을 비난하다니, 어쨌든 그건 너무하지 않은가!

"내가 일부러 불쾌한 모습을 보이는 건 아녜요. 당신이 일을 어렵게 만들고 있는 거지." 나는 덧붙였다. "그렇다면, 해결 방법은 하나밖에 없어요. 돌아가는 거죠."

"하지만 당신이 떠나는 건 원치 않아요!" 루이스는 어깨를 으쓱했다. "나에게도 그리 간단한 일은 아니라고요."

"알아요."

정말이지, 그에게 화를 낼 수는 없었다. 그는 나를 영원히 곁에 두고 싶어 했으나 내가 거절했던 터였다. 지금 그가 변덕스럽게 굴고 그의 욕망이 모순되었다 해도 놀라서는 안 돼. 자기가 원하는 것과는 다른 것을 원할 수밖에 없을 때, 사람은 불가피하게 모순되는 행동을 하기 마련이니까.

"나도 떠나고 싶지 않아요." 나는 말했다. "그저 나를 너무 싫어하지는 말았으면 해요."

그는 미소를 지었다. "우리가 그런 지경까지 간 건 아니잖아요!"

"조금 전에 내가 죽었어도 당신은 그 자리에서 손 하나 까딱하지 않았겠죠."

"그건 사실이에요." 그가 말했다. "정말로 손 하나 까딱할 수 없었거든요. 하지만 그건 내 잘못이 아니에요. 마비된 상태였으니까."

나는 그의 곁으로 다가갔다. 우리가 대화를 시작한 이 순간을 놓치고 싶지 않았다.

"나를 경계하는 건 잘못이에요." 나는 말했다. "당신이 알아야 할 일이 있어요. 나는 당신을 원망하지 않아요. 나를 더 이상 사랑하지 않게 되었다는 걸 결코 원망하지 않는다고요. 당신에 대한 내 생각을 짐작하면서 불쾌해할 이유는 없어요. 당신이 불쾌해할 만한 생각은 전혀 하지 않으니까."

나는 말을 멈췄다. 그는 약간 불안한 듯 나를 바라보고 있었다. 그는 말을 두려워했다. 나도 두려웠다. 나는 육체의 회한을 말로 진정시키려는 여자들을 너무나 많이 알고 있었다. 말에 취한 남자를 침대로 데리고 가는 데 슬프게도 성공한 여자들을 너무나 많이 알고 있었다. 남자의 두뇌에 호소함으로써 자신의 육체에 손대게끔 하는 여자란 끔찍했다. 나는 그저 이렇게만 덧붙였다.

"우리는 친구예요, 루이스."

"물론이죠!" 그가 팔로 나를 감싸며 중얼거렸다. "너무 냉정하게 굴어서 미안해요."

"나도 너무 어리석게 굴어서 미안해요."

"그래요! 정말 어리석었죠! 하지만 하나만은 잘 생각했어요. 도랑으로 자러 가지 않았잖아요. 왜 그랬죠?"

"당신이 날 찾으러 오지 않을 거니까요."

그는 웃었다. "모레쯤 경찰에 신고했겠죠."

"언제나 당신이 이기는군요." 나는 말했다. "불공평해요. 나로선 이틀 동안 나 자신을 학대할 수도, 그렇다고 한 시간 동안 당신을 학대할 수도 없는데."

"사실이에요. 그 불쌍한 마음에는 악의가 없으니까. 그 머리에 지혜도 많이 없고요."

"그러니까 나에게 친절해야 해요."

"노력해볼게요." 그가 유쾌하게 나를 안으며 말했다.

이후 우리의 거리는 좁혀졌다. 호숫가를 산책하면서, 햇볕을 쬐면서, 혹은 밤에 음반을 들으며, 루이스는 허심탄회하게 이야기를 늘어놓았다. 우리는 다정함을 되찾았다. 그도 이젠 나를 껴안거나 내게 입맞추는 것을 두려워하지 않았다. 우리는 두세 번 사랑을 나누기까지 했다. 내 입을 찾는 그의 입을 느꼈을 때, 내 심장은 미친 듯이 뛰기 시작했다. 욕망의 키스는 사랑의 키스와 얼마나 닮아 있는지! 그러나 육체는 금세 평소의 상태를 되찾았다. 그것은 그저 부부의 짧은 성교에 지나지 않았다. 너무나 무의미한 행위라, 거기에 쾌락과 죄라는 심각한 관념이 어떻게 결부될 수 있는지 이해하기 어려울 정도였다.

낮은 지나친 고통 없이 지나갔다. 나에게 고통스러웠던 것은 특히 밤이었다. 도러시가 노란 캡슐을 나에게 선물로 잔뜩 주었다. 그녀는 모든 종류의 환약과 정제, 알약, 캡슐 따위를 모아서 갖고 있었다. 나는 잠들기 전이면 늘 두세 알의 수면제를 먹었다. 그래도 악몽을 꾸었다. 게다가 곧 새로운 고민으로 다시 고통스러워졌다. 이제 한 달 뒤, 2주 뒤, 열흘 뒤면 나는 떠날 것이다. 언젠가 다시 오게 될까? 루이스를 다시 만나게 될까? 그 자신도 대답하지 못했으리라. 그는 자신의 마음을 좀처럼 예측하지 못했다.

마지막 주는 시카고에서 보내기로 정해둔 터였다. 어느 날 저녁, 미리엄이 덴버에서 전화를 걸어 와 만날 수 있는지 물었다. 나는 만나겠다고 대답하고 루이스와 의논해 그보다 하루 먼저 시카고로 가기로 했다. 그런 뒤 다음 날 자정 무렵 집에서 그와 만날 것이었다. 그때는 아주 간단한 일 같았다. 그러나 출발하는 날 아침, 나는 용기가 없어지는 것을 느꼈다. 우리는 호숫가를 따라 걸었다. 호수의 녹색이 너무나 짙어 물 위로 걸을 수도 있을 것만 같았다. 죽은 나비가 모래 위에 쓰러져 있었다. 오두막집은 모두 닫혀 있고, 검은 배 곁 어부들의 작은 별채에만 그물이 널려 있었다. 나는 생각했다. '이 호수를 보는 것도 마지막이야. 내 인생에서 마지막으로 보는 거야.' 나는 눈을 크게 뜨고 바라보았다. 잊고 싶지 않았다. 그러나 과거를 지켜내기 위해서는 그 과거를 후회와 눈물로 키워야만 할 터였다. 어떻게 해야 추억을 간직하고, 마음을 보호할 수 있을까? 나는 느닷없이 말했다. "친구들에게 못 간다고 전화할래요."

"왜요?" 루이스가 물었다. "도대체 무슨 생각이에요!"

"여기 하루 더 있고 싶어요."

"하지만 친구들을 만나게 됐다면서 그렇게 좋아해놓고." 루이스의 말에는 비난이 담겨 있었다. 마치 세상에 변덕보다 더 이상한 일은 없다는 것처럼.

"만나고 싶지 않아요." 나는 말했다.

그는 어깨를 으쓱했다. "당신은 정말 터무니없는 사람이에요."

전화는 하지 않았다. 루이스가 터무니없다고 생각한다면 여기에 남아 있는 것은 터무니없는 짓이 될 테니까. 나를 하루 더 보거나 덜 보는 것이 그에게는 조금도 중요하지 않은 것이다. 그렇다면 이 호숫가에서 시간을 질질 끄는 것이 내게 무슨 의미일까? 나는 모두에게 작별 인사를 했다. "또 올 거죠?" 도러시가 물었고, 나는 "네"라고 대답했다. 여행 가방을 꾸려 루이스에게 맡긴 뒤, 작은 여행용 가방만을 가지고 나섰다. 그가 문을 잠그며 내게 물었다. "호수에 작별 인사 하고 싶지 않아요?" 나는 고개를 흔들고 버스 정류장 쪽으로 걸어갔다. 만일 그가 나를 사랑한다면, 스물네 시간쯤 헤어지는 건 비극이 아니겠지. 내 마음은 너무도 차가웠다. 마음을 덥히기 위해서는 그의 존재가 필요했다. 이 집에서 나는 불편한 보금자리를 만들었지만, 그것도 결국 보금자리이기는 했다. 나는 그런 대로 해결해가고 있었던 것이다. 그래서 텅 빈 바깥에 뛰어들기가 무서운 것이다.

버스가 우리 앞에 멈추었다. 루이스는 내 볼에 의례적인 입맞춤을 했다. "즐거운 시간 보내요." 그런 뒤 문이 닫히고, 그가 사라졌다. 곧 다른 문이 닫힐 것이다. 그는 영원히 사라질 것이다. 그에게서 멀리 떨어진 채 이 분명한 사실을 어떻게 견딜 수 있을까? 기차간에 앉았을 때 어둠이 내리기 시작했다. 하늘에서 장미 차가 우려지는 듯 짙은 향기가 났다. 나는 장미 냄새만으로도 의식을 잃을 수 있다는 걸 깨달았다. 열차는 초원을 가로질러 시카고에 들어섰다. 나란히 선 계단과 나무 발코니가 있는 검은 벽돌로 된 집들이 보였다. 수많은 이 집들을 베낀 듯한 내 사랑의 집은 더 이상 내 집이 아니었다.

나는 중앙역에서 내렸다. 빌딩의 창들에 불이 밝혀지고 네온사인이 빛나기 시작했다. 헤드라이트와 화려한 진열창, 거리의 거대한 소음이 나를 얼떨떨하게 했다. 나는 강가에서 발을 멈추었다. 도개교가 올라가자 검은 굴뚝이 달린 화물선이, 순순히 자신을 받아들이는 이 도시를 엄숙하게 둘로 가르며 들어섰다. 나는 불빛이 물에 붙들린 채 번쩍이는 어두운 강을 따라 호수 쪽으로 내려갔다. 저 투명한 돌들, 저 채색된 하늘, 게걸스러운 도시의 빛과 소음이 올라오는 물. 그것은 누군가가 열망하는 꿈이 아니었다. 인간적이고 우글우글하며 진짜 존재하는 지상의 도시였다. 거기서 살과 뼈를 가진 내가 걷고 있었다. 은빛 수단으로 치장한 이 도시는 얼마나 아름다운가! 나는 눈을 크게 뜨고 도시를 바라보았다. 무언가가 내 가슴속에서 수줍게 속삭이고 있었다. 이 세계에 그 찬란함을 주는 것은 바로 사랑이라고. 그러나 세계 역시 풍요로움으로 사랑을 더 과장되게 만들고 있다고. 사랑은 죽었지만 지상은 그 비밀의 노래와 향기와 애정을 간직한 채 여전히 이곳에 있었다. 나는 마치 고열에 시달리는 사이 태양이 사라져버리지 않았음을 깨달은 회복기의 환자처럼 감동했다.

미리엄도 필립도 시카고는 처음이었다. 그래도 그들은 시내에서 가장 화려한 레스토랑을 알고 있었고, 결국 거기서 나와 만났다. 나는 호화로운 홀을 지나다가 거울 앞에 멈춰 섰다. 전신을 거울에 비추어보는 건 몇 주 만에 처음이었다. 나는 도회적인 헤어스타일에 화장을 하고, 원주민의 천으로 만든 블라우스를 가방에서 꺼내 입은 모습이었다. 블라우스의 색깔은 치치카스테낭고에서 그랬듯이 섬세했다. 나는 늙지도, 얼굴이 흉하게 변하지도 않았다. 원래의 모습을 되찾는다는 것이 그리 싫지 않았다. 바에 앉아 마티니를 마시면서, 나는 편안한 기다림이 존재한다는 것을, 그리고 고독이 유쾌할 수 있다는 사실을 놀라움과 함께 깨달았다.

"안!" 미리엄이 나를 포옹했다. 백발이 섞인 칠흑 같은 머리가 오히려 그녀를 전보다 더 젊고 결단력 있어 보이게 했다. 필립은 미묘한 의미가 담긴 악수를 건넸다. 그는 아주 조금 살이 쪘지만 사춘기 시절의 매력과 냉담한 우아함은 그대로였다. 우리는 프랑스와 낸시의 결혼, 멕시코에 대해 두서없이 얘기했다. 그러곤 천장에서 샹들리에가 흘러내리는 넓은 홀에 자리를 달라고 부탁하러 갔다. 거만한 급사장이 관리하는 공간으로, 도대체 무슨 변덕인지 18세기의 우아한 영국인들이 광천수를 마시러 오는 온천의 방, 소위 '펌프 룸'을 그대로 모방해 만든 곳이었다. 인도의 마하라자로 분장한 흑인 급사들이 불타는 커다란 양고기 덩어리를 창에 꽂아 휘두르고 있었다.

"무슨 가장무도회 같네요!" 나는 말했다.

"이런 우스꽝스러운 장소가 좋더라고요." 필립이 섬세한 미소를 지으며 말했다. 예약한 테이블에 겨우 자리가 나자 그는 신중하게 요리를 주문했다. 잡담을 시작하면서, 나는 우리의 의견이 어느 면에서도 일치하지 않는다는 사실을 깨닫고 깜짝 놀랐다. 그들은 루이스의 작품을 읽고 있는데 그리 난해하지는 않은 것 같다고 했다. 멕시코에서는 투우가 역겨웠다고 했다. 반대로 온두라스와 과테말라의 원주민 마을은 시적인 에덴 같았다고 했다. "여행자에게야 시적이죠!" 나는 말했다. "그렇지만 눈먼 아이들, 부푼 배를 가진 여자들을 못 보셨나요? 괴상한 낙원이에요."

"원주민을 우리의 기준으로 판단해서는 안 돼요." 필립이 말했다.

"배고픈 건 배고픈 거죠. 누구에게나 그건 마찬가지에요."

필립이 눈썹을 치올렸다. "재미있네요." 그가 말했다. "유럽에서는 미국인들을 물질주의자라고 비난하죠. 그러면서 정작 삶의 물질적인 면을 우리보다 훨씬 중시하는군요."

"물질적 안락이 얼마나 하찮은 것인지 깨닫기 위해서는 미국의 물질적 안락에 푹 젖을 필요가 있는 건지도 모르겠네요." 미리엄이 거들었다.

미리엄은 버찌를 곁들인 오리고기를 무심히 먹고 있었다. 번쩍이는 푸른 드레스가 성숙하고 아름다운 어깨를 드러냈다. 그녀라면 분명히 이동식 가옥에서 잠을 자고, 한동안은 신중하게 차려낸 채식주의 식단을 지킬 수 있으리라.

"물질적 안락의 문제가 아니에요." 나는 다소 흥분해서 말했다. "필요한 것이 없다는 건 중대한 일이에요. 다른 건 문제가 되지 않아요."

필립이 나에게 미소를 지어 보였다. "누군가에게 필요한 무언가가 다른 사람에게도 반드시 필요한 건 아닙니다. 행복이 얼마나 주관적인 것인지는 저보다 더 잘 아시겠죠." 나에게 대답할 시간도 주지 않고 그는 말을 이었다. "우리는 온두라스에서 조용히 일하며 1-2년쯤 지낼 생각이에요. 그 오래된 문명으로부터 분명 많은 걸 배울 수 있겠죠."

"난 정말 모르겠네요." 나는 말했다. "지금 미국에서 일어나고 있는 일을 비난하고 계시니, 그에 반대되는 뭔가를 해보시는 게 나을 것 같은데요."

"당신도 그 관념에 사로잡히신 건가요?" 필립이 말했다. "행동한다는 것, 모든 프랑스 작가들의 강박관념이죠. 기묘한 콤플렉스의 증거예요. 왜냐하면 그들 모두 아무것도 바뀌지 않으리라는 걸 완벽하게 알고 있으니까요."

"미국의 지식인은 모두 그 무용함을 구실로 내세우고요."
내가 말을 받았다. "내겐 그것이 기묘한 콤플렉스로 보이는
데요. 미국이 완전히 파시스트화되어 전쟁이라도 시작하는
날, 당신들은 분개할 권리조차 갖지 못할 거예요."

미리엄이 포크 끝에 꽂은 크로켓을 접시에 다시 떨어뜨렸
다. "안, 당신 꼭 공산주의자처럼 말하는군요." 냉담한 목소
리였다.

"안, 미국은 전쟁을 원하지 않아요." 필립은 줄곧 비난으
로 가득 찬 시선으로 나를 바라보았다. "프랑스 친구들에게
분명히 전해주세요. 우리가 적극적으로 전쟁을 준비하는 건
바로 전쟁을 하지 않기 위해서예요. 그리고 우리는 절대 파
시스트가 되지 않을 겁니다."

"2년 전과는 얘기가 다르군요." 나는 말했다. "그땐 미국
의 민주주의가 심각하게 위협받는다고 생각했잖아요."

필립의 표정이 아주 진지하게 변했다. "그 이후 제가 깨닫
게 된 건, 민주적인 방법으로 민주주의를 지키는 것은 불가
능하다는 점입니다. 소련의 광신적 행위에 우리는 강경하게
대응할 수밖에 없어요. 그로 인해 생기는 지나친 결과를 개
탄하는 데 있어서는 저도 누구 못지않습니다. 하지만 그게
우리가 파시즘을 선택했다는 걸 의미하지는 않아요. 그 지
나친 결과도 현대 세계의 일반적인 비극을 대변하는 요소일
뿐이죠."

나는 깜짝 놀라 그의 얼굴을 뚫어지게 바라보았다. 2년 전
에, 우리는 서로를 이해했다. 그러나 이제 그는 단호한 태도

로 독립적인 자신의 생각을 강요하고 있었다. 정부의 선전에 너무나 쉽게 설득된 것이다! 루이스의 말이 옳았다. "우리는 점점 소수가 되어가고 있어……"라고 그는 말했었지.

"바꾸어 말하면," 나는 다시 입을 열었다. "미 국무성의 현재 정책은 정세상 필요하다는 거예요?"

"친애하는 안, 비록 다른 정책을 생각해낼 수 있다 하더라도, 난 그 정책을 정부에 강요할 수 없어요. 그래요, 이 슬픈 시대에 협력하는 것을 완전히 거부하고 싶다면, 유일한 해결책은 어느 외딴 구석에 틀어박혀 세상과 떨어져 사는 것뿐이겠죠."

그들은 탐미주의자로서의 편안한 생활을 아무런 근심 없이 이어나가고자 하는 것이었다. 어떤 토론도 그 대단한 이기주의에 영향을 끼치지 못할 터였다. 나는 그만두자고 마음먹었다. "밤새도록 토론을 해도 우리가 서로를 납득시킬 수는 없을 것 같군요." 나는 말했다. "시간 낭비예요, 끝나지 않는 토론은."

"특히 우리는 당신을 너무 오랫동안 만나지 못했고, 이렇게 다시 만나게 되어서 너무나 기쁘니까요!" 필립은 웃고서 미국의 한 신예 시인에 대해 이야기하기 시작했다.

"안, 오늘 밤은 당신에게 맡길게요. 틀림없이 훌륭한 곳으로 안내해주시겠죠." 레스토랑을 나오면서 필립이 말했다.

우리는 자동차에 탔다. 나는 그들을 호숫가로 데리고 갔다. 필립이 감탄을 늘어놓았다. "미국에서 가장 아름다운 스카이라인이군요! 뉴욕의 스카이라인보다도 아름다워요!" 반면에 풍자극들은 보스턴보다 못하고, 노숙자들의 바는 샌

프란시스코보다 특별할 게 없다고 했다. 그러한 비교가 나를 놀라게 했다. 어느 날 밤 루이스가 허공에서 꺼내주었던 것만 같은 이런 장소들을 무엇에 비교할 수 있단 말인가? 이런 곳이 실제 지정학적인 장소에 위치하고 있기나 한 걸까? 사실인즉, 나는 과거의 기억을 따라 자연스레 그곳을 찾아간 터였다. 델리자 클럽은 죽은 과거에 포함되어 있기에 지상 어느 곳에도 존재하지 않을 것 같았지만, 그 클럽이 네거리 모퉁이에 나타났다. 교차하는 두 거리에는 이름이 있었다. 지도에도 나와 있었다.

"분위기가 대단한데요." 필립이 만족스러운 표정으로 말했다. 나는 광대와 무용수와 곡예사들을 바라보며, 만약 2년 전 필립이 전화로 "내가 그리로 갈게요"라고 대답했다면 무슨 일이 일어났을지 불안한 마음으로 생각하고 있었다. 틀림없이 며칠 동안 멋진 밤을 보냈겠지. 그러나 그를 오래 사랑하지는 않았을 거야. 절대 그를 진정으로 사랑하지 않았을 거야. 우연이 나를 위해 그토록 확실한 결정을 내려주었다니, 너무나 신기했다. 하지만 필립이 나보다 케이프 코드의 주말여행을 택한 것, 어머니에 대한 예의로 내 방에 들어오지 않은 것은 아마 우연이 아니었을 거야. 더 정열적이고 용감했다면, 그 역시 다르게 생각하고 느끼며 살았겠지. 다른 인간이 되었겠지. 그리고 상황이 조금만 달랐다면, 나는 그의 팔 속에 몸을 던지고 루이스를 잃었을 거야. 이렇게 생각하자 분노가 일었다. 루이스와의 연애는 많은 눈물을 대가로 치르게 했으니까. 그러나 어떤 일이 있어도 그 연애사를 내 과거에서 없애버리는 데 동의하지 않을 것이다. 그리고 이 연애 사건이 끝나 사라져버린 뒤에도 내 마음속에 영원히 살아 있을 것이라고 생각하니, 갑자기 위안이 되었다.

클럽에서 나오자 필립이 우리를 다시 호숫가로 데리고 갔다. 큰 건물들은 새벽안개 속에서 사라지고 있었다. 그는 플라네타륨 옆에 차를 세웠다. 우리는 푸르스름한 물소리를 더 가까이서 듣기 위해 곳에 있는 계단을 내려갔다. 검푸르게 빛나는 하늘 아래서 그 물은 너무도 신선했다! '나도 그래.' 나는 희망을 가지고 생각했다. '내 삶은 다시 시작될 거야. 그것은 다시 하나의 삶이 되겠지. 나 자신의 삶이.'

다음 날 오후 나는 미리엄과 필립을 공원으로, 가로수 길로, 시장으로 데리고 돌아다녔다. 틀림없이 이곳은 지상의 도시에 속해 있었다. 안내인 없이도 다닐 수 있는 곳. 세계가 나에게 되돌아온 이상 미래도 전혀 불가능한 것은 아니었다.

그러나 해 질 녘 그들의 빨간 자동차가 뉴욕을 향해 떠나자, 나는 돌아가는 것이 망설여졌다. 버려두고 온 방과 내 마음의 슬픔이 두려웠다. 나는 영화관에 들어갔고, 거리들을 걸어 다녔다. 그때까지는 밤에 혼자서 시카고를 산책한 적이 없었다. 금박을 뿌려놓은 듯한 가스등 아래서 도시는 적의에 찬 모습을 잃었다. 그러나 나는 도시를 어찌해야 할지 몰랐다. 초대받지 않은 축제 속에서 어쩔 줄 모르며 방황할 뿐이었다. 눈물이 고였다. 나는 입술을 깨물었다. 아니라고, 울고 싶지 않다고, 사실은 우는 게 아니라고 나는 생각했다. 내 마음속에서 흔들리는 것은 밤거리의 등불이라고. 그리고 그 불빛의 번쩍임이 내 속눈썹 끝에서 짠 물방울로 굳어버린 거라고. 내가 여기 있기 때문에, 다시 돌아오지 않을 것이기 때문에, 세상이 너무 부유하고 너무 가난하며, 과거가 너무 무겁고 너무 가볍기 때문에, 내가 너무나 아름다운 이 시간을 가지고 행복을 만들지 못하기 때문에, 내 사랑은 이미 죽었고 나는 살아남을 것이기 때문에.

나는 택시를 잡았다. 다시 쓰레기통이 줄지어 있는 골목 모퉁이에 와 있었다. 어둡고 지저분한 이곳에서 나는 계단의 첫째 단에 부딪쳤다. 가스탱크 주변에서는 빨간빛이 왕관처럼 빛나고, 멀리서 기적이 울렸다. 나는 문을 열었다. 불이 켜져 있었으나 루이스는 잠들어 있었다. 나는 옷을 벗고 불을 끈 뒤 내가 그처럼 울던 침대 속으로 들어갔다. 왜 난 그 모든 눈물을 흘린 걸까? 무엇 때문에? 갑자기, 한 번이라도 울 만한 가치가 있는 것은 이제 무엇도 존재하지 않게 되었다. 나는 벽에 몸을 바싹 붙였다. 아주 오랫동안 루이스의 체온 속에서 잠들지 못한 탓인지, 마치 낯선 사람이 동정 어린 마음으로 초라한 침대 한구석을 나에게 물려준 듯한 기분이었다. 그가 움직이더니 손을 내밀었다.

"왔어요? 지금 몇 시에요?"

"12시예요. 당신보다 먼저 돌아오고 싶지 않았어요."

"아, 난 10시에 왔는데." 완전히 잠이 깬 목소리였다. "이 방은 정말 쓸쓸하네요. 그렇지 않아요?"

"네, 마치 화장터 같아요."

"그것도 사용하지 않는 화장터죠." 그가 말했다. "유령으로 가득 차 있어요. 어린 매춘부, 미친 여자, 소매치기, 이 사람들 모두를 난 더 이상 못 보겠죠. 이들이 다른 곳까지 따라오지는 않을 테니까요. 난 파커의 집이 정말 좋지만, 그곳은 너무 합리적이에요. 여기엔……."

"여기엔 마술이 있죠." 내가 말했다.

"마술? 그건 모르겠어요. 하지만 적어도 사람들이 오고, 여러 가지 일이 일어나죠."

그는 어둠 속에 똑바로 누워, 이 방에서 지낸 밤낮의 일들을 큰 소리로 떠올렸다. 그러자 내 마음이 죄어 왔다. 필립에게 원주민의 생활이 그런 것처럼, 나에게는 루이스의 생활이 시적으로 보였다. 하지만 그에게는 정말 가혹한 생활이었겠지! 몇 주 동안, 몇 달 동안 사람을 만나지 않고 정사도, 아무것도 없었으니까! 완전히 자신의 것이 될 여자를 너무나 원했을 거야! 한때 그는 고독에서 벗어날 수 있다고 믿었고, 안전함과는 다른 것을 감히 원했다. 그래서 실망했고, 고통 받았고, 다시 일어난 것이다. 나는 한 손으로 내 얼굴을 어루만졌다. 이제부터 내 눈은 젖지 않을 거야. 그가 후회나 기다림이라는 사치를 스스로에게 줄 수 없다는 사실을 온전히 이해했기에 그의 인생에 가시가 되고 싶지 않았다. 나에겐 후회할 권리조차 없었다. 불평도 남아 있지 않았다. 완전히, 아무것도 남아 있지 않았다. 갑자기 그가 불을 켜더니 미소를 지어 보였다.

"안! 너무 괴로운 여름을 보낸 건 아니죠?"

나는 주저했다. "인생 최고의 여름은 아니었죠."

"알아요." 그가 말했다. "그랬겠죠. 나도 후회하는 일이 많아요. 당신은 때때로 내가 우월감을 느끼거나 적대감을 가졌다고 생각했겠지만, 절대 그렇지 않아요. 하지만 이따금씩 가슴에 맺힌 것이 있긴 했어요. 관대하게 행동하느니,

차라리 모든 사람과 나 자신을 죽게 내버려두는 게 낫다고 생각하거든요."

"나도 알아요." 나는 말했다. "아주 오래 전부터 그런 생각을 했겠죠. 너무 힘들었던 젊은 시절, 아마 마찬가지로 힘들었던 유년기의 경험에서 생긴 생각일 거예요."

"아, 내 정신분석은 그만둬요!" 그가 웃으며, 그러나 벌써 방어적인 투로 말했다.

"그런 건 아니니 걱정 말아요. 그렇지만 그 일이 기억나요. 2년 전, 난 델리자 클럽에서 당신에게 반지를 돌려주고 뉴욕으로 떠나려고 했었죠. 나중에 당신은 이렇게 말했어요. 한마디도 할 수가 없었다고."

"내가 그런 말을 했군요. 정말 기억력이 좋네요!"

"네, 난 기억력이 좋아요." 나는 말했다. "별 쓸모는 없지만요. 그날 밤 우리가 아무 말 없이 사랑을 나눈 거 기억 안 나죠? 그때 당신에게서는 거의 적의가 느껴졌어요. 그래서 내가 물었어요. '적어도 나에 대한 우정은 가지고 있나요?' 당신은 벽 쪽으로 몸을 돌리며 대답했죠. "우정이라고요? 난 당신을 사랑하고 있는걸요."

내가 그의 거만한 목소리를 흉내 내자 루이스는 웃음을 터뜨렸다. "그게 터무니없는 말이라고 생각하는 거예요?"

"그렇게 말했어요. 바로 그런 어조로."

그는 계속 천장을 계속 바라보며 가볍게 중얼거렸다.

"아직 사랑하고 있는지도 모르죠."

몇 주 전이라면 나는 그 말에 탐욕스럽게 매달렸을 것이다. 그것으로 희망을 싹틔우려 했을 것이다. 그러나 이제 그 말은 내 마음에 아무런 반향도 일으키지 못했다. 루이스가 자신의 마음에 대해 스스로 물어보는 것은 특별한 일이 아니었다. 그리고 사람은 늘 말로 장난을 칠 수 있지 않은가. 어쨌든 우리의 사랑 이야기는 끝났다. 그는 그걸 알았고, 나도 알고 있었다.

마지막 며칠 동안 우리는 과거에 대해서도, 미래에 대해서도, 우리의 감정에 대해서도 얘기하지 않았다. 루이스가 거기에 있었고, 내가 그의 곁에 있었다. 그것으로 충분했다. 우리는 아무것도 요구하지 않았기에 아무것도 거부할 게 없었다. 만족감마저 느껴질 정도였다. 사실 정말로 만족스러웠던 건지도 모른다. 출발하는 날 밤, 나는 말했다.

"루이스, 내가 당신을 사랑하지 않게 될는지도 몰라요. 하지만 평생 당신이 내 마음속에 남아 있으리라는 것만큼은 알아요."

그는 나를 껴안았다. "당신도 내 마음속에 있을 거예요. 평생 동안."

우리가 다시 만나는 날이 올까? 이제 그런 것은 생각하고 싶지 않았다. 루이스는 나를 공항까지 바래다주었고, 개찰구에서 황급히 키스한 뒤 떠나버렸다. 마음속이 공허했다. 비행기에 타기 직전, 한 직원이 나에게 마분지 상자를 건네주었다. 그 안에는 비단처럼 부드러운 종이로 싸인 커다란 난초가 하나 들어 있었다. 내가 파리에 도착했을 때도, 난초는 아직 시들지 않은 채였다.

제11장

꿀벌 한 마리가 재떨이 둘레를 윙윙거리며 날아다니고 있었다. 앙리는 고개를 들고 풀협죽도의 달콤한 향기를 들이마셨다. 손이 다시 종이 위를 가볍게 스쳤고, 그는 수정한 페이지의 필사 작업을 이어갔다. 그는 아침마다 보리수 그늘에서 시간을 보내는 것을 즐겼다. 글을 쓰는 것 말고는 아무런 할 일이 없었기 때문이리라. 그에게 책은 다시 중요한 의미를 띠게 되었다. 게다가 뒤브뢰유가 그의 장편을 마음에 들어 했기에 기분이 좋았다. 이 단편도 틀림없이 뒤브뢰유의 마음에 들 것이다. 이번만큼은 자신이 계획한 그대로 작품을 쓰고 있다는 느낌이 들었다. 자기만족이란 정말 즐거운 것이었다.

나딘이 두 개의 덧창 사이로 얼굴을 내밀었다.

"정말 열심이네! 여름방학 숙제를 하는 초등학생 같아."

앙리는 미소를 지었다. 아닌 게 아니라, 그는 초등학생의 행복한 의무감을 실감하고 있었다.

"마리아는 일어났어?"

"응, 내려갈게."

그는 원고를 정리했다. 정오였다. 샤를리에와 메리코를 피하고 싶다면 지금 나가야 했다. 그들은 또 예의 주간지 건으로 뒤브뢰유를 설득하려 할 터였다. 그리고 앙리는 "난 그런 일에 끼고 싶지 않아요"라고 되풀이하는 것에 지쳐버렸다.

"우리 왔어!" 나딘이 말했다.

한 손에는 장바구니가, 다른 손에는 그녀가 언제나 자랑스럽게 가지고 다니는 물건, 즉 여행 가방도 요람도 아닌 것이 들려 있었다. 앙리가 그것을 잡았다.

"조심해! 떠밀면 안 돼." 나딘이 말했다.

앙리는 마리아에게 미소를 지었다. 완전한 무에서 아주 작고 새로운 여자아이를 얻어냈다는 사실이 그는 여전히 놀라웠다. 파란 눈에 검은 머리를 한, 그리고 자신의 것인 작은 여자아이를 말이다. 신뢰에 찬 눈으로 허공을 바라보는 이 아이를 그는 자동차로 옮겨놓았다.

"빨리 도망가자고!" 그가 말했다.

나딘이 핸들을 잡았다. 그녀는 운전을 매우 좋아했다.

"먼저 역에 들러 신문을 사야겠어."

"꼭 사야겠다면 그렇게 해."

"물론 꼭 사야지. 특히 오늘은 목요일이니까."

매주 목요일은 《랑클룀》이, 그리고 《레 보 주르》와 합병한 《레스푸아-마가진》이 나오는 날이었다. 나딘은 격분할 기회를 놓치고 싶어 하지 않았다.

그들은 신문을 잔뜩 산 뒤 숲을 향해 차를 몰았다. 이동하는 동안 나딘은 말도 없이 운전에만 열중했다. 앙리는 나딘

의 완고한 옆얼굴을 다정하게 바라보았다. 이런 열정으로
일에 집중하고 있을 때 그녀의 모습은 그에게 감동을 주었
다. 나딘과 다시 만나기 시작할 무렵 그의 마음을 특히 움직
였던 것도 바로 그녀의 열정이었다. 다시 만난 첫날, 나딘은
그에게 말했다. "당신도 알다시피 난 변했어요." 그렇게 많
이 변한 것은 아니었다. 하지만 그녀는 자기 내부의 무언가
가 제대로 돌아가지 않음을 느끼고 그것을 바로잡으려 노력
하고 있었다. 앙리는 나딘을 돕고 싶었다. 그는 생각했다. 자
신이 나딘을 행복하게 해준다면, 그녀는 일생을 망치고 있
는 저 막연한 원한의 감정에서 해방될 거라고. 나딘이 너무
나 결혼하고 싶어 했기에 그는 결혼하기로 결심했다. 결혼
을 시도할 만큼 그녀를 충분히 아끼기도 했다. 이상한 아가
씨야! 누구나 자기에게 기꺼이 주려는 것을 그녀는 늘 힘겹
게 싸워서 빼앗아야만 했다. 앙리는 나딘이 자신과 결혼하
기 위해 날짜를 속이고 임신을 계획한 것이라 확신하고 있
었다. 그렇게 해서 그녀는 결국 앙리로 하여금 임신이라는
기정사실에 직면하게 하고, 스스로 진짜 원하는 것이 뭔지
알 수 있게끔 도와주었다고 생각하는 것이다. 그는 자기도
모르게 그녀의 얼굴을 물끄러미 쳐다보았다. 나딘은 악의
라는 유용한 능력을 갖고 있지만 매우 명석하기도 했다. 하
지만 틀림없이 그녀는 그가 기꺼운 마음으로 자신과 결혼하
지는 않았으리라 의심하고 있을 터였다. 그가 나딘을 진정
으로 행복하게 해주지 못하는 것도 많은 부분 그 때문이었
다. 그녀는 자신을 향한 앙리의 호의가 사랑에서 비롯한 것
은 아니라고 생각했고, 그래서 그를 원망하는 것이다. '절대

속아서 결혼한 것이 아니라고, 늘 자유롭게 느끼고 있다고 설명해주는 편이 나을지 몰라.' 앙리는 생각했다. 그러나 자기 계략이 드러났음을 깨닫는다는 건 나딘에게 견딜 수 없는 굴욕일 터였다. 그리고 앙리가 자신을 경멸하며 동정으로 함께하는 것이리라 더더욱 확신할 것이고, 그보다 더 그녀에게 상처를 주는 일은 없을 것이다. 그녀는 남에게 비판을 받는 것도, 지나치게 후한 선물을 받는 것도 싫어했다. 안돼, 나딘에게 진실을 말해도 아무 소용 없을 거야.

"여긴 정말 좋은 곳이야. 주중에는 아무도 없거든."

"물에 들어가면 기분이 좋겠군." 앙리는 말했다.

나딘이 마리아를 안전한 곳에 놓은 뒤, 그들은 옷을 벗었다. 나딘은 포목천으로 만든 원피스 안에 아주 짧은 초록색 비키니를 입고 있었다. 두 다리는 전보다 날씬했고, 젖가슴도 여전히 젊게 보였다. 앙리가 쾌활하게 말했다.

"예쁜데!"

"당신도 그럭저럭 봐줄 만해." 나딘이 웃으며 대꾸했다.

그들은 못을 향해 뛰어갔다. 나딘은 똑바로 엎드린 자세로 위엄 있게 고개를 든 채 헤엄을 쳤다. 마치 머리를 쟁반 위에 얹어놓은 듯한 모습이었다. 그는 그녀의 얼굴이 정말 좋았다. '나딘에게 애정을 느껴.' 그가 생각했다. '엄청난 애정마저 느끼지. 왜 이것을 완전한 사랑이라 할 수 없을까?' 나딘에게는 그를 얼어붙게 만드는 무언가가 있었다. 바로 그녀의 의심과 원망, 악의, 그녀가 고집스레 갇혀 있는 적대적인 고독이었다. 그러나 만일 그가 나딘을 더 사랑했다면 그녀는 더 개방적이고, 더 명랑하고, 더 친절하게 변할 터였다.

그들 사이에는 일종의 악순환이 있었다. 사랑은 뜻대로 되지 않는다. 신뢰도 그렇다. 그들 둘 중 누구도 선뜻 먼저 시작할 수가 없었다.

오랫동안 수영을 한 뒤 그들은 햇볕에 드러누웠다. 나딘이 장바구니에서 샌드위치 꾸러미를 꺼내자 앙리가 하나를 집었다.

"있지," 잠시 후 그가 입을 열었다. "어제 당신이 세즈나크에 대해 했던 얘기를 다시 생각해봤어. 아무래도 믿을 수가 없어. 정말 세즈나크래? 뱅상이 확실하다고 한 거야?"

"분명히 맞아." 나딘이 말했다. "뱅상 말로는 1년이나 걸렸대. 그렇지만 결국 관련자들을 찾아내 고백시켰다는 거야. 세즈나크가 점령 지구와 자유 구역의 경계에서 사람들 통과시키는 일을 하는 동안 수많은 유대인을 독일군들에게 넘겼대. 분명히 세즈나크랬어."

"도대체 왜 그런 짓을 했을까?"

샹셀의 감격한 목소리가 다시 들리는 것 같았다. "가장 친한 친구를 데려왔습니다." 그때 그는 강인하고 순수하며 아름다운 얼굴을 보았다. 그 얼굴은 금세 신뢰감을 불러일으켰다.

"아마 돈 때문이겠지." 나딘이 말했다. "아무도 의심하지 못했는데, 그때 이미 마약을 하고 있었던 게 분명해."

"그런데 마약은 왜 한 걸까?"

"그건 나도 모르겠어." 나딘이 말했다.

"지금 어디 있대?"

"뱅상도 궁금해해. 작년에 세즈나크가 밀고자라는 걸 알자마자 뱅상이 집에서 내쫓았거든. 그 뒤로는 소식을 모른대. 하지만 뱅상은 반드시 찾아낼 거야." 그녀가 덧붙였다.

앙리는 샌드위치를 베어 물었다. 세즈나크가 다시 발견되지 않았으면 했다. 뒤브뢰유는 일이 심각해질 경우 자기도 메르시에를 잘 알았다고 증언하겠노라고 앙리에게 약속했다. 두 사람이 입을 맞추면 일은 틀림없이 성공할 터였다. 하지만 어쨌든 제일 좋은 건 그 사건이 두 번 다시 수면에 떠오르지 않는 것이었다.

"무슨 생각 해?" 나딘이 물었다.

"세즈나크."

나딘에게는 메르시에 사건에 대해 이야기하지 않았다. 물론 나딘이 비밀을 누설하는 일은 없을 것이다. 그러나 그녀에게만큼은 비밀을 알리고 싶지 않았다. 나딘은 호기심이 지나친 반면 동정심은 거의 보여주지 않으니까. 동정심, 그 사건을 참아주려면 많은 동정심이 필요할 터였다. 뒤브뢰유와 안의 관대함에도 불구하고, 앙리는 그 사건을 떠올릴 때마다 불편했다. 결국 그는 바라던 것을 얻었다. 조제트는 자살하지 않았고, 많은 화제를 모으는 스타가 되었다. 매주, 어느 신문엔든, 조제트의 사진이 실리곤 했다.

"뱅상이 찾아낼 거야." 나딘이 반복해서 말했다.

그녀는 신문을 하나 펼쳤다. 앙리도 다른 신문을 손에 들었다. 프랑스에 있는 한, 그는 신문을 보지 않을 수 없었다. 물론 보지 않아도 기꺼이 잘 지낼 수 있을 테지만. 미국의 유럽 제압과 R.P.F.*의 성공, 대독 협력자들의 대거 복귀, 공산주의자들의 엉뚱한 행보 등 맥 빠지는 소식들이었다. 베를

린에서는 사태가 해결되기는커녕 며칠 안에 전쟁이 터질 것 같았다. 앙리는 다시 누워서 눈을 감았다. 포르토 베네레** 에서는 더 이상 신문을 펼치지 않으리라. 신문을 읽어서 무슨 소용이 있겠는가? 아무것도 막을 수 없다면, 차라리 무사 태평하게 짧은 여생을 즐기는 편이 나았다. '뒤브뢰유는 이런 생각에 분노하지. 그는 절대 죽지 않을 것처럼 살아가야 마땅하다고 생각하니까. 하지만 그런 생각도 결국은 마찬가지야.' 앙리는 생각했다. '죽음을 준비하는 것이 무슨 소용이 있을까? 어쨌든 우리는 죽음을 결코 준비하지 않거나, 늘 지나치게 준비하지.'

"볼랑주의 형편없는 책을 성공작이라고 하다니 당최 믿을 수가 없네!" 나딘이 말했다.

"당연히 그러겠지. 이젠 모든 언론이 우파가 되었으니까."

"우파라고 모두 어리석지는 않을 텐데."

"어쨌든 그들에게는 걸작이 꼭 필요하거든!"

볼랑주의 책은 정말이지 한심했지만, 꽤 기발한 슬로건을 내걸고 있었다. '악에 동화되자.' 대독 협력자였다는 것은 실수라는 풍성한 원천에 빠져들었음을 뜻한다. 미주리주에서 약식 처형은 죄요, 그러니 결국은 구원이다. 모든 범죄로 인해 미국은 축복받을 것이며 마셜플랜 만세다. 우리의 문명은 유죄이니, 그것은 가장 고귀한 영광스러운 칭호이다. 더 옳은 세계가 실현되기를 바라는 것은 그야말로 조잡한

---

* '프랑스 국민 연합Rassemblement du peuple français'의 약칭. 1947년 샤를 드골에 의해 만들어진 '국민연합' 정당을 뜻한다.

** 이탈리아 리구아나에 위치한 해안 마을과 섬들을 이르는 말.

생각이다!

"그러니 당신 소설이 나오면 모두들 가만있지 않을걸!" 나딘이 말했다.

"그렇겠지." 앙리는 하품을 했다. "아, 더 이상 놀랍지도 않아! 볼랑주와 르누아르의 비평 기사가 벌써 눈에 보일 정도야. 스스로 공정하다고 생각하는 사람들조차 뭐라고 할지 뻔하다고."

"뭐라고 할 것 같은데?" 나딘이 물었다.

"내가 쓴 건 『전쟁과 평화』도, 『클레브 공작 부인』*도 아니라고 비난하겠지. 알다시피, 도서관은 내가 쓰지 않는 책으로 가득 차 있어." 그는 쾌활하게 덧붙였다. "그런데도 그들이 나에게 과시하듯 들이미는 책은 늘 그 두 권이거든."

"모반은 언제 당신 책을 출판하겠대?"

"두 달 뒤, 9월 말에."

"우리가 떠나기 직전이네." 나딘이 말하고는 기지개를 켰다. "벌써 거기 가 있으면 좋겠어."

"나도 그래." 앙리는 말했다.

뒤브뢰유를 혼자 두고 가는 건 그리 사려 깊은 일이 못 될 것이다. 앙리는 어머니의 귀국을 기다렸다가 출국하려는 나딘의 마음을 이해했다. 게다가 생마르탱이 아주 마음에 들기도 했다. 하지만 이탈리아는 더 마음에 들겠지. 바위와 소나무에 둘러싸인 바닷가의 집, 그가 실현되리라 믿지 않으

---

* *La Princesse de Clèves*. 17세기에 라파예트 부인이 쓴 소설. 섬세한 심리묘사와 아름답고 간결한 문체로 유명한 프랑스 문학의 고전.

면서도 종종 꿈꾸었던 바로 그런 곳. 한때 그는 '모든 걸 버리고 남쪽으로 떠나 글을 쓰자'라고 생각하지 않았던가.

"좋은 전축이랑 음반들을 잔뜩 가지고 가자." 나딘이 말했다.

"그리고 책도 잔뜩 가져가야지." 앙리는 말했다. "멋진 생활을 하게 될 거야. 두고 봐."

나딘이 한쪽 팔꿈치를 짚고 몸을 일으켰다. "이상해. 우리는 피미엔타의 집으로 옮겨 가고, 피미엔타는 파리에서 지내러 오고, 그리고 랭스턴은 다시는 미국 땅을 밟고 싶지 않다고 하고……."

"우리 셋은 똑같은 사람들이거든." 앙리는 말했다. "정치를 했다가 정치가 지긋지긋해진 문인들이지. 외국으로 떠나는 건 정치와 단절하는 최고의 방법이야."

"피미엔타의 집에 가서 사는 건 바로 내 생각이었다고." 나딘이 자랑스러운 듯이 말했다.

"바로 당신 생각이었지." 앙리는 미소를 띠었다. "당신은 종종 좋은 생각을 한단 말이야."

나딘의 얼굴이 어두워졌다. 그녀는 잠시 딱딱한 표정으로 지평선을 바라보더니 갑자기 일어섰다. "마리아한테 우유 줘야겠다."

앙리는 눈으로 나딘을 좇았다. 나딘은 무슨 생각을 한 걸까? 분명한 사실은, 나딘 자신이 이제 한 가정의 어머니에 지나지 않는다는 사실을 순순히 받아들이지 못한다는 것이었다. 나딘은 마리아를 안은 채 나무토막 위에 앉아 위엄 있고 참을성 있는 태도로 아기에게 우유를 먹이고 있었다. 그녀는 유능한 어머니가 되는 것에 명예를 걸었다. 그래서 육아법에 대한 확고한 기초 지식을 익히고 수많은 위생 용품을 샀다. 그러나 앙리는 마리아를 돌보는 그녀의 눈에서 결코 진정한 애정을 발견할 수 없었다. 그래, 바로 그것이 나딘을 사랑하기 어렵게 만드는 점이야. 자기 아이에게마저 일정한 거리를 둔 채 늘 자신의 굴레 속에 갇혀 있잖아.

"다시 물에 들어갈까?" 나딘이 물었다.

"좋지!"

그들은 다시 잠깐 수영을 하다가 몸을 말리고 옷을 입었다. 이번에도 나딘이 핸들을 잡았다.

"그들이 돌아가고 없으면 좋겠는데." 자동차가 철책 앞에 멈추자 앙리가 중얼거렸다.

"내가 먼저 좀 볼게." 나딘이 말했다.

마리아는 잠들어 있었다. 앙리는 아기를 집까지 옮겨 현관에 있는 나무 상자 위에 놓았다. 나딘이 서재의 문에 귀를 대고 있다가 문을 밀었다.

"아빠 혼자 계세요?"

"그래, 어서 들어오렴." 뒤브뢰유가 외쳤다.

"전 올라가서 아기 좀 재울게요." 나딘이 말했다.

앙리는 서재로 들어가 미소를 지었다. "선생님이 같이 못 가셔서 아쉬웠어요. 물속이 아주 좋던데요."

"언제 나도 가보지." 그러고서 뒤브뢰유는 책상 위에 놓인 종이 한 장을 들었다. "전할 말이 있네. 자네가 아는 변호사의 동생인 장 파튀로인가 하는 사람이 전화를 했어. 급히 연락을 좀 해달라더군. 자기 형이 마다가스카르에서 정보를 보내려 한다고 말이야."

"왜 저에게 보내려는 걸까요?"

"작년의 기사 때문일 테지. 진실을 말한 건 자네뿐이니까." 그러면서 뒤브뢰유는 앙리에게 종이를 내밀었다. "만약 그 사람이 마다가스카르에서 꾸며지는 음모에 대해 상세한 내용을 보낸다면 《비질랑스》에 기사를 써보게. 이번 호발행을 좀 늦추면 될 거야."

"바로 전화를 걸어보죠."

"메리코의 말로는, 거기서 자행되는 짓이 전대미문의 수준이라더군. 피고들을 즉석에서 재판한다는 거야." 뒤브뢰유가 말했다. "지금까지는 그 비슷한 경우 반드시 프랑스 본국에서 재판이 진행됐는데 말이야."

앙리는 자리에 앉았다. "점심 모임은 괜찮았습니까?"

"불쌍한 샤를리에는 점점 야위어가더군." 뒤브뢰유가 말했다. "늙는다는 건 슬픈 일이야."

"주간지 얘기를 다시 얘기를 꺼내던가요?"

"그것 때문에 온 거지. 만하임이 나를 꼭 만났으면 하는 모양이야."

"어쨌든 이상하네요." 앙리가 말했다. "우리에게 돈이 필요할 땐 아무리 애써도 돈을 마련할 수 없었죠. 그런데 지금은 누구에게도 부탁하지 않는데 사람들이 제발 돈 좀 받아달라며 선생님을 쫓아다니니 말입니다."

만하임은 나치 강제수용소에서 죽은 유명한 은행가의 아들이었다. 그 자신도 강제수용소에 끌려갔다가 스위스의 요양원에서 3년을 지냈다. 그동안 아주 형편없지만 선의로 가득 찬 책을 한 권 썼고, 이제는 큰 좌파 주간지를 창간하겠다고 마음먹은 것이다. 그는 뒤브뢰유가 그 잡지를 운영해주기를 원하고 있었다.

"만하임을 만나볼 생각이야." 뒤브뢰유가 말했다.

"뭐라고 말씀하실 겁니까?" 앙리는 묻고서 미소를 지었다. "마음이 흔들리기 시작한 건가요?"

"마음이 흔들린다는 건 인정해야지." 뒤브뢰유가 말했다. "공산주의자들의 삼류 신문를 빼면 좌파 주간지가 하나도 없잖나. 만약 정말로 사진과 현장 보도 등등을 실을 수 있는 큰 주간지를 갖게 된다면, 어쨌든 해볼 만한 일일 거야."

앙리는 어깨를 으쓱였다. "큰 주간지가 의미하는 업무의 양을 이해하고 계시는지 궁금하네요. 《비질랑스》와는 비교도 안 될 겁니다. 밤낮으로 거기에 매달려야 하죠. 특히 첫 1년은요."

"알고 있네." 뒤브뢰유가 말하고는 앙리의 시선을 찾았다. "그러니까, 자네가 함께해주지 않는 이상 난 그걸 맡을 생각이 없어."

"제가 곧 이탈리아로 떠난다는 거 아시잖아요." 앙리는 약간 초조하게 말했다. "하지만 정말로 그 제안에 흥미를 느끼신다면 동업자를 구하는 건 힘들지 않을 겁니다."

뒤브뢰유는 고개를 저었다. "난 저널리즘에는 경험이 전혀 없어." 그는 말했다. "주간지 일을 하게 된다면 곁에 전문가를 두어야겠지. 자네는 일이 어떻게 돌아가는지 잘 알잖나. 그리고 실제로 주도권을 쥘 사람은 바로 그 전문가가 될테니 나 자신만큼 그를 믿을 수 있어야 할 것 아닌가. 결국 자네밖에 없어."

"설령 이탈리아로 가지 않는다 하더라도, 그 일은 절대 맡지 않을 겁니다."

"그거 유감이군." 뒤브뢰유는 비난하듯 말을 이었다. "그런 종류의 일이 바로 우리에게 꼭 맞는 일인데 말이야. 우리는 좋은 일을 할 수 있을 걸세."

"그런 다음에는요?" 앙리가 물었다. "우리는 작년보다 더어려운 처지에 놓였어요. 대체 어떤 영향력을 가질 수 있겠습니까? 우리에겐 아무 영향력도 없습니다."

"어쨌든 우리가 하기 나름인 일들이 있네. 미국은 유럽을 무장시키려 하고 있어. 바로 그에 대항해 저항운동을 조직할 수 있겠지. 그러기 위해서는 신문이 정말 유용할 걸세."

앙리는 웃기 시작했다. "결국 선생님은 다시 정치 활동으로 복귀하실 기회만 찾고 계시는군요." 그는 말했다. "대단한 기력이세요!"

"누가 기력이 있다는 거야?" 나딘이 서재로 들어오며 물었다.

"당신 아버지 말이야. 아직도 정치에 싫증이 나지 않으셨어. 다시 하고 싶어 하시지."

"무슨 일에건 열중할 필요는 있으니까." 나딘이 말했다.

나딘은 수집장 앞에 무릎을 꿇고 음반을 뒤지기 시작했다. '그래.' 앙리는 생각했다. '뒤브뢰유는 권태를 느끼고 있어. 그래서 선동하고 싶어 하는 거야.'

"전 정치를 포기한 이후처럼 행복했던 적이 없습니다." 앙리는 말했다. "무슨 일이 있더라도 다시 정치에 관여하지는 않을 거예요.”

“하지만 이 침체 상태는 싫지 않은가.” 뒤브뢰유가 말했다. “좌파는 완전히 흩어져버리고 공산당은 고립되었어. 다시 결속되도록 노력해야만 해.”

“새로운 S.R.L.을 생각하고 계신 겁니까?” 앙리는 믿을 수 없다는 목소리로 물었다.

“아냐, 그건 절대 아냐!” 뒤브뢰유는 어깨를 으쓱였다. “당장 구체적인 생각은 아무것도 없네. 우리가 곤경에 빠졌다는 것을 인정하고 거기서 벗어나기를 원할 뿐이지.”

침묵이 흘렀다. 앙리는 이와 아주 비슷한 어느 장면을 떠올렸다. 뒤브뢰유는 그를 압박하고, 그는 저항하면서 조만간 자신이 파리에서 멀리 떨어진 다른 곳에 있게 되리라 생각했다. 하지만 당시에는 아직 의무감을 느끼던 반면, 지금은 스스로의 무력함을 충분히 확신하기에 절대적으로 자유로운 기분이었다. 승낙하든 거부하든 그의 결정은 인류의 운명과 아무런 상관이 없었다. 다만 자신의 운명을 인류의 운명에 결부시키는 방법만이 문제 될 따름이었다. 뒤브뢰유는 자신의 운명과 인류의 운명을 혼동하고 있어. 그것은 그의 문제이지 내 문제는 아니야. 어쨌든 뒤브뢰유와, 또 나와 관계된 일일 뿐 다른 어떤 것과도 상관없는 일이지.

“음반 좀 틀어도 될까요?” 나딘이 물었다.

“물론이지.” 뒤브뢰유가 말했다.

앙리는 일어섰다. “일하러 가보겠습니다.”

“그 사람에게 전화하는 거 잊지 말게.”

“네, 잊지 않고 있습니다.”

그는 홀을 가로질러 가서 수화기를 들었다. 전화를 받은 사람은 일의 중대함과 스스로의 소심함으로 얼이 빠진 것 같았다. 지구 저편으로부터 어떤 일이 있어도 앙리에게 곧바로 전해야 할 긴급한 전갈을 받은 모양이었다. "형이 편지를 보냈습니다. 누구도, 아무것도 해주지 않을 테지만 앙리 페롱이라면 틀림없이 뭔가를 해줄 거라고요." 그가 공손하게 말했다. 앙리는 생각했다. '기사 쓰는 것을 피할 수는 없겠군.' 그는 파뤼로에게 다음 날 파리에서 만나자고 했다. 전화를 끊은 그는 보리수 그늘에 가서 앉았다. 바로 이런 이유로 그토록 서둘러 이탈리아로 떠나려 했던 것이다. 여기 있다가는 너무 많은 편지와 손님과 전화를 다시 받게 될 테니까. 그는 원고를 앞에 펼쳤다. 전축에서 세자르 프랑크*의 현악 4중주가 흘러나왔다. 나딘은 활짝 열린 창가에 앉아 음악을 듣고 있었다. 꿀벌들이 무성한 풀협죽도의 주변을 윙윙거리며 날아다녔다. 소가 끄는 짐수레가 오래된 소음과 함께 뒷길을 지나갔다. '정말 평화롭군!' 앙리는 생각했다. 왜 사람들은 그에게 타나나리브**에서 일어나는 문제에 대해서 관심을 가지라고 강요하는 것일까? 세상에는 끔찍한 일들이 끊임없이 일어난다. 그러나 우리는 세상 전체를 아우르며 살 수 없다. 우리가 구제할 수 없는 먼 곳의 불행에 대해 오랜 시간을 두고 생각한다는 것은 쓸쓸한 위안밖에 되지 않을 것이다. '내가 살고 있는 곳은 여기야. 평화로운 이

---

*   벨기에 출신의 음악가로 프랑스 기악음악의 발전에 큰 영향을 끼쳤다.
**   마다가스카르의 수도.

곳.' 그는 나딘을 바라보았다. 그녀는 평소와 달리 명상에 잠겨 있는 것 같았다. 한 권의 책에도 좀처럼 집중할 수 없는 나딘도 좋아하는 음악만큼은 오랫동안 듣고 있을 수 있는 것이다. 이런 순간에는 그녀의 마음속에 행복과 같은 침묵이 차 있는 것이 느껴졌다. '나딘을 행복하게 해줘야 해.' 그는 생각했다. '이 악순환을 반드시 끊어낼 거야.' 누군가를 행복하게 해준다는 것은 구체적이며 확고한 일이지. 진심으로 관심을 가진다면, 거기 전념할 여력은 충분해. 나딘을 돌보고, 마리아를 기르고, 작품을 쓰는 것, 그가 한때 꿈꾸던 인생에 완전히 부합하는 일들은 아니었다. 한때 그는 행복이란 세상을 소유하는 하나의 방법이라고 믿었다. 반면 현재의 그에게 행복은 세상에서 자신을 지키는 하나의 방법이었다. 그러나 무엇이 되었건, 이 음악을 듣고 집과 보리수를, 테이블 위에 있는 원고를 바라보며 '행복하다'라고 생각하는 것만으로도 엄청난 일이 아닐까?

마다가스카르 문제에 대한 앙리의 기사는 8월 10일에 발표되었다. 그는 열성적으로 그 글을 썼다. 주요 증인의 불법 처형, 변호인들에 대한 테러, 허위 자백을 받아내기 위해 피고들에게 가한 고문. 진실은 그가 상상했던 것보다 훨씬 더 끔찍했다. 게다가 그런 일들이 단지 타나나리브에서만 일어나는 것도 아니었다. 여기 프랑스에서도 모든 사람이 공범자였다. 강제집행 면제에 찬성한 양원은 물론 정부, 대법원, 프랑스 대통령, 침묵을 지키고 있는 여러 신문도, 그리고 그 침묵을 그대로 받아들이는 수백만의 국민 역시 공범자였다. '적어도 이젠 다수의 사람들이 진실을 알았겠지.' 그는《비질랑스》를 손에 들며 생각했다. 왠지 아쉬운 마음이 들었다. '이걸로는 충분하지 않아.' 그동안 아주 면밀히 조사하고 넘치도록 마음을 쏟은 터라, 이제 그 사건은 그에게 개인적인 일이 되어 있었다. 그는 매일 아침 마다가스카르의 재판에 대한 짤막한 기사들을 여러 신문에서 찾아 읽고 하루 종일 그에 대해 생각했다. 그러느라 소설을 끝내기가 버거울 정도였다. 보리수 그늘에서 글을 쓸 때도, 풀협죽도의 냄새나 마을에서 들려오는 웅성거림이 더 이상 전과 같은 의미를 띠지 않게 되었다.

그날 아침, 그가 멍하니 일을 하고 있는데 철책에서 초인종이 울렸다. 그는 정원을 가로질러 가 출입문을 열었다. 라솜이 거기 있었다.

"자네군!"

"네, 선생님과 얘기를 좀 하고 싶어서 왔습니다." 라솜이 침착한 목소리로 말했다. "저를 만나서 반가우신 것 같지는 않네요. 그래도 좀 들여보내주시죠." 그가 덧붙였다. "꼭 말씀드려야 할 게 있습니다. 관심을 보이실 만한 일이에요."

지난 1년 반 사이 라솜은 늙어 있었다. 눈 밑에 진 푸르스름한 그늘이 보였다.

"무슨 얘기를 하고 싶은 건가?"

"마다가스카르 사건에 대해서요."

앙리는 문을 열었다. "나 같은 더러운 파시스트와 무슨 할 말이 있다는 거지?"

"아! 그 얘기라면 그만두시죠!" 라솜이 말했다. "정치가 어떤 것인지 선생님도 아시잖아요. 제가 그 기사를 쓸 땐 선생님을 실추시켜야만 했어요. 다 지나간 얘깁니다."

"난 기억력이 좋아서 말이야." 앙리는 말했다.

라슘이 괴로운 표정으로 그를 바라보았다. "그 일에 집착하실 수밖에 없다면, 제게 원한을 가지셔도 괜찮습니다. 그렇다 하더라도 어떤 상황이었는지는 분명 이해하실 텐데요!" 그는 한숨을 쉬면서 말을 이었다. "하지만 지금은 선생님이나 제 문제가 아닙니다. 구해야 할 생명들이 있어요. 그러니까 5분만 제 얘기를 들어주세요."

"들어보도록 하지." 앙리는 그에게 버드나무로 만든 의자를 권했다. 사실 이제 라슘에 대한 분노는 조금도 없었다. 모든 과거가 그와는 너무나 먼 곳에 있었다.

"얼마 전 아주 멋진 기사를 쓰셨더군요. 마음을 뒤흔드는 글이라고까지 말씀드릴 수 있을 겁니다." 라슘이 단언하듯 말했다.

앙리는 어깨를 으쓱했다. "불행히도 많은 사람의 마음을 뒤흔들지는 못했지."

"네, 그게 불행한 일이죠." 라슘은 눈으로 앙리의 시선을 찾았다. "만약 더 규모가 큰 활동을 할 수 있는 기회를 얻으신다면, 선생님은 거절하지 않으시겠죠?"

"무슨 얘기야?" 앙리가 물었다.

"간단히 말씀드리면 이렇습니다. 우리는 지금 마다가스카르인 지지 위원회를 조직하는 중입니다. 주도자는 우리가 아닌 사람이 더 나을 거예요. 하지만 프티부르주아이자 이상주의자인 사람들의 양심이 늘 민감한 건 아닙니다. 종종 그들은 분노하는 대신 대충 참고 넘기죠. 사실 지금은 누구도 항의하지 않는 형편입니다."

"자네들도 지금껏 대단한 일을 한 건 아니잖나." 앙리는 말했다.

"저희들은 할 수가 없습니다." 라숌이 격한 어조로 말했다. "이번 사건은 모두 M.D.R.M.*을 제거하기 위해서 계획된 거예요. 마다가스카르의 국회의원들을 탄압함으로써 결국은 당을 겨냥하는 셈이죠. 우리가 너무 시끄럽게 국회의원들을 옹호하면 오히려 그들에게 해를 입히게 될 겁니다."

"좋아." 앙리는 말했다. "그래서?"

"그래서, 두세 명의 공산주의자와 공산주의자가 아닌 다수의 사람들로 조직된 위원회를 생각해봤습니다. 선생님의 글을 읽었을 때, 이 위원회를 이끄는 일에 선생님보다 자격이 있는 사람은 아무도 없다는 생각이 들었죠." 라숌은 앙리에게 묻는 듯한 눈짓을 던졌다. "동지들도 반대하지 않습니다. 다만, 라포리는 공식적으로 부탁드리기 전에 선생님이 승낙하실지 확인하고 싶다더군요."

앙리는 침묵을 지켰다. 파시스트, 배반자, 개자식, 경찰이라 부르며 앙리가 그 모든 걸 배신했다고 확언하던 이들이 갑자기 다시 와서 손을 내밀고 있었다. 그것이 앙리에게 약간은 유쾌한 승리감을 안겨주었다.

"그 위원회에는 구체적으로 어떤 사람들이 들어가지?"

"기꺼이 함께하기를 원하는 저명인사들은 모두 포함될

---

* '마다가스카르의 혁신을 위한 민주 운동Le Mouvement démocratique de la rénovation malgache'의 약칭. 1946년 마다가스카르의 자치를 목적으로 설립된 정당이다.

겁니다." 라숌이 말했다. "수가 아주 많지는 않지만요." 그
는 어깨를 으쓱였다. "정말이지 다들 연루되는 것을 두려워
하더군요! 우리와 연루되느니, 스무 명의 무고한 사람이 죽
을 때까지 고문당하도록 내버려둔다는 식이에요. 만약 선생
님이 이 일을 맡아주신다면 모든 게 달라질 거예요." 라숌이
간절한 목소리로 덧붙였다. "선생님이라면, 그들도 따를 겁
니다."

앙리는 망설였다. "왜, 차라리 뒤브뢰유에게 부탁하지 않
고? 그의 이름이 내 이름보다 더 무게가 있고, 게다가 그라면
분명히 수락할 텐데."

"뒤브뢰유를 넣는 것도 좋겠죠." 라숌이 말했다. "하지만
앞에 둬야 하는 것은 선생님 이름입니다. 뒤브뢰유의 입장
은 우리와 너무 가깝거든요. 이 위원회가 공산당의 영향을
받은 것 같은 인상을 주면 안 됩니다. 무조건 그것만은 피해
야 해요. 그러지 않으면 끝장입니다. 선생님이 같이한다면
그런 의혹은 없겠죠."

"그런 거군." 앙리는 냉담하게 말했다. "변절자라는 관점
에서 날 이용할 수 있다는 거지."

"이용하다니요!" 라숌이 화난 목소리로 말했다. "바로 마
다가스카르의 피고들을 위해서 선생님이 필요하다는 겁니
다. 무슨 생각을 하고 계신 거예요? 이 사건으로 우리가 얻
을 이익이 뭡니까? 선생님은 이해를 못 하시는군요." 그는
비난의 시선을 던지며 말을 이었다. "매일매일, 오늘 아침에
도, 마다가스카르에서 비통한 편지와 전보가 도착합니다.
'말해주세요! 여론을 일으켜주세요! 여기서 일어나는 일을

프랑스 본국의 사람들에게 전해주세요.' 그런데 우리는 손발이 꽁꽁 묶여 있는 겁니다! 단체를 조직하는 것 말고 우리가 할 수 있는 일이 뭐가 있겠습니까?"

앙리는 미소를 지었다. 라숌의 격렬함에 마음이 움직인 것이다. 라숌은 더러운 일을 할 수 있는 사람이었다. 그러나 그는 죄 없는 사람들이 고문을 받거나 마구 학살당하는 것을 태연하게 받아들일 수 없는 사람이기도 했다.

"자네들이 바라는 게 뭔지 모르겠군!" 그는 타협적인 어조로 말했다. "모든 게 너무 뒤섞여 있잖은가. 구별하기 어려운 정치적인 거짓말과 진실한 감정이 말이야."

"무작정 마키아벨리즘 운운하며 비난하지만 않는다면, 선생님도 우리를 좀 더 제대로 이해하실 수 있을 겁니다." 라숌이 말했다. "선생님은 당이 이익을 위해서만 활동한다고 생각하시는 것 같아요. 기억하십니까? 1946년 우리가 크리스티노 가르시아*를 구하려고 개입했던 일 말입니다. 그를 결국 처형당하게 만들었다고 비난을 받았죠. 이제 일을 조용히 진행시키려니까, 선생님은 그런 말씀을 하시는군요. '자네들도 지금껏 대단한 일을 한 건 아니잖나'라고요."

"화내지 말게." 앙리가 말했다. "자네 아주 다혈질이 된 모양이야."

"선생님은 이해 못 하세요. 어디서나 이런 의심을 받는다

---

* Crist no Garcia. 프랑스 레지스탕스에서 활동한 스페인 투사. 스페인 내전 당시 공화군 군대에서 싸웠으며, 프랑스로 도주하여 레지스탕스로 활약하였다. 종전 후 스페인으로 돌아가 프랑코 정권에 맞서 게릴라로 활동하다가 체포되어 고문을 받고 처형당했다.

고요! 결국은 화를 낼 수밖에요!"

앙리는 그에게 대답해주고 싶었다. '그건 자네들의 잘못 때문이지.' 그러나 더 이상 말하지 않았다. 손쉬운 우월감을 가질 권리를 인정하고 싶지 않았던 것이다. 사실, 더 이상 라숌에게 원망을 느끼지 않는 터이기도 했다. 언젠가 바 루즈에서 라숌은 말했다. "당을 떠나느니 전 차라리 전부 참을 생각입니다." 당의 이해에 비하면 그 자신은 그에게 그리 중요하지 않았다. 그렇다면 앙리의 가치를 그 자신보다 더 인정하는 이유는 도대체 뭘까? 물론 이런 조건에서 우정은 이미 가능하지 않았다. 하지만 함께 일을 하는 데 방해가 될 만한 것도 없었다.

"이봐, 자네와 함께 활동할 수 있다면 내게는 더할 나위 없이 좋은 일이야." 앙리가 말했다. "딱히 성공할 가능성이 높아 보이진 않지만, 어쨌든 해보자고."

라숌의 얼굴이 밝아졌다. "그러면 라포리에게 선생님이 맡아주실 거라고 말해도 되는 겁니까?"

"좋아. 하지만 자네들 계획을 어느 정도는 알아야겠지."

"네, 함께 논의하도록 하죠."

'그래!' 앙리는 생각했다. '다시 한 번 확인한 셈이야. 올바른 일을 할 때마다 결국은 새로운 의무를 지게 될 수밖에 없어.' 1947년에 썼던 《레스푸아》의 사설이 《비질랑스》의 이번 기사를 쓰게 했고, 그 기사로 인해 그는 라숌의 위원회를 조직하게 되었다. 다시 붙잡혀버린 것이다. '하지만 아주 오래는 아니야.' 그는 생각했다.

"주무셔야겠어요. 녹초가 되신 것 같다고요." 나딘이 화난 목소리로 말했다.

"비행기 여행 때문에 피곤해서 그래." 안은 변명조로 대답했다. "게다가 시차가 있잖니. 간밤에 잠을 잘 못 잤어."

서재는 축제 분위기였다. 어젯밤 안이 돌아와 나딘이 정원의 온갖 꽃을 꺾어 집 안을 장식했던 것이다. 그러나 정말로 유쾌한 사람은 아무도 없었다. 안은 아주 늙어버린 것 같았고, 위스키가 지나치게 늘었다. 최근 그토록 원기를 되찾았던 뒤브뢰유도 걱정이 있는 듯 보였다. 아마 안 때문일 것이다. 나딘은 진홍색의 무엇인가를 뜨개질하며 뿌루퉁해 있었다. 앙리의 얘기는 저녁 모임을 더욱 어둡게 했다.

"그럼 어떻게 되는 거예요? 끝난 건가요?" 안이 물었다. "그 사람들을 구할 희망이 이제 전혀 없다는 거예요?"

"그런 것 같아요." 앙리는 말했다.

"의회가 일을 악화시키리라는 거야 뻔했지." 뒤브뢰유가 말했다.

"예상했어도 그 회의에 참석하셨다면 놀라셨을 겁니다." 앙리는 말했다. "제가 무감각한 사람이라고 생각해왔지만, 어떤 때는 그놈들을 모두 죽여버리고 싶다는 생각이 들 정도였어요."

"그래, 다들 강경했나 보군." 뒤브뢰유가 말했다.

"정치가들이잖아요. 놀랍지도 않네요." 안이 말했다. "이해할 수 없는 건, 왜 일반인들이 거의 반응을 보이지 않느냐는 거예요."

"그렇죠. 일반인들은 아무 반응도 없습니다." 앙리는 말했다.

제라르 파튀로와 다른 변호사들은 하늘과 땅을 움직일 결심으로 파리에 왔고, 위원회도 최대한 그들을 도왔다. 그러나 다들 사람들의 만연한 무관심에 부딪치고 말았다.

안은 뒤브뢰유를 바라보았다. "이런 일이 실망스럽지는 않아요?"

"천만에." 뒤브뢰유가 말했다. "이번 일이 증명하는 건, 정치 활동이란 즉흥적이어서는 안 된다는 점이야. 맨땅에서 출발했으니 어쩔 수 없는 일이긴 하지……."

뒤브뢰유는 위원회에 들어갔지만 활동은 거의 하지 않았다. 이번 사건이 그의 흥미를 끈 것은, 그저 이로 인해 다시 정치적 접점을 가질 수 있게 되어서였다. 그는 '자유를 위한 투사' 운동에 가입하여 모임에 참가했고, 며칠 안에 다시 활동을 재개할 예정이었다. 자기를 따르도록 앙리에게 강요하지는 않았다. 예의 주간지에 대해서도 더는 얘기를 꺼내지 않았다. 그러나 때때로 앙리를 비난하는 듯한 말을 무심코 내뱉는 것이었다.

"즉흥적이든 아니든, 현재로서는 어떤 정치적인 활동도 결과를 얻어내지 못할 겁니다." 앙리는 말했다.

"자넨 그렇게 말하지만……" 뒤브뢰유가 말했다. "만일 우리 배후에 이미 결성된 단체나 매체, 자금이 있었다면 여론을 일으킬 수 있었을지 모르지."

"무엇도 확실하게 예상할 수는 없죠."

"어쨌든, 일을 더 성공시키고자 한다면 다음번에는 미리 준비를 해야 할 거야."

"제게는 이제 기회가 오지 않을 겁니다." 앙리가 말했다.

"설마, 그럴 리가 있나!" 뒤브뢰유가 말했다. "자네가 더 이상 정치와 관계없다고 한다면 웃을 일이지. 자네도 나와 똑같아. 정치를 그만두기에는 이미 너무 정치를 했다고. 결국 끌려 들어가게 돼 있네."

"아닙니다. 피난처에 몸을 숨길 거니까요." 앙리는 쾌활하게 말했다.

뒤브뢰유의 눈이 반짝였다. "내기를 해도 좋아. 자네와 나딘은 이탈리아에 1년도 머물지 못할걸."

"내기하셔도 좋아요." 나딘이 재빨리 말하고는 안을 향해 몸을 돌렸다. "엄마는 어떻게 생각하세요?"

"글쎄다." 안은 말했다. "이탈리아가 얼마나 마음에 드느냐에 달려 있겠지."

"어떻게 그곳이 마음에 들지 않겠어요? 그 집 사진 보셨잖아요. 예쁘지 않아요?"

"아주 예쁜 것 같더라." 그러고서 안은 갑자기 일어섰다. "먼저 실례할게요. 졸려서요."

"나도 같이 들어가지." 뒤브뢰유가 말했다.

"오늘 밤엔 주무시도록 해보세요." 나딘이 어머니에게 키스하면서 말했다. "확실히 엄마 안색이 안 좋아요."

"그래, 자야지."

안이 방을 나서자 앙리는 나딘의 눈을 바라보았다.

"정말, 어머님이 피곤해 보이네."

"피곤하고 울적하신 것 같아." 나딘이 원망스러운 듯이 말했다. "그렇게 미국이 그리우면 거기에 그냥 남아도 되었을 텐데."

"거기서 어떻게 지냈는지 얘기해주시지 않았어?"

"그럴 리가! 엄마는 너무 잘 숨겨." 나딘이 말했다. "특히 나한테는 절대로, 아무 말도 안 한다고."

앙리는 호기심을 가지고 나딘의 얼굴을 빤히 바라보았다. "당신이랑 어머니, 참 이상한 관계야."

"뭐가 이상하다는 거야?" 나딘이 화가 난 표정으로 되물었다. "난 엄마를 정말 좋아해. 그렇지만 종종 엄마 때문에 짜증이 나기도 하지. 아마 엄마도 그럴걸. 이게 드문 경우는 아니잖아. 그런 게 가족이지."

앙리는 더 이상 의견을 고집하지 않았다. 그러나 이런 관계는 늘 그를 놀라게 했다. 두 여자는 서로를 위해 죽을 수도 있을 것 같았지만, 그러면서도 그들 사이에는 뭔가 서로 맞지 않는 것이 있었다. 어머니가 있을 때 나딘은 훨씬 더 공격적이고 고집스러워졌다. 이후 며칠간 안은 쾌활하게 보이려 애썼고 나딘도 명랑해졌으나, 언제라도 폭풍우가 일어날 것만 같은 분위기였다.

그날 아침, 앙리는 방 창문 너머 서로 팔을 끼고 웃으면서 정원을 걸어가는 모녀를 바라보았다. 두 시간 후 둘이 다시 정원의 잔디밭을 가로질러 돌아왔을 때, 안은 긴 빵을 옆구리에 끼고 나딘은 신문을 들고 있었다. 그리고 둘은 말다툼을 벌이는 것 같았다.

마침 점심시간이었다. 앙리는 원고를 정리한 뒤 손을 씻고 거실로 내려갔다. 안은 멍한 표정으로 의자 끝에 앉아 있었다. 뒤브뢰유는《레스푸아-마가진》을 읽고, 나딘은 그 곁에 선 채 아버지를 살펴보고 있었다.

"무슨 새로운 소식이라도 있나요?" 앙리가 모두에게 미소를 지으며 물었다.

"이것 봐." 나딘이 신문을 가리키며 말했다. "당신이 랑베르 좀 두들겨 패줬으면 좋겠어." 그녀가 거칠게 덧붙였다.

"아! 또야? 랑베르가 나한테 똥칠이라도 한 건가?" 앙리가 미소를 지으며 물었다.

"당신한테만 그랬으면 또 몰라!"

"보게." 뒤브뢰유가 신문을 앙리에게 내밀었다.

「그들의 자화상」이라는 제목의 기사였다. 랑베르는 뒤브뢰유가 사람들에게 미치는 유해한 영향력을 다시 한 번 개탄하며, 앙리가 눈부시게 문단에 등장한 뒤 재능을 완전히 잃은 것 또한 뒤브뢰유의 탓이라고 주장했다. 뒤이어 앙리의 장편소설을 마음대로 짜깁기하여 인용하는 식으로 작품을 요약했고, 존재하지도 않는 작중인물의 모델을 알려준다는 구실로 앙리와 뒤브뢰유, 안과 나딘의 사생활에 대해서 진실과 거짓이 뒤섞인 세세한 이야기를 늘어놓는 것이었다. 모두 이들을 추악하고도 우스꽝스럽게 만들기 위해 일부러 고른 내용이 틀림없었다.

"개자식 같으니!" 앙리는 말했다. "돈과 관련된 우리 관계에 대해 그놈과 대화를 나눈 건 기억납니다. 그 대화를 가지고 이놈은 '좌파 특권자들의 위선'이라는 구역질 나는 문구를 만들었군요. 정말 개자식이에요!" 그가 반복해 말했다.

"그냥 두려는 건 아니지?" 나딘이 물었다.

앙리는 뒤브뢰유에게 묻는 듯한 눈길을 던지고 말을 이었다. "정말 두들겨 패주고 싶어. 하려면 못 할 것도 없지. 하지만 그렇게 해서 우리에게 무슨 이득이 있겠어? 추문을 하나 일으키고, 모든 신문들이 떠들어대고, 이것보다 더 심한 새로운 기사가 하나 더 나오고……."

"아주 심하게 때려줘야겠네. 그러면 주둥이를 다물겠지." 나딘이 말했다.

"아닐걸." 뒤브뢰유가 말했다. "이놈이 원하는 건 오직 자기 이름을 알리는 것뿐이야. 놈을 때리면 지체 없이 그 기회를 낚아채겠지. 난 그냥 내버려두겠다는 앙리의 결정에 찬성이야."

"그럼 이놈이 이런 짓을 다시 하려는 걸, 새 기사를 쓰고 더 심한 이야기를 하는 걸 어떻게 막겠어요?" 나딘이 말했다. "무서울 게 아무것도 없다고 생각하면, 더 제멋대로 행동할 거라고요."

"글 쓰는 일에 관여하게 되면 이런 일을 겪기 마련이지." 앙리는 말했다. "누구나 우리에게 침 뱉을 권리는 있어. 많은 사람들이 그걸 의무로까지 여기고 있고."

"나는 글을 쓰지 않는걸." 나딘이 말했다. "내게 침 뱉을 권리는 없어."

"그래, 처음에는 분개하기 마련이지." 안이 말했다. "곧 알게 되겠지만, 그런 일에도 익숙해지는 법이야." 안은 일어섰다. "점심 먹는 게 어때요?"

그들은 침묵 속에서 식탁에 둘러앉았다. 나딘은 길쭉한 전채용 접시에 놓인 둥근 소시지 조각을 쑤셔댔다. 어느새 긴장이 풀린 얼굴이었다. "랑베르가 편안하게 승리감에 도취되어 있을 거라 생각하니 짜증 나." 어찌할 바를 모르겠다는 듯 그녀가 말했다.

"딱히 의기양양해할 일도 아닐걸." 앙리는 말했다. "그놈도 산문이나 장편소설을 쓰려고 하지만 기사 말고는 볼랑주가 하나도 출판해주지 않거든. 아주 형편없었던 그 유명한 단편소설 이후로는 말이야."

나딘이 안에게로 고개를 돌렸다. "랑베르가 지난주에 감히 뭘 썼는지 들으셨어요?"

"아니."

"페탱주의자들도 자기들 방식으로 프랑스를 사랑했다고, 페탱주의자들이 분리주의자 레지스탕스보다 드골주의자에 가깝다지 뭐예요. 그 정도까지 쓴 사람은 아직 없지 않아요? 아! 옛날 친구들이 이상하게 변했어요." 그러고서 그녀는 덧붙여 물었다. "엄마, 볼랑주의 책에 대한 쥘리앵의 서평 보셨어요?"

"아빠가 보여주셨어." 안이 말했다. "쥘리앵이 그런 짓을 하다니! 누가 알았겠니!"

"그렇게 놀랄 일도 아냐." 뒤브뢰유가 말했다. "이 상황에서 무정부주의자가 달리 어쩌겠어? 파괴 일색의 장난질을 좌파에서는 아무도 좋아하질 않는데."

"왜 무정부주의자가 반드시 R.P.F. 당원이 되어야 하는지 난 모르겠어요." 나딘이 말했다.

나딘이 느끼기에는 모든 설명이 변명 같았고, 게다가 굳이 이해력을 발휘해 분노의 쾌감을 망칠 생각도 없었다. 다시 침묵이 흘렀다. 그들의 대화는 도무지 순조로운 적이 없었다. 오늘은 더욱 그랬다. 앙리는 안이 미국에서 가지고 온 장편소설을 막 다 읽은 참이라 그 책에 대해 안과 이야기를 나누기 시작했다. 뒤브뢰유는 다른 생각을 하고 있었다. 나딘도. 식사가 끝날 무렵에는 모두 안정을 찾았다.

"차 좀 써도 될까요?" 나딘이 식탁에서 일어서면서 물었다. "누가 마리아를 봐주시면 한 바퀴 돌고 오려고요."

"내가 봐줄게." 안이 말했다.

"난 안 데려가는 거야?" 앙리가 미소 지으며 물었다.

"무엇보다, 당신은 가고 싶지도 않잖아." 나딘이 말하고는 미소와 함께 덧붙였다. "혼자 가는 편이 더 좋기도 하고."

"그래, 고집 부리지 않을게!" 앙리는 나딘에게 키스를 했다. "드라이브 재미있게 해. 조심하고."

아닌 게 아니라 그는 드라이브하러 가고 싶은 생각이 조금도 없었지만, 일을 할 마음도 전혀 나지 않았다. 뒤브뢰유는 앙리의 소설이 좋은 작품이라고 단언했다. 게다가 지금 쓰려는 소설은 그에게 매우 중요한 것이기도 했다. 그러나 요 며칠은 다소 어찌할 바 모르는 기분이었다. 그는 이미 프랑스에 있지 않았고, 그렇다고 이탈리아에 가 있는 것도 아니었다. 타나나리브의 소송은 끝나지 않은 상태로 이미 끝나 있었다. 피고인들이 변호를 거부하는 데다 판결도 예정되어 있었다. 뒤브뢰유의 활동이 성가시면서도, 그런 활동을 통해 뒤브뢰유가 느낄 기쁨이 막연히 부러웠다. 그는 책을 한 권 꺼냈다. 다행히도 시간과 날짜는 무한했다. 무리해서 글을 쓸 필요도 없었다. 그는 포르토 베네레에 정착해 새로운 산문을 시작하기를 기대하고 있었다.

저녁 7시경, 자신이 정한 생활 습관에 따라 안은 아페리티프를 마시라며 앙리를 불렀다. 그가 서재에 들어갔을 때 뒤브뢰유는 아직 글을 쓰는 중이었으나 이내 원고를 밀쳐놓았다.

"이제 일 하나가 끝났군!"

"무슨 일입니까?" 앙리는 물었다.

"금요일에 리옹에서 할 연설의 초안일세."

앙리는 미소를 지었다. "용기가 대단하세요. 낭시나 리옹은 정말 음산한 도시잖습니까!"

"그래, 낭시는 음산한 도시지." 뒤브뢰유가 말했다. "하지만 지난번에 저녁을 보내며 좋은 추억을 가지게 되었다네."

"취미가 약간 별난 것 아닙니까?" 앙리는 말했다.

"그럴지도 모르고." 뒤브뢰유가 미소를 지었다. "뭐라 설명해야 할지 모르겠군. 모임이 끝난 다음, 다들 술집에 가서 슈크루트를 먹고 맥주를 마셨어. 특이한 장소도 아닐뿐더러 다들 서로 잘 알지 못하는 사이라 대화도 거의 없었지. 하지만 우리는 함께 일을 했고, 그 일에 만족했어. 좋았다네."

"뭔지 알겠군요. 저도 그런 기분을 느낀 적이 있죠." 앙리는 말했다. 전쟁터에서, 레지스탕스 운동 중에, 그리고 신문사에서의 첫 1년 동안, 그 역시 그런 순간을 경험한 터였다. "하지만 S.R.L.에서는 한 번도 없었어요." 그는 덧붙였다.

"나도 그래." 뒤브뢰유는 안의 손에서 마티니 잔을 받아 한 모금 마셨다. "우리는 겸손하지 못했어. 작은 행복을 누리기 위해서는 눈앞의 일들부터 해나가야 했는데 말이야."

"전쟁을 막고 싶어 하는 것도 그렇게 겸손한 일은 아닌 것 같은데요." 앙리가 말했다.

"겸손한 일이지. 왜냐하면 그렇다고 우리가 정해진 사상을 세상에 강요하지는 않을 테니까." 뒤브뢰유가 말했다. "S.R.L.은 건설적인 계획을 가지고 있었지. 그러니 필연적으로 이상적일 수밖에. 하지만 지금 내가 하는 일은 1936년의 일과 비슷하다네. 주어진 위험에 대항해 자신이 가진 수단으로 스스로를 지키려는 것. 훨씬 더 현실적이야."

"그게 뭔가에 도움이 된다면, 현실적이겠죠."

침묵이 흘렀다. '뒤브뢰유는 도대체 무슨 생각을 하는 걸까?' 앙리는 궁금했다. 그는 너무 쉽게 나딘의 관점을 받아들인 터였다. 그저 지루하니까 활동하는 거라는 생각. 하지만 그러한 냉소주의로는 부족했다. 뒤브뢰유를 맹목적으로 믿을 수 없다는 것은 알지만, 그렇다고 그를 경솔한 사람이라 생각해서는 안 되었다.

"이해할 수 없는 일이 하나 있습니다." 앙리는 말했다. "작년에 그러셨죠, 소위 '새로운 휴머니즘'이라는 것을 개인적으로 참을 수 없다고요. 그런데 지금은 공산주의자들과 완전히 행보를 같이하고 계시죠. 그때 선생님을 못 견디게 했던 것이 이젠 괜찮은 겁니까?"

"자네도 알다시피……" 뒤브뢰유가 말했다. "그 휴머니즘이란 것은 현재의 세계에 대한 아주 정확한 표현이라네. 이 세계를 거부할 수 없는 것과 마찬가지로 그걸 거부할 수는 없어. 불만을 드러낼 수야 있지만, 그뿐이지."

'내가 그렇다는 건가?' 앙리는 생각했다. '내가 불만을 드러내고 있다고?' 뒤브뢰유는 죽을 때까지 자신의 과거에 대해, 그리고 다른 이들의 과거에 대해 늘 우월감을 가질 것이

537

다. '결국 그걸 바랐던 사람은 바로 나야.' 앙리는 생각했다. 그는 뒤브뢰유를 이해하고 싶을 뿐, 그에 대항해 자신을 방어할 생각이 없었다. 자신을 방어하는 것은 무익했다. 안전한 상태라는 걸 스스로 알고 있으니까. 그는 미소를 지었다.

"선생님은 왜 불만을 드러내는 걸 그만두셨죠?"

"어느 날, 내가 시대의 흐름 속에 있다는 걸 다시 느꼈기 때문이지." 뒤브뢰유가 말했다. "정말 단순한 얘기야." 그가 말을 이었다. "작년에 나는 이렇게 생각하고 있었다네. '모든 것이 악이다. 가장 사소한 악이라도 그걸 선으로 간주해서 받아들이는 것은 너무 괴롭다.' 그런데 사태가 더 악화되었어. 최고의 악이 너무나 위협적으로 변해버리자, 소련과 공산주의에 대한 망설임은 아주 부차적인 것처럼 느껴지더군." 뒤브뢰유는 앙리를 바라보았다. "내게 놀라운 건, 자네가 나처럼 느끼지 않는다는 거야."

앙리는 어깨를 으쓱였다. "이번 달에 많은 공산주의자들을 만났습니다. 라솜과 같이 일도 했죠. 그들의 관점은 충분히 이해합니다. 하지만 저와는 맞지 않아요. 그들과는 절대 잘 지낼 수 없을 겁니다."

"공산당에 입당하는 게 문제가 아니야." 뒤브뢰유가 말했다. "어쨌든, 미국이나 전쟁에 대항해서 함께 싸우기 위해 모든 면에서 서로 의견이 맞아야 할 필요는 없지 않은가."

"선생님은 저보다 헌신적이시죠." 앙리는 말했다. "저는 반밖에 믿지 않는 대의를 위해 제가 원하는 인생의 방식을 포기할 수가 없습니다."

"아! 그런 논법이라면 그만두게." 뒤브뢰유가 말했다.

"볼랑주가 생각나는군. '인간이란 우리가 관심을 가질 만한 가치가 없다'라는 얘길 했었지."

"그것과는 완전히 다릅니다." 앙리가 격하게 맞받았다.

"자네가 생각하는 것보다 훨씬 비슷해." 뒤브뢰유는 앙리에게 묻는 듯한 눈길을 던졌다. "소련과 미국 중에서, 당연히 소련을 선택해야 한다고 확신하겠지?"

"물론입니다."

"그걸로 충분하지 않겠나? 자네가 깨달아야 하는 것이 하나 있네." 뒤브뢰유가 열정적으로 말을 이었다. "지지한다는 건 결국 선택에 지나지 않고, 사랑한다는 것도 어떤 것을 더 좋아하는 것에 지나지 않는다는 거지. 절대적으로 완벽한 것을 발견하려고 집착하면, 누구도 사랑하지 못하고 무엇도 하지 못하게 되는 거야."

"반드시 완벽함을 추구하는 게 아니라 해도 어떤 일에 대해 비열하다고 판단할 수 있고, 그 일에 관여하지 않으려 할 수도 있는 겁니다."

"무엇에 비교해서 비열하다는 건가?"

"있을 수 있는 모든 것에 비교해서죠."

"다시 말하자면, 자네가 만들어낸 이념과 비교해서 말이지?" 뒤브뢰유가 묻고는 어깨를 으쓱였다. "이상화된 소련의 모습이나 눈물 없는 혁명은 모두 순수한 이념에 지나지 않아. 다시 말해 무의 상태라는 거지. 물론 이념에 비하면 현실은 늘 잘못되어 있네. 이념이란 구체화하자마자 왜곡되는 법이거든. 가능한 모든 사회주의 체제에 대한 소련의 우월성은, 그저 소련이 실제로 존재한다는 사실에 있을 뿐이야."

앙리는 묻고 싶다는 표정으로 뒤브뢰유를 바라보았다.

"실제로 존재하는 게 항상 옳다면, 방관하는 것밖에 할 일이 없겠군요."

"절대 아냐. 현실이란 불변하는 것이 아니니까." 뒤브뢰유가 말했다. "현실에는 미래가 있고 가능성이 있지. 다만 현실에 영향을 끼치기 위해서, 그리고 현실을 생각하기 위해서조차도, 우리는 현실 안에 자리를 잡아야 하고, 작은 꿈만 즐겨서는 안 되는 걸세."

"아시겠지만, 전 전혀 꿈을 꾸는 게 아닙니다."

"'비열한 일이다' 혹은 작년에 내가 그랬듯이 '전부 악이다' 하고 말한다면, 곧 절대적인 선을 남몰래 꿈꾸고 있다는 뜻 아닌가?" 뒤브뢰유는 앙리의 눈을 똑바로 쳐다보았다. "우리는 깨닫지 못하고 있지만, 자기의 꿈을 최고로 두기 위해서는 대단한 오만이 필요한 법이야. 겸손하다면 한쪽에 현실이 있고, 다른 쪽에 아무것도 없다는 걸 알겠지. 허무를 충만한 현실보다 더 원하는 것만큼이나 잘못된 실수는 없다고 보네."

앙리는 침묵을 지키며 마티니를 두 잔째 마시고 있는 안에게로 몸을 돌렸다. "어떻게 생각하세요?"

"개인적인 생각으로는, 더 사소한 악이라 해도 악을 선으로 보기는 늘 힘들어요." 안이 말했다. "그렇지만 그건 내가 너무 오랫동안 신을 믿었기 때문이죠. 로베르가 옳다고 생각해요."

"그럴지도 모르죠."

"내가 경험했기에 하는 말이야." 뒤브뢰유가 말했다. "나도 내 불만을 세상의 비열함 때문이라고 정당화하려 했거든."

앙리는 다시 잔을 채웠다. 뒤브뢰유는 이제 자신의 불만을 이론으로 정당화하고 있는 게 아닐까? '하지만 그런 얘기까지 해버린다면, 그저 기분이 나빠서 그의 말을 깎아내리려고 하는 꼴이 되겠지.' 앙리는 생각했다. 그는 뒤브뢰유를 믿기로 했다. 적어도 이 대화가 끝날 때까지는.

"어쨌든 그런 사고방식은 아주 비관주의적으로 보이는데요." 그는 말했다.

"그 역시, 내가 과거에 생각하던 이념에 비해 비관주의적일 뿐이야." 뒤브뢰유가 말했다. "그건 너무 즐거운 이념이었지. 역사는 즐거운 게 아니잖은가. 하지만 역사를 피할 방법이 없으니, 그 안에서 가장 제대로 사는 방식을 추구해야만 해. 내가 보기에, 그 방식이 회피는 아니네."

앙리는 다른 질문을 하고 싶었다. 하지만 그때 복도에서 발소리가 들리더니 나딘이 문을 열었다.

"안녕, 주정뱅이들!" 나딘이 쾌활하게 말했다. "모두 저를 위해 건배해주실 거죠? 전 영광의 건배를 받을 만하니까요." 나딘은 의기양양한 표정으로 그들을 바라보았다. "제가 뭘 했는지 맞혀보세요."

"뭔데?" 앙리가 물었다.

"파리에서 복수를 하고 왔지. 랑베르한테 가서 따귀를 갈겨줬어."

짧은 침묵이 흘렀다.

"어디서 랑베르를 만났는데? 대체 어떻게 된 거야?" 앙리가 물었다.

"그러니까,《레스푸아》신문사에 갔지." 나딘이 자랑스럽게 말을 이었다. "편집실로 갔어. 전부 거기에 있더라고. 사마젤, 볼랑주, 랑베르 그리고 더러운 꼴을 한 많은 신참들까지. 그 꼴을 보고 있자니 얼마나 웃기던지." 나딘은 웃기 시작했다. "랑베르가 깜짝 놀라더라고. 뭔가 횡설수설했는데, 말하게 내버려두지 않았어. '너에게 갚을 오래된 빚이 있어.' 내가 그 자식에게 그랬지. '갚을 기회를 줘서 고맙군.' 그러고서 얼굴을 후려갈겼어."

"랑베르가 가만히 있어?"

"오! 점잔 빼는 척하던데." 나딘이 말했다. "거만하게 있더라고. 난 얼른 나와버렸지."

"왜 내가 직접 찾아와 따지지 않는지 묻지는 않고? 나라면 그렇게 말했을 텐데." 앙리는 말했다. 나딘을 질책하고 싶지는 않았지만 너무도 불만스러웠다.

"랑베르가 뭐라고 하는지 듣지도 않았어." 그러고서 나딘은 다소 도발적인 태도로 모두를 둘러보았다. "그래서? 저를 칭찬해주지 않을 건가요?"

"그건 안 되겠구나." 뒤브뢰유가 말했다. "네가 한 일이 썩 현명한 짓 같지는 않아."

"저는 아주 현명한 짓이라고 생각하는데요." 나딘이 말했다. "거기서 나오다가 뱅상을 만났는데, 저더러 배짱 있다고 했다고요." 그녀는 분하다는 듯이 덧붙였다.

"자기선전을 하고 싶었던 거라면, 성공했다." 뒤브뢰유가 말했다. "신문들이 재미를 보겠군."

"신문 따위는 신경도 안 써요!"

"그런 짓을 했다는 자체가 신경 쓰고 있다는 증거야!"

두 사람은 증오를 담아 서로를 노려보았다.

"다들 가만히 앉아 똥물을 뒤집어쓰고 싶은 거라면, 참 잘된 일이네요." 나딘이 화를 내며 말했다. "하지만 전 싫거든요." 이어 그녀는 앙리에게 몸을 돌렸다. "전부 당신 잘못이야. 왜 우리 얘기를 모두에게 한 거야?"

"이봐, 난 우리에 대해 얘기한 적 없어." 앙리는 말했다. "소설 속 등장인물들은 다 만들어낸 사람들이라는 거 당신도 알잖아."

"픽도! 당신 소설에 아빠나 당신과 들어맞는 내용이 쉰 가지는 된다고. 그리고 나를 염두에 둔 문장 서너 개도 아주 잘 알아보겠던데."

"당신이랑 아무런 관련 없는 인물들의 대사라고." 앙리는 어깨를 으쓱했다. "물론 현재를 살아가는 사람들을 보여주기는 했지. 우리와 거의 비슷한 상황에 놓인 사람들 말이야. 하지만 그런 사람들은 너무나 많아. 특별히 네 아버지도 나도 아니라고. 오히려, 대체로는 우리와 전혀 다르잖아."

"당신한테 항의하지 않았던 건 또 말썽 피운다는 소리나 들을까 봐서였어." 나딘이 신랄하게 말했다. "하지만 그게 기분 좋은 일일 것 같아? 나는 당신과 안심하고 얘기를 나누잖아. 서로 동료라고 생각하면서 말이야. 그러는 동안 당신은 관찰을 하고 마음속으로 메모를 해두지. 그러다가 갑자기 어느 날, 잊어버리겠거니 했던 말들, 의미 없던 행동들이 종이에 글자로 적혀 있는 걸 보게 되는 거야. 그게 배신행위가 아니면 뭐겠어!"

"자기 주변의 일들을 끌어오지 않고서 소설을 쓰는 건 불가능해." 앙리는 말했다.

"그럴지도 모르지. 그렇다면 이제 작가들과 어울리지 말아야겠군." 나딘이 성을 내며 내뱉었다.

앙리는 미소를 지었다. "그러니까 넌 진짜 운이 없는 거지."

"이제 날 비웃는군." 나딘의 얼굴이 새빨개졌다.

"비웃는 게 아냐." 앙리는 나딘의 어깨를 감쌌다. "이런 일 심각하게 생각하지 마."

"심각하게 생각하는 건 바로 당신들이잖아!" 나딘이 말했다. "아, 세 사람 모두 심판관처럼 나를 바라보는 모습이 정말 꼴사납네요!"

"얘야, 누구도 너를 심판하지 않아." 안이 달래는 듯한 목소리로 말하고는 뒤브뢰유의 시선을 찾았다. "랑베르가 따귀를 맞았다니, 어쨌든 만족스럽긴 하네요."

뒤브뢰유에게서 아무 대답도 없기에 앙리는 화제를 돌렸다. "뱅상도 만났다고? 뱅상은 요즘 어때?"

"뱅상이 어떻게 지내면 좋겠는데?" 나딘이 아무렇게나 내뱉었다.

"여전히 라디오방송국에서 일해?"

"그래." 나딘은 주저했다. "들려줄 굉장한 소식이 있었지만, 이제 얘기하고 싶지 않아."

"어서, 말해봐!" 앙리가 말했다.

"뱅상이 세즈나크를 찾았대." 나딘이 말했다. "바티뇰 부근의 작은 호텔에서. 주소를 입수하자마자 호텔로 가서 문을 두드렸대. 자기가 그를 어떻게 생각하는지 직접 말해주고 싶어서 말이야. 그런데 세즈나크가 문을 안 열어줬다더라. 뱅상이 호텔 앞에서 살펴보는 사이 비상계단으로 도망쳐서 사흘 동안 나타나지 않았대. 호텔에도, 식당에도, 또 마약을 사는 술집에도, 어디에도 없었대." 나딘은 의기양양한 목소리로 덧붙였다. "거의 자백이라고 할 수 있지 않아? 양심에 거리낄 것이 없다면 왜 숨겠어?"

"뱅상이 문 앞에서 무슨 말을 했는지에 달렸지." 앙리가 대꾸했다. "결백하다 해도 겁을 먹었을 수 있어."

"절대 아니야. 결백한 사람이라면 변명하려고 했겠지." 나딘이 말했다. 그녀는 안을 향해 몸을 돌리더니 공격적인 어조로 쏘아붙였다. "엄마는 흥미 없어 보이네요. 하지만 엄마도 세즈나크를 알잖아요."

"그래." 안이 말했다. "심하게 중독된 것 같더라. 그 정도의 상태면 어떤 짓도 할 수 있지."

무거운 침묵이 흘렀다. 앙리는 불안하게 생각했다. '뱅상은 기어코 세즈나크를 찾아내겠지. 세즈나크가 내 얘기를 한다면, 그리고 랑베르가 분노해서 진실을 확인한다면, 그다음엔 무슨 일이 일어날까?' 안과 뒤브뢰유도 똑같은 질문을 하고 있을지 몰랐다.

"나 원! 이 얘기의 효과가 겨우 이 정도라니. 나만 알고 있는 게 나을 뻔했네요." 나딘이 분한 듯 투덜댔다.

"절대 아냐." 앙리가 말했다. "아주 의미심장한 소식이야. 그래서 모두 생각에 잠겨 있는 거고."

"예의 차리느라 애쓸 것 없어." 나딘이 말했다. "당신들은 어른이고 난 어린애일 뿐이니까. 내게 재미있는 게 당신들한테는 재미없는 것도 당연하지." 나딘은 문 쪽으로 걸어갔다. "마리아를 보러 갈게."

나딘은 저녁 내내 뿌루퉁했다. '네 사람이 같이 지내는 이런 생활은 나딘에게 아무 도움이 안 돼.' 앙리는 생각했다. '이탈리아에서는 나아지겠지.' 이어 약간 불안한 마음이 들었다. '이젠 열흘밖에 남지 않았군.' 모두 결정되었다. 나딘과 마리아는 침대차로 떠나고, 앙리는 그들보다 앞서 자동차로 출발하기로 했다. 열흘 뒤에. 이따금씩 소금과 송진 냄새가 나는 미지근한 바람이 벌써부터 얼굴에 느껴지는 것 같았고, 그러면 행복의 숨결이 가슴을 채웠다. 그러나 한편으로는 원망 비슷한 미련이 일기도 했다. 마치 원치 않는 추방을 당하는 것처럼.

다음 날 하루 종일 앙리는 지난밤 늦게까지 이어졌던 뒤브뢰유와의 대화를 다시 생각해보았다. 뒤브뢰유는 단언하기를, 유일한 문제란 당장 존재하는 일들 중 더 나은 쪽을 받아들이는 것이라고 했다. 그것은 체념의 문제가 아니라고. 두 개의 현실 중 더 가치가 적은 것을 받아들이는 것, 그것이야말로 체념이라고. 그리고 어쨌든 현재 있는 그대로의 인류보다 높은 자리에 있는 건 아무것도 없다는 얘기였다. 그래, 어떤 면에서는 앙리도 같은 의견이었다. 그 역시 충만한 현실을 버리고 허무한 몽상을 택한다며 폴을 비난하지 않았던가. 폴은 있는 그대로의 그를 받아들이려는 대신 지나가버린 옛 시절을 꾸며내어 집착하고 있었다. 반대로 나딘에게서 그는 결코 '이상적인 여성'을 찾지 않았다. 그녀의 결점

546

을 충분히 알고서 함께 사는 것을 택했으니까. 무엇보다 문학과 미술 작품을 생각하면 뒤브뢰유의 태도가 옳은 것 같았다. 스스로 원하는 책은 절대 쓰지 못하는 법이지. 또 모든 걸작을 실패작으로 생각하며 자위할 수도 있고. 그러나 우리는 지상을 초월하는 예술을 꿈꾸는 게 아니야. 좋아하는 작품을 절대적인 사랑으로 아낄 뿐이지. 반면 정치적인 면에서는 그의 논리를 납득할 수 없었다. 거기에는 악이 개입되기 때문이다. 게다가 그 악은 단지 선보다 못한 정도가 아니라, 절대적인 불행이며 절대적인 죽음이었다. 다만 불행과 죽음과 인간 한 사람 한 사람을 중요하게 생각한다면, '어차피 역사는 불행한 것이다'라는 생각만으로 손을 떼도 좋다고 느끼기에는 충분치 않았다. 역사가 불행하다는 것 또한 중대한 일이니까. 어둠이 내리고 있었다. 앙리가 보리수 아래서 이런 생각을 되새기고 있을 때, 안이 현관의 낮은 계단에 나타났다.

"앙리!" 차분하지만 절박함이 느껴지는 목소리였다. 그는 귀찮은 마음이 들었다. '또 나딘과 문제가 생긴 모양이군.' 그는 집을 향해 걸어갔다.

"네?"

뒤브뢰유는 벽난로 곁에 앉아 있고, 나딘은 바지 주머니에 손을 집어넣은 채 그의 맞은편에 서 있었다.

"조금 전에 세즈나크가 왔어요." 안이 말했다.

"세즈나크가요?"

"누가 자기를 죽이려 한다고 주장하고 있어요. 닷새 전부터 숨어 지냈는데 더는 버틸 수가 없다네요. 그동안 마약 없이 지내서 한계에 다다른 상태예요." 안은 식당 문을 가리켰다. "저기 장의자에 누워 있어요. 많이 아파요. 주사를 놓으려고요."

안의 손에는 주사기가 들려 있었다. 테이블 위에 놓인 약상자도 보였다.

"주사는 세즈나크가 입을 열면 그때 놔줘요." 나딘이 거친 목소리로 말했다. "엄마는 부탁을 잘 들어주는 편이니 제 딴에는 아무것도 묻지 않고 도와주리라 기대했겠죠." 그런 뒤 그녀는 덧붙였다. "하지만 운이 없게도 내가 여기에 있잖아요."

"세즈나크가 말을 했어?" 앙리가 물었다.

"할 거야." 나딘이 말했다. 그러고는 힘차게 걸어가 문을 열더니, 거의 다정하기까지 한 목소리로 불렀다. "세즈나크!"

앙리는 장의자로 다가가는 나딘을 바라보며 문턱에, 안의 곁에 그대로 서 있었다. 세즈나크는 똑바로 누운 채 미동도 없이 신음할 뿐이다. 그의 두 손이 발작적으로 쥐어졌다 펴지기를 반복했다. "빨리!" 그가 말했다. "빨리!"

"주사를 놔줄 거야." 나딘이 말했다. "엄마가 모르핀을 가지고 왔어. 봐."

세즈나크가 고개를 돌렸다. 얼굴에 땀이 줄줄 흐르고 있었다.

"하지만 그보다 먼저, 내 질문에 대답을 해야 해." 나딘이 말했다. "언제부터 게슈타포를 위해 일하기 시작했지?"

"나 죽을 것 같아." 세즈나크가 말했다. 눈물이 뺨 위를 흐르고, 두 발은 허공에서 발버둥치고 있었다. 보고 있기 괴로운 광경이었다. 앙리는 안이 얼른 주사를 놔주었으면 했다. 그러나 그녀는 마비된 듯 꼼짝도 않았다. 나딘이 다시 장의 자로 다가섰다.

"대답해. 그러면 주사를 놔줄게." 그녀는 세즈나크에게로 몸을 굽혔다. "대답하라니까. 그러는 게 좋을 거야. 몇 년도 부터지?"

"아냐." 세즈나크가 숨을 내쉬며 중얼거렸다. 그는 다시 발길질을 하더니 곧 장의자 위에 쓰러진 채 움직이지 않았 다. 입에서 흰 거품이 약간 흘러내렸다.

앙리가 나딘에게 한 발짝 다가섰다. "그냥 놔둬!"

"안 돼. 말하게 할 거야." 나딘이 난폭하게 말했다. "말하든 지, 아니면 죽는 거지. 너 듣고 있지?" 그녀는 다시 세즈나크 를 향해 말을 이었다. "입을 열지 않으면 죽게 내버려둔다고."

안과 뒤브뢰유는 제자리에 굳어 있었다. 사실 세즈나크와 관련해서 진상을 알고 싶다면, 이것이야말로 다시없는 기회 이긴 했다. 또 진상을 아는 것이 좋을 터였다.

나딘이 세즈나크의 머리카락을 쥐었다. "네가 유대인을 밀고한 건 알고 있어, 수많은 유대인들을 말이야. 언제 시작 했지? 말해." 이어 그녀는 머리를 쥔 채 흔들어댔다. 그는 신 음했다.

"아파!"

"대답해. 유대인을 몇 명이나 밀고한 거야?"

세즈나크는 가냘프게 고통의 비명을 내질렀다. "난 그들 을 도와줬어." 그가 말했다. "국경 넘는 걸 도와줬다고."

나딘이 그의 머리를 놓았다. "도와준 게 아니라 밀고한 거잖아. 몇 명이나 밀고했어?"

세즈나크는 베개에 얼굴을 묻고 흐느끼기 시작했다.

"밀고했지? 자백해!"

"가끔 한 사람씩, 다른 여러 사람들을 구하기 위해서였어. 그러지 않으면 안 되었다고." 세즈나크가 말했다. 그는 몸을 일으키더니 얼빠진 표정으로 주위를 둘러보았다. "이건 부당해! 난 그들을 구했어. 많이 구했다고."

"그 반대야." 나딘이 말했다. "스무 명에 한 사람쯤은 구했겠지, 그 사람을 이용해 다른 손님을 소개받으려고 말이야. 나머지는 모두 밀고했고. 몇 사람이나 밀고했지?"

"모르겠어." 그러고서 그는 갑자기 외쳤다. "내가 죽게 내버려두지 마!"

"아, 이만하면 됐어." 안이 장의자로 걸어갔다. 그녀는 세즈나크에게 몸을 굽히고 그의 셔츠 소매를 걷어 올렸다. 나딘은 앙리에게로 돌아왔다. "이제 알겠지?"

"그래." 그는 말했다. "하지만 아직도 믿을 수가 없군." 세즈나크가 흐릿한 눈에 손에 땀을 흘리고 있는 모습은 그도 종종 보았고, 이제는 너무나 쇠약한 상태로 장의자에 누운 그를 보고 있었다. 그러나 그 모든 것도 커다란 총을 어깨에 멘 채 바리케이드를 돌아다니던, 붉은 넥타이의 젊은 영웅 세즈나크의 이미지를 지울 수 없었다. 그들은 서재로 돌아와 앉았다. 앙리가 물었다.

"자, 이제 어떻게 하죠?"

"뭘 어떻게 해?" 나딘이 격한 어조로 말했다. "그놈은 머리에 총알을 맞아도 싸."

"네가 쏠 거냐?" 뒤브뢰유가 물었다.

"아뇨. 어쨌든 경찰에 전화할래요." 나딘이 수화기 쪽으로 손을 내밀었다.

"경찰이라니! 네가 지금 무슨 소리를 하는지 알고 있는 거야?" 뒤브뢰유가 말했다.

"경찰에 사람을 넘긴다고?" 앙리도 거들었다.

"빌어먹을! 유대인 수십 명을 게슈타포에 넘긴 놈이라고요! 내가 못 할 것 같아요?"

"전화는 관두고 여기 앉아봐." 뒤브뢰유가 성마르게 말했다. "경찰을 부르는 건 절대 안 돼. 그렇게 알고, 이제 어떻게 할지 결정하자고. 그를 치료하고 집에 숨겨준 다음 조용히 하던 일을 다시 하도록 내버려둘 수는 없으니."

"참도 합리적이네요!" 나딘은 벽에 등을 기댄 채 적의에 찬 표정으로 모두를 바라보았다.

침묵이 흘렀다. 4년 전이었다면 모든 것이 간단했으리라. 행동이 생생한 현실이 될 때, 목적을 믿을 때, 정의라는 말은 의미를 지닌다. 배신은 곧 죽음인 것이다. 그러나 더는 아무것도 희망하지 않는 지금, 과거의 배신자를 어떻게 해야 하는 것일까?

"이틀이나 사흘, 다시 걷게 될 때까지만 여기에 데리고 있도록 해요." 안이 말했다. "세즈나크는 정말 많이 아파요. 그 다음엔 어디 먼 식민지로 보내버리면 돼요. 예를 들면 프랑스령 서부 아프리카 같은 곳으로요. 거기에는 우리가 아는 사람들도 있잖아요. 다시는 돌아오지 않을 거예요. 죽을까 봐 두려워서 말이죠."

"거기서 세즈나크는 어떻게 되는 거지? 추천장을 써줄 수도 없고." 뒤브뢰유가 말했다.

"왜 안 돼요? 아예 연금도 부쳐주시죠." 나딘의 목소리는 분노로 떨리고 있었다.

"너도 알다시피 그는 마약중독에서 벗어나기 힘들어. 정말 누더기가 되었지." 안이 말했다. "어쨌든 앞으로의 일생은 아주 끔찍할 거야."

나딘이 발로 바닥을 굴렀다. "아뇨! 그렇게 빠져나갈 수는 없어요!"

"세즈나크 같은 사람들이 수도 없이 빠져나갔어." 앙리는 말했다.

"그건 이유가 안 돼." 나딘이 의심스러운 눈초리로 앙리를 바라보았다. "당신 혹시 세즈나크가 두려운 건 아니지?"

"내가?"

"당신에 대해 뭔가 알고 있는 것 같던데."

"앙리가 뱅상의 패거리에 가담하고 있다고 생각하는 거야." 뒤브뢰유가 말했다.

"절대 아니에요." 나딘이 말했다. "아빠도 세즈나크가 하는 얘기 들으셨죠? '내가 입을 열면, 네 남편도 나만큼 골치가 아파질걸.' 이렇게 말했었잖아요."

앙리는 나딘에게 미소를 지었다. "내가 이중간첩이라도 된다는 거야?"

"어떻게 생각해야 할지 모르겠어." 나딘이 말했다. "나한테는 아무 얘기도 해주지 않으니까. 뭐, 상관없어." 그녀는 덧붙였다. "당신 비밀은 알아서 지켜. 어쨌든 세즈나크는 대

552

가를 치러야 해. 그가 무슨 짓을 했는지 알고 있잖아. 내 말이
틀려?"

"우리 모두 알지." 안이 말했다. "하지만 세즈나크가 대가
를 치른다고 네게 무슨 도움이 되겠니? 죽은 사람들을 살려
낼 수는 없어."

"랑베르처럼 말하지 마세요! 죽은 사람들을 살려낼 수 없
지만, 그게 그들을 잊어야 할 이유는 못 돼요. 우리는 죽지 않
았잖아요. 아직 죽은 사람들을 생각할 수 있다고요. 그리고
그들을 죽인 이들의 발에 입 맞추지 않을 수도 있고요."

"그렇지만 우리는 죽은 이들을 잊은 채 살잖아." 안이 갑
자기 거친 목소리로 말했다. "그게 꼭 우리 잘못은 아닐지도
모르지만, 어찌 됐건 그러니 우리는 과거에 대해 이제 권리
가 없는 거야."

"난 아무것도 잊지 않았어요." 나딘이 말했다. "난 아니라
고요."

"너도 다른 사람들과 같아. 너에겐 네 생활이 있지. 어린
딸도 있고. 그러니 너도 잊은 셈이야. 그렇게 악착같이 세즈
나크를 처벌하려는 것도, 네가 과거를 잊지 않았다는 걸 스
스로에게 증명하기 위해서잖니. 그렇지만 그건 속임수야."

"당신들의 속임수에 가담하지 않으면, 바로 그게 속임수
가 되는군요!" 그녀는 발코니 창 쪽으로 걸어갔다.

"글쎄요, 나한테는 그런 소심함이야말로 비겁하게 느껴
지는데요." 나딘은 난폭하게 소리친 뒤 문을 쾅 닫고 나갔다.

"난 저 애를 이해해요." 안이 말했다. "디에고를 생각하
면, 이해할 수 있어요." 그녀는 일어나며 말을 이었다. "별채

에 침대를 준비할게요. 세즈나크는 자고 있네요. 두 분이 그를 옮겨줘요······." 그녀가 급히 나가버렸기에, 앙리는 안이 눈물을 터뜨릴 뻔한 것이 아닌지 생각했다.

"옛날이라면 제 손으로 죽여버릴 수도 있었을 거예요." 그가 말했다. "하지만 이젠 아무 의미가 없겠죠. 어쨌든 저런 놈을 살아나게 도와준다는 건 말도 안 돼요."

"그래, 어떻게 결정을 내리든 결과는 다 좋지 않겠지." 뒤브뢰유는 세즈나크를 바라보았다. "어떤 문제에 해결책이 있는 유일한 경우란 그 일이 문제로 제기되지 않을 때뿐이야. 당장 무슨 일이 일어나든, 우리가 그 안에 있다면 문제는 없겠지. 하지만 지금 우린 이 일의 외부에 있고, 그러니 불가피하게 임의적인 결정을 내릴 수밖에 없어." 그는 일어섰다. "세즈나크를 침대에 눕히러 가세."

세즈나크는 잠들어 있었다. 편안해 보였다. 눈을 감은 그의 얼굴에는 과거의 아름다움이 약간 돌아와 있었다. 그는 무겁지 않았다. 그들은 그를 별채로 옮기고, 옷이 입혀진 채로 침대에 눕혔다. 안이 다리에 이불을 덮어주었다.

"잠든 사람이란 정말 악의가 없어 보이네요." 안이 중얼거렸다.

"그렇게 악의가 없지는 않을 겁니다." 앙리는 말했다. "세즈나크는 뱅상과 그의 동료들에 대해 많은 걸 알고 있는 게 분명해요. 게다가 요즘은, 레지스탕스였던 사람들을 내쫓기 위해서라도 게슈타포 협력자의 혐의를 기꺼이 벗겨주려는 사람들이 수두룩하지요."

"세즈나크가 여러 가지 일을 알고 있었다면 뱅상에게 벌써 문제가 생기지 않았을까요?"안이 물었다.

"안!"뒤브뢰유가 말했다. "세즈나크를 치료하면서 좀 떠보라고. 마약중독자들은 뭐든 금세 털어놓으니 뭘 감추고 있는지 알아낼 수 있을지 몰라."이어 그는 깊이 생각한 뒤 덧붙였다. "어쨌든 제일 좋은 방법은 저놈을 배에 태워버리는 거야."

"왜 하필 여기로 왔을까요?"안이 물었다.

안이 너무 충격을 받은 것 같아서, 앙리는 그녀를 뒤브뢰유와 단둘이 두는 편이 좋겠다고 생각했다. 그래서 지금은 식욕이 없으니 이따가 나딘과 함께 간단하게 먹겠다고 말한 뒤 방으로 올라왔다.

그는 창에 팔꿈치를 괴었다. 멀리 검은 덩어리 같은 언덕이 보였고, 아주 가까이에는 세즈나크가 누워 있는 별채가 있었다. 즐거웠던 어느 크리스마스 날 밤, 폴의 아파트에서도 그는 저렇게 누워 있었지. 모두가 얼굴에 웃음을 띠고 승리를 축하하는 밤이었어. 프레스턴과 "미국 만세!"를 외치고, 소련을 위해서 건배했지. 그런데 지금 세즈나크는 배신자가 되었고, 구원자였던 미국은 유럽을 노예로 만들 작정이었다. 소련에서 일어나는 일은, 지나치게 자세히 들여다보지 않는 편이 나았다. 약속들이 결코 간직되지도 지켜지지도 않은 지금, 과거는 이제 어리석은 속임수에 지나지 않았다. 검은 언덕에서 자동차의 헤드라이트가 커다랗게 번쩍이는 자국을 만들었다. 앙리는 빛으로 새겨진 길이 어둠 속에서 꾸불꾸불 물결치는 모습을 오랫동안 미동도 없이 바라보았다. 세즈나크는 그의 죄와 함께 잠들어 있었다. 나딘은 시골길을 성큼성큼 걷고 있었다. 그는 아무것도 설명하고 싶지 않았다. 그래서 나딘이 돌아오기를 기다리지 않고 잠자리에 누웠다.

어수선한 꿈을 꾸던 앙리는 문득 이상한 소리, 우박이 떨어지는 듯한 소리를 들은 것 같았다. 그는 눈을 떴다. 문 밑으로 불빛이 새어 들어왔다. 나딘이 돌아와서 분노로 밤을 지새우는 것이리라. 그러나 그 소리는 그녀의 방에서 들려오는 것이 아니었다. 작은 돌멩이들이 비처럼 쏟아져 창문에 부딪치고 있었다.

'세즈나크군.' 그는 침대에서 뛰어내려 창문을 열고 몸을 숙였다. 뱅상이었다. 앙리는 급하게 옷을 걸친 뒤 정원으로 내려갔다.

"도대체 여기서 뭐 하는 건가?"

뱅상은 집 벽에다 붙여놓은 녹색 나무 벤치에 앉아 있었다. 그의 얼굴은 차분했으나 왼쪽 발이 경련을 일으키듯 바닥을 두드렸다. 바지 속에서 다리가 떨리고 있었다.

"선생님의 도움이 필요해요. 자동차 있습니까?"

"그래. 왜?"

"방금 세즈나크를 죽였습니다. 여기서 치워야 해요."

앙리는 깜짝 놀라 뱅상을 바라보았다. "자네가 세즈나크를 죽였다고?"

"다른 방법이 없었습니다." 뱅상이 말했다. "자고 있더군요. 방음 총을 썼어요. 아무 소리도 나지 않았습니다." 그는 명료한 말투로 빠르게 말하더니 덧붙였다. "다만 이 개자식이 영 타려고 하질 않더라고요."

"타다니?"

"항독 지하 단체에 있을 때 정제된 인을 독일 놈들에게서 훔쳤습니다. 보통은 효과가 좋은데, 이젠 너무 오래되었나 봐요. 건조한 곳에 주의해서 보관했는데도요. 세 시간을 기다렸는데 겨우 배 부분만 탔을 뿐입니다. 시간이 지체되었으니, 이젠 시체를 차에 실어야 해요."

"왜 그런 짓을 한 거야!" 앙리가 중얼거리며 벤치에 앉았다. 뱅상이 사람을 죽일 수 있고, 실제로 죽인 적도 있다는 건 알고 있었다. 그러나 지금까지는 추상적인 일에 지나지 않았으니, 말하자면 뱅상은 피해자 없는 살인자였던 셈이다. 그의 광증은 술이나 마약이 그러듯 그 자신만을 위험으로 몰아가곤 했다. 그런데 이번엔 권총을 손에 들고 별채로 들어갔던 것이다. 그는 살아 있는 사람의 관자놀이에 총구를 겨누었고, 세즈나크는 죽었다. 세 시간 동안이나 뱅상은 자신이 죽인 친구, 타려 하지 않는 친구와 마주하고 있었다. "세즈나크를 다시 돌아올 수 없는 정글로 보내버릴 생각이었는데!"

"절대 안 됩니다!" 뱅상이 말했다. 그의 다리는 진정되었으나, 어조는 처음만큼 확고하지 않았다. "세즈나크를! 밀고자를 말인가요! 그놈이 우리를 어떻게 속였는지 아시잖습니까! 샹셀은 그놈을 가리켜 '내 동생이야'라고까지 했어요. 그는 그런 샹셀과 저까지 속였죠. 불쌍한 멍청이! 마약 문제로 저놈을 의심했기에 망정이지, 만약 제 얘기를 했다면 저역시 경찰에 넘겨졌을 겁니다. 전 결국 저놈을 위해 누구에게도 해주지 않았던 일을 해준 거예요. 설사 제 목숨이 위험해진다해도, 전 저놈을 죽이기 위해 몸을 바쳤을 겁니다."

"세즈나크가 여기 있는 건 어떻게 알았지?"

"놈의 뒤를 쫓고 있었으니까요." 뱅상은 애매하게 대답한 뒤 덧붙였다. "전 자전거로 왔어요. 예정대로 됐으면 시체를 자루에 넣고 돌을 달아 강에 던져버렸을 텐데요. 저 혼자 잘 해결했을 거라고요. 놈이 왜 타버리지 않았는지 모르겠네요." 그는 당황한 표정으로 되풀이하더니 잠시 말없이 깊은 생각에 빠졌다가 이윽고 자리에서 일어섰다. "서두르는 게 좋을 것 같습니다."

"뭘 하려고?"

"놈을 데려다가 목욕을 시키려고요. 영원의 목욕이죠. 적당한 장소를 알아뒀습니다."

앙리는 움직이지 않았다. 마치 손수 세즈나크를 죽여달라는 부탁을 받은 기분이었다.

"무슨 문제라도 있나요?" 뱅상이 말했다. "저놈을 여기 내버려둘 수는 없잖아요. 저를 돕기 싫으시다 해도 괜찮습니다. 자동차만 빌려주세요. 선생님 없이 해결해볼게요."

"도와줄게." 앙리가 말했다. "하지만 그 대신에 한 가지만 요구하지. 그 살인 폭력단에서 나오겠다고 약속해줘."

"제가 조금 전 여기서 저지른 일은 폭력단과 관계없는 일입니다." 뱅상이 말했다. "그리고 폭력단에 대해서는 전에 말씀드린 것과 똑같이 말씀드리죠. 선생님이라고 제게 그보다 나은 일을 권하실 수 없잖아요. 다시 모여드는 저 개자식들에 대항해서 선생님은 뭘 하고 계시죠? 아무것도 안 하시잖습니까. 그러니까 우리가 스스로를 지키도록 그냥 내버려두세요."

"그건 스스로를 지키는 방법이 아냐."

"제게 권할 더 좋은 방법도 없잖아요. 가실 건가요, 안 가실 건가요?" 그가 덧붙였다. "결정해주세요."

"됐어." 앙리가 말했다. "가지."

다투고 있을 때가 아니었다. 게다가 앙리는 자기가 무슨 얘기를 하고 있는지도 알 수 없었다. 어느 것도 현실 같지가 않았다. 가벼운 바람이 보리수 가지와 희롱하고 있었다. 시들어가는 장미의 냄새가 푸른색 덧창을 단 집 쪽으로 올라왔다. 아무 일도 일어나지 않는 여느 날과 같은 밤이었다. 그는 뱅상의 뒤를 따라 별채로 들어섰다. 일상적인 세계가 허무로 바뀌었다. 부인할 수 없는, 진하고 압도적인 냄새가 부엌을 채우고 있었다. 닭의 솜털을 태울 때 나는 냄새였다. 침대를 본 앙리는 간신히 비명을 억눌렀다. 세즈나크는 검둥이가 되어 있었다. 흰 시트 위에 누워 있던 남자의 얼굴은 완전히 새카맸다.

"인 때문에 그래요." 뱅상이 그렇게 말하며 시트를 걷었다. "보세요!"

관자놀이의 작은 구멍은 솜으로 막혀 있고, 핏자국은 보이지 않았다. 뱅상이 세심하게 처리한 터였다. 옆구리가 부어오른 몸은 타버린 빵 색깔이었고, 배 한복판에는 인이 파놓은 깊은 홈이 보였다. 거무스름한 모습으로 누워 있는 이 사람과 세즈나크 사이에는 어떤 관계도 없는 것 같았다.

"옷은?" 앙리가 물었다.

"배낭에 넣어 가려고요. 제가 처리하죠." 뱅상이 시체의 겨드랑이에 양손을 넣었다. "꺾여버리지 않도록 조심하세요. 그러면 골치 아프게 되니까." 그가 간호사처럼 권위 있는 말투로 주의를 주었다. 앙리는 시체의 발을 잡았다. 이윽고 그들은 차고까지 시체를 운반해 갔다.

"도구를 가지고 올 테니 기다리세요." 뱅상이 말했다.

그는 관목 뒤에 숨겨두었던 자전거에서 밧줄 하나와 돌을 넣어 묵직한 자루를 가지고 왔다.

"자루에 잘 들어가지 않을 겁니다. 하지만 제가 해결할게요." 뱅상이 말했다. 그는 자루 속의 돌을 세즈나크의 배에 대고 꽉 묶은 뒤 시체를 자루로 둘둘 말아 매듭을 지었다. "이렇게 하면 틀림없이 바닥으로 가라앉을 겁니다." 만족스러운 목소리였다.

두 사람은 시체를 자동차의 뒷좌석에 눕히고 그 위에 여행용 담요를 덮었다. 집은 고요하게 잠들어 있는 듯했다. 나딘의 창에만 불이 켜져 있었다. 그녀도 무슨 일이 일어났는지 눈치챘을까? 그들은 자동차를 큰길까지 밀고 갔다. 거기서 앙리는 조용히 시동을 걸어보려 애를 썼다. 마을 역시 깊이 잠든 것 같았지만, 어떤 소리도 놓치지 않는 불면증 환자도 틀림없이 있을 터였다.

"그놈이 유대인을 많이 밀고했나?" 앙리는 물었다. 이 사건이 정의와 큰 상관이 없다는 걸 알면서도 그는 세즈나크의 범죄를 확신하고 싶었다.

"몇 백 명입니다. 경계 지역에서의 밀고라는 건 일종의 대량생산 같은 거죠. 개자식! 하마터면 놓칠 뻔했다고 생각하면!" 뱅상은 말했다. "제 잘못입니다. 제가 서툴렀어요. 그놈의 거처를 알아냈을 때 멍청하게 호텔로 뛰어들고 말았죠. 놈의 방에서 죽일 수도 있었겠지만 그것도 아주 현명한 짓은 아니었을 겁니다. 어쨌든 놈은 문을 열지 않고 살짝 빠져나가버렸어요. 하지만 전 결국 그를 죽였죠."

그가 다소 불분명한 목소리로 이야기를 늘어놓는 동안 자동차는 잠들어 있는 도로를 달렸다. 이 조용한 하늘 아래 인간들이 여기저기서 죽고 죽인다는 것이, 지금 이 일이 실제로 일어났다는 것이 믿기지 않았다.

"왜 게슈타포와 일했을까?" 앙리는 물었다.

"돈이 필요했던 거죠." 뱅상이 말했다. "전 그놈이 마약을 하기 시작한 게 샹셀이 죽고 나서, 모든 일이 구역질 나게 돌아가기 시작했을 때부터인 줄 알았어요. 하지만 그게 아니었어요. 훨씬 오래전부터였죠. 불쌍한 샹셀! 그는 세즈나크가 위험한 삶을 즐긴다며 감탄하곤 했어요. 그게 어떤 수단을 써서라도 마약과 돈을 얻는다는 뜻이라고는 상상도 못했겠죠."

"하지만 왜 마약을 했을까? 좋은 집안의 젊은 부르주아였잖아."

"비행 청년이었죠." 뱅상이 청교도와 같은 태도로 말했다. "개자식으로 변한 비행 청년 말입니다." 그는 입을 다물었다가 잠시 후에 손짓을 했다. "저 다리예요."

길에는 사람이 없었고, 강에도 인적은 느껴지지 않았다. 아주 짧은 순간에, 그들은 세즈나크였던 그것을 다리의 난간 너머로 내던졌다. 물소리와 함께 소용돌이가 생기고 몇 줄의 파문이 일더니, 곧 강은 다시 순수한 모습으로 되돌아갔다. 인적 없는 길과 하늘, 그리고 고요 속으로. '여기 가라앉은 이가 누구인지, 나는 결코 알지 못할 거야.' 앙리는 생각했다. 그러한 생각으로 그는 괴로웠다. 마치 세즈나크에 대해 깍듯한 추도 연설이라도 해야 했던 것처럼.

"고맙습니다." 차를 돌렸을 때 뱅상이 말했다.

"인사는 그만둬." 앙리는 말했다. "자네를 도운 건 다른 수가 없어서였어. 하지만 난 반대야, 전보다 더 반대라고."

"개자식이 한 명 줄어든 건 사실이잖습니까."

"세즈나크를 반드시 처리하고 싶어 했던 건 이해해." 앙리는 말했다. "하지만 알지 못하는 사람들을 죽여야 할 경우라면, 죽여야 할 이유가 있다고 말할 수 없는 거야. 자네가 거기서 찾는 것도 일종의 마약이야. 자네 또한 편집증이 있다는 얘기지."

"오해하고 계시는군요." 뱅상이 격렬하게 대꾸했다. "좋아서 죽이는 게 아닙니다. 전 가학성 변태성욕자가 아니고, 피를 보는 게 정말 싫어요. 레지스탕스에는 민병대원들 죽이는 걸 재미있게 생각하던 자식들이 있었어요. 기관총으로 민병대원들을 삥 돌아가며 쐈죠. 저는 그런 걸 끔찍하게 싫어했어요. 전 정상이라고요. 선생님도 아시잖아요."

"분명히 뭔가 잘못되어가고 있는 거야." 앙리는 말했다. "죽이기 위해서 죽이는 건 정상이 아니니까."

"전 죽이기 위해서 죽이는 게 아닙니다. 개자식들을 없애기 위해 죽이는 거죠."

"그러면 왜 그렇게 그들이 없어지기를 바라는 거지?"

"선생님이 누군가를 정말 싫어한다면, 그가 없어지기를

562

바라는 게 당연하지 않나요? 그러지 않는다면 머리가 돈 거죠." 그는 어깨를 으쓱였다. "사람을 죽이는 인간은 변태성욕자에 전부 난잡하다는 그런 이야기는 다 헛소리예요. 무리에 한두 명 미친놈이 있을 수는 있겠지만, 사실 가장 맹위를 떨치는 사람들은 아무 문제 없이 부인과 자는 선량한 가장들이라고요."

그들은 잠시 말없이 차를 달렸다.

"선생님은 이해하시죠." 뱅상이 말했다. "사람이란 자기가 어느 쪽에 속해야 하는지 알 필요가 있어요."

"그렇다고 사람을 죽일 필요는 없어." 앙리는 말했다.

"사건에 직접 관여할 필요는 있지요."

"제라르 파튀로가 집단 폭행의 위험을 무릅쓰고 마다가스카르의 사람들을 변호하려 했을 때, 그는 사건에 관여했고 그건 의미가 있네. 자네도 뭔가 유익한 일을 하면서 사건에 관여하도록 해봐."

"다음 전쟁에서 모두 죽을 텐데 무슨 유익한 일을 하라는 겁니까? 우리가 할 수 있는 건 해결사의 일, 그것뿐이에요."

"전쟁이 일어나지 않을지도 모르잖아."

"무슨 말씀이세요! 우리는 독 안에 든 쥐 꼴이 되었는데!"

정원 앞에 도착하자 뱅상이 덧붙였다.

"들어보세요. 만약 난처한 일이 생기면, 선생님은 전혀 모르는 일이라고 하세요. 아무것도 못 봤다고, 어떤 소리도 못 들었다고요. 세즈나크가 사라져버렸기에 도망쳤나 보다 생각했다고 말이에요. 그리고 제가 자백했다는 얘길 들으셔도 그건 허풍이 분명하다고 얘기해주세요. 모든 것을 부인해주세요."

"난처한 일이 생겼는데 자넬 그냥 내버려두는 일은 없을 거야." 앙리는 말했다. "일단 지금은 조용히 도망가줘."

"가겠습니다."

앙리는 자동차를 차고에 넣었다. 다시 밖으로 나왔을 때 뱅상은 사라지고 없었다. 그래, 세즈나크가 도망가버렸다고 생각하면 돼. 뱅상은 생마르탱에 발도 들인 적 없어. 아무 일도 일어나지 않은 거야.

하지만 무슨 일이 일어나고 있었다. 새벽의 회색빛 속에서 세 사람이 거실 한복판에 앉아 있었다. 안과 뒤브뢰유는 실내복으로 몸을 감싸고, 나딘은 옷을 입은 채였다. 나딘은 울고 있었다. 앙리의 발소리를 듣자 나딘이 고개를 들고 격렬한 목소리로 말했다. "어디 갔다 온 거야?"

그는 나딘 곁에 가 앉아 팔로 그녀의 어깨를 감쌌다. "왜 울어?"

"내 잘못이야!" 나딘이 신음했다.

"뭐가 네 잘못인데?"

"내가 뱅상에게 전화를 했다고. 마을의 카페에서 걸었어. 아무도 못 듣게!"

안이 재빨리 말했다. "이 애는 그냥 뱅상이 세즈나크를 경찰에 신고해줬으면 했던 거예요."

"뱅상에게 오지 말라고 빌었어." 나딘이 말했다. "그렇지만 소용없었어. 난 너무 두려워서 길에 나가 기다렸어. 뱅상은 세즈나크랑 얘기만 좀 하겠다고 약속하고 나를 방으로 돌려보내더니, 한참 지나서 자갈을 내 창문에 던지고는 당신 방이 어디냐고 물었어. 대체 무슨 일이 일어난 거야?" 공포에 질린 목소리로 그녀가 물었다.

"세즈나크는 목에 커다란 돌을 단 채 강바닥에 있어." 앙리는 말했다. "그렇게 금방 발견되지는 않을 거야."

"오! 하느님 맙소사!" 나딘은 그 강인한 몸을 떨며 흐느끼기 시작했다.

"세즈나크는 총알을 맞을 만해. 네 입으로도 그렇게 말했잖니." 뒤브뢰유가 말했다. "그렇게 죽은 것이 그나마 잘된 일인 것 같구나."

"살아 있었잖아요. 그런데 지금은 죽어버렸다고요!" 나딘이 말했다. "정말 끔찍해요!"

얼마간 그는 아무 말 없이 나딘이 울도록 내버려두었다. 그녀가 다시 고개를 들었다. "이제 무슨 일이 일어날까?"

"아무 일도 안 일어나."

"그가 발견되면?"

"발견되지 않을 거야."

"그가 없어졌으니 누군가는 걱정할 거야. 이리로 온다고 여자 친구나 다른 친구들에게 말했을지 누가 알아? 마을 사람이 당신과 뱅상이 갔다 왔다 하는 걸 눈여겨보지 않았을까? 혹시 뱅상 주변에 경찰 끄나풀이 있어서 모든 사실을 짐작하고 있으면?"

"불안해하지 마. 최악의 상황이 닥친다고 해도 곤경을 헤쳐나갈 거니까."

"당신은 살인의 공범자라고."

"유능한 변호사에게 부탁하면 틀림없이 무죄가 될 거야."

"아니, 틀림없지 않아."

극심한 후회와 함께 눈물을 흘리는 나딘의 모습에 앙리는 아연실색했다. 그녀가 뱅상에게 전화를 걸었던 건 그저 부모와 그에 대한 원망 때문이었으리라. 스스로를 그 첫 번째 피해자로 만들어버린 마음속의 완고한 원한을, 나딘은 정말이지 완전히 떨쳐낼 수 없는 걸까? 그녀는 도대체 얼마나 스스로를 불행하게 만들고 있는가!

"당신은 감옥에 들어갈 거야. 몇 년이나!" 나딘이 말했다.

"절대 아냐!"

앙리는 나딘의 팔을 잡았다. "가서 쉬어. 밤새도록 깨어 있었잖아."

"못 자겠어."

"자도록 해야지, 나도 그럴 거야."

그들은 계단을 올라 앙리의 방으로 들어갔다. 나딘은 눈물을 닦고 소리 내서 코를 풀었다. "내가 밉지?"

"무슨 정신 나간 소리야!" 앙리는 말했다. "내가 어떻게 생각하는지 알잖아." 그는 덧붙여 말을 이었다. "너 자신이 모두를 조금씩 미워하고 있어서 그래. 다른 사람들은 상관없지만, 나를 미워해서는 안 돼. 왜냐하면 난 널 사랑하니까. 그걸 머리에 새겨두라고."

"아니, 당신은 날 사랑하지 않아." 나딘이 말했다. "하긴, 그것도 당연하지. 난 사랑받을 만한 사람이 아니니까."

"앉아봐." 앙리는 나딘의 옆에 앉아 그녀의 손 위에 자신의 손을 포겠다. 정말이지 혼자 있고 싶었지만, 후회로 괴로워하는 나딘을 내버려둘 수는 없었다. 그 역시 후회하고 있

었다. 나딘의 신뢰를 얻지 못한 까닭이었다. "날 봐!" 그가
말했다.

나딘이 눈자위가 푸르스름해진 애처로운 얼굴을 앙리에
게로 돌렸다. 그러자 문득 그녀에 대한 커다란 애정이 느껴
졌다. 그래, 무엇보다 아끼는 마음, 이게 바로 사랑이야. 그
는 누구보다도 나딘을 아꼈다. 그는 나딘을 사랑하고 있었
고, 이 사실을 그녀에게 납득시켜야 했다.

"내가 널 사랑하지 않는다고 생각하는 거야? 정말로?"

나딘이 어깨를 으쓱였다. "당신이 왜 날 사랑하겠어? 내
가 뭘 줄 수 있다고? 난 예쁘지도 않잖아."

"아! 그런 어리석은 열등감은 버려." 앙리는 말했다. "난
있는 그대로의 나딘이 맘에 들어. 그리고 네가 나에게 주는
것, 그건 바로 너 자신이야. 그게 내가 요구하는 전부고. 널
사랑하니까."

나딘은 침통한 표정으로 그를 바라보았다. "당신 얘기를
믿을 수 있으면 좋겠는데."

"믿으려고 해 봐."

"안 돼." 나딘이 말했다. "난 스스로를 잘 알거든."

"알다시피, 나도 널 알아."

"바로 그러니까 말이야."

"널 안다니까. 나는 네 행복만을 생각한다고. 뭐가 더 필
요해?"

"그러니까 당신이 날 잘 모른다는 거야."

앙리는 웃기 시작했다. "대단한 논리군!"

"난 못났어." 나딘이 말했다. "언제나 못난 짓만 하니까."

"전혀 그렇지 않아. 오늘 밤엔 화가 났었잖아. 그럴 만해. 너도 무슨 일이 일어날지 예상하지 못했지. 그러니 그만 괴로워해."

"당신은 정말 자상해." 나딘이 말했다. "그렇지만 난 그런 자상함을 받을 자격이 없어." 그녀는 다시 울기 시작했다. "난 왜 이럴까? 스스로가 역겨워."

"아주 잘못된 생각이야." 앙리는 다정하게 달랬다.

"나 자신이 역겹다고." 나딘이 되풀이해서 말했다.

"그러면 안 돼, 내 사랑." 앙리가 말했다. "들어봐, 누구도 널 사랑하지 않는다고 단정하지만 않으면 모든 일이 훨씬 더 잘 풀릴 거야. 넌 사람들이 무관심하다고 원망하고, 그래서 때때로 거짓말이나 보복으로 배신을 하지. 하지만 지나치게 심각한 일을 벌이는 것도 아니고, 마음이 완전히 적의로만 차 있어서 그러는 것도 아니잖아."

나딘은 고개를 흔들었다. "내가 어떤 일까지 할 수 있는지 당신은 몰라."

앙리는 미소를 지었다. "아주 잘 알거든."

"아니라니까." 그 목소리가 너무도 절망적이라 앙리는 그녀를 팔로 꼭 껴안았다.

"들어봐⋯⋯." 그는 말했다. "뭔가 맘에 걸리는 일이 있으면 나에게 얘기하는 편이 좋을 거야. 말로 내뱉고 나면 덜 끔찍하게 느껴지는 법이거든."

"말 못 해." 나딘이 말했다. "너무 야비한 일이니까."

"말하기 싫으면 안 해도 돼." 그는 말했다. "하지만 혹시라도 그게 내가 짐작하는 일이라면, 그렇게 심각하게 생각할 필요 없어."

나딘은 불안하게 그를 바라보았다. "당신이 생각하는 게 뭔데?"

"너랑 나, 우리와 관계된 일이지?"

"그래." 나딘이 그에게서 시선을 떼지 않은 채 대답했다. 그녀의 입술이 떨리고 있었다.

"너, 일부러 임신한 거지? 네가 괴로워하는 게 바로 그 때문이지?"

나딘은 고개를 숙였다. "어떻게 알았어?"

"네가 속인 것이 분명했으니까. 그게 유일한 답이었어."

"짐작하고 있었네!" 나딘이 말했다. "그러니 내가 역겹지 않다는 말은 하지 마."

"그렇지만 나딘, 내가 마지못해 결혼하려고 했다면 넌 절대 받아들이지 않았을 거잖아. 나를 협박하지도 않았을 거고! 그건 그저 너 혼자서 꾸민 작은 장난일 뿐이야."

나딘은 애처로운 표정으로 고개를 들어 그를 바라보았다. "그래, 절대 협박하지는 않았을 거야."

"알아. 어떤 이유에서인지, 넌 나에게 심한 반감을 갖고 있었어. 그래서 이런 일을 꾸민 거지. 내가 원하지 않는 상황을 나에게 강요하는 것이 재미있었을 거야. 하지만 결국 넌 나보다 더 위험한 일을 시도한 셈이야. 왜냐하면 진짜로 나에게 결혼을 강요할 의도는 절대 없었을 테니까."

"어쨌든 비열한 짓이었어." 나딘이 말했다.

"절대 아냐, 그저 쓸데없는 짓이었을 뿐. 어차피 조만간 우리는 결혼하고, 아이도 갖게 되었을 테니까."

"그게 정말이야?" 나딘이 물었다.

"물론이지. 우리는 결혼했어. 왜냐하면 우리 둘 다 그러고 싶었으니까. 네가 남몰래 결혼을 원한다고 짐작해서, 난 그만큼 의무감을 덜 느꼈던 것뿐이지."

나딘은 머뭇머뭇 말을 꺼냈다. "나와 살기 싫었다면 이렇게 되지 않았을 거라는 얘기구나."

"그러니 조금만 더 노력해보라고." 앙리는 쾌활하게 말했다. "알겠지? 만약 널 사랑하지 않았다면 같이 살 생각도 없었을 거야."

"하지만 그건 다른 문제야." 나딘이 말했다. "사랑하지 않는 상대와도 서로 만족할 수 있으니까."

"난 아니야." 앙리는 말했다. "내가 널 사랑한다는데 도대체 왜 믿지 않으려는 거지?" 그는 다소 초조한 듯 물었다.

"어쩔 수 없어." 나딘이 한숨을 쉬었다. "난 원래 의심이 많은걸."

"항상 그렇지는 않잖아." 앙리는 말했다. "디에고와 함께였을 때는 아니었지?"

나딘의 얼굴이 굳었다. "그건 달라."

"뭐가 달라?"

"디에고는 내 사람이었으니까."

"나도 그보다 못하지는 않지." 앙리는 격한 어조로 말했다. "차이가 있다면, 디에고는 어린애였다는 거야. 하지만 살아 있으면 나이 들어갔겠지. 그리고 네가 무작정 '어른은 재판관이고, 그래서 적이다'라는 식으로 생각하지만 않는다면, 내 나이도 그렇게 불편하지 않을 거야."

"디에고와 함께하는 것과는 절대 같지 않아." 나딘이 단호하게 말했다.

"똑같은 두 개의 사랑은 없어." 앙리는 말했다. "뭐 하러 비교를 해? 네가 우리의 관계에서 있는 그대로와 다른 무언가를 찾는다면, 당연히 찾지 못할 거야."

"난 디에고를 잊을 수 없어." 나딘이 말했다.

"잊지 마. 하지만 나를 적대시하는 일에 그 추억을 이용하지는 말아줘. 네가 하고 있는 행동이 바로 그런 거잖아." 그는 덧붙였다. "수많은 이유로 넌 현재의 삶을 싫어하지. 그래서 과거 속으로 도피하고 있어. 과거의 이름으로, 지금 자신에게 일어나는 모든 일에 대해 우월감을 가진다고."

나딘은 약간 주저하는 표정으로 그를 바라보았다. "그래, 난 과거에 집착하고 있어."

"그 마음 이해해." 앙리는 말했다. "다만 한 가지 사실은 알아야 해. 지금 네가 심술궂게 구는 건 너무 강렬한 추억을 지니고 있어서가 아니야. 그 반대로, 현재의 자신을 정당화하기 위해 그 추억을 이용하고 있는 거라고."

나딘은 잠시 깊이 생각하는 듯 침묵을 지킨 채 입술을 깨물었다. "난 왜 이렇게 심술궂을까?"

"원한 때문에, 의심 때문에. 그건 악순환을 만들거든." 앙리는 말했다. "넌 내 사랑을 의심해. 그래서 나를 원망하지. 그리고 나를 벌주기 위해서 나를 의심하고 토라지지. 하지만 잘 생각해봐." 그는 간절한 목소리로 말을 이었다. "널 사랑한다면, 난 너의 신뢰를 받을 자격이 있잖아. 그러니까 나를 의심하는 건 옳지 않아."

나딘은 침통한 표정으로 어깨를 으쓱였다. "만약 그게 악순환이라면 거기서 벗어날 수는 없겠네."

"벗어날 수 있어." 앙리는 말했다. "네가 벗어날 마음만 먹으면, 할 수 있어." 그는 나딘을 꼭 껴안았다. "내가 신뢰를 받을 자격이 있는지는 잘 모르겠지만, 한번 믿어 봐. 넌 속는 걸 끔찍하게 싫어하지. 그래도 부당하게 행동하느니 차라리 속는 게 나아. 게다가, 두고 보라고." 그는 덧붙였다. "네 신뢰를 받을 만한 사람이 될 테니까."

"내가 당신을 부당하게 대한다고 생각해?"

"그래. 내가 디에고가 아니라는 이유로 나에게 불만을 품을 때, 넌 부당하지. 그리고 나를 재판관처럼 볼 때, 넌 부당해. 난 너를 사랑하는 한 남자일 뿐이잖아."

"그러긴 싫은데." 나딘이 걱정스러운 목소리로 말했다. "부당하게 행동하고 싶지 않아."

앙리는 미소를 지었다. "그럼 이제 그러지 마. 조금만 노력하면 내가 널 사랑한다는 사실을 결국 너 자신에게 납득시킬 수 있을 거야." 그러면서 그는 나딘에게 입을 맞추었다.

나딘이 팔을 뻗어 그의 목을 감았다. "미안해."

"미안할 건 전혀 없어. 이리 와." 그는 덧붙였다. "이젠 잠을 좀 자도록 해. 내일 다시 얘기하자고."

그는 나딘을 잠자리에 눕히고 이불을 덮어준 뒤 자기 방으로 돌아왔다. 이토록 솔직하게 나딘과 얘기한 것은 처음이었다. 그녀 마음속의 무엇인가가 누그러진 것 같았다. 끈질기게 노력해야 할 거야. 그는 한숨을 쉬었다. 그렇다면? 나딘을 행복하게 해주기 위해 그 자신이 행복해야 할 터였다. 그날 아침, 행복이란 말이 무엇을 의미하는지 그는 이제 조금도 알 수 없었다.

이틀이 지난 뒤에도 세즈나크의 실종에 대해 아무런 보도가 없었다. 앙리는 별채 주위에서 여전히 탄내가 나는 듯 느꼈고, 부은 얼굴과 깊게 파인 배의 이미지도 사라지지 않는 것 같았다. 그럼에도 그 악몽 역시 이미 다른 고민에 의해 덮이고 있었다. 미국, 영국, 프랑스가 소련과 막 결렬한 참이었다. 동서 간의 정세가 너무나 긴박해 금방이라도 전쟁이 터질 것만 같았다. 그날 오후, 앙리와 나딘은 뒤브뢰유를 자동차에 태워 리옹역까지 데려다주었다. 뒤브뢰유도 많은 사람들처럼 침울한 표정이었다. 그가 대합실에서 사람들과 악수를 나누는 모습을 앙리는 멀찌감치서 바라보았다. 하필 이날 평화 옹호를 위해 연설하러 가다니, 뒤브뢰유 자신도 가소롭다고 생각할 것이다. 그럼에도, 뒤브뢰유가 다른 남자 셋과 함께 플랫폼으로 걸어가는 순간 앙리는 일종의 그리움이 어린 시선으로 그를 쫓았다. 어쩐지 소외된 듯한 기분이었다.

"뭘 해야 하지?" 나딘이 물었다.

"먼저 네 차표부터 찾고, 그다음엔 자동차의 국경 통과증을 받아야지."

"결국 이탈리아로 가는 거야?"

"그럼." 앙리는 말했다. "정세가 악화되면 출발을 연기해야겠지만, 화해 분위기로 돌아설지 모르니까. 우리는 날짜를 정했으니 일단 그 날짜에 맞춰 준비하자고."

그들은 쇼핑을 하고 음반을 몇 장 샀다. 그리고《비질랑스》에 들른 다음, 라숌을 만나러《랑클룀》으로 갔다. 공산주의자들은 판결이 나오면 곧 마다가스카르 사건을 정식으로 다루기로 결정했다고 했다. 정치국은 성명을 발표하고 서명 운동과 정치적 모임을 조직할 것이다. 라숌은 낙관론을 확연히 드러냈으나, 성과를 조금도 기대할 수 없으리라는 것을 스스로도 잘 알고 있었다. 국제 정세에 관해서도 그는 긍정적으로 전망하지 않았다. 앙리는 나딘을 데리고 영화관에 갔다. 가랑비가 내리는 황혼의 차도를 달려 돌아오는 동안, 나딘은 대답할 수 없는 질문으로 그를 괴롭혔다. "군대 소집이 있으면 어떻게 할 거야? 소련군이 파리를 점령하면 어떻게 될까? 미국이 이기면 우리는 어떻게 되는 거지?" 저녁 식사는 쓸쓸했다. 식사를 마치자마자 안은 곧장 방으로 올라가버렸다. 앙리는 나딘과 함께 서재에 머물러 있었다. 그녀가 핸드백에서 두툼한 봉투 두 개와 침대차 승차권을 꺼냈다.

"당신에게 온 편지 볼래?"

"그래, 이리 줘."

나딘은 두 개의 봉투 중 하나를 그에게 건네고 자기 차표를 바라보았다. "괜찮을까? 내가 침대차로 여행하게 되다니. 정말 부끄러울 것 같아."

"기쁘지 않아? 전에는 그렇게 침대차로 여행하고 싶어 했잖아."

"3등차로 여행할 땐 침대차의 승객들이 부러웠지. 하지만 이제 남이 나를 부러워하겠구나 생각하니 싫어." 나딘은 차표를 핸드백에 넣었다. "차표를 손에 넣고 보니, 이번 출발이 무서우리만치 현실적으로 느껴지네."

"왜 '무서우리만치'라는 거야?"

"출발이란 언제나 약간 무섭잖아."

"내가 두려운 건 불확실함이야." 앙리가 말했다. "우리가 출발하는 게 확실한 일이 되면 좋겠는데."

"어쨌든 날짜를 연기할 수 있었다면 더 나았을 텐데." 나딘이 말했다. "라숌이 얘기한 정치 모임에 참석할 수 없는 게 마음에 걸리지 않아?"

"공산주의자들이 본격적으로 나설 테니 난 이제 필요 없겠지." 앙리는 말했다. "출발을 연기하기 시작하면 끝도 없이 늘어질 거야." 그는 강한 어조로 덧붙였다. "14일에는 새로운 재판이 시작돼. 그리고 마다가스카르 사건이 끝나면 다른 일들이 생길 테고. 그러니까 단호하게 그만둬야지."

"저런! 전부 당신이 살펴봐야 할 문제 같은데."

나딘은 《아르귀스》를 뒤적거리기 시작했다. 그는 편지를 펼쳤다. 어떤 젊은이에게서 온 아주 다정한 편지였다. 그는 다정한 편지들을 많이 받았고, 보통 그런 편지들은 그를 기쁘게 했다. 그러나 오늘 밤은 무슨 이유에서인지, 다른 이들의 눈에 자신이 훌륭한 인간의 본보기로 비치고 있다고 생각하자 신경질이 났다. 시계가 10시를 울렸다. 지금쯤 뒤브뢰유는 반전 연설을 하고 있을 것이다. 갑자기 자신이 뒤브뢰유의 자리에 있고 싶다는 마음이 들었다. 종종 그는 이렇게 생각했다. '전쟁은 죽음과 같아서 미리 준비해봐야 아무 소용이 없어.' 그러나 비행기가 거꾸로 떨어지기 시작할 때 공포에 떠는 승객이기보다는 기체를 일으키려고 노력하는 조종사가 되는 편이 더 낫지 않을까? 무엇인가 하는 것이, 그 저 연설뿐이라 해도, 막연한 중압감을 느끼면서 집에 가만 히 있는 것보다는 나을 것이다. 앙리는 청중으로 가득 찬 강 연장을, 뒤브뢰유를 바라보는 사람들의 얼굴을 상상했다. 그들을 향해 뒤브뢰유는 말을 던지고 있겠지. 공포나 고뇌 는 그들의 마음을 차지할 수 없을 거야. 다 함께 희망을 느끼 겠지. 모임이 끝나면 뒤브뢰유는 보졸레 포도주와 소시지를 먹으러 갈 것이다. 평범한 카페에 모일 테고, 누구도 대단한 이야깃거리는 없겠지만 다들 기분이 좋으리라. 앙리는 담배 에 불을 붙였다. 말로써 전쟁을 막을 수는 없다. 하지만 말이 반드시 역사를 바꿀 수 있다고 주장하는 것도 아니잖아. 그 것 역시 역사를 체험하는 하나의 방법이야. 이 서재의 고요 함 속에서, 악몽에 사로잡힌 마음으로, 앙리는 자신이 역사 를 제대로 체험하지 못하고 있음을 느꼈다.

"최근 호에서는 호평이네." 나딘이 말했다. "당신 소설에 대해 호평이 많아."

"그 잡지는 여전하군." 앙리는 무관심한 듯 대꾸했다.

"유일한 단점은 이게 월간지라는 거야." 나딘이 말했다. "시사 문제를 다루려면 주간지를 소유하는 편이 나은데."

"왜 뒤브뢰유 선생님은 결정을 못 내리시는 걸까?" 앙리 는 말했다. "주간지 일을 하고 싶어 안절부절못하시면서 말 이야. 그분을 지지하는 사람들이야 당연히 매우 반길 테고 공산주의자들도 호의적으로 볼 텐데, 왜 안 하시는 거지?"

"당신도 잘 알잖아." 나딘이 말했다. "당신 없이는 그 일 에 손을 대고 싶지 않은 거야."

"터무니없는 생각이야." 앙리는 말했다. "원하시는 어떤 협력자라도 구할 수 있을 텐데."

"당신과 같지는 않으니까." 나딘이 강력한 어조로 말을 이었다. "모든 걸 안심하고 맡길 수 있는 사람이 필요한 거지. 당신도 알다시피 아빠는 달라졌어." 그녀는 덧붙였다. "분명 나이 때문일 거야. 더는 무슨 일이든 할 수 있다고 생각할 수 없는 모양이야."

"결국은 결심을 하시겠지." 앙리는 말했다. "모두가 그분을 부추기고 있으니까."

나딘이 앙리의 시선을 찾았다. "우리가 이탈리아로 떠나지 않기로 했다면, 당신은 흔쾌히 그 일을 받아들였을까?"

"바로 그런 일에서 도망치기 위해 떠나는 거라고."

"난 그렇지 않아. 아름다운 곳에서, 태양 아래서 살기 위해 떠나는 거야."

"물론 그런 목적도 있지."

나딘이 편지 쪽으로 손을 내밀었다. "읽어봐도 돼?"

"원한다면."

앙리는 《아르귀스》를 훑어보기 시작했으나 딱히 읽고 싶은 생각은 없었다. 이젠 《비질랑스》일도 그만둘 테니 이 모든 것이 상관없는 일이 되겠지.

"이 젊은 학생의 편지는 아주 다정하네." 나딘이 말했다.

앙리는 웃기 시작했다. "내 인생을 본보기로 삼겠다는 학생 말이지?"

"사람은 자신에게 가능한 본보기를 따르나 봐." 나딘이 웃으며 말을 이었다. "정말, 이 학생은 여러 가지로 잘 이해하고 있는데."

"그래. 하지만 완전한 인간이라니, 그건 어리석은 생각이야. 사실 난 의무와 취미 사이에서 그럭저럭은커녕 제대로 자리 잡고 헤쳐나가지도 못하는 프티부르주아 작가에 불과한데 말이야."

나딘의 얼굴이 어두워졌다. "그러면 나는? 난 뭐지?"

앙리는 어깨를 으쓱했다. "사실 우리가 무엇이냐에 대해서는 관심을 가지지 말아야 해. 그런 관점에서는 누구도 해답을 얻을 수 없으니까."

나딘은 애매한 표정으로 그를 바라보았다. "그러면 어떤 관점을 가져야 하는데?"

앙리는 아무 대답도 하지 않았다. 이탈리아로 가면 어떤 관점을 갖게 될까? 다시 글을 쓰는 일에 열중하게 되겠지. 작가로서의 자신에 대해 더는 회의를 느끼지 않겠지. 좋아. 하지만 작가가 된다는 것이 모든 걸 해결해주지는 않아. 어떻게 해야 자기 자신을 생각하지 않고 지낼 수 있을지, 그는 알수가 없었다.

"네겐 마리아가 있고, 너의 삶이 있고, 흥미로운 일들이 있잖아." 그는 무기력하게 말했다.

"무수한 시간도 있을 거고." 나딘이 말했다. "포르토 베네레에서 엄청나게 많은 시간을 갖게 되겠지."

앙리는 나딘을 빤히 바라보았다. "그게 두려워?"

"모르겠어." 나딘이 말했다. "이제야 겨우 실감이 되는걸. 이 차표를 주머니에 넣기 전까지는 떠난다는 걸 진심으로 믿지 않았어. 당신은 우리가 정말 떠날 거라고 생각했어?"

"물론이지."

"하지만 그것도 그렇게 확실하지는 않잖아." 나딘이 약간 공격적인 목소리로 말했다. "그 일에 대해 얘기도 하고 편지도 교환하고 준비도 하지만, 정말 기차를 타기 전에는 그저 시늉만 하는 것일 수 있지." 그녀는 덧붙였다. "당신, 적어도 떠나고 싶다는 마음이 확실하기는 한 거야?"

"왜 그걸 묻는 거야?"

"그냥, 느낌이 좀 그래서."

"우리가 함께 지내는 생활에 지겨움을 느낄까 봐 두려운 모양이군."

"아니야. 지겹지 않다고 당신이 수십 번이나 말했잖아. 그래서 그 말은 믿기로 했어." 그러고서 나딘은 심각한 어조로 말을 이었다. "난 전체에 대해 생각하는 거야……."

"전체라니, 어떤 전체 말이야?"

그는 약간 짜증이 났다. 정말 나딘다운 생각이야. 누구보다 탐욕스럽게 무언가를 원하다가도, 정작 그것을 얻으면 공포에 사로잡히지. 이탈리아의 집에 대해 생각하기 시작한 것도 다름 아닌 나딘이었다. 나딘이 그 집에 너무나 애착을 보였기에 앙리는 이 계획을 다시 문제 삼지 않았는데, 갑자기 이제 그녀가 그를 불확실한 미래 앞에 홀로 내버려두는 것이었다.

"거기 가면 더 이상 신문을 읽지 않겠다고 하지만, 결국은 읽게 되겠지." 나딘이 말했다. "거기서 《비질랑스》나, 언젠가 발행될지도 모를 그 주간지를 받게 되면 기분이 참 이상할 거야."

"나딘," 앙리는 말했다. "이번처럼 오랫동안 떠나 지내는 경우엔 반드시 힘든 순간을 겪기 마련이야. 하지만 그게 갑자기 계획을 바꿀 이유는 될 수 없어."

"단지 계획을 바꾸지 않기 위해 떠난다는 건 어리석은 짓이야." 나딘이 침착하게 대꾸했다.

"아버지가 엊그제 뭐라고 하셨는지 들었잖아? 파리에 남으면 모든 게 다 전과 똑같이 다시 시작될 거야. 언젠가 네가 나더러 살기 위한 시간을 갖지 않는다고 비난했던 그때처럼 말이야."

"내가 전에 어리석은 소리를 많이 했지." 나딘이 말했다.

"올해에는 내 시간이 있어서 너무 행복했어." 앙리는 말했다. "난 그 상태를 지속시키기 위해 이탈리아로 떠나는 거라고."

나딘은 주저하는 표정으로 그를 바라보았다. "정말 거기서 행복할 거라고 생각한다면……."

앙리는 대답하지 않았다. 행복. 사실 이 말은 더 이상 아무 의미가 없었다. 사람은 결코 세상을 소유할 수 없고, 세상에 대항해 스스로를 방어한다는 것도 생각할 수 없다. 바로 그 세상 속에 있으니까. 그뿐이다. 파리에서 그랬듯이 포르토 베네레에서도, 세상은 온통 비참과 범죄와 부정과 함께 그의 주위에 존재할 것이다. 남은 생애를 아무리 도피하며 보낸다 해도 결코 피난처를 찾지는 못할 것이다. 신문을 읽고, 라디오를 듣고, 편지를 받겠지만, 얻는 것이라고는 결국 '어쩔 도리가 없어'라는 생각뿐이리라. 갑자기 무엇인가가 그의 가슴속에서 폭발했다. 아니야. 그날 저녁 그를 짓누르는 고독, 그 말없는 무력감이 그가 원하는 것은 아닐 터였다. 아니야. '모든 게 나 없이도 돌아가잖아.' 이런 생각을 그는 절대로 받아들일 수 없을 것이다. 나딘은 분명히 알고 있었던 것이다. 그는 단 한 순간도 이 도피를 진정으로 선택한 적이 없었다. 갑자기, 그는 자신이 며칠 전부터 이러한 생각을 지긋지긋하게 억눌러왔음을 깨달았다.

"우리가 여기에 머물러 있어도 나딘은 괜찮을 것 같아?" 그는 물었다.

"당신이 만족하는 곳이라면 어디라도 난 괜찮아." 나딘이 열정적으로 대답했다.

"태양 아래서, 아름다운 곳에서 살고 싶어 했잖아?"

"그랬지." 나딘은 잠시 망설이다 말을 이었다. "알다시피, 천당을 꿈꾸던 사람들도 막상 천당 앞으로 떠밀리면 그리 서두르지 않는 법이거든."

"그 말은, 떠나는 걸 후회하게 될 거라는 뜻이지?"

나딘은 진지한 표정으로 그를 바라보았다. "당신에게 부탁이 하나 있어. 그건 당신이 원하는 대로 하라는 거야. 물론 난 여전히 이기주의자야." 그녀는 덧붙였다. "하지만 전처럼 생각이 짧지는 않아. 당신에게 강요했다고 생각하면, 내 인생은 고달파질 거야."

"내가 원하는 게 뭔지 이제 잘 모르겠어." 앙리는 말했다. 그는 일어나서 방금 사 온 음반 중 하나를 전축에 걸었다. 이탈리아로 떠나지 않는다면 음반을 들을 시간이 별로 없을 것이다. 그는 주위를 둘러보았다. 떠나지 않는다면 무엇이 자신을 기다리게 될지, 그는 알 수 있었다. 이번만큼은 대비를 하리라. '적어도 어떤 함정은 피하게 될 거야.' 이어 그는 체념하는 마음으로 생각했다. '하지만 다른 함정에 빠지게 되겠지.'

"음악을 좀 들을까?" 그는 말했다. "당장 오늘 저녁에 결정할 필요는 없잖아."

그러나 그는 자신이 이미 결정을 내렸음을 알았다.

제12장

이렇게 될 것을 난 이미 예감했던 걸까? 폴의 핸드백에서 이 약병을 빼앗았을 땐, 그것을 버릴 생각이었다. 하지만 그러는 대신 나는 약병을 장갑 상자 속에 감추어두었다. 방으로 올라가서 조금만 움직이면 다 끝나는 거야. 이런 생각이 나를 안심시킨다. 나는 따뜻한 풀잎에 볼을 대고 낮은 목소리로 말한다. "죽고 싶어." 그러면 목이 뚫리고, 갑자기 아주 편안한 마음이 된다.

루이스 때문은 아니다. 그 커다란 난초가 시들어 그것을 던져버린 지도 벌써 2주가 지났다. 끝난 일이다. 시카고에서 이미 나는 회복되기 시작했다. 나는 회복될 것이고, 그것을 막을 수 없을 것이다. 여기저기서 살해되는 사람들 때문도 아니다. 우리를 위협하는 전쟁 때문도 아니다. 살해되든지, 죽든지, 그렇게 다를 것도 없다. 게다가 모든 사람은 거의 같은 나이에, 혹은 길어봐야 40년쯤 되는 차이를 두고 죽기 마련 아닌가. 충격적일 것은 없다. 만약 충격적인 무언가가 있다면, 난 살아 있음을 느끼고 내 존재가 끝나기를 원치 않겠지. 그러나 공포에 떨며 소리 질렀던 열다섯 살의 그날처럼, 다시 죽음이 나를 쫓고 있다. 나는 이제 열다섯 살이 아니다. 며칠 동안 죽음을 기다려야 한다는 이유로 사형수는 감옥에서 목을 맨다. 그런데 나더러 몇 년을 참으라니! 그것이 무슨 의미가 있을까? 피곤하다. 피곤할 때 죽음이란 훨씬 덜 끔찍해 보인다. 죽음에 대한 욕망으로 죽는 것이 가능하다면, 그 기회를 놓쳐서는 안 될 것이다.

벌써 2주째 이런 상태가 지속되고 있다. 파리에 내린 그 순간부터. 그때 로베르는 앵발리드역에서 나를 기다리고 있었다. 그는 곧장 나를 발견하지 못하고 노인의 종종걸음으로 플랫폼을 이리저리 서성였다. 그래서 나는 아주 잠깐 '저 이가 늙었구나!' 생각했다. 이어 그가 내게 미소를 보냈다. 여전히 젊은 시선이었지만, 그의 얼굴은 이미 무너지기 시작하고 있었다. 저 얼굴은 그가 썩어가는 그날까지 무너지겠지. 그날 이후 나는 끊임없이 생각한다. '10년, 15년, 혹은 20년이면 그렇게 될 거야. 20년은 너무 짧은데! 그런 다음에 그는 죽겠지. 나보다 먼저 죽을 거야.' 한밤중에 나는 소스라치며 잠에서 깨어나 생각한다. '그는 나보다 먼저 죽을 거야.' 오늘 아침 그는 앙리와 얘기를 나누고 있었다. 다시 시작해야만 한다고, 사람들은 언제나 다시 시작하며 다른 방도는 없다고 그들은 말했다. 두 사람은 계획을 세우고 논의를 했다. 나는 그의 치아를 바라보고 있었다. 신체 중에서 치아만이 유일하게 충직하다. 해골을 드러내고 있는 치아만이. 나는 로베르의 해골을 바라보며 생각했다. '그의 해골은 자기의 때가 오기를 기다리는 거야.' 그때가 올 것이다. 다소 차이는 있을지언정 우리는 꽤 오랜 시간을 노쇠한 상태로 지낼 수 있다. 그러나 은총은 결코 없다. 언젠가는 침대에 누운 채 밀랍빛 안색을 하고 가짜 미소를 입술에 띤 로베르의 모습을 보게 되겠지. 나는 홀로 그의 시체 앞에 있을 거야. 정말 거짓말 같기만 하다. 납골당에서 나란히 잠든 채 조용히 누워 있는 석상들, 그리고 그들의 유골함 위에서 손을 맞잡은 배우자들이라니! 우리의 재를 잘 섞을 수는 있을지 몰라도 죽음을 뒤섞을 수는 없을 거야. 나는 20년간 우리가 함께 살고 있다고 믿었다. 그러나 아니었다. 우리는 각자 혼자였다. 각자의 육체에 갇혀서, 거칠어지는 피부 속에서 굳어가는 동맥과 함께, 쇠퇴하는 간과 신장, 희미해지는 피와 함께. 그 안에서 은밀하게 익어 다른 모든 사람으로부터 격리시키는 죽음과 함께.

로베르가 뭐라고 말할지는 알고 있다. 이미 내게 얘기한 적도 있으니까. "난 집행유예 중인 시체가 아냐. 살아 있는 사람이지." 그렇게 그는 나를 납득시켰다. 그러나 그때 그의 말은 살아 있는 여자를 향한 것이었고, 삶은 살아 있는 자들의 진실이었다. 그러나 나는 죽음이라는 관념과 노닥거리고 있었다. 오직 그 관념으로 인해 세상에 속해 있었다. 이제는 다르다. 나는 더 이상 죽음이라는 관념과 노닥거리지 않는다. 죽음은 이미 여기에 있다. 푸른 하늘을 감추고, 과거를 삼키고, 미래를 먹어치운다. 대지는 얼어붙고, 허무가 대지를 다시 사로잡는다. 나쁜 꿈이 아직 영원 저 끝에서 떠돌고 있다. 내가 터뜨릴 거품이.

나는 팔꿈치를 대고 몸을 일으킨다. 보리수를, 마리아가 잠들어 있는 요람을 바라본다. 다른 날과 조금도 다르지 않은 날이다. 하늘도 겉보기엔 푸르기만 하다. 그러나 정말 황량하다! 모든 것이 침묵을 지키고 있다. 이 침묵은 그저 내 마음의 침묵인지도 모른다. 내 안에는 이제 누구에 대해서도, 어떤 것에 대해서도 사랑이 없으니까. 나는 생각했었다. '세상은 방대하고 한이 없어. 이 세상에 도취하기에 한 번의 생으로는 충분치 않아.' 하지만 이제 나는 세상을 무관심하게 바라보고 있다. 세상은 거대한 유적에 지나지 않아. 머나먼 은하수, 나를 영원히 알지 못하는 몇 십 억의 사람들이 무슨 상관이겠어! 나에게는 내 인생밖에 없어. 그것만이 중요해. 그런데 바로 그 인생도 이제 중요하지 않게 되는 것이다. 지상에서 할 일이 아무것도 보이지 않는다. 내 직업은 얼마나 하찮은가! 내가 어찌 감히 한 여자를 울지 못하게 하며, 한 남자를 잠들게 할 수 있을까? 나딘은 앙리를 사랑하고 있다. 그 애에게 나는 더 이상 중요한 존재가 아니다. 로베르는 나와 함께 살아서 행복했다. 그러나 다른 여자와, 아니면 혼자 살아도 행복했으리라. '그에게는 종이와 글 쓸 시간만 주면, 그걸로 충분해.' 물론 나를 그리워하겠지. 그러나 그는 천성적으로 누군가를 많이 그리워하는 사람은 아니야. 게다가 그도 곧 땅속에 묻힐 거야. 루이스는 나를 필요로 했지만 난 이렇게 생각했어. '시작하기에는 너무 늦었어. 다시 시작하기에는 너무 늦은 거야.' 그렇게 스스로에게 핑계를 댔지. 그러나 모든 핑계가 사라진 지금, 그는 더 이상 나를 필요로 하지 않는다. 나는 귀를 기울여본다. 나를 부르는 소리는 어디서도 들리지 않는다. 장갑 상자 속에서 기다리고 있는 작은 약병에 맞서서 나를 지켜주는 것은 아무것도 없다.

나는 다시 몸을 일으켜 마리아를 바라본다. 표정 없는 아기의 얼굴에서 내가 다시 발견하는 것은 바로 나의 죽음이다. 언젠가는 이 아기도 내 나이가 되겠지. 그리고 그때 나는 이 세상에 없을 거야. 아기는 자고 있어. 아기는 숨을 쉬고 있어. 아기는 정말이지 현실이야. 미래의 현실이며 망각의 현실. 가을이 올 것이고, 아기는 이 정원을 산책할 거야. 아니면 다른 곳을. 우연히 아기가 내 이름을 불러도 대답하는 사람은 없겠지. 그리고 나의 침묵은 우주의 침묵 속에 사라져버리겠지. 하지만 장차 아기가 내 이름을 부르는 일은 없을 것이다. 내 부재는 너무나 완벽해서 모두가 나의 부재를 모를 것이다. 이 공허함이 나에게 현기증을 일으킨다.

그러나 나는 기억하고 있다. 인생은 때때로 장날 축제처럼 아름다웠어. 그리고 잠은 미소처럼 부드러웠지. 가오*에서 우리는 호텔 테라스에 나가 잠을 잤어. 미풍이 모기장을 부풀리고 침대는 배처럼 앞뒤로 흔들리던 새벽도 있었어. 타르 냄새가 나는 배의 갑판 위였지. 에기나섬** 뒤편으로 커다란 오렌지색 달이 떠올랐고, 하늘과 땅이 미시시피 강물 안에서 뒤섞였고, 두꺼비가 우는 마당에서 해먹이 흔들렸어. 나는 몇 개의 성좌가 내 머리 위에서 부딪치는 모습을 지켜보았지. 나는 잠을 잤다. 모래언덕에서, 곡물 창고의 건초 더미에서, 이끼 위에서, 솔잎 위에서, 텐트 안에서, 하늘

<hr>

* 아프리카 말리 동쪽에 위치한 도시.
** 그리스 살로니카제도에서 가장 큰 섬.

을 지붕으로 삼고, 델포이의 옛 경기장과 에피다우로스의 야외극장에서, 대합실 마루 위에서, 나무로 된 장의자에서, 닫집이 달린 낡은 침대에서, 새의 솜털로 채운 시골의 큰 침대에서, 발코니에서, 벤치 위에서, 지붕 위에서. 나는 누군가의 품 안에서 잤다.

그것으로 충분해! 추억 하나하나가 너무나 심한 고통을 안긴다. 나는 내 안에 얼마나 많은 죽은 이들을 지니고 있는 걸까! 천당을 믿었던 어린 소녀는 죽었다. 책과 사상, 그리고 자신이 사랑하는 남자가 불멸이라 생각하던 소녀는 죽었다. 행복이 약속된 세계에서 충만한 상태로 배회하던 젊은 여자는 죽었다. 루이스의 품 안에서 웃으며 잠을 깨던 사랑에 빠진 여자는 죽었다. 디에고처럼, 루이스의 사랑처럼, 그 여자들은 죽었다. 그 여자들 역시 무덤이 없고, 그래서 그들에게는 지옥의 평화가 허락되지 않는다. 그들은 아직 희미하게 기억을 지닌 채 신음하며 잠을 청한다. 그들에게 자비를 베풀어주소서. 그들을 모두 한꺼번에 묻어주도록 하자.

나는 집으로 걸어갔다. 로베르의 창문 앞을 소리도 내지 않고 지나쳤다. 그는 책상 앞에 앉아 일하고 있었다. 그는 정말 가까이 있어! 그리고 정말 멀리 있지! 그를 부르기만 하면 돼. 그는 나를 향해 미소를 지을 거야. 그게 무슨 소용일까? 그는 멀리서 미소를 짓겠지, 넘을 수 없는 거리에서. 그의 생과 내 죽음 사이에는 통로가 없다. 나는 방으로 올라왔다. 장갑 상자를 열고 약병을 집는다. 내 안에 있는 죽음을 내 손에 쥔다. 갈색을 띤 작은 병. 갑자기 죽음은 더 이상 나를 위협하지 않는다. 죽음이 나에게 달려 있다. 나는 약병을 꼭 쥐고 침대 위에 누웠다. 그러고서 눈을 감았다.

나는 추위를 느끼면서도 땀을 흘리고 있었다. 두려웠다. 누군가가 나를 독살할 것이다. 그 사람은 나였다. 그러나 더는 내가 아니었다. 밤은 어둡고 모든 것이 아주 멀리 있었다. 나는 약병을 꽉 쥐었다. 두려웠다. 하지만 온 정신을 다해 그 두려움을 극복하고 싶었다. 극복할 거야. 그리고 약을 먹을 거야. 먹지 않으면 모든 것이 다시 시작될 테니까. 그건 싫어. 모든 것이 똑같이 시작되겠지. 질서 정연한 생각들을 되찾겠지. 늘 한결같은 질서 속에서 사물들과 사람들을 되찾겠지. 요람 속의 마리아, 어디에도 없는 디에고, 죽음을 향해 조용히 나아가는 로베르, 망각을 향해 가는 루이스, 이성을 향해, 질서를 유지하는 이성을 향해 가는 나, 물러난 과거, 눈앞에 있으나 보이지 않는 미래, 어둠에서 떨어져 나온 빛, 허무에서 당당하게 나타나는 이 세계를 되찾게 되겠지. 그리고 시카고도 아니며 로베르의 시체 곁도 아닌, 지금 뛰고 있는 그곳, 내 갈비뼈 밑에 있는 심장을 되찾을 거야. 모든 것이 다시 시작될 거야. 나는 생각하겠지. '우울증으로 발작을 일으켰어.' 나를 이 침대 위에서 꼼짝 못 하게 만든 것, 그게 다 우울증이었다고 스스로에게 설명할 거야. 싫어! 나는 충분히 부정했고, 충분히 잊었고, 충분히 도망쳤고, 충분히 거짓말을 했어. 딱 한 번, 오직 한 번만, 그리고 영원히, 나는 진실이 승리하기를 바라. 죽음이 이겼어. 그러니 이 순간 진실이란 곧 죽음이야. 조금만 움직이면 돼. 그러면 이 진실은 영원하게 될 거야.

나는 눈을 떴다. 낮이었다. 그러나 이미 밤과 낮 사이에는 차이가 없었다. 나는 침묵을 떠다니고 있었다. 털 이불에 누워 천사가 나를 데리러 오기를 기다리던 순간과 똑같은 경건한 침묵이 흘렀다. 정원도 방도 고요했다. 나 역시 그랬다. 더 이상 두렵지 않았다. 모든 것이 내 죽음에 동의하고 있었다. 나 자신도 동의했다. 내 심장의 고동은 이제 누구를 위한 것도 아니었다. 심장은 전혀 뛰지 않는 듯했고, 다른 모든 사람들은 이미 먼지로 바뀐 듯했다.

정원에서 소리가 들려왔다. 발소리와 말소리였다. 그러나 그것도 침묵을 깨뜨리지는 못했다. 나는 보고 있었으나 맹인이었다. 듣고 있었으나 농인이었다. 나딘이 화난 듯 높은 음성으로 소리쳤다. "마리아를 혼자 내버려두다니, 엄만 어떻게 그럴 수가 있죠?" 그 말은 나를 스치지 않고 머리 위로 지나가버렸다. 그들의 말은 더 이상 내게 닿지 않았다. 갑자기 마음속에 희미한 반향이 일었다. 무언가를 갉는 듯한 작은 소리였다. '무슨 일이 일어난 거지?' 정원에 혼자 있던 마리아가 고양이에게 할퀴거나 개에게 물린 걸까? 아니다, 마리아는 정원에서 웃고 있다. 그러나 침묵은 되돌아오지 않는다. 다시금 반향이 인다. '그러면 안 되었는데.' 화가 난 나딘의 커다란 목소리를 떠올려보았다. '어떻게 그럴 수가 있어요! 엄마한테 그럴 권리는 없잖아요!' 피가 얼굴로 쏠리면서 무엇인지 모를 생생한 것이 내 심장을 태웠다. '내겐 그럴 권리가 없어.' 그 타는 듯한 욱신거림이 나를 깨웠다. 나는 몸을 일으켜 멍하니 벽을 바라보았다. 약병이 손에 쥐여 있었다. 방은 텅 빈 채였으나 더 이상 난 혼자가 아니었다. 그들이 곧 방으로 들어올 터였다. 나는 무엇도 보지 못하겠지만 그들은 나를 보겠지. 어떻게 그것을 생각하지 못했을까? 내 시체로 그들을 괴롭힐 수는 없어. 그리고 그것이 그들의 마음에 일으킬 그 모든 것들을 감당하게 할 수는 없어. 이 침대로 몸을 굽힐 로베르, 파커의 집에 앉아 눈앞에서 오가는 말을 듣게 될 루이스, 격하게 흐느낄 나딘에게 그럴 수는 없어. 나는 일어나서 몇 발짝 걸어가 화장대 앞 의자에 쓰러지듯 앉았다. 이상한 일이야. 나는 홀로 죽을 거야. 하지만 내 죽음을 체험하는 이는 바로 다른 사람들이지.

오랫동안 나는 거울 앞에 앉은 채 살아남은 나의 얼굴을 바라보았다. 이 입술이 파랗게 되고 콧구멍은 좁아져 있었겠지. 그러나 그것은 내가 아니라 그들에게 일어난 일이었을 것이다. 내 죽음은 나의 소유가 아니다. 약병은 거기 내 손에 닿는 곳에 있고 죽음도 여전히 거기 있다. 그러나 살아 있는 사람들 또한 더욱더 거기 있는 것이다. 적어도 로베르가 살아 있는 한, 나는 그들에게서 도망칠 수 없으리라. 나는 약병을 치운다. 죽음을 선고받은 자, 동시에 삶을 선고받은 자. 얼마나? 10년? 20년? 20년이 짧다고 말했지만, 지금 나에게는 10년도 무한처럼 여겨진다. 어둡고 긴 터널.

"안 내려오세요?"

나딘이 노크하고 방으로 들어와 내 곁에 서 있다. 나는 얼굴이 창백해지는 것을 느꼈다. 그 애가 들어와 침대 위에서 경련하는 나를 발견했을 수도 있어. 얼마나 끔찍한가!

"무슨 일이에요? 몸이 안 좋으세요?" 나딘이 걱정스러운 목소리로 묻는다.

"머리가 아팠어. 아스피린을 먹으러 올라왔단다."

목소리가 쉽게 입에서 흘러나온다. 여느 때와 다름없이 들리는 것 같았다.

"그래서 마리아를 혼자 내버려두셨구나." 나딘이 꾸짖는 투로 말했다.

"금방 내려가려고 했는데 네 목소리가 들리더구나. 그래서 잠시 쉬고 있었지." 나는 덧붙인다. "이제 괜찮아."

나딘이 의혹에 찬 표정으로 나를 바라본다. 그러나 그 애의 의혹은 그저 내가 연애 때문에 고민하고 있다는 생각에 지나지 않는다.

"정말이에요? 나은 것 같아요?"

"아스피린이 효과가 있네." 나는 그 애의 심문하는 듯한 시선을 피해 일어선다. "내려가자."

앙리가 위스키 잔을 내밀었다. 그는 로베르와 함께 서류를 보고 있었다. 로베르가 나를 보더니 그것에 대해 기쁜 표정으로 설명하기 시작했다. 나는 경악스러운 마음으로 스스로에게 물었다. '어쩜 그렇게 경솔할 수 있었을까? 이 사람에게 한없는 회한을 떠안기리라는 걸 왜 생각하지 못했지?' 아니, 그것은 경솔함이 아니었다. 잠시 동안 나는 정말로 다른 편에 가 있었던 것이다. 더 이상 무엇도 중요하지 않은, 모든 것이 허무와 같은 곳으로.

"듣고 있어?" 로베르가 묻고는 나에게 미소를 지었다. "당신 어디 있는 거야?"

"여기에 있어요." 나는 말했다.

나는 여기에 있다. 그들은 살아 있고, 나에게 말을 건넨다. 내가 살아 있는 것이다. 다시금 나는 두 발을 모으고 인생 속으로 뛰어든다. 몇 마디의 말이 내 귀에 들어온다. 그 말들이 조금씩 뜻을 갖기 시작한다. 주간지의 견적과 앙리가 제안하는 조판 형태에 대한 이야기다. 주간지 이름에 대해 좋은 생각 없으세요? 지금까지 나온 것들은 별로인 것 같아서요. 나는 이름을 궁리한다. 그러면서 생각한다. 그들은 죽음에서 나를 끌어낼 정도로 강했으니 내가 다시 살 수 있도록 도와줄 수도 있겠지. 틀림없이 그럴 수 있을 거야. 사람이 무관심에 빠지지 않으면, 지상은 다시 정착할 만한 곳이 되기 마련이야. 나는 무관심에 빠지지 않았어. 내 심장은 계속 뛰고 있으니까. 무언가를 위해, 누군가를 위해 뛰어야 해. 나는 귀머거리가 아니니 다시 나를 부르는 소리를 듣게 될 거야. 누가 알겠어? 언젠가는 내가 다시 행복해질 수 있을지. 정말 누가 알겠어?

과거로의 아주 특별한 여행

—『레 망다렝Les Mandarins』에 대하여

1945년, 2차 세계대전이 끝나고 프랑스는 잠시 해방의 기쁨에 빠지지만 이내 또 다른 딜레마에 직면하게 된다. 미국은 자본주의를 대표하는 거대 세력으로 본격적으로 성장하고, 러시아를 포함한 동유럽은 소비에트 연합이라는 공산권 지역으로 세력을 키워가고 있었기 때문이다. 그렇게 냉전시대가 막을 열었고 프랑스는 과거의 영광을 그리워하며 세계에서 차지하는 위치에 대해 불안해하고 있었다. 그리고 식민지들과의 또 다른 싸움이 조만간 프랑스를 기다리고 있는 상황이었다.

시몬 드 보부아르가 1954년 발표한 『레 망다렝』은 바로 이 시기를 겪는 프랑스 지식인들의 갈등을 다루고 있다. 이 소설은 2차 대전 독일 점령하에서 레지스탕스 운동을 했으며, 대부분 좌파였던 당시 프랑스 지식인들이 격변하는 전후의 상황에서 겪는 갈등과 환멸을 구체적으로 잘 보여준다.

어쩌면 『레 망다렝』은 한국의 젊은 세대에게 영국 드라마 〈라이프 온 마스〉에서 70년대 초로 시간 여행을 간 주인공이 겪게 되는 것과 비슷한 충격을 선사할지도 모른다. '소련' 이라는 단어 자체를 역사책에서만 보았던 젊은이들에게 계급 없는 세상을 꿈꾸며 그 모델을 소련에서 찾는 지식인들은 화성인들만큼이나 낯설게 느껴질 것이다. 반면 어느 나이대 이상의 사람들에게 소설 속의 등장인물들은 꽤 익숙하게 다가올 것으로 보인다. 이들의 고민과 투쟁에서 한국전쟁 전후의 혼란과 이데올로기 논쟁, 80년대의 학생 운동과 참여 문학, 순수 문학 논쟁이 자연적으로 겹쳐질 것이기 때문이다. 이처럼 『레 망다렝』에 등장하는 전후 파리 지식인들의 좁은 세계는 국경이나 시대를 넘어 이상적인 세상을 꿈꾸는 이들의 모습을 비춰주는 거울로서 전 세계 독자들의 마음에 앞으로도 꾸준히 반향을 일으킬 것으로 보인다.

　페미니스트의 성경이라고 할 만한 『제 2의 성 Le Deuxième Sexe』의 저자이지만, 소설가로서 보부아르의 입지는 국내 대중에게 크게 알려져 있지 않다. 그러나 보부아르는 1943년 발표한 첫 번째 소설 『초대받은 여자 L'Invitée』로 프랑스는 물론 유럽에서도 권위를 자랑하는 공쿠르 상 후보에 올랐으며, 네 번째 소설이라 할 수 있는 『레 망다렝』으로 1954년에 결국 공쿠르 상을 받게 된다.

　『레 망다렝』이 출판되었을 때, 프랑스 독자들은 당시 연예인과 같은 인기를 누리고 있던 철학가, 작가들의 모습을 소설에서 발견하고 더욱 흥미를 느꼈다고 한다. 그러나 보부아르는 자신도 모르는 자기 자신의 일부분을 담고 있는 '안'을 제외하고는 이 책의 등장인물들이 실제 인물들과 관련이 없다고 밝혔다. 그럼에도 불구하고 독자들은 앙리에게서 알베르 카뮈, 로베르 뒤브뢰유에게서 장 폴 사르트르, 루이스 브로건에게서 보부아르의 연인이었던 미국 작가 넬슨 올그런, 스크리아신에게서 헝가리 출신의 영국 작가 아서 쾨슬러의 흔적을 자주 발견한다. 그리고 이런 관점에서, 앙리의 신문 〈레스푸아〉는 당시 카뮈가 주간이었던 신문 〈콩바Combat〉로, 앙리와 로베르의 불화는 카뮈와 사르트르의 논쟁으로 해석되기까지 한다. 따라서 지금도 이 작품을 모델소설(실재 인물의 이름을 감춘 채 등장시키는 소설)roman à clés이나 자전적 소설로 분류시키는 평론가들도 있다.

한편, 소설의 제목인 '레 망다렝'은 원래 중국의 관료들을 가리키는 단어인데, 특권층 지식인들을 폄하하여 칭하는 표현으로도 사용되고 있다. 이 책은 제목이 의미하는 것처럼 평화를 위하며 계급 없는 세상을 꿈꾸는 주인공들은 대의에 반하는 행동을 하기도 하며 자신도 의식하지 못하는 특권의식에 사로잡힌 모습도 있다. 이런 특징은 이 소설이 참여 문학 계열의 소설이 보여주는 단순한 선악구도에서 벗어나 참여를 더욱 현대적인 관점에서 조망하고 있다는 것을 보여준다.

『레 망다렝』에는 세상을 구하겠다고 날뛰는 남자들과 이 남자들 때문에 울고 미쳐가는 여자들이 나온다. 소설 속에서 평등한 유토피아를 꿈꾸는 남자들, 나치의 만행과 소련의 강제수용소에 분노하는 남자들은 너무나 당연하게 여자들을 또 다른 하위 계급으로 분류하고 있다. 그리고 여자들은 남자들이 정해 놓은 틀 안에서 자신의 능력을 한정하고 고통스러워한다. 내내 남자들에게 모욕을 당하면서도 그저 참고 견디고 있는『레 망다랭』의 여자 주인공들은 페미니스트 작가들의 당당한 여주인공들의 모습에 익숙해진 독자들을 당혹하게 만들기에 충분한 것으로 보인다. 출판되었던 당시에도 여주인공들의 묘사에 대해 불만이 제기되었는데, 이에 대해 보부아르는 자신의 주위에 있는 여성들을 그대로 묘사한 것이라고 말했다. 어쩌면 보부아르는 프랑스의 가부장적 사회에 의해 '만들어진' 여성들을 소설에서 제시함으로써, 1944년에야 처음으로 여성이 투표권을 갖게 된 프랑스 사회의 문제점을 폭로하고 있는 지도 모른다.

이러한 등장인물들의 위계적인 태도는 국가나 인종의 분류에서도 드러나고 있다. 남아메리카의 원주민에 대한 폄하적인 관점, 프랑스의 국제적인 위치에 대한 무의식적인 자부심 등은 스스로 의식하지 못하는 상태에서 등장인물들이 갖고 있는 평등의식의 한계, 즉 당시 프랑스 지식인들의 평등의식의 한계를 보여주고 있다.

『레 망다랭』이 출판될 시기의 프랑스 문학계는 기존의 전통적인 소설을 탈피한 새로운 소설들이 등장하기 시작할 때였다. 고전적인 방식으로 이야기를 전개하는『레 망다랭』을 혁신적인 소설로 분류하기는 어렵지만 이 소설의 전개 방식은 마냥 매우 고전적이라고는 할 수 없다. 3인칭 시점으로 서술되는 앙리의 관점과 1인칭 시점으로 서술되는 안의 관점을 번갈아 보여주며 이야기가 전개되고 있기 때문이다. 3인칭 시점이 그렇듯이, 앙리의 이야기가 객관적이고 공적인 느낌을 준다면, 1인칭 시점의 안의 이야기는 훨씬 주관적이며 은밀한 느낌을 준다. 소설에서 일어나는 다양한 사건들은 안의 관점을 통해 더 완전한 진실을 드러내는 것처럼 보인다. 결국 보부아르는 1인칭으로 서술하는 여주인공을 통해, 여성에게 목소리를 돌려주고 있다. 그리고 흔히 폄하되는 주관적이며 사적인 관점, 그래서 여성적이라고 평가되는 관점이 어떤 사실이나 사건의 진실에 접근하는 열쇠가 될 수 있다는 것을 함께 보여주고 있는 것이다.

『레 망다렝』은 출판되자마자 호평과 악평을 동시에 받은 소설로 유명하다. 폄하적인 의미에서 '전형적인 여성 소설'이라는 악평을 받기도 했으며, '다음 세대가 이 소설을 통해 인류가 과거에 했던 일과 할 수도 있었던 일을 배우게 될 것'이라는 호평을 받기도 했다. 이런 다양한 평가들이 알려주는 것처럼, 『레 망다렝』은 독자들에게 아주 특별한 시간 여행을 약속하는 소설이다. 역사적 사건들로 인류의 과오를 알려주며, 여성의 관점과 이야기를 통해 또 다른 진실을 보여주기도 한다. 그리고 이 지나간 이야기를 보면서 인류가 할 수도 있었던 일에 대해, 더 나아가 미래에 할 수 있을 일에 대해 생각할 계기를 주기 때문이다.

〈뉴욕 타임스〉는 66년간 간직되어 왔던 보부아르의 미출간 작품인 『Les Inséparables('영원한 동반자들' 정도로 해석)』이 2020년 10월에 출판될 예정이라고 보도했다. 보부아르와 21살에 사망한 단짝 친구 자자Zaza와의 우정 이야기인데, 너무 사적인 이야기라서 작가가 생전에는 출판을 꺼렸던 작품이 이제야 빛을 보게 되었다고 한다. 이 작품에서 보부아르가 어떻게 페미니스트가 되었는지가 드러난다고 하니, 올

가을 서구의 독서계는 다시 페미니즘 열풍으로 물들지 않을까 하는 생각이 든다.

보부아르의 문체는 철학가이자 에세이스트로 활동한 경력이 입증해 주듯이 명료하기로 유명하다. 그래서 큰 고민 없이 수락한 번역 작업은 매 순간이 후회였다. 보부아르의 실존적인 사상이 역사적인 사건을 통해 아주 잘 표현된 작품인 만큼, 다양한 어휘들이 실존주의 철학의 용어에 맞게 번역되어야 하는데 결과가 그렇지 못해 우울하기만 하다. 그래서 서투른 번역 작업을 마친 소감은 강제 수용소가 소련에 있다는 것을 알게 된 앙리의 심정이나 브로건과 마지막 여행을 마친 안의 마음만큼 착잡하기만 하다. 오역으로 인해, 과거로의 멋진 여행이 독자들을 엉뚱한 장소로 인도하지 않기를 간절히 바랄 뿐이다.

아버지로부터 "넌 남자의 두뇌를 가졌다."라는 말을 최고의 칭찬으로 듣고 자란 소녀, 따라서 페미니스트가 될 운명을 가졌던 그녀가 쓴 책『제 2의 성』이 전 세계에 불러일으킨 변화를 생각해볼 때, 내가 가진 권리와 누리는 지위는 보부아르에게 많은 부분 빚지고 있다고 새삼 느끼게 된다. 오랫동안 묻혀 있었던 보부아르의 명저가 젊은 독자들에게도 깊은 울림을 주기를 기대하며, 이 책이 독자들에게 더 쉽고 가까이 다가갈 수 있도록 도와주신 현암사의 여러분께 깊은 감사를 표하고 싶다.

레 망다랭 2

초판 1쇄 발행 · 2020년 8월 25일

지은이 · 시몬 드 보부아르
옮긴이 · 이송이
펴낸이 · 조미현

책임편집 · 박이랑
교정교열 · 홍상희
디자인 · 나윤영

펴낸곳 · (주)현암사
등록 · 1951년 12월 24일 (제10-126호)
주소 · 04029 서울시 마포구 동교로12안길 35
전화 · 02-365-5051 팩스 · 02-313-2729
전자우편 · editor@hyeonamsa.com
홈페이지 · www.hyeonamsa.com

ISBN 978-89-323-2079-3 (04860)
ISBN 978-89-323-2077-9 (세트)

이 도서의 국립중앙도서관 출판예정도서목록(CIP)은 서지정보유통지원시스템 홈페이지
(http://seoji.nl.go.kr)와 국가자료공동목록시스템(http://www.nl.go.kr/kolisnet)에서
이용하실 수 있습니다.(CIP제어번호 CIP2020030635)